|张 军|著|

中国新文学史
写作编年研究

1919
—
1949

中国社会科学出版社

图书在版编目(CIP)数据

中国新文学史写作编年研究.1919-1949／张军著.—北京：中国社会科学出版社，2018.9

ISBN 978-7-5203-3385-6

Ⅰ.①中… Ⅱ.①张… Ⅲ.①中国文学—文学史—研究—1919-1949

Ⅳ.①I209

中国版本图书馆 CIP 数据核字（2018）第 243873 号

出 版 人	赵剑英	
责任编辑	郭 鹏	
责任校对	刘 俊	
责任印制	李寡寡	

出 版	中国社会科学出版社	
社 址	北京鼓楼西大街甲 158 号	
邮 编	100720	
网 址	http://www.csspw.cn	
发 行 部	010-84083685	
门 市 部	010-84029450	
经 销	新华书店及其他书店	

印 刷	北京明恒达印务有限公司
装 订	廊坊市广阳区广增装订厂
版 次	2018 年 9 月第 1 版
印 次	2018 年 9 月第 1 次印刷

开 本	710×1000 1/16
印 张	36
插 页	2
字 数	555 千字
定 价	156.00 元

目　　录

绪　　论

　　研究文学史编撰的历史及从书面文学史中凸显出来的理论构架，可谓之文学史学。它是对文学史研究进行再研究，是文学学科中以文学史理论及各种类型的文学史著作的编撰为研究对象的一个分支学科。① 至于文学史学包含哪几类，则有不同的看法。大多数学者认为文学学科可以分为文学批评、文学史和文学理论三个方面，那么文学史学也可以分为文学史批评、文学史学史和文学史理论。文学史批评重在对单部文学史著内容与形式的特色与创新进行评论，或对某位文学史家的文学史思想观点进行研究、探讨。文学史学史重在对某一个时间段的文学史著的历史进行梳理，或对同一时代的众多文学史著进行平面展示，以反映一个时代的文学史编撰概貌。文学史理论则探讨文学史的本质、对象、单位、视角、范畴、内容、范围、结构、形式、类型、功能等基本问题。

　　具体到中国新文学史学研究，则又可分为中国新文学史批评研究、中国新文学史学史研究、中国新文学史理论研究。新文学史批评研究自有新文学史著编写就已有之，此处不予赘述。中国新文学史理论研究也有较丰富成果，新时期之后就有"当代文学能否写史""重写文学史""新文学整体观""20世纪中国文学"的讨论。进入21世纪后，其研究成果更为丰硕，有"民国文学史""汉语文学史""中华多民族文学史"等多种中国新文学史理论讨论。钱理群的《返观与重构——文学史的研究与写作》②、朱德发与贾振勇合著的《评判与建构：现代中国文学史

---

① 蒋寅：《近年中国大陆文学史学鸟瞰》，《文艺理论研究》1999年第2期。
② 钱理群：《返观与重构——文学史的研究与写作》，上海教育出版社2000年版。

学》①、洪子诚的《问题与方法：中国当代文学史研究讲稿》②、黄万华的《中国和海外 20 世纪汉语文学史论》③、王泽龙的《反思与重构——中国现代文学史观综论》④、朱德发的《现代文学史书写的理论探索》⑤、陈国恩的《学科观点与文学史建构》⑥、张福贵的《文学史的命名与文学史观的反思》⑦、李宗刚的《中国现代文学史论》⑧ 等，分别阐发了中国新文学史学的理论，并倡导"现代中国文学史学"，这意味着中国现代文学史学的意识已经觉醒，其将建构自己独立的发言方式和应有的学术位置。

本研究属于中国新文学史学史类型，有必要对中国新文学史学史研究的历史与现状进行梳理，并以此明了本研究的出发点和目标所在。

第一节　中国新文学史学史研究历史与现状

我们大致可以将中国新文学史学史研究分为四个时期：20 世纪 80 年代之前为萌芽期，20 世纪 80 年代为起步期，20 世纪 90 年代为发展期，21 世纪初为繁荣期。

一　萌芽期（20 世纪 80 年代之前）

新时期之前，中国新文学史学史的研究可说还没有起步，但也有学者在自己的文学史著之后附录参考文献，表明自己曾经搜集参阅过相关文学史著。也有相当有影响的文学史著评论，如胡先骕对胡适的《五十年来中国之文学》的评价，钱钟书对周作人的《中国新文学的源流》的评论，为后来者研究中国新文学史学史提供了宝贵的史料。樊骏在

---

① 朱德发、贾振勇：《评判与建构：现代中国文学史学》，山东大学出版社 2002 年版。

② 洪子诚：《问题与方法：中国当代文学史研究讲稿》，生活·读书·新知三联书店 2002 年版。

③ 黄万华：《中国和海外 20 世纪汉语文学史论》，百花文艺出版社 2006 年版。

④ 王泽龙：《反思与重构——中国现代文学史观综论》，新华出版社 2005 年版。

⑤ 朱德发：《现代文学史书写的理论探索》，山东人民出版社 2010 年版。

⑥ 陈国恩：《学科观点与文学史建构》，中国社会科学出版社 2012 年版。

⑦ 张福贵：《文学史的命名与文学史观的反思》，北京大学出版社 2014 年版。

⑧ 李宗刚：《中国现代文学史论》，山东人民出版社 2014 年版。

1961 年发表的《关于编写中国现代文学史教材的几点看法》① 是较早对系列中国新文学史进行研究的论文。其对 1958 年后出版的中国现代文学史进行了总的评价，认为这些文学史著在从实际出发分析评价、总结历史经验和发展规律、研究的革命精神和科学分析等方面还存在问题。日本饭田吉郎的《现代中国文学研究文献目录》② 于 1959 年出版，其中包含部分中国新文学史著。这些因素都表明，中国新文学史学史研究在开始萌芽。

二　起步期（20 世纪 80 年代）

新时期学者有感于"文革"时期文学史书写的极"左"路线，对文学史的讨论再度兴起，中国新文学史学史研究开始起步，其在三个方面取得了成绩：从学科发展讨论中国新文学史学史；单独研讨中国新文学史学史；对中国新文学史著进行资料整理。

20 世纪 80 年代初出现了一些总结中国现代文学研究的文章，从学科发展的角度讨论了中国新文学史学史。如 1980 年王瑶在首次中国现代文学研究会学术讨论会上的发言认为："总的看来，我们的科学水平还不高，距离时代和人民对这门学科的要求还相当远，我们必须多方面地进行深入的研究，努力提高这门学科的学术水平"③，他将文学史与文学批评、文艺理论进行了比较分析，以明了文学史的性质与内涵。他对现代文学史编写工作的范围和线索、文艺运动与作家作品在书中的比重、评价作家作品的标准进行了讨论。樊骏 1982 年在中国现代文学研究会第二次年会上的发言认为："中国现代文学研究这门学科，经历了 20—40 年代的摸索，50 年代初期的发展。50 年代中期开始的曲折，60 年代中期到 70 年代中期的灾难，目前正处于深刻变化和迅速进展的阶段，并且孕育着更大的繁荣和丰收。"④ 其也评论了一些中国新文学史

---

① 樊骏：《关于编写中国现代文学史教材的几点看法》，《文学评论》1961 年第 1 期。

② ［日］饭田吉郎：《现代中国文学研究文献目录（1908—1945）》，汲古书院 1959 年版。

③ 王瑶：《关于中国现代文学研究工作的随想——在中国现代文学研究会学术讨论会上的发言》，《中国现代文学研究丛刊》1980 年第 4 期。

④ 樊骏：《关于中国现代文学研究的考察和思索》，《中国社会科学》1983 年第 1 期。

著。王瑶 1985 年曾简要回忆了中国新文学史编撰史情况，对新时期现代文学研究的两方面贡献进行了总结："第一，对'现代文学'性质的认识的逐渐深化，并由之带来研究格局的突破与研究方法的变革；第二，对'现代文学史'这门学科的性质的认识和变化，并由之带来研究视野与方法的变革。"① 后来这些文章多收入《中国现代文学研究：历史与现状》② 一书中。这些文章从各方面讨论了中国现代文学研究的成绩和缺点，并对未来方向予以指引，其中也总结了中国新文学史写作的经验教训。

　　这时也出现单独研究中国新文学史学史的文章，如刘献彪分析了李何林、王瑶、丁易、张毕来、刘绶松、唐弢等人编撰的文学史著。③ 邢铁华评说了现代时期胡适、沈从文、朱自清、周作人、陈子展、王哲甫、伍启元、吴文祺、李何林、李一鸣等文学史家及他们的文学史写作；也讨论了当代时期的第一次文代会报告，最初的《中国新文学史教学大纲》，王瑶、蔡仪、丁易、张毕来、刘绶松，复旦大学集体编写的《中国现代文艺思想斗争史》，"九院校本"，田仲济与孙昌熙主编本、林志浩主编本，唐弢与严家炎主编本等文学史著。④ 其基本上将中国新文学史重要著作都予以列举，并对他们的文学史观和内容取舍进行了评说。叶德政对中华人民共和国成立后不同新文学史教材中对沈从文的评论进行了纵向梳理，其认为对沈从文的评论经历了"三十年一贯的左的模式""新时期十年的躁动和开放"，进而认为对沈从文的评价"'盖棺论定'待新篇"。⑤ 王少杰、陆维天将中国现代文学史编写分为三个阶段，即胡适的《五十年来中国之文学》到李何林的《近二十年文艺思潮论》、周扬的讲义到 1978 年政治挂帅时代、十一届三中全会后的渐趋

　　① 王瑶：《中国现代文学研究的历史和现状》，《华中师范大学学报》（哲学社会科学版）1986 年第 3 期。

　　② 王瑶、樊骏、赵园等：《中国现代文学研究：历史与现状》，中国社会科学出版社1989 年版。

　　③ 刘献彪：《中国现代文学史研究的检讨——读有关中国现代文学史著作的札记》，《学习与探索》1981 年第 3 期。

　　④ 邢铁华：《中国现代文学史研究述评》，《文学评论》1983 年第 6 期。

　　⑤ 叶德政：《从凝固走向开放——对于国内现代文学史教材有关沈从文评论的演变轨迹的述评》，《吉首大学学报》（社会科学版）1989 年第 1 期。

深入而丰富多彩。①

20 世纪 80 年代中国文学史学史研究在资料搜集和发掘上也初有斩获。朱自清、周扬等人未曾发表的中国新文学史讲义被整理发表②，部分海（境）外学者编写的中国新文学史著被介绍进大陆。1986 年陈玉堂的《中国文学史书目提要》③ 出版，这是最早对中国文学史进行书目整理的著作。全书主要著录的是中华人民共和国成立前出版的各类文学史专著，达 300 余部，出版日期自清代末年起。陈玉堂的著作为中国文学史研究提供了一个研究方向，即重视中国文学史学史的基础建设，为后来者查询资料提供帮助。日本阿部幸夫、松井博光编的《中国现代文学研究的深化与现状》④ 介绍了日本学者 1977—1986 年间研究中国现当代文学的书目，其中包含部分中国新文学史著。

总的来说，20 世纪 80 年代的中国新文学史学史研究，都重在批评中华人民共和国成立前的文学史都是"当代"文学的批评，不能保持历史的客观态度；而中华人民共和国成立之后的中国新文学史著则受到"左倾"影响，政治干预了文学史编撰，不能实事求是的反映文学史的文学性，而号召新的新文学史编撰在这些方面有新的突破，用新的文学史观重新撰写中国新文学史。

三　发展期（20 世纪 90 年代）

20 世纪 80 年代"重写文学史"的口号提出之后，20 世纪 90 年代在中国新文学史学史研究上取得突破，从学科史、研究史的角度讨论中国新文学史学史的著作增多，独立的中国新文学史编撰史开始出现，新文学史资料搜集更加完备，视野扩展至海外境外。

首先，中国新文学学科史、研究史及文艺理论史等方面取得不俗成

---

① 王少杰、陆维天：《关于重写中国现代文学史的几点思考》，《新疆大学学报》（哲学社会科学版）1989 年第 4 期。

② 朱自清著，赵园整理：《中国新文学研究纲要》，《文艺论丛》第十四辑刊，上海文艺出版社 1982 年版；周扬：《新文学运动史讲义提纲》，《文学评论》1986 年第 1 期；周扬：《新文学运动史讲义提纲（续）》，《文学评论》1986 年第 2 期。

③ 陈玉堂：《中国文学史书目提要》，黄山书社 1986 年版。

④ ［日］阿部幸夫、松井博光：《中国现代文学研究的深化与现状》，东方书店 1988 年版。

果，中国新文学史学史研究被附带研究。1993—1996 年陈平原和陈国球合作编辑的《文学史》（第一、二、三辑）① 在文学史理论、思潮流派、作品与接受、翻译与文化、文学史著重读等方面都更注重文学史研究方法的更新，引起文学史学研究者的注意。古远清的《台湾当代文学理论批评史》② 较早将众多中国台湾的中国新文学史著置于文学理论批评史的范围进行讨论。王瑶主编的《中国文学研究现代化进程》③ 通过众多中国文学研究名家的学术之路来描绘中国文学研究从传统到现代的转型、成熟的过程。其中涉及部分中国文学史著作，这开启了文学史学史研究中学人研究的路径。陈平原的《文学史的形成与建构》④ 论述中国新文学史著不多，但从"形成与建构"的角度讨论文学史写作，论述了不同代际文学史家们的学术视野，并讨论了大学教育体制与文学史之间的关系，这为中国新文学史学史研究提供了从教育体制出发的新的方法论和研究模式。

其次，独立的中国新文学史编撰史取得新成就。冯光廉和谭桂林合著的《中国现代文学史研究概论》⑤ 共分四编，第一编《研究历史的鸟瞰》系统描述了从 20 世纪 20 年代到 90 年代初中国新文学史著作的出版情况，勾勒出 70 年间新文学史著发展轨迹。黄修己的《中国新文学史编纂史》⑥ 对各个时期、各种类型的新文学史作了全面系统扫描。除一般综合性的文学通史外，还对按照文学体裁、历史阶段、地区等编写的各种专史进行分析，一些少数民族文学史、翻译文学史以及中国台港地区的文学史等也予以显示。邓敏文的《中国多民族文学史论》⑦ 对中国文学史的五个建设阶段、中国少数民族文学史的建设历程、中国文学史著作的数量分布及总体评价进行了讨论，还分别以《内容论》《体例论》《关系论》《专题论》《著者论》《别论》对中国少数民族文学史理

① 陈平原：《文学史》（第一、二、三辑），北京大学出版社 1993、1995、1996 年版。
② 古远清：《台湾当代文学理论批评史》，武汉出版社 1994 年版。
③ 王瑶：《中国文学研究现代化进程》，北京大学出版社 1998 年版。
④ 陈平原：《文学史的形成与建构》，广西教育出版社 1999 年版。
⑤ 冯光廉、谭桂林：《中国现代文学史研究概论》，南京大学出版社 1995 年版。
⑥ 黄修己：《中国新文学史编纂史》，北京大学出版社 1995 年版。
⑦ 邓敏文：《中国多民族文学史论》，社会科学文献出版社 1995 年版。

论进行探讨。樊骏的论文《文学史研究格局和编写模式的突破》对 20
世纪 90 年代之后出现的代表性中国新文学史著进行了简略评论，他认
为这些著作"打破了长期形成的那种狭隘、呆板、雷同的学术局面，使
人们能够更多更好地认识这段文学历史丰富复杂的内容"。① 许怀中的
《中国现代文学史研究史论》② 的上编重在论述中国现代文学史研究流
程，中编对"重写文学史"和研究方法论进行了讨论，下编则讨论了
中国现代文学史研究的四个层次。中国香港王宏志的《历史的偶然：从
香港看中国现代文学史》③ 主要考察 1950—1970 年中国香港学人所书
写的中国新文学史，特别是对徐訏的中国新文学史书写的考察很少为学
人所注意。韩国学者金时俊在他个人撰写的《中国现代文学史》④ 的
《绪论》中围绕中国新文学史编撰史依次讨论了中国现代文学史的范
围、分期、体裁、编述内容的变化，其篇幅之长不亚于一个中国新文学
史编撰史大纲。

最后，20 世纪 90 年代在中国文学史资料搜集整理上取得成绩。吉
平平、黄晓静编著的《中国文学史著版本概览》⑤ 重在搜集中华人民共
和国成立后出版的中国文学史著共 570 多种，这与陈玉堂的著作有着时
间上的接续，这两部著作使得大部分中国文学史著得以列举。中国台湾
黄文吉的《台湾出版中国文学史书目提要（1949—1994）》⑥ 收录中国
台湾出版的中国文学史 263 部，其中硕博士论文 78 种，为我们了解中
国台湾的中国文学史出版情况提供了详尽资料。孙立川、王顺洪的《日
本研究中国现当代文学论著索引 1919—1989》⑦ 对 1919—1989 年间的
日本学者研究中国现当代文学的论文、著作进行了索引编排。日本饭田

---

　　① 樊骏：《文学史研究格局和编写模式的突破》，《河北师院学报》（社会科学版）1996
年第 3 期。

　　② 许怀中：《中国现代文学史研究史论》，厦门大学出版社 1997 年版。

　　③ 王宏志：《历史的偶然：从香港看中国现代文学史》，牛津大学出版社 1997 年版。

　　④ ［韩］金时俊：《中国现代文学史》，知识产业社 1992 年版。

　　⑤ 吉平平、黄晓静：《中国文学史著版本概览》，辽宁大学出版社 1992 年版。

　　⑥ 黄文吉：《台湾出版中国文学史书目提要（1949—1994）》，万卷楼图书有限公司 1996
年版。

　　⑦ 孙立川、王顺洪：《日本研究中国现当代文学论著索引 1919—1989》，北京大学出版
社 1991 年版。

吉郎的《现代中国文学研究文献目录》《补遗》① 也介绍了一些日本学者编写的中国新文学史著，这几部著作为广大研究者提供了书目检索的方便。

四　繁荣期（21 世纪初）

之前中国新文学史学史的研究，大都有着"拨乱反正"的研究心理，认为之前的新文学史著都存在着这样那样的缺点和错误，他们的心目中都有着正确的新文学史著应该怎样的蓝图。这没有考虑到不同时代的新文学史写作都有着自己的"合理性"，每一个时代都有着代表自己时代理想的新文学史写作。这种研究模式还没有拉开自己与研究对象的时空距离和心理距离，以进行"纯客观"的中国新文学史学史研究。但此时陈平原、陈国球、王宏志等人的著作就意味着中国新文学史学史研究将要面临转向。在 21 世纪之后更多中国新文学史学史研究者的姿态、心路和阐述都发生了改变。他们更重在将中国新文学史著视为一研究对象，不进行单纯的价值评判，而是以一种中立客观的态度去研究这些新文学史著为什么"这样"，即研究它们得以产生的内在机制和外在氛围。中国新文学史学史研究迎来了它的繁荣期。

首先，学科史、研究史中的中国新文学史学史研究继续丰收。徐瑞岳的《中国现代文学研究史纲》② 分别对中国现代文学史学史中的文学史著和文学史料的发展进行了纲要式的梳理。陈平原主编的《中国文学研究现代化进程二编》③ 研究的是刘师培、黄侃、顾颉刚、朱东润、任中敏、罗根泽、周贻白、阿英、唐圭璋、刘大杰、钱钟书、林庚、程千帆、唐弢、李长之、王瑶等名家的学术思想，也涉及中国新文学史学史研究。温儒敏的《文学史的视野》④ "从学科史考察早期几种独立形态的新文学史"，探索"40 年代文学史家如何塑造'新文学传统'"，并研究了王瑶的《中国新文学史稿》与现代文学学科的建设，"苏联模

---

① ［日］饭田吉郎：《现代中国文学研究文献目录（1908—1945）》（补遗），汲古书院 1991 年版。

② 徐瑞岳：《中国现代文学研究史纲》，江苏教育出版社 2001 年版。

③ 陈平原：《中国文学研究现代化进程二编》，北京大学出版社 2002 年版。

④ 温儒敏：《文学史的视野》，人民文学出版社 2004 年版。

式"与 20 世纪 50 年代的中国现代文学史写作的关系。温儒敏、李宪瑜、贺桂梅、姜涛等著的《中国现当代文学学科概要》① 重在梳理中国现当代文学学科的发展历程，将经典的中国现当代文学史著穿插在中国现当代文学学科史中予以研究，中国新文学史学史和中国现当代文学学科发展互为衬映，互为支撑。黄修己和刘卫国合编的《中国现代文学研究史》② 将中国现代文学研究史分为五个时期，在每个时期中都会谈到本时期的中国新文学史写作，将其置放在中国现代文学研究的总体态势中考察。刘卫国的《中国新文学研究史》③ 单独研究的是中华人民共和国成立之前的中国新文学史研究史。朱晓进的《中国现代文学史研究的视阈》④ 对 20 世纪中国文学史观、周作人文学史研究思路、中国现代文学研究的多样性、中国现代文学的政治化传统等进行了反思。吴秀明的《中国现当代文学史与生态场》⑤ 上编《文学史论与学科建设》主要从全球化语境、学科历史与现实境遇、学科整体性格与矛盾性特征、文学史编写理念与实践等方面探讨中国现当代文学的学科建设。温儒敏、陈晓明的《现代文学新传统及其当代阐释》⑥ 涉及中国新文学史研究中文学史观的形成、文代会的规范性、经典作家的重塑、现代文学语言传统与当代写作等问题。钱理群《中国现代文学史论》⑦ 包括学人研究、学科研究评述、海外现代文学研究等，讨论了王瑶、李何林、贾植芳、田仲济、钱谷融、樊骏、支克坚等人的中国现代文学研究，并从宏观层面探讨了中国现代文学研究的视野、观念、心态、方法。陈平原的《作为学科的文学史》⑧《假如没有"文学史"……》⑨ 则是从大学教育中的学科机制去考察大学教授的文学史教学及著述，从而发现每位文学史

---

① 温儒敏、李宪瑜、贺桂梅、姜涛：《中国现当代文学学科概要》，北京大学出版社 2005 年版。

② 黄修己、刘卫国：《中国现代文学研究史》，广东人民出版社 2008 年版。

③ 刘卫国：《中国新文学研究史》，社会科学文献出版社 2015 年版。

④ 朱晓进：《中国现代文学史研究的视阈》，人民文学出版社 2008 年版。

⑤ 吴秀明：《中国现当代文学史与生态场》，中国社会科学出版社 2009 年版。

⑥ 温儒敏、陈晓明：《现代文学新传统及其当代阐释》，北京大学出版社 2010 年版。

⑦ 钱理群：《中国现代文学史论》，广西师范大学出版社 2011 年版。

⑧ 陈平原：《作为学科的文学史》，北京大学出版社 2011 年版。

⑨ 陈平原：《假如没有"文学史"……》，生活·读书·新知三联书店 2011 年版。

家渗透其中的才情、识见和文学精神，其将文学史知识的形成、讲演、传授和文学史的书写技巧及建构融为一体。陈国球的《文学如何成为知识？——文学批评、文学研究与文学教育》① 重在从文学批评、文学研究与文学教育三个方面来讨论"文学如何成为知识"？

　　於可训的《当代文学：建构与阐释》② 相当于中国当代文学史学的理论研究，也讨论了当代文学史中不同时代文学史实的入史问题。杨匡汉主编的《中国当代文学》③ 对整个中国当代文学学科进行清理，对不同时段的代表性中国当代文学史著进行了点评。旷新年的《写在当代文学边上》④ 试图从文化、生活、人性等诸多方面，解释当代文学是如何形成的，是从中国新文学史学史的角度去探讨各种文学史概念的生成和演化过程。李杨的《文学史写作中的现代性问题》⑤ 尝试用现代性理论讨论文学史的写作问题，他认为"文学史"乃至构成"文学史"的"文学"与"历史"都是"现代"以后才出现的概念，他讨论的正是这些概念的建构，看看它们是以何种方式建构出来的？它们的出现意味着什么？是何种力量参与了这种建构？程光炜的《文学讲稿："八十年代"作为方法》⑥ 选择了 20 世纪 80 年代发生的一些重要的学术问题，比如"当代文学"的发生、被重构的西方、人道主义讨论、文学批评方式的转移、现代派文学、曾产生重大影响的作品等，进行重新考察和认识。程光炜的《当代文学的"历史化"》⑦ 从当代文学发生、发展的哲学背景、社会学背景，文学批评、文学作品和作家相互之间的历史关系出发，考察当代文学的"历史化"问题，对于当代文学这一学科的生成和发展过程的许多现象和学理进行了描述、分析。杨义主编、江腊

---

① 陈国球：《文学如何成为知识？：文学批评、文学研究与文学教育》，生活·读书·新知三联书店 2013 年版。

② 於可训：《当代文学：建构与阐释》，武汉大学出版社 2005 年版。

③ 杨匡汉：《中国当代文学》，辽宁教育出版社 2005 年版。

④ 旷新年：《写在当代文学边上》，上海教育出版社 2005 年版。

⑤ 李杨：《文学史写作中的现代性问题》，山西教育出版社 2006 年版。

⑥ 程光炜：《文学讲稿："八十年代"作为方法》，北京大学出版社 2009 年版。

⑦ 程光炜：《当代文学的"历史化"》，北京大学出版社 2011 年版。

生执笔的《中国当代文学研究（1949—2009）》① 是关于中国当代文学研究史的著作，作者在最后一编最后一章中讨论了"文学史书写研究"。程光炜、杨庆祥主编的《文学史的潜力——人大课堂与八十年代文学》② 揭示了 20 世纪 80 年代热点作品为什么会引起轰动，它们是如何进入中国当代文学史中被重塑的，揭示了中国当代文学史写作的搭建过程和话语考虑。丁帆的《文学史与知识分子价值观》③ 论述了近二十年文学与文学史断代之关系、20 世纪后半叶中国文学研究的价值立场、关于建构百年文学史的意见和设想、建构民国文学史难以回避的问题等。席扬的《中国当代文学的"历史叙述"和"典型现象"》④ 讨论了中国当代文学学科史的"发生发展""经典认知""文学史叙述"和"方法更移"等重要问题，凸显了中国当代文学学科价值，促进了中国当代文学学科地位的确立。

其次，独立的中国新文学史学史研究有了新进展，中国当代文学史学史和 20 世纪中国文学史学史研究得以出现。魏崇新、王同坤的《观念的演进：20 世纪中国文学史观》描绘了中国文学史观的初醒、新变、变异、复兴，并讨论了学统与道统、政统之间的关系。任天石的《中国现代文学史学发展史》⑤ 在中国现代文学史学发展阶段的划分上并不以时间先后顺序叙说，而是将同一种类型的文学史观归结为一类叙述。董乃斌、陈伯海、刘扬忠的《中国文学史学史》⑥ 对从古至今的中国文学史著进行了梳理，其对中国新文学史学史研究是纲领式的，其中的观点具有洞察力。该书首次以"中国文学史学史"之名出版，提高了该类研究的知名度。中国香港陈国球的《文学史书写形态与文化政治》⑦ 探究了文学立科问题，并具体讨论了林传甲、胡适、林庚、柳存仁、司马

---

① 杨义、江腊生：《中国当代文学研究（1949—2009）》，中国社会科学出版社 2011 年版。

② 程光炜、杨庆祥：《文学史的潜力——人大课堂与八十年代文学》，文化艺术出版社 2011 年版。

③ 丁帆：《文学史与知识分子价值观》，人民文学出版社 2014 年版。

④ 席扬：《中国当代文学的"历史叙述"和"典型现象"》，人民出版社 2015 年版。

⑤ 任天石：《中国现代文学史学发展史》，江苏文艺出版社 2002 年版。

⑥ 董乃斌、陈伯海：《中国文学史学史》，河北人民出版社 2003 年版。

⑦ 陈国球：《文学史书写形态与文化政治》，北京大学出版社 2004 年版。

长风、叶辉等不同时代书写的中国文学史著的框架与特色。中国香港陈岸峰的《文学史的书写及其不满》① 讨论了大陆不同时代新文学史书写中"影响的焦虑"。赵雷的《体系·体例·体制——1949—1984 年中国现代文学史著研究》讨论了 1949—1984 年间中国现代文学史中"知识体系的形成与建构""'绪论'研究与内容拓展'""文学史的传承与借鉴""文学史理论研究""作为教科书的文学史"等多方面内容。王春荣、吴玉杰主编的《文学史话语权威的确立与发展——"中国当代文学史"史学研究》② 讨论了中国文学史学科的确立与发展、文学史研究的相关问题与方法、中国当代文学史史学观念的建构、中国当代文学史家及其代表史著、新时期女学者的文学史研究等方面的问题。旷新年的《文学史视阈的转换》③ 第一编讨论了中国现代文学观的发生与形成、民族国家想象与中国现代文学、现代文学史分期的政治学与文学、中国现代文学史编纂学的过去、现在与未来;第三编则讨论当代文学的建构与崩溃、中国新文学史叙述从"追求现代化"到"反思现代性"、未完成的人民文学的历史建构等,重在反省中国新文学史书写的权力话语、范式转换等问题。戴燕的《文学史的权力》④ 虽然以中国古代文学史为研究对象,但其对中国文学史中的文学观、史学观、教育机制等进行了精确阐述,对中国新文学史研究借鉴意义巨大。

上述中国现当代文学研究名家在 21 世纪初开始关注中国新文学史学史,并出版了成果斐然的著作,带动了更多的年轻博士参与到这一研究阵地来。胡希东的博士论文《1950—1980 新文学史著作文学史观念研究——以现代派为参照》主要是对 1950—1980 年新文学史著作中所体现出的文学史观念进行研究,其在 2013 年出版了《民族·国家与文学史地理——1950—1980 中国当代文学史叙述形态》⑤;罗云峰的博士

---

① 陈岸峰:《文学史的书写及其不满》,中华书局 2014 年版。

② 王春荣、吴玉杰:《文学史话语权威的确立与发展——"中国当代文学史"史学研究》,辽宁人民出版社 2007 年版。

③ 旷新年:《文学史视阈的转换》,北京大学出版社 2013 年版。

④ 戴燕:《文学史的权力》,北京大学出版社 2002 年版。

⑤ 胡希东:《民族·国家与文学史地理——1950—1980 中国当代文学史叙述形态》,人民出版社 2013 年版。

论文《现代中国文学史书写的历史建构——从清末至抗战前的一个历史考察》① 对现代文学早期的文学史书写进行了考察；王瑜的博士论文《重审与重构：现代文学史观与中国现代文学史编写问题研究》② 也是关注中国现代文学史的编撰；张伟栋的博士论文《李泽厚与现代文学史的"重写"》③ 研究了李泽厚与现代文学史编撰的关系；张传敏的博士论文《民国时期的大学新文学课程研究》④ 对民国时期大学新文学课程的发生发展进行了探究；洪亮的博士论文《中国现代文学史编纂的历史与现状》⑤ 对中国现代文学史编撰史进行了简要梳理，并列表记载了中国现代文学史著名单。张军的博士论文《中国当代文学史叙述研究》⑥ 关注的也是中国当代文学史编撰史问题，对中国当代文学史编撰中的史家立场、叙述声部和述史情节进行了理论探讨，并较全面地对中国当代文学史著进行了目录整理；张军的博士后出站报告《现代中国文学整体化历史编撰研究》⑦ 则对那些将中国近代、现代、当代文学予以整体化编撰的文学史著进行了文学史学史研究；张军的《台港及海外的中国现代文学史编撰研究》⑧ 对中国台湾、中国香港及海外国家的中国现代文学史编撰情况进行了综合探索。彭松的博士论文《欧美现代中国文学研究的向度和张力》、余夏云的博士论文《作为"方法"的海外汉学——以英语世界的中国现代文学研究为例》、刘江凯的博士论文《认同与"延异"——中国当代文学的海外接受》⑨、刘伟的博士论文《"日本视角"与中国现代文学研究——以竹内好、伊藤虎丸、木山英雄为中心》

---

① 罗云峰：《现代中国文学史书写的历史建构——从清末至抗战前的一个历史考察》，法律出版社 2009 年版。
② 王瑜：《重审与重构：现代文学史观与中国现代文学史编写问题研究》，中国社会科学出版社 2014 年版。
③ 张伟栋：《李泽厚与现代文学史的"重写"》，江西人民出版社 2012 年版。
④ 张传敏：《民国时期的大学新文学课程研究》，人民出版社 2010 年版。
⑤ 洪亮：《中国现代文学史编纂的历史与现状》，《中国现代文学研究丛刊》2012 第7 期。
⑥ 张军：《中国当代文学史叙述研究》，中国社会科学出版社 2012 年版。
⑦ 张军：《现代中国文学整体化历史编撰研究》，中国社会科学出版社 2015 年版。
⑧ 张军：《台港及海外的中国现代文学史编撰研究》，中国社会科学出版社 2016 年版。
⑨ 刘江凯：《认同与"延异"——中国当代文学的海外接受》，北京大学出版社 2012 年版。

等，他们或以海外中国现代文学研究为研究对象，重视具体学人、学派的学术思想，或重在中国现代文学在海外的传播和接受，也会涉及个别海外学者编撰的中国现代文学史著。来自韩国的留学生郑英姬在青岛大学的硕士论文《试论韩国的中国现代文学史研究》梳理过韩国的中国现代文学史编撰历史。来自越南的留学生裴氏翠芳在华东师范大学的博士论文《中国现当代文学在越南》介绍过越南学者编撰中国现代文学史的情形。

　　最后，本时期中国文学史学史的资料整理有了新的成绩。陈飞主编的《中国文学专史书目提要》①收录文学史著上起 20 世纪之初，下到 2000 年底，共 710 部，还有没有列出书目提要的著作 1 千多部，共计 2885 部。后面附录的著作有些不算是文学专史，也有重复错漏的，但总体为研究者查找资料提供了方便。付祥喜的《20 世纪前期中国文学史写作编年研究》②搜集的中国文学史著以 1880 年为上限，1949 年为下限，以正式出版著作为主，但也收录部分未出版的文学史讲义和毕业论文，共计 409 部。该著大部分文学史著在前面介绍的陈玉堂的《中国文学史书目提要》、吉平平与黄晓静合编的《中国文学史著版本概览》、黄文吉编撰的《台湾出版中国文学史书目提要（1949—1994）》、陈飞主编的《中国文学专史书目提要》中有所论及，但新增 63 部文学史著书目提要，补充修正条目 30 余部。

第二节　从文学史编撰研究走向文学史写作研究

　　通过上述学术史的梳理，我们发现中国新文学史学史研究已经取得众多成果，特别是进入 21 世纪之后，其成了新文学研究界的重要热点。但是问题与危机也随之而来，这主要表现在研究资料的有限、研究角度的固定、研究成果的可疑三个方面。

　　研究资料的有限，这典型表现在 1949 年之前的中国新文学史著非常之少，经过多人探山寻宝之后，学术生长点逐渐稀少。在这些年的文

---

　　①　陈飞：《中国文学专史书目提要》，大象出版社 2004 年版。
　　②　付祥喜：《20 世纪前期中国文学史写作编年研究》，北京师范大学出版社 2013 年版。

学史学研究的热潮中，很多未曾正式出版的文学史著都被发掘出来，如
朱自清、周扬、废名、沈从文、林庚、徐芳、高兰等人之前的文学史稿
都没有正式出版，但现在都一一面世。海外有限的新文学史著也逐渐被
翻译介绍入国内。未来要想大规模的新文学史著浮出历史地表，似无可
能，最多会偶有"考古式"的成果发现。研究角度的固定，是由于中
国新文学史学史研究主要考虑的是文学史著编撰史，由此条路径扩散，
可研究文学观、文学史观、编撰技巧、作家作品以及文学事件入史问
题，并可以延伸至中国现代文学学科史、研究史，并旁涉教育体制、课
程设置与教学方式、学者学识与个人情怀等议题，目前的成果都是从几
个角度出发，并取得了丰硕成果。如果不发生大的范式革新，未来研究
也只能在这些成果的基础上进行小范围的更新与探索。研究成果的可疑
主要表现在对一些文学史著的评判可能会夸大或低估。苛刻的说，较多
新文学史编撰者的编撰实质是在辗转剪接拼贴相关的文学史论文、作家
作品评论文章，有时甚至是抄袭，很难谈得上有创新的意义。如王丰园
的《中国新文学运动述评》① 借鉴乃至抄袭华汉的论文《中国新文艺运
动》② 非常之多，但是在目前的新文学史编撰史研究中，其就获取了大
量的"美誉"。可见只关注到文学史著，没有注意到相关文学史论文，
我们就很容易将抄袭视为创新。还有，我们经常评价某部文学史著对某
位作家或某部作品的评价振聋发聩，但因为文学史著一般都没有注释，
所以我们不免心中怀疑，这究竟是编撰者在抄录他人观点，还是他自己
的独有体察。如果编撰者能有如此的眼光和品味，怎么在新文学史中默
默无闻，有些竟然不知道身世来历。

正是考虑到中国新文学史学史已有研究资料的有限、研究角度的固
定、研究成果的可疑，本书倡议从中国新文学史编撰史研究走向中国新
文学史写作研究。

首先，从中国新文学史编撰史研究走向中国新文学史写作史研究，
意味着研究资料量的扩充和质的提高。文学史编撰就只能是以文学史著

① 王丰园：《中国新文学运动述评》，新新学社 1935 年版。
② 华汉：《中国新文艺运动》，《文艺讲座》（第一册），冯乃超主编，上海神州国光社
1930 年。

为中心，而已有的文学史著多已经被重复研究。但是如果用文学史写作的概念，其不仅包含已有的文学史著，还涵盖更加丰富的文学史论文等，这样中国新文学史学的研究资料的数量将会成倍增长。更重要的是，研究资料的质量也会有大幅度的提升。因为文学史论文往往比文学史著更能"创新"，在现代中国文学史上有很多论文（包含文章、文件、报告、讲话、批示、检讨等）甚至更能影响或代表着一个时代的文学史书写范式和文学史研究活动，这是我们之前没有注意到的。我们列举一系列文学史论文的作者就可倍增我们的期待值，如鲁迅、郭沫若、茅盾、老舍、洪深、郑振铎、周立波、张天翼、王平陵、朱光潜等人都曾经书写过一定时间段的文学史，设若我们将他们的文学史论文安放在中国新文学史写作史中进行研究的话，将诞生众多的学术生长点。

　　将文学史论文与文学史著同等重视，在已有的中国现代文学研究史和学科史中早已有之。例如黄修己与刘卫国主编的《中国现代文学研究史》和刘卫国的《中国新文学研究史》中，一些文学史论文就被视为"专题研究"或者批评文章予以讨论，以显示中国现代文学学科史或研究史的发展。其实，这些论文就是对某个时间段文学史的书写，它们的价值不仅在于"专题研究"或"文学批评"，还应该在中国新文学史写作史的链条中予以史学史的勘测，不然某些闪光点就会被湮没在历史的烟尘之中。

　　其次，从中国新文学史编撰史研究走向中国新文学史写作史研究，意味着研究角度的多元。将"文学史编撰"更名为"文学史写作"，可以更加突出文学史编写者的主观能动性。尽管"编撰"也表达了文学史撰写者的主观能动性，但其更多强调主体对文学事实的整理和编写，类似于一种"体力劳动"，其重心也多在于文学事实；而"写作"彰显的是文学事实的加工、构思和叙述技巧，更类似于一种"脑力劳动"，其重心则在于文学史家个人的创造性。正因为文学史的书写是一种"写作"，那么文学史书写就需要文学史书写者一定的想象、虚构和建构，他的写作行为就是一种叙述行为。正如海登·怀特指出的，"历史话语并非以一个形象或一个模式与某种外在'现实'相匹配（Matching），而是制造一个言语形象、一种话语的'事物'，当我们把注意力集中于它并阐明它的同时，它又干扰着我们对其假定指称对象的知觉"。① 这表明，作为一种特殊的写作形式的文学史话语，其实是以书写行动将所能掌握的"过去"按照一定的方向和目标构造出来，让读者有机会在另一时空去体验这一"过去"，它和叙事性文学作品一样涉及一个完整的叙述行为。文学史写作是一种叙事行为，这意味着文学史著的结构应能塑造并表达文本中论证和叙述的情节。

而且叙事话语不单单是历史再现的一种偶然形式，它本身也包含意识形态的维度。"叙事无法超越的唯一限制只是意识形态。叙事总是意识形态性的叙事，它与历史（历史本身）的关联也总是某种意识形态性关联。"② 这意味着，文学史叙事不仅仅传达意义，也创造意义，其不仅是形式，也是内容。叙事不是客观简单的叙事，而是带着意识形态的话语叙事。因此，对叙述的研究也离不开对意识形态的研究。我们不仅必须考察话语讲述的年代，更重要的是考察讲述话语的年代。

文学史写作是一种叙述行为，文学史书写者必须考虑自己的述史方式。这体现在文学史述史线索、文学史分期与文学史情节编排这三方面。在文学史写作中不同的文学史分期，就意味着文学史述史存在不同的开头、中局与结尾，也意味着文学史述史不同时段的详略安排以及随之而来的不同的文学史评价，这体现了文学史家不同的文学史写作意图以及不同的文学史故事、情节。文学史述史线索，是文学史写作中主要的思路与文学史主干的提炼、归纳。同样的文学历史可以用不同的文学史线索按照不同文学史分期去讲述，这些不同的文学史线索与文学史分期正是文学史家不同的文学史观念和文学思想的直接体现。文学史写作中可以采用胜利、挫败、和解，或者兴盛、衰亡、兴盛和衰亡，或者双方斗争、不断进步等不同的文学史述史线索。这些不同的述史线索将直接体现文学史家对文学史的评价、估量及判断，同时这种线索也是文学史的主干框架，所有文学史实的安排与编组会围绕文学史线索的展开而进行。

---

① ［美］海登·怀特：《"描述逝去时代的性质"：文学理论与历史写作》，载《文学理论的未来》，拉尔夫·科恩主编，程锡麟等译，中国社会科学出版社 1993 年版，第 43 页。

② 孟悦：《历史与叙述·引言》，陕西人民教育出版社 1998 年版。

最后，将文学史论文与文学史著同等看待，并纳入文学史写作史的范围内研究，符合中国新文学发展及其文学史写作史的实际情况。中华人民共和国成立之前，每一部新文学史著都不可能完整记载全部的新文学史实，因为中国新文学的发展本身没有固定的时间界限，历史本身并没有完结，而是处于不断发展之中。这时候的新文学史写作都是对"当下"文学发展进行历史化，所以文学史著和文学史论文在性质上区别并不大，只不过一是为课堂教学而编写，一是为其他目的而写作。新文学史发展的这一现象导致了大量的文学史论文写作，并且这些写作都与现实的文学思潮和文学运动有紧密关系，甚至可以说，各种文学思潮或政治势力都能在文学史论文中找到自己的代言人。而这比文学史著的编撰更为丰富，因为有的政治力量或文学思潮在大学校园中欠缺代表，而没有文学史著的编撰。如在 20 世纪 40 年代，解放区、国统区、沦陷区、汪伪政权、日本殖民者等文学主张或政治力量都有自己的文学史观，并以此撰写文学史论文，而在此前的中国新文学史学史中则对此予以了忽视，其根本原因就在于文学史论文没有作为文学史写作而予以重视。值得注意的是，将文学史论文与文学史著同等看待，至少在文学史观和文学史情节上，我们可以比较真正的创新者是谁？他的创新何在？还有哪些具有启发性的文学史叙述曾被压抑，值得我们当下借鉴或批判。

正因如上原因，我们有必要采用宽泛的文学史写作概念，将文学史论文与文学史著同等看待，并以此重新探索中国新文学史写作史的规律所在。

第三节　编年研究之思考

以编年体形式来研究中国文学史学史的学者也已有之，付祥喜的《20 世纪前期中国文学史写作编年研究》① 就进行了这方面的尝试。该书从资料上将 20 世纪前期曾经有过的中国文学史著作予以了搜集编订并评介，但是其在具体的研究上还谈不上足够的深入。因此杨守森批评其将原本是两种研究类型的学术工作合而为一力求达到"学术性与实用

---

① 付祥喜：《20 世纪前期中国文学史写作编年研究》，北京师范大学出版社 2014 年版。

性融为一体"，却使得该著学术性在"一味追求两者兼顾中受到弱化影响了学术重点的清晰。就连其以史料见长的'编年'中也多少由于'兼顾'而出现遗漏和误读"。① 他"感受到作者搜集文学史著作史料的用心和学术基础，但他并没有成就一部深入已有研究成果的20世纪前期中国文学史写作研究史或编纂史，也没有突出自己新发现的史料成为真正意义上的新编'中国文学史书目提要'或'中国文学著作版本概览'一类工具书"。② 而付祥喜则在之后对杨洪承的批评进行了应答，其论述了他采用编年体这一方式进行中国文学史学史研究的依据，即坚持在编年体客观述史之中表现历史的丰富性。③ 这二位学者对中国新文学史写作的编年体研究各自有着自己的独特思考，但对编年体研究中国新文学史写作的思考，还可继续深入：

其一，撰写文学史著作与研究中国新文学史写作的发展变迁都可使用编年体，但二者使用方式与目的不同。文学史著记载的是不同时间段的不同文学史实，使用编年体更多是为了强调历史之流的发展，重在前后因果或顺时发展的关系，力求客观真实。研究中国新文学史写作的发展变迁使用编年体，也有上述效果，但更重要的或许是关注不同时段对大致同一的新文学史实的不同建构，这种不同通过比较能够完全呈现。如果将能搜集到的所有中国新文学史写作进行列举，中国新文学史写作在文学史分期、述史线索的拟定与文学史情节编排上的差异就会一目了然，对经典作家作品的选择及阐释的不同也会豁朗彰显，不同的文学观、历史观和文学史观就会水落石出。

其二，将所有的中国新文学史写作以编年的方式予以展示，它们相互之间存在的对话、诘问与辩答可以一目了然。这不仅存在于不同时代之中，也会存在同一时代之中，它们或许是隔代呼应，或者是同代交锋。正是在这种呼应、交锋之中，在编年体的展示之中，那些被遮蔽的、被有意遗忘的新文学史实会再次拷问着每一位中国新文学史写作

---

① 付祥喜：《20世纪前期中国文学史写作编年研究》，北京师范大学出版社2014年版。
② 杨洪承：《"新编年体"在史料整理与学术研究之间的徘徊——评付祥喜〈20世纪前期中国文学史写作编年研究〉》，《文艺研究》2014年第5期。
③ 付祥喜：《"编年研究"的理论意义与学术评价——兼答杨洪承教授》，《文艺研究》2014年第10期。

者，这样历史的真实性、全面性和客观性会得到建构。同时，我们会在同一时段的中国新文学史编年展示之中发现特异的声音，而这种声音在时代的合唱之中或许会显得格外刺耳，但是这种特异正是中国新文学史编写者在人云亦云之中的独立思考。研究这类声音为什么被淹没，又如何被淹没，后来又是如何浮出历史地表，则是我们讨论中国新文学史写作丰富性和意识形态性的最佳入口。

其三，用编年体形式进行研究可以清楚看出新文学史是不同文学史书写的层累与增删。正如前述，中国新文学发展在中华人民共和国成立前是没有时间界址的，只有在中华人民共和国成立后，才将之前的新文学予以历史化，命名为"现代文学"，这时的新文学史才有了固定的时间截止。但"当代文学"又成为没有时间界址的无限延伸，所以近来学界才要求将"新时期"之前的"当代文学"固定化。新文学发展的这一特点，导致其没有固化之时的文学史写作都是不完整的，都会不断在之前的文学史写作中随时增加"新近"的文学史内容，这种增添一直持续到其向前发展的时间被固定之后。如果将这些文学史写作以编年体的形式呈现的话，就展现了新文学史写作不断层累与叠加的过程，而这种持续不断的过程串联起来就完整呈现了中国新文学的全部历史，一直到它被彻底"截流"之时。更重要的是，每一次新文学史书写都会因为这种层累与叠加而影响原有的新文学作家作品的经典地位及文本重释，甚至重构新文学史的基本内容、大致框架和核心论断，这自然而然说明了新文学史写作本身既是客观事实的反映，更多的或许是一种叙述行为和文本加工的过程。

其四，本书用编年体形式进行文学史写作研究，将展现全部的新文学历史及其规律。当我们大谈文学史写作的文学史时段划分、述史线索的拟定与文学史情节的编排，马上就会让人想到这是后现代文学史观，接着就会质疑研究者是否会取消文学史的真实性、科学性与客观性。实际上将现代历史观和后现代主义历史观对立起来，正是沉浸在中心与边缘之分的思维迷阵之中不能自拔，这种思维都以自己所认为之"是""非"而为"是""非"，排除了二者之间的兼容调和，和谐共存的机会所在。采用编年体方式进行中国新文学史写作史的研究，在按照年月发展介绍不同的新文学史写作之时，全面的新文学历史就得以展现。这种展现不仅是历时性的线性体现，也是共时性的横截面展现。真实性、全面性和客观性曾经是后现代史学所要抛弃不顾的包袱，而使用一种编年体方式，则全部的中国新文学史写作所书写的文学史，将共同浮现出中国新文学史的全部"真相"。另外，本书将对1919—1949年的中国新文学史写作划分为三个时期，笔者将对每一时期的中国新文学史写作的特点、风格进行总结提炼，对同一时期所存在的多种史家立场和述史情节予以比较，以演示同一时期不同述史范型的对话、竞争、比拼，并对影响这一时期中国新文学史写作的诸多因素予以分析。于是三十多年的中国新文学史写作的起承转合、跌宕起伏的规律将得以体现。

其五，用编年体形式进行文学史写作研究，能够为读者提供资料查询及思考问题的门径。用编年体形式展现大量不同时代的中国新文学史写作，能够为热爱、研究中国新文学史写作的读者提供资料查询的门径，并能启发他们进行思考，从而激发他们建构出属于他们自己的有关中国新文学史及中国新文学史学史的阐释及链条。因为在进行中国新文学史写作编年研究之时，笔者会简介新文学史论文或著作的主要内容，并评析其重要特色，以便本著作能够成为触动每个读者进行反思的媒介。

第一章　新旧过渡的中国新文学史
写作(1919—1927)

中国现代文学分为三个十年，文学主潮大致为"五四"文学、革命文学和抗战文学。为了更明晰地表现出不同时代的新文学史写作范式，笔者将1919至1949年三十多年的中国新文学史书写也分为三个时期：1919—1927年是新旧过渡的中国新文学史写作期，1928—1937年是左右对峙的中国新文学史写作期，1937—1949年是敌我对抗的中国新文学史写作期。这三个时期代表着"五四"文学、革命文学、抗战文学的依次历史化，又意味着不同知识范型的登场，构筑了1919至1949年中国新文学史写作分期的重要依据。

1917—1927年是新文学的发生期，其在成长的过程中必然面对着"旧"文学的反对，所以新旧文学之间的斗争是这时的文坛主题。由此导致1919—1927年的中国新文学史写作也有着新旧过渡的特点。

第一节　概述

一　肇始期中国新文学史的写作样态及特征

中国新文学史写作究竟什么时候开始？这应是我们首要关注但又难以问答的问题。首要关注当然是研究的习惯使然，寻找到研究对象发生的源头是研究者天然的驱动力。难以回答是因为每每认为某篇文章是最早的中国新文学史写作，不久就会有更早的文章发现，而这之前所认为的"最早"瞬间丧失了意义。例如之前我们多认为罗家伦1920年发表的《近代中国文学思想的变迁》是最早的中国新文学史写作文章，但我们现在又发现胡适在 1919 年 2 月已经用英文在名为《北京领袖》（*Peking Leader*）——准确的中文译名应为《北京导报》——的英文报纸上发表了《文学革命在中国》。所以说，精确寻找最早的那一篇新文学史文章究竟是谁写的，在哪里发表，有时近于无聊，但却是蛊惑研究者不断寻觅的动力。

与其这样心中无底，不如采用模糊一点的说法，我们认为中国新文学史写作应该在 1919 年前后。原因是中国最早的新文学作品在那个时间段才出现：胡适 1917 年 1 月发表《文学改良刍议》；1918 年 1 月 15 日出版的《新青年》第 4 卷第 1 号上发表胡适、沈尹默、刘半农的九首白话诗，标志着中国新诗的诞生；第一部现代白话文小说鲁迅创作的《狂人日记》首发于 1918 年 5 月 15 日；第一部话剧剧本胡适的《终身大事》发表于 1919 年 3 月。历史是对现实过后的追忆，不可能在新文学作品还没有出现之时就有历史，所以我们认为在 1919 年前后发生了中国新文学史写作基本正确。在没有更新的资料出现，目前我们认为 1919 年胡适的英文文章《文学革命在中国》是最早的中国新文学史写作。

有人会质疑胡适的这篇文章是否新文学史写作？因为这是胡适发表在新闻报纸上的通讯报道。其实，从宽泛的历史角度出发，新闻报道就是历史写作。在现代社会中，新闻报道的都是当下现实，但也是最先对新闻事件进行的历史书写。追溯现代社会最早的历史书写，一般都会在新闻报道中出现。最早进行的中国新文学史写作，也属于通讯报道性质，这符合新生事物诞生之时的特点。新生事物的"新"决定了它具有新闻的性质，及时向本地或外埠人士报告这一新闻的动态及发展，就带有历史记录的特点。"五四"运动爆发之后，新文化运动风起云涌，有许多记者会书写文字予以介绍，其中有中国台湾、中国香港、日本、韩国、欧洲各国人士向自己所在的地区、国家报道这一中国大陆的最新文学文化动态。特别是日本学者对中国新文学的关注较早，青木正儿对中国新文学运动的介绍见识卓异，被翻译到韩国，也为后来研究者所重视。日本学者始终如一地紧跟中国新文学的最新动态，这自然与中国新文学作家与日本人士交往密切，作品受到日本影响有关，这预示着日本将来必然会成为中国新文学研究的重镇。而在国内，不同地域的文学爱好者和写作者也纷纷报道本地的文化动态,以此声应,彼此鼓动,推动了新文学运动的快速发展,如济川的《今日中国的文学界》、蒋鉴璋的《今日中国的文坛》,赵景深对天津文坛、凤云对杭州文坛、张天一对宁波文坛等诸多通讯报道,都是属于较早的新文学史写作。

本时期除了通讯报道这一新文学史写作方式之外,还有作家系列批评。对单个的作家批评不能视为文学史写作,但是对特定时期的作家系列进行批评分析,可以视为文学史写作。本时期胡适的《谈新诗》、凤兮的《我国现在之创作小说》、茅盾的《春季创作坛漫评》《评四五六月的创作》、北社编《新诗年选(一九一九年)》等都可以视为这一类型。因为早期作家作品非常之少,虽然这些文章涉及新文学作家作品不多,实际上已占据当时新文学作家作品的大部分,反映了一定的历史面貌。

本时期也有人采取专题论文的形式来介绍中国新文学。例如罗家伦的《近代中国文学思想的变迁》、胡适的《五十年来中国之文学》、梁实秋的《现代中国文学之浪漫的趋势》、中国台湾蔡孝乾的《中国新文学概观》、中国香港吴灞陵的《谈侦探小说》等,他们都是在专题论文中谈及自己对正在发生的中国新文学的态度和评价,以此表达自己的文学观和价值立场,从而为该项运动助威或降温。

当时的中国文学史已经成为大、中学的正式课程,授课教师在讲授完中国古代文学史之后,自然会涉及正在发生的"当下"文学,而中国新文学史就得以在课堂上出现。由此很多教师的讲义之中就会出现中国新文学史,这是附骥于中国古代文学史出现的中国新文学史写作。如刘贞晦、凌独见、赵景深、李振镛、谭正璧、胡毓寰等人的中国文学史就书写过中国新文学史。还有一部分人从事的是通俗文学创作,感受到中国新文学蓬勃发展对通俗文学造成了危机,也有小说史的书写,以此为通俗文学鼓气,如范烟桥的《中国小说史》就书写了中国新文学史。

1919—1927年正是中国新文学逐渐与旧文学彻底分离时代,这时期的中国新文学史写作也呈现出新旧过渡的特征。首先,新旧过渡表现在新旧文学比较的分析模式上。即这时的新文学史写作多采用文言与白话、新诗与旧诗、新小说与旧小说、话剧与戏曲、散文与古文等比较的方式来分析作家作品,或文学运动。其次,新旧过渡表现在对新旧文学的态度立场上。新文学运动是一新生事物，这到底是好还是坏，不同人物根据自己的文学立场及所在地区、国家的利益进行选择，所以这时期对新旧文学的价值评判并不统一：或新强于旧，或旧高于新，或新旧各有所强。最后，在未来中国文学发展道路的预测上也体现了新旧过渡的特征。大家会根据自己的文学立场认为未来的世界属于新文学，或旧文学，更或新旧文学的融合。考虑到这种新旧过渡的特征，我们将这一时期的中国新文学史写作分为三种：新文学倡导者的进化论模式，代表人物有胡适、罗家伦；古代文学研究者的折衷论模式，代表人物有刘贞晦、谭正璧；通俗文学写作者的"守旧论"模式，代表人物有范烟桥、吴灊陵。这三种新文学史写作模式都必须问答以下问题：必须解释清楚新文学运动为什么要发生？又是如何发生的？取得了什么样的成绩？未来的道路如何前行？

二　新文学倡导者的中国新文学史写作

以罗家伦和胡适为代表的文学革命的发起者和拥趸者主要坚持进化论的中国新文学史写作。进化论既是他们进行文学革命的口号及理论主张，也是他们书写历史的利器。他们以进化论观点论证了新文学是旧文学的必然进化，具有优胜劣汰的合理性。

新文学运动为什么要发生？罗家伦的《近代中国文学思想的变迁》主要是从不同时代拥有不同文学来解释的，他认为经济生活的改变、世界大战的影响、国内政治的失望、对于西方学术的接触渐近等几种极重要的事实，使得文学乃不得不采用白话文学。胡适的《五十年来中国之文学》则是从中国文学语言的自然发展来说明的，之前严复、林纾的翻译文，谭嗣同、梁启超的议论文，章炳麟的述学文，章士钊的政论文都失败了，不能成为大众普遍接受的活文学，而成为死文学，只有采取白话文学，才能使得文学发展走向活文学。他们将白话文学运动视为"革命"，是与之前文学运动彻底断裂的新兴文学。

新文学运动是如何发生的？胡适对此解释得十分清楚。他从自己在美国的留学生活谈起，以解释自己的创意是如何发生；陈独秀在其中的重要作用，是其革命的决绝态度；又有刘半农等人的协助鼓动；中间虽有林纾、学衡派的反对，但蔡元培的大力支持功不可没；其后"五四"

运动的爆发，文学革命风生水起，终于获得巨大成功。

取得了什么样的成绩？胡适、茅盾、康白情、济川等都有具体表述。胡适对新文学运动的成绩是乐观的，他始终是按照新胜于旧的原则来判断新文学的成绩。如在《谈新诗》中他对新诗摆脱格律束缚后的成绩赞不绝口；在《五十年来中国之文学》中他对新诗、小说、散文的成绩充满信心。茅盾对新文学的发展比较客观，他注意到新文学题材的偏狭，创作技巧的幼稚，但对鲁迅的优秀之作则赞誉不止。康白情对新诗的成绩也是大力宣扬，以此展示新诗相对于旧诗的绝对优势。也有济川等人对新文学成绩并不满意，但并不是否定新文学运动，而是希望其继续发展。

未来的道路如何前行？进化论文学史观的新文学倡导者对中国新文学发展充满信心，他们相信只要再给新文学假以时日，新文学将取得更大成绩。

在当时进化论的新文学史写作中，胡适的《五十年来中国之文学》影响最大。不仅体现在其多次被转载到中国台湾，成为中国台湾新文学运动的理论旗帜，而且因为他逻辑性地回答了上述问题，有利于新文学运动的宣传。该文还被翻译到日本、韩国，成为他国人民了解中国新文学运动的重要文章。新文学进化论当时被许多学者所接受，很多新文学史的述史理路就是按照过去、现在、将来的模式去进行，之后一些著作和论文的标题就是以"昨日今日明日"命名。如刘梦苇的《中国诗底昨今明》①、画室（即冯雪峰）所译升曙梦的《新俄文学的曙光期》②中有一篇《俄国诗坛的昨日今日和明日》。这种叙事模式最大的好处就是能以此解释过去，叙述现在，推测未来，使得三个时间段的文学发展构建成一个有机的进化链条，从而为"现在"的文学主张提供充分的理论证明。胡适的文学进化论代表着这一时期的主流文学史观，"活文学""死文学"分别成了新旧文学的代称。

---

① 刘梦苇：《中国诗底昨今明》，《晨报副刊》1925 年 12 月 12 日。
② 升曙梦：《新俄文学的曙光期》，画室译，北新书局 1927 年版。

三　古代文学研究者的中国新文学史写作

以刘贞晦、凌独见、李振镛、胡毓寰、谭正璧、赵景深为代表的中国古代文学史编撰者则在古代、近代文学史中附骥了新文学史，他们以折衷立场讨论了新文学运动。对新旧文学之间的折衷也感兴趣的是中国香港的文学家。他们一方面介绍新文学作家作品，另一方面则对中国大陆的侦探小说仍然有兴趣，而对中国香港本土的文艺运动也仍有相当的自信，并为之写史。我们来看他们是如何回答这四个问题的。

新文学运动为什么要发生？古代文学研究者因为对晚清文学运动非常清楚，所以他们一般都会强调晚清戊戌变法时期的梁启超、黄遵宪、林纾、严复等人的古文革新运动对"五四"文学运动的重要前导作用。如果没有他们在前面清除障碍，文学革命不可能得以成功。这与新文学倡导者完全撇开他们与古文革新运动的关系不同，他们看到二者更多的联系性。此外，古代文学研究者多是从朝代更替看待并撰写中国古代文学史，所以他们在介绍中国新文学史之时，都会强调辛亥革命、"中华民国"的建立对新文学的重大影响，政治推动文学的发展，是他们的基本思路。

新文学运动是如何发生的？胡适在介绍新文学运动之时，将自己视为中国新文学运动发起的"英雄"，并详述自己的"八不"主义，而将林纾和学衡派描画为顽固不化的反对派。但古代文学研究者并不重视文学革命具体过程，而将他们与晚清古文革新运动予以同等对待，并且林纾在晚清时期翻译外国小说的重大作用则屡被凸显，他的古文翻译的成就甚至被视为高于新文学翻译。

新文学运动取得了什么样的成绩？在古代文学研究者眼中，中国新文学成绩并没有值得大书特书之处，开始他们对鲁迅都不重视，之后才重视其《呐喊》和冰心的诗歌以及周作人的散文。对于旧文学的成绩，他们也会展示，如谭正璧认为《广陵潮》比新文学成绩更大。

未来的道路如何前行？古代文学研究者认为旧文学与新文学的区别并不是那么巨大，新旧文学完全可以相互借鉴，携手同进，共同推动文学的发展。他们对新文学完全西洋化持批评态度。特别表现在戏剧上，他们认为新的戏剧应该能够歌唱，新剧应该吸取旧剧的特长。在语言上，他们认为新文学欧化的语言让读者读起来非常吃力，也是其推广不开的重要原因。

一方面，古代文学研究者对古代文学有发自内心的爱好，但是他们看到了古文学已经不适应时代的发展，所以又不得不同意新文学运动的开展。但在新旧之间进行取舍存在矛盾，所以，他们要求折衷发展。另一方面，古代文学研究者并不是反对新文学运动，而是因为当时新文学还没有表现出完全的优势，还处在幼苗时期，相比于旧文学强大的实力还有弱不禁风之感，所以他们建议新旧融合、折衷发展。另外，古代文学研究者对新文学了解并不十分透彻，所以他们的这种折衷发展落实在具体方式上，就会要求话剧也要吸收传统戏曲的歌唱的特点，而没有明了这二者之间的根本区别所在。新旧文学的这种折衷立场在文学革命的发动之时就有代表，以伧父、刘鉴泉为代表①，在新文学史书写中有古代文学研究者予以坚持就并不奇怪。这种折衷派文学史写作随着中国新文学运动的迅速发展，成绩愈佳，都会改变观念，如谭正璧、赵景深，之后他们的文学史写作就走向中正客观，这种变换也合情合理。

四 通俗文学写作者的中国新文学史写作

通俗文学写作者的"守旧"论的中国新文学史写作以鸳鸯蝴蝶派作家范烟桥为代表，还有中国香港的吴灏陵等人，他们对中国新文学运动有不同的看法。

新文学运动为什么要发生？范烟桥对此进行了回避，他只是从文学的自然演变来叙说文学运动的发生，这样就自然而然的由晚清发展到民国。他强调了晚清的诸种文学的发展，彰显了通俗言情小说家的文学活动对后来文学的影响，强调了通俗文学报纸连载小说、稿酬制度的设立、短篇小说的创作、主编《小说月报》、翻译小说的盛行等文学史实后，通俗言情小说家的"汗马功劳"也就一目了然。他注意到"中华民国"的成立对小说发展的重要意义，文学运动之后再也没有受到干涉和压迫。在新文学之前，范烟桥重点介绍了民国以来以鸳鸯蝴蝶派文学为主的旧派小说成就及文学活动。这样他就凸显了民初通俗小说家在小

---

① 高玉：《五四新文学与古典传统及其评价》，《文学评论》2010 年第 5 期。

说的主题、技巧、翻译、办社、创刊等方面廓开视野及辛勤努力。很明显，读者可以从他的书写中看出通俗文学在晚清民初的发展，为新文学的发生奠定了基础，新文学是顺其发展的流脉。

新文学运动是如何发生的？范烟桥并没有提及，他对新文学的介绍，是从文学研究会、创造社的成立开始的。

新文学运动成绩如何？范烟桥介绍了文学研究会、创造社，但是他对整个新文学的成就很失望，因为长篇太少。他最为称颂的是张资平之《苔莉》与《冲击期化石》，并对其进行了引录。他对鲁迅、郭沫若等人只是予以点名。对小说批评家，他则是新旧并列书写。

未来的道路如何前行？范烟桥是主张回到中国传统小说的道路上来的，他认为新文学全部是模仿西洋文学，并不是中国小说的正宗，而通俗言情小说才是真正的"中国"小说。

五　其他

在中国新文学史写作史中，影响最大的是胡适的进化论文学史观。折衷论和"守旧"论的新文学史观在后来多被忽视，现在来看他们的书写也很具文学史学史意义。其一，他们应该是较早对旧文学、鸳鸯蝴蝶派进行文学史书写，既有全国视野，同时也兼顾新旧文学的现状描述；其二，其尽管认为新文学浪潮不久就会取旧文学而代之，体现了文学进化的观点，但还是实事求是论述当时的文坛是新旧并存的混杂状况，不是如胡适和后来文学史家那样，只叙述新文学发展状况，不顾及旧文学也是在不绝如缕，随时代而前进。其实新旧文学并存在中国文学史中长期存在，尤其是在 20 世纪 20 年代中，这种状况非常明显。如河南开封在 1925、1926 年所出的十多种报纸中，仍以文言为主，没有新文学副刊，1925 年才有《豫报副刊》登载新文学作品。[①] 而贵州的新文学运动进展也很为缓慢，"五四"时期在贵州境内还没有公开出版的新文学报刊，就连公开出版的报纸也极少，较有影响的是军阀势力控制的《贵州公报》和贵阳学术界的《铎报》，这两家报纸经常有散文、诗歌、

---

① 周启祥：《河南现代诗歌从二〇年代到三〇年代的发展》，《三十年代中原诗抄》，重庆出版社 1993 年版，第 517—518 页。

小说发表，但以文言文居多，以白话文形式发表的散文、小说也有，但极少，新诗还未见到。到了 20 世纪 30 年代，贵州的新文学才开始发展"。① 1926 年冬，张静庐去江西南昌观光的时候发现"新文化运动虽有七年的历史了，这样重要的省会似乎都还没有被普及到。我们到达南昌之后，在许多新式的旧式的书店里居然找不出一本'新'的书籍和杂志，因而感觉到推动文化的工作，还正有待于努力"。② 这还是省会城市，在偏远的县城新文学普及的程度就更加可想而知了，余英时的回忆就说明了这点："我是出生在'五四'发生的十几年以后的，根本没有受到'五四'的直接冲击"；"抗战的末期，我曾在桐城县住过一年，那是我少年时代唯一记得的'城市'，其实也是闭塞得很。桐城人以'人文'自负，但仍然完全沉浸在方苞、姚鼐的'古文'传统之中。我在桐城受到了一些'斗方名士'的影响，对于旧诗文发生了进一步的兴趣。但是我从来没有听人提到过'五四'。当时无论在私塾或临时中学，中文习作都是'文言'，而非'白话'。所以我在十五六岁以前，真是连'五四'的边沿也没有碰到"。③ 可见这种新旧文学并重的文学史叙述方式，尊重了文学史原貌，体现了新文学史书写不一样的开端。

此一时期对中国新文学史的命名还没有统一，新旧文学之间没有截然分明的裁断，"民国文学""新文学""二十年来文学""近来文学""最近之十五年文学""现代文学"等命名都在此时涌现。有的文学史写作中对新文学及文学分类体裁也不是十分清楚，有的学者会按照中国传统文学的体裁对中国新文学进行分类，例如凌独见就认为新文学中还有白话词，刘贞晦则认为新文学中的戏剧还需要音乐、有唱腔等。这一方面是因为中国新文学还没有正式成为大学课堂的学科，所以其名称还没有统一；另一方面是因为大家还没有意识到新文学将独立成史，而旧文学从此不再入史。另外，这与此时的新文学还是"当代文学"有关，文学史书写者基本上都是历史当事人，还欠缺一定的时间、空间及心理距离来审视新文化运动、文学革命及"五四"运动，它们的历史意义

---

① 陈锐锋：《抗战时期的贵州文学》，《安顺师专学报》（社会科学版）1995 年第 3 期。
② 张静庐：《在出版界二十年——张静庐自传》，上海书店 1984 年版，第 133 页。
③ 余英时：《现代危机与思想人物》，生活·读书·新知三联书店 2012 年版，第 72—73 页。

还没有显现出来，所以这时的文学史名称、时间分期、体裁分类都不好统一。但这种命名分类的混乱在后来不同的时期又会以不同的形式多次浮出历史地表，以此对正在流行的主流文学史概念及叙事理念进行反思和重构。

这一时期新文学史书写在新文学经典化方面进行了以下工作：一是文学革命发生的原因分别从文学的内部、外部因素进行了详尽的解释，但多是从语言工具的推广使用来阐释，而具体文学内容的革新还不被文学史书写所重视；二是文学革命的发生过程得到了强化，基本上以胡适的夫子自道为准；三是文学革命前的古文革新也得到了承认，某种程度上书写了文学革命的前夜；四是此时文学史的经典作家作品选择及阐释已经开始，如鲁迅、郭沫若、周作人等人的作品已经受到经典化的重视和解读，文学研究会和创造社两大社团引起了大家的注意。

文学史著的出版在中国大陆已经成为生意。20世纪20年代，中国的大学教育制度已经由开创走向逐渐成熟，大学各类学科都已开始具备现代的学科体系。大学教育的正规化自然需要大量的大学教材供给，大学生方能人手一本进行常规学习。而初创时期这种教材的编订主要是各大学自主编写，由本大学的印刷部进行印刷，然后散发给学生使用。经过老师多次上课使用之后，一些讲义就逐渐地正规出版。例如胡适的《国语文学史》就是其多次授课讲义的修订出版。谭正璧和赵景深的中国文学史更是一版再版。从二人在一些改版本的序言①中可以发现，他们的文学史大受欢迎，一方面固然是因为他们本人撰写文学史态度严谨，能够紧跟当时的学术潮流和文坛现状进行与时俱进地修正、增删，以满足新的时代及读者的需要；另一方面是因为当时中学的国文教育就要求中国文学史教学，而他们这两本文学史篇幅短小、语句生动、见解独到，作为中学教科书深受欢迎就理所当然。还有不容忽视的一点，那就是当时的"高考"要求考试文学史课程，清华大学更是指定赵景深的《中国文学小史》为其入学考试的"唯一参考书"。这一"高考指挥棒"的魔力，使得赵景深的文学史著得以不断修订，不断出版。这会让

---

① 赵景深：《十九版自序》，《中国文学小史》，华中科技大学出版社2015年版，第1页。谭正璧：《改订八版自序》，《中国文学史大纲》，光明书局1930年版，第3页。

我们联想到以后所谓的"指定教材""统编教材""××世纪教材"之类的荣誉称号。同时期胡适的《白话文学史》、鲁迅的《中国小说史略》等大学讲义也颇为流行，这与大学中文系开设文学史课密不可分。这说明，文学史著已经成为出版界的新兴事物，已经是一门新的文学生意，这是之前文学活动中没有出现的现象。文学史著成为可以赚钱的商品得以畅销，文学史家因为优秀的文学史著的撰写会闻名遐迩，成为世所瞩目的大学者，这就"蛊惑""引诱"很多学者不断投身于该项文学活动中。这一切应该是从 20 世纪 20 年代开始的，这在之后的中国新文学史撰写中也不会例外。

教科书及文学史著成为出版市场的"畅销书"，应该是现代社会独有的文化现象，因为在古代的知识体系中，书院和私塾的讲义都不是大规模的翻印，而知识的拥有者更是将其当作独占的智慧，以此享受自己的"先知"地位所带来的荣誉和利益。但是在 20 世纪 20 年代，大量的教材讲义出版一方面是因为这样可以带来丰裕的经济利益，出版社和大学教授都可以在这种出版行为中获利颇多，所以大学教授乐意将自己的讲义出版；另一方面还因为 1928 年颁布了《大学教员资格条例》，条例将大学教员分为教授、副教授、讲师和助教四等，并对每等教员的任职条件、激励机制等作了规定，于是学术著作出版是大学教师职称评聘中重要环节。[1] 在高校职称等级评聘的压力下，大学老师也不得不主动与出版社建立良好关系，将自己的学术成果及早印行于世。当然，也不能否定大学教授讲义的出版在进行学术普及的同时，也奠定了教授自身的学术地位以及学术美誉度，而这又会带给教授们更多无形的象征资本。正因为以上几种原因，我们看到现代的知识体系和运转系统在 20 世纪 20 年代逐步建立，文学史教材在其中已经成为重要的一环，在 20 世纪 30 年代，中国新文学史的写作与出版只是作为"后来者"加入这一知识建构的体系，此时的一些书写样态是为它们后来的加入进行了探路与前期调查。

本时期关注中国新文学史的海外国家有日本、韩国。日本学者青木正儿较早介绍了中国新文学运动发生状态，其文章还被介绍到韩国，日

---

[1]　李瑞山：《民国大学讲义出版生态扫描》，《中国图书评论》2014 年第 2 期。

本记者也及时向日本国内报道中国这一最新文化动态，胡适的《五十年来中国之文学》则被翻译介绍到日本。韩国对中国的新文学运动有着及时的新闻报道，同时还分别翻译介绍了胡适和青木正儿的相关文章。中国台湾学者为了推动中国台湾的新文学运动，胡适的《五十年来中国之文学》则被转载，也被中国台湾学者予以借用。中国香港的文化文学仍处于旧文学的统治之下，对中国新文学史的介绍并不十分积极，他们对中国的传统文学和通俗文学更有兴趣，更多青睐新旧文学的折衷。

第二节　编年

1919 年

1 月

志希的《今日中国之小说界》发表

志希即罗家伦，他的《今日中国之小说界：中国人之中国人做中国小说观，外国人之中国人译外国小说观》发表于 1919 年 1 月的《新潮》第 1 卷第 1 期。

该文的副标题是"中国人之中国人做中国小说观，外国人之中国人译外国小说观"，说起来非常绕口，就是说中国人眼中的中国人应该如何做小说，和外国人眼中中国人如何译外国小说。在这之前，作者对当时中国的小说状况进行了描述。他认为当时中国的小说分为三派。第一派是罪恶最深的黑幕派，当时几乎弥漫全国。这有两个原因，第一是因为"近十几年以来政局不好，官僚异常腐败"；第二个原因是昔日官僚的回忆，供今日读者作为"教科书"。第二派小说是滥调四六派，如徐枕亚的《玉梨魂》。第三派小说是笔记派，这又可分为四支：言情、神怪、技击、轶事。然后作者对中国小说如何写，翻译文学努力的方向进行了论说。

该文主要是对"旧小说"进行评述，以攻击旧小说为新文学开路。

2 月

胡适的《文学革命在中国》发表

胡适在 1919 年 2 月《北京领袖》(*The Peking Leader*) 发表了《文

学革命在中国》（*A Literary Revolution in China*）。①

　　该文分为：《第一枪是怎样开火的》《新的"尝试诗"》《白话运动这样扩展》《历史的辩护》《结论》五部分，分别介绍了文学革命的发生、白话诗的创作、白话运动的推广，并从中国文学史的角度回溯了宋元以来的白话文学传统。作者最后再次总结：死的语言已经不能表达新时期观念和民族情绪，白话文学将责无旁贷地扛起这一历史重任。

5月
5月4日，"五四"运动爆发。

10月
胡适的《谈新诗》发表
　　胡适的《谈新诗——八年来一件大事》发表于1919年10月10日的《星期评论》纪念专号。

　　该文的主要目的是评说新诗优胜于旧诗之处，因此对新诗的创作进行了一次检阅。

　　首先，胡适强调诗歌形式解放才能表达更丰富的内容："若想有一种新内容和新精神，不能不先打破那些束缚精神的枷锁镣铐。因此，中国近年的新诗运动可算得是一种'诗体的大解放'。因为有了这一层诗体的解放，所以丰富的材料，精密的观察，高深的理想，复杂的感情，方才能跑到诗里去。"他认为最明显的例子就是周作人的长诗《小河》，"这首诗是新诗中的第一首杰作，但是那样细密的观察，那样曲折的理想，绝不是那旧式的诗体词调所能达得出的"。他自己的《应该》、康白情的《窗外》其包含的意思神情"都是旧体诗所达不出的"。就是写景的诗，"也须有解放了的诗体，方才可以有写实的描画"。傅斯年的《深秋永定门晚景》"若不用有标点符号的新体，绝做不到这种完全写实的地步"。俞平伯的《春水船》"这种朴素的写景诗乃是诗体解放后最足使人乐观的一种现象"。

---

　　①　胡适：《胡适英文文存》，外语教学与研究出版社2012年版。

其次，胡适讨论了新诗的格式。他认为除了周氏兄弟之外，新诗"大都是从旧式诗、词、曲里脱胎出来的"。沈尹默初作的新诗是"从古乐府化出来的"，如他的《人力车夫》；他自己的新诗，"词调很多，这是不用讳饰的"，如《鸽子》《送任叔永回四川》；新潮社新诗人傅斯年、俞平伯、康白情的诗"也都是从词曲里变化出来的，故他们初做的新诗都带着词或曲的意味音节"。各报所载的新诗，也多带着词调，如周无的《过印度洋》"很可表示这一半词一半曲的过渡时代了"。

最后，胡适谈了新体诗的音节和声调。"新体诗中也有用旧体诗词的音节方法来做的"，最有功效的例是沈尹默的《三弦》。他自己"也常用双声叠韵的法子来帮助音节的和谐"，如《一颗星儿》。周作人的《两个扫雪的人》"读起来不但不拗口，并且有一种自然的音调"；他的《小河》"读起来自然有很好的声调，不觉得是一首无韵诗"。新诗还"研究内部的词句应该如何组织安排，方才可以发生和谐的自然音节"，康白情的《送客黄浦》就是很好的代表。

胡适的《谈新诗》既讨论了新旧诗之间的区别、新诗的做法，也兼及对已有新诗杰作的剔选和评价，是对早期新诗的一次清点。

11 月

陈大悲的《十年来中国新剧之经过》发表

陈大悲的《十年来中国新剧之经过》发表于 1919 年 11 月 14 日—16 日的《晨报·副刊》。

该文的新剧并不是现代意义上的话剧，而是文明戏。陈大悲作为文明戏的重要代表，主要是总结文明戏由盛而衰的整个过程。

12 月

日本人西本白川的《"支那"的文化运动》发表

日本人西本白川在日本人办的日文刊物《上海周报》1919 年 12 月 8 日第 356 期发表《"支那"的文化运动》，介绍中国的新文化运动。其对"五四"新文化革命持反对意见，和林纾、严复一类复古主义者意见相同。

1920 年

1 月

教育部颁布训令：自本年秋季起，凡国民学校一、二年级先改国文为语体文，以期收言文一致之效。至此，白话文取得官方地位在全国推广。

9 月

日本人青木正儿的《以胡适为中心汹涌澎湃的文学革命》发表

日本人青木正儿在 1920 年 9 月的《"支那"学》第一卷第 1—3 号发表《以胡适为中心汹涌澎湃的文学革命》（时间持续到 11 月）。

该文详细介绍了从 1917 年《新青年》发表胡适的《文学改良刍议》，到陈独秀响应，钱玄同、刘半农附和，与"王敬轩"论战，《新潮》继起，小说戏剧改良的全过程，涉及文学革命的各方面。并对中国当时的戏剧、新诗与小说进行了评价。其对鲁迅的小说予以了高度称赞："在小说方面，鲁迅是位有远大前程的作家，如他的《狂人日记》，描写一个患迫害狂的人的恐怖和幻觉，达到了迄今为止中国作家尚未达到的境地。"

10 月

罗家伦的《近代中国文学思想的变迁》发表

罗家伦 1920 年 10 月 5 日在《新潮》第 2 卷第 5 号发表《近代中国文学思想的变迁》。

该文将"近代中国文学思想的变迁"分为四个时期四种类型：一、鸦片战争之后的"闭关时代"与"华夷文学"（以王任秋《陈夷务疏》为代表的排斥研究洋务的尊华攘夷的文学）；二、洋务运动及维新变化前期的"兵工时代"与"策士文学"（以康有为的《公车上书》和梁启超办的《时务报》《新民丛报》为代表）；三、立宪时期及民国初年的"政法路矿时代"与"逻辑文学"（以章太炎与严几道的文章为代表）；第四个时期为"五四"新文化运动时期的"文化运动时代"。罗家伦分析当时的"文化运动时代"是因为有经济生活的改变、世界大战的影响、国内政治的失望、对于西方学术的接触渐近等几种极重要的事实，乃是进化的潮流所趋，不得不走这条路。

罗家伦清醒地看到白话文学存在的危机，这主要表现为两方面：第一，在新文学中处处受到中国旧思想的影响，形式主义严重；第二，他认为中国人的习惯，不但好自己流露中国式的思想，而且拥护这种东方的或类似东方的思想。但这些思想都有反对科学的因素，暂时不宜在中国提倡。

11 月
日本人青木正儿的《以胡适为中心的中国文学革命》在韩国发表

韩国人梁白华翻译日本人青木正儿的文章，以《以胡适为中心的中国文学革命》之名发表在韩国杂志《开辟》上。

1921 年

2 月
凤兮的《我国现在之创作小说》发表

凤兮在 1921 年 2 月 27 日、3 月 6 日的《申报·自由谈》发表《我国现在之创作小说》。

该文对 1921 年前的短篇小说进行简评："文化运动之轩然大波，新体之小说群起，经吾所读自以为不少，而泥吾记忆者，止《狂人日记》，最为难忘。外此，若叶楚伧之《牛》，陈衡哲之《老夫妻》，某君（适忘其名）之《一个兵的家》，均令人满意者。"

4 月
郎损的《春季创作坛漫评》发表

郎损即茅盾，他的《春季创作坛漫评》发表于 1921 年 4 月的《小说月报》第 12 卷第 4 期。

作者原计划对当时的新文学进行一月一评，"那知着手调查之后，方才觉得一个月一批评是绝难办到的事，原来国内创作坛简直寂寞到极点了！每个月内各报各杂志上发表的创作文学本来数目不多，好的更少；我们向来的预料——国内有创作而无批评家——竟料不着，原来现今不特无真正的批评家，连被批评的材料都没有呢"！

作者搜辑各报各杂志的创作，总共看过短篇小说八十七篇，剧本八篇，长篇小说两种。选取能够一提的和较好的共有二十四篇。即A的《她自己的儿子》、青士的《卖柴人和老太太的谈话》、李祖荫的《可明白吗》、觉黎的《吃饭问题》、笈孙的《过年》、忍杰的《家庭与爱情》、小岑的《工人与兵的一段谈话》、祖心的《还是去死去奋斗》、程起的《爱误》、苏兆骧的《年糕不是我们吃的》、太素的《小孩子说的》、姚天亶的《新年的苦乐》、俞文元的《水花》、陆觉的《母子》、侯可九的《一个学生的日记》、苏兆骧的《你可以进来的》、姚仲白的《可怜的群众》、江红蕉的《妆奁之奴隶》、鸿如的《不平》、陈德徵的《良心话》、金德章的《想》、失名的《一个死掉女儿的父亲的回想》、云孙的剧本《一篮花》、张春浩的《印子钱》。作者对这二十四位作家"表示非常的敬意，因为他们著作中的呼声都是表示对于罪恶的反抗和对于被损害者的同情"。

然后作者对田汉的剧本《灵光》、陈大悲的《幽兰女士》等作品进行了简评。

8月

郎损的《评四五六月的创作》发表

郎损即茅盾，他的《评四五六月的创作》发表于1921年8月10日《小说月报》第11卷第8期。

茅盾将一九二一年四、五、六月的创作分成六个类别，并统计了各类小说的篇数：（A）描写男女恋爱的，有七十篇以上；（B）描写农民生活的，有八篇；（C）描写城市劳动者生活的，有三篇；（D）描写家庭生活的，有九篇；（E）描写学校生活的，有五篇；（F）描写一般社会生活的，有二十篇左右。经过对数据的分析，可见"男女恋爱的小说占了百分之九十八"。作者对造成这种创作现象的原因进行了分析："（一）知识阶级中人和城市劳动者，还是隔膜得厉害，知识界人不但没有自身经历劳动者的生活，连见闻也有限，接触也很少；（二）一般青年对于社会上各种问题还不能提起精神注意——换句话说，就是他们的眼光还不能深入这些问题——而只有跟着性欲本能而来的又是切身的恋爱问题能刺激他们；（三）从传统主义的束缚里解放出来，因了个人主义的趋势，特流于强烈的享乐主义的倾向。"

茅盾进一步分析了当时作家的创作模式和人物塑造。在创作模式上，"他们对于描写的对象大概是抱了同一的见解和态度的，他们的描写法也是大概相同的，他们的作品都像是一个模型里铸出来的"。例如在数量最多的恋爱小说中，就不外两种形式："（1）男女两人的恋爱因为家庭关系不能自由达到目的，结果是悲剧居多。（2）男女两人双方没有牵制可以自由恋爱了，然或因男多爱一女，或因女多爱一男，便发生了三角式的恋爱关系，结果也是悲剧居多。"而在人物塑造上，"他们所创造的人物又都是一个面目的，那些人物的思想是一个样的，举动是一个样的，到何种地步说何等话，也是一个样的。不但书中人物不能一个有一个的个性，竟弄成所有一切人物都只有一个个性"。他点评了圣陶的《晓行》《一课》、辛生的《一条命二十串钱》、泽华的《老农妇底的谈话》、苏兆骧的《蚕娘》、鲁迅的《风波》、晨曦的《不幸的鸡》。茅盾"最佩服的是鲁迅的《故乡》"，并对其进行了解读，他觉得《故乡》的中心思想是"悲哀那人与人中间的不了解，隔膜。造成这不了解的原因是历史遗传的阶级观念"。

茅盾对于这三个月的小说进行了科学的统计分析，并以此揭示了初期新文学作家的身份及该种身份所带来的优势与缺陷。很明显，他是希望更多的作家能够用现实主义的手法更多层面的反映当时的社会生活，并能从典型环境中塑造出典型人物来，所以他在结尾注明："我对于现今的恋爱小说不满意的理由却因为这些恋爱小说也都不是自然主义的文学作品。"

12 月

刘贞晦、沈雁冰的《中国文学变迁史》出版

刘贞晦即刘景晨，他与沈雁冰合著的《中国文学变迁史》于 1921 年 12 月由新文化书社出版。该书正文《中国文学变迁史略》共有十一编，时间从唐虞至民国，由北京大学教授刘贞晦所书；附录部分《近代文学体系的研究》为沈雁冰所作，分为两章，为《总论》和《近代文学主要的几类》，是对世界近代文学的概述性介绍。

刘贞晦认为多种原因、历史的合力造成了文学革命的发生，他彰显了新旧文学之间千丝万缕的联系。他在书写新文学为什么会发生的时候，叙说了同光以后的西洋小说与翻译的兴盛引发了中国文学思想的变化。他深知科举制度对文学的戕害损伤，所以称赞了它的废除导致文学思想解放，从而为文学革命配制了土壤。而海陆交通便利，西学得以东渐，社会大众的思想也随之而变等诸多因素也被予以强调。他还从学校科目设置的改变来说明文学已不再是知识分子唯一专攻的科目，学校设立多种学科以传播各种新思想，古文已经不能适应这种新的时代要求，而白话才是最方便的工具，正因为这样，民国文学得以变迁。刘贞晦强调了旧文学的渐次变迁为新文学提供的诸多条件，将文学革命的发生视为文学自身长期潜滋暗长的结果。

刘贞晦采用的是朝代更替的中国传统历史书写模式。第十一编"民国成立以来的文学"从"中华民国"成立开始书写，包含了文学革命以后的新文学。这与胡适以文学革命的开始作为新文学的起点截然不同。这一文学史起点在之后渐渐被人"忘却"，近来"民国文学史"又成为中国现代文学研究的新动向。① 如果要对该概念溯源的话，刘贞晦的这部文学史应是比较重要的起点。

刘贞晦在新旧文学论争之间取客观中立立场。他对当时"羽翼古文的志士"并不反感，反而认为他们的文学水平并不低，"本是功深养到的"，只不过时代进步，必须"通变制宜"，他们已经落后时代需求了。他并没有否认旧文学的功能，而是强调新旧文学都是文学，它们都必须有理趣、有情味、有音节，这是从文学本质的角度来谈二者都不可偏废。他对未来民国文学的发展寄予厚望，那就是新旧文学之间互补互助，才是新文学得以完全成立的希望。他抚慰了那些维护旧文学之人，"果真有人能保存了国粹，将来新文学普及国民的时候，自然有人回想到旧文学……那么保存国粹的志士，也不怕将来没有声应气求的人了"。他批评旧文学维护者攻击白话文的言论"太过火了"，新旧文学"这种

---

① 张福贵：《时间概念与意义概念：关于中国现代文学的命名问题》，《文学世纪》（香港）2003 年第 4 期；丁帆：《新旧文学的分水岭——寻找被中国现代文学史遗忘和遮蔽了的七年（1912—1919）》，《江苏社会科学》2011 年第 1 期；张中良：《民国文学史概念的合法性及其历史依据》，《西北师大学报》（社会科学版）2014 年第 2 期。

对骂的光景，全是无谓。总要大家研究，在实地上去达各人自己的目的就好了"。刘贞晦对新文学是持拥护态度的，只是他不主张对旧文学过激的行动而已。他认为中国古代文学多是少数人所创作和欣赏的艺术品，而现在用白话文，就会形成"全体国民易知易能的文学"，这会促进中国文学的繁荣。所以从文学本身发展的角度来看，新文学的提倡是"进步的现象"。

刘贞晦还主张对新旧文学的艺术形式进行调和，对它们的发展成就也有切实推定。他赞同新诗的试验方向，但对戏曲前进的路径取向则与新文学家们不一样，他认为话剧"扮演起来，原也可以感动人心，辅助教育。但只注意扮演，没有讲究歌唱，这种改造的事业，还算偏而不全"。"该如何拿昆曲、徽调、新剧参合变化，成一种纯美的戏曲，这就要看将来的成功"。小说"近年来虽有变迁的情状，却未见有显著的成绩"，看来鲁迅此时已经发表的新小说还没有进入他的视野。

刘贞晦对新旧文学采取客观中立及调和的立场，与他自己是新旧过渡之人有关。他 20 岁中生员，在晚清废科举后，又以官费于 1904 至 1906 年在京师大学堂就读，当时林传甲、黄人在该校任教。他撰写这本文学史时，与胡适是北京大学文科同事。① 他自己的知识结构就有新旧并立的态势，对新旧文学有一定调和折衷就不难理解。

1922 年

4 月

鸿年的《二十年来新剧变迁史》发表

鸿年的《二十年来新剧变迁史》发表于 1922 年的《戏杂志》尝试号，该文连载于《戏杂志》1922 年尝试号、创始号、第 3、4、5 期，1923 年第 7、8、9 期。

该文从上海圣约翰书院、南洋公学、南洋中学演剧介绍新剧的开始。介绍了朱云甫、汪仲贤、王钟声、任天知、郑正秋等成立"一社""仁社""余时学会""进化团""社会教育团""新民社"等剧社，并

---

① 谢泳：《北大中文系的文学史传统——从刘景晨的〈中国文学变迁史〉说起》，《博览群书》2004 年第 6 期。

演出新剧的情形，这应是正式话剧的萌芽与过渡期。该文展现了话剧前期的艰辛、奋斗与一系列轶事，趣味盎然。

8 月
北社的《新诗年选（一九一九年）》出版

北社编的《新诗年选（一九一九年）》于 1922 年 8 月由上海亚东图书馆出版发行。该诗选共选沈尹默《公园里的二月蓝》、周作人《小河》、胡适《江上》、郭沫若《三个泛神论者》等诗八十二首，所选均为 1919 年的诗作，诗后还附有选编者点评，后附《一九一九年诗坛略纪》与《北社的志趣》。当时的广告是这样介绍此书的："（一）选择精当，历时年余，选定四十二家诗八十二首，仅占备选全诗六分之一。（二）名家批评，适用科学方法，根据近代学理，一洗从前批评家酸腐之气。（三）最逻辑的编次法，与从前笼统分类之旧弊完全绝缘。凡欲认识何者为好诗，欲知诗坛过去之成绩，欲考察各地社会感情，欲征时代精神，欲明民间之疾苦，不可不看。"①

《一九一九年诗坛略纪》为"愚庵"即康白情所作。该文对当时十四家新诗进行了评述，分别为玄庐、于捷、沈尹默、周无、周作人、俞平伯、胡适、唐俟、郭沫若、康白情、傅彦长、傅斯年、刘复、顾诚吾等人。其对诗歌的点评能够比较中外，审察古今。如他评价周作人的诗极有过人之处，"只怕曲高和寡罢。大抵传统的东西比非传统的容易成风气，也固其然。但我只愿他们各发展其特性，无取趋时。从来李杜并称，而李白早在杜甫之上。直到元稹继起，江西派成立，杜甫才独受尊崇。或者若干年后，非传统的东西得胜也未可知"。"胡适的诗以说理胜，宜成一派的鼻祖，却不是诗的本色，因为诗元是尚情的。但中国诗人能说理的也忒少了。""适之的诗，形式上已自成一格，而意境大带美国风。美国风是什么呢？就是看来毫不用心，而自具一种有以异乎人的美。近代人过于深思，其反动为不加思索。美国文明自是时代的精神……""康白情的诗温柔敦厚，大概得力于《诗经》。其在艺术上传统的成分最多，所以最容易成风气。大概浅淡不及胡适，而深刻不及周

---

　① 宗白华：《流云》，亚东图书馆 1923 年版。

作人（浅淡深刻四个字，都不寓褒贬的意思）。"

该诗选的编选及评点已经有了新诗史的意味，对后来的诗歌史写作帮助很大。

1923 年

2 月

1. 胡适的《五十年来中国之文学》发表

胡适的《五十年来中国之文学》是 1922 年 3 月应上海申报馆 50 周年纪念特刊《最近五十年》之请撰写的。1923 年 2 月收入《申报》五十周年纪念刊《最近之五十年》中得以出版。该文从 1872 年《申报》出世的这年开始写起，一直写到文学革命的发生和新文学的发展状况。

该文共有十节。第一节是全文的总起，叙说了最近"五十年来中国之文学"所呈现的四个特征，随后八节都是围绕这四个特征进行分述，重在强调古文运动的衰亡及白话小说的成就，第十节开始书写文学革命经过及成绩。全文中心线索就是论述曾国藩之后的古文命运日渐消亡，虽然其末期有严复、林纾的翻译文章，谭嗣同、梁启超的议论文章，章炳麟的述学文章，章士钊的政论文章这四类代表，力求朝着"应用"的方向变去，但这四派都不肯从根本上做一番改革的功夫，所以最终都失败了。而与古文同期的白话小说却成就斐然，但其不是有意的推动。文学革命在继承白话文学成就基础上加以有意地鼓吹和实践，迎来了白话文学这一"活文学"的胜利。这是从文学运动自身的进化趋势来论述古文学是"死文学"，白话文学才是"活文学"，文学革命的合法性得到了严谨证明。

胡适还彰显了文学革命是平民文学与贵族文学斗争发展的必然归宿。他认为，二千年来贵族的文学因为科举制度而得以延长，但民间的白话文学是压不住的，平民的文学却不声不响地继续发展。他将平民的白话文学分为五个时期，依次列举了代表作家作品。他认为新文学作为平民的白话文学，不仅是对已有白话文学的继承，而且有着新的自觉意识，所以说文学革命也是平民文学对贵族文学的胜利。胡适尽管只书写"五十年来"的中国文学发展，但由于他此时正在讲授及撰写后来在文学界引起广泛关注的《白话文学史》①，使得他能以整体的中国白话文学史的宏阔视野鸟瞰新文学的诞生，从而强调了文学革命是"顺应天时""合乎命意"的文学进化的硕果。

胡适的进化论文学史观"强调新陈代谢的变，强调因时递进的发展，强调不同时代有不同的文学这一规律"②，有力论证了新文学运动的合理性和必然性，但存在明显的缺陷。一方面，他"有意"将"五十年来"的中国文学说成是旧文学、贵族文学的衰落，贬低桐城派的古文成就，忽略晚清的诗词成就，反而强调金和和黄遵宪的成绩。另一方面，胡适将新旧文学之间展现为革命性的断裂关系，有意忽略了梁启超等人掀起的"三界"革命以及其他古文革新运动对"五四"文学革命的重要先导作用。

该文对新文学的成绩按照诗歌、小说、小品散文和戏剧四种类型进行了总结："第一，白话诗可以算是上了成功的路了。诗体初解放时，工具还不伏手，技术还不精熟，故还免不了过渡时代的缺点。但最近两年的新诗，无论是有韵诗，是无韵诗，或是新兴的'短诗'，都很有许多成熟的作品。我可以预料十年之内的中国诗界定有大放光明的一个时期。第二，短篇小说也渐渐的成立了。这一年多（1921 以后）的（小说月报）已成了一个提倡'创作'的小说的重要机关，内中也曾有几篇很好的创作。但成绩最大的却是一位托名'鲁迅'的。他的短篇小说，从四年前的《狂人日记》到最近的《阿 Q 正传》，虽然不多，差不多没有不好的。第三，白话散文很进步了。长篇议论文的进步，那是显而易见的，可以不论。这几年来，在散文方面最可注意的发展乃是周作人等提倡的'小品散文'。这一类的小品，用平淡的谈话，包藏着深刻的意味；有时很像笨拙，其实却是滑稽。这一类的作品的成功，就可彻底打破那'美文不能用白话'的迷信了。第四，戏剧与长篇小说的成绩最坏。戏剧还有人试做；长篇小说不但没有人做，几乎连译本都没有了！这也是很自然的现象。现在试作新文学的人，或是等着稿费买米下

---

① 胡适：《胡适日记全编（三）》，安徽教育出版社 2001 年版，第 592 页。
② 温儒敏：《文学史观的建构与对话——围绕初期新文学的评价》，《北京大学学报》（哲学社会科学版）2000 年第 4 期。

锅，或是天天和粉笔黑板做朋友；他们的时间只够做几件零碎的小作品，如诗，如短篇小说。他们的时间不许他们做长篇的创作。这是一个原因。况且我们近来觉悟从前那种没有结构没有组织的小说体——或是《儒林外史》式，或是《水浒》式——已不能使人满意了，所以不知不觉的格外慎重起来。这个慎重的现象，是暂时的，也许是很好的。平心而论，与其多出几集无穷无尽的《官场现形记》一类的小说，倒不如现在这样完全缺货的好了。"

该文对新文学成绩的评说，基本符合当时的创作情形，特别是其对周氏兄弟文学创作的称赞，对小品文艺术特征的总结都是后来常被引用的经典评判，而其对长篇小说的成绩之差的辩解，其实也表现他对长篇小说的期待。

2. 胡适的《五十年来中国之文学》在日本出版

日本学者桥川时雄于 1922 年 10 月 29 日拜访胡适，表示欲翻译《五十年来中国之文学》，从胡适处得其原稿。1923 年 2 月，胡适的《五十年来中国之文学》在日本被翻译为《晚近的"支那"文学》在东京东华社出版。

3. 凌独见的《新著国语文学史》出版

凌独见的《新著国语文学史》于 1923 年 2 月在上海商务印书馆出版。该书是作者毕业后在浙江省教育会开办的"国语传习所"讲授《国语文学史》编写的。

该书参照胡适的《国语文学史》较多，但因为出版时间的原因，此时凌独见应该还没有见到胡适的《五十年来中国之文学》，所以他对民国以来的文学史书写则与胡适不一样。该书第六编《"中华民国"》按照文、诗、楹联、词、小说、戏曲介绍了"中华民国"成立之后的文学。文这一部分主要列举了当时主张文学革命的文章。诗歌则抄录了胡适、沈尹默、刘半农、俞平伯、陈衡哲、陈建雷、玄庐的白话诗，还介绍了周作人的《小河》，郭沫若的《女神》等，林长民为人写的祝寿诗也被列举。作者认为白话词除胡适之外很少有人作了，以后词可能就要衰退了，他摘引了几首胡适的白话词。凌独见认为民国以前的小说以历史的神怪的笔记的居多，民国以后的小说以侦探的社会的黑幕的居多；民国以前的小说重在发牢骚消作者不平之气，而民国之后的小说则重在赚钱；民国以来的小说很少精彩之处，没有多大价值，鲁迅等人的新白话小说凌独见则视而不见。该书将戏曲创作分为传奇和弹词两种予以介绍，林纾、程瞻庐等人的著作被列举。凌独见看好翻译的剧本，他认为国人著作戏曲的成绩赶不上翻译的，他自称最喜欢的是易卜生的戏剧。

凌独见这部《新著国语文学史》表现出了新文学刚发生之时的文学史书写样态，即文体上新旧混杂，新文学成就上褒贬不一：词、楹联、传奇、弹词被作为民国之后的文学种类得以书写，这说明此时一些学者对文学种类的划分不是非常清楚；白话新诗介绍很多，受到褒奖也多；白话新小说则一部也没有提到，而在此时鲁迅《呐喊》中的短篇小说已经开始发表，但是作者认为此时小说毫无价值可言。凌独见这样书写民国之后的文学状态，与他自己的文学观有关。他在杭州第一师范学校就读时，就独自创办《独见》杂志，反对白话文。而他毕业之后，白话文已经得到教育部认可并颁令全国学校推行，此时的他为了教学而不得不参考胡适的《国语文学史》以说明白话文学乃时代大势所趋，以推行白话文。但"参考书"中对新文学涉及不多，需要他独自编写，这时他对新文化主流既迎合又排拒的文学史观就得以呈现。

7 月

秀湖的《中国新文学运动的过去现在和将来》发表

秀湖，本名许乃昌。他在上海读书之时，在中国台湾 1923 年 7 月的《台湾民报》一卷 4 期发表《中国新文学运动的过去现在和将来》。他在文章开头便批评汉民族守旧性太重，所以缺乏进化的观念，表现了自己对汉民族的身份确认，体现了其对进化论思想的拥护，对中国新文化运动的赞叹。他较详细地介绍了中国新文学运动，陈述了胡适的《文学改良刍议》的"八不主义"以及《历史的文学观》，还有陈独秀《文学革命论》的"三大主义"，以及白话文的刊物如雨后春笋般出现。他强调了"五四"运动激起了全国性的政治文化运动，旧有的报刊纷纷改头换面刊登新文学作品。在作家作品方面，他书写了大量外国文学作品陆续翻译到中国，而胡适、沈尹默、刘半农等人努力于白话诗的创作，王统照、谢冰心、鲁迅、叶绍钧、郭沫若、许地山、徐玉诺、朱自清、康白情、刘延陵，以及翻译界的耿济之、胡愈之、郑振铎、沈雁冰、沈泽民等作家及创作也被介绍。该文对中国新文学运动及成绩进行了列举，能使中国台湾读者明了中国新文学运动的发展概貌，暗示了中国台湾文学界所前进的方向。

8 月

1. 胡适的《五十年来中国之文学》被韩国转载

胡适的《五十年来中国之文学》被韩国从 1923 年 8 月 26 日至 9 月 30 日的《朝鲜日报》转载。

11 月

1. 济川的《今日中国的文学界》发表

济川的《今日中国的文学界》发表于 1923 年 11 月 17 日的《中国青年》周刊第 5 期。该文是一篇通信，是济川写给恽代英和林育南的信。

作者认为今日中国文学界的现状是：杂志上"几乎本本有几首令人读了肉麻的诗和着几篇平铺直叙不关痛痒的小说，真是令人作呕"。当时的中国在国际上面临着列强的剥削，国内军阀专横，民智愚暗，社会昏乱，却偏偏"没有一篇读了令人兴起或者读了至少令人落泪的东西出现"。"中国所急于需要的是富刺激性的文学"，要使人读了能猛醒，心底产生波澜，而"不是那些歌舞升平，讲自然，谈情爱，安富尊荣不知人间有痛苦事的文学"。所以，他认为中国文学应该向俄国文学学习，俄国文学的价值"就是在他描写灰色人生——从灰色人生中叫出的呼号。"

对于文学研究会主张的"为人生的艺术"和创造社主张的"为艺术的艺术"，作者认为这二者的创作都名不副实，因为为人生与为艺术二者本身就不可分离。比较起来，创造社的创作略好。新文学译品太次，"与其说是欧化语句，毋庸说是不通"。新诗矫揉造作，"首首离不掉'伊'，句句抛不开'爱'"，这就是恽代英所谓的"变相的闺怨诗"。他最不满意的是那种"变相的男闺怨"诗。作者"理想中的诗人至少在下列四种中有一种：Blook 的雄伟，Byron 的悲哀，Heine 的缠绵，

Wilde 的俏丽"。将布洛克、拜伦、海涅、王尔德四种不同风格的诗人作为理想中的诗人,显得他标准有些混乱。

从济川的这封信来看,他对当时的创作并不满意,而有着左翼文学的判别标准。

1924 年

2 月

李振镛的《中国文学沿革概论》出版

李振镛的《中国文学沿革概论》1924 年 2 月在上海大东书局出版。

该文学史第十八章《二十年来文学之趋势》论述了中国新文学史。李振镛从清末开始介绍,简洁论述了康有为、梁启超、严复、章炳麟、谭嗣同、汪精卫等人的古文成就。然后略微叙述了文学革命及之后的文学发展,这是将文学革命和清末文学视为一种顺势发展,二者之间并没有断裂。他写道:"欧战后,世界思潮,生大变动,社会主义涌起。陈独秀文学为其健锋。民气复张,时参政潮运动。蔡子民主学府,提高思想。而胡适周作人等以挺起之秀,大刀阔斧,倡文学革命之议,建设新文学。黎锦言等教国语以辅和之。全国学子,群起响应。然好古之士,群谋作大雅之扶轮,互相诋谋。两相调和,遂归于'整理国故融合新知'共谋文学之正轨。梁漱溟所谓'东西方文化融会之候将于斯时见之乎'。"李振镛这里大致介绍了文学革命的倡导和主要人物所做出的贡献,言简意赅、言说清楚。其指出新旧文学在激烈的相互争论之后,最终走向和解,以至两派人士携手共进以"整理国故、融合新知",这种斗争之后再相互谅解的新文学演进规律的叙说让人耳目一新,他还将其上升到梁漱溟所提倡的"东西文化融会"的高度来论述,也说明了他自己对新旧文学的态度。

3 月

1. 赵景深的《天津的文学界》发表

赵景深的《天津的文学界》发表于 1924 年 3 月至 5 月的《文学》

周报第 113—119 期，后来在其《我与文坛》① 的文集中，改名为《五四时期的天津文学界（一九一九——一九二三）》。有的资料上（甚至作者本人）误记为发表在《文学周报》上。因为当时文学研究会的机关刊物为《文学旬刊》，从 1923 年 7 月 30 日第 81 期起改名《文学》，1925 年 5 月 10 日改名《文学周报》。② 可见该文发表之时，其名应为《文学》。从文章可知，该文的写作得到了王统照、郑振铎等人的鼓励，是因为文学研究会希望将各地的文学动态予以刊载，形成互相呼应之势，而赵景深作为"五四"天津文学界的积极参与者，就承担了这一任务。

在《绪论》中，作者介绍了撰写这篇文章的发端。他认为各地的人报告他们文学界状况有三样利益："一来可以鼓励别地人去从事文学运动，二来已在文学界中努力的地方得了别地状况可以互相参考，彼此纠正步趋的误蹈。还有一样好处便因为这是从正面扑灭消遣文学势力的极好办法，新文学既盛，这遗老遗少不灭自尽。""五四"时期造成天津文学界势力的，全靠永久不懈的《新民意报》，其余书报时起时落，没有一个是长命的。所以赵景深以《新民意报》副刊几次改革，将天津文学界分为五个时期：《新民意报》初办时为初播时期，它增设副刊《国民良友》和《新娱乐部》时为再播时期，它改《新娱乐部》为《文学附刊》时称为萌芽时期，它改《文学附刊》为《朝霞》时为含苞时期，它将《朝霞》并入副刊时为开花时期。

作者在《播种前期》介绍了"五四"运动对天津的影响，最先的社团与期刊是觉悟社的《觉悟》。觉悟社研究文学的占极少数，大多数从事于社会运动。《初播时期》介绍了从 1920 年 7 月《新民意报》的诞生，截至 1921 年 9 月底的天津文学界。此时《新民意报》还很简陋，韩致祥等创办新生社及《新生》、吕一鸣编辑了《新少年》《导报》。《再播时期》介绍了作者和吕一鸣、孔襄在东兴里的文学活动，包括爱智学会和新人学社两个团体，以及《零拣》《微波》《新铎》等文学集与刊物。《萌芽时期》介绍了《新民意报》文学附刊的产生，同时有多

---

① 赵景深：《我与文坛》，上海古籍出版社 1999 年版。
② 高晓瑞：《〈文学周报〉与文学研究会》，西南大学硕士论文 2015 年。

种文艺刊物和带有浓厚的文艺色彩刊物，如《小尝试》《清晨》《菊》《虹纹》《小学生杂志》和《小同伴》《进德杂志》《儿童学报》《新月》《涓流》等，还有小说集《秋叶》和作者的诗集《乐园》。《含苞时期》介绍了 1923 年 1 月《新民意报》副刊改成书册式，分《星火》《朝霞》两部，上海浅草社、北京曦社、宜兴阳光社和北京人艺社里面的社员都纷纷惠寄稿件。当时成立了天津唯一的文学团体绿波社，出版了丛书《春蚕》，及杂志《诗坛》《小说》《绿波旬报》等。《开花时期》介绍了 1923 年 8 月后，绿波社三种杂志并为《绿波周报》一种，其逐渐发达，各处都有社员。这时《河北日报》和《新民意报》附刊又出外省县各个中学校学生的文艺刊物，有《卿云》《微笑》和《诗园》等。《结论》号召"大家努力介绍西洋文学及其原理、整理中国文学、努力创作！"这种号召正是文学研究会的宗旨，也正显示其是文学研究会成员。

通过赵景深的介绍，我们发现天津与北京相隔很近，"五四"新文化运动很快就在这里激起浪潮，文学社团和文学杂志迅速成立，并能及时得到北京周作人、徐志摩及其他著名作家的指导，而且天津的创作在这段时期也有作品进入诗歌和小说年选。遗憾的是，作者没有介绍他们在天津的新文学运动与旧文学的关系，而只是单从新文学发展来谈，不能展示更丰富的全貌。但是该文在当时影响很大，各省市的新文学读者阅读后，都纷纷向《文学》周报投稿，介绍他们那里的文学状态。这种文学动态也可谓文学史写作的方式，在新文学发展中，成为传统，如后来的《抗战文艺》也有众多的文艺动态文章。

5 月

1. 凤云的《杭州的文学界》发表

凤云的《杭州的文学界》发表在 1924 年 5 月 5 日的《文学》上。

该文也是响应文学研究会的号召而撰写的，其分为《新文学的发轫》《出版物大盛时代》《消沉时代》《一线生机》《现状》五个部分，依次介绍了杭州的新文学运动。从该文知道，1919 年 9 月，杭州省立第一中学就出版了新文学的报纸《明星月刊》，创办人有该校的马绍援、阮毅等人。后来杭州一师也有新文学运动，出版报刊《独见》等刊物，这就是凌独见所主办的。这说明在经济发达的沿海一带，随着"五四"运动的蓬勃发展，新文学已经如星星之火扩散开来。

2. 张天一的《宁波的文学界》发表

张天一的《宁波的文学界》发表于 1924 年 5 月 26 日的《文学》上。该文也是响应文学研究会的号召而撰写。

其先介绍宁波的统治比较黑暗，所以"五四"运动没有及时对宁波产生影响。而在"五四"后一年，有王吟雪加入上海新人社。宁波第一个社团是 1922 年王任叔、王吟雪创办的春风学社，主要集中于儿童文学和教育方面。王任叔和谢传茂等人创办了雪花社，分科学、教育、文学三类。还有丙辰学社、白浪学社。当时的出版物有《新月》《四中半月刊》等，其对当时的作者也进行了简介。

6 月

苏维霖的《二十年来的中国古文学及文学革命的略述》发表

苏维霖在中国台湾于 1924 年 6 月《台湾民报》2 卷 10 期发表《二十年来的中国古文学及文学革命的略述》。该文取材于胡适《五十年来中国之文学》写成。

9 月

1. 胡毓寰的《中国文学源流》出版

胡毓寰编《中国文学源流》于 1924 年 9 月由商务印书馆出版。

该文学史第二十四节为《古文之敝》，最后一节第二十五节为《新文与新诗》，从命名上可见其在古文和新文之间的价值立场。作者在《新文与新诗》中认为清末之后，文学界的革新是"由仿古之文，渐变而仿西及明浅之文"，他强调梁启超是文学革新的先锋，大段摘录了梁启超的《新民说叙》《中国古代思潮总论》。然后他介绍吴敬恒等创造的注音字母，胡适等人的文学改良主张，蔡元培、梁启超等人予以的响应，也提到有人并不以为然，接着又大段摘引蔡元培的《中国古代哲学史大纲序》。这种编排也暗示了文学革命和清末文学的连接关系。最后他指出胡适等人主张以白话为文，以白话为诗，摆脱旧诗之一切格律，字句可随意长短，颇有西洋诗之风味。他抄录了胡适的诗歌《老鸦》，周作人的《两个扫雪人》《小河》，就将"新文与新诗"介绍完了。胡毓寰的这种文学史撰写不仅体现在最后的新文学介绍上，就在前面的古文学的书写上也是如此，简单介绍时代、作家作品之后，就大量摘引原文。

2. 罗澧铭的《新旧文学之研究和批评》发表

罗澧铭的《新旧文学之研究和批评》在中国香港《小说星期刊》1924年9月27日、10月4日、11日、18日、25日、11月1日连载，这是中国香港较早介绍中国新文学的文章。

罗澧铭叙述了文学革命爆发之后新文学的汹涌大有取代旧文学之势，对此他并不赞同，因为他认为文学无新旧之分，只有"嫡派余宗"之别，新旧文学不是断裂而是延续变化。他将文坛分成三派：主张新文家派、主张旧文家派、折衷派。他从四个方面对新旧文学论争进行了辨析。在《（甲种）新旧文学派之论调》中他介绍了胡适的《建设的文学革命论》，这里胡适将其《文学改良刍议》中的八不主义改为四条。至于旧文学家的论调，他认为不外乎"古文为我国之国粹。万不可废。彼提倡新文学者。无非畏难而退避"等。将新旧文学观点进行列举后，罗澧铭在《（乙种）新旧文学之长处及其短处》中将新旧文学的优缺点进行了分析。他对胡适所说的"不避俗语俗字"并不认同，因为南北的俗语俗字完全不一样，如果各个地域的人都以自己地域的俗语俗字进行写作的话，"岂非令人如对闷葫芦"，所以他认为这里应该有一个限定，即使用大家都能懂的俗语俗字，如做一日和尚敲一天钟之类的。对于胡适所倡导的"不用典"，罗澧铭也并不认同，因为"全用白话做文章。必不足用"。而胡适说"有不得不用文言的便可用文言来补助他"这又与"不用典"相矛盾，因为很多文言都是有出处的，本身就是典故。除此之外，"文学为美术之一种，加以少许辞藻典故，即加以最好之色泽以渲染之"。他还对胡适的"文须废骈诗须废律""不做不合文法的文字""不模仿古人"进行了辩证分析，他认为这些要求都有失之过分的弊端。所以他认为"不避俗字俗语"及"不用典"正是新文学的短处。"至如全用白话，不用文言，亦为新文学之短处。"他认为这样的话会造成古学的消失，而导致考古学的失存。他还用世界语的兴衰史来表明现在的白话兴起与其有类似之处。他归结到"白话之短处，在乎不用文言；文言之长处，又在乎能用白话"。他用《曹刿论战》和《孔子过泰山侧》来说明文言之能用白话，并宣称"请醉心白话文学者，试以上述二篇，译作近日之白话文。如能简洁过之，色彩过之，吾乃敢心悦诚服也"。在《（丙种）新文学派之流弊》中，其认为新文学还有两大弊端：其一，新文学家所喜用的新式符号乃仿用英文符号，实则太新，这是多此一举，应该废除，因为读过几年书的人，都知道如何句读。而这种符号的使用将会从根本上将文字推翻，这是关乎国家存亡的大事；其二，他认为新文学的长处在于绍介学术，但是"天下事，有利必有害。学说繁杂，种种不一。将其可取者以范国人，则国人庶受其益；其不可者，则国人耳濡目染，受害非轻"。在《（丁种）旧文学派之食古不化》中。罗澧铭认为旧文学的短处在于"（一）思想无甚推陈出新之点"；"（二）在有我观太重，彼辈既以文人自命，又犯自以为是之弊。如好用古奥文字，以相酬答，直令根底薄弱之学者读之，不易了了"。罗澧铭在《综论》中进行总结，"窃以为文字求显浅，贵乎使平民易于了了。太新固不可，太旧亦不易。则不若如上文云云，实行所谓白话中之文言。文言中之白话，不新不旧，不歆不偏。折衷办法，庶其可乎"。

罗澧铭的这篇文章看起来非常中庸公允，在新旧文学之争中似乎不偏不倚，但是其论证的过程中却处处显示出为旧文学辩护袒佑的潜意识。

1925 年

2 月

1. 蔡孝乾的《中国新文学概观》发表

蔡孝乾的《中国新文学概观》于 1925 年 2 月开始在中国台湾《台湾民报》第 3 卷第 12—17 号连载。

蔡孝乾认为中国新文学才是活文学，因为这才是用日用白话作为文学的工具，而不是用前人的死文字。他转述了胡适关于新文学的 8 项主张，特别强调了文学中的文字问题。接着他从白话诗与短篇小说两方面来介绍新文学成就。在白话诗方面，他首先介绍的是刘半农、胡适、康白情等人的新诗理论，之后分类介绍新诗作品。他将新诗分作抒情诗与叙事诗两类，又将抒情诗再细分为偶感诗、感境诗与冥想诗。偶感诗他列举了郑伯奇的《别后》、康白情的《干燥》（二）、冰心的《春水》等，以及馥泉的《妹嫁》为代表。感境诗他列举了俞平伯的《欢愁的歌》第一、二节，郭沫若的《胜利的死》最后一节，以及徐玉诺的《墓地之花》为例。冥想诗他举了梁宗岱的《太空》及刘燧元的《夜忏》为例。关于叙事诗，蔡孝乾举了玄庐的《十五娘》的片段为其代表。

　　在小说部分，蔡孝乾指出中国新文学革命不仅在小说观念上已经推翻了以前视小说为游戏消遣的观念，还指出自第一次世界大战以来文学的新趋向是世界被压迫阶级"抬起头来"，已经兴起了"无产阶级的文艺"的新主张，"为新社会的艺术"的趋势业已形成。这说明他已经站在了无产阶级文艺的立场上了，这与他当时是中国共产党党员的身份有关。接着他选取了鲁迅的《孔乙己》、雪邨的《风》与《私逃的女儿》、胡适的《终身大事》中的片段，进行品评，以让读者"大体知道现在新小说的体形和趋向"。

2. 张我军的《文学革命运动以来》发表

　　张我军的《文学革命运动以来》在 1925 年 2 月的《台湾民报》第三卷 6—10 号连载（时间截止到 4 月）。该文主体内容是转载胡适的《五十年来中国之文学》中有关文学革命运动的经过。

3 月

张我军的《研究新文学应读什么书》发表

　　张我军的《研究新文学应读什么书》在 1925 年 3 月 1 日的中国台湾《台湾民报》第 3 卷 7 号发表。

　　这是张我军应读者要求列举"最低限度应读的书"，其中包括文学史、文学原理、艺术论、艺术史、美学、文法、新诗集、短篇小说集、长篇小说、翻译、杂志十一种类型。他列举的一些作品是胡适的《五十年来中国之文学》中所没有书写的。其中新诗集他列举了《女神》《星空》《尝试集》《草儿》《冬夜》《西还》《惠的风》《雪朝》《繁星》《将来之花园》《旧梦》；短篇小说集中他列举了《呐喊》《沉沦》《玄武湖之秋》《蔓萝集》《超人》《小说汇刊》《火灾》《隔膜》；长篇小说列举了《一叶》《芝兰与茉莉》；翻译有《易卜生集上下》《爱罗先珂童话集》《胡适短篇小说集》；杂志则包含《创造周报》《创造季刊》《小说月报》。从这些中国新文学作品来看，张我军对当时的新诗和小说掌握得比较全面，但书目中没有介绍中国新文学的戏剧和散文。

4 月

1. 蒋鉴璋的《今日中国的文坛》发表

蒋鉴璋的《今日中国的文坛》发表在 1925 年 4 月 10 日的《晨报副刊》。

该文主要是评析几年来目睹的怪现象。他认为新文学已经经过六七年的发展，应该有一些辉煌成绩，但是"除掉了极少数中的极少数的比较成熟作家以外，我们反而觉得可怜"！他抨击了整理国故成绩不佳，乃至中国文学史、清代史都要引自日本，而这股风气"毒害"了青年；新诗本是要打破旧诗的束缚，"至今"还没有成熟，但是有些诗人却又在大作旧体诗；名人作家肆意提拔推荐自己的好友、学生的作品；著名小说期刊名义上是鼓励大家投稿，实际上只是圈内人暗自操纵；翻译文学开始繁荣，但"欧化的中国文学"，我们不愿提倡，更不必提倡。看来作者对新文学开始之初的发展态势并不满意，反而觉得"乌烟瘴气"。

蒋鉴璋对新诗的攻击有捍卫旧体诗的意味："我觉得中国有的旧诗，音节上诚然是不免拘束，然而我们不能因为他拘束人，便说他是机械的。就说是机械的罢，然而机械又何尝不是被人用呢，火车轮船，电报电话，又何尝不是机械的呢？因为我们用得惯了，反而觉得方便。"最后他鼓舞旧诗爱好者，"中国的旧诗，并没有破产，我们依然要去研究。中国的新诗，到了现在，仍然是没有成熟"。正因为他这种态度，在1925 年 4 月 14 日的《晨报副刊》上就有丁润石发表《评〈今日的中国文坛〉》，对蒋鉴璋谈诗的观点进行了评论，并为新诗辩护。同年 4 月26 日，《晨报副刊》再刊蒋鉴璋的《诗的问题》一文答丁润石。这次作者修正了他的观点，即提倡新诗的人对于旧诗有研究，能融新诗旧诗于一炉，才能够产生比较一般高明的新诗来。

2. 吴灞陵的《谈侦探小说》发表

吴灞陵的《谈侦探小说》在中国香港1925年4月的《小说星期刊》第5—8期（时间截止到7月）连载。

该篇文章介绍了中国侦探小说的大致情形，叙说了其兴起的原因以及所受外国侦探小说的影响，并阐明侦探小说创作的技巧，其中就涉及当时侦探小说盛行的大致面貌，有侦探小说史的意味。他介绍了程小青创作的东方福尔摩斯探案，列举了张无诤的《徐常云》、陆澹庵的《李飞》、何仆斋的《卫灵》、张碧梧的《宋悟奇》、姚赓夔的《鲍尔文》、黄转陶的《史述斋》、王雪影的《王守礼》、李云子的《刘云》、王天恨的《康卜森》、赵苕狂的《丁立功》、沈禹钟的《燃犀生》、广州继禹的《狄克探案》、昆仑的《李穆探案》、李绮芬的《东粤健儿》等作品，他还重点分析了部分作家作品：他认为胡寄尘的《鸽子案》"有情有理，令人称奇！"何仆斋作的卫灵侦探案"心思周密，结构离奇，而且常常加上一点香艳的色彩，尤其是令读者们高兴了！"张无诤作的徐常云探案"结构很曲折，不过用笔嫌枯率些"，陆澹庵的李飞探案"不但不甚曲折，而且很没有道理"……从吴灞陵对侦探小说的介绍来看，其是对当时的侦探小说概貌进行了一个简单扫描。1925年大陆新文学已经取得很大成就，鲁迅、郭沫若的重要作品都已经问世，几个重要的文学社团都已经建立，成就也颇大，但是吴灞陵却关注并阅读了这么多侦探小说，兴致勃勃地将其介绍给中国香港读者，并论及侦探小说的创作技巧。这正反映了中国香港此时的文学风尚，即其在雅俗文学之间、新旧文学之间并没有有意识地进行价值高低的评判，"五四"新文学此时并没有在中国香港风靡一时。

9月

谭正璧的《中国文学史大纲》出版

谭正璧的《中国文学史大纲》1925年9月在泰东图书局出版。

该著主要论述的是中国古代文学史，第十一章为《现代文学与将来的趋势》。其第一节为《现代文学》，其包含以下小节：在《政治革命与文学革命》中，作者先论及辛亥革命的重要性。然后认为"如讲近代文学革命之先驱者，当推梁任公，而不能称陈独秀和胡适之。他们不过更进一步，为彻底的革命罢了；况此后他们革命的成绩，是否能根深蒂固，后来文学，是否即依此再演进，尚属疑问"。他认为梁启超为文学革命扫除了障碍。在《外国文学之传入与译界之王——林琴南》中，作者介绍了林纾的翻译，评价林纾的古文在当时并不突出，但其译外国文学，成功却在意料之外。他使得中国文学与世界文学又发生接触，对中国文学家影响甚大，而且"以人格论，他胜于现代多数文家万倍"。在《陈独秀与胡适之》中，他介绍了这二人的功劳，他认为"陈氏是主张完全采用西洋文学的；胡适之则主张中西调和而另创一种世界文学（虽然他不明说，然颇有此意趋），为二人宗旨之不同处"。他认为胡适自己的创作都不很成功，他的《尝试集》的文学价值，"一时颇难断定"。他介绍胡寄尘曾一度为新文学尽力，但因为经济的关系，又回到旧文学上去写稿赚钱。在《新诗之厄运与小说戏剧之进步》中，作者认为冰心的诗歌受泰戈尔的影响很大，"大都是寄寓哲理的作品"；郭沫若的诗"带有日本诗体气味，周作人亦然"；汪静之的情诗，"将人之所不敢言者，大胆倾吐"；俞平伯诗"染旧诗习气太深，不很动人"；刘大白、沈玄庐、苏兆骧等"大都从旧诗词化来，然不比俞氏之滞呆，俱声调铿锵而富有情志，将来一定在诗坛上得占一立足之地"。他认为新诗的厄运是如《将来之花园》随口胡诌的创作态度。在戏剧方面，他认为演中国故事的首推郭沫若。新小说中，他认为冰心的作品"思想艺术俱佳"，叶绍钧"思想愈于艺术"，王统照、顾一樵"艺术胜于思想"。在旧派小说方面，李涵秋等"亦好用白话，不过非欧化体，而是纯粹的中国语体，所以为多数西洋式的中国学者排斥。实在他们的小说，比新派小说来得坚实而不虚浮，因为大半都是社会小说，而为作者所亲历者，故言之真确而又富有地方文学的色彩"。他评价《广陵潮》《好青年》等"不能不说是好小说，他们的存在，恐较现存的新派小说要久远一些哩"。在《二大文学家——周树人和周作人》中，作者认为周作人的诗很不好，译文也太过西洋化，小品文虽佳，然无特别处，但因为周作人是文学研究会的老祖宗，会员们和他的学生们不便不捧他，但是周作人在《自己的园地》中对于文学的评论，"却很有特别见地"。周树人因为少用欧化语所以作品普及，而他所译的《工人绥惠略夫》因为"思想和体裁都不合中国人心理，自然少人注意了"。《呐喊》是"一部永久不朽的作品，很有地方色彩，而用笔冷诮暗讥，有特别风味。不但是好的文艺创作，是一本革命的宣传书"。周树人的诙谐，"是欲哭无泪的强笑，吾们决不能当他是滑稽呢"！《文学研究会与创造社》中，作者认为现代文坛门户之见太深。他抨击文学研究会出版物有二三十种，"然滥竽充数者为人指摘，往往由会员互相辩护，不肯服差，以此为大多数无名作家所不满"；"《小说月报》明为商务印书馆发行，实则也是他们的吹嘘机关，旁人很难投稿"。而创造社"好创作，不轻易译著，属于老成一派；但作品中的思想大都太灰颓，因此为有力的中国学者所排斥，以致作品出版，销路沉滞"。还有晓光社、浅草社、青年文艺社等颇有价值，而新文学出版物和"'五四'运动后新杂志风行一时一般，但我以为也不久多数要受淘汰"。同时他也介绍了礼拜六派的文学杂志《小说世界》，现在"简直没有什么价值，然而听说销路每期在二三万本以上，而且阅者商工界中人都有，亦可见中国社会多数人对于这等无聊文学趣味的浓厚了"。《国故运动与新文学之冲突》中，作者介绍东南大学的教员和学生"他们都做文言文，注释古书，研究古籍；对于外国文学，介绍中世纪作家（如莎士比亚等），而创作少见"，作者认为这是一种"反动"，"很像诗进化为词，而诗家仍有复古者"。

第二节为《将来的趋势》，其中《青年文学家的歧途》介绍了当时青年人的创作苦恼，正面临着继续前进还是转回旧文学的十字路口，所以他认为："新文学在中国得立足与否，也还要看此后多数青年作家——无名的多数青年作家——的趋向而定。"《最近的将来的优胜者》中，作者认为："在最近的将来，新文学仍占优势，是可以说定的，稍后则不敢预料。惟旧小说的作家有再兴之势，而国故派之以地势占胜利，俱为吾人所悲观。"他自己希望有"调和中西派的文学出现"，"只有折衷派能在中国存在"。在《未来文学之推测》中，作者对诗歌、戏剧、小说与散文的发展进行推测。他建议新诗"须用相当的修辞，使音调自然的和谐，而时创新意"；戏剧有三条路："其一，专重词彩和思想，仿西洋体裁而用中国社会为背景；做成后供文家之观赏，和新剧家之扮演，唯合于多数观者之心理否，则不能必。""其二，改造旧剧，将现在社会背景，用纯旧剧的唱调做法。""其三，将旧剧旧故事，创新的唱调及动作演出，但不宜太文——太文的就并入第一类。"小说必"从中国旧体上谋改造"，而加入多数人能了解的新思想。"欧化语体必有一度的衰颓，而和旧体文合并"，"否则文学是文学家的文字，与其他必不发生关系"。散文中，"白话文和浅近文言必并存；待方言文学兴，再一度并合，而后方有中国真正的散文出现"。

此文对中国古代文学是以朝代更替为文学演进的线索，但是在叙述新文学的时候却是以"现代文学"来命名，这种命名方式应该是较早的。这里的"现代"与之前提及的"近代"应该意义差不多，大都是"当下"的含义，没有我们现在的"现代文学"的含义。谭正璧有着过去、现代及将来的三个时间段的内在理念，这体现在全书的框架结构中。他也注重到辛亥革命政治变迁的重要性，而不是单从文学自身的1917年开始书写，这也带有民国文学的意味。

该文学史著出版在1925年，正是新旧文学势均力敌之时，所以作者对新旧文学持折衷态度，他既介绍新文学，也介绍礼拜六派和学衡派，对于《广陵潮》的评价还非常之高。对于新文学他还有嘲讽的意见，如对周作人和文学研究会及《小说月报》。对于鲁迅的作品他评价非常之高。这种立场正如他自己所说，正在新旧之间摇摆，所以对于新文学有所期待，但也没有必胜信心，他对未来中国文学的建议就是新旧融合。但事实的发展远超谭正璧的想象，在该著后来的改写本中，他的这种折衷思想就被抛弃了。其中一些得罪人的话语也经过别人的劝说而删除。

1926 年

2 月
梁实秋的《现代中国文学之浪漫的趋势》发表

梁实秋的《现代中国文学之浪漫的趋势》发表在1926年2月15日的《晨报副镌》。

该文既是对"五四"新文学特点的总结，也代表了一种新的新文学史观。"五四"时期胡适、罗家伦等人主张文言文学是旧文学、死文学、贵族文学，白话文学是新文学、活文学、平民文学，而文学革命则是后者对前者的斗争、革命、进化，这种新文学史书写就是进化论式的文学史观。但是，梁实秋在该文中提出文学并没有胡适等人所谓的新旧之分，只有中外可辨。旧文学即是本国特有的文学，新文学即是受外国影响后的文学。这就将胡适等人的纵向进化的历史演进变成了横向的同一平面的中外比较。

同时，梁实秋认定文学里有两个主要的类别，一是古典的，一是浪漫的。而中国"五四"文学恰恰是浪漫的，因为他认为凡是极端承受外国影响的文学，即是浪漫主义的一个特征，而"五四"文学就具有浪漫主义的特点。这样一来新旧文学之间的矛盾实际上是古典与浪漫的矛盾。为了论证"五四"文学的浪漫趋势，梁实秋对"五四"文学的作家作品、文学观念、批评方法等进行了分析，指出其具有四个特点：（一）新文学运动根本的受外国影响；（二）新文学运动是推崇情感轻视理性；（三）新文学运动所采取的对人生的态度是印象的；（四）新文学运动主张皈依自然并侧重独创。

梁实秋坦承他自己的古典与浪漫的文学分类法是来自西洋文学批评的"正统"，即以白璧德为代表的新人文主义。这种文学观点所认为的"古典"，指的是健康、均衡，受理性制约的作品；"浪漫"即是病态的、偏激的、不受理性制约、有违常规的作品。梁实秋将"五四"文学视为"浪漫"的，说明其对"五四"文学的批评态度，这种态度在新文学正风生水起之时是不同一般的。

本年

赵景深的《中国文学小史》出版

赵景深的《中国文学小史》是作者在绍兴第五中学任教时所编，1926 年在大光书局出版，该书版次甚多，流行甚广。

该书主要以作家和文体为章节重点介绍中国古代文学史，其中隐藏着朝代的更替。最后一节第 35 节为《最近的中国文学》，介绍的就是中国新文学。该节虽然字数不多，却是当时提到新文学作家作品较多的文学史著。赵景深对文学革命的过程和理论主张并不详写，重在按照诗歌、小说、戏剧、散文四种体裁来进行作家作品介绍，为后来的新文学史书写开创了文体论体例,其中间杂着他片言只语的评述赏析,这带有印象式批评的影子,很多精到的艺术批评现在看来仍然具有生命力。

他认为最近的诗歌有四种变迁:最早的是白话诗,胡适的《尝试集》是这类诗歌的开始,继起的是刘大白的《旧梦》、刘复的《扬鞭集》,许地山、王怡庵也深受这类诗作的影响。此后是"无韵诗",以康白情的《草儿》、俞平伯的《冬夜》为代表。前者每多松散,有如散文,后者时谈哲理,玄妙莫测。再后是"小诗",以谢婉莹(冰心)的《春水》《繁星》,宗白华的《流云》,梁宗岱的《晚祷》等为代表。最后是"西洋体诗",郭沫若的《女神》略开端绪,尝试此道而成功的是徐志摩的《志摩的诗》,于赓虞、朱湘、闻一多、梁实秋、蹇先艾、刘梦苇、饶梦侃的诗为这类诗代表。其对短短近十年的诗歌变迁予以明晰,这抓住了诗歌发展主线。

在小说方面,赵景深介绍的作家众多,叶绍钧、郁达夫、张资平、滕固、冰心、庐隐、许钦文、冯文炳、王统照、杨振声、徐祖正、鲁迅等早期小说家得到点评。其常常片言只语就能抓住作家作品的艺术特色,现在看来也颇让人佩服。如他说郁达夫的小说多写穷、偷、色,张资平则善写三角恋爱和自身所受的经济压迫,滕固所作有多肉气息,冰心则多写爱海、爱小孩、爱母亲、而不及两性恋爱等。赵景深认为新文学的戏剧和散文皆不太发达。前者列举了田汉、丁西林、洪深、余上沅、侯曜、熊佛西、徐公美、郭沫若等作家及其作品,后者点了朱自清、叶绍钧、孙福熙、徐志摩、周作人等人的名字。

1927 年

12 月

范烟桥的《中国小说史》出版

范烟桥著《中国小说史》于 1927 年 12 月在苏州秋叶社出版。范烟桥本是鸳鸯蝴蝶派中的代表作家,1922 年曾经在苏州创建通俗文学社团星社。鲁迅在 1932 年底编《两地书》时,评价在他的《中国小说史略》之后的小说史多"凌乱错误"[1],自然就包含范烟桥的《中国小说

---

[1]　鲁迅:《两地书》,《鲁迅全集》第 11 卷,人民文学出版社 1981 年版,第 315 页。

史》。现在的学者对范烟桥的小说史评价也不高，最大的"罪证"就是只给了《红楼梦》四页篇幅，却对一部二流的公案小说《彭公案》给予了很高的评价。①但是，范烟桥的《中国小说史》书写了民国之后的小说发展，则是鲁迅的《中国小说史略》之中所无的，我们可以从中发现一种不同的新文学史书写方式。

在正文开始之前，范烟桥邀请了很多通俗小说家为其写序，宣告了他们与胡适、鲁迅等人不同的文学观和文学史观，也隐晦地表明了该小说史的撰写目的。他们认为：中国小说是与外国小说相异的，因此不能套用外国研究法②；小说史书写需要严谨认真，文学史立场应该客观平和，而绝少激烈攻击之气③；文学虽有新旧形式之分，而文学精神同在"劝善惩恶""牖世觉民"④。他们的弦外之音就是之前胡适、鲁迅等人的文学史在用外国研究法研究中国小说，文学史立场不客观平和，没有详加介绍鸳鸯蝴蝶派文学，即使介绍也多激烈攻击之气，格外凸显新旧文学的差别。《新青年》同人、文学研究会作家们与鸳鸯蝴蝶派作家在文学革命之后相继发生过论争⑤，胡适曾批评鸳蝴派文字"只可抹桌子，固不值一驳"⑥，郑振铎甚至撰文将鸳鸯蝴蝶派文学称为"文娼"和"文丐"⑦，所以新文学家的文学史书写如此对待鸳鸯蝴蝶派并不奇怪。范烟桥本就是鸳鸯蝴蝶派中的代表作家，1922年曾经在苏州创建通俗文学社团星社，他自然要在自己的小说史书写中为该派文学"伸张正义"。

于是，范烟桥在晚清小说中彰显了通俗言情小说家的文学活动。鲁迅、胡适的文学史书写中对四大谴责小说都有很高的评价，但对通俗言

---

① 刘克敌：《鲁迅与民国时期的中国古典小说史》，《中国现代文学研究丛刊》2015年第10期。

② 胡寄尘：《中国小说史·序一》，范烟桥著，苏州秋叶社1927年版。

③ 同上。

④ 赵眠云：《中国小说史·序三》，范烟桥著，苏州秋叶社1927年版。

⑤ 余夏云：《雅俗的对峙：新文学与鸳鸯蝴蝶派的三次历史斗争》，《东吴学术》2012年第6期。

⑥ 阿英：《晚清小说史·晚清小说之末流》，东方出版社1996年版，第197页。

⑦ 西谛：《悲观》，《文学旬刊》，1921年5月1日第4期；西谛：《"文娼"》，《文学旬刊》，1922年9月10日第2期。

情小说予以忽略或低估。范烟桥在介绍完四大谴责小说之后，则介绍了《品花宝鉴》《花月痕》《青楼梦》《海上花列传》《海上繁华梦》《燕山外史》《碎琴楼》等，林纾的翻译小说也获得他的重视，这与他们就是鸳鸯蝴蝶派小说的前辈有关。范烟桥还特地介绍了晚清通俗小说家编辑小说杂志，推动小说发展的业绩：陈冷血、毕倚虹主编《小说时报》"始有创作之短篇小说"；宣统二年王西神任《小说月报》创刊主编"始定投稿酬金之例"；"日报附刊小说，始于时报。陈冷血包天笑主之，其时为光绪三十年"……介绍完报纸连载小说、稿酬制度的设立、短篇小说的创作、主编《小说月报》、翻译小说的盛行等文学史实后，通俗言情小说家的"汗马功劳"也就一目了然。

范烟桥以《最近之十五年》作为一节书写"中国民国"建立后的文学。他强调"中华民国"建立后对文学发展的重要意义，因为这之后，文学没有受到丝毫干涉与压迫，"最近之十五年"达到了"中国小说史全盛时期之沸点"；各体裁中"'杂记''传奇''戏曲''弹词'，皆告休止"，"'章回小说'与'短篇小说'，乃特见进展"。他也看见时代风云受到世界思潮的强烈感应，"几使中国小说呈一裂痕，至今未有吻合之可能，或者须经若干时期，乃有统一之局面"。[1]他所说的中国小说出现了裂痕，应是暗指新旧文学之间的争斗不断，他预想若干时期之后，二者会彼此理解得以统一，现在来看，正如其言。可见，范烟桥认为民国之后的文学是新旧文学并立的时段，所以他"有意"将胡适的《五十年来中国之文学》改为《近五十年来中国之白话小说》，这表明他要在自己的小说史中增加文言小说的介绍。

在新文学之前，范烟桥重点介绍了民国以来以鸳鸯蝴蝶派文学为主的旧派小说成就及文学活动。他对徐枕亚的《玉梨魂》《雪鸿泪史》、吴双热的《孽冤镜》、李定夷的《霣玉怨》、姚鹓雏的《燕蹴筝弦录》、李涵秋的《广陵潮》、张春帆的《九尾龟》等进行了与胡适不同的精到点评。胡适认为《广陵潮》的体裁"仍旧是那没有结构的《儒林外史》

---

① 西谛：《悲观》，《文学旬刊》，1921 年 5 月 1 日第 4 期；西谛：《"文娟"》，《文学旬刊》，1922 年 9 月 10 日第 2 期。

式"①，范烟桥则指出这是新小说派的攻击，而"多数尚以为此类作品，有若干之价值"；胡适攻击《九尾龟》"都只刚刚够得上'嫖界指南'的资格"②，范烟桥则引用何海鸣的话称赞"《九尾龟》之作者，有胸襟，有感慨，有本事，兼有文才也"。对当时盛行的武侠、侦探、教育、历史等各类型通俗小说的代表作家作品，范烟桥也予以了分析列举。他还表彰了通俗文学家的翻译行为：包天笑的日文翻译"能移其风俗人情于中国，泯然无迹"；周瘦鹃译欧美名家短篇小说让国人对"域外小说之大概，与短篇小说之精义"，开始稍加注意；而一些外国人来华归国后创作的有关中国的传记作品，"以炫其闻见之异，于皮里阳秋之处，自较国人为无所顾忌"，被逐渐转译引进。这样的作品翻译现在的文学史著也很少介绍，他列举了孟宪承译的《太平天国外记》等。他对通俗小说团体星社和青社予以提及，叹惜他们未有具体之建树。范烟桥凸显了民初通俗小说家在小说的主题、技巧、翻译、办社、创刊等方面廓开视野及辛勤努力，使其文学史形象焕然一新，成了与时俱进的创新者。

对于文学革命的发生及其重要性，范烟桥倒没有提及。他对新文学的介绍，是从文学研究会、创造社的成立开始的。他介绍了文学研究会的主张及《小说月报》改革宣言，并对一些作家作品进行了罗列；他也简介了创造社，对其没有如文学研究会那样主张研究整理文学不以为然。他对整个新文学的成就很失望，因为长篇太少。他最为称颂的是张资平之《苔莉》与《冲击期化石》，并对其进行了引录。其评价汪静之的《耶稣的吩咐》、落花生的《空山灵雨》"亦有相当之价值，不可谓非最近之成功"。他对鲁迅、郭沫若等人只是予以点名，或许他还不习惯他们的表现方式，而张资平与他们似乎更是同路人的缘故。他还列举了小说批评家胡适、叶小凤、胡寄尘，以及当时盛行的关于小说的理论著作。在剧本中也提到戏剧协社，以及欧阳予倩、王仲贤、洪深等人的作品。他认为"民十以后，电影甚形发达，其剧本亦为中国小说之变

---

① 胡适：《五十年来中国之文学》，见欧阳哲生编《胡适文集3》，北京大学出版社1998年版，第250页。

② 阿英：《晚清小说史·晚清小说之末流》，东方出版社1996年版，第197页。

体"，他摘引的是洪深的《申屠氏》。

范烟桥对鸳鸯蝴蝶派等通俗小说的书写，达到了为其正名及争抢话语权的目的。其揭示了被大部分新文学史家所有意掩盖的文学史事实，即晚清民初之时的文坛正是新旧并立乃至相互混合的状态，通俗文学处于兴盛时期。这样来看，范烟桥的文学史立场正如他所说，更加"公正客观"，与新文学家对旧文学采取有意识遗忘形成了鲜明对比。更重要的是，他淡化了新旧文学的区别。"五四"新文学家以"新文学"/"旧文学"，"人的文学"/"游戏的消遣的金钱主义的文学观念"，"进步的大众文艺"/"封建的小市民文艺"等一系列二元对立的等级秩序去评判通俗文学，将其一次次丑化乃至妖魔化。范烟桥与他的同道对此并不认同，他们将自己视为晚清小说/中国古典小说的正宗嫡传，继承了中国小说传统。对于学习西洋文学的新文学他们虽不理解但并不排斥，他们还不忘宣扬自己也曾在文学期刊创办和域外小说翻译等方面立下的功勋，这就使得通俗小说的文学史地位得以经典化与合法化。当然，范烟桥还欠缺赏鉴新文学的能力，他从鲁迅、郭沫若等人的作品中没有发现激动人心的东西，独从张资平的小说中看见了自己所愿看见的趣味。而且范烟桥自身对文学史书写这种现代性的学术工作，还没有进行充分的文学理论准备。他将戏曲弹词，乃至戏剧和电影剧本都写在小说史中，可见他对"小说"与"文学"之间的关系还没有理论自觉。这些优缺点正表明了这部文学史著的历史意义，即它折射出了通俗文学家眼中的晚清民初的文学史镜像。

第二章 左右对峙的中国新文学史 写作（1928—1937）

中国新文学发展到第二个十年，已经逐渐从新旧过渡走向了完全成熟，其中左翼文学盛行、自由主义文学繁茂、民主主义文学成绩优异、民族主义文学得到提倡，这显示了中国新文学巨大的生命力。中国新文学史是对中国新文学发展历史的记载，随着中国新文学的发展，中国新文学史也迎来了自己的发展，但同时又有了新的矛盾，因为不同派别或文学主张的文学史写作者，会根据自己的文学观和文学史观来撰写新文学史，于是就形成了本时期以左右对峙为中心的中国新文学史写作。

第一节 概述

一 发展期中国新文学史的写作样态及特点

本时期中国新文学史写作主要有四种样态：现状扫描、总结论文、独立的中国新文学史著、附骥于中国文学史之中的新文学史写作。

现状扫描是对当下的文坛现状及时跟进的文章，类似于之前的通讯报道。由于本时期文坛斗争比较激烈，各派作家、批评家都需要对当下文坛进行发言，就产生了这种现状扫描的准文学史写作。如鲁迅的《现今新文学的概观》《黑暗中国的文艺界的现状》《上海文艺之一瞥》、周洪的《最近中国文坛三大派之我观》、沈起予的《抗日声中的文学》、何心的《天津文坛的现状及展望》、杨柯的《北国文坛之一瞥》、池田孝的《中国现代文学的动向》、丁玲《文艺在苏区》等。该类文坛扫描重在对现状发言，具有短平快的特点，有的论文影响巨大，如鲁迅的几篇文章，对后来的文学史写作都具有很强的借鉴意义。

总结论文是对一个时间段的文学进行历史总结，本时期出现最多。主要有两类：年度总结和之前新文学的大总结（特别是十年新文学总结）。年度总结有：得钊的《一年来中国文艺界述评》、刚果伦的《一九二九年中国文坛的回顾》、狄克的《一九三〇年中国文艺杂志之回顾》、范争波的《民国十九年中国文坛之回顾》、钱杏邨的《一九三一年中国文坛的回顾》、孙福熙的《一九三一年的杭州文艺：为"文艺新闻"的年鉴而作》、赵景深的《一九二八年的中国文坛》、杜康的《一九三二年中国文坛的鸟瞰》、王集丛的《一年来中国文艺论战之总清算》、系列之《中国文艺年鉴》、洪深的《一九三三年的中国电影》、王晓舟的《近年来国内文坛论战的介绍与批判》、周毓英的《一年来的中国的文学界》、张梦麟的《一年来的中国文学》、魏铭的《一年来的中国电影》、李长之的《一年来的中国文艺》、汪馥泉与王集丛的《一年来的中国小说》、苏芹荪的《一年来的中国话剧》、王梦鸥的《一年来的中国电影》、春深的《小品文在一九三四年》、周怀求的《一年来的中国文坛》、忆南的《一年来中国文坛论战的总清算》、伍蠡甫的《一年来的中国文学界》、立波的《一九三五年中国文坛的回顾》、左衣梦的《一九三五年中国文艺界》、路维嘉的《一九三五年之中国剧坛》、绀弩的《一年来的中国文化动态》、荀粲的《一年来的中国电影》、清歌的《一年来的中国文坛》、立波的《一九三六年小说创作的回顾》、张庚的《一九三六年的戏剧：活时代的活纪录》、杨骚的《一九三六年的诗歌——历史的呼声》、周木斋的《一年来的中国文学论战略述》、孙雪韦的《关于一年来的文艺论战》等。年度总结的大量出现大致有以下几个原因：一、新文学日渐成熟，引起读者关注较多，对每一年的文学状况进行总结有利于读者掌握每一年的文学概况。二、文学运动组织者与参与者通过年度总结来检查已经取得的成绩，彰显己方胜利，攻击敌方失败，并明确未来努力的方向。三、期刊众多，每个期刊都愿意登载这类文章以表现新的一年的开始。这一类文章在登载之时，同期中都有多篇总结过去一年的文章，而不是单篇孤立存在，由此形成规模趋势，以供读者了解过去一年的概貌。这也可算是杂志招徕读者的重要方式。而且，通过这一年的文学总结，也有利于读者阅读购买相关书籍，起到阅读指南的作用。本时期在年度总结中出现了文学年鉴，但其实质内容应是文学年选，编者将一年内的优秀文学作品选在一起，有利于读者购买阅读，也许更多考虑的是商业利益，但其中对每一年的文学总观察还是有一定价值。

本时期对之前新文学的大总结也比较繁多。如有：陈西滢的《新文学运动以来的十部著作》、吴灞陵的《香港的文艺》、徐志摩的《现代中国文艺界》、洪深的《从中国的新戏说到话剧》、郑伯奇的《中国戏剧运动的进路》、麦克昂的《文学革命之回顾》、华汉的《中国新文艺运动》、钱杏邨的《中国新兴文艺论（第一章）》、李锦轩的《最近中国文艺界的检讨》、周达摩的《中国新文学演进之鸟瞰》、华侃的《十年来的中国文学》、姚莘农的《十年来的中国戏剧》、周乐山的《二十年来的中国文学》、郑振铎的《新文坛的昨日今日与明日》、马彦祥的《现代中国戏剧》、谢寿康的《中国的戏剧运动》、剑啸的《中国的话剧》、文仲的《"共党"普罗文学运动述略》、克川的《十年来的中国文坛》、汪膺闻的《现代中国文学运动的趋势》、汪馥泉与王集丛的《廿二年来的中国文学》、李骓括的《二十年来中国文学运动线》、康以之的《关于香港文坛》、高滔的《五四运动与中国文学》、红僧的《两年来的文坛概论》、贺玉波的《中国新文艺运动及其统制政策》、赵景深的《十年来之中国文学》、石原的《谈谈中国文坛上的派别》、阿英的《〈现代十六家小品〉序》、周征的《十年来之中国文学》、杨树芳的《中国新剧运动史》、阿英的《中国新文学的起来和它的时代背景》、南生的《中国话剧运动》、贝茜的《香港新文坛的演进与展望》、征农的《中国新文学运动概观》、云盈波的《中国新文学运动的透视》、张梦麟的《两年来之文艺》、徐公美的《两年来之电影事业》、秋萤的《"满洲"新文学之发展》、余上沅的《中国戏剧运动》、芒的《几年来漳州剧运的动态》、雷铁鸣的《戏剧运动在陕北》、苏明的《西安的话剧运动》等。这种大总结在本时期如此兴盛，其原因也不外以下几种：一、新文学运动已经发展了十来年，对其进行全部的总结正当其时，普通作家、读者、出版等各方面都需要总结经验，以利于看清方向再度前进。二、各种文学派别和文学观念需要通过检讨过去，为自己"当下"的文学使命寻找合法性，并以此攻击敌方阵营。例如革命文学运动与民族主义文学运动的号召者就是通过总结"五四"文学运动的弊端，而强调自己文学主张的正当性。三、特殊性质的纪念总结。例如华侃的《十年来的中国文学》、姚莘农的《十年来的中国戏剧》就是为纪念世界书局创办十周年而写，发表在该书局的《世界杂志》上；周乐山的《二十年来的中国文学》是为纪念辛亥革命二十年而写，发表在《黄埔月刊》的"双十节纪念专号"上；汪馥泉、王集丛的《廿二年来的中国文学》也是为纪念辛亥革命二十二年所作；李骅括的《二十年来中国文学运动线》是为纪念中华大学二十周年校庆而作；赵景深的《十年来之中国文学》是为纪念大夏大学成立十周年所撰；红僧的《两年来的文坛概论》是为纪念《新垒》杂志创办两周年；周征的《十年来之中国文学》是为纪念光华大学十周年校庆而作。可见，这种特殊性质的纪念，在时间命名上有些混乱。纪念辛亥革命还可以用"二十年来的中国文学"这样的命题，以展现二十年来中国文学发展史，而华侃的《十年来的中国文学》、姚莘农的《十年来的中国戏剧》为纪念世界书局创办十周年就用那样的标题，以一个书局创办十年来总结这十年的中国文学或中国戏剧等，现在来看感觉并不合情合理，有点小题大做。这也体现在那些校庆纪念的文章。这种小题大做在当时如此之多，正表明当时的政府在这方面管制的缺失，也说明新文学缺少一个大家公认的起止点，以至随心所欲地进行一个时段的文学史书写。这或许是中国新文学史写作还没有走上正轨的表现。

独立的中国新文学史著在本时期也较多。有培良的《中国戏剧概评》、草川未雨的《中国诗坛的昨日今日和明日》、叶荣钟的《中国新文学概观》、沈从文的《新文学研究》、楚丝的《中国新文学运动一瞥》、郭德浩的《中国新文学运动史》、陆永恒的《中国新文学概论》、周作人的《中国新文学的源流》、谭丕模的《新文学比较研究》、苏雪林的《新文学研究》、王哲甫的《中国新文学运动史》、朱自清的《中国新文学研究纲要》、伍启元的《中国新文化运动概观》、王丰园的《中国新文学运动述评》、徐芳的《中国新诗史》、吴文祺的《新文学概要》、霍衣仙的《最近二十年中国文学史纲》、林庚的《中国新文学史略》等。独立的中国新文学史著也可分为两类：一种是通过新文学史写作表达自己的文学观点，或者进行文学史研究。如培良、草川未雨、叶荣钟、楚丝、谭丕模、伍启元、王丰园、陆永恒等人的文学史著就是这类性质。另一种就是来自教师上课的讲义或演讲，如沈从文、周作人、苏雪林、王哲甫、朱自清、吴文祺、霍衣仙等人的著作就是如此。而那些亲聆教诲的学生们则在前辈老师的引导下以中国新文学史为毕业论文，如郭德浩、徐芳等。中国新文学史走进大学课堂以及独立的中国新文学史著作的出现意味着中国新文学史学科化的萌芽。

附骥于中国文学史之中的新文学史写作在本时期也不少。有周群玉的《白话文学史大纲》、陈子展的《中国近代文学之变迁》《最近三十年中国文学史》、卢冀野的《近代中国文学讲话》、陆侃如冯沅君的《中国诗史》《中国文学史简编》、陈冠同的《中国文学史大纲》、贺凯的《中国文学史纲要》、胡云翼的《新著中国文学史》、胡行之的《中国文学史讲话》、徐扬的《中国文学史纲》、谭丕模的《中国文学史纲》、钱基博的《现代中国文学史》、郑作民的《中国文学史纲要》、谭正璧的《新编中国文学史》、孟聿孖的《中国文学史问题述要》、容肇祖的《中国文学史大纲》、徐懋庸的《文艺思潮小史》等。很显然，这些文学史著多是大学教材，其在教授中国古代文学的同时，附带讲授中国新文学史。

本时期的新文学史写作主要聚焦的问题在于如何评判"五四"文学、革命文学（左翼文学）、民族主义文学以及自由主义文学。按照对这四种不同性质的文学的评价及态度，我们可以将此时的中国新文学史写作分为左翼、民族主义、民主主义、自由主义、保守派五种不同类型，而在每种类型之下，又有着不同的差别。

二　左翼的中国新文学史写作

左翼文学的中国新文学史写作从国际国内形势出发，根据上层建筑与经济基础的关系来评论文学运动，并以此评述作家的创作倾向和作品的性质。坚持这种评价标准的新文学史写作者基本上以革命文学拥护者为主，以郭沫若、鲁迅为代表。

左翼的中国新文学史写作会重评"五四"文学运动，并以此对革命文学、民族主义文学和自由主义文学进行裁断，并建立一套综合的叙事逻辑，这首先是由后期创造社和太阳社人士创建的。麦克昂的《文学革命之回顾》、华汉的《中国新文艺运动》、钱杏邨的《中国新兴文艺论（第一章）》是其中的代表。他们大多将"五四"运动与戊戌变法运动都视为资产阶级革命运动。他们认为戊戌变法运动失败之后，资产阶级革命陷入了低潮。但帝国主义因为第一次世界大战放松了对中国的侵略，"五四"运动再次鼓吹资产阶级革命，胡适、郭沫若、鲁迅都是其中的代言人，革命运动不久即取得了胜利。这时候小资阶级知识分子也是革命运动的同盟军。但是当第一次世界大战结束后，帝国主义再次加强对中国的侵略，于是资产阶级革命运动遭受挫折，资产阶级与封建主义和帝国主义进行妥协，他们开始了整理国故运动，其中的代表人物就是胡适。小资阶级知识分子在失败之后就陷入了苦闷彷徨之中，郁达夫是其中的代表，还有鲁迅。在 1925 年前后，无产阶级文学运动开始萌发，直至"五卅"运动之后获得了迅猛发展，这时的代表则是转向后的郭沫若、蒋光慈等人。革命文学运动是真正的人民大众的文学革命，左翼作家联盟成立之后，积极开展活动，取得重大成绩，虽遭到当局政府的严酷打击，但仍在不屈地斗争。民族主义则是为国民党服务的文学，他们是为金钱和权力进行写作。自由主义文学是"第三种人"文学，代表着豪绅阶级，在左右翼激烈斗争之时充满了动摇与彷徨，在国家危难之际陷入自己的小圈子中进行纯艺术的创作。他们认为鲁迅、茅盾等人反对革命文学，是小资产阶级的代表，他们的作品就表现了小资产阶级在革命运动中的心态：鲁迅是"呐喊"之后"彷徨"，茅盾则是"幻灭"之后"动摇"，他们都需要"转变"才能跟上时代前进的步伐。很明显，这一种左翼文学观对民族主义文学和自由主义文学的攻击还是有理论根据的，但是存在较严重的关门主义和宗派主义思想，误伤了鲁迅和茅盾等人，这非常不利于革命文学运动的自身发展。这主要是革命文学论争之时郭沫若等人的观点，但受到这种影响，采用这种左翼述史情结的文学史写作就有李得钊的《一年来中国文艺界述评》、钱杏邨的《一九二九年中国文坛的回顾》、郑伯奇的《中国戏剧运动的进路》、楚丝的《中国新文学运动一瞥》、谭丕模的《中国文学史纲》、高滔的《五四运动与中国文学》、徐懋庸的《文艺思潮小史》等。

面对着革命文学论者的咄咄逼人，鲁迅和茅盾则积极学习马克思主义文论，对早期革命文学论战进行了针锋相对的回击，他们既考虑到革命文学的文学性，又注重革命文学的革命性。他的《上海文艺之一瞥》就对此有认真的思考。他认为当时的革命文学作品质量很差，艺术水平很低，这是因为当时的作家都不是真正的无产阶级，而且革命文学也需要艺术水平的提高。茅盾的《"五四"运动的检讨——马克思主义文艺理论研究会报告》也从阶级斗争的角度对"五四"运动进行了再思考。在"左联"成立之后，左翼的新文学史写作开始有所调整，左翼内部的相互攻击减少，更加辩证而注重革命文学的艺术性，而将进攻的目标锁定在民族文学和自由主义文学上，受鲁迅文艺思想影响的新文学史写作成了左翼力量的代表。张天翼的《十年来的中国文坛》、陆侃如冯沅君的《中国诗史》、郭德浩的《中国新文学运动史》、杜康的《一九三二年中国文坛的鸟瞰》、洪深的《一九三三年的中国电影》、郑作民的《中国文学史纲要》、周怀求的《一年来的中国文坛》、阿英的《〈现代十六家小品〉序》、谭正璧的《新编中国文学史》、王丰园的《中国新文学运动述评》、立波的《一九三五年中国文坛的回顾》、聂绀弩的《一年来的中国文化动态》、吴文祺的《新文学概要》、征农的《中国新文学运动概观》、张庚的《一九三六年的戏剧：活时代的活纪录》、杨骚的《一九三六年的诗歌——历史的呼声》、孙雪韦的《关于一年的文艺论战》等就是这类经过调整后的左翼新文学史写作，具有更广泛的包容性。

值得注意的是本时期还有日本学者池田孝的《中国现代文学的动向》、美国威尔斯的《现代中国文学运动》，他们对左翼立场非常亲近，而对远离政治的第三种文学和幽默文学并不赞同，对国民党的民族主义文学并不满意。此时王集丛的《一年来中国文艺论战之总清算》、他与汪馥泉合写的《廿二年来的中国文学》在本时期的文章是左翼性质的，立场比较开放，只是在抗战时期，其成了三民主义的文艺理论家。

三　民族主义的中国新文学史写作

从 1928 年下半年起，有国民党背景的一些报刊陆续出现了一批鼓吹三民主义的文章，它们猛烈批判普罗文学，公开宣言打倒"革命文学"和"无产阶级文学"。这表现了国民党人士开始呼吁本党文艺政策的出台，以此抗衡左翼文艺，将其消灭于无形的意图。1929 年 6 月 3 日到 7 日，国民党"中央"宣传部在宣传部长叶楚伧的主持下召开了全国宣传会议。会议检讨了国民党以往宣传工作的缺陷，认为以往的宣传"散漫而不统一"，也回应了国民党内要求制定本党文艺政策的呼声，做出了如下决定：第一，今后要"创造三民主义的文学"（如发扬民族精神、阐发民治思想，促进民生建设等文艺作品）；第二，要"取缔违反三民主义之一切文艺作品"（如斫丧民族生命，反映封建思想，鼓吹阶级斗争等文艺作品）。会议还明确规定：将扶植"三民主义文艺"为国民党的"文艺政策"。① 之后，国民党的图书报刊一直在提倡和创作三民主义文艺，如 1930 年 1 月 1 日，国民党"中央"的机关报《"中央日报"》在《元旦增刊》上发表了叶楚伧的《三民主义的文艺创造》，王平陵写了《三民主义文艺的建设》等。但真正响应并创作出的三民主义的作品乏善可陈，可以说三民主义在 20 世纪 30 年代只是一种理论上的口号，但这是国民党文艺政策的开始。

　　蒋介石本人并不认同三民主义文艺政策，他在民族、民权、民生等问题上与孙中山截然不同，他更多信奉的是法西斯式的民族主义。所以他抛弃了三民主义的旗帜，而在 1930 年前后换上民族主义的旗帜。② 于是 20 世纪 30 年代国民党文艺真正在文艺理论和创作实践上值得关注的是民族主义文艺运动。1930 年 6 月 1 日，朱应鹏、潘公展、范争波、傅彦长等人在上海组织了前锋社，创刊了《前锋周报》，并在该刊连载《民族主义文艺运动宣言》。该《宣言》主张中国文艺应当以"民族主义"为中心意识，反对"鼓吹阶级斗争"的左翼文艺和其他派别的文艺，这是民族主义文艺运动的开端。同年 8 月，开展文艺社在南京创办了《开展月刊》，徐庆誉在南京创办了《长风》半月刊。同年 11 月，初阳社又在杭州创刊了《初阳旬刊》。这些都是民族主义文艺运动前期的刊物。1932 年以后，又有矛盾出版社的《矛盾月刊》、黄钟文学社的《黄钟》周刊（后改为半月刊）、汗血书店的《民族文艺》月刊和《国

---

① 南京《京报》1929 年 6 月 6 日、7 日。转引自钱振纲：《论三民主义文艺政策与民族主义文艺运动的矛盾及其政治原因》，《江西社会科学》2003 年第 4 期。

② 钱振纲：《论三民主义文艺政策与民族主义文艺运动的矛盾及其政治原因》，《江西社会科学》2003 年第 4 期。

民文学》月刊、江西民族文艺社的《民族文艺月刊》等后期民族主义文艺运动的刊物陆续出现。该文艺运动的代表性作品有《黄人之血》《国门之路》等，这一运动一直持续到抗日战争爆发。他们企图借民族主义的招牌，抹杀当时社会上存在的阶级矛盾和阶级斗争，否认反映社会现实的文学艺术具有阶级性。所以在他们的新文学史写作中就贯穿着民族主义的文学主张，本时期又有三种不同的叙事策略。

第一种以李锦轩为代表。他的《最近中国文艺界的检讨》的叙事策略就是通过梳理"五四"运动以来的文学创作，表明新文学受到西方文学影响甚大，以至其发展到20世纪30年代，都还没有表现出强烈民族意识的伟大的民族文学作品，没有一个作家站在民族的立场上写作，所以新文学运动是失败了。所以以后的文学运动应该以民族文学运动为中心，以使得我们伟大民族屹立于世界。这是一种否定之前一切文学，而将新文学运动的未来寄托在民族文学运动的思路。

第二种以贺玉波的《中国新文艺运动及其统制政策》为代表。他宣称自己以客观科学的态度讨论中国新文学运动，并认为"文艺运动是由社会产生的"与"社会是由文艺运动推进的"。并以此进行资料翔实、评判科学的文学运动史写作。但是在介绍到普罗文艺运动之时，首先对其进行批判，指责其文艺观念和文学创作。然后再介绍之后的民族主义文艺运动，并强调文艺创作的成绩和文艺刊物的众多。最后号召广大作家在民族主义文学运动中夺取胜利。这样的文学史写作非常具有迷惑性，首先，他给读者的感觉就是科学，有文学水平，因为在分析"五四"文学运动的社团和作家作品之时材料充足，论断精妙；其次，其对"自由主义"文学不关心社会现实苦难进行严厉批评，显示了浓厚的社会责任感，也会博得读者的支持；最后，他的这种论述方式让读者觉得普罗文艺运动是一种文学的歧路，已经成为历史的过去，而刚刚兴起的民族主义文学运动是对其的纠偏，以后的文学创作会在民族主义文学大道上取得成绩。例如他的文学史分期就是：新文学第一期是1927年以前的"五四"文学，第二期就是1927—1930年的普罗文艺运动，第三期是1930年至"现在"的时期，是民族主义文艺运动。这种方式在民族主义文学代表者的新文学史写作中比较普遍，如周乐山的《二十年来的中国文学》、周毓英的《一年来的中国的文学界》、汪馥闻的《现代中国文学运动的趋势》、石原的《谈谈中国文坛上的派别》、谢寿康的《中国的戏剧运动》都是这种类型。

第三种以狄克的《一九三〇年中国文艺杂志之回顾》、范争波的《民国十九年中国文坛之回顾》为代表。他们重在描述正在进行的文艺运动，认为1930年的文艺运动，就是前半年是普罗文艺的高涨，后半年是普罗文艺陷入没落状态，接下来就是新起的民族主义文艺运动的勃兴，而在这两种之间就是一般文学的动摇。这是用三相对照的方式，显示出民族主义文学的蓬勃发展。这种叙事方式在文仲的《"共党"普罗文学运动述略》中也有同样体现。

除去民族主义文学主张背后的意识形态性，单看其叙事情节统辖组织作家作品的能量，就会发现其最大的缺陷在于不能将之前的经典作家作品进行说明，并且以水火不相容的拒绝的态度关闭自己的阐释空间，这样它自然会让人感到空洞，而不能说明文学历史的真相与规律。

四　民主主义的中国新文学史写作

本时期民主主义的中国新文学史写作以朱自清的《中国新文学研究纲要》、郑振铎的《新文坛的昨日今日与明日》、伍蠡甫的《一年来的中国文学界》为代表。他们凸显"五四"文学革命的启蒙传统，以民主主义、人道主义为创作指导思想；坚持文学为人生为平民的观念，注重文学反帝反封建的功能与性质。

他们强调"五四"文学革命的重要意义，凸显文学的启蒙与反帝反封建作用。郑振铎强调文学革命的成就在于：一、使死的文学成为活的；二、使模仿的文学成为创造的；三、使游戏的文学成为严肃的；四、使非人的文学成为人的；五、使隐逸的文学成为都市的（社会的）。这就是注重文学自身的启蒙作用。对于"五卅"时代的文学"变为群众的、带阶级性的、深刻的、真实的、参与的"，他们也并不反对。对于日本帝国主义的侵略，郑振铎表示了自己心中的愤恨，并希望未来文学的方向应该"恢复口号运动""文学技术较前更有进步""以后的体裁，应把农村和城市的转变，尽量披露。由个人的观点，移于群众"。

重视文学的社会作用，并不意味着忘记文学的艺术性，这是民主主义文学作家的重要特点。朱自清对新感觉派艺术就非常重视，也批评

《倪焕之》的作品缺点，批评华汉的革命文学作品《地泉》是"小说体演绎政治纲领"；郑振铎认为蒋光慈、王独清的作品非常流行，但"他们在技术上是失败了"。郑振铎也认为仍有"浅薄的小说"陆续出现，如钱杏邨。"在诗一方面，更有新的转变。一部分人作革命诗，其技术令人不敢恭维；一部分人则追随于法国的象征派，而颇有成就。如戴望舒的诗，比起胡适的《尝试集》来是如何的进步！"新月社的徐志摩"受外国文学影响很深"，"他的散文是很有成就的"。可见他还是重在从文学艺术自身的成就高低进行评价。

郑振铎与朱自清对左翼文学与民族主义文学都能同等看待，而不加偏袒，而不像这二者之间相互攻击和批判。郑振铎将新文学分为"五四"运动时代（民国六年—民国十年）、文学研究会与创造社时代（民国十年—民国十一年）、"五卅"时代（民国十四年—民国十七年）、茅盾时代（民国十七年—民国廿年）。他将茅盾视为一个时代的象征，就在于他的伟大的三部曲《幻灭》《追求》《动摇》"把握住时代的中心点，而并给予文学以形式的转变"。朱自清对文学没有雅俗、新旧、党派之分，对不同政治、文学立场的作家及文学运动都能予以介绍，显示了他民主主义的包容态度。

本时期大多数新文学史写作都应属于民主主义的文学史观。他们重在客观文学自身的发展，能将不同派别的文学主张和文学作品置放在同一平台上，冷静分析，以充分的资料说明问题，而不掺杂自己的文学史观影响文学史实的判断。如周达摩、华侃、姚莘农、陆永恒、马彦祥、剑啸、伍启元、王晓舟、杨晋豪、容肇祖、胡行之、霍衣仙、周木斋等。

五　自由主义的中国新文学史写作

1931 年至 1932 年，胡秋原、苏汶与"左联"围绕"自由人""第三种人"展开论争。这可以视为自由主义作家与左翼作家的论战，论争以文艺的阶级性、文艺性与政治的关系为中心。自由主义作家倡导文艺创作上的自由，反对把文艺变成政治的留声机，提倡文艺的真实性原则，反对创作可以离开时代、超越时代、创造时代的观点。他们认为在左右翼之外还有"第三种文学"存在的重要性，反对普罗文学"谁也不许站在中间"的关门主义。他们批评"左联"重文学批评而创作成绩不佳，要求"左联"拿出货色来。这种自由主义文学立场的中国新文学史写作以周作人、沈从文、苏雪林、林庚为代表。还有徐志摩的《现代中国文艺界》、李长之的《一年来的中国文艺》、徐扬的《中国文学史纲》、杜衡与施蛰存编选的1932年《中国文艺年鉴》、胡云翼的《新著中国文学史》、春深的《小品文在一九三四年》等。

　　周作人在"五四"初年提出"人的文学"理论，既为启蒙主义提供了文学内容的方向，也为中国自由主义文学提供了一种潜在的可能性和理论基石。他在"五四"后期耕种的"自己的园地"则是中国自由主义文学的一次富有成效的个人化实践。他在20世纪30年代继续坚持超功利、重审美、重"言志"的自由主义文学观，广有影响。而他自己在此时的《中国新文学的源流》则成为中国新文学史写作经典。

　　周作人提出了文学史循环论，消解了"五四"文学革命的神话。他认为文学从宗教分化出来有言志派、载道派两种不同的潮流，两派文学的相互循环就构成了中国文学史总体面貌。明末的公安派和竟陵派是言志派的文学时期，中间经过清代的反动，载道派又占据上风，而"五四"新文学运动又成了言志派文学时期。这一来文学革命并不重要了，这只是历史的自然循环。为证明这个观点，他强调胡适的白话文主张并不是独创，而是重复公安派袁中郎所倡导的"信腕信口，皆成律度"。不仅如此，新文学作家作品的风格也与公安派和竟陵派类似，"胡适之、冰心，和徐志摩的作品，很像公安派的"，"和竟陵派相似的是俞平伯，和废名两人"。

　　对于革命文学，周作人也持反对态度，他提倡的是文学无用论。按照他的中国文学发展是言志派与载道派之间循环的理论，"五四"是言志文学，之后的革命文学就循环成了载道文学。他对革命文学视文学为革命工具予以批驳，他以椅子和墨盒为喻说道："椅子原是作为座位用的，墨盒原是为写字用的，然而，以前的议员们岂不是曾在打架时作为武器用过么？在打架的时候，椅子墨盒可以打人，然而打人却终非椅子和墨盒的真正用处。文学亦然。"

　　其他自由主义者虽没有如周作人那样提出"循环论"这样引人注目的文学史观，但在其他方面则表现了他们共同的主张：

　　他们对于"五四"文学运动的书写，更注重其个人解放的方面。例如徐志摩的《现代中国文艺界》认为"英文使得我们在思想上起了很大变化；西式教育，给了"我们'时间'和'空间'的观念"；西方科学使我们的"生活齐整和快"；电影教会了大家"做贼"与"做爱"；西方的礼貌影响了中国人。徐扬的《中国文学史纲》受到胡秋原的影响，认为"五四"文学时期是"恋爱文学期"；沈从文的《新文学研究》则认为"五四"作家"把生活欲望、冲突的意识置于作品中"，"只要作者所表现的是自己那一面，总可以得到若干青年读者最衷心的接受"。

　　对于革命文学与民族主义文学运动，自由主义者则分析他们产生的原因，但对于他们的作品则持批评态度。例如徐扬认为中国新文学恋爱文学期之后就是语丝社与创造社争论的革命文学期、"左联"成立之后的无产文学期。但他认为成仿吾、冯乃超、李初梨等革命文学运动中的中心人物"只是'干喊'，在作品中并没有什么成就。而且多少带了意气之争，如开始互争革命文学元勋及对鲁迅一派的攻击之类"。以鲁迅为领袖的"左联"成为文坛的中心后，鲁迅在创作上也沉默了。"左翼作家尚未给人很深刻伟大的东西"。民族主义文学运动则"以政治势力为后盾而声势显赫者"，有忠实的三民主义者，有党国官吏，还有唯美派。他们的功绩"毋宁在文艺以外"，"有天才而被抹杀的作家也非少数"。杜衡与施蛰存也批评新兴阶级诗派"成为阶级斗争的歌颂"，但"至今没有重要的作家出现"。

　　他们更注重文学本体的价值，所以他们对现代诗歌、新感觉派小说和真正的文学艺术的探索充满敬意。如沈从文认为闻一多的《死水》在文字方面的影响，"不是读者，当是作者"。他评价朱湘、刘半农的诗歌都是从诗歌艺术特征的角度考虑其历史价值。而杜衡与施蛰存他们编选的1932年《中国文艺年鉴》中称赞戴望舒和蓬子以"无韵诗的形式，在幻美的笔致下寄托着缥缈的情思"；饶孟侃、陈梦家、卞之琳、朱湘等继承"徐志摩的遗风"，"提倡着专重韵律和音节的整齐"；施蛰存是"把弗洛伊特的学理运用到作品里去的中国第一个作家"等。李长之更是号召现代文学批评"出发点要是学术的，我们的目标要是人类的"，以科学的、批评的态度去审视过去的文艺，以求得更大的进步，少些无谓的争辩。

在本时期还有貌似自由主义，既批评左翼文学、也批评民族主义文学、还批评"第三种人"的新垒社。他们在自己主办的《新垒》杂志上发表文章，左中右开弓，给人非常"自由"的感觉，如玲玲的《一年来的中国文坛》、红僧的系列文章，都是如此。实际上他们是国民党内"改组派"解散后失意人士的典型心态，攻击左翼才是他们利益所在的表现。①

六　保守派的中国新文学史写作

本时期保守派主要代表是钱基博与卢冀野，他们的学术理想与学衡派等人有类似之处。

对于"五四"文学的革命性，钱基博和卢冀野都不认可，这从他们的文学史起始就可以看出。钱基博的《现代中国文学史》所说的"现代"是民国之后，其对"现代"作家的书写是"详于民国以来而略推迹往古者"，于是"早崭然露头角于让清之末年，甚者遗老自居，不愿奉民国之正朔"的文学家也被书写进该书。卢冀野讲诗歌、散文、小说都是从同光说起，即从 1861—1908 年开始；而对近代戏曲的追溯则前溯到乾嘉前后，即 1795—1799 年间。这说明在他们的心目中，"五四"文学革命并不足以担当一个重要的历史起点。

二位学者如此模糊的文学史分期，也说明他们不以进化论作为自己的文学史观。所以他们认为晚清民初作家与文学革命倡导者之间并没有代际之分，而是大致生活在同一时空。在钱基博的文学史中，康有为、梁启超、严复、章士钊、胡适等人是并列的排序，他们所代表的文学都是"新文学"这一类别之下的三种不同方向，而不是进化的层递状态。卢冀野认为，如此漫长的文学演化时间也说明新文学不是一朝一夕的突变，而是文学自身长时间的积累与推进。因此他并不认为黄公度等人的新体诗和胡适、闻一多等人有什么不同，而认为他们都是诗歌的改进派，只不过分别是从诗料、工具和体裁等不同方面进行。他们时间的先

---

① 牟泽雄：《民族主义与国家文艺体制的形成——国民党南京政府时期（1927—1937）的文艺政策研究》，云南人民出版社 2013 年版，第 165—168 页。

后并不重要，而是诗歌三个不同层面的平等探索。

　　他们都反对文学革命对中国传统文学的全部抛弃，而主张中西结合。钱基博认为周树人所践行的"欧化的国语文"还不如章士钊之"欧化的古文"，前者词意拖沓，而后者谨严条达。对于胡适与陈独秀所发起的文学革命，卢冀野则认为这是"崇拜西洋化，把人家的主义，生吞活剥，来改革我的固有，适足以造成一种非中国式的东西"，所以他对"白话在文学上有否价值"还存在疑问。正因为对胡适、鲁迅等人的新文学持敌视态度，所以钱基博对他们受到革命文学的攻击感到大快人心。

　　保守派的文学史写作还有周征的《十年来之中国文学》和陈柱的《四十年来吾国之文学略谈》。周征认为中国新文学之前反对新诗格律，而后又要寻找格律；小说则多挑拨煽动之意，少了平恕之情；戏剧则"流品日下"。这都是对新文学运动的不满与谩骂。而陈柱的《四十年来吾国之文学略谈》则只谈古文学成就，对新文学不予提及，也显示了他的保守立场。

七　其他

　　本时期中国新文学史开始单独进入学校课程，但比较随意。一些大学在设置，一些中学也在设置，一些学校根本就不设置，这可以从文学史著的《自序》或《后记》中看出。据沈卫威的研究，民国时期大致有两大学统，北京大学、中山大学、武汉大学、清华大学、青岛大学、山东大学、台湾大学的人文学科为其一。这个学统多有求新求变的学风和自由主义思想资源的发散，承继的是《新青年》和《新潮》两大杂志所张扬的科学与民主精神。而学衡派的学脉在南京高师、东南大学、"中央"大学、浙江大学、中正大学、中国文化大学等大学的分布则构成了保守的另一学统，这实际上是激进与保守在不同大学中的传承。①这自然影响了新文学史课程的设置，大约在较激进的院校都会设置新文学史课程，而在较保守的院校则不会设置此一类课程。即使在比较新潮

----

　　① 沈卫威：《现代大学的两大学统——以民国时期的北京大学、东南大学—中央大学为主线考察》，《学术月刊》2010 年第 1 期。

的学校中，保守势力也仍有潜在影响，新文学课程的设置并不能长久。例如朱自清在清华大学、沈从文在武汉大学任教中国新文学之时，都受到了有形或无形的排挤，导致他们的新文学课程不能持续。这说明新文学第一个十年的新旧文学对立，在20世纪30年代已经成为教育界和学术界两种相互抗衡的势力，这影响了中国新文学史的普及与推广，也影响了新文学史书写模式和具体诠释。而以前述四种新文学史立场来看，保守论文学史家多与学衡派有关，如钱基博、卢冀野、陈柱，他们对中国新文学持怀疑观望态度，除此之外都是中国新文学的拥护者和参与者。对新文学课程设置付出心血的是胡适、杨振声、周作人、朱自清、沈从文、苏雪林、林庚、废名等新文学作家。胡适以他独有的学术声誉和人格魅力推荐了周作人、朱自清、沈从文等作家去各大学教授新文学；杨振声则在担任清华大学教务长、青岛大学校长之时，为推动新文学课程及教学进行了持久努力。特别是杨振声在1931年担任青岛大学校长之时，聘请闻一多为教授，兼文学院院长、中国文学系主任；梁实秋任教授、图书馆馆长、外文系主任；国剧运动的赵太侔被聘为教授，使得该校中国新文学作家汇聚一起，一时风生水起，扩大了新文学的声势。①

此时的新文学史书写对第一个十年的新文学开始了历史化，特别是"五四"文学发生的原因和主要的作家作品在本时期被加以固化。中国新文学史开始了历史分期，或者以"五卅"为界，或者以1921年前后为界。但新文学此时还属于新鲜事物，很多新文学史书写还需要专门解释什么是新文学，并通过各种文体理论的释义来说明什么是小说、诗歌、戏剧、散文。这间接说明此时的新文学教育还没有普及推广，新文学本身也还没有得以广泛接受，大量的学生过渡在新旧文学之间，所以有必要对新文学基础概念进行阐释。而革命文学的意义、革命文学的发生发展史、革命文学的经典作家作品选择及阐释、"左联"之后各种论争及各自的价值，在此时的文学史书写中又因为书写者或赞同或批评或客观等不同的立场态度而呈现不同风貌。本时期中国新文学史写作还形

---

① 参见闻黎明、侯菊坤编，闻立雕审定《闻一多年谱长编》，湖北人民出版社1994年版，第386—389页。

成了一种现象，即重评文学革命与"五四"文学成为阶级论、循环论、保守论等文学史观的首要任务。这几乎成了后来中国文学界、思想界、文化界的常态，所有新颖观点的出世都必须重新解释文学革命及"五四"文学。

本时期对新文学进行评价、研究的文章、著作渐多，这为本时期的新文学史撰写提供了良好条件。从贺凯编撰文学史之时列举的参考书中可以发现，不仅古代文学研究的著作已经较多，而且新文学研究的著作也已经不少。例如有黄英编北新书局出版的《现代中国女作家》、钱杏邨编泰东书局出版的《现代中国文学作家》、李何林编北新书局出版的《鲁迅论》、黄人影编光华书局出版的《郭沫若论》、素雅编的《郁达夫评传》、史秉慧编的《张资平评传》等。这显示在 20 世纪 30 年代，现代文学重要作家都得到了较好研究，这为中国新文学史的书写提供了良好基础。但也带来了一些弊端，如新文学史书写者可以辗转借鉴他人成果而不标注，让后来的研究者很难发现哪些是其独有的观点，哪些是借鉴他人的成果。

在上一时期，中国古代文学史教材已经成为图书市场中的新宠，而在本时期，新文学史教材加入其中成为新的生意，在带来新文学史书写繁荣的同时，也带来了弊端。例如很多新文学史著存在大量的辗转抄袭，不需要经过细致搜集、调查分析、品评解读就剪刀加糨糊开始拼凑新文学史，抄袭严重者还编制了一时的"经典"之作，这或许是以后每一个时代都会开放的奇葩。例如王丰园的《中国新文学运动述评》[①]在框架结构和评价分析上借鉴别人成果较多。他的这些行为正表明当时的文学史研究及书写已经非常丰富，有心人只要采撷百家，就能有模有样地成为文学史家，并能拼贴出一本流行甚广的文学史著来。这些行为正意味着文学史编撰这一知识生产已经出现流水线式作业方式，这已在危及新文学史写作本身。

20 世纪 30 年代，中国大陆之外的中国台湾、中国香港及日本、欧美国家的中国新文学史写作也有了新的进展。例如叶荣钟的《中国新文学概观》1930 年在日本出版，这是最早公开出版的中国新文学史著。

---

① 王丰园：《中国新文学运动述评》，新新学社 1935 年版。

尽管其篇幅短小，但是文学史的建构却非常完备。他是以检讨中国大陆新文学运动的历史经验来为中国台湾的新文学运动提供教训的姿态进行写作的，所以其对中国新文学作家作品的看法是振聋发聩的。中国香港的新文学史写作仍然注重的是本地区的文学发展，贝茜在《香港新文坛的演进与展望》中对香港文学以报章副刊为经，以独立刊物为纬的发展历史进行了清晰地梳理。日本对中国新文学史写作依旧十分重视，相关写作一直持续不断。可喜的是中国新文学发展概况及作家作品通过美国人埃德加·斯诺的《活的中国》走向了英语国家，这将激起他们的文学研究者对中国新文学的兴趣。

第二节　编年

1928 年

3 月

周群玉的《白话文学史大纲》出版

周群玉编《白话文学史大纲》1928 年 3 月在上海群学社出版。

作者在《序言》中说明该书取名的缘故，并不是重在书写白话文学的历史，而是凸显该书是用白话来书写的。全书将中国文学史分为四个时期，第一期是上古文学，这是"创造的文学；是纯粹的文学"；第二期是中古文学，这是"模仿的文学；是脂粉的文学"；第三期是近古文学，这是"专有时文学；是玩意的文学"；第四期即民国文学，这是"普遍的文学；是故意的文学"。

4 月

1. 培良的《中国戏剧概评》出版

培良即向培良，他从 1926 年 12 月 5 日在《狂飙》杂志上分五次发表了《中国戏剧概评》，分别为第 9、10、14、15、16 期，1927 年 1 月 23 日载完，后结集为《中国戏剧概评》在上海泰东图书局 1928 年 4 月出版。

向培良的《中国戏剧概评》将中国话剧的嬗替线索予以了粗线条勾

勒，将重要的剧作家作品分为趣味的、教训的和感伤的三大类别，一一进行了批判分析，其评价基本上以否定为主，有时能一针见血，切中肯綮；有时又显得十分偏激。原因是其在书写这段戏剧历史之时有着自己鲜明的戏剧观：一方面，他继承了《新青年》胡适等人所倡导的话剧观念，主张应该推翻中国传统旧戏，而对当时的"国剧运动"进行猛烈抨击；但是他又不赞同将种种主义及道德理念直接凌驾在戏剧之上，使得戏剧不成为剧，而成为宣扬个人的主义和感伤的传声筒，也不希望剧作家一味去取媚于观众，单单激发观众的感官而引起卑劣的兴趣；这一点类似于为人生的艺术观，希望戏剧能表现真的人生和真的人，使得剧中人物的性格和命运本身能成为典型，抒写真实的人生和真实的情感。另一方面，他又认为戏剧不必表现事件，而重在人物情绪的表达，提出了独特的"情绪表现"的戏剧艺术观。可见这时的向培良在这两种戏剧观之间进行着过渡，这从他自己的戏剧创作也可以看出。他在1925 至 1926 年间先后完成的《离婚》《不忠实的爱情》《继母》三个多幕剧，就带有他自己在这部著作中所批评的"趣味、感伤和教训"的味道，但已开始注重"情绪表现"的创作手段。1926 年之后他的创作就开始全面突出"情绪表现"。① 向培良的这部著作既是对中国戏剧第一个十年的总结，其对一些剧作家作品的披剖颇具影响；也是他对自己戏剧观的一个清理，但还是有着过渡的痕迹，真正的转向还在于他之后的创作实践。

6 月

陈西滢的《新文学运动以来的十部著作》发表

陈西滢的《新文学运动以来的十部著作》发表于 1928 年 6 月新月书店出版的《西滢闲话》。

陈西滢列举的十部著作包括：胡适的《胡适文存》、吴稚晖的《一个新信仰的宇宙观与人生观》、顾颉刚的《古史辨》、郁达夫的小说《沉沦》、鲁迅的小说集《呐喊》、郭沫若的诗集《女神》、徐志摩的

---

① 洪宏：《唯美而激越的"情绪表现"——论向培良的戏剧创作》，《戏剧艺术》2003 年第 1 期。

《志摩的诗》、西林的戏剧《一只马蜂》、杨振声的长篇小说《玉君》，以及冰心的小说集《超人》。在这十部著作中，文学占据了七部，而胡适的《胡适文存》中也有部分与文学有关。可以说，该书对新文学运动以来的文学经典进行了一次挑选和阐释。

他认为十年以来"新文学的作品，要算短篇小说的出产顶多，也要算它的成绩顶好了"。他选取的代表作品是郁达夫的《沉沦》和鲁迅的《呐喊》。他评价郁达夫的作品，"简直是生活的片断，并没有多少短篇小说的格式。里面的主人，大都是一个放浪的、牢骚的、富于感情的，常常是堕落的青年"。这"可以说是现代的青年的一个代表，同时又是一个自有他生命的个性极强的青年，我们谁都认识他"。他评价鲁迅"描写他回忆中的故乡的人民风物，都是很好的作品"。"阿Q不仅是一个Type，而且是一个活泼泼的人"，将来大约会"不朽"的，但他觉得鲁迅的杂感，"除了热风中二三篇外，实在没有一读的价值"。新诗的代表作品陈西滢选择的是郭沫若的《女神》和徐志摩的《志摩的诗》。他评价郭沫若"有的是雄大的气魄。他能在新诗初创时，排开了旧式辞章的束缚！虽然他对于旧诗词，好像很有研究——自己创造一种新的语句，而且声调很和谐……他许多诗的单调的结构，句的重复，行的重复，章的重复，在后面又没有石破天惊的收束，都可以表示郭先生的气魄与力量不相称"。《志摩的诗》"几乎全是体制的输入和试验。经他试验过有散文诗、自由诗、无韵体诗、骈句韵体诗、奇偶韵体诗、章韵体诗。虽然一时还不能说到它们的成功与失败，它们至少开辟了几条新路"。徐志摩最大的贡献是"把中国文字、西洋文字，融化在一个洪炉里，炼成的一种特殊的而又曲折如意的工具"。作者评价一般的剧本还比不上文明戏，"因为文明戏里的人物虽然同样的荒唐，言语同样的无味，可是它们的情节至少比较的兴奋些"。丁西林的《一只马蜂》等几种独幕剧，"结构非常的经济，里面几乎没有一句话是废话，一个字是废字，它们的对白也非常的流利和俏皮"。杨振声的《玉君》在结构、情节、文字、主人公玉君等方面都有问题，"可是只要有了那可爱的小女孩菱君，《玉君》已经不愧为一本有价值的创作了，何况它的真正的主人，林一存，是中国小说中从来不曾有过的人物"。他是一个"哲学家""书呆子"，"都使他成一个叫人忘不了的人物"。冰心在她已出版的两本小诗里，"却没有多少晶莹的宝石。在她的小说里，倒常常有优美的散文诗"，她的小说集《超人》里大部分的小说，"一望而知是一个没有出过学校门的聪明女子的作品，人物和情节都离实际太远了。可是里面有两篇描写儿童的作品却非常好"。白薇的诗剧《丽琳》"从头至尾就是说的男女的爱"，"这二百几十页藏着多大的力量！一个心的呼声，在恋爱的痛苦中的心的呼声，从第一直喊到末一页，并不重复，并不疲乏，那是多大的力量！"

　　陈西滢对十部书的评价褒贬都来自自己的评判，其对这些文学作品的优缺点的评说非常具有个性，但也遭来其他人的批评，如他对胡适、鲁迅作品的选择和批评就被人不满。从新文学史写作的角度来看，其开始有意识挑选新文学经典，有助于新文学的历史化工程。

8 月

1. 冰蚕的《中国新文坛几位女作家》发表

　　冰蚕在中国香港 1928 年 8 月 15 日的《伴侣》第 1 期发表《中国新文坛几位女作家》。

　　该文对大陆的女作家进行了一个简单扫描，依次介绍了十几位女作家，包括翻译者，并进行了精准赏评：冰心《超人》使得她"在新文坛占到一个很牢固的地位，不愧为一部杰作；她的深刻的思想和那细致的笔尖，会使你情不自禁地歌颂着一个天才之发见"。庐隐女士的创作主张是"对于社会的悲剧，应用热烈的同情沉痛的语调描写出来，使身受痛苦的人一方面得到同情绝大的慰藉，（另）一方面引起自觉心努力奋斗，从黑暗中得到光明"。近芬女士的"译笔具有惊人的流丽妩媚，就像创作一般自然，是现今译品中有数之作"。沄沁女士的"天分很高"，著作有《漫云》。学昭女士有《倦旅》《烟霞伴侣》《寸草心》，"我们将见其能蒸蒸日上"。雪林女士的《李义山恋爱事迹考》是学术著作，应该对"这个劳苦的发掘者表示一些敬意的"。郑振铎的夫人君箴女士的童话集《天鹅》给了孩子们不少的精神的粮食。林兰女士留心各种民间故事，翻译过安徒生的童话集《旅伴》。白薇女士出版过《琳丽》《访问》，这两个剧本使得她声誉腾起，还有没有载完的《打出幽灵塔》。读绿漪女士的《绿天》，"就会觉得自己也在绿天深处享清闲的野福一般满意"。此外，冰蚕还提到了景宋女士的杂感，小曼和徐志摩合编的剧本《卞昆冈》《海市蜃楼》、叔华女士的《花之寺》、衡哲女士的《小雨点》、露丝女士的《星夜》、冯沅君的《卷葹》《春痕》，还有英昌女士、性仁女士等。从他列举的这些女作家及作品名单来看，他将这一时期的重要女作家予以全部提及，他的确注意到新文学开始女作家繁盛的文学史事实。另外，他注意到这些女作家的作品经常发表在固定的刊物上，如冰心、庐隐多发表在《小说月报》、绿漪的作品多发表在《北新》半月刊、景宋多在《莽原》周刊、小曼和徐志摩多在《新月》杂志、英昌女士、性仁女士多在《现代评论》等。

10 月
吴灞陵的《香港的文艺》发表

吴灞陵于 1928 年 10 月在中国香港《墨花》第 5 期发表《香港的文艺》。该文对当时的香港文艺有个概览，带有较早的中国香港文学史的书写意味。

作者在《引言》中对全中国的文坛进行了区域划分，指出："上海方面异常发达，作者固然众多，出版机关也特别发达……因此形成文艺界之中心点。其次，便要算到广州这一方而发达了。但广州这方面，多少要受点上海这方面的影响，香港则在上海广州之间，上海的风气，应该先到香港，然后才到广州，故此香港的文艺界，应该热闹一点，其地位非常重要；但是，因为香港是个重要的商埠，只是商业最发达，文艺，便不得不为环境战胜而落后"。吴灞陵看到了上海成为文学的中心，上海的风气影响中国香港后又波及广州是吻合历史实际的，但是其没有凸显北京在中国新文学史的重要地位，有所欠缺。在《出版机关》中，他将中国香港的出版物分为"新闻纸""小报""画报""杂志""书"五类，然后依次列举。在《文艺作者》中，吴灞陵将中国香港当时的作者按照地域分为三类：中国香港的、广州的、上海的，并分别列举。在《文艺作品》中，吴灞陵按照新文艺与旧文艺、创作与翻译分别论述。在《结论》中他对中国香港当时的文艺进行了总结："香港的文艺是在一个新旧过渡的混乱、冲突时期，而造成这个时期的环境，一方面就是上海和广州的新潮流入。香港的地域，仿佛处在前后夹攻的位置，青年的作者，最受影响，这是造成新文艺的原因；（另）一方面就是香港这块地方，在现在以前，大家都不大注意汉文的，那一部分研究汉文的人，又不大细化新文学，更有一大部分的读者，戴着古旧的头脑，对于新文学，简直不知所云，故此见了一篇白话文的小说或是戏剧，诗歌，就诧为奇观，而热心新文艺的旧作者，就不得不保守了。"正因为这样，"现在，香港的书报上的文艺，就是新旧混合的，纯粹的新文艺，既找不到读者，而纯粹的旧文艺，又何独不然？所以书报上的文艺，就马马虎虎地混过去，很少打着鲜明旗帜的！"最后，吴灞陵对未来进行了展望，他认为这种情况不会长久，因为"文学的新潮，奔腾澎湃，保守的文学的基础，已经动摇，这个混乱、冲突的时期，不久就会度过的了"。可见吴灞陵也是持文学进化史观。

11 月

朱自清的《论现代中国的小品散文》发表

朱自清的《论现代中国的小品散文》发表于 1928 年 11 月 25 日的《文学周报》第 345 期。

该文主要是对现代中国的小品散文进行理论阐释，但其中有一段对小品散文历史的叙说，受到后来研究散文史的学者重视。这实际上只是对当时散文的主要感受："但就散文论散文，这三四年的发展，确是绚烂极了。有种种的样式，种种的流派，表现着，批评着，解释着人生的各方面，迁流漫延，日新月异：有中国名士风，有外国绅士风，有隐士，有叛徒，在思想上也如此。或描写，或讽隐，或委曲，或缜密，或劲健，或绮丽，或洗练，或流动，或含蓄，在表现上是如此。"

1929 年

1 月

徐志摩的《现代中国文艺界》发表

徐志摩在燕京大学的讲演录《现代中国文艺界》由李德荣记录整理，发表于 1929 年 1 月 11 日的《燕京大学校刊》第 17 期。该演讲谈了五部分内容。

《引言》是开场白,客套话。《支配思想的潜力》主要讨论了当时中国文艺界受到外国的影响,成了支配大家的潜力:第一,不同于汉字的英文,因其字体、构造、表情的不同,使得我们在思想上起了很大变化。第二,西式的教育,给了"我们'时间'和'空间'的观念,钟点的观念"。第三,西方的文学与艺术,影响最深的依次为俄国文学、德国文学、法国文学、英国文学。第四,西方的思想,如政治、哲学、人生观等都影响到中国。第五,西方科学的影响,改变了我们的思想,"使我的生活齐整和快"。第六,电影,"自然是以美国为中心,供给中级社会人的娱乐","电影给我们介绍了两件事情,一是教你'做贼',二是教你'做爱'"。第七,青年会,以为生和社交为前提,把西方的礼貌介绍给中国人。第八,中国的刊物广告,满带着宣传的意味。第九,留学生的影响,将西洋和新大陆的宝贝带回了中国。《文艺上所受的西洋影响》中,作者讨论了中西美术、书法和文学的差异。他认为:中国文章,只是文章没有思想。诗人也是一样,只弄文字的技巧,并不是表现自己,或把本身的经验,发挥出来。西洋文艺是重于"直现"的情感表达,是把自己主观的观念发挥出来。这并不是他们比我们强,只不过是比我们先走一步,现在我们的文艺也开始步人家的后尘。《印度的文艺》中,徐志摩颂扬了泰戈尔没有看不起本国的文学,"他追求印度的旧有的真理,找到印度性的灵感和普遍性,而成为民众的文学,所以能使人无条件的敬仰他"。《结论》中,作者强调西方文艺与我们不同,我们不可全部追随,应该如泰戈尔那样寻找我们本国文学的独特性和普遍性。

徐志摩的这次演讲,重心还在解释当时文艺所受到的西方影响,对具体作家作品还没有细致梳理,这与之前罗家伦等人是同样的述史方式。他注意到多种文学、文化的具体形式如电影、时空、钟点、礼貌等影响了中国文艺界,体现了他作为一个诗人独特的敏感与细致的感受,非常形象具体。而他对中国文学不能抒发个人情感的体会,与他自己的诗歌观念密不可分,其对中国自身文学道路的追寻,及对泰戈尔的崇敬,表现了他对中国文学前进方向的思考。

2 月

洪深的《从中国的新戏说到话剧》发表

洪深的《从中国的新戏说到话剧》在 1929 年 2 月的广州《民国日报》发表。1929 年 5 月 5 日曾刊载在马彦祥主编的光华书局印行的《现代戏剧》第一卷第一期中。本文系洪深为马彦祥的论著《戏剧概论》撰写的序言，所以在有的版本中该文还有一个副标题，即《序马彦祥著〈戏剧概论〉》。它回顾、总结近代京剧改革与中国话剧的发展历程，为话剧这一崭新的戏剧类型予以了正名。全文包括五节。

在《新戏》中洪深主要谈传统戏剧在晚清时期的革新。他认为梅兰芳演的许多"新戏"诚然是新的，但"诸戏所给予观众最后的整个的印象，未能显然的各别与特殊，总觉大同小异而已"。南方的汪笑侬新戏的好处，"不仅在他的文辞，更在他能够使用了戏剧，来发泄他胸中对于政治社会时代人生一切的不平……结果，那一般看戏的人，从来没有像在看他的戏时候，这样的觉得戏剧的意义，戏剧的宗旨，甚是庄严与重要。这就是他的贡献了"。夏月润去日本回来后，最初所演的《新茶花》《黑籍冤魂》，稍后所演的《明末遗恨》《穷花富叶》等"新戏"，"不但多少含着些民族思想，社会思想，尤其是那编剧表演的结果，能使得妇孺皆晓"。天津的女伶金月梅"更演出了许多描写家庭社会（而以她为中心）的'新戏'……不但是社会化，而且竟是天津社会化。那观众有时竟不觉得是看戏，而似与他们所素来认识的人，晤对一坐，无怪乎格外的亲切有味，而原来的戏剧远离人生的观念，无形中悉已忘却，这就是她的贡献了"。作者认为这些"新戏"的改革，"虽是竭力的向模仿写实的路上走，但始终不敢完全背叛了北剧的规矩，始终不曾脱离了北剧的范围"。而敢于去革旧戏剧的命，另行建设新戏的先锋队，是在日本的一部分中国留学生，他们组织成立了春柳社。任天知回上海另外组织了一个春柳社，他们出演的剧目"全都改为模仿与写实的了。歌唱完全废除，全剧只用对话了。没有上下场，而用幕布与布景了。所以当时国内人士，看了耳目一新，觉得这才是真正的名副其实的'新戏'了"。

在《文明戏》中洪深谈了文明戏从全盛走向衰败的特点及原因。他指出："辛亥革命成功之后，在日本的春柳社回来了，在上海出演，大为观众称道。于是同时新组织的表演文明戏的团体，乃如风起云涌。这是文明戏的全盛时代。"当时的文明戏能如此受人欢迎，一方面固然是戏剧艺术的力量。春柳这个团体，本身就很有根底，欧阳予倩、马绛士、陆镜若等都曾在日本受到过大名家的陶融。另一方面"也因为是观众的迁就，与环境的有利。在一个政治和社会大变动之后，人民正是极愿听指导，极愿受训练的时候。他们走入剧场里，不只是看戏，并且喜欢多晓得一点新的事实，多听见一点新的议论。而在戏剧者（编剧演剧排剧布景的人），此时也正享受着绝大的自由，一向所不能演出，不敢演出的戏，此时都能演了"。文明戏整个的倒坍，是因为"戏与演员，同时退化，同时失败的"。他详细地列举了当时文明戏的种种恶劣表现："（一）从来没有一部编写完全的剧本的，只将一张很简单的幕表，贴在后台上场处。（二）有时连这张幕表，也不肯郑重遵守。（三）绝对不排练，不试演，不充分预备的。（四）有时演员上场，甚至连全剧的情节，还不大清楚。（五）演员在外面，过了很放荡的生活，到台上时，疲倦，想瞌睡，没有精神。（六）新进的演员，未受教育，亦无大志，目的只在混饭吃。（七）没有艺术的目的，自好者仅知保全饭碗，不良者欲借戏为工具，以获得不正当的出名。（八）即有要好努力的演员，也只能自顾自，无术使全部改善。（九）布景道具灯光编剧等，不顾事实，不计情理。"

在《爱美剧》中，作者先分析欧洲爱美剧的意义和价值取向，并评析其地位高于营业性戏剧的原因。然后介绍中国爱美剧的发展及代表剧团：有戏剧协社、辛酉剧社、南国社、民艺剧社、剧艺社、葳娜社，还有狂飙社、创造社、新月社等。许多大学——上海的交通、暨南、复旦、苏州东吴，扬州五师，南京东南、当时的北平的清华、燕京、女师大、人艺、艺专、北师、天津的南开等大学都有爱美剧的演出。作者指出戏剧的发展成功与否关键不在是否以其为职业，关键是"剧本，遵守剧本，研究剧本，努力编写好的剧本——剧本是戏剧的生命！没有剧本，其余什么艺术，主义，什么与人生的关系，一切都不必谈了。爱美剧与文明剧根本的不同，就是爱美剧尊重剧本，文明戏没有剧本，人们记住了这一点，就可以晓得其他艺术上成绩上甚大的区别，乃是当然之事了"。

　　在《话剧》中，作者对话剧的概念、形式、方法、价值等进行了论述。"话剧表达故事的方法，主要是用对话"，"写剧就是将剧中人说的话，客观的记录下来。对话不妨是文学的（即选练字句），甚或诗歌的。但是与当时人们所说的话，必须有多少相似，不宜过于奇怪特别，使得听的人，会注意感觉到，剧中对话，与普通人生所说的话，相去太远了"。"表演话剧的方法，也是模仿人生的"，"因为在观众面前，实地表演出来，使观众亲自看，亲自听，直接的受刺激，直接的有感觉，不必如文字小说，须是间接的……话剧也是最平民的戏剧，民众可以人人了解享受"。"话剧的形式，甚是简单……写剧就是写剧中人的说话……话剧是为三方面合作而成的，写剧者，表演者，及观众。""现代话剧的重要有价值，就是因为有主义。对于世故人情的了解与批评，对于人生的哲学，对于行为的攻击或赞成——凡是好的剧本，总是能够教导人们的……话剧仍须依赖着那利用了动人的故事教导人们的本能。至放弃固有的艺术，徒喊口号，是不能奏效的。"《最后的几句话》叙述了该文的目的，并向读者推荐马彦祥的著作《戏剧概论》。

　　该文回顾、总结近代京剧改革与中国话剧的发展历程，为话剧这一崭新的戏剧类型予以了正名。与其他中国戏剧史书写的不同在于，其首先是从中国传统戏剧的改革来论说话剧的渊源，然后才谈到日本留学生的春柳社。其仅从"新戏""文明戏""爱美剧""话剧"这几个概念的内涵与演出特征就将几十年中国戏剧历史予以了简明扼要的梳理，并引领读者理解新型"话剧"的独有特征，显示了作者作为中国话剧的开拓者对于新旧戏剧不同道路的发展是胸有成竹的。

3 月

得钊的《一年来中国文艺界述评》发表

　　得钊即李得钊，他的《一年来中国文艺界述评》发表在 1929 年 3 月的《列宁青年》第 1 卷 11 期。

　　作者认为，"从总的民族意识之觉醒到剧烈的阶级斗争这个过程，反映到文艺界来，遂使文艺界起了新的变化。一九二八年的春天，中国文艺界分化为下列不同的三派；第一是无产阶级文学，以创造社为代表；第二是小资产阶级的文学，以语丝派为代表；第三是豪绅资产阶级的文学，以新月派为代表"。然后他依次介绍了这三派文学的不同表现：

1928 年春天，无产阶级文学呈现出一种活泼的气象。左派文艺团体如创造社的《创造月刊》《文化批判》《流沙》，太阳社的《太阳月刊》《战线》《戈壁》《洪流》《我们》等不下十余种刊物都先后出版。创造社自竖起无产阶级文学的旗帜后，首先便从事阐扬无产阶级文学的理论。他们的理论纲领散见于麦克昂、冯乃超、李初梨、成仿吾等人的论文中：第一，统治一时代的思想常常是那时代统治阶级的思想；因此，文艺是宣传。第二，无产阶级在谋求解放斗争的过程中，应该创造自己集体主义的文学。第三，无产阶级文学不一定要由无产阶级自己去创造，小资产阶级的知识分子在能获得无产阶级意识的条件之下，一样可以创造无产阶级文学。第四，现在是阶级斗争尖锐化了的时代，一切革命的知识阶级应该克服自己的小资产阶级根性，转变方向，到工农大众这一面来，担任思想战线的一分野。这样一来，就引起同语丝派的一场恶战。可是谁也没有从正面去反对无产阶级文学。无产阶级文学在理论上渐渐地巩固他的壁垒了，但无产阶级文学的创作确还没有得到相当的收获。作品共同的缺点第一是内容的空虚，第二是技巧的拙劣，第三是文字的不通俗，也是技巧上的缺点。

他分析小资产阶级的经济地位是动摇不定的，因此他们在革命运动中的态度总是犹豫，不坚决，徘徊在革命与反革命两者之间，他们在文学上的表现也是这样。语丝派的领袖——鲁迅的"呐喊"和"彷徨"，便是最恰当的说明。郁达夫自脱离创造社后，便渐渐和语丝社结合在一起，无疑也是小资产阶级的文艺作家，代表"五四"运动以后最落后的青年。茅盾是小资产阶级作家中的杰出者，在武汉未反动以前是一个共产党员，武汉反动后，他便怀着满腔的哀怨，闭户写成了他所谓"经验人生后的三部作"。《幻灭》描写的只是幻灭，《动摇》描写的只是动摇，《追求》描写的也只是追求。这些都是小资产阶级知识分子在革命失败后应有的情绪。

代表豪绅资产阶级文学的是文艺界的反动派新月派。胡适之在考证他的红楼梦；徐志摩诗哲在和陆小曼合编《卞昆冈》；闻一多在翻译白朗宁夫人的情诗；梁实秋也在介绍表现中世纪基督教道德思想的《阿伯拉与哀绿绮思的情书》。

最后，得钊预测了这三派文学的前途："无产阶级文学很有随着无产阶级革命的胜利日渐完成的可能；小资产阶级文学当革命斗争达到最高度时，一部分作家必然要滚到反革命方面去，另一部分作家也许要同情革命，成为'同路人'的形式，豪绅资产阶级的文学则无疑的要淹没在未来工农革命的大潮中。"

《列宁青年》是中国共产主义青年团继《中国青年》《无产青年》之后的中央机关刊物，它从1928年创刊至1932年停刊，全面反映了中共中央、共青团中央的政策方针，起到了加强共青团工作和教育青年的重要作用。李得钊曾于1925年进入上海大学学习，受到瞿秋白、恽代英、邓中夏等的教诲。同年冬，中共党组织派他到苏联莫斯科东方劳动者共产主义大学学习。1927年2月李得钊回国，担任第三国际代表翻译，1928年起，在中共中央宣传部工作，曾任《红旗》报编辑，并兼做团中央工作。他对这三派的态度代表了当时革命文学论者在革命论争初期的某些态度，关门主义和宗派主义比较明显，而对鲁迅态度的改变，那要等到之后。

4月

陈子展的《中国近代文学之变迁》出版

陈子展于1928年春受田汉之邀，在其创办的南国艺术学院任教授。《中国近代文学之变迁》就是其在南国艺术学院讲授文学史与戏剧史时的讲义，1929年在中华书局出版。

陈子展在《后记》中说，该书重在史的叙述，并非创作，材料悉取于人，剪裁始出己见，只是抄书而已，非敢以著述自命也。此话虽有陈子展自己的谦虚，但也却是实情。全书借鉴胡适的《五十年来中国之文学》较多，在作家作品选择及阐释上也颇类同，这从章节上就可以看出。该书共九章，开始于戊戌变法，止于革命文学。对于新文学运动，他也只是如胡适那样简略地介绍了文学革命为什么会发生以及发生的过程，具体的作家作品很少介绍。尽管在材料上他与胡适等人有相同之处，但是"剪裁始出鄙见"，他述史的逻辑和立场还是不同于胡适，这表现在几个方面。

首先，胡适的文学史是从1872年《申报》的创立开始书写，但陈子展认为近代文学应该从 1898 年开始说起，这个时间段与他当时演讲时间正是 30 年之隔。最重要的原因还是这一年戊戌变法是中国从古未有的大变动，也就是中国由旧的时代走入新的时代的第一步。而随着这一时势的改变，当时的社会、文学思潮也发生了重要的变化。1898 年这个时间节点在后来成为 20 世纪中国文学史划分的一个重要时间起点，最初的源头就来自陈子展的这部文学史。

其次，陈子展的叙事立场是客观中立的。他认为戊戌变法之后一系列的文学革新与"五四"文学革命有着渐变的过程，而不是如胡适认为是一种断裂性突变。所以梁启超所倡导的三界革命得到了正面书写，他认为这为后来的文学革命进行了预备工作。他在文学史叙述中并不强调自己的一己之见，而是更多地借鉴其他文学史家及文学史著的研究成果。他借鉴胡适的观点不需再叙；他书写晚清小说时，就借鉴了鲁迅的《中国小说史略》；在叙述新文体时参考了梁启超的《清代学术概论》；在讨论章士钊"逻辑文学"时引用了罗家伦的《近代中国文学思想之变迁》；在论述"黑幕小说"时，他多借鉴周作人的观点；在叙述林纾所作传奇之时，他摘取的是郑振铎的《林琴南先生》……这说明他的文学史书写不重在自己研究成果的发布，更多是中和众多研究成果，尽量科学客观地书写这段历史。

最后，他对胡适在《五十年来中国之文学》中所说"这五十年的词""很少有价值"的观点表示了异议。他认为，晚清以来的词，虽然多少中了梦窗（吴文英）派的毒，但词人们肯把全副精力用在历来被正统派文人轻视的词的创作、搜集、翻刻、传播上，这说明词在文学上的价值已愈益被人们所认识，他们对词的提倡功不可没；同时，他也指出晚清之时戏曲的作者很少，但关于戏曲的研究，与元、明、清人的杂剧传奇的搜集、翻刻、流传上，有不少的人努力。他列举了王国维的《宋元戏曲史》和《曲录》等书、董康的《盛明杂剧》、吴梅的《顾曲麈谈》，以及他们所编的各种关于戏曲的讲义等，于是戏曲的文学价值受到了他们的注意。可见，陈子展是从诗词、曲、古文、小说、翻译等各种体裁来探讨这时文学逐渐现代化的过程，这比胡适单单关注白话文学要更加全面。

正因为如此，胡全章认为"胡适《五十年》既是陈子展编著《变迁》的主要参考材料，又是其所要超越的对象"①，这有一定道理。但笔者更倾向于这样说，胡适的文学史更重在文学史的"文学"，以书写历史而倡导自己的文学观；而陈子展则更重在文学史的"历史"，以梳理文学的变迁来凸显文学的科学规律，这是两种不同的学术路径，各有自己的优缺所在。

5 月

1. 鲁迅的《现今新文学的概观》发表

鲁迅的《现今新文学的概观》发表在 1929 年 5 月 25 日的北平《未名》半月刊第 2 卷第 8 期。该文是他于 1929 年 5 月 22 日在燕京大学国文学会的演讲词，由吴世昌笔记整理后，经鲁迅审阅后发表。

鲁迅主要是谈论革命文学，感叹当时的文坛太过争闹，而无实际的创作和翻译。他说："在文学界也一样，我们知道得太不多，而帮助我们知识的材料也太少。梁实秋有一个白璧德，徐志摩有一个泰戈尔，胡适之有一个杜威——是的，徐志摩还有一个曼殊斐儿，他到她坟上去哭过——创造社有革命文学，时行的文学。不过附和的，创作的很有，研究的却不多，直到现在，还是给几个出题目的人们圈了起来。"他认为革命文学与革命运动有先后之分："所以巨大的革命，以前的所谓革命文学者还须灭亡，待到革命略有结果，略有喘息的余裕，这才产生新的革命文学者。"所以，他号召大家去"多看外国书"，"关于新兴文学的英文书或英译书，即使不多，然而所有的几本，一定较为切实可靠。多看些别国的理论和作品之后，再来估量中国的新文艺，便可以清楚得多了。更好是绍介到中国来；翻译并不比随便的创作容易，然而于新文学的发展却更有功，于大家更有益。"

2. 草川未雨的《中国诗坛的昨日今日和明日》出版

草川未雨原名张秀中，1929 年 5 月他在海音书局出版《中国诗坛的昨日今日和明日》。

该著共分为四章，每章分为两节，分别重在诗歌理论分析和诗集批

---

① 胡全章：《陈子展与中国近代文学史建构》，《苏州教育学院学报》2010 年第 3 期。

评两方面。第一章《新诗坛的萌芽期》重在介绍早期白话诗的诗歌理论，并对此时期诗集进行评点。第二章《草创时期》研讨白话诗之后的新诗理论，主要分析对新旧社会、习俗与爱情进行批判与歌颂的小诗。第三章《进步时代》对"近五年"的诗坛和诗集进行了扫描。第四章《将来的趋势》对未来诗歌创作的"外形"与"内容"进行了讨论。从章节体系来看，其关注新诗的萌芽、草创、进步等三个不同时期，梳理了新诗的昨日、今日和明日的发展曲线，关注了新诗代表性的理论主张，并赏析品读了代表性的诗集，这样的框架体系比较科学合理。但朱自清在编选中国新文学大系诗集卷时却嘲讽道其"那么厚一本书，我却用不上只字"。[①] 朱自清为什么对草川未雨的这部诗歌史评价如此之低，以及草川未雨为什么在该部诗歌史中对朱自清也只字未提，具体原因我们都不知道。但朱自清的这种评价影响了当代学者对该部诗歌史的分析：黄修己就说该书"没有什么科学性，没有什么学术价值可言"。[②] 赵卫、龙扬志都认为其与纯粹的学术研究还存在一定距离。[③] 如果我们从草川未雨的文学经历与诗歌观念出发，会发现他是用自己及海音社的诗歌理念臧否已有的诗人诗歌，从而对中国新诗史进行梳理。

草川未雨本名张秀中，16 岁（1921 年）考入"河北革命青年运动摇篮"育德中学。1917 至 1925 年，该校不断有人在宣传马列主义思想，"五卅"运动时其成了保定党团组织中人数最多、力量最强的核心和中坚。[④] 育德中学非常浓厚的政治气氛，比较激进的文学思潮，孕育催生了张秀中文学思想"左倾"。特别是邓中夏在育德中学用马克思主义观点，分析了文学、社会、革命之间的关系，告诫大家研究文学莫忘了社会改造，对其影响巨大。1925 年张秀中和谢采江主动退出育德中

① 朱自清：《选诗杂记》，《中国新文学大系·诗集》，上海良友图书印刷公司 1935 年版。
② 黄修己：《中国新文学史编纂史》（第二版），北京大学出版社 2007 年版，第 20 页。
③ 赵卫：《论中国新诗史上第一部新诗批评著作》，《长沙理工大学学报》（社会科学版）2003 年第 1 期；龙扬志：《新诗史的书写与差异——以 20 世纪 30 年代草川未雨和徐芳的新诗史为中心》，《海南大学学报》（人文社会科学版）2012 年第 1 期。
④ 申春：《海音文学社始末》，《新文学史料》1993 年第 3 期；王胜国、张焕琴：《河北早期青年运动的摇篮——育德中学》，《河北青年管理干部学院学报》2002 年第 2 期。

学文学研究会，开始创建海音社。中学毕业后张秀中前往北京大学做旁听生，选听鲁迅等人的文学课程，追随鲁迅的文学主张。[①] 1926 年他筹备创办海音书局，出版第一本诗集《晓风》，鲁迅日记曾记载他写信请教及赠送该书事宜[②]。1929 年，张秀中以笔名草川未雨出版了该部诗歌史。1930 年其加入中国共产党。[③]

正因这样的人生经历，所以草川未雨的诗歌主张中既有文学研究会"为人生而艺术"的文艺观念，也有邓中夏所提倡的文学应该改造社会的因素。他主张诗歌应该"力强地活跃自然与人生的真生命"，就是说诗歌应该反映现实人生，特别是应该揭露当时的黑暗现实并与之斗争，乃至应该有阶级性。所以他批评胡适《尝试集》中的《新婚杂诗》《应该》《我们的双生日》"充满了低级趣味，造作，在新文艺的园里就没有存在的理由"。他认为徐玉诺的《紫罗兰与蜜蜂》应该是"人生的'享受'与'工作'的机会不均等"。谢采江的诗歌相比冰心同样是小诗，但读冰心的诗，多是"想躲在世间以外去的"，读谢采江的诗歌，"觉得立刻人在人世中想去做点事"；冰心的理想是现实以外的，而谢采江的理想则是"根据了现实范围以内的，从生活中写出来的，所以是实际的反射"。

追随鲁迅的文学脚步则使得草川未雨对文学自身的特性有所保留。在阶级论文学史观盛行之时，他没有紧跟当时革命文学的号召，要求诗歌变成革命的传声筒，而是希望文学在为人生、社会服务的同时，坚持个人情感的真实性，并将这种情感用象征、形象的方式经济地表现出来。他注重形象、暗示，认为"凡是美的东西，全是模糊的，模糊的才是整个的，统一的"，诗歌应该"用符号象征诗的意境"。他批评郭沫若的诗"吵嚷的慌"，失败的原因在于"用了抽象的写法"。宗白华的长处"只在于意境的幽深与流动的情绪"，李金发的诗歌优点在于"有独有的想象，异国情调的描绘，近于用浑然的情调传染给读者"。而自己的《动的宇宙》和《血战》，创造了一种"动"的意境，"都是表现

———————————

① 申春：《海音文学社始末》，《新文学史料》1993 年第 3 期；王胜国、张焕琴：《河北早期青年运动的摇篮——育德中学》，《河北青年管理干部学院学报》2002 年第 2 期。

② 王世家、止庵编：《鲁迅著译编年全集》（柒），人民出版社 2009 年版，第 50 页。

③ 申春：《记左联作家张秀中》，《新文学史料》1985 年第 2 期。

着生活中的'速'和'力'的旋律"。他认为诗歌就应该注重文字的简练、精悍、通俗，因为"艺术是最经济的，用几个字表现出一种极浓烈的情感"。所以他批评郭沫若写诗"是艺术的不经济"，汪静之的《蕙的风》中助语词"用得太多了，使诗松懈无力"，而李金发诗歌缺点在于文白夹杂，"破坏全文统一，造句太文言化，生硬，因之减去诗之色彩"。

在草川未雨撰写诗歌史之前，新文学在戏剧上出现了国剧运动，在诗歌上出现了格律诗派、象征诗派，在学术上出现了整理国故运动。由于担心新文学回到历史的"老路"上去，他对新诗格律化和象征诗派提出了不同的意见，强调新文学应该继续前行，而不能走"回头路"向旧文学妥协。他提倡自然格律，认为"诗是吟出来的——每首诗要全带歌咏的调子（直接的口气），不搀一个死字，诗中要有自然流露的音节"。而《晨报诗镌》中的一些人讲音节，讲格律是新诗错误的道路，"这种四行成一节啦，每句的字数都是一般多啦，看起来如刀子切的一般，这岂不是离开新诗相去万里了，这样便演成了千篇一律的方块板诗，盗去了一部分新诗的领域，几乎送了新诗的生命，此派作者以闻一多饶梦侃朱湘刘梦苇于赓虞徐志摩等人为代表"。因为"新诗的兴起，第一的要求便是不能不先打破那一切束缚精神的枷锁镣铐，然而打破了旧的枷锁镣铐又带上了新的枷锁镣铐……反之再去讲起新格律便是退化，便是骸骨的迷恋！""岂不是与余上沅，赵太侔，熊佛西等提倡'国剧'一样的胡闹？"看来他认为新诗、戏剧都要在文学革命的基础上继续前行，而不能再回到之前所打倒的旧形式中去。他认为穆木天的《谭诗》和王独清的《再谭诗》"论调算是很高的，而且还有很对的"，只是"穆王二人的诗多是拟摹外货，尤其是王独清的出版的诗集中有些抄袭套弄的毛病"。针对外国诗歌的借鉴问题，他介绍了一系列诗歌翻译之后，也谈了自己的看法："外国人的名诗，可以介绍，而不可以抄袭；可以受影响，而不可以仿摹。"这应是他对象征诗派的排斥与拒绝。

当然，草川未雨也有通过撰写文学史攻击文坛前辈以"扬名立万"的功利心，这应该是文学界、学术界通行的"躁动症"使然。当时与草川未雨有类似述史动机及批判立场的，还有与他同龄的向培良，其所撰《中国戏剧概评》就是批判国剧运动是向旧剧的投降。

6月

冯瘦菊的《新诗和新诗人》出版

冯瘦菊于1929年6月在大东书局出版《新诗和新诗人》。

冯瘦菊为"左联"五烈士之一冯铿的哥哥。该书共有三卷，上卷重在讨论有关诗的理论问题，中卷重在讨论中国新诗产生的原因，下卷讨论新诗人的特质，该书真正书写新文学史的内容并不多，只是间或有所涉及。

12月

刚果伦的《一九二九年中国文坛的回顾》发表

刚果伦即钱杏邨，他的《一九二九年中国文坛的回顾》发表在1929年12月的《现代小说》第3卷第3期。

该文认为"一九二九年的中国文坛上，显然的呈现了两种相反的现象，其一是有产者文坛比一九二八年来得更为动摇，其二是普罗文坛的更形稳定"。接下来作者分别从双方阵营的刊物、创作等方面进行了比较。

双方的刊物：有产者文艺的主要刊物是鲁迅编的《奔流》、郁达夫编的《大众文艺》、郑振铎编的《小说月报》，还有《新月》与《金屋》。"鲁迅给我们的只是转换了方向以后的关于普罗文艺的译品，郁达夫给我们的只是一以贯之的牢骚，倒是《小说月报》除了巴金的小说而外，还介绍了不少的世界文坛的现势。"普罗文坛的文艺刊物则有《创造月刊》、太阳社编的《新流月报》《海风周报》，他们出版不久也相继关闭。作者认为把两个文坛的刊物比较起来，"普罗文艺的刊物是在不断地从幼稚与错误之中生长着，而有产者的文坛是一天一天的显示其动摇与无力"。而且"目前"的普罗文艺运动有将"解散了的各个社团组织成了一个大的统一组织的倾向了"。

双方的创作：有产文坛的创作，最主要的有两种，一是叶圣陶的《倪焕之》，二是巴金的《灭亡》。短篇有沈从文，戏剧有田汉。他评价"《倪焕之》的前十九章写的是如何的开阔，自然……但一牵涉到政治方面，他就不免立刻的显示出他的隔膜以及他的局促来了；不仅他对于政治没有正确的估量，科学的分析，对于参加了政治漩涡里的'倪焕之'的思想与行动的转变，他也就不能很科学迫寻他的背景而加以描写，只能作浮面的描绘了"。而巴金的《灭亡》则"是虚无主义的个人主义者的创作了"，"这个人物参加革命的动机是不正确的"，至于他的死亡，"不是革命党人应有的态度"。沈从文的短篇"在意识方面，在他的全部的著作中的意识方面，是充分的表现着个人主义的虚无主义倾向的……"田汉的戏剧在意识上，却如他所说，"想加入的党我不敢加入，想打倒的党我不敢打倒"。在普罗文坛方面，作者举出郭沫若的《我的幼年》《反正前后》、龚冰庐的《炭矿夫》、蒋光慈的《丽莎的哀怨》、戴平万的《都市之夜》、洪灵菲的《归家》、蒋光慈的《从故乡带来的消息》、王独清的《貂蝉》、傅克兴的《巨弹》来代表。经过比较后，作者认为"这一年的普罗文坛……说明了它的生长与进步，不像有产者文坛的呈现着枯窘与动摇的状态"。

文章最后，作者补充了这一年普罗文坛在翻译上增加了不少大部书的翻译，如罗曼诺夫的《爱的分野》、李别金斯基的《一周间》、高尔基的《母亲》、阿格涅夫的《中学生日记》和《大学生日记》、拉夫列尼约夫的《第四十一》、杰克·伦敦的《踵铁》、辛克莱的《石炭王》《屠场》《工人杰麦》等；普罗文艺的理论虽没有好的论文集与批评集产生，可是大批的文艺理论书，如普列汉诺夫、卢那察尔斯基的文艺理论被译成中文；还有不少的社会科学书籍产生。当然也有许多普罗文艺刊物、单行本遭到查禁。

作者的这篇文章书写在"革命文学论争"的尾声，带有非常明显的关门主义和宗派主义思想，其将鲁迅、郁达夫、郑振铎与《新月》《金屋》联系在一起视为"有产者"进行批判，这无疑会损害革命文学自身。从其文中的分析来看，也看不出"普罗文坛……说明了它的生长与进步，不像有产者文坛的呈现着枯窘与动摇的状态"，因为《倪焕之》《灭亡》和沈从文的小说似乎比普罗文艺成绩还要高一些。当然鲁迅也会予以反击，他在《"硬译"与"文学的阶级性"》中就嘲笑该文说他"转换了方向"。除开上述缺陷外，我们得承认该文对1929年的文坛掌握比较全面。

1930 年

3 月

郑伯奇的《中国戏剧运动的进路》发表

郑伯奇的《中国戏剧运动的进路》发表于 1930 年 3 月的《艺术月刊》第 1 卷第 1 期。

该文在第一、二节认为"经过了'诗'的时代，中国的文学运动现在正通过到'小说'的时代，但是同时'戏剧'的时代已经渐渐萌芽"。其真正原因在于"最近社会的激变"，其中，"最可注目的是大众势力的增化和它的集团化"。在文学的诸多样式中，"激动大众，组织大众，最直接而最有力，当然要推戏剧"。所以，在革命最高潮的时代，无论广州、武汉，还是其他地方，"戏剧都是很热烈地被要求着的"。现阶段戏剧运动的发达，即是以"群众与组织化"为"底流的主力"，充分体现了"一个时代的要求"。然而，戏剧运动的道路却是充满困难的"羊肠险道"。例如尽管最近一两年来，"戏剧运动的声势特别大，参加运动的剧团也特别多；可是到了今年下半期，境况已经不如以前"。社会的冷遇使许多的剧团和热心的专门家，"中途遇着险阻而失败"；戏剧运动像从前那样又"向着不利的道途"。"时代要求戏剧，而戏剧运动反好像受着时代的冷遇？"所以产生这一矛盾，盖因"现在这种戏剧运动不能满足时代要求的缘故"。

在第三节至第六节，作者进一步考察、检讨民元前后特别是"五四"以来戏剧运动的历史，同时深入分析现阶段剧运的症结，企图从中总结有益的经验教训。文章先分析旧剧"崩坏"的趋势。"旧剧，无论哪一种，都只是封建社会的艺术；虽然和中国封建社会的政治组织一样，中国的旧剧也没有绝对的统一而只有割据的地方主义"；其内容"十足地表现着'封建的意德沃罗基'"；在手工业社会的中国，"旧剧的一切技巧，当然脱不了幼稚拙劣的批评"；至于舞台艺术，"简直只是一个'O'"。接着他审度"和旧剧对立"的文明戏。它"以满清末年新兴的资产阶级为背景"，虽"还有许多模仿旧剧的地方，如表情动作，如插入歌词等"，但内容已经不同，诸如鼓吹爱国、宣传民族革命及暴露鸦片的罪恶等，"正是代表当时资产阶级的思想"。然而，由于

"没有气力的资产阶级开始了退却",文明戏也随之堕落,"成了游戏场的附属品"。事实表明,"以新兴的势力为背景而不能随着社会的进展而前进,那种戏剧一定要没落的。尤其没有理论,没有主义,无自觉地追随着时代后面跑的那种戏剧运动,带着堕落的危险成分更多",其教训堪供"以后的新戏运动的借鉴"。至于"五四"时期兴起的戏剧运动,系以胡适一派提倡的"易卜生主义"、陈大悲等人鼓吹的"爱美剧社"为标志,曾给近代剧"在中国的新文学中筑下了基础"。但因从事运动的人们缺乏"斗争的意志",在革命高潮中又出现"纯粹艺术一派的主张",加之"运动的方法也许有错误",所以,"五四"以后的戏剧运动"还没有得到什么成效就逐渐消灭下去"。

文章接着分析"近两年"戏剧运动的中兴及其跌落的症结。其中兴表现为职业剧团拥有相当的基础,充当主力军的学生剧团的陆续成立,及各地方戏剧学校和研究所的创办。但如上所述,剧运的道路依然是荆棘满途。究其原因,一方面,"有力的剧团都似乎感受着社会的经济的种种压迫",这导致他们的计划无法实现。尤其"近半年"几乎没有"比较惹人注意的公演","宣传,刊物,脚本刊行等也没有以前那么活泼"。另一方面,戏剧运动本身也严重地脱离民众。作者尖锐指出:"事实毋宁是民众比我们那些作'高尚的'戏剧的先生们更进步。先生们没有力量去追及,反而在跺着脚唱高调!"

在第七、八两节,作者提出中国现阶段戏剧运动的路线和具体纲领。他通过考察戏剧运动的历史与现状,总结了其中的经验教训:戏剧"不站在前进的阶级的立场上,绝对没有发展的可能。若是规避斗争,不敢站在时代的先端,那种艺术一定没落;若是跟着落后的阶级,那种艺术一定流为反动。戏剧比任何艺术和社会的关系更密切,因而表示更为明显。"从这一结论出发,文章昭示"中国戏剧运动的进路是普罗列塔利亚演剧"。然后,他为从事戏剧运动的人们制定了现阶段的特殊纲领,概言之有四个方面:"一、促成旧剧及早崩坏;二、批判布尔乔亚戏剧,同时要积极学得它的成功的技术;三、提高现在普罗列塔利亚文化的水准;四、演剧和大众的接近——演剧的大众化。"只有经过长期的努力和斗争,才能真正造成时代所需要的戏剧运动。

可见,该文是郑伯奇号召戏剧运动走向左翼的理论文章之一,其对于无产阶级戏剧运动的兴起曾产生积极的影响。他采取进化论的观点否定了传统戏曲，对于"五四"运动和20世纪20年代戏剧运动的成就及历史贡献估计不足，有着形而上学、机械庸俗的弊病。

4月

1. 麦克昂的《文学革命之回顾》发表

麦克昂即郭沫若，他的《文学革命之回顾》1930年4月在上海神州国光社出版的冯乃超主编的《文艺讲座》（第一册）中发表。这是一个论文集但又有杂志的意味，在当时影响巨大。《文艺讲座》的内容比较全面，其发表的大都是关于革命文学的文章，包含有三方面内容：一是关于马克思主义文学理论的介绍。二是翻译以苏联为主的外国无产阶级文学理论及文学史的文章。三是对中国的新文学运动及革命文学运动进行文学史书写的文章。有麦克昂的《文学革命之回顾》、华汉的《中国新文艺运动》、钱杏邨的《中国新兴文学论（第一章）》。这三篇文章主要是创造社与太阳社成员以马克思主义文学理论为"革命文学"书写历史，同时以此为基点，"重写"中国新文学史。

《文学革命之回顾》分为四节，对文学革命历史进行"重写"，他的许多观点都是针对胡适的。在第一节中，麦克昂批判胡适认为文学革命是由文言文改变为白话文的观念，并从社会性质的角度提出他对文学革命的新观点。他指出："我们眼目中的所谓文学革命，是中国社会由封建制度改变为近代资本制度的一种表征。社会的经济制度是一切社会组织及一切观念体系的基础。基础一动摇，则基础上面的各种建筑便随之而崩溃。"接着他从文学语言的角度提出作家创作并不能在文言与白话之间划出界线来，而应该努力促进它们的融合。在第二节中，郭沫若将文学革命的源头追溯至晚清，实际上将近代文学和新文学予以联系起来书写，将它们都定性为资产阶级的文学。在第三节中，郭沫若指出中国资产阶级革命是一个畸形的革命，这种畸形自然影响到文学上来。接着他分析了中国资产阶级、封建势力和无产者集团这三种社会力量的强弱态势，及代表各个不同阶级的文学命运及未来，从而推导出革命文学发生和推广的正当性，并表现了他对无产阶级文学的必胜信心。在第四节中，郭沫若对他所领导的创造社进行了历史梳理并进行了批判。于是创造社由孤军而斗士而英雄的历史演化得以清晰，而他自己及创造社的文学史地位则得以凸显。

郭沫若对文学革命的回顾主要是从阶级立场的角度论述其属于资产阶级、小资产阶级与封建阶级的斗争，这与晚清时期梁启超等人的文化运动是同一类型，这就对文学革命的性质和历史地位进行了不同于胡适等人的改写。其对创造社十年历史进行的书写则表明未来新文学的命运在于无产阶级文学，而创造社是这次时代主潮中的领导者，他自己则是这次新潮中的先知先觉者，这说明新的中国新文学史书写模式及逻辑将会出现。这与胡适在《五十年来中国之文学》中所拥有的那种以时代英雄自居的叙述立场几可类似，大都以"重写"文学史的方式再次确定所处时代文学的主潮及领导人。

2. 华汉的《中国新文艺运动》发表

华汉即阳翰笙，他的《中国新文艺运动》在1930年4月上海神州国光社出版的冯乃超主编的《文艺讲座》(第一册)中发表。该文分为七节，对"五四"以来的新文学运动予以介绍，是一个比较完备的文艺运动史纲要。

在第一节《前言》中，华汉首先说中国在短短时间里经历的事变不亚于欧洲的几个世纪，而在文坛上也出现多次文艺运动，然后他提出研究这些文艺运动只有在唯物论指导下才能得到正确的理解。在第二节《五四新文学运动》中，华汉重在解释"产生这次伟大运动的社会的根据是什么？它的历史的意义在那点？"并分析了为什么会出现"整理国故"思潮以及《新青年》杂志的内部分歧。他强调"五四的新文学运动，是资产阶级反封建势力的文学运动。它的本来面目是如此，它所得的结果也是如此"。在第三节《浪漫主义的文学运动》中，华汉承认创造社当时所倡导的确实是浪漫主义的文艺运动，他将郭沫若的创作分为三个时期，而第一个时期是他的文艺创作的黄金时代，这时候他的创作"反映了资产阶级的意识形态，他成了资产阶级的文艺上的战士"！而郁达夫的全部作品，"可以说赤裸裸地反映了这一没落的士绅阶级的意识形态。达夫是这一没落的士绅阶级的最彻底、最大胆的代言人"。在第四节中，华汉讨论的是"自然主义的文学运动"。他先引用了文学研究会耿济之、茅盾的话来说明自然主义文学运动的理论主张，然后讨论了自然主义旗帜下产生的鲁迅、叶绍钧、茅盾三个代表作家，并探讨了为什么为人生的自然主义文学运动中会产生两位小资产阶级的文艺战士。在第五节《革命文学运动》中，华汉回忆了普遍全国的革命文学运动形成过程，并探讨了这一运动产生的国内外的政治经济形势。在第六节《无产阶级文艺运动》中，华汉介绍的是1927年末和1928年初的无产阶级文艺运动。他对无产阶级文学为什么会发生的政治原因进行了分析，还将普罗文艺的发展分为三个阶段。在第七节《结语》中，华汉将整个文章进行了总结，他认为十余年的中国文艺运动就是十余年千变万化的中国社会史的反映。

华汉将中国的新文艺运动与中国现代政治事件的发生予以勾连，认为每一次政治运动必然会带来文艺思潮的转换，并将每一文学思潮运动与当时中国的阶级运动紧密联系在一起进行划分，无疑有太过简单化之嫌，因为政治事件对文艺运动的影响往往不是那样直接，他的简单机械也是早期马克思主义理论在文学分析上的普遍现象。但是华汉对整个中国新文艺运动的几大潮流还是把握很准的，其对一些现象的分析有着正确的一面，这为后来的新文学史书写提供了借鉴。

3. 钱杏邨的《中国新兴文学论（第一章）》发表

钱杏邨的《中国新兴文学论（第一章）》于1930年4月在上海神州国光社出版的冯乃超主编的《文艺讲座》（第一册）中发表。他计划中的《中国新兴文学论》应该包括五章，从他的"总目"上看分别是：《一，〈中国青年时代〉（一九二三—二七）》《二，〈创造月刊〉与〈太阳月刊〉时代（一九二八）》《三，关于〈新流月报〉（一九二九）》《四，〈拓荒者〉与左翼文艺（一九三〇）》《五，指导理论的发展（一九二三—三〇）》。这五章分别论述"革命文学"萌芽、发生、发展的几个重要阶段与代表刊物，最后一章是对"革命文学"理论的变迁进行归纳。这五章的篇幅可在《文艺讲座》将出版的六期上得以连载，但实际上该篇长文并没有完成，只完成了第一章，或许因为《文艺讲座》本来也就出了一期。

钱杏邨在该章写作的主要线索，即通过梳理文学革命以来对劳动者的书写，来分析作家的创作态度，从而阐明"革命文学"对劳动者的态度。在第一节，钱杏邨主要分析的是新文学诞生期间对劳动者的塑造。他认为新文学初期的诗歌都只是同情劳动者，并为其诉苦，却没有战斗的调子。对劳动者的同情只有到"二七"惨案后才有转变，接着他从社会阶级、政治经济的角度对此现象进行了解答。在第二节，钱杏邨主要分析了郭沫若的诗集《前茅》和蒋光慈的诗歌《新梦》。他认为这两部诗集表现了诗人对于普罗列塔利亚的革命的认识，并显示了他们的普罗列塔利亚的倾向。在第三节，钱杏邨主要分析了蒋光慈的诗集《哀中国》和刘一声在《中国青年》上发表的诗歌。他认为这两部诗集代表着当时的小资产阶级的"左"倾青年的整个倾向，与当时革命现实的要求。在第四节，钱杏邨分析了新文学运动以来的小说和散文，理清了它们从对于劳动者的同情走向革命文学的过程。最后，钱杏邨简单叙说了自己书写这一章的用意，并认为从1923至1927年的革命文学可以说是《中国青年》的时代。

钱杏邨从中国资产阶级和工人阶级的力量构成以及发展态势，对作家作品中所反映的劳动者进行分析，在政治经济与作家作品之间的联系方面他的观点太过直接简单。但是钱杏邨的这种批评是马克思主义文学理论较早在新文学史书写中的应用，其意义还是不容低估。瞿秋白在1932年反驳胡秋原时就曾经说道，钱杏邨比起胡秋原来，却始终有一个优点："就是他总还是一个竭力想替新兴阶级服务的小资产阶级知识分子，他的东拉西扯之中，至少还有一些寻找阶级的真理的态度……钱杏邨虽然没有找着运用艺术来帮助政治斗争的正确方法，可是，他还在寻找，他还有寻找的意志。"[①] 而体现在这篇文章中，就是他紧紧抓住作家对劳动者的态度这一核心关键，能够较合理地梳理革命文学的发生、发展这一文学史现象，揭示了革命文学与社会革命之间反映与被反映的关系，视野足够开阔，现在来看仍然具有一定的理论性和史料性。而曾是太阳社成员的他，有意彰显太阳社及其成员蒋光慈等人在新文学史中的重要性，也是我们可以理解的。

---

① 易嘉：《文艺的自由和文学家的不自由》，《文艺自由论辩集》，苏汶编，上海书店1933年版，第80页。

5 月

1. ［日］儿岛献吉郎著（胡行之译）的《中国文学概论》出版

胡行之翻译日本学者儿岛献吉郎所著的《中国文学概论》1930 年 5 月在北新书局出版，其中附录了他所撰新文学史。胡行之在该书的《译述者言》中说道："译者因见是书内容丰富，叙述有统系而便于检考，感到有介绍给国人阅读底必要，便把它译了出来。但译者同时感觉它有一种缺点，即是太偏重于古文学而没有谈到近代文学，侧重于贵族文学方面，而忽略了平民文学。译者为要弥补这个缺憾起见，特抽出余暇，另行草成'附录'一篇，把中国文学最近演进的趋势，及平民文学底略迹，作一个有系统的叙述，附载于本书后面，以便阅者参照。"下面我们来看胡行之的《附录》：

《贵族文学与平民文学》从文学的内容、形式与作者身份区分了贵族文学与平民文学的不同；梳理了二者在不同时代的成绩；阐述了贵族文学与平民文学就是庙堂文学与田野文学；也讨论了贵族也会作平民文学。《死文学与活文学》中作者从文学是抒发真实感情的界说出发说明贵族文学是死文学；活文学则是抒发真实情感的，而且使用的语言是白话文这一活文字；他又借用罗家伦《什么是文学》中对中国文学与西洋文学进行的比较，认为西洋文学都是真实的、为多数人所接受的、发展个性的，而中国文学具有相反的特点。《文学革命与白话文学》先论说革命手段可以加快进化的过程，以说明新文学为什么要采取革命而不是进化的手段；然后引用胡适、陈独秀的文章论说文学革命的主张、观点，白话文学所应采取的策略。《新诗》中依次叙说了《最早的白话诗》《换汤不换骨》《新诗的类别》《新诗底厄运》。《新诗的类别》中将新诗分为：以冰心为代表的哲理的诗；以汪静之、湖畔诗社和宗白华为代表的抒情的诗；以郭沫若为代表的热情的诗；以朱湘为代表的音节的诗；以徐志摩为代表的散文诗。《短篇小说》中依次书写了《小说底起源》《短篇小说》《鲁迅》《文学研究会》《创造社》《浪漫感伤》《十字街头》《稚弱》。《散文与小品》中依次书写了《散文》《小品》《周、徐、朱、俞》《杂感文》《小品散文》。《政论文与宣传文》中依次书写了《时务文》《政论文底成熟期》《革命的预言》《新青年与每周评论》《宣传政策》《泼妇骂街》《思想底混乱》《文字与思潮》《三民主义》。《革命文学》中依次书写了《从文学革命到革命文学》《普洛列太里亚文艺之论争》《武器的艺术》。《介绍及翻译》中依次书写了《佛经底输入》《最早的译书范围》《严复与林纾》《译界之王》《信，达，雅》《挖苦》《翻译界的成绩》。《整理国故运动》中依次书写了《复古运动》《国故释名》《胡适之两面观》《读书杂志》《两个国学书目》《标点书籍》《整理的成绩》《国故毒》。《结论》中谈及了《进化与退化》《历代变迁底痕迹》《最近的解放》《明清五百年间底白话小说》。

虽然只是附录性介绍中国新文学，但是胡行之非常注重新文学史书写的逻辑性。其前两节阐述的是自己的文学史观，即文学可分为贵族文学与平民文学、死文学与活文学，然后再说明文学革命的必然性与合理性。之后介绍各文体的发展。最后在结论中再次强调其文学进化论的文学史观，这样头尾连贯，形成了一个自足完满的体系。

在对具体作家作品和文学事件的介绍与评价中，胡行之的态度非常客观。一方面，他主要按照文学历史发展的自然时序去书写，对各文体的介绍都是根据出现早晚予以介绍，对一些文类或概念甚至追溯其最早的历史根源。如介绍翻译之时论述了最早的佛经翻译；论述政论文与宣传文之时，从康梁的时务文谈起；讨论小说之时从中国历来小说概念及短篇小说定义开始等。另一方面，对作家作品及文学现象的评判也注重客观，他对复古运动、整理国故、林纾的评价都不是否定了之，而是发现他们的合理之处。因为他认为有革新就有复古，正如水流有起有伏，在持有文学进化观的学者中，这种态度比较难得；他对胡适倡导文学革命的同时又进行国故整理的两面性也有清醒认识。

胡行之能跟随时代变迁来论述文学思潮的变化，某些方面也有着国民党立场。例如他对小说变迁的书写就紧扣时代，论述文风由浪漫感伤而至十字路口，及在革命低潮之时的稚弱。在《政论文与宣传文》就描述了这种文体由时务文发展至政论文以至国民党的宣传文，但后来国民党的思想混乱，而导致该类文章没落。他最信服的是孙中山的阐述三民主义的政论文。

2. 卢冀野的《近代中国文学讲话》出版

卢冀野于 1929 年在上海光华大学讲授了一个学期的《近代中国文学》课程。俟课程结束，1930 年 5 月柳升祺、潘正译、周宸明、陆真如四位学生搜集整理的笔记在上海会文堂新记书局出版，名之为《近代中国文学讲话》。初稿本待访查，这里探讨的是 2012 年的中国台湾版本。① 该著凡四讲，体例按现代意义上的四大文类进行编排。第一讲《诗歌革命之先声》；第二讲《乔那律士姆与近代散文》（"乔那律士姆"，是英文 Journalism 的译音，可理解为报刊或报刊文章——笔者注）；第三讲《同光以来之小说家》；第四讲《剧坛之厄运及幸运》。从篇名可见其重在近代文学向新文学转换的历程，所以在近代文学研究者眼中，非常重要。②

首先，该著的时间划分不同一般。卢冀野讲诗歌、散文、小说都是从同光说起，就是从同治光绪年间开始，那就是 1861 到 1908 年间；而对近代戏曲的追溯则延伸到乾嘉前后，就是乾隆和嘉庆共同在位的时期，即 1795—1799 年间。这种文学史划分说明卢冀野并不认为四大文体有着统一的文学史分期，而是各自有着不同的特点，这似乎更符合各文体发展的实际情形；再就是这种文学史分期并不是以一个具体的年份作为精确截止，而是一个长时间段的模糊空间，这说明卢冀野认为文学的变化更动并不是忽如一夜春风来，而是一个时代缓慢向前发展的渐进过程，这样更吻合文学史发生发展的原貌。

其次，该著非常重视文学文本的细读，类似我们现在的作家作品论的文学史著。

最后，卢冀野对"五四"文学的态度根据不同文体有不同表现，不是一味褒扬也不是一概否定。他自己也说他虽然在某些方面借鉴了胡适的《五十年来中国之文学》和钱基博的《现代中国文学史长编稿本》，但却在"范围与立场"两个重要方面与之"有些不同"，这表现在以下几方面：

---

① 卢前：《近代中国文学讲话·散曲史——卢冀野论著两种》，中国台湾秀威资讯科技股份有限公司 2012 年版。

② 胡全章：《卢冀野〈近代中国文学讲话〉的学术史意义》，《现代中文学刊》2010 年第 4 期。

其一，他强调了近代文学与新文学的衔接性和同一性。他并不认为黄公度等人的新体诗和胡适、闻一多等人有什么不同，而认为他们都是诗歌的改进派，分别是从诗料、工具和体裁等不同方面进行改进。旧的诗歌需要改革，但光改换为白话是不够的，还应回到诗歌的本质上来，在新旧之间中和以创造中国风味的诗歌，这是他的诗歌理论与创作方向。

其二，他对文学革命及新旧争论进行了一种似乎中立实际贬斥的批评。在写胡适与陈独秀所发起的文学革命之前，他写下了这么一段文字："自从清季以来，我国军事上外交上皆节节失败，于是国人对于西洋文化引起了相当的注意，这未尝不是一种好现象。而其末流一般青年，到外国跑了一趟，无论何事，皆崇拜西洋化，把人家的主义，生吞活剥，来改革我的固有，适足以造成一种非中国式的东西。文学界的文体改革运动，也便从此产生了。"这些"末流青年"暗指的是谁，我们可以从中猜到，更何况他接着写的就是胡适的"八事"和陈独秀的"三大主义"。他也写了林纾及学衡派等人的反对意见，特别强调了吴芳吉的四篇文章，引用其第四篇篇幅较大，俨然此人影响甚大，而其他文学史却很少书写该人。最后他总结到："文学革命，提倡者和反对者，皆持之有故；言之成理；孰是孰非，姑且不论。然而白话在今日已经成为一种很风行的体裁。不过白话在文学上有否价值。还是一个疑问。"这种观点在胡先骕评胡适的《五十年来中国之文学》[①] 中就已表达，在1930 年卢冀野还说这番话，我们倒觉得他心中有愤愤不平之感，他对文学革命的排斥态度就溢于言表了。

其三，他对新文学不同文类的成绩进行了不同一般的臧否。他批评了新诗的理论主张和创作成绩。在散文方面，卢冀野批评了胡适对章士钊的"误解"。卢冀野对新文学的小说表现出赞美之情，他重视戏剧的舞台性、戏剧性和群众性，所以对话剧整体上很推崇。

6 月

叶荣钟的《中国新文学概观》出版

叶荣钟的《中国新文学概观》1929 年11 月7 日完成于日本高圆寺

---

① 胡先骕：《评胡适五十年来中国之文学》，《学衡》1923 年第18 期。

精舍，当时是作者就读于东京中央大学经济科的最后一年。1930 年 6 月该书由东京印刷制本株式会社印刷，杨肇嘉为发行人，在东京新民会出版，列为《新民会文存第三辑》。该书虽说只有三万多字，但具备了一部文学史著所应有的各种要件。笔者依据的是《叶荣钟早年文集》①中的《中国新文学概观》，而原著没有搜集到。

《序说》是对中国新文学运动发起及成就等方面的评价概说。叶荣钟从读者心理接受、社会风气形成以及时代政治转换的角度来论说中国新文学运动爆发的原因，对中国新文学成绩进行了"量多质差"的总体评价。他认为这是因为"'古文'已经有了很久的历史，而新文学却完全没有一个预备的期间可以训练作家的思想和技术所致的"，梁任公和林琴南对新文学建设更多起到的是提倡作用，而在文学创作上所起作用还不够。叶荣钟对各种外国文学思潮纷纷涌入中国，众多作家随意跟风是有所反对的，他认为文坛有一种主潮才能促进文学的大发展，这与很多研究者认为当时文学思潮多姿多彩有利于文学创作相反。

在《文学革命的演进》中，叶荣钟因为自己所在地域资料查找不便，所以他将胡适之的《五十年来中国之文学》中的末节抄录下来，以此来展示文学革命的爆发过程。然后他依次介绍了胡适、陈独秀等提倡文学革命的理论观点，提到了各种白话文杂志，介绍了林琴南创作的两部小说《荆生》和《妖梦》，以及其与北大校长蔡元培的往来通信。还强调了 1919 年的"五四"运动对文学革命的巨大影响，因为这一年出现了至少有四百种白话报。围绕文学革命的兴起及发展，叶荣钟主要参考的是胡适的意见。

在《新文学作品》中，叶荣钟分成四个小节《新诗》《小说》《戏曲》《小品散文》介绍了四种文体。叶荣钟认为新诗"'量'虽多，'质'却不甚高明，在形式上看来，初期的作品还脱不尽旧诗词的束缚，处处都有带着旧诗词的余嗅。稍进一步的又犯着'太明白'的毛病"。而"真正伟大有力的表现，隽永深刻的情感的新诗，还要推郭沫若、徐志摩两家的作品，郭沫若的《女神》和徐志摩的《志摩的诗》可以说是新诗中的两部好作品"。叶荣钟认为小说也是量多，但是"能

---

① 叶荣钟:《叶荣钟早年文集》，晨星出版社 2002 年版。

够代表'时代'的作品却是寥若晨星。短篇小说还有些好作品可以传世，长篇小说则可以说是完全没有"。叶荣钟对中国新文学中"戏曲"的成就评价最低，认为其成绩应是"最劣"的，他从新剧作家的创作、舞台演出及民众的接受三者之间缺乏良好的互动配合来论说中国新剧的失败很有说服力。他指出我们要对旧剧的形式特别是音乐和舞蹈有所继承，而且新剧的内容要能和民众的生活紧密相关，这样的路子才是新剧运动的正路，这样的内容形式才能满足受众的需要，从而能推动新剧运动的发展。叶荣钟认为中国新文学中小品散文发达，并分析小品文的性质、特征，他认为最好的要推周氏兄弟、徐志摩、陈西滢、钟敬文、朱自清等。

在《文坛的派别》中叶荣钟将现代中国的作家分为创造社派、语丝派、文学研究会派和新月派四个派别，他还专门用《圈外作家》之名提及那些不能划入这四派的作家，他尽量将这一时期的作家全部介绍，避免自己分门别派的局限性。

在《结论》中，叶荣钟对中国新文学开创者的成绩进行了历史定位。他认为不必要求这些开拓者一定要产生伟大的杰作，因为播种者并不一定会见到收获，每一代人有每一代人的使命。

叶荣钟书写该文学史之时正是 29 岁，他与胡适、郭沫若这些作家相差不到十岁，与陈独秀、鲁迅等人相差也不过二十岁左右，而与徐志摩悬殊两三岁，所以他能以平等身份来看待这些作家作品；该著创作于1929 年，他与这些作家所提倡的新文学运动的时间距离与心理距离相隔都不太远，对他而言，新文学运动就是当下文学；他不是中国大陆新文学运动的参与者，而是远离北京文化中心的中国台湾文化人，所以就少了诸多利害关系，这使得他能客观进行评判；他两次在日本留学，在留学之前曾在中国台湾受到了良好的中国古典文学熏陶，他本人就是脚踏中西文化之人，使得他有较高的文学评价水平；更重要的是，此时他正关注、力图参与中国台湾此时的新旧文学之争，他对中国大陆新文学运动进行历史的考察和审判，是为了给中国台湾新文学发展提供镜鉴。这些多重因素，使得他多以平视的文学批评的态度从事文学史书写，他的文学评价是以日本文学乃至世界文学，和中国古典文学为参照标准的，以此对中国新文学成就进行严格的勘察衡定，对中国新文学诸文体的成败得失进行中肯的分析，特别是对其失败的原因及突破口的分析等都立意高远，着眼未来。

7 月

1. 李锦轩的《最近中国文艺界的检讨》发表

李锦轩的《最近中国文艺界的检讨》发表于 1930 年 7 月 6 日的《前锋周报》第 3 期。

该文认为中国文艺界，正如中国政治一样。在过去的十余年中，无日不是在混乱的局面下挣扎，未能走上正确的轨道。一般从事文艺者之缺乏中心意识，更为令人失望。所以要检讨最近中国文艺界的现象。

作者认为文学革命时期的文艺界，否定了过去，接受大量西方思潮；但只顾其新，造成思想方面的混杂，便免不了冲突。从文学革命的初期，一直到"五卅"六七年间的代表文艺作品，只有对于旧礼教和传统思想抨击的鲁迅的《呐喊》；描写青年苦闷的郁达夫的《沉沦》；还有为当时青年之所爱好的张资平之恋爱小说；郭沫若之《落叶》等。戏剧方面是无足述的。诗歌方面有大批是半新不旧的，泰戈尔作品介绍来华之后，中国才出了"诗圣""诗哲"。但这些作品都"未能充分地表现出这民族觉醒而产生的'五四'运动的时代性"。

作者认为"五卅"的"主因乃是为民族的独立，埋藏在各人心里的民族自觉性的爆发。同时，更因政治之黑暗，便激起民众忍无可忍的热血与帝国主义作短兵相接的反抗"。于是在文艺上，创造社高喊革命文学，不久打起普罗的旗帜。但在作品上，"同样的是不能寻出一本能够表现出这时的民族意识的。除去一部分作家，仍然在玩他以个人为中心的趣味作品外，所谓转变了新的方向的创造社，却也不过仅仅只是几篇标语口号式的即兴作品而已"。作者认为到了 1928 年，许多作家都从实际的革命工作的阵线上退下来，而形成了中国文艺界从来未有之兴盛。在创作方面，长篇短篇均数倍于从前，作家有好几十位。然而，令人注目的却是很少。比较杰出的只有茅盾反映时代的《幻灭》《动摇》《追求》三部曲而已。这等作品，是"不会与民族有利益的"，茅盾"客观地表现了时代精神，但把民族精神忽略了，这是我们不能认为满意的"。众多新老作家的创作与翻译以及文学批评等"虽各有立场不同,然而,却没有一个是站在民族的立场上"。他还介绍《语丝》和《创造月刊》为普罗列塔利亚文艺问题的混战。以至"现在"的左翼作家大联盟,但是他认为还是换汤不换药,"这种文学运动,背景却完全受苏俄的支配,实际上早已成为了政治的工具,不过借文艺的幌子来欺骗人罢了"。

作者总结到:"从'五四'运动起一直到民国十七年,中国文艺界是同样地未能趋入正轨,无日不是在混乱的局面下挣扎。而最令人失望的,便是这多年来,中国受尽了帝国主义的压迫,而作家却不见有民族意识的觉醒,竟寻不出一本有益于民族的作品来,这是多么痛心的一件事呵!"而"现在"的《小说月报》《北新》《真美善》《新月》等,"主张仍然是各自不同,门户之见却是更深了"。在创作方面,长篇有茅盾的《虹》、老舍的《二马》、巴金的《灭亡》等,以及最令人注意的短篇小说作者有沈从文和鲁彦等,但是,"这些作品,除技巧是有长足的进步外,思想上仍未能站在民族的立场上来表现伟大的民族精神"。

接着,作者号召文艺界团结起来,一致地为民族而奋斗,要确定以民族主义为中心意识的文艺,而使我们伟大的民族日趋于辉煌灿烂的境域。

可见,作者认为之前的文学没有表现出民族精神,以后的文学运动应该以此为中心,这是民族主义的文学主张。而发表该文的期刊《前锋周报》正是民族主义文学运动的主阵地。

2. 周洪的《最近中国文坛三大派之我观》发表

周洪的《最近中国文坛三大派之我观》在 1930 年 7 月中国香港《非非画报》第 12 期发表。周洪在该文中叙说了当时中国文坛存在革命文学派、鲁迅派、新月派三大派别,他认为革命文学强调"时代"的革命斗争,鲁迅派强调"自然",而新月派强调"理性",对此周洪都不十分认可,他认为真正的文学应该强调情感。

10 月
克川的《十年来的中国文坛》发表

克川即张天翼,他的《十年来的中国文坛》发表于 1930 年 10 月的

《文艺月刊》第 1 卷第 3 期。该文共分五部分。

在《开场白》中，张天翼确定自己是以谈掌故的方式讨论十年来的中国文坛。他对这十年来的成绩评估是"荒凉"。他从北京大学成立新潮社，刊行《新青年》和《新潮》谈起，并列举相关人员。他认为文艺研究会是"一个杂色的文艺团体"，而创造社"是一群颓废派的垃圾桶"。张天翼对一些重要作品予以了评析：郭沫若的《女神》比"《尝试集》进步多了"，"然而，还没有到成熟的地步"。鲁迅的《阿 Q 正传》"用了冷静的态度描写了一个时代；正如有些人说，什么时代都同时存在"阿 Q。冰心的《超人》等篇，"差不多只要注意文艺的人都看过，女学生几乎是全体。作者对于修辞极注意，她爱浸些旧文学的汁水进去，但不会使你起反感，象裹过足的放了足，穿高底鞋，也有好看的。作品中显示了作者的女性，使你咀嚼到温柔、细腻、暖和、平淡、爱，作者也努力要使作品写成上述那些味道，但这样，题材就似乎贫乏了。她的题材不外乎诗人、母性爱、人间爱、天真、及人道主义。并且有些，如《往事》《遗书》《笑》等篇，叫它们是小说，毋宁说它们是随笔"。庐隐的作品"是以女性而中心的隔射，写肉的趣味更浓烈，写的手法不及冰心，并且似乎有意无意地受到冰心的影响"，"文笔修饰得太厉害，显得不活泼"。郁达夫在《沉沦》中"用他的大胆，描写灵肉冲突"，"充满'哈姆雷特'式的悲哀，主人公是个世纪末的人物，这正是在彷徨中的青年的典型"。

在《五四以后》中，张天翼主要介绍的是北京各个社团如文学研究会、创造社、语丝社等的组成与主办的刊物，重要的作者和其创作倾向以及这些刊物的变迁，还有社团之间特别是《语丝》与《晨报副刊》《现代评论》的纠葛矛盾。他评述沈从文的文章是"老练的，文笔也叫你看了舒服"。在《上节的尾声》中，作者补充了梁实秋、闻一多、滕固、郁达夫等人从创造社分裂，张文亮创办《青年文艺》、戴望舒办《璎珞》、叶灵凤主办《现代小说》、洪为法组建"寒烟社"，还有王实味找《现代》要稿费的轶事。在《上海的狂飙时代》中，张天翼介绍了此时上海的文艺家、文艺团体和文艺刊物"一时风起云涌"。将当时的文学界描述为三类："大喊着一种所谓新写实派，同时又有反对的"，"而同是嚷着新写实的几团人里又互相攻击"。他列举了不同的态度有不同的刊物和社团：反对新写实派的有《新月》；中立的有《小说月报》《红黑》《绿》《青春》；主张新写实派的有《新文艺》《萌芽》《现代小说》《拓荒者》。新写实派内部还有鲁迅和钱杏邨观念的区别。而张天翼认为自己不配谈，也没有篇幅谈新写实这个问题。他论及了这时的作家作品，如许钦文、王鲁彦、老舍、丁玲。那些有意无意倡导新写实主义的，但实际上都不是新写实派的，他讨论了茅盾的《幻灭》《动摇》《追求》、巴金的《灭亡》、叶永蓁的《小小十年》、孙席珍的《战场上》。号称新写实派的作品则有蒋光慈从前的《短裤党》，现在的《丽莎的哀怨》，郭沫若的《反正前后》《我的幼年》、洪灵菲的《归家》、戴平万的《都市之夜》等，他认为"这些作品里不是个人主义的思想，便是英雄崇拜，或者是放进了感伤和悲观的气氛。我并不是喜欢一笔抹杀，实在是这些作品不能叫人满意，即在技术方面，也是不大高明的东西"。对于唯美派芳信的《秋之梦》，张天翼进行了讥嘲："唯其是'唯美'之故，句子便拼命堆砌，镶着宝石，随列着波斯塔，玩着九尾狐吐的灵珠。要将他的句子一口气读下去是不大容易的。"遭遇这种态度的还有胡云翼的才子佳人小说和张资平的多角恋爱小说。在《结束》中，作者解释了自己没有论及批评与戏剧的原因，以及挂一漏万的作家作品。

从张天翼的文坛概述中，可以发现他的左翼现实主义精神，他是力主现实主义作品的，而对于唯美派、才子佳人小说和多角恋爱的小说都毫不留情地加以讽刺。他对于鲁迅的崇敬之情是渗透纸背的，而对于新写实的作家作品则予以了批评。特别是对于郭沫若的《女神》和《反正前后》《我的幼年》进行了直接否定，或许这也是该篇文章在此后有关张天翼的文集中不再提及的原因之一。

11 月

1. 陈子展的《最近三十年中国文学史》出版

陈子展著的《最近三十年中国文学史》于 1930 年 11 月在太平洋书店出版。

该著在之前出版的《中国近代文学之变迁》基础上进行了扩展，更加繁复，但主要的撰史理路还是基本不变，最大的变化是书写了"敦煌俗文学的发现和民间文艺的研究"，这实际上是学术研究方面的成就。其在新文学方面的介绍很为简单，多是借鉴赵景深《中国文学小史》中对新文学的点评，具体的作家作品解读并不多，这里不再赘述。

2. 胡怀琛的《中国寓言研究》出版

胡怀琛的《中国寓言研究》应是现代第一本研究寓言的专著，1930 年 11 月由商务印书馆出版。

全书共分八章，以中国寓言的纵向发展和世界各国寓言的横向交流为线索，以中国寓言为主，对寓言的文体概念、功用及产生、演变，进行了较为系统探讨。该书最大价值在于自觉运用跨文化比较研究的思路和方法，通过比较说明问题。真正与新文学史有关的是第八章，介绍了20 世纪二三十年代，中国文坛由林纾翻译《伊索寓言》所引发的一股寓言热。他认为中国现代寓言创作不多的原因，在于谈文学的人多注重写实，而寓言多以思想为主，所以很少注意寓言的创作。

本年
1. 沈从文的《新文学研究》印行

1930 年上半年沈从文经徐志摩推荐在胡适任校长的中国公学任教，教授《新文学研究》《小说习作》《中国小说史》等课程。其中的《新文学研究》主要讲授新诗发展，其后的暑期授课又教新诗，这时沈从文开始编写有关新诗的讲义。同年 9 月，沈从文离开中国公学来到武汉大学任教，在武汉大学印行了这套讲义。讲义是用线装书的形式编排，分为两部分：前半部是编选以供学生阅读的新诗分类引例；后半部是作者谈新诗的六篇论文。这六篇诗论两年后在期刊公开发表，其中三篇被收入作者 1934 年出版的文论集《沫沫集》中。而《沫沫集》中的一些篇章如《论冯文炳》《论郭沫若》等文章，可能也是沈从文辗转各地授课时的讲义。

沈从文的讲稿将阅读书目和重点诗人诗集讲解相结合。重点讲解的诗人诗集有汪静之《蕙的风》、徐志摩《志摩的诗》《翡冷翠的一夜》、闻一多《死水》、焦菊隐《夜哭》、刘半农《扬鞭集》、朱湘《夏天》《草莽集》。讲稿为学生列出的《现代中国诗集目录》，包括诗人 85 人，诗集 125 本，其对新诗发展初期诗人诗集的搜集相当完整。参考材料主要是将诗人诗集分为七类作为引例，以指导学生学习阅读，分别为："第一期后半期诗由文体的形式影响及于散文发展的标准引例""第一期的在纯散文上发展的引例""从尝试中求解放仍然成就于旧形式中之作品引例""第二期转入恍惚朦胧的几个作者的作品""第一期新诗在小诗方面之成就""第三期诗第一段引例""在文字中无节制的一些作品引例"。沈从文为学生提供的这七则参考资料，将新诗发展分为不同趋向及阶段，对新诗发展脉络进行了点拨，这与其后的重点诗人诗集的分析形成了点与线的补充交织。

尽管对教书非常头疼，沈从文的讲义还是非常认真。他在1930年1月29日写给王际真的信中就说："新的功课是使我最头痛不过的，因为得耐耐烦烦去看中国的新兴文学的全部，作一总检查，且得提出许多熟人，大约将来说全是'好的'，不然就说全是坏的，因为通差不多。"① 他对诗人诗集的评价赏析注重文学本身价值，他在同年11月5日寄给王际真的信中就自信"关于论中国新诗的，我做得比他们公平一点"，所以寄了"一点论文讲义，那个讲义若是你用他教书倒很好"。②

沈从文自认为"公平一点"是因为他结合时代背景与文坛现状评析诗人诗作，使得其新文学研究不单单是个别诗人诗集的专论，而是以个别呈现整体，在比较中见出独特，在整体见出所论诗人诗集的文学史意义。如他评价汪静之新诗的价值，就指出新诗之初的诗人或者困于旧诗的格律或者"固定在绅士阶级的人道主义的怜悯观念上"，当时的焦点问题却在于"男子当怎样做男子，女人应如何做女人"，而汪静之"在男女恋爱上，有勇敢的对于欲望的自白，同时所要求，所描写，能不受当时道德观念所拘束，几乎近于夸张的一意写作，在某一情形下，还不缺少'情欲'的绘画意味"，而且"他不但为同一时代的青年人，写到对于女人由生理方面感到的惊讶神秘，要求冒险的失望的一面，也同时把欢悦的奇迹的一面写出了"。他对不同诗人的特点比较概览了一个时期的诗坛面貌："到1928年为止，以诗篇在爱情上作一切诠注，所提出

① 沈从文：《沈从文全集》第18卷，北岳文艺出版社2002年版，第48页。
② 同上书，第114页。

的较高标准，热情的光色交错，同时不缺少音乐的和谐，如徐志摩的《翡冷翠的一夜》。想象的恣肆，如胡也频的《也频诗选》。微带女性的忧郁，如冯至的《昨日之歌》。使感觉由西洋诗取法，使情绪仍保留到东方的、静观的、寂寞的意味，如戴望舒的《我的记忆》。肉感的、颓废的，如邵洵美的《花一般罪恶》。在文字技术方面，在形式韵律方面，也大都较之《蕙的风》作者有优长处。"他还将周作人的《小河》与朱湘的《小河》予以比较，将汪静之、于赓虞、焦菊隐进行比较。这样中国新文学史的纵线发展、时代断面及所论诗人诗集都能从其新文学研究中得到体现。

从读者角度，特别是从年轻人接受的角度来评判一些诗人为什么会名声遐迩，是沈从文非常重要的方法。他认为"因为读者还是太年青，一本诗，缺少诱人的辞藻作为诗的外衣，缺少悦耳的音韵，缺少一个甜蜜热情的调子，读者是不会欢喜的，不能欢喜的。"他认为："把生活欲望、冲突的意识置于作品中，由作品显示一个人的灵魂的苦闷与纠纷，是中国十年来文学其所以为青年热烈欢迎的理由。只要作者所表现的是自己那一面，总可以得到若干青年读者最衷心的接受。创作者中如郁达夫、丁玲，诗人中如徐志摩、郭沫若，是在那自白的诚实上成立各样友谊的。在另外一些作者作品中，如继续海派刊物兴味方向而写作的若干作品，即或作品以一个非常平凡非常低级的风格与趣味而问世，也仍然可以不十分冷落的。"这就解释了汪静之、徐志摩、郭沫若、焦菊隐等人的诗歌为什么影响巨大，就在于他们写出了年轻人的心声。沈从文还分析当时一些人没有获得重大影响，就是没有迎合到读者心理。为此他将鲁迅、冰心与汪静之的社会影响进行了比较："鲁迅先生……以冷静的笔，作毫无慈悲的嘲讽，其引人注意处，在当时不会超越汪静之君的诗歌……在同时还没有比冰心女士创作给人以更大兴味，就因为冰心是为读者而创作，鲁迅却疏忽了读者。"

尽管一些诗人诗集没有引起巨大的社会影响，但是沈从文也能看出他们的文学史意义，这也是沈从文自认为"公平"的原因。例如他评价闻一多《死水》的文学史价值，就在于它"不是'热闹'的诗，那是当然的，过去不能使读者的心动摇，未来也将这样存在。然而这是近年来一本标准诗歌！在体裁方面，在文字方面，《死水》的影响，不是读者，当是作者。由于《死水》风格所暗示，现代国内作者向那风格努力的，已经很多了。在将来，某一时节，诗歌的兴味，有所转向，使读者，以诗为'人生与自然的另一解释'文字，使诗效率在'给读者学成安详的领会人生'，使诗的真价在'由于诗所启示于人的智慧与性灵'，则《死水》当成为一本更不能使人忘记的诗！"看来，沈从文是从诗歌史的角度来论说闻一多的《死水》的历史意义。

在沈从文的诗人诗集论中，更多有文学描绘的色彩，更注重他自己的阅读感悟。如他对诗歌的讲述更多重在作品的艺术魅力，对作家作品的风格韵味进行精准把握，这是印象式批评的风范。他认为："使诗的风度，显着平湖的微波那种小小的皱纹，然而却因这微皱，更见出寂静，是朱湘的诗歌。" "于赓虞由于生活所影响，对于诗的态度不同，以绝望的、厌世的、烦乱的病废的情感，使诗的外形成为划一的整齐，使诗的内涵又浸在萧森鬼气里去。对生存的厌倦，在任何诗篇上皆不使这态度转成欢悦，且同时表现近代人为现世所烦闷的种种，感到文字的不足，却使一切古典的文字，以及过去的东方人的惊讶与叹息与愤怒的符号，一律复活于诗歌中，也是于先生的诗。"沈从文在评价诗人创作之时，注意到所论诗人的诗作类型及风格变化。他认为徐志摩的诗歌有两大类：一类是表现了青年的血，"如何为百事所燃烧"；另一类是"使一个爱欲的幻想，容纳到柔和轻盈的节奏中"。他也注意到徐志摩的风格变化。

值得注意的是，沈从文所论述的诗人诗集中没有左翼诗人，但从只言片语可见他知道左翼诗歌的存在，并且对革命文学他有所评价。他认为在 1927 年之后，文坛上出现了"有重新使一切文学回复到一个'否认'倾向上去的要求，文学问题可争论的是'自由抒写'与'有所作为'。在前者的旗帜下，站立了古典主义绝端的理知，以及近代的表现主义浪漫的精神，另一旗帜下，却是一群'相信'或'同意'于使文学成为告白，成为呼号，成为大雷的无产阶级文学与民族文学的提倡者"。这里他中性地将无产阶级文学与民族文学并列予以了叙述，而在评说焦菊隐的《夜哭》受到年轻人欢迎时，沈从文指出："那诗集的存在，以及为世所欢迎，都证明到中国诗歌可以在怎样情形下发展，很可给新诗的研究者作一种参考题材。'多数'是怎样可以'获得'，这意义，所谓革命文学并没有做到，我以为目下是用这本书可以说明的。"
可见，沈从文认为革命文学还没有表现出青年人的眼和心以及青年人的
欲望。

2. 楚丝的《中国新文学运动一瞥》出版

楚丝所著的《中国新文学运动一瞥》于1930年在爱光书店出版。

该书分三部分，《甲　别人的话》是慰慈的《给读者（代序）》、高
露蔓的《新兴文学论杂抄》及星舫的《中国新文学运动底社会背景》。
《乙　本文》简述了中国新文学运动的发生和发展过程，分《古文学的
结局》《文学革命运动》《翻译文学的勃兴》《自我表现文学》《革命文
学》《普罗文学》等六节。丙是《结尾》。书末附作者的《多写几页》。

慰慈的《给读者（代序）》用散文诗的语言呼吁读者们努力奋斗，
迎接新的太阳。

高露蔓的《新兴文学论杂抄》主要是抄录了许多关于无产阶级文
学能否成立的争论观点，并对中国无产阶级文学进行了总结。他认为
那些作品中的革命人物都没有展现出他们走上革命道路的客观条件，
一切的人物差不多是同样的典型走着同样直线的道路，没有枝节而且
是单调的，这就远离了真实性。他推荐读者去看高尔基的《母亲》，可
以看出母亲革命的必然，就可以明白中国无产阶级文学所缺乏的是什
么了。

星舫的《中国新文学运动底社会背景》论说了文学的阶级性、文学
是受经济基础支配的上层建筑之一。然后论说文学革命的性质是新兴的
布尔乔亚与封建势力的斗争，这时有自我表现文学的出现；而随着北伐
的展开与胜利，革命文学运动得以开展。他分析了革命文学运动得以产
生的三个客观条件：产业经济的发展，无产阶级意识出现；封建意识衰
亡、布尔乔亚没有力量，无产阶级带有锐气；世界上的布尔乔亚文学都
走向了没落，无产阶级文学得以抬头。他认为新文学运动就是文学革命
运动与革命文学运动。

作者在《古文学的结局》《文学革命运动》中借用胡适《五十年来
中国之文学》的观点，说古文学在《近五十年》中如何丧了命，文学
革命是如何发生的。《翻译文学的勃兴》列举介绍了对俄国、英国、德

意志、斯干第那维亚（挪威、瑞典、丹麦）、比利时、波兰、西班牙、匈牙利、古希腊、美利坚、波西、荷兰、保加利亚、南非洲各国、日本、印度等文学的翻译情形。《自我表现文学》从中西文学比较的角度，论说了初期新文学是自我表现文学。在按照文体介绍新文学作家作品时，作者将新诗分为四类：带诗词气息的、无韵诗的试作、欧化诗体、婉妙小诗。小说则介绍了"封建势力叛逆的猛士鲁迅""新文坛的怪杰郭沫若""中国颓废派的首领郁达夫""普罗文学战士的蒋光慈""三角恋爱的老手作家张资平""其他作家"。戏剧介绍了田汉、洪深、蒲伯英、陈大悲、其他。散文介绍了周作人、鲁迅、孙福熙、郭沫若。民间文学中依次介绍了故事、歌谣。女作家中列举了冰心、冯沅君、绿漪、陈学昭、陈衡哲、庐隐、黄白薇。他将不同刊物予以了不同派别的区分：向导派、语丝派、国学派、现代评论、醒狮派、创造社、南国社。《革命文学》首先将革命文学与文学革命进行了区分，根据郭沫若的观点解释了什么是革命文学。讨论了围绕革命文学的定义、实质、任务、形式、作者等所进行的理论争鸣。然后介绍了革命文学论争的经过。《普罗文学》讨论了世界及中国普罗文学产生的社会背景及路径。论说了中国普罗文学的成绩；普罗文学理论的建立；与世界文坛建立联系；出现幼稚但可贵的普罗文学作品；普罗文学作品翻译增多；普罗文学的刊物、书店繁荣起来。作者指出未来普罗文学的任务在于：确立自己的普罗文学理论；肃清自我表现文学；翻译外国普罗文学作品。结尾的《多写几页》是作者说明编写本书的动机和致谢。

　　通观全书，可见该书主要是对别人的文学史资料进行的一种组合与拼接，其主要文学倾向是革命文学史观，从阶级势力与社会基础来论说文学运动的变迁。其将新文学运动分为文学革命和革命文学；将革命文学视为普罗文学的先声，对郭沫若、蒋光慈予以很高评价，批评鲁迅不能追随时代的轮轴前进，将他与茅盾等人视为革命文学的反对者。这都是当时阶级论文学史的表现，但是其承认普罗文学的作品还很幼稚，而不是高估其文学创作，这是难能可贵的。其在《自我表现文学》中对作家作品和翻译作品的细致列举，对后来的新文学史写作影响较大。

1931 年

1 月

1. 陆侃如、冯沅君的《中国诗史》出版

陆侃如、冯沅君二人合著的《中国诗史》于 1931 年 1 月在大江书铺出版。

这部文学史著将唯物史观和进化论融为一体，对中国诗歌历史进行了辩证而又创新的解读和梳理。陆侃如在《序例》中介绍了该书体例，《中国诗史》分为三卷三个时代。而卷三末有"附论"《现代的中国诗》，略述现代白话诗和无产诗的运动。《现代的中国诗》从 1911 年辛亥革命之后写起。他们也提到了之前"诗界革命"中所倡导的"新学诗"，但是评价不高，他们主要叙述的是白话诗的运动和无产诗的运动。他们认为白话诗运动尚未收效，而无产阶级诗歌（无产诗）运动还在萌芽，所以他们只叙述二者的基本理论，对具体的诗歌作品则存而不论。

对于白话诗运动的兴起原因，他们是从经济基础的变动开始说起的。他们指出，随着中国内部发生产业革命，中国社会开始猛烈地剧动起来，首先受影响的就是政治制度，1911 年的辛亥革命便是明证；接着是思想方面，如反对孔教攻击旧道德的文字在民国初年是很多的。不久便轮到文学上，然后他们介绍了胡适的《文学改良刍议》《历史的文学观念论》《谈新诗》等文章及《尝试集》，还有陈独秀对胡适的《科学与人生观》进行应答的文章《答适之》。这样就介绍了文学革命的起源、理论及诗歌主张，以及所受到的反对，及最终的成功。他们对白话诗的成绩评价不高："就量的一方面看来，确可证明这种尝试的成功，虽然质的方面不能令人满意。"

对于无产诗的运动他们认为："无产诗的运动是无产文学运动的一部分，而中国的无产文学运动乃是全世界的运动的一个支流。因此，它的形势与白话诗运动不大相同。无产文学的基本理论有二：一，历史的唯物论，二，科学的美学。"他们认为无产阶级文学的普遍发展是在 1928 年至 1929 年间，这表现在无产阶级文学运动理论书籍及文艺作品的大规模介绍，文艺刊物的大量发行和文艺团体的组建，如左翼作家联

盟和艺术剧社的成立等。从该诗歌史对无产阶级文学运动的介绍，可以看出他们对这一文学运动的拥护，并认为这终将是文学运动前进的方向，并将取得巨大的成就。对当时无产阶级诗歌的成绩他们进行了很实在的评价："无产诗在俄国已有很好的成绩，介绍到中国来的有新俄诗选等。但在中国方面，一因提倡者注重小说与戏剧，一因时间短促，故至今尚无显著的成绩。"可见他们对现代诗坛的现状并不满意。

最后，陆侃如和冯沅君对当时的诗坛进行了展望。他们认为坚持无产阶级文学运动的方向，才是中国新诗发展的正确方向，而新格律诗派却是中国新诗的歧途。白话运动只完成了文学形式的解放，内容的解放需要无产文学运动来完成，这样中国诗歌才有新形式与新内容。面对当时无产文学运动遭受的打击，这二位学者表示了不屈服的斗争精神，并憧憬着美好的未来。

2. 周达摩的《中国新文学演进之鸟瞰》发表

周达摩的《中国新文学演进之鸟瞰》发表在 1931 年 1 月 26 日的《国闻周报》（天津）第 8 卷第 5 期。

该文第一部分以欧洲文艺复兴比拟"五四"运动，认为两者情形正复相同："（一）礼教思想之反动，此即欧洲之宗教改革。（二）新思潮之启蒙，此即欧洲之启蒙运动 。办《新青年》杂志，由是新思潮以兴，有主社会主义学说者李大钊等；主西洋哲学者有陈大齐等；主教育者有蔡元培等；主西洋文学者有周作人等。（三）新文学革命，此即欧洲文艺复兴正因也，由此介绍文学革命。"

第二部分简述响应文学革命的期刊、社团及代表人物。其列举了四类：第一，由《新青年》出发者有《新青年》《努力周报》《现代评论》《新月月刊》（这些为北大正系，系半文艺刊物）；第二，由《新潮》出发者有《新潮》《语丝》《骆驼草》《奔流》《萌芽》《文艺研究》（以上代表鲁迅由阿 Q 时代走到普罗时代。其余以鲁迅名义出刊者有《莽原》《狂飙》《未名》；第三，由上海文学研究会出发者有《小说月报》《文学周报》《现代文学》（以上均系文学研究会会员撰。无主要思想代表，为无色彩之文艺刊物。由文学研究会出发之旁支，有夏丏尊主编之《一般》，章锡琛主编之《新女性》等）；第四，由创造社出发者有《创造月刊》《创造周报》《创造季刊》《洪水》《新流月刊》《拓荒者》(以上均以郭沫若为主体,由抒情主义走入普罗文学之变化。其余有田汉主撰之《少年中国》《南国月刊》、郁达夫主撰之《大众文艺》、叶灵凤主撰之《现代小说》、张资平主编之《乐群月刊》)。其以主要人物和主要文学社团将众多文艺期刊分为三类,简明扼要。

第三部分重在介绍第一个十年初期的作家作品:第一,在"民国八九年"时,新文学初创,作者虽众多,然内容形式均浅薄。无足称道。新诗既不拘韵律,亦无一定创式,所抒之情亦不深刻。小说则仅有外表描摹,杂以伤感之语,即措辞佳者亦鲜见。他列举了汪静之、谢冰心、鲁迅;第二,是时上海方面响应者,首为《小说月报》。有沈雁冰、郑振铎、庐隐、叶绍钧、王统照、落华生等。第三,四年来之成名者如上述数人,皆有统驭文坛之力。无论冰心、落华生、郭沫若、郁达夫虽各有作风,各有意境,然所含思想皆无甚特点,其艺术亦大都取抒情方式,主观之色彩甚重,伤感之气质复多。然中国作家能取写实艺术者,即鲁迅一人而已,"鲁迅之艺术固超绝,然其取材与思想亦复深刻","鲁则已近莫泊桑、柴霍甫诸写实大家矣"。

第四部分分析了当时的通俗小说家张资平,及20世纪20年代继起的作家。作者认为通俗文学亦始开拓之基,此派最成功者唯张资平一人。"张氏之恋爱小说虽内容充实,变化多端,然其价值诚不足道……其各篇事故虽不同,然人物环境则恒出一辙,如从一公式所出然。"继起文坛之作家有功绩者,诗歌有徐志摩,小品文有周作人,小说有沈从文、黎锦明、丁玲、戏剧则有田汉、丁西林数人。徐志摩之抒情诗"造句工整丽不显做作,寓意自然而不形散漫,且音韵铿锵,旋律和谐,此其善也。盖徐氏作法多取自西诗,复好用俗句,故其表现单调之情感颇能自如,然寄寓复杂之情绪则未足";周作人之思想"每只暗寓予字行之伺,且引据甚多,非博学之人不能明其底细"。陈大悲的《幽兰女士》"结构尚属自然,内容亦颇切环境需要,因之甚能轰动远近,文明戏之漫于全国,皆陈氏之影响也"。然陈氏缺少西洋戏剧知识,为批评家所不重。田汉、丁西林均以独幕著名,"田氏之作多对话而少动作,只能借人阅读而不宜于舞台,《咖啡店之一夜》即其一例也。而丁氏之作则颇能调协,对白亦较简短自然,不若田氏之赘琐,此为其成功之点。《一只马蜂》与《酒后》等作,皆丁氏风行一时之作也"。熊佛西之多幕剧,"读之不见其精彩,而演之则颇轰动观众,亦异闻矣"。诸后进作家中,天才独异者,有沈从文之平民小说。"沈氏所写多军营及农村生活,情景如画,毫无做作。且其笔调体裁亦出自创,复善用俚语,乡人之灵魂,皆寄其描写中矣。"作者还提及黎锦明、丁玲、许钦文、王鲁彦、周全平、叶灵凤、倪贻德、许杰、白薇、郁达夫等。

第五部分介绍普罗文学的产生、原因及代表作家作品。茅盾的作品如《幻灭》《动摇》《追求》皆描写革命事件者,"其特点在着眼新颖,叙法生动,若谓为表现时代之重心,则犹未也"。评衡家钱杏邨"对于文学之根底虽不精深,于批评着眼之处虽不明确,然其文意所至,重力所通。在中国批评界中,彼为富于天才者"。其他普罗作家还有龚冰庐、洪灵菲。他认为左翼内部发生论争共分三派:一,斯大林派——蒋光慈等;二,托罗斯基派——王独清等;三,同路人派——鲁迅等。

该文是一篇长文,将中国新文学运动的重要作家作品、风格特征、社团流派、刊物杂志等一一叙述清晰,资料翔实,显示了其对中国新文学史研究的深入。

3. 狄克的《一九三〇年中国文艺杂志之回顾》发表

狄克即张春桥,他的《一九三〇年中国文艺杂志之回顾》发表在1931年1月的《当代文艺》第1卷第1期。该文主要介绍了十种文艺期刊在1930年的概貌。

在《引言》中,作者总的勾勒了1930年的思想和文艺态势。他认为在这个时期中,普罗文艺呈现着两种不同的现象:"一种为普罗文艺气焰最形高张,这是前半个年头;(另)一种为普罗文艺陷于没落的状态,这是后半个年头。继普罗文艺运动而突跃于中国文坛的是民族主义文艺运动,他们所发行的刊物,有《前锋周报》《前锋月刊》等两种,颇引起国内文坛的震动。"他认为普罗文艺一些期刊所刊载的作品,最大的缺陷是"文字异常的浅薄,更说不上什么艺术的表现,技巧的熟练"。然后他依次对各种文艺期刊及其刊载的作品进行了分析:《小说月报》刊载的刘延陵、邵冠华、戴望舒的诗作都是"杰出的作品",黄仲苏的《音乐之泪》《血》都是由旧的"哀情小说"蜕化而来,丁玲的

《韦护》圆熟可喜，蒲牢的《豹子头林冲》《石碣》题材新颖。总的来说，这个杂志"处处都在显现着它的退化"。《新月》上刊载的徐志摩的诗歌都是"不宜多得"的，沈从文、凌叔华的小说都值得推荐，其刊载的戏剧"在思想上比较陈旧一些，大都是不合于时代潮流剧情"。《萌芽》或许是由"《奔流》蜕化来的"，但是对普罗文艺由之前的反对而变为赞同，他们不仅对敌类进攻，甚至对不能携手的，甚至站在同一阵线上的人"都加以恶意的突击"，"它的内容不值得一读"，但是普罗文艺期刊中的"佼佼者"。《拓荒者》所刊内容"实在没有一篇是值得一读的"，诗歌创作的浅薄"实出乎人们的意料之外"，钱杏邨作家论的写作"态度不正确是谁也不能否认的"。《现代小说》"所刊的创作完全是一些浪漫的，肉感的故事，它，也是藉此而号召一般读者，文艺的迎合读者的观点"，之后该刊物是"由浪漫主义而一跃为马克思主义观了"，就"没有一篇值得诵读的文章"。冯乃超是该刊的主要评论者，但实是"自我的鼓吹"。《大众文艺》"大众既不能阅读，又没有什么艺术的价值可言，成为一种畸形的刊物了"。《新文艺》的编者为施蛰存，最初出版的几期，内容却比其他几种在国内已有悠久历史的刊物更"充实"，刊载的"大都是把握着艺术水准的作品"，施蛰存、刘呐鸥等的创作"都有一种特异的作风"。《现代文学》"内容颇为丰富，在思想上，是融合各派作品于一炉"，抱着"探求"与"研究"的态度。《文艺月刊》"内容尚丰富"，李青崖的作品是不常见到的，而沈从文此时"却弃了创作的笔而专心写批评的文字"，两种文字风格一样，"这实是一件难能可贵的事"。《前锋周报》是提倡民族主义文艺最早的一种刊物，它的"篇幅虽小，内容却极形精彩，无论是关于此项文艺的论著，诗歌，创作，以及随笔等，都另有一种力量，含有雄浑激昂的气氛，使读者读了会引起向上的进取的心，这就是民族主义文艺所特具的一点"。它的《谈锋》一栏的主持人锦轩受到了作者的高度赞扬。《前锋月刊》刊登其他文字，但倾向于文艺，它是国内大刊物中是"突出的一个"。

通过张春桥的介绍，我们大致对 1930 年的杂志有了大致了解，而作者的态度倾向也比较明显：左翼的普罗文艺杂志都被他贬低为一无是处，不值得阅读；中间派的杂志期刊有一些好的变现，但存在不足；右翼的民族主义文艺运动的两种期刊和几位作家则是他大加颂扬的。

3 月

丙申的《"五四"运动的检讨——马克思主义文艺理论研究会报告》发表

丙申即茅盾，他的《"五四"运动的检讨——马克思主义文艺理论研究会报告》发表于《文学导报》1931 年 3 月 5 日第 1 卷第 2 期。

茅盾在该文中认为"五四"运动是中国资产阶级争取政权时对于封建势力的一种意识形态的斗争。也就是说，"五四"运动是封建思想成为中国资产阶级发展上的障碍时所必然要爆发的斗争。它的阶段性表现在：最初由白话文学运动作了前哨战，其次战线扩展而攻击到封建思想的本身，（反对旧礼教等），又其次扩展到实际政治斗争——"五四"运动，这以后，无产阶级运动崛起，时代走上了新的机运，"五四"运动被埋葬在历史的坟墓里了。全文共分为《一、"五四"发生之社会的基础》《二、"五四"及其文学运动》《三、从"五四"到"五卅"》《四、"五四"运动之历史的意义》四个部分。

该文表现出茅盾已经开始用左翼思想来分析"五四"文学运动及其作品。他认为"五四"期中只有鲁迅的《呐喊》、康白情的《草儿》带些"壮健性"。"《呐喊》在攻击封建势力这一点而言，不但负起了时代的使命并且给后来的影响也异常地大。就是说《呐喊》在现今也还有革命的意义"，但是"《草儿》则只是《草儿》罢了，'五四'的春风一过，'草儿'萎落了，没有了，所以说《草儿》还不失壮健性，无非因为它多少还流露出几分新兴阶级应有的迈往直前的浪漫的情绪罢了"。胡适之的《尝试集》正是他的忠实的写照，"这里闪着资产阶级革命的光芒，但只是一闪而已"。

4 月

1. 沈从文的《论中国创作小说》发表

沈从文的《论中国创作小说》发表于《文艺月刊》第 2 卷第 4 号，第 5、6 号合刊连载。

作家在第一节主要是批判文学市场上的市侩主义。他批评经营出版事业的，全是在赚钱上巧于打算的人，新文学中心由北京转到上海以后，出版物起了一种商业的竞卖。中国新文学，"与为时稍前低级趣味的海派文学，有了许多混淆的机会，因此影响创作方向与创作态度非常之大"。作者与读者皆转到恶化一时的流行趣味里去了。所以该文的主要目的是引导读者建立良好的趣味。

在第二节中，沈从文开始介绍"五四"时期的作家作品。他认为文学革命推动大家认识到使文字由古典的华丽转为平凡的亲切，使眩奇艰深变为真实易解，使语言同文字成为一种东西，使文字方向不在"模仿"而在"说明"，使文字在"效率"而不在"合于法则"，都是必需的。同时"文学为人生"这解释也获得大家认可。"虽然幼稚，但却明朗健康，便是第一期文学努力所完成的高点"。第一期小说创作同诗歌一样"非常朴素"。在文字方面，"与在一个篇章中表示的欲望，所取的手段方面，都朴素简略，缺少修饰，显得匆促与草率。每一个作品，都不缺少一种欲望，就是用近于语言的文字，写出平凡的境界的悲剧或惨剧。用一个印象复述的方法，选一些自己习惯的句子，写一个不甚坚实的观念——人力车夫的苦，军人的横蛮，社会的脏污，农村的萧条，所要说到的问题太大，而所能说到的却太小了"。汪敬熙的《雪夜》体现了"如何想把最大的问题，用最幼稚的文字，最简单的组织来处置"。鲁迅的《狂人日记》"分析病狂者的心理状态，以微带忧愁的中年人感情，刻画为历史所毒害的一切病的现象，在作品中，且注入些嘲讽气息"；他的《阿 Q 正传》，在表现的成就上，得到空前的注意。在《呐喊》上的《故乡》与《彷徨》上的《示众》一类作品，"说明作者创作所达到的纯粹，是带着一点儿忧郁，用作风景画那种态度，长处在以准确鲜明的色，画出都市与农村的动静。作者的年龄，使之成为沉静，作者的生活各种因缘，却又使之焦躁不宁，作品中憎与爱相互混合，所非常厌恶的世事，乃同时显出非常爱着的固执，因此作品中感伤的气氛，并不比郁达夫为少"。叶绍钧"永远以一个中等阶层知识分子的身份与气度，创作他的故事。在文字方面，明白动人，在组织方面，则毫不夸张。虽处处不忘却自己，却仍然使自己缩小到一角上去，一面是以平静的风格，写出所能写到的人物事情"。他认为十年来，在创作方面，给读者的喜悦，在各个作家的作品中，还是无一个人能超过冰心女士。"以自己稚弱的心，在一切回忆上驰骋，写卑微人物，如何纯良具有优美的灵魂,描画梦中月光的美,以及姑娘儿女们生活中的从容,虽处处略带夸张,却因文字的美丽与亲切,冰心女士的作品,以一种奇迹的模样出现,生着翅膀,飞到各个青年男女的心上去,成为无数欢乐的恩物,冰心女士的名字,也成为无人不知的名字了。"王统照的作品"使语体文向富丽华美上努力,同时在文字中,不缺少新的倾向,这所谓'哲学的'象征的抒情"。落华生的创作"以幻想贯串作品于异国风物的调子中,爱情与宗教,颜色与声音,皆以与当时作家所不同的风度,融会到作品里。一种平静的、从容的、明媚的、聪颖的笔致,在散文方面,由于落华生作品所达到的高点,却是同时几个作者无从企望的高点"。郭沫若"在作品中必不可少的文字组织与作品组织,皆为所要写到的'生活愤懑'所毁坏,每一个创作,多成立于生活片段上。为生活缺憾夸张的描画,却无从使自己影子离开,文字不乏热情,却缺少亲切的美。在作品对话上,在人物事件展开与缩小的构成上,缺少必需的节制与注意。想从作者的作品上,找寻一个完美的篇章,不是杂记,不是感想,是一篇有组织的故事,实一个奢侈的企图。郭沫若的成就,是以他那英雄的气度写诗,在诗中,融化旧的辞藻与新的名词,虽泥沙杂下,调子的强悍,才情的横溢,或者写美的抒情散文,却自有他较高成就。但创作小说可以说实非所长"。张资平那"官能的挑逗,凑巧的遇合,平常心灵产生的平常悲剧,最要紧处还是那文字无个性,叙述的不厌繁冗",给了年轻人兴奋和满足。郁达夫"以衰弱的病态的情感,怀着卑小的、可怜的神情,写成了他的《沉沦》。这一来,却写出了所有年轻人为那故事而炫目的忧郁了"。

在第四节作者介绍了几位主要的女性作家。"用有感情的文字,写当时人懵懂的所谓两性问题,由于作者的女性身份,使作品活泼于一切读者印象中,民国十五年左右就有了淦女士。"叔华女士的《花之寺》同《女人》"把创作在一个艺术的作品上去努力写作,忽略了世俗对女子作品所要求的标准,忽略了社会的趣味,以明慧的笔,去在自己所见及一个世界里,发现一切,温柔的也是诚恳的写到那各样人物姿态",可称之为"闺秀"派。庐隐也得到作者分析。

在第五节中作者介绍许钦文、冯文炳、王鲁彦、蹇先艾、黎锦明、胡也频等人。《玉君》"在故事组织方面,梦境的反复,使作品的秩序稍感紊乱，但描写乡村动静，声音与颜色，作者的文字，优美动人处，实为当时长篇新作品所不及"。冯文炳"写他所见及的农村儿女事情，一切人物出之以和爱，一切人物皆聪颖明事。作者熟悉他那个世界的人情，淡淡地描，细致地刻画，且由于文字所酝酿成就的特殊空气，很有人欢喜那种文章"。许钦文"能用仿佛速写的笔，擦擦的自然而便捷的画出那些市民阶层和乡村人物的轮廓，写出那些年轻人在恋爱里的纠纷，与当时看杂感而感到喜悦的读者读书的耐心与趣味极相称"。黎锦明"承鲁迅方法，出之以粗糙的描写，尖刻的讥讽，夸张的刻画，文字的驳杂中却有一种豪放气派"。鲁彦的《柚子》"抑郁的气氛遮没了每个作品，文字却有一种美，且在组织方面和造句方面，承受了北方文学运动者所提出的方向，干净而亲切"。胡也频"以诗人清秀的笔转而作小说，由于生活一面的体念，使每一个故事皆在文字方面毫无微疵，在组织方面十分完美"。

第六节，作者开始分析十年来小说特征，并介绍了之后出现新的转向。他认为十年来中国的文学中，"包含孕育着的浮薄而不庄重的气息，实大可惊人"。"由于诙谐趣味的培养，所受的不良影响，是非常不好的。把讽刺的气息注入各样作品内，这是文学革命稍后一点普遍的现象，这现象到如今还依然存在"，这导致一时代文学作品，"皆不缺少病的纤细"。这就导致文学由"人生严肃"转到"人生游戏"，"所谓含泪微笑的作品，乃出之于不足语此的年轻作者，故结果留下一种极可非难的习气（这习气延长下去，便成了所谓幽默趋势）"。老舍"前期作品，集中了这创作的谐趣意识，以夸诞的讽刺，写成了三个长篇，似乎同时也就结束了这趣味的继续存在"。但在1927年后，"时代便带走了这个游戏的闲情，代替而来了一些新的作家与新的作品"。有写出《动摇》《追求》《幻灭》三个有连续性的恋爱革命小说的茅盾。丁玲"以一个进步阶级女子，在生活方面所加的分析，明快爽朗又复细腻委婉的写及心上所感到的纠纷，着眼于下层人物的生活，而能写出平常人所着眼不到处，写了《在黑暗中》"。老舍"集中了讽刺与诙谐用北京风物作背景"，写了《赵子曰》《老张的哲学》《二马》等作。在短篇方面，则有施蛰存的《上元灯》。

该文中作家对当时四十六位小说家进行了评论，相当于一个小说史的大纲。其以"五四"的高潮、落潮和第一次国内革命战争的失败为分界，将现代创作小说划为三个阶段。在三个阶段中，作者认为后一个阶段的文学成就高于之前的两个阶段。他不是从文学的阶级性质来谈的，而是从文学内容的严肃庄重，文学技巧的提升等角度论述的。该小说史的论述，有如作者的散文，语言优美幽默，善于抓住作者主要的内容特色进行比较论述。其对诸位小说家的点评表现的是其京派文学的评判标准。

2. 范争波的《民国十九年中国文坛之回顾》发表

范争波的《民国十九年中国文坛之回顾》发表在 1931 年 4 月 10 日的《现代文学评论》第 1 期。

该文在《引言》中概说 1930 年的文坛形势是："其一，即是最后阶段的普罗文学的没落，其二，便是新起的民族主义文艺运动的勃兴，而在两个主要形势的中间，一般的文学，呈现着动摇。"

在《普罗文学的没落》中，作者认为出现于 1928 年春天的普罗文学，在 1930 年春，有了高度的发展。上海的新书业界，都受了他们的包围，出现很多的刊物。值得注意的是《拓荒者》《萌芽》《大众文艺》《现代小说》《南国月刊》等几种。范争波对这些普罗文学的刊物进行了讽刺、嘲弄：《拓荒者》作为普罗文学的领导刊物共出了五期，蒋光慈、冯乃超、钱杏邨、沈端先、戴平万、龚冰庐、华汉等人的文字都"脱离了文艺的轨范，只是挟着一种偏见在狂叫乱跳"。《萌芽月刊》也出了五期，"它利用着鲁迅过去一些偶像的崇拜来号召，而内容方面，大半是生硬的译作"。《大众文艺》出版了上下两册新兴文学专号，"除了翻译一些各国的新兴文学概况和作品外，也不见有什么"，结果是"文艺是不成了，大众却没有捉到"。《现代小说》"同样是没有走上正确的轨道，被一般的普罗作家包围着，那是很明显的"。《南国月刊》在这一年也是嚷着转变了，田汉的《我们的自己批判》，"是没有两样于一纸降表和卖身契"，"连毫无关系的《卡门》也弄成了普罗的东西了"。最后范争波予以归纳总结：这时期普罗文学表面十分热闹，实际上，"它的内容的矛盾，理论和作品的不调和，虚伪的丑态和不适合于中国的客观社会"，因此，"在一度的回光返照以后，便自己摇起了最后的丧钟，进入自己掘好的坟墓了"。

在《一般文学的动摇》中，范争波也是对"一般文学"的代表性刊物进行批评：《小说月报》继续各派兼收，自己并不表示怎样的主张，"介绍一些外国文学，和告诉我们现代世界文坛的趋势"，是它对于中国文坛的贡献。在作品方面，翻译的较多，长篇如丁玲的《韦护》《一九三〇年春上海》"在技巧上并不比以前有进步，而在意识上，则是愈趋恶化了"。短篇小说很贫乏，可注意的是沈从文的一二个短篇。蒲牢的旧瓶子装新酒的作品，技巧上可取，但意识上并不正确。《新月》荒谬的政治论文，已够使我们厌恶；"它是被胡适之这一流丑恶的煽动家所盘踞着"。至于《金屋》和《真善美》，一个是出于儿童的"文艺无时代性"，另一个是"盘旋天半的夜莺"，"那早是被人弃置了"。《新文艺》除了诗和散文，"内容是很空虚的"，《骆驼草》多小品，这二者在很短的时间，也便停版了。"比较上很使我们满意的"是《现代文学》，"对于世界文学的介绍，和创作诗歌等，都还有相当的可取，而态度方面，也是带一些探求的性质"。在长篇方面，有大量生产的是张资平，作品内容并不清鲜，"还是一以贯之的以恋爱做题材"，较值得注意的只有《天孙之女》，"这里是有一些民族意识的存在"。在短篇方面，有大量生产的是沈从文，他在《小说月报》和《新月》里所发表的都还比较可谈，"虽然精彩的也很少"。范争波分析"一般文学"的动摇是"因为缺乏一种有力的正确的中心意识，不能去把握中国社会在今日对于文艺上的要求"。所以"中心意识的确立，在文艺的领域里，尤其在今日纷歧错杂的中国文坛上，是成为急切的需要了"。

在《民族主义文艺运动的勃兴》中，范争波大书特书了民族主义文艺运动的兴起、理论、期刊与创作。先是大幅度摘引民族主义运动兴起时所发布的"宣言"并进行诠释，并宣称这宣言"在中国文坛上它是一个巨大的炮弹，把十年来由矛盾所造成的危机，打开了一条出路。因此，它是中国文艺史上的一个重要的文献"，成为民族主义文艺运动的根据。然后范争波对民族主义文艺期刊进行点评：《前锋周报》包含了民族主义文艺运动初期的重要理论，"在作品方面，不特意识是正确的，同时在技巧方面，也有相当的成功"，由这理论和作品的收获，"使民族主义文艺运动在中国文坛是很迅速地确立了"。《前锋月刊》是"民族主义文艺运动扩大后的产物”，它的内容，“都是有着进步，而从文字的性质上，它不限于文艺，还刊登着关于民族运动及社会科学等各种文字”。《文艺月刊》为南京中国文艺社所出版，是民族主义文艺运动的同路人，它的内容，还比较充实，“而且是在进展着的”。《开展月刊》是在“为民族主义文艺努力着”，内容因为初生的关系“未免幼稚些”。《长风》也是民族主义文艺运动开始后所出现的，“编者不能切实地去把握理论和作品”，没有几期便停刊了。《申报》各种附刊如《艺术界》《书报介绍》《青年园地》也有民族主义文艺运动。作者还提及《民族主义文艺论》《白马山》《野玫瑰》等单行本出版。

在《结论》中，范争波进行综论：1930 年“总是中国文艺史上可注意的一年”，这一年“正是中国文坛的转变”。在作品方面，成功的虽然很少，但李赞华的《变动》和《矛盾》“已成为中国文坛转变期中可惊异的收获”。今后文坛的趋势，“只有民族主义的文艺，才是一种真实的文艺”。

范争波时任《前锋周报》编辑，他是 1931 年民族主义文艺运动的发起者、鼓吹者和追随者。其对普罗文学和一般文学的成绩都进行扭曲报道，对民族主义文艺期刊进行赞扬应是其分内之职。但遗憾的是，其举不出杰出的民族主义文艺作品为其佐证。该篇文章与之前狄克的《一九三〇年中国文艺杂志之回顾》有类同之处，或许范争波对其进行了参考。

7 月

鲁迅的《上海文艺之一瞥》发表

鲁迅的《上海文艺之一瞥——八月十二日在社会科学研究会讲》发表于 1931 年 7 月 27 日和 8 月 3 日的上海《文艺新闻》第 20 期和 21 期。据《鲁迅日记》，讲演日期应是 1931 年 7 月 20 日，副标题所记 8 月 12 日有误。

鲁迅首先论说了上海文艺的历史与传统。他认为要讲《申报》，是必须追溯到六十年以前的，但他所能记得的是三十年以前还是用中国竹纸的、单面印的《申报》，在那里做文章的，则多是从别处跑来的“才子”。于是上海的文艺经历了才子佳人小说，内容多半是，唯才子能怜这些风尘沦落的佳人，唯佳人能识坎坷不遇的才子，受尽千辛万苦之后，终于成了佳偶，或者是都成了神仙。后来小说的主人公，不再是才子加呆子，而是在婊子那里得了胜利的英雄豪杰，是才子＋流氓。原来吴友如主笔的《点石斋画报》画流氓很传神，新的流氓画家叶灵凤的新斜眼画，正和吴友如的老斜眼画合流。但叶灵凤并不只画流氓的，他也画过普罗列塔利亚，不过所画的工人也还是斜视眼，伸着特别大的拳头。现在的中国电影，还在很受着这"才子＋流氓"式的影响，里面的英雄，作为"好人"的英雄，也都是油头滑脑的，和一些住惯了上海的滑头少年一样。才子＋流氓的小说，也渐渐的衰退了，却又出了一本当时震动一时的小说，那就是从英文翻译过来的《迦茵小传》。这时新的才子＋佳人小说便又流行起来，但佳人已是良家女子了，和才子相悦相恋，分拆不开，柳荫花下，像一对蝴蝶、一双鸳鸯一样。而天虚我生所编的月刊杂志《眉语》，是这鸳鸯蝴蝶式文学的极盛时期。

　　叙说完旧文学背景后，鲁迅评说文学研究会与创造社之间的论争。《新青年》盛行起来，有易卜生的剧本和胡适之的《终身大事》。这后来，就有新才子派的创造社。创造社是尊贵天才的，为艺术而艺术的，专重自我的，崇创作，恶翻译，尤其憎恶重译的，与同时上海的文学研究会相对立。文学研究会正相反，是主张为人生的艺术的，是一面创作，另一面也看重翻译的，是注意于绍介被压迫民族文学的，这些都是小国度，没有人懂得他们的文字，因此也几乎全都是重译的。并且因为曾经声援过《新青年》。文学研究会这时受了三方面的攻击。第一方面，就是创造社，第二方面，是留学过美国的绅士派，第三方面，就是以前说过的鸳鸯蝴蝶派。创造社的这一战，从表面看来，是胜利的。许多作品，既和当时的自命才子们的心情相合，加以出版者的帮助，势力雄厚起来了。但后来与出版社闹矛盾，于是商品做不下去，独立也活不下去。于是就去往"革命策源地"的广东。在广东，于是也有"革命文学"这名词的出现，然而并无什么作品，在上海，还没有这名词。

　　鲁迅解说了革命文学的发生原因及经过。主张革命文学的是从"革命策源地"回来的几个创造社元老和若干新分子。之所以旺盛起来，自然是因为由于社会的背景，一般群众、青年有了这样的要求。政治环境突然改变，革命遭了挫折，阶级的分化非常显明，国民党以"清党"

之名，大戮共产党及革命群众，而死剩的青年们再处于被压迫的境遇，于是革命文学在上海才有了强烈的活动。革命文学的旺盛在表面上和别国不同，并非由于革命的高扬，而是因为革命的挫折；有些是旧文人解下指挥刀来重理笔墨的旧业，有些是几个青年被从实际工作排出，只好借此谋生，但因为实在具有社会的基础，在新分子很有极坚实正确的人存在。他也分析了革命文学运动的错误之处："第一，他们对于中国社会，未曾加以细密的分析，便将在苏维埃政权之下才能运用的方法，来机械的地运用了。再则他们，尤其是成仿吾先生，将革命使一般人理解为非常可怕的事，摆着一种极左倾的凶恶的面貌，好似革命一到，一切非革命者就都得死，令人对革命只抱着恐怖。"他批评革命文学派中一些人"没有一定的理论，或主张的变化并无线索可寻，而随时拿了各种各派的理论来作武器"。鲁迅也批判那些在"革命"和"文学"之间"投机"的作家，这里他举了叶灵凤和向培良为例。

鲁迅评析左翼作家联盟在上海的成立，是一件重要的事实。他认为这时因为有普列汉诺夫、卢那卡尔斯基等的理论，大家互相切磋，就更加坚实而有力，但也受到世界上古今所少有的压迫和摧残，于是也让那些虚假的革命文学家立刻现出原形。鲁迅对现存的左翼作家能写出好的无产阶级文学作品来表示怀疑。因为"现在的左翼作家还都是读书人——智识阶级，他们要写出革命的实际来，是很不容易的缘故"。而最容易出现的，"是反叛的小资产阶级的反抗的，或暴露的作品"。他号召作家"在了解革命和敌人上，倒是必须更多地去解剖当面的敌人的。要写文学作品也一样，不但应该知道革命的实际，也必须深知敌人的情形，现在的各方面的状况，再去断定革命的前途"。得钊的《一年来中国文艺界述评》受到了他的批评。

在最后，鲁迅揭露了当局对革命文艺运动的迫害。"文艺不但是革命的，连那略带些不平色彩的，不但是指摘现状的，连那些攻击旧来积弊的，也往往就受迫害"，而"现在上海虽然还出版着一大堆的所谓文艺杂志，其实却等于空虚。以营业为目的的书店所出的东西，因为怕遭殃，就竭力选些不关痛痒的文章"。对于民族主义文学和武侠小说之类的，鲁迅因为时间不够，就只是点到为止。

鲁迅的这篇演讲稿虽说篇幅短小，但却以上海为中心，大致揭示了中国新文学发展的重大变迁，其对革命文学的缘起、内部的危机和思想的混乱有着清醒的认识，他对于革命文学的创作并没有表现出廉价的乐观，而是自承知识分子作家创作革命文学的困难及其积极性。对于当局对革命文学的残酷压迫，以及革命文学内部的诸种矛盾，鲁迅用他那嬉笑怒骂的语言进行了辛辣的揭示和讥嘲。

8 月

1. 华侃的《十年来的中国文学》发表

华侃的《十年来的中国文学》发表在 1931 年 8 月 10 日的《世界杂志》增刊《十年》中。《世界杂志》属于世界书局创办，这一年正是其创办十周年，该刊予以浓重纪念，特发增刊《十年》。其中分别就十年的美术名作、政治、法律、经济、教育、文艺、语言、杂类、专载等进行总结，其中文艺就总结了十年来的中国文学、中国戏剧、世界文坛。

华侃首先是总评小说、诗歌、戏剧与批评、戏剧所取得的成绩，然后分别对这几类中的作家作品予以点评。他认为中国新文学开始的创作都是尝试性质的，成绩不见得高明。只有到 1921 年，鲁迅发表了《阿Q 正传》、郁达夫发表了《沉沦》、郭沫若发表了《女神》、张资平发表了《冲积期化石》之后，新文学"才可以说是正式走上创造建设的大路了"。对于十年来小说的成绩，他认为，"现在写小说的人比以前的实在要高明不少了。这便是水平线底提高。但是水平线虽然提高了，上头的顶点却始终没有提高：最好的作品还是那几部"。所以这十年来小说方面的进展可以说是"平民化"的。作者认为诗歌的成绩不及小说，"胡适式的'尝试'诗以后，便是小诗底全盛时期"。"那些既像和尚偈语又像宋儒语录的小诗散文诗，是始终只徘徊于形式之间，不曾达到内质的优美的"。1926 年有人在提倡西洋体式的诗，但"在文坛上已经成了偏安一隅的局面"。"到了近两年来"，"西洋体式的诗有了相当的发展，最显著的现象是象征派作风之普遍"。对于戏剧，作者认为成绩很贫弱。"只有很少的几个人在试作着，而且大多是'纸上谈兵'，既不顾到戏剧是舞台上的东西，亦没有使剧本到舞台上去的能力。""戏剧应该是大众的，现在这些创作剧却一点也不是大众的。"批评方面的作家，在新文坛上，"作家是最少的了"，"竟是一只手数得清的了"。在小品文方面，"无论从量的方面质的方面看来，它的成绩都使人惊喜，这真可以说是后起之秀的了"。

接下来，华侃分别对小说、诗歌、戏剧、批评、小品文进行作家作品点评。在小说方面，他最推崇的是鲁迅，然后依次是郭沫若、郁达夫、张资平、叶绍钧、冰心、庐隐、许钦文、茅盾、丁玲、沈从文、废名、许杰、刘呐鸥、施蛰存、孙席珍、冰莹、巴金、龚冰庐、洪灵菲、华汉、金石声、孙侠夫、老舍。作者在评价巴金的时候，认为他所写的"革命家底性格和活动，是使人难忘的深刻的。但在一九二八年兴起的，自称为'革命文学家'底作品里，我们却往往得不到这一种感觉。他们的作品还是'即兴'的东西，所含的热情每每只是口号与演讲之杂合物，所写的题材也每每只是一些肤浅的观察"。看来他对当时的革命文学评价并不高。在诗歌方面，华侃所排在第一位的是郭沫若，然后依次是徐志摩、闻一多、王独清、梁宗岱、李金发、穆木天、戴望舒等。"和这一派对峙的是那不脱尽旧诗痕迹的新诗：在新诗的初期，大多的诗都是如此的"，但十多年过去了，"差不多都不干这玩意儿了"。这类诗人他列举了刘大白、汪静之。

华侃将批评家分为三派，每派列举一人进行分析。第一位是语丝派的代表周作人，"他是反对'文以载道'和诸如此类的事情的，所以亦可以说是自由主义者们底代表"。"他的批评文都是很优美的散文，同时他的小品文也常常含有批评的因素，有时是可以作批评文看的"。第二位则是与周作人相反的成仿吾，他"显然是信奉'文以载道'的主张的，虽然这所谓'道'乃是现代的一种'道'"。"就批评的态度而论，他是勇猛的，同时是客观的，判断的"。"他以为文学是负有'使命'的；所以，批评亦是负有'使命'的"。这一派批评家，华侃还列举了李初梨。第三位则是学衡社的吴宓，"他在新文坛上是一位含有反动意味的批评家"，"主张'新材料与旧格律'而以此为标准来从事于批评工作"，他可谓是"中国之白璧德教授也"。在戏剧方面，华侃列举了郭沫若、丁西林、田汉、熊佛西、洪深、欧阳予倩、白薇。这些戏剧家中，他又有剧本的可读与可演的细微区分，他的态度是赞同可演的。在小品文方面，华侃列举了周作人、鲁迅、冰心、俞平伯、朱自清、陈西滢、徐志摩、孙伏园等人。

总的来说，华侃十年来文学的梳理涉及的作家作品很多，重要的作家作品没有遗漏。其注意到 1921 年的重要性，将其视为新文学开始的起点；其将文艺批评分成三类也独具慧眼，比较简明而吻合当时历史实际；读者很难想象其在前面对革命文学批评如此之尖刻，而对革命派批评家成仿吾、李初梨又予以重视，这正说明他书写态度的客观中立。其对整体的新文学成就还是不太看好，有着爱之深恨之切的感情蕴含其中，读者也可细细品味到。

2. 姚莘农的《十年来的中国戏剧》发表

姚莘农即后来编写电影剧本《清宫秘史》的姚克，他的《十年来的中国戏剧》与华侃的文章一样，也发表在 1931 年 8 月 10 日的《世界杂志》增刊《十年》中。该文共有七部分。

在《引言》中作者解释自己文章论及的范围。其时间不仅限于十年，戏剧也只论及京昆旧剧，和勃兴的新剧，话剧略谈几句，其余不论。在《现在中国戏剧的分类》中，其将中国的戏剧分为两大类：第一类是传统剧，第二类是新进剧。在传统剧中实力最膨胀的是京剧，次之是昆剧。新进剧中可以分为三派：新剧（俗称文明戏），译本剧，话剧。在《十年来中国剧界的状况》中，作者认为可以从三个方面考察：一、从剧场方面的；二、从出版界方面的；三、从群众方面的。他认为新思潮对舞台剧的影响还不是很大，因为民众"能接受新思潮的很少，新思潮的信徒，不过是一辈极少数的智识阶级罢了。至于电影，民众的欢迎却很热烈"，很有可能代替舞台剧。正因为这种威胁的存在，所以中国舞台剧开始改造了。在出版界方面，译本剧受到群众的欢迎，而新派的剧作家的剧本也渐渐多了起来。民众对新进剧的认识和欣赏在增进着。姚莘农将群众分为三类：第一类是"经济组织不发达，和智识程度较低的城乡民众。这一类民众……占据同胞中的大多数"第二类是"经济组织较发达，而没有受过相当高深教育的都市群众。这一类群众数量也是很大的"。第三类群众是"受过新学识洗礼，富有新思想的群众。但是这一类群众的数量和那两类比较，好比沧海一粟罢了"。将群众具体分类之后，他就很科学地确定不同人群相对固定的戏剧爱好，即

"传统式的戏剧，对于第一第二类群众有绝大的势力"；"至于新进剧，除新剧（即文明戏）能得第一第二类群众偶然欣赏之外，话剧和译本剧只有一般智识阶级的新人物在那里鼓吹罢了"。但从趋势上看，姚莘农还是认为，中国的戏剧是"渐向新的途径走上去"，"这种进行是极慢的：因为现在中国大部分的群众，还是站在传统剧的园地内呢"。

在《近十年来中国传统剧界鸟瞰》中，姚莘农介绍了传统京剧与昆剧的革新。在《近十年来新进剧界鸟瞰》中，姚莘农介绍了文明戏、译本剧和话剧的发生及发展，并分析了它们的失败原因。如文明戏的俗滥、业余剧团的意见分歧、经济能力和社员精神不振、不合国情，不适合上演等。在《中国戏剧界将来的趋势》中，作者认为："大概传统剧在以后二十年中，仍可保持她固有的地位；但是，免不了对于剧场，布景，剧本，种种方面，要有逐步的改良和刷新罢了。至于新进剧呢，还在萌芽时期，大概还是照着现在一般进程，直到有规模宏大的话剧场，和多数欣赏话剧的观众的时候，方才可以有更伟大的发展。"在《关于中国戏剧的希望》中他论述了传统剧和新进剧的各自缺点，并提出相应的建议。他认为话剧的缺点在于："对白不自然化""分幕不技巧化""背景不像真化"。最后，作者提出自己的观点："传统剧和新进剧不是势不两立的"，"传统剧是纯艺术的——好像国画一样——她有她的特性和美点。我们一方面尽管提倡话剧，（另）一方面尽不妨保留传统剧"。

正是作者能秉持传统剧和新进剧同时发展的理念，所以他在中国戏剧发展的名目下讨论了二者十年来各自的发展和趋势，同时他也能看清话剧所面临的问题。特别是其对话剧在群众的接受、剧本的创作、剧场的设置等方面的问题分析，的确是一针见血，这与话剧家自我撰写的历史相比照有不同的风貌，让我们看见了历史现场中新旧剧的势力分布和发展态样。而其对这二者发展趋势的预测，现在来看确如所言，体现了他的前瞻性；其对这两种戏剧的发展的关切，则洋溢着他为中国戏剧发展所灌注的情感与心血。

9 月

日本侵占东北

1931 年 9 月 18 日夜，在日本关东军安排下，铁道"守备队"炸毁沈阳柳条湖附近日本修筑的南满铁路路轨，并栽赃嫁祸于中国军队。日军以此为借口，炮轰沈阳北大营，是为"九一八事变"。次日，日军侵占沈阳，之后又陆续侵占了东北三省。

10 月
周乐山的《二十年来的中国文学》发表

周乐山的《二十年来的中国文学》发表于 1931 年 10 月的《黄埔月刊》第 2 卷第 1 期。该期为"双十节纪念专号"，同类文章还有多篇。

在《一　五四运动以前的文学（上）》中，作者开篇是抄录康有为《爱国短歌行》，他认为这就是典型的民族主义文学；然后作者按照散文、诗歌、戏剧和词作依次介绍康有为、梁启超、陈三立、郑孝胥、樊增祥、易顺鼎、吴梅、王国维、况周颐、朱祖谋的文学成就。在《二　五四运动以前的文学（下）》中，作者主要介绍的是西洋哲学、文学的翻译，有严复、林纾、苏玄瑛。在《三　五四时代的文学》中，作者介绍了胡适、陈独秀的文学革命主张，以及当时出现的文学作品，他认为有永久价值的是鲁迅的《故乡》和《阿 Q 正传》。在《四　诸文学团体的文学》中，作者重点介绍的是语丝社、绿波社、文学研究会、创造社、新月社。他评价李小峰创办北新书局对文化事业贡献很大。在《五　其他小说家及诗家》中，关于小说家，作者介绍了滕固、许钦文、冯文炳、徐蔚南、王鲁彦、罗黑芷、叶鼎洛。他特别提及的是丁玲，认为其前途不可限量；关于诗家，则介绍了汪静之、徐玉诺、李金发、朱明、陆志韦、刘大白、朱自清。在《六　其他戏剧家》中，作者介绍了丁西林、田汉、欧阳予倩、洪深，在戏剧理论方面，提及余上沅、熊佛西、向培良、宋春舫。在《七　革命文学家》中，作者对蒋光慈、白薇、叶灵凤、龚冰庐、钱杏邨、洪灵菲、周毓英、冯乃超、李初梨、成仿吾等予以提及。在《八　民族文学家》中，作者提及朱应鹏、万国安、黄震遐。《结论》中作者请读者原谅，因为短短篇幅中不可能将二十年文学叙述详尽。

正如作者所说，二十年的文学已经不能够在一篇短文中叙述详尽，所以该文对大部分作家都是提及而已。但是笔者的感觉则是，该文作者对新文学并不十分熟悉。他评价赵景深是"最努力的成功的作家"，茅盾是第一等的作家，叶绍钧与鲁迅是同为"不朽的作家"，而将绿波社予以重视，都显示出这一点。对很多作家作品的简述他可能都是摘引别人观点。而他对晚清文学似乎更愿意花时间和篇幅去讲述，那可能是他的所爱。文章最后提及民族文学家，也显示作者跟随的是官方立场，因为《黄埔月刊》是黄埔军校的刊物，不容许"异见"的存在。

11 月

陈冠同的《中国文学史大纲》出版

陈冠同所编的《中国文学史大纲》于 1931 年 11 月在上海民智书局出版。该著是高中中国文学史的教学纲领，第七编论述的是近代文学，其中第三十二小节为《革命文学——三民主义文学》，可见他认为这时的文学是从革命文学向三民主义文学转换的时期。

这也可以从他文学史的具体分期看出。他将这一段时期的文学分为两个时期，即第一，"日本化时期：(《南京条约》以后——'五四'以前)"，他认为这段时间国内人民都很羡慕日本维新的成就，一时争相模仿。他以 1842 年《南京条约》的签订来作为世界化时代的起点，这与众不同，但是他没有解释原因，而《南京条约》之后，中国日渐纳入到世界化体系之中，也是事实。第二，"欧美化时期：('五四'以后——北伐成功以前)"，陈冠同认为这时胡适、陈独秀、周作人所倡导的文学革命在内容上"主张文学应随时代的社会意识，尊重天赋人权，鼓动自由竞争"；在形式上则要求"一种更平民更自由的文体来表现，'语体文''散文诗'就是应付这需要的形式革命。他们又努力翻译西洋小说和剧本，采用西洋文体和名词。意识、形式两方面都含有多少欧美气味"。在陈冠同的眼中，他认为近代文学与后来的新文学是两种不同类型的文学，但是这又共同并列为"世界化时代"这一更大的文学时代中，二者并不是断裂关系。

接着陈冠同对第一个时期的白话文学进行了简单介绍。他认为中国白话文学自古就有，并简单回顾了白话文学的历史，然后介绍黄遵宪、章实斋、民族主义的白话文学家陈天华、邹容，新文学作家则没有介绍，他认为这要等"现代文学"这门课程去介绍。

12 月

1. 贺凯的《中国文学史纲要》出版

贺凯编著的《中国文学史纲要》于 1931 年 12 月在北平文化学社出版。

该部文学史上编为《封建社会的文学推演》，讨论的是西周至清鸦片战争以前的文学；下编为《帝国主义侵入后的文学转变》，讨论的是鸦片战后至"现在"的文学。这种体例编排是从社会性质着手，自然有其道理；但是从文学成就来看，这应该是对近代之后的文学进行了拔高，它们成了能够与中国古代文学并行对等的文学了；而在篇幅上，下编占住了整个文学史的三分之一，这种比例的安排现在很少见。从体例来看，我们会以为贺凯会从鸦片战争之后的近代文学进行叙述，然后依次介绍到文学革命。但下编的首章第七章是在论述近代文学，标题和叙述逻辑却是在解释"新文学运动的主因"，这说明他的立场是站在新文学之上的，近代文学的价值只是为新文学的发生提供了准备。

该文学史对新文学作家作品的经典化处理得当。第九章《新文学的演进》依次介绍了以下几点：第一，新诗的成立：新诗是顺着文学进化顺序而产生、新诗的讨论、新诗的变迁；第二，小说的革新：小说为古代文人所轻视、讨论革新小说的论文、新体小说的特殊风味；第三，新剧的讨论：讨论戏剧的论文、新剧的作品。这主要介绍了三种文体的出现及与之前的不同，特别是介绍了当时对这些文体进行讨论的文章。显示了贺凯不仅关注新文学作家作品，而且还重视新文学文体理论建设，这是与很多文学史不同之处。

第十章为《新文学的作家》，贺凯在众多新文学作家中挑选出最重要的十几个人进行专章分析，这是较早对新文学进行经典作家作品选择及阐释，而之前的文学史更多是将众多作家并列介绍。从这些作家作品来看，贺凯当时的选择即使在现在也并不过时，他们依然是文学史讲述的重点，这显示贺凯对新文学大家的选择目光如炬。这章中贺凯用马克思主义方法对作家作品进行了分析解读。一方面，他能根据时代的演变、作家思想的变动来陈说作家创作的变迁，强调经济基础的变化引起上层建筑的变动，如他对鲁迅、郭沫若、郁达夫等人进行了不同阶段的划分，这是典型的马克思主义文艺方法。另一方面，他从作家的审美趣味、阶级立场来对作家作品进行细致审美解读，这也是马克思主义文学批评的常用手段。

1953年，周扬视察贺凯所在的山西大学时高度评价了贺凯的这部文学史："贺教授在30年代师大时，写了一本《中国文学史纲要》，这本书是我们中国第一部用马克思主义观点分析我国现代文学的、具有划时代的价值的书。"① 周扬的这番评论很有道理。贺凯之所以能用马克思主义文艺观念来评价当时的现代文学，与他自己早期的求学经历有关。他在1922年中学毕业入京就读北师大的前后，一直是在中共党员高君宇的直接领导下（高君宇又在李大钊的领导下）开展团的工作，后来又在高君宇的介绍下加入了中国共产党，并担任过北京团地委委员和北师大的党支部书记。在大学期间，他积极开展学生运动，编撰进步刊物，组织学生运动，与邓中夏等人都有着积极的交往联系。薄一波在回忆录《七十年奋斗与思考》上卷《战争岁月》中就专门提到了贺凯是早期共产党员，和他是邻村老乡。只是在大革命之后，革命处于低潮，他与党组织失去了联系，才走向了学者之路。② 正是因为贺凯早期轰轰烈烈的革命生涯使得他接触到唯物史观，并能用此工具对中国文学史进行研究梳理。

2. 沈起予的《抗日声中的文学》发表

沈起予的《抗日声中的文学》发表在1931年12月的《北斗》第1卷第4期。

该文是一篇及时清算抗战初期文艺的论文。日本帝国主义侵占东三省后，当时的作品是怎样地表示其抗日、反军阀情感的呢？沈起予看见了两种不同的形态。

第一种是中国封建意识的表现，代表者为《申报》《自由谈》中的文学及其类似作品。他们看见了国土沦陷，山河破碎，但是历史已不是他们的舞台，他们自身没有反抗的能力，只能处于没落的无可奈何的情

---

① 山西省地方志编纂委员会编：《山西通志》第39卷（社会科学志），中华书局1995年版，第425页。

② 转引自郭汾阳：《贺凯先生早年革命事迹一二》，《党史文汇》2000年第12期。

绪中，他们唯一的逃难所，就是把感情回到"过去"了。这类作品，小说有燕子的《玳梁呓语》；诗歌有翠娜的《边军》、贺天健的《朔方健儿歌》、梁彦公的《马占山孤军御敌力尽城陷有感》以及数不清的马占山颂歌等。作者总结这一形态的文学，其形式是小品文，是陈腐的旧的诗歌。说到内容，则是中国封建意识的表现，他们对日本帝国主义的侵占，只觉得是番邦来犯天朝，所幸守土有责的将士逃之不及时，却有了精忠报国的马占山，于是他们慷慨悲歌起来，他们的气就发泄了。这就是通过回忆过去抗击倭寇取得胜利的历史事实及当下的马占山，来麻醉、安慰国破家亡的情绪。

　　第二种形式则是以《申报》《青年园地》上所登载的许多诗歌为代表，他们系出于封建阶级的次一世代的意识者。他们不像前者那样消极的怀古，而是积极地呐喊，不是"于嗟乎"掉，而是"起来呀"调。这是号召大家起来战争，有冰愤的《我们需要战争》、罗家梁的《血钟响了》、天行的《叫吼》、邵冠华的《醒来罢同胞》、黄震遐的《哭辽宁救辽宁》《学生军》《献给义勇军》等。"战争"成了一切作品的中心意识。沈起予认为这仍然是"出气"的文学，因为他们没有说明我们是不需要战争的，而是被迫战争，但是我们要用战争去消灭战争。他们对战争的认识没有提升，是因为他们所处环境，所处阶级决定的。

　　最后，作者指出，正确的抗战文学应该是这样的：文学家们必要有一个先决条件，他们必须要先明了世界帝国主义之间的矛盾，他们必先要牺牲小我和大我的利益来认识这次战争的本质，只有这样才能寻求到解决问题的方法。然后，他分析日本帝国主义侵占东三省的国际国内原因。并强调一个伟大的文学家，必然是抱定非战的思想，但不是奴隶们的不抵抗，而是积极地以另一种战争来永久消灭战争，这才是我们所要求的抗日的文学。

　　作者是从阶级意识的角度分析抗战之初的部分消极情绪的文学，第一种是代表封建阶级的，第二种所谓的代表"封建阶级的次一世代的意识者"，实际上是"民族主义文艺"作家的表现以及他们的英雄主义的崇拜。而作者所持正是左翼的无产阶级的立场与视角。

1932 年

1 月

钱杏邨的《一九三一年中国文坛的回顾》发表

钱杏邨的《一九三一年中国文坛的回顾》发表在 1931 年 1 月的《北斗》第 2 卷第 1 期。该文共有 9 部分。

第一部分总说世界局势、中国危机以及这种局面下的文艺运动总体。资本主义社会进入第三期总崩溃的潮流，在 1931 年已呈现了愈演愈烈的状态。全世界的经济危机，是在一天一天的深入。而中国的形势也是如此，1931 年同样的是一个苦难的年头。"第一是全国经济的更加破产；第二，是洪水的灾难；第三，是东三省问题；第四，是统治阶级统治力量的破产，在三次围剿共产军的失败，以及最近二十六路军二万七千余人的投降共产军的事件之中，证明了镇压革命的无力，丝毫无抵抗的让出东三省……"在文艺运动方面，是展开了同样的场面。一面是法西斯蒂化的民族主义文艺运动的破产；另一面是中间层的作家的动摇，《学问无用论》一类文字的发表，正表示了他们的仿徨与苦闷，这一类作家，在这一年中，没有产生值得注意的作品；另一面，是左翼文化运动的政治化与深刻化。

第二部分分析这一年两部反映大洪水的作品。丁玲的《水》"在救灾，决堤，饥饿，压迫，死亡等等场面中，逐渐的表现了饥饿大众的觉悟，以及革命力量的生长"；作者抓住了前卫作家必须摄取的题材，也充分反映了事件展开的必然性。但缺陷在于作者没有"指示出谁是洪水灾难的责任者，使农民大众对统治阶级有更进一步的理解"。在技术方面，作者虽曾竭力的从事于新的形式的探求，但"旧的气氛还不能多量的摆脱；在口语方面，作者所有的农民的语汇是很缺乏的，全书仍多智识分子化的语句"。田汉的五幕剧《洪水》所描写的，不仅是广大的灾区，而且也以同样的力量描写了灾区以外的救灾的事业。但他的失败是"他对于灾区的生活的理解的不深刻"；取材太广泛，题材的摄取与剪裁非常不经济；字幕对话的冗长，"使观众感到单调，也无法集中观众的精力"。

第三部分对反日帝国主义的作品进行了分析。他认为这方面最努力的是田汉,他有独幕剧《乱钟》《扫射》《暴风雨中的七个女性》等。但他"停滞在小资产阶级的知识分子方面",而没有深入到工农大众方面去。其次是史铁儿的《东洋人出兵》《言词争执歌》和突如的《劳勃生路》。"一九三一年左翼戏剧创作中最优秀的生产"是适夷的独幕剧《活路》。而民族主义文学没有在重大事变面前有所表现,他们以《上海狂想曲》《爱的花》《女宫主们的故事》《神秘之街的夜》《摩登化妆室》为代表,诗歌有冠华的《申报》、冰愤的《我们需要战争》、沙珊的《伟大的死》、苏灵的《大世界的阴影里》《霞飞路展望》、文蔚的《霞飞路之夜》

第四部分是分析国家主义和封建主义的作家此时的创作。他认为侯曜的《韩光第之死》"想把民众的抗日的情热转变成反俄反共,压迫民众'安心乐业',以完成他们奉仕着的主人出卖中国的愿望的戏剧,可是无论在内容上在形式上都失败了"。代表封建阶级对于这一事变态度的作品,主要的都发表在《申报》的《自由谈》里。代表作家有张恨水、奚燕子。"他们是认为'外侮必御','城下之盟'不可立,根据难数的史事,'倭寇'不难抵御,即无力抵御,也必须战死,以存气节。"代表作有《快活林》《社会潮》、仙潭渔隐的《明代御侮记传奇》。

第五部分,作者分析了民族主义作家黄震遐的《陇海线上》《黄人之血》,批评他们"对于当前的伟大的事变虽没有有力的表现,在战争小说的制作上,在这一年却卖了很大的力量,这正是军事当局时时准备暴发的'军阀混战'的精神的具现"。

第六部分分析了民族主义作家万国安的《国门之战》,批评其"事实的不真实","没有完成反苏联的意义,反而暴露了自己军队在各方面的不景气"。新人黑炎的《战线》是一篇生活体验优秀的出产,"写的是很逼真,而且很动人",但"作者所表现的意识形态,还不免是小资产阶级型"。还有耶林的短篇《村中》。钱杏邨认为左翼作家应该担负起描绘战争小说的重任,"反对一切为少数人的利益的战争"。

第七部分分析了三个新进作家张天翼、穆时英、施蛰存。张天翼出版了短篇集《从空虚到充实》《小彼得》和长篇《鬼土日记》,读者从他的作品把握到"一幅在这过渡时期的智识阶级以及兵士工农的对当前生活的不安，反抗，部分的人物的新的生活的追求的画像"。穆时英的《南北极》"是一贯的反映了非常浓重的流氓无产阶级的意识"。施蛰存在 1931 年发表的创作是两方面的：一是历史的，如《石秀》《李师师》，二是现实生活的，如《药羹》《在巴黎大戏院》《魔道》。他所代表的新感觉主义的倾向，"一面是在表示着资本主义社会崩溃的时期已经走到了烂熟的时代，（另）一面是在敲着金融资本主义底下吃利生活者的丧钟"。这一年还有小品散文胡愈之的《莫斯科印象记》，"文字简明有力，内容也充实有趣，是开了中国的小品散文的新路的著作"。既成作家中，新月诗人中产生了陈梦家、徐志摩的《猛虎集》，冰心有《南归》，传记文学有胡适的《四十自述》，巴金有《死去了的太阳》《激流》及其他短篇，老舍发表了《小坡的生日》，茅盾有《三人行》，冰莹有《清算》，袁殊有《工场夜景》，沈从文、鲁彦等是"依然故我"，"一贯的发展着资产阶级的个人主义的意识形态，以及智识分子所具独浓的理想主义的倾向，虚无主义的倾向"。在翻译方面，有鲁迅的《毁灭》、曹靖华的《铁流》的印出，妥斯退夫斯基的书，这一年译出的也不少。

　　第八部分介绍这一年的理论与批评。傅东华、梁实秋虽然发表《风格论》《诗论》，"但并没有显出他们的进步"。在民族主义的指导理论方面，也没有新的开展。只有"左翼作家联盟"在组织上，在理论上，在作品上，都表示了运动的深入，运动向工农大众的开展。而《中国无产阶级革命文学的新任务》"展开了运动前途的一个新的场面"。作者对此予以详述及大幅摘引。左翼作家的批评工作，"就是观念论倾向的依旧没有克服，依旧在发展"。就此他对自己和茅盾的批评文字进行了检讨。

　　第九部分，作者进一步总结 1931 年中国文坛的形势：在民族主义方面，没有新的指导理论产生；作家黄震遐万国安的出现，对于运动的前途，依旧不能有所推动；甚至机关杂志《前锋》都因没有群众基础不得不停刊。在资产阶级作家方面，同样的没有产生新的有力的指导理论；既成作家，在创作方面，已显示无力；新作家陈梦家、孙大雨、方玮德的出场，结果也只是出场而已；只有施蛰存的作品，表示了一个新的倾向。中间层作家，这一年是最苦闷的年头，在理论方面没有新的建树，于作品方面也没有新的产生。只有左翼作家，在严厉的高压下面，在不断的生长，整个的工作在不断地向工农大众方面展开；产生了正确有力的新的指导理论，意识形态更发展而能完成当前任务的创作；而大众化问题，在各方面的切实执行，对两条战线的无情的斗争，更昭示了它的伟大的前途。

可见，作者是站在"左联"立场上对过去一年的中国文坛总形势予以鸟瞰的，由此他希望青年作家应决定好自己的方向，找出自己的路。但不可否认，他此时具有太"左"的倾向，以至对自由主义作家和茅盾的作品评价都不高，难得的是，他对穆时英、施蛰存的文学成绩予以了高度认可，对于他来说，非常不容易。

2 月

1. 孙福熙的《一九三一年的杭州文艺：为"文艺新闻"的年鉴而作》发表

孙福熙的《一九三一年的杭州文艺：为"文艺新闻"的年鉴而作》发表于 1932 年 2 月的《南华文艺》第 1 卷第 3 期。

该文认为杭州文艺家都在外地创建事业，而外地来西湖旅游的作家创作对于杭州文艺没有什么大的益处，所以杭州的文艺没有可供称道的事实，"我们现在是在没有事实中找事实"。他介绍了杭州六家日报的副刊，并对这些副刊进行评述，杭州作家许钦文与钟敬文得到了他的点评，但是通过他们的来信，则表明他们在 1931 年的创作也并不多。杭州的文艺社团及校园文艺孙福熙也进行了列举。最后他认为杭州的工人、农人人数众多，杭州的文艺家们应该去描写他们："现在我们在文艺上的新任务，是帮助农工大众的智识提高，力量加大，而有要求中等的觉悟；更进一层的，是鼓励赞扬他们的生活，他们的美德，切实的达到精神与事实上平等的地位。"

4 月

胡云翼的《新著中国文学史》出版

胡云翼的《新著中国文学史》于 1932 年 4 月在上海北新书局出版。该部中国文学史共分十编，第十篇《当代文学》第二十八章为《最近十年的中国文学》。他认为最近的文学运动将旧的文学史截止清末民初，而最近的文学一切呈变异之色，开始了新的文学史时代。他看出两种不同文学时代的不同，这里将其命名为"当代文学"，也就是当下文学的含义，正说明此时近代、现代、当代等概念还没有明确区分。

胡云翼在《最近十年的中国文学》中对整个新文学运动进行了客观概览。第二十八章第一节为《旧的时代是死了》，他书写旧文学的死亡，新文学的新生与胡适是差不多的逻辑。第二节为《文学革命运动》，他介绍了胡适、陈独秀的文学革命主张，简短书写了其反对者的事实，然后论述新文学成功的三大原因。第三节为《十年间的作品》，他认为这时期新文学最大特色"就是注重创造，注重创作的自由精神"。文学团体他列举了创造社、文学研究会、语丝社、南国社，他认为这些团体"都是私人感情上的结合，并不是文学上的派别，各个的作风仍旧各不相同"，"都是各人去追求各人的新路，不愿做跟随的奴才。故并没有一个可以支配文坛的中心权威"。接着他对革命文学等提出了自己的看法，他认为："最近几年虽有'普罗文学派'和'民族主义文学派'在努力地驱使文学青年走向一条狭隘的路道，但归附他们的作者并不多。"他认为这两种文学主张虽有不同，但实质上具有共同性，它们是一种狭隘的路道，可见胡云翼对与政治斗争有关的文学主张并不赞同。他注意到近两三年的文学内容已经出现了比较共同的趋向："颓废浪漫的作品已逐渐减少，许多作者已走出了唯美的象牙之塔，抛弃个人主义的立场，而求表现广大群众的生活意识。这，显然是受了当代的政治及经济环境的深重压迫而起的反应。"

胡云翼按照诗歌、戏剧、小说、小品散文的顺序对主要作家作品进行了点评。他更多重在文学艺术自身的特质进行分析，例如他评价早期的诗歌重在解放诗歌，称颂郭沫若以"肆放自由的笔调"写出《女神》和《星空》，"气象豪迈高旷，实为异军突起"，而其《瓶》则"一变而为缠绵华绝的作风"。其对于格律诗派徐志摩、闻一多的诗，象征诗派朱湘、王独清等人的诗歌也予以高度评价。在戏剧中他评论早期的戏剧教训的气味太浓，不得知识阶层的认同，而后落入文明戏的弊端而与艺术离婚了。他评价田汉的戏剧具有诗歌的气息，而郭沫若等人的历史剧以现代人的意识灌注到古代人物身上，丁西林的剧作虽然不多，但都是成熟的作品。他认为十年来小说的成就最大，成果也最多。他首先介绍了冰心、庐隐、沅君、丁玲、陈衡哲等女作家的作品；然后简要分析了鲁迅、郁达夫、叶绍钧、茅盾、老舍、张资平、沈从文等作家作品。他认为在近代中国小说界中，最伟大的莫如鲁迅，《呐喊》《彷徨》列入世界文学名著中也无愧色；而最受青年欢迎的作家则莫如郁达夫。在小品散文中，他认为周作人是小品散文的泰斗，他的作品清冲淡远，韵味悠然。俞平伯、朱自清、叶绍钧都受了他的影响。而鲁迅的散文则是长于骂人的艺术，尖酸毒辣、俏皮有余。他还对徐志摩、冰心、陈学昭、苏雪林等人进行了简要评价，并列举了较多作家。

5 月

郭德浩的《中国新文学运动史》完成

郭德浩即后来成为著名朗诵诗人的高兰。1932 年 5 月，其写完北京大学国文系的毕业论文《中国新文学运动史》。

该论文注重从唯物史观和阶级论的角度去分析文学史现象，这两种文学研究理论在 20 世纪 30 年代是最主要的刚兴起的理论主张，侧重从经济基础和上层建筑的角度去谈文学与社会生活和时代思潮的关系。难得的是其在分析"五四"文学和革命文学这两种文学思潮之时，并没有以进化论的观点高抬后者以贬低前者，而是认为二者各有优劣，亟待互为补充调和。他在第一章绪论中的《引言》中指出："即如最初的文学革命运动者胡适之等坚持文学形式改革之意——极力主张把文言文变成白话文——我们钦佩他这一项意见，然而可惜他忽略了内容的革命，忘却了社会意识之描写，作换汤不换药的勾当……但提倡革命文学的人们，又过于只顾内容的革命，而攻击胡适之等的形式改革为一钱不值，也非至论，更不是纯正的态度；固然对于内容之应为时代文学的需要，发挥无遗，然而他们竟不提到文学表现应用的工具如何。""所以我们现在所需要的乃是一种经过整个的革命的时代文学。所谓时代文学的，简言之便是无论其内容或形式方面，须臾之间都不能离开现时代。无时无刻不顾到现时代的，归纳起来说，就是不单注重现时代应用一种什么样的文学工具，也要注意到应当怎样的去尽量描写现时代的社会意识形态。把这两种条件永远结合在一起，时刻的不肯分开，而本着这两个原则去创造文学，那就是真正的时代文学。"①可见，郭德浩并不因为自己的唯物史观的方法论而丧失客观冷静的治学立场，其身处革命文学浪潮风起云涌之时，却能辩证中立地分析"五四"文学与继起的革命文学之间的利弊，并对未来新文学的发展提出希望。

6 月

1. 胡行之的《中国文学史讲话》出版

胡行之所著《中国文学史讲话》于 1932 年 6 月在光华书局出版。从该书《编者例话》中可知，该书系作者任教春晖中学高中部国文时的讲义，当时他共编有三部讲义依次讲授，即《中国学术思想变迁史》《过去传统文学的评价》《中国民众文学之史的发展》，以此来让学生对学术思想、传统文学和民众文学有个大致了解。后来后两部讲义分别作为上卷和下卷被合编为《中国文学史讲话》予以出版。

该文学史是传统文学与平民文学并行的编撰体例，依据的是胡适的《白话文学史》中的文学分类法，即将中国文学分为贵族文学和平民文学进行讲述，这样平行并列的方式也体现了胡行之不因看重贵族文学的价值而不提白话文学，也不因为高看白话文学而抹杀贵族文学的成就，所以他将二者予以并列，这样就能客观展现历史真实又能公正评价。

该著同样采用贵族文学压迫平民文学、平民文学反抗的双方斗争的述史模式，这从文学史上卷的标题上就可以看出。这一卷文学史的叙述主题就是传统文学的兴起、发展、繁荣、中衰以及死亡。而下卷中其叙述了"中国民众文学之史的发展"，叙述主题则是民众文学屡遭传统文学的打击，但是仍然绵延不绝发展，最终在文学革命时期取得全面的胜利，而革命文学更是民众文学发展的新趋势，"方才是真的以无产大众为对象的文学了"。

---

① 转引自国家玮：《二三十年代新文学的教学、研究生态——从燕京大学毕业论文郭德浩著〈中国新文学运动史〉的发现谈起》，《北京大学研究生学志》2009 年第 1 期。

　　胡行之对革命文学的论争书写得比较详细，这应是文学史中书写较早的，他可能参考了霁楼所编写的《革命文学论文集》。他认为文学革命是反封建的资产阶级文学，而革命文学则是反资产阶级的无产阶级运动所带来的。但是"在中国的现状说来，革命文学是否能为无产大众所领悟尚是问题——或者还可以说是决不能领悟的——至于创作那是全不可能。所以无产阶级文学底作者，只是一部分将崩溃而同情于革命的小资产阶级智识分子。而干脆地说，这般人的作普罗文学，实在可以如上面所述'他不是替无产阶级建设他们的文学，而是他自己建设自己阶级的文学'这个解答，或者为最圆满的了"。他认为革命文学的技巧"当然不是孤立的个人底描写，不可不是阶级的，集团的自我底描写"。接下来他对革命文学的源起、争论、派别及所创办的期刊进行了简略书写。可见他对革命文学既不是排斥也不是拥护，而是将其作为研究对象予以冷静解剖，从而发现它们的优势与不足。

2. 徐扬的《中国文学史纲》出版

　　徐扬的《中国文学史纲》于 1932 年 6 月在神州国光社出版。该书将中国分为五个时期，以此分为五编编写。其第五编为现代期，书写的是从清末至 20 世纪 30 年代的新文学史。

　　作者根据胡秋原的观点，将辛亥革命之后的中国命名为半殖民地化的先资本主义社会。而在这个复杂的社会里，各个阶级有着各自的文学：有反映商业阶级的文学，有反映民族资产阶级的文学，有反映地主阶级的文学，有各种各样倾向的小资产阶级文学，有反映无产阶级意识的文学，有纯粹农民的歌谣。

　　作者指出，在文学革命之前风靡文坛的是钱玄同所骂的桐城谬种、选学妖孽。上海等地，盛行所谓礼拜六派的小说和南社派的诗词，它们"一是反映残余的封建思想，（另）一是反映第二次革命失败以后的颓废气息。"而代表后派最优秀者则为苏曼殊，"他实可说是从旧文学过渡到新文学的最光辉的桥梁"。简要叙述文学革命之前的文坛情势之后，作者就对文学革命发生的经过、代表人物及主要文章进行了介绍。作者认为文学革命运动的发生与外国文学的影响不可分离，而随着文学革命而来的，自然就是"疯狂的翻译时代"。其对现代文学作家作品进行检点后，将其分为三个时期：恋爱文学期，革命文学期，无产文学期。

恋爱文学期是因为中国青年长期在旧道德旧习惯的束缚下，没有享受过恋爱自由，所以在得到解放后，新文学俱以恋爱的题材占多数。这时候有文学研究会和创造社的对立，而"卓然独树一帜立于这范围之外开拓独自意境者，为鲁迅，周作人"。鲁迅"文笔非常深刻，沉雄，自成一家风格。在灰暗的描画中，剥出中国封建社会残骸——从破落的农民农妇到知识阶级——的一面。尤其是他短小精悍幽默深刻的杂感，其辛辣的讽刺与中国成语的运用，真是他的特长，尤推独步"。此后就是北方的语丝社与南方的创造社互相辉映的时候，其他文学组织的活动，"总不及这两派能攫住一般青年之生动的兴味"。这两派之间，创造社又比语丝社更"摩登"一点，"这和他们的出身以及所在的地方——古城的北京与新都市的上海——也有关系"，不过那缺点就是"有时流于浅薄"，"至于还有什么国家主义文艺运动者，自然是不值一笑了"。

对于革命文学的诞生原因，作者从社会运动、革命发展和读者心理进行了周到分析。"五卅"运动的爆发不能让中国的知识分子熟视无睹，"随着对于世界文学兴趣之深厚以及社会不安的增加"，语丝社和创造社的文学"必次第接进社会"，"鲁迅就以人道主义的精神接近了文学的俄国；而创造社比较青年而敏感的人，便多半由日人接受了初期马克思主义的理论了"。这是从知识分子内部精神转向和文学思想发展的角度来谈，接着，作者指出当时另外的局势是："武汉政府失败以后，在上海储蓄了无数逃亡者以及有所期待者的失望，愤懑与希望，在这场风雨之后，文学自然要向革命突进，而文坛就急转直下，'革命文学'的呼声是颇为昂然了。"

对于革命文学时期，作者认为这是语丝社与创造社争论的时代，"同时也是中国文坛很多彩的时期"。这时轰动一时青年的是文学研究会的元老茅盾的《幻灭》《动摇》《追求》三部曲。作者重点分析了三部曲："事实的背景与夸张的描写，模仿屠格涅夫之作风，有其成功之处；然而其缺点，在我看来，倒不是什么小资产阶级意识（因为中国就没有一个十足普罗意识的作品，就是世界上也很少罢），而是他所观察的范围的狭隘。"革命文学运动的中心，作者认为是创造社。成仿吾、冯乃超、李初梨等"俱是这运动中跳跃的中心人物。然而，只是'干喊'，在作品中并没有什么成就。而且多少带了意气之争，如开始互争革命文学元勋及对鲁迅一派的攻击之类"。

"左联"成立之后的文学，被作者认为是无产文学时期，这时以鲁迅为领袖的"左联"成为文坛的中心，不过鲁迅在创作上也沉默了。随着革命潮流的低落，"'左联'的声势亦不如前。至于左翼作家尚未给人很深刻伟大的东西，自然是不待言的"。与此同时，"在青天白日之下，以政治势力为后盾而声势显赫者，是民族主义。集于这旗帜之下的，有忠实的三民主义者，有党国官吏，还有唯美派的'艺术家'。这一派讴歌政府，宣传剿赤，恰与普罗文学相反。不过，他们的'功绩'，毋宁在文艺以外"。"而且我相信有天才而被抹杀的作家也非少数"。对于"当下"的文艺，作者认为"不能不说是沉闷，肤浅。甚至于声音也没有了，沉默代替了冷嘲"。

最后，作者按照小说、诗歌、戏曲、散文与文学批评及文学史撰写、女作家、翻译及介绍文艺作品及理论者六类对有影响的新文学家进行了列举。

徐扬本名徐翔穆，曾于1926年10月，参加共产主义青年团，与郁达夫、胡秋原等为各报刊写文，鼓吹革命。1930年他与胡秋原考取留日研究生，同赴日本东京早稻田大学研究院学习。留学期间，他翻译了一些日本左翼作家的作品，1931年由日本回蕉岭，受聘于蕉岭中学任教。1932徐翔穆由广西赶至上海，参加救亡运动，在上海"神州国光社"任编辑，撰写抗日救亡文章。此时正是胡秋原在该出版社影响巨大，成为其思想灵魂之时①，所以作者在该书的《例言》中说，本书是仓促而成，很多资料参考的是前辈资料，很多重要意见是友人胡秋原提供的。从其对现代文学的书写来看，应该是受到胡秋原的影响不少。其一表现为对现代社会及文学发展线索的分析，带有唯物史观的色彩。而且能从当时的社会局势、读者与作家心理以及社团组织等角度论述新文学思潮的变动。特别是其紧紧抓住文学研究会、创造社、语丝社、"左

---

① 霍贺：《1930年代初"第三种人"对中国出路的探索——以胡秋原与神州国光社为中心的考察》，《江汉论坛》2014年第2期。

联"这几个文学社团的文学主张及创作来整理新文学发展线索，非常清晰，富有层次。其二，表现在该著的文学观中。胡秋原1931年，自日本回国，开始发表文章批评钱杏邨及左翼文学，提倡"自由文学"。力主抗日和思想自由，呼吁"勿侵略文艺"，高擎自由主义旗帜左右开弓，既抨击国民党"民族主义文学"，又批判"左联""文艺必须为无产阶级政治服务"的观点，受到左右翼的围攻，引发了1932年的文艺自由论辩，被称为"第三种人"。所以，他对该著的影响在于既批判革命文学只是干喊，"左联"没有产生伟大的作品，也批判民族文艺以政治势力为后盾叫嚣"剿赤"，甚至抹杀了不少有天才的作家。

7月
郑振铎的《新文坛的昨日今日与明日》发表

1932年3月19日，郑振铎在北京大学发表演讲《新文坛的昨日今日与明日》，演讲文稿发表在1932年7月《百科杂志》第1卷第1期。文稿包括三个部分。他首先介绍文学革命，认为文学革命的成就在于："一、使死的文学成为活的；二、使模仿的文学成为创造的；三、使游戏的文学成为严肃的；四、使非人的文学成为人的；五、使隐逸的文学成为都市的（社会的）。"

在《昨日》中，他将十四年的新文学分为四个时代。在《（甲）"五四"运动时代（民六—民十）》中，作者认为这时的文学除了周氏兄弟外，都非常幼稚。原因在于："一、一般作家多为旧日的书生，本非专攻文学的人，如胡适是学农学哲学的。只有周氏兄弟早年留学日本，即注意文学，译有《域外小说集》。其成功是当然的。""二、以新文学为工具为口号，去攻击旧礼教，旧社会；因之，文学本身，反不能充分发展。《终身大事》一剧，可为明证。"

在《（乙）文学研究会与创造社时代（民十一民十一）》中，作者认为这时文学团体多起来，以文学研究会与创造社为代表，分别有两种不同的主张："一、主张为人生的文学"，"二、主张为文学而文学"。作者认为第二个时代的精神与第一个时代没有什么不同，而技术上之进步，则颇可惊异，具体为诗歌由之前的短诗发展而为长诗，小说由短篇到长篇，文学性增强。

在《（丙）五卅时代（民十四—民十七）》中，作者认为各派思想主张由"五四"时代的混同而清晰，此时口号的文学复兴。"五四"时代的文学是个人的、普遍性的、浮面的、幻想的、旁观的，而"五卅"时代的文学则与之截然相反变为群众的、带阶级性的、深刻的、真实的、参与的。这个时代蒋光慈的小说最流行，王独清的诗最流行，"二人的作品，都偏于口号，充分表现其革命者的英雄主义"。但郑振铎认为"他们在技术上是失败了"。

在《（丁）茅盾时代（民十七—民廿）》中，郑振铎认为这是一个以茅盾个人作代表的时代，可名曰"茅盾时代"。"在五卅运动后的这一个时代，亦正如'五四'运动后的那一个时代。后者比前者，在艺术方面，均进步得多了。五卅时代投军的文人，这时又放下枪杆，提起笔杆，但前后的情形截然不同。此时有极丰富的经验，热烈的情感，是以前所没有的。这时文学理论上，有很多的争斗，各派均有鲜明的主张。此时的争斗，是带有阶级性的，完全为主义的斗争，与'五四'时代白话与古文之争，大不相同。很多的人以马克思主义解释文艺理论。前锋社则树起民族主义文学的旗帜以反抗之；新月社亦有极露骨的反抗的主张。"茅盾的伟大三部曲《幻灭》《追求》《动摇》的特点，"在于把里面的人物型式化，正如屠格涅夫之幻想的型式化了俄国革命人物一样。这时的作家，才晓得把握住时代的中心点，而并给予文学以形式的转变"。郑振铎认为这时代还有几个值得注意的作家："首先用北方的——北平的极俏皮的方言写小说的"老舍；由"大胆的女性的自剖"转向"革命女性的作家"的丁玲；"同丁玲的转变，时间前后差不多"的胡也频。他也认为此时仍有"浅薄的小说"陆续出现，如钱杏邨。"在诗一方面，更有新的转变。一部分人作革命诗，其技术令人不敢恭维；（另）一部分人则追随于法国的象征派，而颇有成就。如戴望舒的诗，比起胡适的《尝试集》来是如何的进步！""这期好多的作家，受外国文学影响很深，如新月社的徐志摩，他的散文是很有成就的。"

在《今日（民二十一）》中，作者认为上海遭受日本的袭击，商务印书馆被毁，各种出版社及刊物都受到影响，新文学运动出现了停滞，此时还出现了"新人的旧化"，但作者相信"现在正是新时代的开始"。"自去岁九一八日本占领了我东北三省，今已半年，我们心中均愤恨到极点，这就是将来伟大的作品的源泉。因九一八而文学上的收获，或远胜于'五四'，五卅。所以到现在仍没有把握住时代的有力量的作品，其原因在人心还没有沈静下来。"

在《明日》中，郑振铎预计了未来文学的方向，并提出了针对性的措施。他认为"明日"的文学将会发生两种现象："一、恢复口号运动"；"二、文学技术较前更有进步"。而口号文学有两大缺点："幻想色彩太浓厚"与"英雄主义"。为补救这两种缺点，应当"由夸张的进为写实的""由型式的进为真实的"。"以后的体裁，应把农村和城市的转变，尽量披露。由个人的观点，移于群众。"

郑振铎的演讲在当时引起了轰动，当时有一份王俊瑜作的记录稿，不久即发表于 1932 年 5 月 1 日北平的《民众教育季刊》上。同年 5 月 2 日，上海的中国左翼作家联盟的外围刊物《文艺新闻》周刊，发表了题为《中国在十年以后，不做主人就做奴隶——郑振铎在北大演说》的通讯报道。1934 年 7 月 1 日在北平创刊的《百科杂志》上，又发表了许采章当时作的记录稿。此记录稿经过郑振铎审阅后，后被收入郑振铎 1934 年在生活书店出版的《佝偻集》中。影响巨大的原因在于其对十四年的新文学历史分期精准，每个时期的特征提炼到位。对新文学成绩的把握非常得当，其不是从政治而是从文学的角度对新文学中的经典作家予以了扫描。特别是提出了"茅盾时代"这一概念，从此茅盾在文学史中进入了伟大作家之列。另外，其对"明日"文学发展道路的指引，现在来看，带有很强的预见性，显示了其高屋建瓴的对历史与未来的分析把握能力。

8 月

1. 陆永恒的《中国新文学概论》印行

陆永恒编写的《中国新文学概论》于 1932 年 8 月在克文印务局印行。陆永恒在《自序》中说明自己是有感于当时还没有专门的新文学史著而开始撰写这部著作的，他的这本新文学史著应是大陆较早出版的。具体的创作动因是在 1928 年四月间，他听过中山大学教授杨振声演讲《新文学的将来》之后，得到的一些感想。

该文学史分为两部分。第一部分属于个人著述，占全书 90 页。前五编都在介绍关于新文学的理论，真正属于新文学史书写的是第六编《十年来的新文学作品》。在这编中，陆永恒对新文学十年来的作家作品进行了点评。第七编《新文学的危机》讨论了新文学面临着危机。第八编是《怎样改进新文学》。陆永恒所谈新文学的危机及改进的方向并没有什么新意。第二部分是第九编，附录了《新文学杂论》，这是分文体和论题来搜集汇编一些重要的文献，所以该书署名为"陆永恒编"。这种文献汇编较光明书局 1934 年出版张若英编的《中国新文学运动史资料》和 1935 年出版的《中国新文学大系》都要早出二三年，他的文献选择很有眼光。从这些章节来看，该文学史构架全面而富有逻辑性，先探讨什么是文学，然后确定什么是新文学，它与旧文学的区别，它的价值何在，分类如何，产生的背景怎样，然后介绍具体作家作品，分析所面临着的危机以及如何改进。前面几编我们现在看来或许觉得啰嗦，但是考虑到这是中国大陆较早出版的中国新文学史著，我们就会理解这种编排自有其合理之处，至少对于那些还不懂新文学为何物的读者来说相当不错。

该文学史在新文学作家作品批评上坚持了纯文学标准，有着自己独立见解。正如作者自己所说，他对新文学作家作品进行"介绍或批评他们的说话，纯取客观的态度，非敢存标榜，或有意攻击"。陆永恒对新文学的成绩有个大致的评析，并以此进行不同时期的划分。他将"十年来的新诗"分为"尝试时期""兴盛时期""变化时期"；将"十年来的新剧"也分为"讨论时期""尝试时期""新剧兴盛时期"三个时期，将"十年来的新剧"作家分为四类：社会问题剧作家、教训剧作家、感伤剧作家、诙谐剧作家，并对他们进行了评价，其观点参考向培良的《中国戏剧概论》较多，这里不予详引。

陆永恒按照"女作家""男作家""新兴的普罗文学派"三类来介绍这时期的小说，分类标准比较混乱。他对"新兴的普罗文学派"评价并不高："在一九二八年，有班作家（创造社的嫡系）自号为'革命文学家'的普罗派就兴起了。不过在他们的作品里，我们往往得不到这一种感觉。他们的作品还是'新兴'的东西，所含的热情每每只是口号与演讲之杂合物，所写的题材只是一些肤浅的观察。因此写法大多是一样，所写的题材也大多是一样；深刻的观察，·严密的思索，技术的修炼，在这些作品里几乎是找不到的。"他认为革命文学作家"虽是有意作小说，却显然是不识小说为何物"，所以"这很轰动过的'新潮'，到现在竟没有留下一部有生命的作品"。

陆永恒将"十年来的散文"分为"小品文"和"文艺批评"两类。他认为"近十年来的中国散文，最可注意的发展，乃是周作人等提倡的'小品文'。这一类的小品，用平淡的谈话，包藏着深刻的意味"。接着他对周作人、鲁迅、徐志摩、孙福熙、徐蔚南、落花生、朱自清等作家的散文进行了赏析，还点评了章衣萍、冰心、学昭女士、绿漪等人的小品文。

对于"文艺批评"，陆永恒并不看好，他认为"这十年来批评人家作品的却也不算少，但多数是党同伐异的'骂人'非评论也"。他对以下评论家及批评进行了评价：胡怀琛的《尝试集讨论》，闻一多、梁实秋的《冬夜草儿评论》，周作人的《自己的园地》，成仿吾的评论，钱杏邨所作的《现代中国文学作家》。

陆永恒在进行文学史分期之时，注重到新文学成熟的时间段在20世纪20年代初，所以他的文学史重在书写新文学由萌芽到成熟的过程，而作家作品分析也大致遵循这一线索。而他在进行文学批评之时能够以纯文学标准为准绳，勇于发表自己的观点，这对于他这样一个刚走出校门的大学生来说很不简单。因为这些作家在当时的文坛远比他更为出名，这种初生牛犊不怕虎的气概与向培良、草川未雨等人不相上下，单就这种学术勇气，都值得在中国新文学史学史上留下重重一笔。

9 月
1. 周作人的《中国新文学的源流》出版

周作人的《中国新文学的源流》于 1932 年 9 月在人文书店出版。该书是 1931 年周作人受沈兼士的邀请去辅仁大学讲演《中国的新文学运动》的讲稿，邓恭三听讲后予以记录整理后出版。1988 年该书得以影印出版，这里以此版本为研究对象①。

周作人不可能在 1923 年胡适《五十年来中国之文学》发表之时提

---

① 周作人：《中国新文学的源流》，上海书店影印 1988 年版。

出异议，他没有更新的文学史观，也不是文学革命发生时的领导者。从个人感情上，他更是不宜：一方面，此时周氏兄弟与胡适的文学交谊很好，他们处于新旧文学斗争的同一战线。胡适在不同文章中都对他们的创作予以很高的评价，在胡适的新文学史书写中，就盛赞了鲁迅的小说和周作人的小品；而周氏兄弟也为胡适的《尝试集》出版选诗删诗提供过意见。另一方面，1921 年周作人还请托胡适为其弟弟周建人在商务印书馆觅得一份长期工作；而自己 1922 年也在胡适推荐下就职燕京大学中国新文学部主任，既解经济上的燃眉之急，也开辟了一片培养得意门生的"自己的园地"。①

　　时间发展到 1931 年，之前的"不宜""不能"都有了新的动向。其一是周作人与胡适在政治、思想、感情方面出现了不和。"20 年代末期至 30 年代中期，胡适和周作人经常远睽异地，但仍保持了相当密切的联系。以'五四'时期建立的深厚情谊为基础，他们在有些方面仍然互相关心，互相支持；又由于思想裂痕日趋扩大，他们在另一些方面又产生了隔膜和抵触。"② 这特别表现在女师大事件和"清党"事件上，胡适政治立场更多倾向当权政府，而周氏兄弟选择了知识分子立场。至于胡适曾经推荐周作人去燕京大学任教，也让周作人听到了另一种说法："这似乎是一种策略，仿佛是调虎离山的意思。"③ 这关涉到当时北京大学文科或隐或显地存在着的浙江籍/留日派/章门弟子与皖籍/留学英美派之间的矛盾，大致是二者为争占北京大学的教席互相排挤。④ 其二是周作人在文学史方面有了新的见解。从 1922 年至 1931 年，周作人先后在燕京大学开设《中国新文学之背景》《近代散文》等课程⑤，对

---

　　① 陈漱渝：《两峰并峙双水分流（上）——胡适与周作人》，《鲁迅研究月刊》1990 年第 12 期；朱正：《胡适和鲁迅、周作人兄弟的交往（上）》，《新文学史料》2013 年第 3 期；王翠艳：《思想遇合与人事机缘——周作人任教燕京大学缘由考辨》，《文学评论》2013 年第 1 期。

　　② 陈漱渝：《两峰并峙双水分流（下）——胡适与周作人》，《鲁迅研究月刊》1991 年第 1 期。

　　③ 周作人：《琐屑的因缘》，见《知堂回想录》，河北教育出版社 2002 年版，第 468 页。

　　④ 王天根：《五四前后北大学术纷争与胡适"整理国故"缘起》，《近代史研究》2009 年第 2 期。

　　⑤ 王翠艳：《思想遇合与人事机缘——周作人任教燕京大学缘由考辨》，《文学评论》2013 年第 1 期。

中国新文学的源流有了新的理解。这时他对胡适的《五十年来中国之文学》就会提出异议,于是就有了他的《中国新文学的源流》。该文学史采取了以下叙事策略:

第一,周作人剥夺了胡适发起文学革命的功勋,认为这只是历史的自然循环。周作人以纯文学观点为标准对整个中国文学史进行了新的循环论阐释。他认为文学从宗教分化出来之后有了两种不同的潮流:诗言志——言志派;文以载道——载道派,这两派文学的相互循环就构成了中国文学史总体面貌。周作人另辟蹊径认为明末的公安派和竟陵派是言志派的文学时期,中间经过清代的反动,载道派又占据上风,而"五四"新文学运动又成了言志派文学时期。他的文学史著就按照这种叙事逻辑进行编排。既然中国文学的嬗变更替是历史的自然循环,那就表明有没有胡适或陈独秀发动文学革命就无关紧要了,胡适文学革命导师的地位开始岌岌可危!

第二,周作人强调胡适文学观及相关创作并不是独创,而是重复公安派和竟陵派。周作人认为袁中郎所倡导的"信腕信口,皆成律度"比胡适的"八事""更得要领"。文学革命与公安派的差异"无非因为中间隔了几百年的时光,以前公安派的思想是儒家思想道家思想加外来的佛教思想三者的混合物,而现在的思想则又于此三者之外,再加多一种新近输入的科学思想罢了"。周作人引录了袁中郎为江进之的《雪涛阁集》所作的序文中谈及的文学变迁观点,以此证明这比那些说"'中国过去的文学所走的全非正路,而只有现在所走的道路才对'要高明得多"。说这些话的"那些"人中就包含胡适,因为进化论文学史观点的始作俑者就是他。甚至在新文学作家作品的风格上,周作人也认为他们与公安派和竟陵派类似:"胡适之,冰心,和徐志摩的作品,很像公安派的,清新透明而味道不甚深厚。好像一个水晶球样,虽是晶莹好看,但仔细地看多时就觉得没有多少意思了。和竟陵派相似的是俞平伯,和废名两人,他们的作品有时很难懂,而这难懂却正是他们的好处。"这样一来新文学作家作品就不是创新而是带有复古的味道,胡适所自认为的文学革命者形象一转而为文学"复古者"了。

公安派和竟陵派竟然比胡适更为高明?钱钟书的精辟分析则说明"公安派的论据断无胡适先生那样的严密;而袁中郎许多矛盾的议论,

周先生又不肯引出来"。① 可见周作人述史之时，对公安派和竟陵派进行了理想化的加工。周作人进行这种主观选择之时，为什么坚持中国新文学的源流发源于公安派和竟陵派，而不如钱钟书所说那样推而上之，从"韩柳革初唐的命，欧梅革西昆的命"② 一路追溯下来呢？陈子展的话则让我们揣摩："怕是他做了这次新文学运动的元勋之一还不够，再想独霸文坛，只好杜撰一个什么'明末的新文学运动'，把公安、竟陵抬出来，做这次新文学运动的先驱。而在这次新文学运动的元勋人物里面，只有他晓得讲什么公安、竟陵，无疑的这次新文学运动的第一把交椅要让给他老先生，他老先生就很巧妙的争得中国新文学的正统什么了，文名就可以越发大起来；而且他平时收藏几部难得的公安、竟陵一类的偏僻书籍也无形涨起价来，可不是名利双收么？"③ 也难怪陈子展这样猜测，因为在周作人的《中国新文学的源流》流传之后，1932 年之后接连办《论语》《人间世》《宇宙风》的林语堂、陶亢德、郁达夫、刘大杰、施蛰存、阿英、张静庐等人就将晚明小品文的风气发扬光大④，周作人则被封为"小品散文之王"⑤。

　　第三，周作人认为胡适受到了桐城派文学的影响。胡适认为近代桐城派的影响，"使古文做通顺了，为后来二三十年勉强应用的预备，这一点功劳是不可埋没的"⑥，但其最终不能堪当大任，而他所领导的新文学运动是对其的改弦易辙。周作人却认为："经曾国藩放大范围后的桐城派，慢慢便与新要兴起的文学接近起来了。后来参加新文学运动的，如胡适之、陈独秀、梁任公诸人，都受过他们的影响很大，所以我们可以说，今次文学运动的开端，实际还是被桐城派中的人物引起来的。"胡适是淡化桐城派古文的文学史意义以强化文学革命的颠覆性，

---

① 中书君：《中国新文学的源流》，《新月》第 4 卷第 4 期，1932 年 11 月 1 日。
② 同上。
③ 陈子展：《不要再上知堂老人的当》，《新语林》1934 年第 2 期。
④ 郜元宝：《从"美文"到"杂文"（下）周作人散文论述诸概念辨析》，《鲁迅研究月刊》2010 年第 2 期。
⑤ 苏雪林：《周作人先生研究》，《青年界》1934 年 12 月，转引自《苏雪林文集》第三卷，安徽文艺出版社 1996 年版，第 252 页。
⑥ 胡适：《五十年来中国之文学》，见欧阳哲生编：《胡适文集 3》，北京大学出版社 1998 年版，第 205 页。

周作人则强调其影响了新文学运动的发生，加强了二者的联系。周作人还认为汉学家也与新文学运动有关系，他对晚清汉学家俞樾的评骘与胡适也不一样。胡适评价"俞樾的诗与文都没有大价值"①，但周作人却认为他是"以一个汉学家而走向公安派和竟陵派的路子的"。俞樾是俞平伯的曾祖父，是国学大师章太炎的老师，章太炎又是周作人的老师，周作人又是俞平伯的老师，他们都是浙江人，这是否影响了周作人对俞樾的文学史定位远比胡适要高呢？

在《中国新文学的源流》即将出版时，周作人就提前写信告知胡适："春间在辅仁讲演，学生录稿付刊，不久可成，当呈请教正，题系《中国新文学的源流》，大旨是表彰公安竟陵派，'但恨多谬误'，尚望叱正者也。"② 陶潜《饮酒》组诗最末一首有："但恨多谬误，君当恕醉人。"诗人是说酒中写诗难免会说醉话、恳请听者多加宽容。丁文认为周作人这里借陶诗以表明自己"实际上有着以讲史为契机，批评左翼文学的八股气是对'五四'新文学的反拨的潜在意图"③，但笔者认为周作人这里希望胡适"多多包涵"的不在于此，而在于他的新文学循环论与胡适进化论有了冲突，而且其对公安派、竟陵派、桐城派、汉学家与胡适及新文学运动关系的表述都会矮化其文学史地位。

第四，周作人在讲演《中国新文学的源流》之时，正是革命文学大行其道之时，他隐晦地对其进行了臧否。前述他说中国文学发展是言志派与载道派之间的循环，而"五四"文学是言志文学，按照这一循环论观念，接下来盛行的革命文学就是载道文学。他在讨论文学的用途也对革命文学视文学为革命工具予以批驳："欲使文学有用也可以，但那样已是变相的文学了。椅子原是作为座位用的，墨盒原是为写字用的，然而，以前的议员们岂不是曾在打架时作为武器用过？在打架的时

---

① 胡适：《五十年来中国之文学》，见欧阳哲生编：《胡适文集3》，北京大学出版社1998年版，第205页。

② 周作人1932年8月26日致胡适信，载《胡适往来书信选》（中册），中华书局1979年版，第134页。

③ 丁文：《周作人与1930年左翼文学批评的对峙与对话》，《中国现代文学研究丛刊》2009年第5期。

候，椅子墨盒可以打人，然而打人却终非椅子和墨盒的真正用处。文学亦然。"废名①、钱钟书②等人都看出周作人在"含沙射影"地抨击革命文学观念。周作人没有明目张胆地将其视为攻击的主要目标，因为他与革命文学派的论争在此前一年早已有之，并已经结束。这部文学史中某些篇章的观点就在早前的论争中出现过，③没有必要再惹"事端"了。

2. 《安庆文艺界之鸟瞰》发表

《安庆文艺界之鸟瞰》发表在 1932 年 9 月《絮茜》第 1 卷第 2 期。

本文作者不详，应是安徽大学的老师或学生。该文对安庆文艺界进行了鸟瞰。作者开篇就指出：安庆"文艺界很寂寞，简直称不上'文坛'两个字，过去完全是荒凉的沙漠，倘若要替安庆编文艺史，还得从最近起头。"接着他说道："由安大晓风文艺社扩大之安庆晓风文艺社，一九三一年夏曾出版沙漠月刊三期——这可算空前的文艺刊物了。内容比'礼拜六'派还要幼稚，其价值可想。""自刘大杰与汪静之光临安庆，文艺界较为振作，晓风文艺社复出沙漠旬刊五期，内容进步得多，并在民国日报屁股上附有副刊《绿洲》，每星期一出，刊登些新月派的新诗和浅薄的小说。""安徽大学有塔铃社，亦自创，汪到安大后较为生动，出版塔铃半月刊，现已出到十期，内容新旧合参，常登些研究乐府诗词等类的文字，也有创作的小说。""民国日报有文艺附刊两种：《菱角》，简直是垃圾箱，内容新诗、旧诗、词、杂感论文……地盘与申报自由谈差不多，但趣味与价值尚不及。我以为这样报纸屁股后的一点地盘应登些短小精悍的讽刺文字与插图，也可以给读过枯燥的时事记载后，一点趣味的润泽；还有一个附刊是摩讬社的《摩讬》，与《绿洲》差不多，间或载些非文艺作品的论文。""安庆文艺界就是这点贫乏可怜的火星，更奇怪的是难找寻到一篇批评的文章，因为给胆怯，恐伤感情止挡住了。"

安庆从清乾隆二十五年（1760 年）至 1937 年，就是安徽省布政使

---

① 废名：《周作人散文钞·废名序》，开明书店 1932 年版，第 6 页。
② 中书君：《中国新文学的源流》，《新月》第 4 卷第 4 期，1932 年 11 月 1 日。
③ 丁文：《周作人与 1930 年左翼文学批评的对峙与对话》，《中国现代文学研究丛刊》2009 年第 5 期。

司和安徽省会所在之地。但从作者的介绍中，我们发现，其在 1931 年之时，安庆新文学还没有形成盛大影响，只有当刘大杰、汪静之到安徽大学任教之后，新文学才"较为生动"。这说明全国内陆的新文学运动相对于北京、上海这两个文学中心来说，至少落后十年。而新文学作家不仅有创作的艰辛探索，而且也承担了传播、推动各地新文学运动的重任。

10 月

1. 陆侃如、冯沅君的《中国文学史简编》出版

1932 年 10 月陆侃如、冯沅君合著的《中国文学史简编》在开明书店出版。

本书第二十讲《文学与革命》极其简略，仍将新文学附骥于中国文学史之中进行书写，主要记述的是从"白话文学运动"到"无产阶级文学运动"，以及"两种运动的基本理论及提倡经过情形"。

2. 鲁迅的《黑暗中国的文艺界的现状》发表

鲁迅的《黑暗中国的文艺界的现状——为美国〈新群众〉作》被收入 1932 年 10 月上海合众书店出版的《二心集》中。本篇是作者应当时在中国的美国友人史沫特莱之约，为美国《新群众》杂志而作，时间约在 1931 年 3、4 月间，当时未在国内刊物上发表过。

该文认为，"现在，在中国，无产阶级的革命的文艺运动，其实就是唯一的文艺运动。因为这乃是荒野中的萌芽，除此以外，中国已经毫无其他文艺。属于统治阶级的所谓'文艺家'，早已腐烂到连所谓'为艺术的艺术'以至'颓废'的作品也不能生产，现在来抵制左翼文艺的，只有诬蔑，压迫，囚禁和杀戮；来和左翼作家对立的，也只有流氓，侦探，走狗，刽子手了"。于是他描述了 1929 和 1930 年的文学史实：统治当局实行恐怖政治，刊物书籍的禁止发行更加频仍；不仅是含有多少革命意味的书籍受到这种待遇，就连封面是红色的书籍，特别是俄国的翻译文学也遭受同等待遇；左联的五位作家竟遭受枪毙；当局派遣特务去书店、出版社监督，而且组织一些杂志刊物，提倡改良文学，但效果不佳。"现在他们里面的最宝贵的文艺家，是当左翼文艺运动开

始，未受迫害，为革命的青年所拥护的时候，自称左翼，而现在爬到他们的刀下，转头来害左翼作家的几个人"。鲁迅遗憾的是左翼文艺运动的作家当中，还没有工农作家。他认为这是因为他们没有受教育的机会，再就是中国的象形文字不大众化。

1934 年 6 月《理论与创作》第 1 期刊载该文的英文中译《中国的新文学运动》，以隋洛文即鲁迅的笔名发表。马远在《译后记》也称该文是作者 1931 年为美国杂志《New masses》撰写，其认为在 1934 年仍有意义，予以翻译刊登。鲁迅的"隋洛文"这个笔名是有来历的。1930 年 2 月份，鲁迅参加发起了中国自由大同盟，不久国民党浙江省党部呈请国民党"中央"通缉"堕落文人鲁迅"，于是鲁迅就简化为"隋洛文"作自己的笔名，揭穿当局统治者的残暴和愚蠢，并展示了真正的左翼文学家所具有的韧性战斗的精神。

11 月
马彦祥的《现代中国戏剧》发表

马彦祥的 1932 年 11 月在现代书局出版《戏剧讲座》，该书附录了《现代中国戏剧》一文。作者在该文的《两点声明》中说道：《现代中国戏剧》"一方面是考察各剧作家的作品，作横断面的解剖；（另）一方面是说明现代剧的演变，作从面的分析"。文章对陈大悲、熊佛西、欧阳予倩、田汉、洪深、胡春冰和袁牧之七位戏剧家的戏剧活动及戏剧创作进行了讨论，并以此为线索勾画了现代中国戏剧纵向流动的轨辙。

马彦祥认为陈大悲的功绩在于"对于旧剧的反抗"和"提倡'爱美的'戏剧，代替了文明戏"，但是他自身也有局限性，他"自身也是演文明戏出身的，对于艺术原没有什么彻底的了解与认识，因此，所谓'爱美的'戏剧，实际上只是文明戏的另一个面目……"他评述了陈大悲大部分剧本"都是有对话的，有结构的"；但"因为作者对于人生之缺乏了解与观察的缘故，在描写人物的技巧上，也都不能给观众以一个深刻的印象"；"他的剧本都是极富于刺激性的"，"在他的剧中，常常不惜破坏了舞台的空气，破坏了人物的个性，把种种能够刺激观众的场面，如自杀、教训等加进去……"这些都是他从文明戏带来的习气。

马彦祥评价熊佛西早期的作品"显然承袭了陈大悲的系统……无论

内容方面、技巧方面，还不曾脱除以刺激吸引观众的方法"，直到他从美国留学回来，才有所改变。他认为熊佛西的《醉了》"描写现实生活与理性的冲突，暗示出社会经济的力量，在这种力量的压迫之下，造成了人性的恶化"，这无疑是时代需要的作品。欧阳予倩的作品也被马彦祥认为是"中了文明戏和旧剧的遗毒"，"充满低级的、恶劣的趣味"，"还不脱旧剧中的拙劣的形式"。但其《潘金莲》不失为一个好剧本，对潘金莲的个性和心理都表现得很有力。

作者认为田汉的创作处于一种矛盾之中："他明知戏剧应该为民众的，替民众叫喊的，他却写了许多与时代相距极远的作品……还沉迷着他的抒情的时代。"他将田汉的作品分为两类：《古潭里的声音》《湖上的悲剧》《南归》是抒情剧；《火之舞》《垃圾桶》《一致》是为民众的剧。"田汉与其写社会剧，实不如写他的抒情剧为熟练，为生动"，因为：一、田汉的感觉敏锐、情感丰富而"对于人生却缺少观察"，这使他无法更好地驾驭社会剧。二、田汉写剧，太不注重技巧。写社会剧不讲技巧，借卖花女（《苏州夜话》）的口将战争的罪恶说出来，就"成了近于抒情的作品了"。相比于田汉的不讲技巧，"是洪深的太注重技巧"。他认为洪深的《赵阎王》所写的"不仅是一个士兵赵阎王，而是全人类，所要写的压迫，实不仅是一个军营，而是整个的社会"——"环境的压迫，使他不能不作恶，不能不堕落，使我们立刻觉得社会环境支配力的强大，和人类挣扎的能力之薄弱，由赵阎王一人而对全人类感到悲悯。"所以说，洪深事实"最能观察人生的，最能认识人生的"。

作者还对当时的刚露头角的袁牧之、胡春冰的创作予以了点评。

12 月

1. 赵景深的《一九二八年的中国文坛》发表

赵景深的《一九二八年的中国文坛》在其 1932 年 12 月广益书局出版的《文艺论集》中发表。该文应是作者应《申报》副刊《艺术界》的约稿写的"命题作文"，发表在 1929 年，其将文章结集出版之时就汇总在一起了。

在《新书店的勃兴》中，作者用带读者逛书店的形式，介绍了近五十家书店的名字和地点。在《杂志的风起云涌》中，其将近五十三家杂志按照作家分六类介绍，如第一类是这样进行的："一，《小说月报》《文学周报》《熔炉》《红与黑》《无轨列车》《大江》《青海》。要想看茅盾、郑振铎、谢六逸、徐调孚、赵景深、徐霞村、刘呐鸥、戴望舒、杜衡、施蛰存、沈从文、丁玲、胡也频、陈望道、汪馥泉、刘大白等等先生的文章的请在这里面找。"这样就将不同杂志和不同作家的关系进行了联系，方便读者对杂志和作家有一个概貌了解，比较客观而指导性较强。

2. 钱基博的《现代中国文学史长编》得以油印

钱基博的《现代中国文学史长编》是其辗转各个大学任教的讲义，动笔于 1917 年，1930 年 11 月定稿。1932 年 12 月其正在无锡国学专修学校任教，此讲义被学生索取集资排印 200 本。后来此书又被钱基博增订，1933 年 8 月由世界书局出版，这就是影响至今的《现代中国文学史》。具体评述见该书。

3. 谭丕模的《新文学比较研究》出版

谭丕模的《新文学比较研究》1932 年 12 月在北平文化学社出版。

该书从作家、作品分析入手，概括了从 1919 年"五四"运动到抗战爆发前的中国文学史进程。其将这一时期的新文学运动划分为两个阶段进行比较：第一阶段为 1919 年到大革命失败以前，此一时期新文学是适应中国资产阶级民主革命的需要，是以资产阶级民主主义为指导思想的旧现实主义；1927 年后至抗战爆发是第二阶段，此一时期的新文学思想性质以李初梨、冯乃超等人运用唯物论的辩证法与新月派文学理论的论战为标志，要求文学适应革命形势的需要，面向工农大众，站在新兴劳动大众的立场上，对资产阶级、小资产阶级文学意识进行激烈的批判，并由此引发创造社和太阳社与鲁迅关于"革命文学"的论争。该分期既有历史的线索又有纵向的比较，很有创意。他的具体分期有着唯物论文学史观的指导，这在新文学史书写中较早。

本年

苏雪林编写讲稿《新文学研究》

苏雪林 1931 年开始任教于武汉大学，1932 年，受武汉大学文学院院长陈源的坚请，接替沈从文离开武汉大学后的《新文学研究》教学任务，编写了讲稿《新文学研究》。自 1932 年至 1936 年，她又将讲义中部分专题深化，形成文学研究性论文，刊发在当时颇具影响力的文学刊物中。这些文章是较早对新文学进行专题讨论的理论文章，笔锋犀利，精当谨严，引起较大反响。1979 年，苏雪林"将大陆时代所曾在报刊发表的一些篇章，一一按序排列，又将那份讲义增改润饰，再新撰了二十余章文字"①，更名为《二三十年代作家作品》由中国台湾的广东出版社出版。1983 年，经再次修改增订，定稿为《中国二三十年代作家》，改由中国台湾的纯文学出版社出版。

《新文学研究》共 280 页，27 万字左右，双开竖排繁体版。每页中题"国立武汉大学印"，第 143—208 页、第 209—279 页左眉分别题"印字第一五号"和"讲 121 二十三年印"，首页有"苏雪林述"字样，可推知讲稿分三次付印，1934 年合印而成，现藏于武汉大学图书馆，未公开发表过。讲稿论列作家 130 余人，提到作品集近 200 个，同时也收录或讲解大量没有入集，或单独出版的作品。②

《新文学研究》从中国文学史的宏观整体中看待白话文学，受到了其师胡适的观点影响，其以文学体裁为结构线索的教学研究体系与朱自清和沈从文的教学思路类似。其最大的特色应该是其作家作品的批评，这里我们以 1983 年纯文学出版社重排修订版《中国二三十年代作家》为基础进行讨论。

苏雪林在《中国二三十年代作家》的《自序》中指出新文艺"自五四到我教书的时候，不过短短的十二、三年，资料贫乏，而且也不成系统"，但她仍然尽最大的力气将 20 世纪二三十年代的作家作品全部收录，其不仅没有遗漏大家、名家，鲁迅、郭沫若、茅盾、巴金、老舍、

---

① 苏雪林：《〈中国二三十年代作家〉自序》，纯文学出版社 1983 年版，第 5 页。
② 参见乔琛《苏雪林：蜕变的批评家——从〈新文学研究〉到〈中国二三十年代作家〉》，《中国现代文学研究丛刊》2016 年第 5 期。

曹禺等都得以专章出现，而且网络了许多并不知名的作家作品；其不只关注作家作品，而且还兼及了思潮流派，这显示了她宏阔的文学史视野。

该著具有很强的女性意识，对女性作家予以专章较多。五编之中有四编都给女性作家以专门的章节。不仅在章节篇幅上重视女性，她还对女性作家的艺术特色有高度评价，并宣扬她们的声名。即使是与左翼文学有关的女性作家，苏雪林也能大力称赞，她评价丁玲的优点"第一是气魄的磅礴""第二是笔致热练精致""第三是琢字造句之特出新裁"。她对一些不尊重女性的作家作品予以批判。例如她批判邵洵美崇拜女人，"不过将她们当作一个刺激品，一种工具"；她批评张资平的小说"关于性的问题，总是女子性欲冲动比男子强，性的饥渴比男子甚，她们向男子追逐，其热烈竟似一团野火，似乎太不自然，太不真实"。苏雪林对女性作家的个人生活、命运等予以同情、声援。例如她对陆小曼与徐志摩的爱情进行了辩护，她为女性在自由爱情、婚姻中所受到的社会舆论压力进行了批评，对陆小曼应担负的责任也不推脱。

该著对作家作品的赏鉴能不为流俗所动，她不畏权威，越是文坛公认的大家，她越是从中挑刺。她对鲁迅和郭沫若的评价就能坚持客观评价，但又毫不掩饰自己对他们的批判。在对郁达夫、沈从文、茅盾、巴金等人的态度上也足见苏雪林的个性色彩。她对郁达夫的思想几乎全盘否定，指斥其是"卖淫文学"；她指出沈从文的理想"就是想籍文字的力量，把野蛮人血液，注入老迈龙钟颓废腐败的中华民族身体里去，使他兴奋起来，年轻起来，好在20世纪舞台上与别个民族竞争生存权利"；她指出茅盾作品在于"一、能够充分表现时代性"，"二、实现历史的必然之企图"，"三、有计划的作为社会现象的解剖"，"四、科学调查法之应用"。我们现在将茅盾所代表的文学视之为"社会剖析派"，而苏雪林对其的分析简直就是对社会剖析派的特征予以总结。该著还对别人不太重视的作家特色予以了挖掘，将很多不知名作家单列一章，使他们与鲁迅、郭沫若等人并列，对一些众所周知的作家苏雪林则发现他们一些被忽略的艺术特色和文学史地位。这典型体现在她对施蛰存和穆时英、张天翼、白采等人的评价上。

苏雪林在该著中通过作家作品的分析，凸显了她写实主义的文学观。苏雪林指出，"新文学诞生以来横断面凡几西洋所有者，我们也都有模仿，是以派别很多，竖断面则不过三大派，就是写实主义、浪漫主义、新写实主义"，所以苏雪林在第五编《文评及文派》中就以这三大派为主进行论述，而其他派别则为宾从。在她的作家作品的评析中，写实主义成了她的评价标准，而浪漫主义和新写实主义的作家作品多受到批评。她最强调的就是要近人情、自然，很多作家作品在这方面失分。如她评价郭沫若的"三个叛逆的女性""许多地方是太超过实际情形的"；她认为废名《桥》中十年之后的"小林已长大成人，作者写他同琴子、细竹一处玩耍时，还是用那一副青梅竹马的笔墨，便更无谓了"；她批评徐志摩在《卡昆冈》中"有时候将诗放在粗人口里说，就不自然了"。苏雪林写实主义的文学观非常重视贴近人情、自然熨帖，而不能矫揉造作，这是其注重反映现实生活中真人真事的表现，其内在核心是人道主义文学观；她还主张至高的文学性，反对口号标语式文学，则标注了纯文学观的价值模式；其对西洋文学、古典文学以及民间文学的态度，正显示了她主张以我为主、多方学习、然后再加以创造性融化才是中国新文学的正途；而单一的学习路径以及顽固不化的模拟都是她反对的创作模式，这显示了她开阔的视野，以及对新文学创作的自信和期盼。

1933 年

1 月
1. 杜康的《一九三二年中国文坛的鸟瞰》发表

杜康的《一九三二年中国文坛的鸟瞰》发表在 1933 年 1 月 15 日的《东方文艺》第 1 期创刊号上。

第一部分，杜康分析了 1932 年整个社会特征及对时代重大题材反映的作品。这一年有连接 1931 年而来的大水灾，农村经济加速的破产，日本帝国主义的不断进攻，国内军阀的混战，法西斯运动的激进。而"最值得文学家摄取的主要题材，应该是抗日反帝的题材。十九路军的反抗，东三省义勇军的前仆后继，各地反日运动的风起云涌，作家如果随便抓住某一方面的题材，都可以写成一部伟大的作品。然而，因为作者的立场的不正确，和各人的偏见所束缚，却很容易陷入狭隘的国家主义和盲目地歌颂战争，这一类错误的思想里"。然后他分析了黄震遐的《大上海的毁灭》就是一部失败的作品，因为他没有表现上海人民与士兵的抗战热情，"不能从它里面看到'一二八'战争的忠实的描写"。以同样的事件为题材，却能比较正确来认识"一二八"战争的意义，更能在作品的任务上表现反帝国主义精神的，是《总退却》和《豆腐阿姐》。作者分析了田汉的描写战后作品《战友》《乱钟》，认为后者比前者优秀，但都存在不少缺点。杜康不忘当时还有张恨水、徐卓呆等通俗小说家也书写了反映上海抗战的作品，但他们反映的是"封建余孽"和小市民阶级对上海事变的态度。

第二部分，杜康分析了一些"新现实主义作家"。他认为："因为这方面正在新的转变与发展中，一时不能有什么重要优秀的作品产生，这是当然的。而且，对于反日帝国主义的文学，也似乎没有'九一八'期间那样起劲，我们看到的作品也非常的少。然而，在这一年中却发现许多很可注意的青年作家。"他列举了写《总退却》的葛琴，写《豆腐阿姐》的文君（即杨之华——笔者注），写《夫妇》和《墙头三部曲》的白苇，写《前线通信》的叔周，写《夜会》的丛喧，写《旱》的徐盈，写《孩子们》的金丁，写《通讯员》的东平等，并对一些作品予以分析。接着他分析了丁玲的《某夜》《诗人》，赞扬茅盾的《路》是一部优秀的中篇。他认为穆时英是一天天落后了，而张天翼则逐渐进步，如他的《仇恨》《大林和小林》。

第三部分，杜康分析了郁达夫、杜衡、周作人、鲁迅、戴望舒、施蛰存、李金发、田汉、洪深、马彦祥、欧阳予倩、巴金、老舍、沈从文、穆时英、冰莹等既成作家的创作。他认为郁达夫仍然是保留在原有的情绪里，《她是一个弱女子》是"一部色情狂的作品"，《迟桂花》"虽然情调依然是旧的，却写得非常潇洒挑脱，非常老辣灵活"，其他作品也有不俗表现。杜衡的作品被分析成形式大过内容，形式是优美的，而内容是空虚的。这些既成作家没有之前活跃，他们的作品风格基本定型，没有新的发展。在文学理论方面，杜康提到了有关"第三种人""自由人"的争论。

从杜康的分析评判来看，他的立场是左翼的。如在第一部分，他主张文学应该紧抓住当时的抗战题材来写，对当时相关作品的评价分析都主张文学应该紧扣重大现实。而在第二部分中，他对"新现实主义作家"即左翼青年作家予以厚望及鼓励，认为"他们的作品诚然不免幼稚。但他们那新鲜的题材，纯朴自然的作风，都是老作家们永远追赶不上的……"写到"第三种人"争论之时，他对苏汶最后不能"自圆其说"进行了冷讽。

2. 王集丛的《一年来中国文艺论战之总清算》发表

王集丛的《一年来中国文艺论战之总清算》发表于 1933 年 1 月的《读书杂志》第 3 卷。与该文同期对 1932 年进行回顾的还有系列文章。

该文主要是对这一年的文艺论战进行清理，是一篇长文，篇幅有 50 多页，共分五部：《引言》《二 "目的意识" "宣传煽动" 与 "武器文学"》《三 "第三种人" 与 "文学上的干涉主义"》《四 关于 "文艺大众化" 的问题》《五　结论》。

王集丛对左翼与苏汶等所谓"第三种人"的论争进行了评价，他以左翼新写实主义的观点批驳苏汶。他认为"在目前，无产阶级是促进历史前进的主动力，他底主观的必要，是最适合于历史的客观的必要的，他不但不'掩藏现实'，'粉饰太平'，而且还要阐明现实之一切真伪"，"无产阶级是历史上最后的阶级"，"不但要解放自己，而且还要解放全人类，消灭阶级，创造科学的社会主义的社会"，"现在苏联与中国的无产阶级阵营中底一切现象，有没有'掩藏现实'，'粉饰太平'，阻碍历史前进的地方，那是另一问题，即或有了，我们也只能说某种策略之不对，绝不能因之说无产阶级在本质上也有问题，拒绝其干涉文艺"。这说明此时王集丛的文学观念是左翼性质的。他既批评左翼理论家的绝对主义，也批评"第三种人"的文艺自由论。但是，在抗战以后，王集丛就摇身一变为右翼理论家，发表了大量有关三民主义文学、三民主义写实主义的文章，并结集出版《怎样建设三民主义文学》和《三民主义文学论》。

3. 何心的《天津文坛的现状及展望》发表

何心的《天津文坛的现状及展望》发表在 1933 年 1 月 15 日的《东方文艺》第 1 期创刊号上。

该文自言其描绘的不仅是天津而且是整个华北文坛的凄凉荒寂，因为这时没有一个文艺的刊物存在。北京由原来的文化城到销声匿迹，天津只有几家贩卖书籍的书店和不知名的小文艺团体，整个的华北成了文化的沙漠。固然是天津的出版商没有能力出版文艺刊物，也是因为天津文艺书籍的市场销路不好。天津是一个商埠，天津的中等以上的学校都充满了商人习惯的气息，老师不是智识分子而是知识贩卖者，学生是知识的购买者，只等拿文凭找工作。天津人读文艺的书籍太少了，一般人的思想"还滞留在民国初年的时代，甚至在民国纪元前的思想也有"，他们有闲之际去戏院或者影院之外，就是看些武侠和色情等"下流的东西"，"真正懂得文艺的，真是凤毛麟角"。在 1932 年的 9 月以前，天津只有《大公报》的文学周刊，得不到一般年轻人的欢迎。在 10 月，《天津导报》上有了作者何心主编的《北国文艺》周刊；11 月《益世报》又有了两种周刊，分别是梁实秋主编的《文学周刊》和马彦祥主编的《戏剧电影》。此外，《庸报》的《另外一页》和《益世报》的《语林》，刊载一些文坛与作家的消息和书籍的批评介绍。精华印书局将由丁丁负责，出版一大规模的文艺杂志《精华》，作者表示了对这部杂志的热烈期待。

3 月

1. 马彦祥的《文明戏之史的研究》发表

马彦祥的《文明戏之史的研究》发表于 1933 年 3 月的《矛盾月刊》第 5、6 期合刊。

该文介绍了"文明戏之产生"，这从春柳社开始谈起。其还从当时经济基础与上层建筑之间的变动，介绍文明戏产生的社会条件。文明戏演出者文明，内容文明，多与现实发生关系，所以大受欢迎。《文明戏之发展的过程》中作者凸显了王钟声所起作用，然后分年度介绍了1908 年至 1913 年之间文明戏的起伏变化。当时文明戏能够有市场除顺应了社会教育的需要外，还有两个原因，即那种唠叨型说白受到老太太喜欢，戏台老板也因为文明戏包银便宜、演员出场费不高而愿意支持；春柳社的努力则起到中流砥柱的作用。"文明戏衰落的原因"主要在于演员的不自量，和剧本的堕落，特别是上江和下江两派的党争、拜师傅、人格萎缩影响恶劣，破坏至深。

2. 谢寿康的《中国的戏剧运动》发表

谢寿康的《中国的戏剧运动》发表于 1933 年 3 月的《矛盾月刊》第 5、6 期合刊。

该文对中国的戏剧运动进行了简略的历史梳理，由京剧说到文明戏，以至话剧的兴盛与衰落。他认为这其中有两个重要因素影响了中国的戏剧运动：一是由于政府未能予以充分的助力，一是由于从事剧运的朋友没有献身于戏剧的决心。所以他希望政府能大力支持戏剧，因为中国是爱看戏剧的民族，但是没有戏剧可看，而法国则有强大的国家支持，所以戏剧艺术取得巨大成就。他对左翼的戏剧运动有反对之意，从他评析田汉及其南国社可见一斑。"一般戏剧家表同情于苏联的舞台艺术，丢弃了旧时唯美的，唯情主义的戏剧，而以能够表示劳苦大众的苦痛，为他们的责任"，于是中国的话剧由全盛而归于中衰，由中衰而趋于没落。

3. 杨柯的《北国文坛之一瞥》发表

杨柯的《北国文坛之一瞥》发表于 1933 年 3 月 16 日的《出版消息》第 8 期。

该文主要是介绍天津的文坛概貌，展现了"天津文艺界的枯寂和一般趣味的浅薄"。他指出：天津的文艺出版界，除了几种附属于大报的附刊和几种独立出版的定期杂志以外，实在也无从谈起，而仅仅的几种副刊之中，鸳鸯蝴蝶派的才子佳人式的章回小说又占据了若干部分。

他把几种值得一看的副刊进行了介绍。编者为心冷的《大公报》许多副刊之一的《小公园》，"每天照例写几条永远写不尽讲不完的冷语，始终带着一种很浅薄的讽刺口气。投稿者大多数是学生，中学生的作品尤多。张天翼有时也写一两篇小说，仍是用北方下流社会人物所常用的口吻"。该园地中"旧的文人也得占一位置，于是章回小说体裁的英雄美人出现了，现在逐日登载的有《黄浦血痕》"。《文学副刊》也是《大公报》的副刊，编者是反白话派的要人吴宓，内容侧重国内外文人学者之思想的介绍和批评。文字概用文言，间亦酌用白话，但少极。"他们始终抱着文艺是专门给老爷太太作消遣品的见解，写他们的论文"。

《语林》是《益世报》副刊，编者为马彦祥。"所刊文字亦多以社会上发生的不寻常事件如刘煜生被杀等加以幽默的讽刺，很有和林语堂主编的《论语》有相同之处"。它是"合于一般不满意现实的小资产阶级们的胃口"。《戏剧与电影》是《益世报》副刊，登载关于戏剧和电影的论文，批评和介绍都有，间有剧本创作。梁实秋编《文学周刊》附《益世报》，很似《新月》杂志的缩本，论文与翻译小说并重。"对于鲁迅和普洛文学，则攻击得不遗余力。"《电影与文艺》是《庸报》附刊，专门研究及检讨国内外新出影片和新兴文艺。编者姜公伟，思想较为准确。创作的小说"都以暴露资产阶级的生活状态和一般中下等人物的愤激作题材"。《商报》的副刊《鲜花庄》，"它的内容太趋向低级趣味化"。

从作者的介绍来看，天津的文艺副刊是新旧都有，刊物风格与北京上海类似。

8 月

1. 谭丕模的《中国文学史纲》出版

谭丕模编著的《中国文学史纲》（古代—1932 年）于 1933 年 8 月由北新书局出版。该书是其在当时的北平师范学校的讲义。中华人民共和国成立后，该著多次修订重版，但已经没有新文学史部分了。如1954 年 11 月由高等教育出版社出版的《中国文学史纲》只是包含上古至五代。

该书是一部用马克思主义文艺理论做指导编写的中国文学史。其认为近代文学是民族资产阶级意识萌芽时期的文学，"五四"文学是封建残余与民族资本主义混合统治时代的文学，而"革命文学"是劳苦大众觉醒时期的文学。

作者是站立在革命文学的立场上的，所以作者认为：中国民族资产阶级，乘着国际资本主义混战（欧战）无暇东顾，得到相当的发展，很想摧毁压迫本阶级的封建政权，而易以本阶级所需要的德谟克拉西的政权。在这种封建制度向资本制度推移的步声里，新兴资产阶级，不断地与封建残余鏖战，"五四"运动、"五卅"运动、"三一八"运动，即是新兴资产阶级与封建残余鏖战的具体表现。《新青年》即是代表资产阶级向封建势力进攻的急先锋。欧战后，国际资本主义得到暂时的协定，又有剩余的资本向中国投资，把中国束缚成了一个恒久的乡村，使国际资本主义的寿命得以延长。在这个条件束缚之下，中国资产阶级的革命，只有宣告流产。那些新兴的资产阶级竟和国际资本帝国主义、国内的封建势力妥协起来，形成混合统治的局面，在这种形势之下，那些带有小资产阶级性的文学家很感觉苦闷，除很少数跟着时代潮流往前奔驰外，大多数小资产阶级停留在苦闷中，彷徨不知所措，甚至回复到封建意识上去。所以在本阶段和作品，只有表现苦闷的意识或封建的兴趣。在这个时代轮齿转变迅速的阶段里，能够抓住时代的作家，要推鲁迅、周作人、徐志摩、郭沫若、郁达夫、张资平和冰心诸人为代表了。

作者将鲁迅的思想描绘成"呐喊""彷徨""转变"的曲线发展，这是按照革命文学论争之时创造社等人为他的定性。而周作人则是"新兴资产阶级的代言者，他所要求者是绝对的个人自由，要反抗一切的权威，他在五四时代革命和现在没落，都是必然的"。

2. 钱基博的《现代中国文学史》出版

钱基博著的《现代中国文学史》于1933年8月在上海世界书局出版。该书版本众多，笔者这里以2007年的版本①进行讨论。

该著应是最早以"现代中国文学史"为名出版的文学史，但是他这里的"现代"与我们当下的"现代"所指时代不一致，这与其对整个中国文学史的分期有关。其在《编首》对中国文学史进行了上古、中古、近古、近代四个时期的划分：上古自唐虞以迄于战国，中古自两京以迄于南北朝，近古自唐以迄元，近代是明清以迄于现代。近代包含了现代，而现代是不在清朝之中的，其所说的"现代"实际上就是民国之后。钱基博在《绪论》中也道明了所题为"现代"，是"详于民国以来而略推迹往古者"，但是其为什么不名为"民国文学史"，是因为民国建设时间不长，"而一时所推文学家者，皆早崭然露头角于让清之末年，甚者遗老自居，不愿奉民国之正朔"，所以不能以"民国文学史"命名。这样来看，该文学史书写的是民国建立以后的文坛状态，时间长

---

① 钱基博：《现代中国文学史》，上海书店出版社2007年版。

度为 1911 年至 1930 年。这样我们就看到一种比较"矛盾"的文学史时间概念，那就是有的作家在民国之前就已出名，所以该著追溯至民国前的晚清文学。

钱基博这样的文学史命名和时间安排是蕴含深意的，这从该著的文学史体例及作家选择可以看出。该文学史主体分为上下两编。从上编的作家选择上看，该文学史中很多作家在胡适的《五十年来中国之文学》、陈子展的《中国近代文学之变迁》《最近三十年中国文学史》中也得以体现，只不过是放在新文学之前进行介绍。而该文学史则将这些作家放置在现代文学中来进行叙述。这样的文学史框架显示了钱基博的一种文学史观念，那就是民国之后的现代文学还不是"新文学"一统天下的文学时代，这时还有着"古文学"与它并驾齐驱。这样的文学史逻辑与胡适和陈子展的文学史是不一样的。他们也会提到那些"古文学"的作家诗人，但都是放在民国之前的近代文学中进行叙述，然后用一种进化论的眼光叙述这些古文学之后新文学得以诞生、发展，但是在钱基博的文学史中却是这两种文学得以并存发展。这说明钱基博对新文学的立场态度，他并不认为新文学就一定是文学史发展的必然，这其中还有着很多其他的文学类型并行存在。

这种情况也存在于下编《新文学》之中。他认为"论今文学之流别，有开通俗之文言者，曰康有为、梁启超。有创逻辑之古文者，曰严复、章士钊。有倡白话之诗文者，曰胡适"。这几位作家及所代表的文体同样在胡适和陈子展的文学史书写中也会提到，但胡适的述史逻辑是新民体和逻辑文都是古文中的创新，但还是挽救不了古文的命运，古文终究成了死文学，而他领导的白话文才是真正的活文学，所以新文学是另辟蹊径而顺应历史进化的必然结果。而在陈子展的文学史中则认为新民体和逻辑文在文体的解放方面，为白话文的最终出现并成功奠定了基础，它们有着紧密地继承发展关系，有如江河顺流而下绵延不绝，这也是历史进化发展的关系。但钱基博的这种叙述方式则让读者感觉这是三种不同的但同时并存的"新文学"发展模式，三者之间并无明显的进化逻辑。

钱基博在该著的《序》中就道明了自己的文学史体例编排："余读班、范两《汉书》，《儒林传》分经叙次，一经之中，又叙其流别，如

《易》之分施、孟、梁、丘,《书》之分欧阳、大小夏侯,其徒从各以类此,昭明师法,穷原竟委,足称良史。"从《现代中国文学史》的体例来看,其基本上是按照《儒林传》的形式来编排的。《儒林传》重视的是儒士个人的生平、政治、文学思想、社会活动及创作成就,基本上就是儒士个人形象的全像刻画,文学只是其中之一,这是一种纪传体的历史书写。钱基博借鉴了这种体例,自然该文学史与之前文学史多强调作家的文学活动,特别是作品解读大不一样,他较多篇幅重在作家个人的全像描摹,以反映出该作家的全貌。

钱基博在下编第三小节《白话文》中对新文学予以了批判攻击。第一,他为胡适的白话文学寻找到另外一个前行者,那就是黄远庸。他指出黄远庸和章士钊在讨论政治的时候就提出了应该提倡新文学,使得现代思潮能与一般之人生出交涉。黄远庸和朱联沅关系亲密,二人也多次论及新文艺,但是二人都早早离世,使得他们的新文艺主张最终没有实现。在介绍完黄远庸之后,钱基博才开始介绍胡适和陈独秀所倡导的文学革命。这样一来,他们的首倡之功自然大打折扣,这与胡适等人所自认为的文学革命领袖形象根本不同。第二,钱基博将胡适的文学思想进行了批判。他详尽地摘录了胡适的《尝试集自序》,认为这尽可代表胡适文学思想的发展历程。然后他将胡适的文学主张分为三类:言八不主义的有《文学改良刍议》《建设的文学革命论》;言历史的文学进化观念者,有《历史的文学观念论》《五十年来中国之文学》;还有提倡文学试验精神的《尝试集》。随之他提到了"双簧信"事件,并详尽地转引了胡先骕对胡适白话文主张中活文学与死文学、言文一致、诗体大解放、文学需要体现时代精神多加创造等诸多观念的批驳。迄今为止的新文学史书写,唯有钱基博的这部文学史较完整展现文学革命反对派的反对意见,因为大部分文学史编撰者都是站在新文学立场书写历史的,而钱基博这样的大量摘引说明他非常赞同胡先骕的意见。不仅如此,钱基博还直接对胡适予以批判:"启超之病生于妩媚,而适之过乃为武谲。夫妩媚则为面谀……武谲则尚诈取,贵诡获,人情莫不厌艰巨而乐轻易,畏陈编而嗜新说,使得略披序录,便膺整理之荣,才握管觚,即遂发挥之快,其幸成未尝不可乐,而不知见小欲速,中于心术,陷溺既深,终无自拔之一日也。"第三,钱基博嘲笑了胡适、鲁迅等被革命文

学所攻击。他认为周树人所践行的"欧化的国语文"还不如章士钊之
"欧化的古文",前者词意拖沓,而后者谨严条达。而在文学成绩上,
周树人、徐志摩等人号称为"平民文学",但却被人认为是"小资产阶
级文学",后来新之又新者则是普罗文学,而胡适喜谈国故,则被人耻
笑。钱基博站在时代浪潮之外,看见他所钟爱的传统文化受到新文学的
冲击自然将怨气发泄在胡适身上,他看到革命文学诸人又对胡适进行嘲
笑,他得以出气。当然他并不认为革命文学就一定是新文学的正途,因
为按照他的这种理论主张来看的话,将来一定还会有人对蒋光慈、郭沫
若所倡导的革命文学进行攻击和讥笑,实际历史也确是如此。正所谓太
阳底下没有新鲜事物,何必以"新旧"之名相互攻击,钱基博的"保
守性"或许正在于此。

3. 中国文艺年鉴社编选 1932 年的《中国文艺年鉴》出版

中国文艺年鉴社应是杜衡、施蛰存杜撰的名称,他们以此编选
1932 年的《中国文艺年鉴》,于 1933 年 8 月由上海现代书局出版。该
书编写目的在《中国文艺年鉴创刊缘起》中说得非常充分:"我国新文
学运动发生到现在,已经有了十多年的历史,每年出版的文艺书报,亦
不在少数;文艺的作者,几乎每年都有新陈代谢的情势,文艺界的活
动,亦是每年总有一些值得注意的波澜……我们决心编印《文艺年
鉴》,就是企图给我国文艺界每年摄一帖清晰的照片。"

年鉴第一部分《一九三二年中国文坛鸟瞰》对 1932 年的创作及出
版情况、社团活动、文艺思潮、文坛布局等问题进行了综合性论述。它
指出:"一般地说,一九三二年的中国文坛,也像全国的各种事业同样,
应当说是衰落的。日本帝国主义的炮火……轰炸了久已成为文化中心的
上海。这期间,重要的文化机关被毁坏,交通的纲线被截断,出版事业
完全停顿,全市的印刷机差不多专为刊印临时的战事新闻而设……我们
所逢到的便是一九三一年以来硕果仅存的文艺刊物《小说月报》与
《北斗》的停顿;《北斗》虽然在战事平静之后又恢复了两期,而有几
十年历史的《小说月报》却竟至现在还没有复活的可能。这就是一二
八战争所给予我们文艺界的最直接而且莫可补偿的损失……我们说,一
九三二年在最初四个月之间根本没有文坛,这说法一点也不是过分的。"

在说完 1932 年初的败坏之后，作者接着论说这一年文艺的复兴："文坛的恢复，是以五月一日《现代》杂志创刊为纪元……到六月一日，《文学月报》相继出现，才算有了相当的'热闹'"，这两个刊物"便成为这一年来最活跃的刊物"。此后陆续有其他刊物的出版，但这比起"同时有二十多种重要的纯文学刊物在上海一地刊行的一九二九年，真叫人不得不生今昔之感"。这种"文艺的衰落的原因"不能完全归咎于战争，也与当局的横加干涉分不开。"一九三二年度，被禁止刊行的文艺刊物，有《北斗》，而《文学月报》在年尾也遭到同样的命运。至于其他警告，扣留，停寄等办法的施行，更多至不可胜数。"

作者还对 1932 年的理论探讨、小说、诗歌等各种文学形式的发展态势进行了考察和描述。在理论方面："作为理论政治的重心点的左翼文坛，到一九三一年前后也不可讳言地是在一种疲惫的状态之下支持着……"1932 年理论探讨聚焦的话题有两个："一、就是文艺大众化的问题；二、就是文艺创作自由的问题。"前一个问题因为宋阳的消失而不了了之；后一个问题的讨论也没有取得很好的结果。

在小说方面，作者认为 1932 年出现了本质性的转变："罗曼主义的主观主义的衰落和客观的现实主义的抬头。"前者表现在以蒋光慈为代表的革命浪漫主义"突然过去了"，文坛"根本就找不出革命与恋爱互为经纬的作品"，"创造社的那风气……也逢到它的衰落的命运"。作者从郁达夫、冰心创作的抒发个人浪漫情感的作品不再受读者欢迎说明这点，但是巴金和靳以却走出一条新路，因为他们"把个人的、特殊的，扩大到全人类，普遍的方面去"，呈现出新的特点："一、取材的世界性；二、笔致的华美和流畅；三、浸透了全部作品的浓郁的罗曼的气氛。"现实主义的抬头则表现在：茅盾"到一九三二年以几个惊人的短篇，换上全新的面目"，《林家铺子》《春蚕》在"主题的精慎的选择，材料的勤恳的搜集和适当的配置，都使作者获得了空前的成功"。丁玲的作品还没有超过早年的《水》，因为她"熟练的技巧也掩饰不了那种过于阿谀革命的特征"，这时的她"是一个运用得不确当的政治热忱损坏了对现实的认识的好例子"。现实主义作家还有蓬子、魏金枝、沙汀、东平、张天翼等。但贡献最大的是杜衡，他的短篇"结构的绵密"，感情真挚、描写精慎，"可说是人生的写实主义这个曾经盛于一时的流派的顽固的支持者"。沈从文则是"为了故事而说故事的人"，"他的那种极广博的铺叙，多变换的句法，曾经招引了许多的模仿者"。作者还表扬了施蛰存，他是"把弗洛伊特的学理运用到作品里去的中国第一个作家"，而都会主义文学是这一时期出现的新姿态，代表作家有刘呐鸥、叶灵凤、穆时英等。

作者认为 1932 年的诗派有三个：一是象征诗派，"创始者是李金发，而有了可观的成就的是戴望舒和蓬子"，他们以"无韵诗的形式，在幻美的笔致下寄托着缥缈的情思"。二是新月诗派，继承"徐志摩的遗风"，"提倡着专重韵律和音节的整齐"。代表人物有饶孟侃、陈梦家、卞之琳、朱湘等。三是新兴阶级诗派。他们"一洗以前以诗歌为抒情的习性，而使他成为阶级斗争的歌颂"，但"至今没有重要的作家出现"。对于散文和戏剧，因为其成绩并不突出，作者没有更多阐释。

作者虽然只鸟瞰 1932 年的文坛情势，但是其以这一个横截面，折射了中国新文学史历史发展的态势和内在脉络，从而阐明了这一年文学创作承上启下的特点。

4. 剑啸的《中国的话剧》发表

剑啸的《中国的话剧》于 1933 年 8 月在《剧学月刊》第二卷七八期合刊发表。

作者详细介绍了各种话剧社团，如春柳社、春阳社、开明社、牖民社、民兴社、民鸣社、南开新剧团、民众剧社、中华戏剧协社、廿六剧社、戏剧协社、剧艺社、南国社、五五剧社、晦鸣社等，对它们的成立时间、地点、人物组成、上演票价、戏院、舞台、布景、报酬、演出剧目等进行了细致回忆。如他认为人艺戏剧专门学校演出的戏剧有几点值得注意：男女合演、油彩化妆、比较周密的布景和灯光、肃静的秩序。对于戏剧协社，作者认为其比之前有很大的提高，一是演员严格的遵照剧本演出，不得随意添加删改，二是每个剧本都要经过严格的排练，三是在布景灯光等方面有了进步。作者还对人艺戏剧专门学校、"国立"艺术专门学校戏剧系、国剧运动、当时的北平小剧院、广东戏剧研究所、定县农村戏剧、国民剧场、实验剧院、剧刊、戏剧学校与院系、招生情况进行了介绍，全方位展现了中国话剧在艰难中的逐步成长。

作者认为："话剧是重现人生的，非话剧是解释人生的，前者好比一篇传记，后者则似一篇论文。"他并不认为应该完全抛弃旧剧，而主张对其予以研究、吸取精华。话剧在没有成熟之前，也没有必要攻击旧剧，因为"剧场里的观众，也和商店的顾客一样，要凭货真价实才能以广招徕"。作者认为二十八年来的话剧并不比之前进步多少，这有八个方面的原因：剧本、演员、导演、物质、组织、社会、批评家、经济都存在问题。然后他分别进行了论述，并提出解决的建议。

作者对于剧本的创作进行了重点分析，对欧阳予倩、田汉、余上沅、熊佛西、陈大悲、洪深等人的剧作进行了评点，还对剧本的翻译进行了介绍。作者认为欧阳予倩的《潘金莲》"开辟出他自己的途径，发挥他自己的创作力"；胡适的《终身大事》使得"剧本的价值一跃而得跻于文学之列"，但也埋下了"剧本只能供案头阅览而不一定必须施诸舞台之上"的根苗；蒲伯英的剧本"都平淡无甚出奇，其风味及技巧则完全来自于陈大悲"；陈大悲"真实的技能还不过是文明戏那一套"；汪仲贤的《好儿子》"在初期的话剧创作中，可称第一等的作品了"；侯曜的《复活的玫瑰》"本事过于呆笨"，"写剧技巧太浅劣"，人物太多；丁西林的《压迫》代表他"创作能力的最高峰"；洪深"有写剧的天才和技巧，至于他究竟能否去创作还不敢断言"；余上沅的《塑像》"过于神秘了，晦暗了，而且对于时代也不很适合，故迄今不能上演于舞台之上"；熊佛西"沾染着极重的陈大悲派的风味"，但比其高明些；田汉的舞台经验"恐怕也是不很到家的"，"所以他的剧本都嫌动作太少"；王文显则是"专门以外国文字写中国剧的"；作者还提及白薇、徐志摩陆小曼夫妇、专门从事舞台装置和导演的张仲述、赵太侔。

对于剧本的翻译，作者提到了李石曾、马君武、胡适、罗家伦、陶履恭、沈性仁。剧本翻译"一九二五至一九三〇之间，要算最热闹的时期了"。剧本翻译有来自法国、日本、英国、俄国、德国、美国、挪威的，数量依次减少。

作者最后从多方面将话剧与电影进行比较，得出悲观的结论：话剧"遂不得不丧失其生命"，当然他也相信，"如果有伟大的天才出现，也许能造出相当的奇迹"。他对于中国的旧剧更为乐观，它们"或许还能多活些岁月或竟能与电影长终始，这其中的道理，在研究过旧剧的人或能体会得出"。

9 月

1. 王哲甫的《中国新文学运动史》出版

王哲甫著的《中国新文学运动史》于 1933 年 9 月在北平杰成印书局出版。该书是他 1932 年在山西省立教育学院讲授新文学时所用的讲义。

该著资料翔实，体例比较庞杂、全面，对十多年的新文学历史进行了固化。除《自序》外，该书共由十章构成，前面四章可算是概括性书写，第五至第八章则是分论当时的作家作品。其中第五章《新文学创作第一期》，介绍的是 1917 年至 1925 年间的新诗、小说、戏剧、散文，关注到每种文体的理论探讨。王哲甫在这一章介绍的新文学作家作品在之前的文学史中大都已经介绍阐释，他的贡献是将其全部汇聚在一起，其中提到的作家有五十六位之多。第六章《新文学创作第二期》，介绍的是 1925 年之后的新文学作家作品，同样是按照四种体裁进行介绍，作家达到五十一位之多，出现了一些新近作家。第七章《翻译文学》较早将近代以来文学翻译的沿革进行了完整梳理，对鸳鸯蝴蝶派的翻译也予以了重视，体现了他力求全面的文学史态度。介绍完重要的翻译作家和社团之外，他还专门列举了"各国文学书中译本一览"，这样就将当时文学翻译的详细情形予以了展露。第八章《整理国故与儿童文学》从"旧文学之整理"的角度介绍了胡适对《红楼梦》《水浒传》的考证，汪原放标点旧书，以及其他研究古代文学的成果及中国古代文学史的编撰；还介绍了"民间文学之整理"；而在《儿童文学》中则推崇了叶圣陶的《稻草人》，分别列举了商务印书馆、北新书局、上海儿童书局等出版社出版的儿童文学作品。

王哲甫的"新文学"观点调和了当时众多学者的观点。对于胡适等人单根据文学的语言形式是白话还是文言，而判断文学是否新旧、死活的做法，王哲甫并不以为然，他认为除此之外，主要应考虑文学所含的内容本质的不同，这包含着胡先骕等学衡派的文学主张，而周作人在《人的文学》和《思想革命》等文章中强调内容的新旧也影响了王哲甫，特别是郭沫若的《文学革命之回顾》对其影响更大，从二者可以看见相同的例子。王哲甫罗列了当时许多新文学运动参与者对新文学的解释，之后提出自己总结的新文学观念的六个特征，他是力求在"新旧"文学观念中进行调和。他在自己的文学史著中指出，自胡适的《建设的文学革命论》发表后，对其响应的人中就有反对的、赞成的、还有折衷的。他特别介绍了持折衷观念的任鸿隽、朱经农、黄觉僧等人的观念，而对于赞成的和反对的意见介绍得并不详细，这种述史说明了他的文学观念与他们相同。通过此前新文学史书写的研究，我们发现这种"新旧并存"的文学史观念在那时比较普遍，很多坚持客观立场的中国古代文学史编撰者大致都持这种文学观念，如前述的刘贞晦等人就是这样。这种新文学史观念在北京学术界还占据一定地位，1925 年王哲甫预科毕业后升入燕京大学国文学系，受到此种学风熏染那是情理之中的事情。

王哲甫在新旧文学论争之中是采取"新旧并存"的文学观点，但在革命文学论争中，他并没有采取调和的姿态，而是坚决地站在革命文学的立场上。所以他以"五卅"惨案为分界线，将十五年的文坛分为两个时期，特别强调"五卅"前后的文学性质不一样，革命文学是之前文学的一种进步。他围绕"革命文学"的论战叙述详尽，还梳理了创造社三个不同时期的发展。他在评论诗歌作品的时候，也认为"五卅"惨案之前需要斗争的诗歌，需要血泪的文学，但描写社会民生痛苦的诗歌太少了，这就是贬低第一个时期的诗歌而抬高第二个时期的文学成绩。而在小说方面，他认为第二期小说作家人数多，虽然小说技术没有进步，但是思想进步了，"革命文学""普罗文学""大众文学"已经侵入作家的思想之中，成为创作的主要成分。

2. 朱自清的《中国新文学研究纲要》完稿

朱自清是较早将中国新文学单独纳入到大学课堂体系中的现代作家，《中国新文学研究纲要》是他 1929 至 1933 年在清华大学讲授"中国新文学研究"课程所用的讲义。期间他也曾在师大和燕京两校讲授，但 1933 年之后就没有再讲，该《纲要》也一直没有出版。1982 年，上海文艺出版社请王瑶（指导）和赵园将这些讲义予以整理，在《文艺丛刊》上发表。据赵园介绍："原稿本共三种，一为铅印，一为油印，第三种虽有部分油印，但以手写为主。"① 现在所见的版本是这三个版本的集中修订。该《纲要》具有以下特点：

首先，从新文学史的书写体例及内容来看，朱自清的这部《纲要》有借鉴之前新文学史叙述的地方，是之前新文学史书写的集大成者。该《纲要》分为《总论》《各论》两部分，共八章，叙述了从戊戌政变到1932 年的新文学历史。《总论》分为三章，分别讲述新文学发生的"背景""经过"和"'外国的影响'与现在的分野"。《各论》共分为《诗》《小说》《戏剧》《散文》《文学批评》五章。这样先有总论后有各体裁论述（包括文学批评）在之前的新文学史书写中已经很多了。还有在内容上的一些编排，朱自清也借鉴了同时代学者的观点：例如他书写新文学背景之时重视了"戊戌政变"和"辛亥革命"，强调了两大政治事件的"积极意义"和"消极意义"，这在陈子展的《中国近代文学之变迁》中已有之；其多次参考胡适的《五十年来中国之文学》，并引用其观点，在文中都明确标识；其凸显"礼拜六派"包天笑与周瘦鹃的翻译，在范烟桥的《中国小说史》中也早已提到；其在各文体论中都书写了当时对这些文体的理论探讨，这在贺凯等人的文学史中也予以提及；其在诗歌论述中还附有"'丑的字句'讨论"，并标明梁实秋和周作人的不同观点，这在草川未雨的《中国新诗坛的昨日今日和明日》中也有详论；更重要的是其所选取的作家及作品，大多也在之前的新文学史书写中有人论及。笔者这里标明朱自清所受同时代学者的影响，并不是说他的"纲要"没有独创性，而是为了说明，经历了较长时段的新文学史书写，朱自清的这份"纲要"已经成了当时新文学史书写总成绩的汇报，而这恰恰是这份"纲要"在中国新文学史学史的独特地位。

其次，朱自清对同时代学者的借鉴并不是全盘照收，他有着自己客观中立的研究立场，这表现在以下几个方面。第一，他对文学没有雅俗之分，承认鸳鸯蝴蝶派的文学翻译成就。第二，他没有新旧文学之分，

---

① 赵园：《整理工作说明》，《朱自清全集》（第八卷），朱乔森编，江苏教育出版社1993年版，第124 页。

尊重文学革命反对者的意见。第三，他没有党派之分，对不同政治立场的作家及文学运动都能予以介绍，这特别表现在《总论》的第二章《经过》中，他对各种文学团体和文学论争都进行了梳理，全面罗列了新文学运动发生至 1933 年的重大文学事件。

最后，朱自清的文学史立场也有着自己的主观情感和文学个性。朱自清书写新文学运动遭到学衡派反对之时，只字不提学衡派的主将吴宓，也不提及以章士钊为代表的甲寅派对新文学的攻击，这是因为朱自清和他们的私情交谊。当时朱自清和吴宓二人同在清华任教，二人关系很好，他不好指名道姓提及。朱自清 1916 年中学毕业后考入北京大学预科，1917 年考入北京大学哲学门（后改哲学系），他用 3 年时间修完北大哲学系 4 年课程于 1920 年毕业。而章士钊 1917 年 11 月应陈独秀之邀任北京大学文科研究院教授，在哲学门讲授逻辑学，还兼图书馆主任，1918 年其投身政治，离开北大。可见朱自清和章士钊在北京大学有过师生关系（章士钊和朱自清具体的交往、情谊还有待继续考证），他不便将其书写为新文学反对者。朱自清在《总论》第一章《背景》将苏曼殊与章士钊进行了并列书写，分析他的小说《双秤记》有着"政治的意味"和"真切的描写"，并剖析了这"二人间的共通点"。这样一来，章士钊在朱自清的文学史书写中出名的不是逻辑文，也不是反对新文学的甲寅派领袖，而是长篇小说《双秤记》，其形象不仅不是负面的，其文学地位竟然可以与苏曼殊并驾齐驱了，这种文学史安排应该是中国新文学史写作中独一无二的。

朱自清对新文学反对者的"暧昧"态度可能与其传统文学功底深厚，对传统文学有着发自内心的热爱有关。他在创作新诗的同时，就创作了很多旧体诗词，结集为《敝帚集》和《犹贤博弈斋诗钞》，而他所从事的文学研究中，关于传统文学的著作也较多。

朱自清在作家作品分析上重视文学性、艺术性的辩证分析。王瑶曾说过："从《纲要》整体的章节安排可以看出，朱先生是以作家的创作成果作为主要研究对象的；'总论'部分讲述新文学运动的经过和发展，它的历史背景和外来影响，也都是从它同创作的关系着眼的。他很重视各种不同的创作倾向和流派的发展，而且非常注意作家的个人风格。"① 这种对作家个人风格的注意就是朱自清对作家文学性和艺术性的特征归纳，显示了他独到的艺术品位。例如朱自清对我们现在称之为"新感觉派"的三位作家创作特点的归纳就很到位。朱自清还敢于对一些作家作品的缺点进行直接批评。例如他批评叶绍钧的《倪焕之》"艺术上的缺点"在于："头重脚轻""穿插不恰当""后半部给人以'空浮的不很实在的印象'""前半部说教的冗长的对话"。他批评"普罗文学第一期的倾向"在于："革命遗事的平面描写""革命理论的拟人描写""题材的剪取，人物的活动，完全是概念在支配着"。他也批评华汉的《地泉》是"小说体演绎政治纲领"。

朱自清对诗歌的关注较多，这与他自己就是诗人有关。他关注了当时诗坛的最新动态，特别是对"新韵律运动"书写非常详细。

3. 文仲的《"共党"普罗文学运动述略》发表

文仲的《"共党"普罗文学运动述略》发表于1933年9月3日的《社会新闻》第4卷第21期。

在《普罗文学运动之时代背景》中，作者认为1929年又发动文学普罗运动，是直接继承中共六次大会的十大政纲，由二中全会决议执行的。这"与初期的文化运动不同，盖不仅仅在说明共产主义而已，有进一步而分化人群之阶级性，以扩大其建立'匪区'（苏维埃）之作用"。"普罗文学运动，正紧接在两湖河南等战役，及'赤匪'努力建设赣东南，鄂皖边之匪区时代。"在《"共党"文艺运动之发展情况》中，作者介绍了革命文学的发展，主要是蒋光赤、潘汉年、郭沫若、王独清、李初梨、冯乃超、沈雁冰、钱杏邨等的文学活动，文学组织则有创造社后期、太阳社、左翼文化联盟，出版社则有现代书局、光华、泰东，刊物有《大众文艺》《拓荒者》《萌芽》。《从痛骂鲁迅至鲁迅纳降》介绍了鲁迅与创造社发生的"革命文学论争"直至左翼作家联盟的成立，从争权夺利的角度揣摩了鲁迅前后转变的心理。《民族文学与之作殊死战》介绍了民族

① 王瑶：《先驱者的足迹——读朱自清先生遗稿〈中国新文学研究纲要〉》，《朱自清全集》（第八卷），朱乔森编，江苏教育出版社1993年版，第128—129页。

文学之"崛起"，夸奖这些国民党人物"坚牢地把握住中国文化的时代性，以抨击普罗文艺运动"，成为左联唯一的敌人。《查封书店普罗失却地盘》介绍 1930 年秋，乃有"左联"人物的拘捕与书店的封门，其受了从来未有的打击。但"一二八"战役，他们又回了上海，发展其大众运动。

该文从国民党民族主义文学的角度攻击了普罗文学，对参与普罗文艺的作家们进行了丑化。但其将普罗文艺的展开与中共苏维埃的建立联系起来分析，还是有新颖之处。

1934 年

1 月

1. 玲玲的《一年来的中国文坛》发表

玲玲的《一年来的中国文坛》发表于 1934 年 1 月《新垒》（上海）第 3 卷第 1 期。

作者认为 1933 年文艺呈现着复兴的景象，原因不外以下三种：第一，是文艺党派化的结果，各政治党派都积极地实施其文艺政策。左翼文学有《文艺月报》《文学杂志》《冰流》《文艺》《荒漠》《铁流》《无名文艺》《现代文化》《文化列车》等期刊，以及《申报》副刊《自由谈》，它们"或为党派文艺的命令的执行者，或为盲目的应声虫与基于好时髦心理的投机模仿者"。在右翼文学方面，有《矛盾月刊》《黄钟》《狮吼》周刊等，"或为民族主义文学的余烬，或为法西斯蒂文学的宣传员"。第二，是文艺自由论辩的结果，文学上的第三种人打了相当的胜仗以后，"第三种人"的文学便应运而生。杂志有《现代》和《文学》，他们"多少总带有一些'为艺术而艺术'的气质，对于社会的人生的改造思想，是很薄弱的"。第三，是现代的车轮猛进的结果，许多无聊无耻的文人，因为被时代的车轮所辗弃，便不得不以文艺来做他们残余生命的消遣物。同时，更卑鄙地想出出风头，希图投机取巧，名利双收。他们谈风月，描女人，打打麻将，填解放词，开座谈会，巴结电影明星……如曾今可之《新时代》、林庚白之《长风》，章衣萍之《文艺春秋》，崔万秋所主编的某报副刊《火炬》等等。

然后作者开始夸耀他们的《新垒》杂志，并将自己与左右翼文学和第三种人的文学进行了区别。《新垒》既"猛烈地反对文艺党派化，反对文艺的无聊化，同时对于所谓第三种人也予以严厉的纠正。有些人说《新垒》也是第三种人的刊物，这在广义的解释上，未尝没有几分相像"。但《新垒》"采取反抗的革命主义"，"有它的前进的人生思想"。文坛上明确的前途"那就是党派文学与无聊文学之衰枯和没落，而像《新垒》所代表的那种文学以及第三种人的文学则日益发展"。

在创作方面，作者认为有许多老作家的"复活"和新作家的产生。但"复活"的旧作家们"因为没有新的内容，所以大多数都呈着龙钟衰迈的姿态。而产生的所谓新的作家们，则因为生活的实感不足，大多数都犯着力不从心的毛病"。如郁达夫的《迟暮》、王统照的《乡淡》、落花生的《女儿心》、鲁彦的《○○五一二八》、茅盾的《牯岭之秋》……"都充分地表现着内容衰枯而勉强挣扎的形态"。在处女作家方面，像何谷天，征农，黑婴诸人都是"一蟹不如一蟹了"。在新的作家中，"能够保持着充实的内容和审慎的技巧的，只有一位叶紫"，他的《丰收》与《火》，"因为他独能够避开观念主义或公式主义的束缚，忠实的自然的表现农村的崩溃和农民的反抗的新形象，而不流于卑俗的演绎主义者之所谓武器文学，所以便能够获得相当的成功"。在这一年中，文坛上有两部长篇小说曾轰动一时的，是茅盾的《子夜》和丁玲的《母亲》。作者认为："《子夜》是以社会做课题，希图主要的表现中国社会现阶段的经济结构的诸形态，如封建经济之没落，民族资本主义之惨败，金融资本主义者即帝国主义者的买办阶级之成功等，在茅盾的圆熟的技巧之运用下，是一个很惊人的而能够获得相当成绩的试验。但这种以社会做课题的写法，往往犯有机械论者的毛病"。此外，《子夜》还想以人生的课题来增加其表现的力量，但"因为表现的不足，竟可说是处处失败，以致不但不能增加全书的表现力量，反而陷全书于结构松懈描写浪费的厄境"。丁玲的《母亲》，"主要的描写辛亥革命时代一个从旧势力下挣扎出来的妇女的行动和心理，有许多地方是呈现着作者对现实的认识不足的颠顶形态，并不能算是一部健全的成功的作品，不过龟因谷贵，书因人贵，因为丁玲的失踪曾轰动一时，所以这一部刚刚在丁玲失踪时出版的作品也跟着轰动一时起来，在丁玲，真不知是不幸呢，还是确幸？"作者认为茅盾的《秋收》获得和《春蚕》一样的成功，但《残冬》则失败了，"描写的散漫与结构的巧合，是《残冬》的致命伤"，同时，结束的地方多多头天外飞来似地"在夜半回来缴保卫团枪械的积极性的喜剧，是一件值得惋惜的事"。张天翼的长篇小说《洋泾浜奇侠》，"是一篇风格别致饶有兴味而能吸引读者的注意的作品，他以很幽默滑稽的笔法，讽刺社会人物，尤其是都市的虚伪和中迷信毒者的愚蠢，在这一点上是获了相当的成功。但因为作者游戏文章的气质之过于滥用，有许多地方徒供人一笑外，使读者易生不严肃的反应"。杜衡的《生存竞争》，则是"'人生'的写实主义的一篇更精炼的作品"。巴金在发表了他的《新生》后，"很想改变他那安那其主义者的本质，但改变过后，他特长的罗曼主义之精神便消失，而作品的内容也跟着平凡化和枯燥化了"。郭沫若的《离沪之前》"是一种流水账式的日记作品，除开有点史料的价值外，没有什么精彩的地方，较之达夫的《日记九种》，大有逊色"。其余施蛰存、穆时英、冰心、蓬子，等作家，"都陷于疲惫和才尽的状态"，鲁迅如果"没有继续发表些随感小文，也几乎在文坛消失，以视叶圣陶之还能发表一篇佳作《多收了三五斗》，能无愧死"？

关于理论方面，作者认为这一年没有什么新的发展，第三种人的讨论，虽有一些尾声，但得不到回响。杨邨人虽揭起小资产阶级文学的旗帜，但引不起文坛上的注意。有一点值得注意的意见，"则是对于左翼的武断主义的批评家的不满"，如《文学》的《社谈》，《现代》的《文艺独白》《新垒》等都是。对于这一年的诗、话剧、散文、翻译等，作者认为没有什么新的收获，为篇幅所限，就略去不赘了。

很明显，该文作者看似是"第三种人"的文艺代表，其所在的《新垒》杂志是该类文学主张的重要阵地。其对左右翼文学运动都持反对态度，对苏汶等类型的文学主张也不同意，而坚持文学应该在积极上进的文学观和世界观的指导下前进，而且他相信这应该是中国文学发展的正途。从其对具体文学作品的阐释来看的，作者的文学艺术的素养还是非常之高的。

2. 洪深的《一九三三年的中国电影》发表

洪深的《一九三三年的中国电影》发表于 1934 年 1 月的《文学》

第 2 卷第 1 期。

在《一 产生了些什么?》中,作者列举了1933 年 1 月至 11 月放映的影片,发现只生产了六十六部电影。"国产片的产量,只能供给一家每五天换片一次的戏院"。这种生产不振的原因,当然是缺乏资本和人才,终极的原因"是和整个的经济恐慌有不可分离的关系的"。在《二 新的萌芽》中,作者指出这一年电影走出了颓废的、色情的、浪漫的,乃至一切反进化的题材中走出来,而注重了反映社会、揭露现实黑暗。这有"四颗炸弹",即卜万苍导演的《三个摩登女性》、程步高导演的《狂流》、孙瑜导演的《天明》、蔡楚生导演的《都市的早晨》,还出现两位新人,即沈西苓的《女性呐喊》和费穆的《城市之夜》。作者对这六部电影进行了分析。在《三 几种主流》中,作者认为这一年的电影有了四种主流:第一,"不断的凶残的帝国主义对于我们民族生存的威胁,和强烈而广泛的民众的对于帝国主义的反抗,在影片上有了明白的反映"。第二,反对封建体制的作品,在这一年也有了很多成绩。第三,暴露社会黑暗的作品在这一年占有了最大多数的成分。除此之外,妇女解放问题受到众多电影的关注,大家都认识到:"现代妇女解放运动,必与整个社会问题之解决有同一之运命"。在《四 新人,新作》中,作者认为这一年新人并没有大量出现,导演只有费穆、沈西苓、汤小丹、吴村等,也有一些新演员出现。作者最后补充介绍了在这一年年末和1934 年初将会出现的电影,那时将有更辉煌的成绩,如蔡楚生的《渔光曲》等。

从洪深的主张来看,他是希望更多电影能够关注现实,实现电影的教育和其他社会功能的,而不能太过娱乐化和商业化。

3. 汪馥闻的《现代中国文学运动的趋势》发表

汪馥闻的《现代中国文学运动的趋势》发表于《正中半月刊》1934 年第 1 期。

该文认为"现代中国文学运动的趋势"是"从尝试到吸收""从浪漫到写实""从新浪漫到新写实""从阶级意识到民族意识"。"从尝试到吸收"是中国新文学的创作由最开始的内容与形式的尝试到后来的努力翻译外国文学,向外国文学学习。"从浪漫到写实"是说创造社的诸位作家的浪漫主义文学，后来大家又提倡要写实，代表作是鲁迅的《呐喊》《彷徨》。"从新浪漫到新写实"是指从象征派、立体派的创作到后期创造社的普罗文学运动。"从阶级意识到民族意识"是指"九一八"事变后，全国人民的注意力转向"如何救亡"。"救亡之道唯有复兴民族，因为从本身方面看我们这个民族堕落了，衰老了，贫弱而不能自拔了，所以我们的一切政治的，教育的目标，都要朝着复兴民族方面走出。""谈民族主义的文学容易歪曲到国家主义上面去，同时又很容易代表资本主义的意识。为防止第一个倾向，民族主义的文学中不得不包含有民权主义的原素；为防止第二个倾向，民族主义的文学中不得不包含民生主义的原素，谈到这里，又是三民主义连环性的那一套了。"

可见，该文对中国现代文学史的阶段性梳理，是以三民主义文学观为基础的。

4. 汪馥泉、王集丛的《廿二年来的中国文学》发表

汪馥泉、王集丛的《廿二年来的中国文学》发表于 1934 年 1 月的《中华月报》第 2 卷第 1 期。该期发表同类性质的文章还有多篇。

作者介绍辛亥革命以后的中国文学，但是先从 1840 年说起，并论及梁启超等人的戊戌维新，及其在文学上的革新。这是因为作者认为戊戌变法与后来的辛亥革命都是布尔乔亚反对封建主义的革命，二者具有相同的性质。辛亥革命之后，但军阀政府窃走了胜利果实，于是南社诗人苏曼殊都有着伤感失落的情绪。而贵族阶级与官僚资产阶级妥协，表现在文学上就有章士钊的逻辑文。"五四"文学运动仍是布尔乔亚的革命。他介绍了胡适、陈独秀的文学主张，并认为鲁迅和郭沫若是这一时代的文学代表：鲁迅的《阿Q正传》刻画了辛亥革命"五四"运动之时的农民姿态，嘲弄了旧礼教的虚伪和封建老朽的可鄙，表现了辛亥革命的失败；而郭沫若的《女神》表现了中国布尔乔亚的再生，他的《三个叛逆的女性》则是不朽的作品。接着作者介绍了革命文学运动的发生背景，以及革命文学的论争。他认为 1925—1927 年之后的文学则是茅盾的时代，茅盾的《动摇》《幻灭》《追求》表现了参加大革命失败后的青年人的心态，而《子夜》则是其最成功的长篇

小说。

该文对二十二年中国文学的书写，带有左翼文学史观在其中，所以其多从国际国内的社会局势来分析文学运动，并对鲁迅、郭沫若、茅盾予以非常之高的评价。

2月

李骅括的《二十年来中国文学运动线》发表

李骅括的《二十年来中国文学运动线》发表于 1934 年 2 月的《中华季刊》第 2 卷第 3 期。

李骅括即李超哉，他的新文学史书写新意不多，在于他当时所在的武昌中华大学远离了文学中心北京或上海。该文本是为纪念中华大学校庆二十周年而作，计划分几次登载的，但第一篇刊登出来不久，作者就离开学校，担任四川禁烟督办公署科长等职。所以该文属于未完成稿，原本应对新文学重点叙述就只能草草了事，而对于之前的晚清民初的书写则较为详尽。

作者讨论"二十年来中国文学运动"从 1894 年甲午之战开始，以说明战败的结局催动了中国人民的觉醒，由此而导致戊戌变法。文学因此而发生变化。他对晚清民初的文学介绍比较详尽，主要借鉴的是胡适的《五十年来中国之文学》、罗家伦的《近代中国文学思想的变迁》、陈子展的《最近三十年中国文学史》，而对于新文学史的书写，对克川以及他人的借鉴也比较多。

3月

1. 伍启元的《中国新文化运动概观》出版

伍启元的《中国新文化运动概观》于 1934 年 3 月在现代书局出版。该著是一部关于新文化运动的文化史、学术思想史，不是真正意义上的"新文学史"，但其中涉及新文学，特别是其对新文化的叙述情节与一般新文学史有所不同，有助于我们扩展思路。

该著共有上下两篇，上篇主要介绍新文化思潮，下篇介绍文化论争。既重视了纵向的文化思潮的变迁轨辙，也强调了典型的文艺论争事件，整个新文化运动得以主次清晰的介绍，达到了该书的目的。在对新文化思潮进行介绍时，该著有着自己的述史逻辑。在上篇中伍启元表达了自己对中国新文化思潮的认识：首先，中国新文化思潮受到世界主要思潮的影响，与其有着类似的运动规律，先语言形式的革命，然后是思想方法，然后以此思想方法进行本民族文化传统的研究。其次，整个新文化思潮引入的外国思潮在于两种，分别为实验主义和马克思的唯物辩证法。最后，这两种主要的文化思潮是对抗的，而不是一方取代另一方。这体现在文学思潮上就是他并不认为"革命文学"比"五四文学"更加高明，二者都是对等的，这与当时一些学者一定要在二者之间进行个非此即彼的选择有着明显不同。

伍启元在上篇中论述的是中国新文化思潮所受到的两大外国思潮的影响，而在下篇中，他介绍了整个新文化运动中的重要论争，最后他在《结论》中指出："把这十余年来中国学术思想的蜕变概括起来，可以分为四大阶段：（一）自觉主义的阶段，这阶段的代表人物是张君劢等；（二）实验主义的阶段，这个阶段的代表人物是胡适等；（三）唯物的辨证论的阶段，这个阶段的代表人物是陈独秀郭沫若等；（四）东方文化的阶段，这个阶段的代表人物是梁漱溟等。这四个主义的彼兴此替，就代表了这十余年来中国学术思想的变迁。不过有一点我们应要注意的，这四种思想在这十余年来都是有势力的，这里所谓'某某主义阶段'，就是说在这阶段之内，某某主义是最盛行的吧。这四种主义除了第一种是渐渐的消沉下去外，其他三种直到现在还很兴盛的。"可见，其并不认为文化思潮的彼此消长可以互相代替，而应是同时并存相互渗透融合。伍启元既注重了新文化思潮前后演变的历史逻辑，又能够对不同文化思潮进行客观持平的分析比较，其从文化思潮的演变来论述文学革命和革命文学，能高屋建瓴地引导我们透过表象看清整个新文学运动演化的内在路径。

在写革命文学论争之时，伍启元认为革命文学的诞生有着西洋思潮的影响，这是时代需求的必然结果。接着他书写了革命文学论争中，创造社和语丝派、文学研究会派、新月派等各自的论争。他将革命文学的主张进行介绍后，指出"这一次论战的态度，比人生观论战的态度还坏。我们也不必记述那些没有价值的相骂了"。伍启元将反对革命文学的观点进行了详细列举，指出"他们所反对的，是'创造社派'人抹杀'革命文学'以外一切的文学的态度，而不是反对整个'革命文学'的本身。他们尤其是要反对的，就是'创造社派'的人的'夸大狂'，他们再三的要问：'所谓革命文学的历史根据在哪里？''他们有什么革命文学的产品？''革命文学对于社会起了什么影响？'"伍启元无疑是同意这些观点的，他认为"这些问题我们到了今天——革命文学运动发起了几个年头的今天——还要问呢"！

伍启元也写了关于"第三种人"的论争，他认为这个问题是革命文学论争的继续，这是与众不同的。然后他列举了这次论争的四个焦点问题，但同时也指出，"他们两方，也不是没有共同承认之点的"。他引用苏汶的观点说明这次争论的意义在于文艺创作自由的原则被承认了，而左翼方面狭窄的排斥异己的观念得到了纠正。他自己则认为，"不论文艺之理论的争辩是怎样，一个客观的人，始终要说一句话：'拿作品来'！"这正是鲁迅的态度，也是他个人的文学观点。

2. 康以之的《关于香港文坛》发表

1934 年 3 月 1 日上海《出版消息》第三十、三十一期发表康以之的《关于香港文坛》。该文认为，中国香港新文学最初由谢晨光、侣伦等在《大光日报》的副刊揭起旗帜，后来又出版了《铁马》《岛上》。1929 年一些报纸开始出版新文艺副刊，杂志则有《动力》和《小齿轮》，最活跃的香港作家是李心若、侣伦、黎学贤。

4 月

1. 郑作民的《中国文学史纲要》出版

郑作民的《中国文学史纲要》于 1934 年 4 月在上海合众书店出版。这里探讨的是 1935 年的再版本。① 从其《编者例话》中我们知道，这是郑作民在北京、上海等中学讲授中国文学史和中国文学常识所用讲义。他还指出该书并不是自己的个人书写，而是参集各书而成，并非编者创作。

第十二章第一节是《从文学革命说起》，郑作民指出"中国文学革

---

① 郑作民：《中国文学史纲要》，合众书店 1935 年版。

命的远因，还在戊戌政变的时候"，康有为、梁启超等人就是文学革命的提倡者，可惜他们的主张只是"革其精神"，没有革其形式。他对这些人的作品并没有细加评说，但是注意到文学革命与晚清文学主张的联系。接着他就书写胡适、陈独秀的主张以及他们得到钱玄同等人的支持与林纾的反对。他对当时的作家作品进行了简短点录，还提到了一些白话期刊。

第十二章第二节是《创造社及革命文学》。郑作民并没有介绍文学研究会，但是他详细地介绍了创造社，并以此为标题，显示了他对这二者的不同态度。他将创造社的四根台柱郭沫若、郁达夫、成仿吾、张资平进行了点评，认为"创造"可分为两期："前期的特点，就是天才，艺术的至上主义，感伤。但是虽在感伤中，却创造还有一些反抗。但到了后期，除了郁达夫一人仍孕着相当的感伤之外，其余三个人，大多是反抗的了。"然后他指出创造社后来都跑上了革命文学之道。于是他对革命文学进行分析，介绍了郁达夫如何分离出去，王独清、冯乃超又如何加入。还抨击了同文学革命进行对敌的语丝社和新月社，这可以看出他的倾向性。他认为鲁迅在之前的《呐喊》《彷徨》都是努力之作，特别是《呐喊》写得惊人的成功，"但是后来一直到今，他所发表的文学，不过是随感杂文而已，不过他的反对文学写得很晦暗，极尽冷嘲热讽的能事"。可见鲁迅对于革命文学的态度，他并不认同。而新月派对于革命文学的攻击，郑作民认为只有梁实秋一人，他评价梁实秋是"一个古典主义的批评家，所以持论似有欠缺"。

第十二章第三节是《新兴文学及其他》。这里他所说的新兴文艺，应该是无产阶级文学，正是因为他对无产阶级文学的拥护，所以他认为这一时期是"最兴盛"的时期，而蒋光慈的作品也受到他高度评价。他还指出当时作家有两大活动，分别是"自由运动大同盟"和"左翼作家联盟"的成立。他指出新兴文学在1930年后被外界的恶势力所摧毁破坏了，而徐应鹏徐蔚南之流所倡导的民族主义文学运动因为"引不起青年的注意而致没落"。

2. 张若英的《中国新文学运动史资料》出版

张若英即钱杏邨，他的《中国新文学运动史资料》由（上海）光明书局发行，蔚文印刷局印刷，1934 年 4 月出版，本书由蔡元培题名。

本书辑从"五四"运动到 1927 年间的新文学史资料共四十七篇。谭正璧《文学概论讲话》（光明书局，1934 年版）附录的"光明书局出版新书"的广告中称此书"全书根据运动的开展，分编排列"，"可作为一部系统的现代中国文学史读"。[①] 说明此书有着鲜明的文学史意识，而其将全书按照绪论、新文学建设运动、对旧作家的论争、对学衡派的论争、整理国故问题、学衡派的论争、整理国故问题、对甲寅派的论争、文学研究会与创造社、革命文学运动进行排列，实际上就是将中国新文学运动历史予以了整理。

资料的选择和排列体现了作者对新文学发展的事实罗列，而在该书的《序记》中，张若英更是表明了他对新文学运动各个文学事件及阶段的性质分析：新文学运动的意义"很明白的是封建社会转变到资本制度的一个表征——就是资本社会和封建社会的意识上的争斗"。欧战停止后，帝国主义再次走向中国，于是"资本社会的中国，便又萎弱，停滞下来"。这表现在文学上就是形成了内部的分裂，"一部分向帝国主义与封建势力投降，（另）一部分走向革命文学之路"。其将这一过程中的文学派别及作家进行了相应的命名：封建作家林纾、进步的封建阶层学衡派、向封建势力投降的整理国故运动，后来的再来了个反动期——《老虎报》评新文化运动。可见张若英是以当时的阶级论文学史观评述历史的，革命文学理论家对其影响很大。其在《序记》中也提到了，该书原计划收录几篇革命文学派清算文学革命运动的几篇文章，但是篇幅有限而割爱了，这可算是其所受革命文学观影响的证明。

尽管张若英自己秉持革命文学史观，但令人钦佩的是，他在这些资料的选择上，却注意了正反两方面辩答，而不是只选择胜利者的宣言，这就保持了该著的史料性与科学性。而且在每编的标题上，对那些"旧作家""学衡派""甲寅派"没有添加任何贬义的形容词。当然其只是注重正反两方面，也体现了其偏爱胜利者的潜意识，因为真实的历史现场中还有折衷派。

---

① 谭正璧：《文学概论讲话》，光明书局 1934 年版。

5 月

王晓舟的《近年来国内文坛论战的介绍与批判》发表

王晓舟的《近年来国内文坛论战的介绍与批判》发表于 1934 年的《文化与教育》第 19、20 期。

本文主要讨论的是 1932 年至 1933 年的国内文坛论战，而中心又集中在"自由人"和"第三种人"的争论以及文艺大众化的争论。作者将这两次争论的三方代表——左翼文艺、民族主义文学、第三种人——的重要问题、各自观点进行了摘引，以此展示这两次论战是如何发生、发展的。最后，他以客观的立场指出："由于中国政治的动摇，民族文学亦闪烁地出没于文艺界，成绩表现的薄弱，主持者能力的幼稚和虚伪，又为不可掩蔽的事实，政治的金钱诱掖，固然可以招致作者写文章，然金钱换来的文章，未必即能博得读众的赞赏与同情，由此可以说明现在的民族文学，亦足以推断将来的民族文学。普罗文学的性质，前途，当然也是以政治的发展为条件，理论与介绍方面，虽然似乎有些表现；然其创作成绩的低劣，则直可与民族文学称为姊妹行，而最失败的要算是狭隘的幼稚的宗派主义的策略运用，比如说，逼着第三种人上梁山，这是他们多么严重的错误与损失啊！第三种人文学，他们——第三种人，既不敢作手枪炸弹的冒险，又不甘于'奴才奉命执笔'，所以，只有走着这徘徊之路，然而，这已经是知识分子的进步。作者最后的态度是，大家都要埋头苦干，不是口号的空喊，这种空喊口号的普遍化，充分的表现着社会群团之政治基础的薄弱。"

6 月

1. 高滔的《五四运动与中国文学》发表

高滔的《五四运动与中国文学》发表于 1934 年 6 月 1 日的《文学》第 2 卷第 6 期。该文的目的如作者所说是在探讨"'五四'运动的因果；要研究为什么才有了它，它给了我们什么"？

在《一　"五四"以前》中，作者认为中国社会走入清代中叶便不能维持其安定，已显见农村经济自给的困难，与统治阶级政治势力的薄弱。及至鸦片战争以后，产生一系列异变，这都是要宣告封建制度的死刑，而代之以资本主义制度的。在这种趋势之下，新兴的资产阶级的主义、思想、意识之类的东西，被中国资产阶级接受与宣扬。这里他介绍了康有为、严复、梁启超、黄遵宪、林纾等，"没有康、梁的戊戌政变，也便没有陈，胡的'五四'革命了"。

在《二　五四运动》中，作者介绍"五四"运动乃是民族觉醒的时候，也便是第三阶级抬头的时候。从此民众的物质生活与思想意识都发生了大变化。在文化方面，他介绍了《新青年》《新潮》两大杂志的思想革命主张及作用，以及胡适的"八大主义"和陈独秀的"三大主义"，他特别补充了科学与人生观问题的论战在思想解放中的重要作用。在《三　新文学的起来》中，作者首先论及新文学中的诗体的革命，倡导者便是胡适、周作人。作者介绍胡适的尝试诗并非突然，也是由黄遵宪及他自己的渐变造成。俞平伯便比胡氏的诗紧炼的多了，"至此诗的旧律已打破，也有着精密组织与深入的力量"。"中国的新诗萌芽以后，不能脱却传统的束缚也自是尝有的事。但是不久因为国外诗歌的流入，中国诗坛乃纯全变易其颜色"。惠特曼、泰戈尔的诗影响最大，谢冰心、郭沫若、徐玉诺是其中的代表。"五四"运动以后的小说，在结构上，既不同予"章回式"而又表露着欧化；在内容上，也是对旧社会取着挑战的态度的。"无论礼教怎样吃人，但是人终想有一日从牙缝挤了出来，拼命呼吸几口的，再勇敢些，便是打碎了吃人的牙齿而跳出来，这种倡义则更可贵。""理想的人生不能克制现实的诱惑，郁达夫苦心描写过渡时代的青年，在《沉沦》现露其面孔"；"与封建制度表示了露骨的冲突的，要算是鲁迅"；"借着阐明人的意义，而将新文学的标准鉴定了的，是周作人"。

在《四　新兴文学诸社团》中，高滔介绍了"在当时力能领导文坛而自成其系统的较大的文学团体"，即文学研究会与创造社。对于这两个团体的不和，高滔批评这"恐怕是占有'穷酸脾气'和未能除掉的封建意味的成分居多"。他承认他们创作态度上的不同，"一方似偏重热情，（另）一方则似偏重冷观，热情近浪漫，冷观则近写实，大概主义不同的传说，也许是由来于此"。但高滔认为这冲突只是在表面，"其实在这阶段里郭沫若的梦想新时代的到来，反抗旧的形态，与鲁迅之暴露旧日之残余，一一加上了标签，送入坟墓去，又有什么不是同路人"？然后高滔简介了这两个社团的成立与消失、组织成员、创办刊物、文学观念，以及他们的相互争斗。在《五　代表作家（上）》中，高滔主要介绍了创造社郭沫若、郁达夫、张资平三位作家。高滔认为郭沫若以"内在的要求"和"自由的组织"为口号，"作为反封建势力的代言人"，"处处符合着资本主义社会的根本精神，即表现其个人主义"。郭沫若的创作分为《女神》时期和转变以后的阶级意识觉醒的时期。郁达夫"站在小布尔乔的立场上，刻画时代的颓废精神，与欧洲'世纪末'作家相似。这种精神是出自浪漫主义，又因个性过强，不胜环境的压迫，于是沦为消极，《沉沦》便是这种思想的代表"。至于"五卅"惨案以后，继经济苦闷而来了政治苦闷，于是人家说他要转变了。"可是游历战场归来懊丧，几乎使他照旧波起失望之心情。"张资平的小说实在不少，"但是内容与技巧都不精炼，写男女两性间的爱情，实在是不如'五卅'以后的茅盾"。依他的前期作品而论，都是偏重肉感的，"对于教育人类的力量是微少的"。高滔还提及田寿昌、穆木天、徐祖正。在《六　代表作家（下）》中主要讨论的是文学研究会的鲁迅、周作人、叶绍钧。高滔认为，在"呐喊"时代的鲁迅，"以小布尔乔的立场，笔下反映着当日革命的布尔乔的意识，充分的表现了'五四'运动以来的离经叛道的精神"。但是谩骂或咒诅终是"秀才造反"，人道主义也有"碰壁"的时候，"于是在革命转变的途程中，小布尔乔则易走上彷徨之途。他单独的，一人地，挣扎着去战斗。但是后来他转变了，他仍不失为一个时代的战士"。周作人在"五四"时代，他也是一个强有力的斗士。"在他的散文里，对于中国封建文化加以详密的分析，同时却推崇西方的文化，否定东方精神文明存在的价值，指出它的必然崩溃，所以他不能不算作五四时代的斗士"。但他"等着这次革命既已过去，便走上迷恋旧梦之途了"，"忽视了已往斗争的事实，反而走入为艺术而艺术的领域中，将文学与革命的关系割断"。叶绍钧的作品"大半都是显示中国教育之黑暗的，他认为现行经济制度下的教育，是没有希望改善的。因为现存教育，对于儿童不仅无益，而且有害，因为教育者都是以换饭吃为目的"。但是他这时还不能了解那提系社会线索，所以因为表面的黑暗现象，而陷他于"孤寝""失望"和"怅惘"中了。他的思想虽然尽有着这样的温情主义，"但'五四'以后的写实风，也是由他提倡起来的"。此外，高滔还提及郑振铎与沈雁冰。

在《七　结论》中，高滔对"五四"运动及其文学进行了总结，即"五四"运动是有着它的成果的。并且没有"五四"，便没有"五卅"，便没有……"它是到第四个时代的桥梁"。"这一期的新兴文学也深厚地打下了基石"，"在作品方面也有着显著的特色，由内容方面来讲可分为积极的与消极的两面"。"在文学的式样方面来讲，是一致反抗古典主义的式样的。应运而生的新样式，则不外是浪漫的与写实的"。

从全文来看，高滔是站立在左翼文学立场上评价"五四"运动及其文学的，所以鲁迅是经历了"呐喊""彷徨"，之后走向"转变"，而能否转向左翼文学是作家是否能紧随时代进步的重要参考。但是高滔对这一文学运动的阐释是简洁有力的，对代表作家及其作品分析都时有亮点，显示了其作为文学翻译家的扎实的文学功底。

2. 欧阳博的《"满洲"文艺史料》发表

1934年6月欧阳博在《凤凰》第二卷第三期发表《"满洲"文艺史料》。该文对"满洲"文学史进行了简要叙述。其认为"'满洲'初期的文艺作品可以归结为四大类：家庭恋爱的作品、反抗旧政权的作品、充满希望的作品与香艳哀情的作品。这些种类的作品中都有其社会经济基础根据——即封建社会没落、布尔乔亚兴起时期的意识形态变化"。作者对东北文学的期刊、作家、作品及文学社团进行了梳理。

8月
贺玉波的《中国新文艺运动及其统制政策》发表

贺玉波的《中国新文艺运动及其统制政策》发表在1934年8月的《前途》第2卷第8期。

在《一　文艺运动与社会》中，贺玉波解释了文艺运动与社会的关系，他认为"文艺运动是由社会产生的""社会是由文艺运动推进的"，这两个问题实际上是一个互为因果的问题。而他就是从这两方面来讨论中国新文艺运动的。

在《二　白话文的勃兴》中，贺玉波论述清末康梁谭等六君子在进行政治改革之时，文艺也在革新，但都是个人的无组织计划的，而真正的有组织计划的则是 1915 年至 1919 年"五四"运动前后的白话文运动，他提及了陈独秀和胡适等人。他认为白话文反对派虽说也有些微道理，但已不能阻拦其汹涌前进。

在《三　文学研究会》中，他从这个团体负责人沈雁冰、郑振铎等谈起。介绍他们的机关杂志是文学周报，还有沈雁冰主编的《小说月报》，后者的撰稿者，大都是属于文学研究会，即在文学周报上作稿的人。他们所撰的文学，以短小的文艺理论、短篇小说、小品文、诗、书评、杂志、译品等为多。他们还出版了大批"文学研究会丛书"，大部分由商务印书馆印行。贺玉波总结文学研究会这个团体，在组织方面说，"是严密而牢固的；在成绩方面说，是美满而丰富的；在主义方面说，却是比较保守的。但无论怎样，他们的热心和努力，是可钦佩的；而他们所给予后来者的功效，也是不可磨灭的"。

在《四　创造社和革命文学》中，贺玉波介绍了创造社的成立，出版的刊物，创作的小说以及主要的成员，及其以后被查禁封闭。

在《五　语丝社》中，贺玉波介绍了语丝社由幼小到壮大的过程，其与北新书局的关系、鲁迅和周作人的主持都被介绍。而且贺玉波指出当时语丝社受到读者非常热烈的欢迎，影响了后来的文学，如幽默文字的繁盛和《论语》这一类期刊的勃兴就是其中的代表。

在《六　晨报副刊社和为艺术的艺术》中，贺玉波介绍了《晨报副刊》的文字性质多是统一的，作者也是固定的，但以文艺为主。他们发表后的文字多以《晨报社丛书》结集出版，主要的作家有徐志摩、焦菊隐、沈从文、许钦文、谢冰心、闻一多、熊佛西、于赓虞，他们的文字多样，特别是对旧剧和新剧发表了不少意见，并进行创作，"是当时的戏剧运动中最有成就的一种"。这个组织奠定了"为艺术而艺术"的基础，后来的"新月社"受到其影响。

在《七　现代评论社》中，贺玉波介绍《现代评论》是北京各个大学的教授所办的，虽是政治学和社会学的刊物，但也发表文艺作品。相对于语丝社的趣味文学，现代评论社的文字更多是刺激性的幽默文学，相对于《晨报副刊》的为艺术而艺术，现代评论社的作品多是"茶余酒后"的消遣读物。

在《八　平淡的新月社》中，贺玉波认为并没有新月社这个组织，而是徐志摩在主编《新月》月刊之时，有《晨报副刊》和《现代评论》两派的作者为其撰稿。该刊物也是社会政治学和文艺并重的，讲求趣味文学和为文艺而文艺，后来停刊之后，新礼拜六派的趣味文学或游戏文学就继承了它的流脉，这是它的功劳也是它的罪过。

在《九　一般杂志社》中，贺玉波介绍了夏丏尊、刘叔琴、章克标等人主编的半学术半文艺的《一般》月刊，这个刊物的特点是"思想稳重，技巧注重"，这影响了后来的广大青年文艺爱好者。而《中学生》杂志也是一般杂志社的化身，这推动了学生文艺运动的勃兴。这一类刊物还有开明书店出版的《新女性》。

在《十　昙花一现的普罗文艺运动》中，贺玉波分析当时是"因了苏俄与日本的赤化文艺思潮之侵袭，国内一般自命为前进的分子，便从事附和，建设所谓的普罗文艺"。贺玉波认为普罗文艺者"专以反抗统治阶级，怂恿工农暴动为能事"，所以"这是当时思想上的错误现象"。他批评了早期普罗文艺的文学观念和文艺技巧，并逐一攻击了代表性的普罗文艺团体创造社、狂飙社、太阳社、幻洲社、南国社及左翼作家联盟。

在《十一　初期的民族主义文艺运动》中，贺玉波认为以上时期属于新文学第一期是1927年以前，而第二期就是1927—1930年的普罗文艺运动，第三期是1930年至"现在"的时期，是民族主义文艺运动。他强调这一时期新文学才走上"正确"的道路。这个运动是"内由于社会的急切需要，和政府的热心提倡，外由于各帝国主义者之积极的侵略"。代表性的民族主义刊物有《前锋月刊》《现代文艺评论》《文艺月刊》《橄榄月刊》《开展月刊》《流露月刊》《创作月刊》《青春月刊》《当代文艺》《星期文艺》《蔷薇半月刊》《海鸥半月刊》《开展周刊》《文艺周刊》《前锋周刊》，作品有黄震遐的《陇海线上》，等等。贺玉波在列举这么多刊物之后，也不得不承认民族主义文学运动根基不深厚，所以很多刊物中途夭折。

在《十二　民族主义文艺运动之复兴》中，贺玉波认为"九一八"事变和"一二八"事变后，随着日本的侵略日趋严峻，民族主义文艺运动以抗日文艺的形式出现，逐渐兴盛，代表作品有万国安的《三根红线》、黄震遐的《大上海之毁灭》和陈大悲的一些作品。代表社团有中国文艺社和矛盾社，期刊有《文艺月刊》《矛盾月刊》《中国文艺》《青年与战争》《前途》。

在《十三　趣味文艺及其他》中，贺玉波认为这时有些文学是讲求趣味和带给读者快乐的，这有两类：第一是带着灰色和幽默作风的，如《论语》《人间世》《十日谈》《新语林》《文艺风景》《诗歌月刊》《小品文月刊》《文艺春秋》《文艺茶点》；第二是带着趣味和快乐调子的，如《文华》《美术生活》《中华日报》《良友》《时代电影》《大众小说》《凡乐》《青青》《万象》。"这类文艺或是藉电影，美术，图画，戏剧等柱子，而把它们自己当作附属的东西。"贺玉波认为这两类文艺都没有什么凝聚力，很散乱，不能作为一种运动，而只能作为一种现象考察。

在《十四　文艺统制政策》中，贺玉波建议政府应该对文艺工作有统治政策，不能放任不管。具体来说就是要培植民族主义文艺运动，取缔、劝导或感化非民族主义文艺运动，设置文化、文艺奖金。

尽管贺玉波在文章开头声明自己的立场是无任何色彩的，完全以当时的真相为根据。但从该文的叙述章节可见他是以右翼文人的立场研究文学社团，并对当时的文艺运动进行历史分期。最终落脚在为民族主义文艺运动鼓与呼，希望当权者为民族主义文艺运动保驾护航。但其在一些文学社团的介绍上，还是有一定史料价值，如对《晨报副刊》社、《现代评论》社、《一般》杂志社的介绍都是很多研究者所没有注意的。

10 月

赵景深的《十年来之中国文学》发表

赵景深的《十年来之中国文学》发表于 1934 年 10 月的《大夏》第 1 卷第 5 期。该文是为庆祝大夏大学成立十周年所撰。这期《大夏》中还有同类文章十来篇。

该文篇幅并不长，并不是文学史写作，而是相当于新文学研究史简述。文章主体是介绍代表性的中国新文学史研究及著作，以让学生去参考学习。赵景深列举了自己的《中国文学小史》《现代小品文选》《现代新诗选》的序言、《文学讲话》和《现代文学杂论》。赵景深推荐了沈从文和苏雪林二位研究现代文学作家的专论文章，认为他们的工作不是浪费的。而汪惆然的"新书月评"并不值得学生去阅读。接着他推荐了谭正璧的《中国文学进化史》，那上面有很多书目可以参考。该书最有价值的，是其对王哲甫的《中国新文学运动史》的诸多补正、添加。他批评钱基博的《现代中国文学史》带有有色眼镜，草川未雨的《中国新诗坛的昨日今日和明日》也是"自拉自唱"，向培良的《中国戏剧概评》是"一本好书"。另外，他还推荐了其他新文学研究书籍。

12 月

周毓英的《一年来的中国的文学界》发表

周毓英的《一年来的中国的文学界》发表于 1934 年 12 月的《文化建设》第 1 卷第 3 期。本期还刊发的较多同类型文章。

该文认为自"五四"运动之后，中国文坛先后出现了这几类文学流派：鸳鸯蝴蝶派、恋爱颓废派——包含自然主义浪漫主义等欧化派的文学——革命文学、普罗文学、幽默派与语丝派和民族主义的文学。而在 1934 年又出现了小品文学和大众语文学。然后作者对这几类文学分别进行了介绍：鸳鸯蝴蝶派文学中严独鹤和周瘦鹃仍然编辑着鸳鸯蝴蝶派文学，竟出现了可以直追李涵秋的通俗小说家张恨水。恋爱颓废派的代表张资平和郁达夫在这一年都没有什么有影响的作品出现。幽默派与语丝派的文学非常之多，老舍、张天翼和穆时英的作品非常受到欢迎，这是因为他们的作品让人爱读、趣味浓厚、讨人喜欢。民族主义的文学在淞沪会战之后有过伟大作家作品如黄震遐的《大上海的毁灭》和万国安的《三根红线》等，但是现在都变成了俗套滥流了。小品文学在这一年非常流行，登载小品的小报上百种。但周毓英认为这是一种惰性使然，因为小品文作者好写，读者易读，于是大家都在投机取巧。对于大众语及其文学的讨论，周毓英在介绍完双方论辩后，评析他们是非常浅薄无聊的。

针对当年讨论的为什么没有伟大作品出现，周毓英发表了自己的看法。他认为伟大作品的出现必须具备两个条件：第一，不能离开时代，必须正确的把握着时代的中心；这样，作家在思想方面就必须有完满的修养，对社会更应有深入的认识，藉以求得充实的作品的内容。但是周毓英认为，当时的作家都带有投机心理，和"左倾"幼稚病，没有能静下心来体验时代现实，而追风逐浪在一系列的争论之中。这方面周毓英批评了鲁迅与郭沫若参与普罗文学与大众语文学的一系列论战。第二，伟大的作品产生需要技术，而艺术的技术应该注重创造，注重情感。但是中国作家的技术都是在模仿外国，唯独没有创造；而作家的感情都只是凭着自己的好恶，与现实社会无关而空想、滥用他们的感情。正因为这两个条件的不具备，所以中国新文学二三十年没有产生伟大的作家及作品。

只是看到这里，会觉得周毓英虽然评价比较苛刻，但也未尝没有道理。但是最后周毓英的倡导暴露了他的民族主义文学观：中国文学应该是以中国为本位的文学，不应该忘记中国的历史、现实；中国现在还是"处于被列强包围的次殖民地的地位，在经济上则是天赋极厚而生产落后的国家，那么一种鼓动民族反抗意识和鼓励发展产业的作品便是必要的，而那种鼓动阶级斗争意识的作品便应该被排斥，因为在中国目前提倡阶级斗争，无异在反帝运动上分化民族力量，在经济上扰乱生产秩序"。

周毓英曾是创造社成员。1930 年 2 月，潘汉年作《内奸与周毓英》一文，揭露他表面拥护普罗文学、暗地反对普罗文学的内奸行径。但其在 1930 年 3 月加入中国左翼作家联盟。1930 年 5 月 4 日，周毓英对潘汉年的《内奸与周毓英》一文作了五条"驳注"，对潘汉年大肆污蔑漫骂与人身攻击，掀起一场论战。同年 6 月，周毓英的《新兴文学论集》出版，书中以大量篇幅污蔑漫骂鲁迅。1931 年 8 月 5 日，"左联"机关刊物《文学导报》1 卷 2 期刊登的《开除周全平、叶灵凤、周毓英的通告》指出，在李伟森等左翼作家被害前后的白色恐怖中，他"完全放弃了联盟的工作"，"表示了极端的动摇"，"不久并参加了反动民族主义文艺运动"，已成为"无产阶级革命文学的叛徒"，被开除出"左联"。[①] 而该文也是其"叛徒"的表现，其所刊载的期刊《文化建设》是国民党 C.C 派"中国文化建设协会"创办的机关刊物，1934 年 10 月 10 日创刊于上海。陶希圣、樊仲云受命创办文化建设月刊时，提出了

---

① 《开除周全平、叶灵凤、周毓英的通告》，1931 年 8 月 5 日《文学导报》第 1 卷第 2 期。

"中国文化建设"的概念。很明显，周毓英这篇文章的价值立场正是以此为评判标准的，而鲁迅、郭沫若、茅盾等人的作品都受到了他的批评与攻击。

1935 年

1 月

1. 张梦麟的《一年来的中国文学》发表

张梦麟的《一年来的中国文学》发表于 1935 年 1 月的《新中华》第 3 卷第 1 期。这期刊物中还刊登了几篇同类文章。

该文并没有总结多少文艺历史，张梦麟认为这一年最主要的成绩是小品文的发达。然后他围绕有关小品文的理论探讨论述了自己的观点，大致是小品文是个性主义的产物，是主观的，是生活在动荡年代的现实生活的反映，其也是理智的、幽默的；然后他就这一年的大众语争论发表了意见，即内容与形式是相应变化的，单独强调某一种没有必要也没有结果。张梦麟的长处在理论的探讨，他具有唯物主义的理论视野，在当时来说甚为难得。

2. 魏铭的《一年来的中国电影》发表

魏铭的《一年来的中国电影》发表于 1935 年 1 月的《新中华》第 3 卷第 1 期。

该文认为 1934 年的电影从《姊妹花》之后，就走向了衰落，一方面是经济的原因，能够欣赏电影的观众并不多；另一方面是电影制片的内容质量问题，没有很好履行自己的社会责任。这一年的电影有八十五部，比上一年多了十一部。相对于外国影片的放映，不及四分之一。由此魏铭讨论了外国电影对于中国电影市场的操纵与垄断，这也体现在胶片和摄影机等电影设备上。魏铭认为中国电影唯有在电影内容上体现出中国的特质才能有真正的自立。这一年电影大致可以分为：以《姊妹花》为代表的伦理电影；以《到西北去》为代表的建设电影；以《上海二十四小时》《桃李劫》《渔光曲》为代表的暴露电影；以《华山艳史》《还我河山》为代表的抗争电影；以《香雪海》《良宵》为代表的反封建电影；以《春宵曲》《似水流年》为代表的颓废电影；以《好好先生》《航空救国》为代表的滑稽电影；以《人间仙子》《健美运动》为代表的歌舞电影；以《人生》《女人》为代表的人生哲学意味的电影；以《麦夫人》《女儿经》为代表的生意经电影。魏铭认为只有反帝反封建及暴露的电影才是大家努力的方向。在影坛动态中魏铭还介绍了电影公司、电影茶话会、暑期电影讲演会的举办等。而上海一地就有四十四种电影刊物的出版也是一大盛事，这自然带来电影批评的发展。关于《烈焰》的争论、软性电影的争论、影评清洁运动等都进行得非常热烈。

3. 李长之的《一年来的中国文艺》发表

李长之的《一年来的中国文艺》发表在 1935 年 1 月的《民族》第 3 卷第 1 期。

该文首先在《总考察》中对中国新文化运动之后的各门学科进行了总的评价，即"精神科学不如自然科学，哲学不如社会学经济学，文学不如哲学，文学的创作还不如文学的理论批评"，1934 年的文艺"并没有逃出空虚和贫弱的圈"。

在《二十八种期刊的批判》中，李长之认为 1934 年是"定期的文艺出版物最盛的一年"，但是他认为这不是好现象，因为老板为了赚钱，作家比较省事，导致作品容易空虚、贫弱。接下来他列举了二十八种期刊，包含纯文艺杂志和综合性杂志以及旧体诗词杂志。其先对非纯文艺期刊分别进行批判：《东方杂志》"可说是稳重的，其长在充实，其失在沉闷"。《申报月刊》"可说是敏锐的，长处在能在时代前面，短处却是文章有时轻率"。《新中华》"清新是有的，不过有时空虚"。《国闻周报》"是趋于实用的，因为它的读者比较是另一种，就是半新不旧，常在官僚，遗老，小职员，商人，而不在一般的大中学生的，所以内容也就不同了"。和《国闻周报》有同样的读者的是《青鹤》和《词学季刊》，"我觉得和它们不是生活在同一的世界里，因而各不相逾"。《词学季刊》"是一种以专门词学相号召的刊物，不能说没有意义，不过方法是旧的，其与从前人之别，只是铅印和木板的不同，其志可嘉，其道却无可取。充其量只表现一种新时代中旧势力挣扎而已"。《中学生》"是可值得称赞的，它所贡献的，当然是常识的，可不是健康的"。《每

周评论》"精神先很好，精彩的文章也很多，观点虽不能令人完全赞
同，例如梁实秋先生的书评之类，而且挑剔太过而至于琐屑，然而态度
是批评的，是无所忌惮的，是给出版界以不少的提醒和指示的"，"所
以我认为是国内稀有的杂志之一"。《论语》"提倡幽默，可说是幽默刊
物中的好的"。《人间世》"提倡小品文，可说是小品文刊物中的好的，
不过不是篇篇好，有时缺稿，有时顾到销路，所以也常有低级趣味的东
西在充斥着了。然而没至于像同类刊物中的下流的地步"。学术机关的
文学刊物中，《文哲季刊》的官样还不算大，"不太好，然而也可以说
在水平线上"。

　　然后，李长之开始评判纯文艺期刊：《文艺风景》是"有目的而未
能实现的，它想轻松，想给人快感，可是印刷和稿件并没做到理想的地
步"。《水星》"却是没有目的的"。《矛盾》《新星》是"常采取一种战
斗的方式的，不过令人并不明白它们主要攻击的是什么"。《中国文学》
"略贫弱"。《艺风》"的价值寄在艺术的绍介而不在艺，"虽然那绍介略
嫌"零碎而不大根本"。《春光》是"左翼文学的一种刊物"。《当代文
学》"则有浓重的集纳主义意味，它们的方向有，然而没有大施展，从
文字上，可感觉这两种刊物的力量的单薄"。《文史》上的创作"并不
如它的的论文之值得注意"。《文艺月刊》"则与其注意它的论文或创
作，不如看它的翻译"；剧本刊载之多，也是它的特色。有意识地提倡
翻译的，有《译文》和《世界文学》，"前者尤纯粹而精彩"，它们也有
不同，"前者在只是翻译，方面是窄的，后者却还有对国外国内的文坛
作鸟瞰的意味，所以方面广"。《现代》和《文学》可以作对照，《现
代》"是注重杂志的，它的编者只在使其成为一种好的杂志，所以它并
没有派别而言，有之则是没有派别的派别而已"。《文学》不然，"不过
因为拥有的书店之善于经营，这杂志还一变而为国内销路最广的一种"。
《文学季刊》"未在庄严，充实，然而失之沉闷中出版了创刊号，它的
特色是大，是多"，编辑、撰稿人以及篇幅都大。新月派办的《学文》，
"仍然是在绅士气味中存在着，不过比《新月》更没有生气了"，它们
"没有粗眉大眼的恶劣状"。《文学评论》是"为中国文学的前途而努力
着的刊物"，"它的方向是对的，它的态度是对的，不过它的力量差得
远，倘若以它的目标来评衡的话，现在显然是空头支票"。

　　在《一年中期刊上十九篇重要的文章的介绍及单行本状况》中，李长之对如下文章进行了介绍：创作上，他认为值得注意的是吴组缃的《一千八百担》，其"艺术上是完整的，而且有社会意义"。在论文方面，文艺方面有杨丙辰的《文艺、文学、文艺科学——天才和创作》、李长之的《论研究中国文学者之路》、苏汶的《建设的文学批评刍议》、朱光潜的《笑与喜剧》《长篇诗在中国何以不发达》。还提及语言学、中国文学史、专研究一人一书、研究外国文学、翻译等方面的书籍。李长之认为单行本的书比较消沉，他列举了郭沫若的《中国文学批评史》、傅东华译的《美学原论》、郁达夫译的《几个伟大的作家》、梁实秋的《文学批评论》《个见集》、韩侍桁的《文学评论集》。

　　在《一九三四年的文艺论战及文艺主潮》中，李长之介绍了京派海派之争、伟大作品何以不产生的讨论、小品文的攻击和辩证、从文言白话到大众语的论战。他"不觉得这是什么大事件，以这为大事件，不过反观一九三四年的文坛上之空虚而已"。然后他秉持客观立场来对这四次争论予以了分析，以折射这些争论的无谓（对第四种争论持肯定态度）。在文艺主潮上，李长之认为当时有民族文艺、左翼文艺、第三种人、幽默这四种势力并行。他认为"这四者各有其价值，各有其存在理由，但也各有其高下；把眼光要放大，看死是不必的"。

　　在《结论——将来的文坛之正当出路》中，李长之提出了将来文坛努力的方向。在精神上，他认为："第一，我们要眼光大，也就是我们的出发点要是学术的，我们的目标要是人类的；第二，我们要为事情，所有其他商业的，政治的，私人恩怨的牵挂必须说开。"在倾向上，他认为："第一，我们要浪漫的，也就是要富有生命力的；第二，我们要批评的，就是我们不能盲目地接受或排斥，我们要求一个真相；第三，我们要学术的，就是一种体系的公平的，不是武断模糊的。"李长之提出的这些要求，其实也是他撰写该文批判其他文艺的立场与态度，即以科学的、学术的、批评的态度去审视过去的文艺，以求得更大的进步，而在文坛上少了那么些无谓的争辩。

4. 汪馥泉、王集丛的《一年来的中国小说》发表

汪馥泉、王集丛的《一年来的中国小说》发表于 1935 年 1 月的

《读书顾问》第 4 期。该期还刊载了多篇同类文章，为我们了解 1935 年左右的中国社会状况提供了渠道。

该文在《引言》中认为 1934 年虽说是杂志年，但是就文艺理论和文学创作来说并没有什么伟大的成就，出现很多单行本的小说集，但是很多作品都是赶写的。作者在《沈从文的〈边城〉》中认为其"所描画出的代表过去社会的'茶峒'的一切情形，其所表现的思想，便是生活于现实社会中而神往于过去社会的一部分人的生活意识之艺术的反映"。"但是，因为这思想是神往于过去的思想，其所具现的世界是过去的世界，与现实的状况和要求不适合，所以这又伤害了小说《边城》之社会的艺术价值。"作者认为《边城》在描写技术上也有缺点，如当老船夫死去的时候，翠翠"在行动和言论中必要有特殊的表情，不仅哭泣而已。但作者对此只以抽象的哭泣来表现，所以不能发生若大的艺术的感人力量"。在《老舍的〈小坡的生日〉》中作者认为其"题材有点暧昧，意识不甚明显"。因为"幽默"的作品，"就便于从正面去表现一种思想，它往往是从反面去思想的，所以，这思想之不很明显，乃是当然的事情"。在《两本短篇小说集》中作者评析的是穆时英的《白金的女体塑像》和张天翼的《移行》两本小说集。他认为穆时英单篇《白金的女体塑像》内容与形式都结合得很好，但是社会价值很有问题，而《本埠新闻栏编辑室里一扎废稿上的故事》则暴露了社会的黑暗。对于张天翼的《包氏父子》汪馥泉、王集丛予以了很高评价。本年出版的其他小说集亦被点名。

5. 苏芹荪的《一年来的中国话剧》发表

苏芹荪的《一年来的中国话剧》发表于 1935 年 1 月的《读书顾问》第 4 期。

该文认为 1934 年的话剧有进展，有新的萌芽。他介绍了南京、北京、天津、上海、广州、南昌、太原、济南、定县、无锡、成都、杭州等地的话剧活动，巡阅了出版的剧刊及其他有关戏剧的书籍，对于剧本创作的成绩他并不满意。所以作者希望下一年的戏剧重点应该是促成职业剧团的成立和促成国家剧院及各地公立剧场的建筑。而戏剧始终没有取得辉煌的成就就在于剧团的职业化不够，剧场设施的不完备。

6. 王梦鸥的《一年来的中国电影》发表

王梦鸥的《一年来的中国电影》发表于 1935 年 1 月的《读书顾问》第 4 期。

该文强调这一年有声电影开始发达，共拍摄二十六部到三十部之间，这与前三年的数量旗鼓相当。作者认为《雨过天青》至《歌女红牡丹》的公映止，为声片之萌芽时期，再从《歌场春色》至《姊妹花》止为褪裸渐于完成的时期，到了《桃李劫》，其录音机是中国人制造的，"是纯粹舞台人转入银幕初次成功的作品"，于是中国有声电影进入完成之域。歌舞片成为有声电影发达时期的主潮，还有就是歪曲剧情以为歌舞的穿插余地的一些"作品"，再有就是配音的默片。在这一年度，默片取得了丰收，数量近九十部，而前一年默片和声片一起还不能超过八十部以上。默片都注意现实题材，对社会进行正面的解剖，而且注重和文学绘画等姊妹艺术的携手。暴露现实的题材较多，其一为暴露都市的丑恶，或者暴露有闲者穷奢极欲的堕落糜烂的都市生活，或者是职业问题的严重提出；其二乃是暴露破产农村的情形。由于政府已经重视电影的教育功能，并召集相关电影商人召开会议，于是教育电影在这一年取得了较大进步。另外，爱情电影与关于抗日的电影也有不少，俏皮电影有所抬头。

7. 春深的《小品文在一九三四年》发表

春深的《小品文在一九三四年》发表于 1935 年 1 月的《文化与教育》第 42 期。

春深在一开头就宣称 1934 年是"剿匪年"，是"杂志年"，是"妇女国货年"，也是"小品文年"，是小品文的黄金时代。这一年中，小品文刊物是接二连三的出版——虽然标榜着"小品文"的刊物仅《人间世》一种，围绕小品文的争论也是此起彼伏。然后作者解释小品文的出现是在朝纲不振，天下大乱的时代，朝廷以及官员都没有多大的力量可以控制文学，于是处士横议、百家争鸣，就出现了许多好文章。然后春深又阐释小品文是言志文学，与载道文学是两种不同的文学类型。小品文的大将是周作人、刘半农、俞平伯等人，而最卖力的则是林语堂。

于是他又大量摘引其关于小品文的观点。很显然，春深在该文中赞同的是周作人、林语堂等人的观点，至于有人反对小品文，他则进行了嘲弄。因为他认为小品文只是一种文学体裁，既可以成为小玩意儿，也可以成为"投枪""匕首"，不必担心小品文影响社会的思想。可见他的小品文的概念是比较宽泛的，杂文也应包含在其中。

8. 周怀求的《一年来的中国文坛》发表

周怀求的《一年来的中国文坛》发表于1935年1月的《文化与教育》第42期。

作者认为1934年是"多事"的一年，全世界两种势力的冲突，已经达到裂点了，一切的一切都被笼罩在暴风雨快要来临之前的乌云中。介绍完国际国内局势后，他介绍了这一年的文坛。在《A. 杂志年的盛况》中，作者介绍了这一年杂志非常之多，可谓"杂志年"。然后，他介绍了代表性的杂志如《文学季刊》《水星》《文史》《学文》《当代文学》《译文》《太白》《世界文学》《人间世》《诗歌月刊》《春光》《新语林》等的编辑出版情况。他认为这十多种刊物都是定期刊物，态度严正，有种自己的主张，而不是"遵命"或"奉命"出版，或以赚钱为目的。正因为杂志出现得多，于是很多新作家出现了。

在《B. 创作翻译与批评》中，作者依次介绍了这一年的文学成绩。第一，在小说方面：长篇小说很少杰作，短篇小说很多，最被推重的是吴组缃的《一千八百担》，"用一种独创的笔（速写体）写出了农村破产的一般情形"。第二，在诗歌方面：有一派是以戴望舒为代表的现代诗，"他们的作风是模拟法国象征派，以不使人读懂为上乘"，这种作品在《现代》月刊上都是，但他们说这是象征。还有中国诗歌会的诗人，"他们毫不朦胧，毫不装腔作势，无病呻吟，他们的诗，有杜甫白居易式清新练达的文字，同样也肩负了杜甫，白居易的任务"，他们的作品主要在《诗歌》月刊。诗集出版的有臧克家的《罪恶的黑手》。第三，在戏剧方面——中国的话剧方面：只有在上海北京比较发达，在内地仍是只知道"文明戏"，话剧还不被人所认识所理解。他简介了熊佛西的定县农民戏剧和中国旅行剧社。他认为后者的演出剧本都是失去了时代性，但还受到很多人的称誉，这是在"捧角"。第四，在小品文方面：作者认为这包含鲁迅的杂感及林语堂的幽默文字和其他杂文。他介绍了鲁迅的《南腔北调集》，和林语堂的《人间世》，他批评林语堂等人的文字是"将屠户的凶残，化为一笑，收场大吉"，这是与鲁迅一样的态度立场。将杂文作为"投枪"来用的则是《太白》半月刊，也受到作者的表彰。第五，在翻译方面：因为"文学遗产问题"的讨论等，这一年出现了《译文》和《世界文学》。第六，在批评方面：年初有"批评之批评"和"评批评家"一类批评文出现，"这是用以肃清批评界的败颓，和歪曲的批评的"，此后发生了海派和京派的争论。这里他分析了"整理国故与遗产之接受"与"伟大作品产生的问题"的两个事件，最后重点讨论了"大众语运动"。他介绍了大众语运动的起因、大众语运动的展开以及大众语的"现阶段"等，其中大众语运动的展开又包含"大众语"一词的提出及其含义、"大众语"的历史性问题、内容、形式、符号等问题。

周怀求对大众语运动是持积极支持态度的，所以其才在这篇文章中花了一半的文字对其详尽讨论。联系其对小品文的态度，可见其是左翼的立场与视角。对此，周怀求并不回避，他认为"'历史家'通过他自己的意识而叙述'历史'时，是已经经过了他自己的抉择与批判了的"，而所谓的客观中立的书写，只不过是"'滑头'不过的"。所以，他在结尾坦诚自己"自信是戴了眼镜作的一幅一九三四年中国文坛速写"。如果将历史的眼光拉长，我们会发现周怀求就是周小舟。其1927年5月加入中国共产主义青年团，1931年秋结业后考入当时的北平师范大学文学院国文系，"九一八"事变后积极参加抗日救亡活动。1934年，参与组织中华民族武装自卫委员会，是主要领导人之一。1935年4月，加入中国共产党。之后在延安曾担任过毛泽东的秘书，中华人民共和国成立后曾为中共湖南省委书记、第一书记。可见，此时他有这种立场并不奇怪。

9. 红僧的《两年来的文坛概论》发表

红僧即李焰生，他的《两年来的文坛概论》发表于1935年1月的《新垒》第5卷第1期。

该文认为两年来的文艺主流就是政治化。对此他左右开弓，既批评了左翼文化"投机"革命，也批评当局者的愚蠢政治，导致政治强奸了文艺，将文艺的意义与使命改变，抹杀了人生，歪曲了现实；但是也有文艺的新生意向。即由新旧士大夫的传统观念，改变而为大众的观念，由精神的专制而至精神的解放，由旧的政治观转而为新的人生观，由党派的见解，进而为国民的见解。这方面他吹嘘了《新垒》杂志在其中坚持了正确的文学道路，而与文艺政治化人士进行了坚决的斗争。幽默小品的盛行，也是这两年的大事。红僧分析了其盛行的主客观原因，主观是新士大夫的生活舒适、态度潇洒、清谈为怀、情绪闲散；而客观原因在于时代的黑暗混乱。杂志盛行而单行本渐少，也是近两年的文坛趋向。作者认为这有经济上的原因，读者购买力下降；也与单行本原来的政治化、欧化倒了读者的胃口，而小品文杂志更加有趣味有关。作者还提及这两年来文坛丑闻不断，他列举了崔万秋与曾今可为刊稿与稿费交恶，张资平与黎烈文为腰斩文稿争吵，赵景深与余慕陶因抄袭而揭发，何家槐与徐转蓬的冒署名之争，并评论文人无行，将其丑劣暴露于世人面前。

该文自认为自己与其《新垒》杂志是站立在左右翼文人之外的，又不同于第三种人的文学人士，所以对文艺政治化予以了持续的批判。但实际上红僧的立场是站立在国民党立场之上的，他反映的是国民党内"改组派"解散后失意人士的典型心态。改组派在 1930 年初军事反蒋失败，改组派总部实际负责人上乐平被蒋介石特务暗杀。此后，改组派在各地的活动陷于停顿，1931 年 1 月被迫宣布解散，"只剩下一些上层的官僚政客、失意军人，利用这块招牌，来作为和蒋介石争权夺利的工具了"。[1]《新垒》既攻击左翼，也讽刺右派，同时对"第三种人"也不客气，但实际上攻击左翼为多正是他们利益所在的表现。[2]

2 月

1. 杨晋豪编写的 1934 年《中国文艺年鉴》出版

杨晋豪编写的 1934 年《中国文艺年鉴》于 1935 年 2 月在北新书局

---

① 何汉文：《改组派回忆录》，《全国文史资料选辑》第 17 辑，中华书局 1961 年版，第 177 页。

② 牟泽雄：《民族主义与国家文艺体制的形成——国民党南京政府时期（1927—1937）的文艺政策研究》，云南人民出版社 2013 年版，第 165—168 页。

出版。

该年鉴分为四部分。第一部分是《二十三年度中国文坛巡阅》，分为《一般的考察》《本年度的中国文艺主潮》《本年度的中国文艺论战》《本年度的中国死亡作家》。在《一般的考察》中，作者描述了这一年度的文学形势："文艺单行本的出版减少，乌七八糟杂志的纷纷发刊；伟大作品的不得发生，小品散文的广泛盛行；重要理论的探讨避却，消闲幽默的高度畅销等等。"

"本年度的中国文艺主潮"大概有六股潮流："农村破产的描写增加""历史故事的接续出现""战争小说的常有发表""幽默闲适的风行一时""小品文字的极度兴盛""翻译工作的继起复兴"等。杨晋豪认为翻译工作"在前一两年，一般读者，对于翻译的东西，抱持着厌烦的态度，而在书业方面，为了迎合读者的脾味，也都少出翻译而多供给创作。但在本年度，却表现出了转机。因为在创作界显然表现着贫乏。更为了环境的限制，而无伟大作品的产生；于是介绍国外名著的工作，成为营养今日文坛的重要任务。很多人在呼喊着翻译世界名著的要求。在社会科学和国际政治上，专载翻译的期刊，尤其出版得多。文艺杂志的翻译工作，也逐渐复兴。而专载文艺译品的期刊，则有生活书店的《译文》和黎明书局的《世界文学》；《文学》和《现代》也出过翻译的专号"。《本年度的中国文艺论战》着重谈了五次论争："京派海派之争""伟大作品不产生的讨论""接受文学遗产的问题"论争"小品文的提倡和攻击""文言白话和大众语的论战"等。《本年度的中国死亡作家》中介绍了朱湘、庐隐、刘半农的生平、著述等（书前有三人的8帧遗照），并附录了怀念三位作家的文章：赵景深的《朱湘》、苏雪林的《关于庐隐的回忆》、刘育伦与刘小惠和刘育敦的《父亲的死》。

第二部分是《二十三年度中国创作选》，其中选取短篇小说十五篇、新诗十八篇，散文下又分为小品七篇、记事九篇、游记五篇、日记三篇、传记三篇和随笔四篇。

第三部分《二十三年度内地文坛报告》，对北京、南京、武汉、广州、安庆、济南、保定、长沙、漳州、南通、松江、常州等地的文学社团、报纸杂志和文艺活动进行介绍。

第四部分则为《二十三年度出版文艺书目》，分为文学史论、散文、诗词、小说、戏曲、杂志几种类型进行介绍。

该年鉴出版后，受到读者李影心的严厉批评，其于 1935 年 10 月 18 日在《大公报》《文艺》副刊上发表了一篇《关于二十三年度中国文艺年鉴》的文章，文章针对作品的选本、对年度文坛的概述、所选散文居多等问题发表了批评意见。对于李影心的观点，杨晋豪在 1935 年《中国文艺年鉴》《后记》中作了客观的分析和解释，他指出："年鉴编辑，原是一种艰苦繁重的工作，观点正确，审别取舍能力的明断，固很重要，而最需要的却还是过去的和现今的文艺上的甚至于社会上的各种材料。但要搜集它，却又谈何容易！以国家的力量所主持的中国人口调查，还要靠外国人的统计，更何况乎我在编辑这文艺年鉴的工作时，仅是独力支撑，既没有什么'委员会'为之讨论，而又缺少他人力量的帮助；既没有国家经费的津贴，而又迫于局中经济的困窘；加之以为要赶速出版，时间匆促；而在编成之后经过了审查（尤其是文坛巡阅的部分被勾去很多）；在这种种困难的处境之下，而对于这一年度的中国文坛作了一个概括的清算，我想站在客观地位的读者，或能原谅编者的这一点苦心罢！"可见，杨晋豪依靠个人力量完成这部年鉴也只能走马观花，起到保持史料的作用。

2. 忆南的《一年来中国文坛论战的总清算》发表

忆南的《一年来中国文坛论战的总清算》发表于 1935 年 2 月的《人民周报》第 159 期。

该文认为 1934 年的文学创作呈现着"灰色的气氛"，倒是文坛论战值得注意。他关注了五个问题的论战。第一个问题是《大晚报》副刊《火炬》请施蛰存提出一个有助于提高青年文艺修养的书籍，其提出的是《庄子》和《文选》，引起了鲁迅等人的批评。第二个问题是海派与京派之争。作者认为这也是一个作家修养问题，有助于作家创作态度的严正与调整。这个问题快要收场的时候，又出现了何家槐作品是否别人代作的问题，即"徐何事件"。第三个问题是关于小品文的论战，随后出现了小品文的两派，一派是"以清谈遁世为主旨，目的在游戏消闲"，这以《人间世》为代表；另一派是"以新的题材表演新的内容为主旨"，以《太白》为代表。第四个问题是"大众语文"的讨论，作者

认为这次讨论是"五四"运动之后"最热闹的一页"。这个问题的讨论
分为两个阶段,前一阶段是讨论"什么是大众语文",第二个阶段是
"如何创造大众语文"。作者认为将中国文化的落后归咎于留传了数千
年的方块字,并力图抹杀取消,"这是一个错误的运动"。第五个问题
是文学遗产和翻译问题,这一问题并没有掀起什么大的波澜。作者对这
一年的文学创作比较失望,但是这一年杂志非常之多,被称为"杂志
年",《译文》《世界文学》《水星》等杂志还是可以一看的。

　　作者在对这一年文艺论战进行评说之时,比较客观。但对鲁迅似乎
不太尊敬,称其为"老头子"。

3. 石原的《谈谈中国文坛上的派别》发表

　　石原的《谈谈中国文坛上的派别》发表于 1935 年 2 月 20 日的《文
艺战线》第 3 卷第 40 期。

　　该文只是对 1927—1935 年的中国文坛上的派别做一分析。他介绍
了九个派别:第一,新月派,是"在过去也曾为极活跃的派别","近
两年来,也可以说徐志摩死后,却是沉寂得很"。第二,文学研究会,
在《小说月报》停刊后,该派乃渐失势。郑振铎和傅东华又分为两派
了。首先是文学派,《文学》的主持者为傅东华,而陈望道、曹聚仁、
黎烈文、黄须、沈雁冰等作了中坚。以先前文学研究会的留在上海的一
群作基础,把《文学》作了继续《小说月报》的正宗,刊物由发行路
线很广的生活书店发行。其次是文学季刊派,完全为郑振铎的独角戏,
"该刊出版后,在量的方面,虽然极广大的,可是在质的方面,却不见
得什么精彩。而里面的作者,大半皆与当时的文学研究会无关系。"第
三,论语派,领袖则是林语堂,中坚分子则是老舍、俞平伯、周作人、
臧克家等人。"他们出版的《论语》,是能把握一般观众的心理。它们
活动力量最大,在一九三三和一九三四年的文坛上,几乎完全为他们所
占有……当《人间世》出版后,该派的力量更加伟大。整个中国文坛,
几乎闹成小品文和幽默文的占领地。"第四,现代派,他们的刊物,便
是《现代》杂志。"主办者纯以第三种人作基本队伍。他们是反对左翼
联盟最有力量一个团体。"《现代》停刊了,该派便受了不少的打击。
第五,独立评论派,《独立评论》是胡适所主持。"在华北为一有力量

之刊社。中坚分子为丁文江，刘半农等人（刘已故去）"，《独立评论》的内容，"论精神未免有些颓靡不振，然而论其潜势力却还不少"。第六，人言派，这一派原与论语派是一派。后来章克标与林语堂意见不合，乃分裂自己主办《人言》，而另成立一派。"在分子方面也不及论语派之多。不过，最可注意的该派领袖章克标颇有毅力，仍终日努力的往前干。"第七，民族主义文艺派，口号的喊出是在1928年，但当时努力这种工作的人很少。至"九一八"后，该派乃应运而活跃起来。"举国人士都以为欲救中国，第一要恢复民族性，求民族复兴，便不能不提倡民族文艺运动。若论这派的刊物，华北和上海均极多。"有《文艺月刊》《民族文艺》《黄钟半月刊》《幽燕》。第八，文艺茶话派，是章衣萍主持。"因为章衣萍不能惹起一般青年的信仰来，而又没理论作基础，至于分子面又太薄弱"，因此停刊了。第九，左翼作家联盟，系鲁迅主持。该派在1932年为极盛时代，"因为卢布的关系，参加的青年作家极多。除去小部分未成名的作家外，其余的都是成名的作家。而且多数是盟员，创造社和太阳社几乎整个与它合并了。所以在当时很活跃，几乎整个文坛被他们霸占了。上海出版的杂志很多，《北斗》其一也。北平则有《北平文化》"。但自"九一八"后，"该派乃失掉了理论的中心。同时机关杂志不能出版，而内部又起纠纷，有的退出，有的消极，有的因为派分卢布不均发牢骚，所以该派乃不振了"。最后石原展望"将来中国文坛上恐怕完全要被民族文艺派占领。因为恢复民族的口号，为民众各个的口头禅"。

石原在派别的区分中，对其他派别如文学派、文学季刊派、独立评论派、文艺茶话派的介绍都能客观介绍，而对于左翼作家联盟则进行污蔑和人身攻击，对于民族主义文艺派则给予厚望。

3 月

1. 阿英的《〈现代十六家小品〉序》发表

阿英即钱杏邨，这篇《〈现代十六家小品〉序》发表于1935年3月上海光明书店出版的《现代十六家小品》中。作者编选了《现代十六家小品》，该篇序言对"近二十年来"中国小品文的"内容与形式作为不可分离的统一来加以考察"。

他认为新文学运动初期的小品文——那时，是没有这个名称的，只是包含在《随感录》内，或者在"创作"的统称之下，是和其他的论文、小说、诗歌等一样的，是一种战斗的，反封建的工具。这一期的小品，是以"随感"为主的，可以鲁迅的《热风》为代表，阵容是非常的整齐。就是不采取"随感"形式的，也充分地反映了战斗的精神。当时"并非是由于要做漂亮、紧凑、缜密的文章，是由于战斗的需要，是由于有关于社会改造的话要说。既不能成大块文章，也必得随便说说，这是当时小品文所以发展的原因"。"要说成为漂亮、缜密、紧凑的文章，那是第一期后一阶段的事"，如冰心女士的《笑》。"正式的作为正统小品文的美文，引起广大读者注意的"，却是从周作人的《苍蝇》一文起，战斗的意味是逐渐丧失了。发展到这一境地有很多原因：第一，帝国主义的势力压抑、旧军阀们对社会运动采取高压与残杀。第二，是新思潮的输入与急激的分化。第三，作家本身的分化，"一部分人固然百折不屈的继续奋斗，而另外一部分，却不能不停滞着脚步，或者转向消沉，谈风月，说身边琐事了"。

"五卅"惨案以后，是为第二期。小品文"仍不免是个人主义的，但是一方面是更进一步的风花雪月，（另）一方面却转向革命"。这时期的革命小品文，"在反对帝国主义方面是特耀着光彩，飞扬着战斗的精神"。而落后的，风花雪月一派，"虽偶尔也发一两声对于社会现状的呻吟，大部分的时间，却依旧耗在趣味的消闲上，大概为社会斗争而淤积的血越多，他们愈益加紧的向趣味主义的顶点上跑"，虽然他们也有"不得已的苦衷"，如胡适、周作人等。接着来的黑暗的时代，革命的小品文在外表上，是陷于沉寂。而消闲的趣味的小品，得到了更大发展。这可以说是中国小品文的一个反动的阶段。

"九一八"事变后，小品文发展到了第三阶段。小品文作者有了非常明确的社会观点，"反对帝国主义与封建势力的要求更热烈，而它的短小精悍的体制也更有力量"。在质量双方，都有很大的开展。不过小品文所能采用的说话的方式，"是没有以前的坦白，在文字上，总是弯弯曲曲，越弄越晦涩。这是由于社会的原因，而不是由于作家个人的原因"。而风花雪月，身边琐事仍旧存在，他们真是"稿纸上的散步"，丝毫不接触苦难的人间。于是形成一种对立：一方面是发展，另一方面是没落。

在小品文的态度上，钱杏邨的态度是鲁迅的，他希望小品文成为"投枪"与"匕首"，所以将风花雪月的小品文评价为没落的。而两种不同类型的小品文，实际上是面对社会形势的发展及恶化的不同人生态度和文学趣味的选择，这二者之间在钱杏邨看来是不可兼顾的。

4. 日本人池田孝的《中国现代文学的动向》译文发表

日本人池田孝的《中国现代文学的动向》于1934年发表在日本国际评论十二月号，由王晓舟翻译，发表1935年2月的《文化与教育》旬刊第45期。

该文主要介绍的是1930—1934年的中国现代文学情况。池田孝认为这期间中国现代文学的动向是循着两个标的而演进："即国民党的文艺政策与共产党的文艺政策二大分野之对立，代表了中国最近文艺思想的主潮。""反帝思潮的热烈，民族解放情调的兴奋，血与悲怒的横溢，充满于作品之中；丁玲女士的《水》（载《北斗》），瞿秋白的《东洋人出兵》（载《文学导报》），都是显著的代表。"

"一二八"事变后，左翼期刊虽遭受取缔，但是又层出不穷，给池田孝留下的影响深刻，而民族主义文学"并没有表现什么具体的工作"，"单纯的空论，自然不会有新的收获"。池田孝将1932年重要的文学事件进行了简述：中国著作者协会的成立、上海文化团体对世界发表宣言、中国著作家抗日会的成立、歌德百年纪念的举行、著作人出版人联合会的成立、中国诗歌会的成立。对于这两派之外的文艺，池田孝介绍了"还是小资产阶级意识形态的表露，对于现社会虽然不满，而又没有勇气去参加任何的斗争，所以只好回避，安息于无风的角落里"的《现代》及所主张的第三种人的文艺，"所谓幽默和讽刺"的文艺茶话及《论语》、"实际上没有充实的内容"的张资平主编的半月刊。

对于1933年的文学动态，池田孝主要介绍了北方的《文学杂志》和南方的《文学》，以及这一年围绕第三种人的论争；1934年的文坛在他眼中则是"民族主义文学的复活，从而镇压普罗文学的时期"，如此的原因则是国民党开始利用集权之手段的"民族"口号，以此来收服人心，并以此对抗迫在眉睫的日本侵略。

对于这期间的文学成绩，池田孝认为最好的成绩也许是评论，"论文啦，随笔啦，成为中国特种存在的传统文学，还可说是好的，其次是小说，戏剧与诗则甚劣"。

池田孝对这期间的文坛动态总的来说比较客观，而从其立场来看，他对远离政治的第三种文学和幽默文学并不赞同，而对左翼文学的不屈斗争则有佩服之情，对于国民党的民族主义文学则感叹其迟缓而没有具体成绩。

6月
周征的《十年来之中国文学》发表

周征的《十年来之中国文学》发表在 1935 年 6 月的《光华大学半月刊》第 3 卷第 9—10 合刊中。此文登载在光华大学十年校庆专刊之上，与其刊载的有多篇总结十年各门各类成绩的文章。该文名曰"十年来之中国文学"，实际上不只十年，而是从新文学开始说起。

在《诗歌》中周征追叙了胡适的"尝试"新诗及文学革命，坚持的是学衡派的批评。"阙后新体之诗，始仅蔑弃旧诗规律，犹未脱旧诗之音节，再变而为无韵之诗，三变而为日本印度之俳句短歌，四变而至西洋体诗。"然后其摘引了一些讨论新诗格律的言论，最终得出结论："诸素习新诗之作家，'尝试'未'成'，悔其可追！'不用典'而顿悟'用典'之妙，'不摹仿'而转羡'摹仿'之功，悠悠苍天，此何心哉！"

在《小说戏曲》中，周征认为当时小说的题材意境，"虽遭遇非常之世，犹未有非常之构！"他评价当时的小说"刺激多而安慰少！玄想富而名理瘠！诲俗有挑拨之嫌！相实无平恕之情！不问国俗，驱而远之"。对于戏剧，他认为民初党人，充分利用了其宣传政策之用，之后就"流品日下"，他对梅兰芳出演苏俄，余上沅等在倡导国剧，则有所期待。

在《散文》中，周征对当时的小品文周作人、林语堂的散文理论进行了讽刺。他认为："斯文一脉，本无二致，无端妄谈，误尽苍生！十数年来，始之非圣反古以为新！继之欧化国语以为新！今则又学古以为新矣！"

最后，周征总结近十年来的文学道路："人情喜新，亦复好古，十年非久，如是循环；知与不知，俱为此一时代洪流。疾卷以去，空余戏狎忏悔之词也！"对于中国文学为什么会如此，他认为是因为中国还没有明白自己的文化传统，也就无以自立，所以他引用王新民和章行严的观点，劝说大家要加强中国本位的文化建设，依此而自立自强。

从周征所用文言文体及对学衡派的拥护、对格律诗派、小说戏剧及散文的嘲弄来看，其还是文化保守派的立场，仍旧沉湎于新旧之争中而不能释怀，他更坚持中国文化的本土立场，这在 20 世纪 30 年代有些"不合时宜"。

7 月

阿英的《中国新文学的起来和它的时代背景》发表

阿英的《中国新文学的起来和它的时代背景》发表在 1935 年 7 月 1 日的《文学》第 5 卷第 1 期。

该文第一部分通过点评胡适、陈独秀、周作人等多人论述的新文学产生原因，由此说明"五四的新文学运动，即是压根儿反封建，要求建立民主主义的文学，两者根本上就没有契合之点的"；"五四的新文学运动，是适应着五四当时的社会要求，依据着社会经济的条件产生的，其来源绝不是英，也不是明"。第二部分通过胡适、陈独秀的话来说明文学革命的发生经过，也论及钱玄同与刘半农的功劳。第三部分则是介绍以林琴南为中心，刘师培、黄侃、马叙伦、严复、屠敬山、张相文对新文学采取着猛烈的反对态度，但遭到了蔡元培等人的驳斥。

该文主要参考文献以胡适的《五十年来中国之文学》和其他新文学者的文章，其叙述更加富有逻辑，创新并不十分突出。

8 月

谭正璧的《新编中国文学史》出版

谭正璧编著的《新编中国文学史》1935 年 8 月在上海光明书局出版。

该书第七编《现代文学》分为三章，分别讨论了"文学革命运动""文学建设运动""革命文学运动"。其认为"文学革命运动"重在理论上的斗争，重在破坏旧文学；1921 年之后，两个文学社团的建立，就是文学的建设时期，多重在文学技巧的更新；而后是"革命文学运动"，文学的内容得以重视，这时新文学才取得最终的胜利。这样的时间划分使得短短近二十年的文学史有了层次递升、进化发展的味道，新文学史的变迁有了逻辑规律。

该书第二章还书写了谭正璧曾和胡怀琛探讨"双声叠韵"，参与者有朱执信、朱侨、胡涣、王崇植、吴天放等人，这一历史事件其他文学史都未介绍，因为谭正璧曾参与其中，就将其予以书写，这也是为自己争得新文学史地位。第三章《革命文学运动》书写得较详细，有许多创新之处，特别是对"最近"的作家作品进行了书写。

谭正璧的这部文学史在书写新文学史之时，按照三个不同时期三个不同文学潮流进行书写，对 20 世纪 30 年代最新作品的介绍在当时的文学史中是比较突出的，但是其对这些作家作品的介绍多客观的生平简历和作品名称的列举，很少精到的文学赏析，这使得其资料性大于其文学性。而且对作家作品进行分类介绍时，分类标准比较含混有欠科学，这使得文学史规律性探索还不够深入。但是在冷静书写的同时，我们也能看出其对革命文学的态度，这应该是他自己的主观性体现，这也表现在他的三个时期的划分上，它们无形中有着一种进化演绎的色彩。

9 月

1. 王丰园的《中国新文学运动述评》出版

王丰园编著的《中国新文学运动述评》于 1935 年 9 月在新新学社出版。该部文学史基本上就是前述《文艺讲座》第一册[①]中所收录的麦克昂《文学革命之回顾》、华汉的《中国新文艺运动》、钱杏邨的《中国新兴文学论（第一章）》的糅合，还有对之前出版的一些文学史的借鉴。他自己在《前言》中也说道："余年来读新文学书，积有系统之史实与论断，不下二十万言，今仅以其一部分，贸然刊布"。这番话表明王丰园的这部书多是选编于他的读书笔记，基本上是"取诸人"而汇编。

王丰园在论述新文学几大运动时借鉴华汉《中国新文艺运动》太

---

①　冯乃超：《文艺讲座》（第一册），上海神州国光社 1930 年版。

多，特别表现在其从阶级立场对鲁迅、叶绍钧、茅盾、郭沫若、郁达夫等人的文学分析上。但在第五章《革命文学运动》中，王丰园没有认同华汉在《中国新文艺运动》中称颂革命文学的观点，而是对其有所批评。其对革命文学的理论主张进行了详细分析，但对他们的创作表示了怀疑，认为"理论是理论，他们能否做到他们所主张的，实为一大问题，我们只看到他们的作品，仍是身边琐事的描写，并且大部分是坐在洋楼上想象出来的"。他对创造社转变后的缺点也进行了列举："个人主义英雄主义的色彩浓厚""认创造之人为非常之人；认革命之人，更为非常之人""没有忏悔自己的过去""与'太阳社'互骂，争文学领导权""一味地攻击鲁迅""他们的题材（尤其是诗）是空想的""郭沫若的《一只手》，是中国旧小说团圆之梦，太幼稚了"。王丰园还对太阳社的文学理论进行了批判性介绍。《对于革命文学的非难者》中，王丰园将"非难者"分为两派进行分析："一为嘲笑革命文学者的幼稚而不根本反对革命文学派；（另）一为根本反对革命文学派。前者以鲁迅和茅盾为代表，后者以梁实秋和民族主义的文艺作家为代表。"从王丰园对革命文学的态度来看，他的立场应该与鲁迅和茅盾一样，所以他一方面借鉴了创造社对近代文学、文学革命、文学研究会、创造社的文学史分析，另一方面又吸收了鲁迅茅盾的观点对革命文学的创作进行批评，从这个角度来看，王丰园的文学史书写的确糅合了多种人的观点。

在第六章《左翼作家联盟以后的中国文坛》中，王丰园对"左联"的主张和各个问题的论战始末进行了较为详细的介绍，也进行了自己的评价。他认为"大众语派这种意见是无谓的争辩。因为在文化程度较低的中国，你就是用大众语写出能看得明白，听得懂，读得懂的语文来，也不一定大家都能听得懂，看得懂，读得懂。我总觉得凡用笔写出来的文与大众口里说出来的话总不能完全符合，所以我以为问题在乎义务教育的实施，不在乎标新立异的空谈，况且谈大众语的人，毕竟是知识阶级，还有些简直是官僚买办阶级。他们是不经实际考察的空想家，对这些先生们，我只希望他们不要再写八股式的白话文同语录体罢了"。王丰园从义务教育的实施来谈大众语发现了问题关键，这说明他自己还是有一些见解的。

2. 孟聿弙的《中国文学史问题述要》出版

孟聿弙编的《中国文学史问题述要》于 1935 年 9 月在保定协生印书局印行。

该著在《序》中表明，因为"学科复杂""时间短促（授课需要）""卷册浩繁"等原因，该书"偷自"当时已经出版的数十种文学史，看来该著也是杂糅各家而成书。但其自负也有剪裁及加工的功劳，这典型体现在其用四百多个回答题的形式书写了文学史，这是与众不同之处。其在最后一章用问答的形式书写了新文学的历史，大致有以下一些问题："民国文学的特色是什么？""革新运动是忽然而来的吗？""陈胡的革新运动的武器是什么？""新文学的主义是什么？""反对新文学运动的是谁们？""鸦片之战，英法联军……于文学有什么关系？""戊戌政变于文学有什么关系？""清末诗界巨子为谁？""先陈胡而革新文学的是谁呢？""推行白话文的先决问题是什么？""首先参加新文学运动的是谁们？"

3. 容肇祖的《中国文学史大纲》出版

容肇祖的《中国文学史大纲》于 1935 年 9 月在北平朴社出版。1934 年，他受聘到北京辅仁大学，将自己在岭南大学时的文学史讲义予以油印，受到顾颉刚的鼓励，将其修改后以《中国文学史大纲》之名出版。

该著述及新文学运动的篇幅很少，只在第四十七章《民国的文学及新文学运动》中书写了两页，包含三个小节。其中《开国初古文学已成功的作者》介绍了章炳麟、林纾、严复、梁启超等人的文章，陈衍、黄节等人的诗，朱祖谋、况周颐、王国维等人的词，吴梅的曲；而《新文学的运动》则介绍了新文学运动的发生发展及成功；《新文学的最成功者》介绍了胡适、周作人及周树人。其将新旧文学依次书写，足见其客观的文学史立场。

12 月

伍蠡甫的《一年来的中国文学界》发表

伍蠡甫的《一年来的中国文学界》发表于 1935 年 12 月的《文化建

设》第 2 卷第 3 期。这一期同时刊载了多篇同类文章。

该文列举了几件这一年发生的大事：第一，文学界发表了《我们对于文化运动的意见》，参入的团体有文学社、文学季刊社、太白社、芒种社、东京杂文社、东京诗歌社、新小说社、译文社等。第二，这一年文学遗产的工作成绩突出，这表现在古代文学、外国文学翻译与中国新文学大系的编撰整理。第三，一九三五年被确认为儿童年，儿童文学受到了重视。第四，出了几种文学研究专集，如《小品文与浪漫画》《文学百题》。第四，小说创作出现了不少，得名的也不少。题材上"农村崩溃""对外关系""一般社会不安"最多，如张天翼的《清明时节》、艾芜的《南国之夜》、郁达夫的《出奔》与欧阳山的《姊妹》。第五，诗作也有不少，如玲君的《山居》、金克木的《淹留》、戴望舒的《古意答客问》，但他认为这都太类似于旧诗词里的陈句，他更欣赏臧克家的《运河》。第六，在剧本方面，曹禺的《雷雨》在这一年仍在持续着影响。还有改译外国的剧本，如李健吾的《说谎》。第七，介绍了孙寒冰、傅东华等人的翻译。

伍蠡甫注重了 1934 年的文学大事件，其对于诗歌和小说的欣赏体现了他很高的艺术水准。

本年

徐芳的《中国新诗史》完成

徐芳 1931 年考入北京大学中文系。《中国新诗史》是她 1935 年在北京大学中文系毕业之前撰的长篇论文，指导老师是胡适。胡适当时出任北大文学院院长兼中文系主任，并开设有中国哲学史课程。胡适先审定了写作提纲，对结构作了若干调整，推荐了一些篇目，订正了个别笔误；论文完成之后，又作了多处批改。这部著作概述了 1917 年至 1935 年中国新诗发展的历程，先后评析了三十五位诗人的诗作。徐芳 1949 年后定居中国台湾，晚年将该论文整理后由中国台湾秀威资讯科技股份有限公司 2006 年 4 月出版。

这本新诗史在编排上受到同时代文学史的影响。即首先解释什么是新诗，因为这在当时还是一个新生事物，需要将其与旧诗进行区别；接着就要分析为什么要有新诗，而徐芳举出来的这几个原因可说是当时阐释为什么要有文学革命的翻版。将新诗分为三个时期后，然后介绍诗歌理论讨论与诗坛概况，这也是当时常有的编排方式，在她之前的草川未雨的新诗史就是这种框架。

徐芳的诗歌观念受到胡适的影响比较大，重视现实题材的自由体白话诗，其很多地方摘引了胡适的观点。这也可以从其对具体象征派、格律诗派的诗人诗作的评价上看出。如她认为"象征诗是在大众的不了解下流行着。究竟它的前途如何，我们现状尚不能推测的"。或许她自己也不甚了解，所以评价林庚的诗歌"深奥而不易懂，也许太含蓄了的缘故。这种非得有特殊天才的人，才能了解。像我就有点不大了解这诗；所以就不敢妄加批评。不过我也细看了这本诗集，我觉得作者生活经验太不丰富，生活范围也太狭小；所以没有什么特殊的佳作。林氏不妨在社会多得一点生活经验，再作诗，那样一定会有较好的成绩"。相比之下，徐芳更欣赏臧克家的诗歌："他是一位在诗坛上得到喝彩最多的人。说实话臧氏的诗是极有意义，极有价值的。他写的不是象征诗，他的诗里没有什么美女，红花……。他咏的是现代的生活与现代的精神，确是一位今日不可多得的诗人。"对于格律诗，徐芳也认为存在一些问题，"即是这种诗体难免凑字凑韵的毛病。作者往往着重形式而忽略了内容"。所以她在结尾对诗歌提出希望之时，就指出："新诗应该有一个自由的形式和自由的韵律"，"有一种内容便有一种形体产生出来的诗"，"韵律是诗歌必具的条件，可是也应该随着自由的形体，构成自然的韵律。一定去凑拍是要不得的"。

1936 年

1 月

1. 立波的《一九三五年中国文坛的回顾》发表

立波即周立波，他的《一九三五年中国文坛的回顾》发表于 1936年 1 月 10 日的上海《读书生活》第 3 卷第 5 期。

在《一年的中国》中，周立波对 1935 年的社会形势进行了概述："回顾一年的中国，最先看到的，是河山的残破和残破的河山里的英勇挣扎的人群。"周立波认为这一年"我们的文学却显得比较沉寂"，因为"有才能有经验的作家，没有方法接近英雄的现实，而在现实的挣扎当中的人们，又不一定有文学的素养和写作的工夫"。

在《少量的反帝作品》中，周立波评析萧军的《八月的乡村》"充满了对于土地的景慕和对于失去了的自然景致的爱抚。故事的结构是片断的，却告诉了我们：敌人是怎样的残酷，农村男女是怎样的英勇，使同胞警惕，更使同胞兴起"。艾芜的《欧洲的风》"描写了中国南部边疆，欧洲帝国主义的侵略和劳苦大众的反帝的情景"，此外还有他的《咆哮的许家屯》和《南国之夜》。在《许多回忆》中，周立波分析了在《文学》《文学季刊》和已经停刊的《创作》和《水星》发表的许多对于过去的回忆作品。如《禾场上》《清明时节》、何家槐的《怀旧集》、欧阳山的《康波父女》、沙汀的《祖父的故事》、茅盾的《拟浪花》。"说是回忆就是说他们的作品所反映的现实，和当前急剧变化的现实有些异样。"在《牢狱文学》中，周立波分析了艾芜收在《南国之夜》里的《强与弱》《饿死鬼》。他认为《羊》也是一篇牢狱小说，作者带了些感伤，"在这样窒息人的黯淡时代，知识人的感伤，正表示了他对于时代现实的严肃，比起麻木来，智慧的感伤是好得多的"。《翻译的旺盛》评析"翻译是今年最巨大的工作。许多最优秀，最辛勤的文化工作者，都用了全部或大部分的精力，来从事这原是民主的任务的历史工作。这一年，出现了许多成功的翻译，充实了在创作上比较沉寂的文坛"。

在《通俗和复古》中，作者认为"在华北事件的旋风里，'存文会'的先生们，古文派的老爷们，都偃旗息鼓了……而通俗化的运动，是有着成绩了，《天马通俗小丛书》印行了二十多种。《新小说》《青年界》《中学生》《生活知识》《读书生活》《通俗文化》《大众生活》等刊物的文艺栏都得了广大的读者的赞助。许多文学团体发表《我们对于文化运动的意见》就是反对复古的宣言。《杂文和短论》强调了这一年的杂文和短论特别多，大家为了杂文的价值问题，也曾经有过一些争论。东京的《杂文》《东流》，上海已经停刊的《太白》《芒种》，还有《每周文学》《文艺副刊》以及各报副刊，都是杂文与短论滋长的园地。徐懋庸的《打杂集》是杂文短论的合璧，文学社所编《文学百题》是有系统的文艺短论。"作家的忙碌，和艰难时世的日常生活的杂沓，我以为是杂文和短论盛行的主要原因。"作者承认林语堂的作风已经"由闲逸的幽默变为任性的情趣，相差还是不多的"。但"以林先生的能力，实在应当替受难的中华民族多做点事"。《星火》杂志上的评论，"除了杨邨人先生和张露薇先生的谩骂，韩侍桁先生的骄矜以外"，还有苏汶的委婉的理论。他的"态度是比较好的，理论上却有许多缺憾，关于这点，曾经有许多人的评论"。"一年来的许多官和半官的文艺刊物，特别显得贫瘠"，有些文学刊物很失败，"在人家看来，已经值得失望，自己还不知道或者装作不知道，那更可怜"。这样的刊物有《国民文学》《文艺月刊》《每周文学》。这就可以"看出真理和民气，到底是属于哪一边的！"他分别介绍了南方"晨曦文艺社""虚无主义者"的宣言，和上海文化界前后为抗日救国发的两个宣言，这两种宣言，"一个是主张亡了国去做奴才，一个是要做堂堂'中国的主人翁'。这两种宣言，划明了中国文学界根本不同的两条路"。

在《结尾的话》中，周立波认为"中国文坛上，虽然有两群绝不相同的人群，但是，有一群人是只有嘴巴的，有一群人却真是在做"。当然在默默地做着的人，是用不着掩饰自己一九三五年的一些缺憾："一，反帝的作品，还赶不上时代现实的需要。二，工场小说的比较贫乏。三，许多现实主义者，只看了现实的消极面——譬如灾难，还没把握现实的光明面——譬如一切形式的挣扎。四，诗的落后，一九三五年的诗歌，很少出色的有力的作品，副刊上有时透露一些伤感的声韵，通俗刊物上，有时也有一些通俗诗歌的露面，都还不能满足我们诗的要求。"从周立波对1935年新文学的总结来看，其是以左翼的现实主义的文学观来对这一年文学成绩进行检讨。他描绘了具体文学现象，但是号召更多的反帝的、积极的、现实的作品能够在新的一年出现，正是这种文学观的体现。

2. 左衣梦的《一九三五年中国文艺界》发表

左衣梦的《一九三五年中国文艺界》发表于1936年1月16日的《文化生活》周刊第2卷第1期。

作者对1935年总的评价较低："仍然如一池死水似地，不但没有什么特殊的课题提示出来讨论，也没有划时代的，所谓'伟大作品'出现，而且比过去几年还要荒芜"。这一年成为问题而被"人"讨论着的只有"文学遗产"的问题了。此外如《中国新文学大系》《世界文库》《中国文学珍本丛书》的发行,以及译作刊物《译文》《世界文学》的停刊、文学研究专集的出版、儿童文学的提倡,长篇小说有巴金的《家》出版,大概就是出版界在1935年的总成绩。而两篇宣言《中国本位文化建设》和《我们对于文化运动的意见》的发表,通俗文化的被提倡,新文字和木刻创作之引人注意,可说是代表着另一方面的前进。他就是根据这条线索,对1934年的中国文坛进行了观察。

对于短篇小说,左衣梦进行了更有兴趣的分析。在题材上:一、纯粹描写男女恋爱关系的小说,已经不多见了;二、处理家庭和个人事件的题材,也完全把家庭和个人淹没在这社会的动荡中了;三、历史小说是以社会的观点,截去历史事件之一段,以反映现实社会的某一方面;四、关于农村崩溃的题材,描写的特别多,而且还有写的相当成功;五、对外关系的小说,也有写的很不错的,如艾芜的《南国之夜》等篇;六、处理军队生活及一般社会不安现象的,都有较好的作品出现。在描写方法上:一、第一人称的个人主义精神的写法减少了;二、单纯的个性的描写也减少了。大抵都是用社会学的见地,将个性植根于某一社会的某一现象上;三、立体的,集体的描写法,是特别发展了;四、作者的作风,大部分都已变成为沉重的、严肃的,把握着社会现象的动态而描写了。

他认为这一年的诗歌,要算是顶消沉了,诗刊出版的很少,而如《现代诗风》之类的诗刊,内容又是空虚得可怜的东西,比较充实的,恐怕还要算在海外出版的《诗歌》了。在戏剧创作方面,一部成功的也没有。改译国外作品,如李健吾的《说谎集》,苏雪林的《鸠那罗的眼睛》等,都不见得怎么好。杂志出版相对去年也差得太远。

3. 路维嘉的《一九三五年之中国剧坛》发表

路维嘉的《一九三五年之中国剧坛》发表于1936年1月16日的《文化生活》周刊第2卷第1期。

该文介绍了1935年之剧坛的两个方面:第一,是剧运开始放滥的时期。南京、济南、保定、无锡、通县、天津、上海、河北、重庆、广州、太原、河南等地都在元旦前后举行了热烈的话剧演出活动,成立了许多剧团。第二，是"剧坛之各种动态"。作者介绍了职业与业余剧团的各种演出及设立，以及天津青玲艺话团召开的有关戏剧理论的座谈会，各种戏剧学院的建立等。

4. 杨树芳的《中国新剧运动史》发表

杨树芳的《中国新剧运动史》发表于 1936 年 1 月的《协大艺文》第 3 期。

杨树芳在《楔子》中说明自己的写作目的在于系统介绍清末民初至 1934 年上半年的戏剧运动，主要注重前因后果及戏剧与社会的关系的梳理。在《二　由春柳社谈到今日的话剧》中，其将中国新剧运动史分为"文明戏时期——辛亥革命至五四运动""爱美剧或话剧及歌剧兴起时期——'五四'运动至一九二八年""话剧及歌剧极盛时期——一九二八年至现在"三个时期，重点围绕春柳社、辛酉剧社、戏剧协社、南国社、艺术剧社、摩登剧社、左翼戏剧家联盟、大道剧社等剧团组织及戏剧学校进行介绍。

5. 绀弩的《一年来的中国文化动态》发表

绀弩即聂绀弩，他的《一年来的中国文化动态》发表于《中华月报》1936 年 1 月第 4 卷 1 期。该刊本期发表了多篇总结 1935 年各方面成绩的文章。

作者在该文中认为 1935 年是"旧书翻印年"，翻印旧书的特别多，而《世界文库》的郑振铎功劳最大。还有"十教授"建设中国本位文化的宣言及存文会的主张，以及文学社等十七个文学社团和一百四十余作家对文化运动发表的意见，他们一起为复古运动立下了不朽的功劳。但与之相对的则是这一年的手头字运动、通俗文运动和新文字运动；而原来落后的小报开始了改革，成为新文化运动的成员。这一年有《世界文库》《通俗文化》《芒种》《现代文学》《创作》《杂文》《妇女生活》《生活知识》《客观》《漫画和生活》《大众生活》等刊物的出版，"它们都把文化运动当作一种严肃的工作，真正在向读者灌输知识，解答问题"，"没有表示出投机取巧的其他作用"。但《新生》《太白》《现代文学》《译文》的停刊令人遗憾。这一年文学创作出版了很多文学集，其中天马丛书最为活跃，而"奴隶丛书，尤其是《八月的乡村》和《生死场》，是这一年来创作上最好的收获。它们的出现，会使中国的创作达到新的较高的水准是无疑的"。《八月的乡村》有"火一样的热情，铁一样的信念，严肃紧张处处抓住人的心腑"；《生死场》"写的是东北的农民怎样生，怎样死以及怎样在欺骗和压榨下挣扎过活，静态和动态的故事"。最后，作者总结道："从以上所提供的材料看来，中国的文化动态，仍旧在新旧交替的时期，新文化和旧文化的斗争，益见尖锐，两方面的壁垒也日见清楚"，当中已没有徘徊的地带，连郑振铎那样威灵显赫的文豪也找不出中立，更不用谈施蛰存、阿英、林语堂之流了。"同时，个人的意见日见减少，集体的意见日见加多，散漫的个人力量已变为集体的力量了"。

该文将 1935 年的文坛视为新旧文化作战的一年，其坚持的是左翼文化的立场，其与胡风、鲁迅的关系此时非常和谐，所以对奴隶丛书也采取的是这二人的意见，对萧军和萧红进行了称赞。

6. 英国人哈罗德·阿克顿和陈世骧选编的《现代中国诗选》出版

英国人哈罗德·阿克顿（Harold Acton）和中国年轻学者陈世骧联合选编翻译的《现代中国诗选》（*Modern Chinese Poetry*）一书于 1936 年 1 月由伦敦达克沃斯出版社出版，这是世界上第一部英译中国新诗选。阿克顿 1932 年来到中国直到 1939 年英国政府对希特勒宣战后才不得不离开北京返回欧洲。在北京生活期间，他先后应北京大学英文系主任温源宁和文学院院长胡适的邀请，在北京大学教授英美文学，并通过他的学生陈世骧接触到中国现代诗歌，结识了卞之琳和李广田等 20 世纪 30 年代活跃在北京的中国新诗诗人。出于对这些诗人诗歌的喜爱，他与陈世骧开始合作编撰、翻译《现代中国诗选》（*Modern Chinese Poetry*）一书。

《现代中国诗选》由四部分组成。第一部分为导言；第二部分翻译的是废名的关于新诗的回答①，对话是对导言的补充，进一步向英语读者阐述了白话诗人代表废名对中国新诗的见解；第三部分是诗选的主

---

① 原文即发表于 1934 年 11 月 5 日《人间世》第 15 期上的《新诗问答》。

体，包括十五名现代新诗诗人的九十六首诗歌。其中入选篇目最多的诗人是林庚（十九首），其次是卞之琳（十四首）、何其芳（十首）、徐志摩（十首）、戴望舒（十首）；第四部分则为入选诗人的简介。这四部分的内容组合，使得西方读者能对中国现代诗歌有一个全面了解。其中导言具有文学史写作的特色，介绍了中国新诗创作的历史背景、发展历程，简析了代表诗人诗作的特色，而且就诗歌编选的原则和诗歌翻译问题进行了说明，部分内容曾以《当代中国诗歌》（*Contemporary Chinese Poetry*）为题发表于 1935 年美国《诗刊》（*Poetry*）杂志第 46 卷第 1 期上。北塔曾将该导言予以译注①，我们以此为参考看其是如何介绍中国新诗史的。

　　在简短介绍完文学革命之后，作者直入主题介绍早期白话诗。他批评胡博士的第一首白话诗《蝴蝶》，其象征与句法"传统"色彩浓厚。在白话诗作者的花名册上，他是第一批成员，奇怪的是："今天看来，胡博士的诗从形到音都显得老式。说其好，是古代律诗的幼稚的现代化，说其坏，是他钟爱的欧洲诗歌段落的改写"。早期白话诗"尽管他们急于让自己摆脱传统，多数白话文作家却忘了：传统依然在他们的骨子里"。他觉得冰心"所选择的主题和意象正如晚近的旧诗，在精英小圈子的文字中反复出现"，抒发的是"随时随地的感想"。宋春舫主张"该唱一唱人的苦难了，在这个苦难深重的国度"，"但他写出来的与其说是歌，还不如说是一系列粗糙的图片说明"，其《学徒》是一个代表性的标本。作者总评白话诗先驱"无视技艺，可以连篇累牍地写，但他们没有任何根基"。

　　介绍完早期白话诗之后，哈罗德·阿克顿凸显了两位天生浪漫的新诗人：郭沫若和徐志摩。他认为中国诗歌最显著的特色是联想和暗示，而郭沫若的诗歌"太冲动了，以至于根本不倚重现实，他往往因为要发感叹而搞错事实"，他的"《凤凰涅槃》一直受到高度赞扬，尤其是激情派说它表现了力量、兴奋、速度、20 世纪和方兴未艾的立体主义"；"不过，他的大多数诗具有爆炸性，让读者喘不过气来。自动写作法使郭沫若非常多产，直到他开始挥舞红旗"。他说中国评论家将现代诗作者分成两大类："兴趣主要在思想的那些人被说成是追随郭沫若，兴趣在形式和语言之微妙的被列为徐志摩的信徒。"两者之中，"徐志摩的影响是最大的"，他比任何人都更有推动新诗运动之功。徐志摩"宁愿自己被称为'爱情诗人'"，但他的"爱情诗中有一种疲于应付的感觉"，他往往坠入千篇一律的感伤。"当徐志摩有意识地引进'西方的狂想曲'时，他急匆匆地走向了中国古诗的反面（antipodes），沉迷于夸张、复沓，用繁茂的意象来阻碍他自己的诗行，这些意象有的让人感觉不对，有的又相当精美。"

周作人"禀有微妙的诗歌感觉，而以随笔知名，正如其兄鲁迅以讽刺小说著称"，"他所有的诗都具有散文的特点，这表明他是多么善于通过次要的抓住主要的"。俞平伯"也发表了一些有意思的诗；不过，他似乎没有被某种非常正面的确信所鼓励"。

接着作者介绍新月社，他觉得其中位列先生一级的是闻一多、孙大雨和陈梦家等人，"他们在诗歌形式方面表现出了很大的进步。在伟大的欧洲浪漫运动的庇护下，他们在重组中国诗歌传统方面留下了自己的印记。他们把欧洲韵律加诸中国诗体，有时确实取得了成功。但是，最近，他们的声誉每况愈下"。"戴望舒写的是彻彻底底的自由诗，产生了强大的影响，更能代表未来的趋势。戴先生位于新月派和新一代之间，不过，并没有受到他的仰慕者们的认真对待。废名先生的诗读起来像是难以捉摸的谜语。他离群索居，生活于他自己营造的微光里"。

"较之前辈，更年轻的一代更老练、更学者化，语感也更好。"这里他列举的是卞之琳、梁宗岱、林庚、何其芳，他认为卞之琳和林庚"更喜欢写自由诗，但他们把自由诗看作手段，而不是目的。最终，当这新诗的第二大潮流快要退尽时"，他们汇入其中，"希望回到中国古诗的形式上去。林庚"如同唐代诗人，把自己框定于一个狭小的题材范围：冬日早晨、破晓时分、晨雾、夏雨、春天的乡村、春天的心等等。如同白居易，他承认，他的诗的灵感多数来自某个瞬间的感觉或转瞬即逝的事件……林先生的直觉方式也是祖先传下来的"。正因为对林庚的欣赏，其选择他的诗翻译最多。"在他们的诗作中，中国的典故是少之又少；但是……他们的多数暗喻和明喻都跟古诗中的一样显得那么克制。"

在讨论了这些诗歌的翻译困难与选诗标准后，哈罗德·阿克顿对中国新诗的前途进行了展望："他们应该保持历史感。除了欧洲的影响，也存在着中国庞大传统中的一些大诗人的影响，两方面的影响'已经完全化合，并经过了二次提纯'，必将贡献于现代诗人的风格特征与感觉能力。心中有数的年轻一代作家已经明白了这一点，他们正在丰富自己的语汇，并且已经获取了一种新的视角。"看来，哈罗德·阿克顿认为中国诗人走过了三个阶段，分别是早期白话诗打破格律采用白话，经过中间的郭沫若与徐志摩浪漫抒情，采用外国的节奏，在其影响下有着浪漫派和新月社诸位诗人，经过戴望舒之后，新一代诗人已经出现，他们更多趋向传统。他预言中国将在西方现代诗的借鉴和中国传统诗的继承中闯出一条新路，新一代诗人已经走在正确的方向上，并已取得成绩。

2 月
荀絮的《一年来的中国电影》发表

荀絮的《一年来的中国电影》发表在 1936 年 2 月的《女子月刊》第 4 卷第 2 期。该期同时刊载了多篇同类文章等。

作者认为这一年的电影很不景气，电影公司非常惨淡，不是欠薪减员就是关门大吉，这主要是制片商忽视了电影的社会功能和教育任务，而只是当生意经去做。他列举了这一年拍摄的五十部电影，这只是相当于外国片的七分之一，所以当时的电影市场主要掌握在外商手中。这一年比较可以看的，只有应云卫导演的《时势英雄》、沈西苓导演的《船家女》，蔡楚生导演的《新女性》，岳枫导演的《逃亡》、费穆导演的《天伦》五部。而联华的《国风》和天一的《母亲》则代表了一种恶劣的投机倾向。最大的两个缺点是："第一个是硬拖一个光明的尾巴的而忘记了整个影片的调和；第二个是只着重在生意经上，而忘记了电影所负的使命。"作者认为这一年的电影批评仍是差强人意，很多影评人都是以一己之好恶来评判电影艺术，很多时候影评成了宣传品，但对国外的影评理论开始有所引进。最后，作者报道了该年度的几件大事：《渔光曲》在苏俄获奖，周剑尘与胡蝶参加苏俄影展，郑正秋、阮玲玉与聂耳三人逝世。

2. 清歌的《一年来的中国文坛》发表

清歌的《一年来的中国文坛》发表在 1936 年 2 月的《女子月刊》第 4 卷第 2 期。

该文认为提起 1935 年的文坛，"没有人不摇头叹气!""除了几个所谓'名作家'的互相竞争名利，和来往的笔战臭骂外，是再也找不出其他的动态"。于是其揭示了傅东华、鲁迅、茅盾与杜衡、韩侍桁的争论；郑振铎与傅东华的拆伙；《文学季刊》《小说半月刊》《文饭小品》《人间世》《芒种》《太白》《译文》《水星》《自由谈》相继而亡；《金瓶梅》大行其道；还有杜衡、鲁迅、巴金、许钦文等人的创作；最后介绍了一系列作家的生活动向，如臧克家的失恋，郁达夫买地造屋，戴望舒的订婚，许地山、张天翼分别去香港、暨南当教授，冰心去日本学习等。最后作者呼吁"伟大的作品"出现，在战争即将来临之际，不要"旁观着中国的灭亡"。

4 月

1. 吴文祺的《新文学概要》出版

吴文祺的《新文学概要》于 1936 年 4 月在中国文化服务社出版。从章节构思来看，该文学史应该还没有写完就出版了。因为该文学史前面是"总论"，这是对中国新文学的发生、发展及主要社团流派进行书写，在该著《下编》中应该是各文体的分论，这里只书写了有关诗歌的，还有关于小说、散文和戏剧的章节却没有完成。

该文学史注重从阶级斗争和政治经济的角度来书写中国新文学史。对"五四"以来的新文学的发生，他认为并不是突如其来的，"我们要研究'五四'以来的新文学，一方面要知道'五四'以前的文学的演变，（另）一方面还要从政治经济的变迁中去探究近代文学的所以变迁之故"。既重视文学自身的自律演变，又同时考察政治经济变迁等文学外部的他律因素，吴文祺的文学史观点还是比较先进的。

在第二章《五四运动与文学革命》中，吴文祺介绍了文学革命的发生过程，"五四"运动为文学革命的成功奠定了坚实的界石。他认为"'五四'是资产阶级对封建社会的总攻击，文学革命的目标，在内容

上是反封建的，在形式上是反贵族的，当然适合于这新兴阶级的胃口”，
这里他从阶级性质来强调文学革命的意义。同时他批评郭沫若在《文学
革命之回顾》中认为这次斗争的重心在思想不在形式，文学上的白话文
言之争是无关宏旨的小节是不正确的。“因为二千年来的文学，既脱不
了封建思想的牢笼，旧瓶不能装新酒，形式上当然非另起炉灶不可，此
其一；其次则白话明白清楚，可以作为思想斗争的有力的工具，这新兴
的阶级当然要利用这新工具来做宣传自己主张之用的。”吴文祺对文学
革命形式上的变革还是认同的，他并没有完全跟随郭沫若走，而坚持了
自己文学史书写的独立立场，在这个问题上他与王哲甫在《中国新文学
运动史》① 中的态度不一样。

　　在第四章《文学研究会与创造社》中，吴文祺认为新文学在建设阶
段因为创作主张的不同分为两派：“一是写实派以文学研究会为代表；
(另) 一是浪漫派以创造社为代表。”同时他分析了这两派之间的异同，
“写实主义是暴露现实，浪漫主义是理想未来。其取径不同，但其反抗
封建的文学则并无二致”。接着他引用弗理契的观点来说明这两种文学
主张都属于资产阶级文学，因为“写实主义是资产阶级的艺术”，“浪
漫主义实是资产者文学发达上的一个阶段”。这就将文学风格及主张与
阶级立场来挂钩了，显得有些僵化机械，因为写实主义和浪漫主义并不
是一个阶级独有垄断的创作风格，某种程度上它们甚至与作家的阶级立
场无关。

　　在《五卅运动在文学上的影响》中，吴文祺认为“‘五四’是一个
划时代的转变，‘五卅’也是一个划时代的转变”。接下来他详细论述
了“五卅”对新文学的巨大影响，这就将新文学以“五卅”为界分为
了两期。很明显，他的态度是拥护那些走到十字街头斗争的。接下来他
又认为所谓十字街头的文学有着相反的两派，即“一是革命文学，
(另) 一是民族主义的文学”，他不仅看到了它们的相同还看见了它们
的相异，这与之前只注重这两派的相对立是不一样的，显示出吴文祺的
独立立场。在对创造社和太阳社的介绍中，吴文祺批评了他们争夺文艺
领导权的做法，而且他认为蒋光慈的作品技巧上很幼稚，而钱杏邨的作

---

① 王哲甫：《中国新文学运动史》，北平杰成印书局 1933 年版。

家作品论也并不正确。然后他介绍了"左联""民族主义文艺运动"的理论主张，以及相关的文艺论争。而在逃避现实的文坛派别中，他介绍了语丝社、新月、象征派诗歌以及幽默小品文学，将它们各自的流变进行了细致梳理，这是当时文学史中较少见的。吴文祺再次引用弗理契的文艺观点来说明象征主义的阶级立场："象征主义在本质上不外是唯美主义的印象主义之抒情诗的表现罢了。所以象征主义者们，一面也是纯粹的唯美主义者和纯艺术的口号之支持者。他们在自己的诗中，不曾向着自身要求任何的功利的课题。社会的政治的动机，全然是与他们的诗无缘的。他们只努力于发现自己的我，但他们的我，却完全是个人主义的。"看来他对象征主义文学比较排斥。

　　该文学史首先用弗理契的文艺观点来论述各文学风格的阶级立场，这有失之简单的弊病。其与郭沫若、华汉、钱杏邨等相同之处，都是从政治经济的立场去分析，但吴文祺将阶级立场与艺术风格进行联系，而郭沫若、华汉、钱杏邨则是将社会政治势力、阶级身份与文学思潮相联系，这是两种不同的思路，但是有着共同的结论。这应该是马克思主义文学理论在 20 世纪 30 年代的初期运用，他们操作起来还不太娴熟，这是情理之中的事情。其次，他强调了"五四"和"五卅"这两次运动对文学的重大影响，并以此进行章节布局。特别是他对"五卅"运动及文学思潮的分析非常细致，尽管他主张革命文学立场，但是其对不同党派指导下的民族主义文学运动也并不批评，对逃避现实的新月派等也能予以完整介绍，这表现了一个文学史家应有的客观立场。最后，其在诗歌赏析中能够尽量回到文学本身进行艺术分析，坚持了文学史书写的艺术立场。

5 月

杨晋豪的《中国文艺年鉴》（1935 年）出版

　　杨晋豪于 1936 年 5 月在北新书局出版《中国文艺年鉴》（1935 年）。

　　他在第一辑《廿四年度中国文坛考察》先从"经济生活""政治生活""文化生活"的角度论说当时是"动乱中的社会"，然后介绍本年度的文坛动态。在《本年度的文艺论战》中依次介绍了"语文改革的论争""文学遗产的论争""杂文问题的争论""题材与主题的争论""论批评与骂的争论""文人相轻的争持""三户和三家的混骂""'言志''载道'与'方巾气'"。在《本年度的文艺主潮》中介绍了"手头字的采行""拉丁化的实践""通俗化的扩大""科学小品的再度尝试""生活传记的蓬勃一时""速写的流行""报告文学的滋生""反帝情绪的高涨""几篇灾情的描写""军事写生的更高展开""事业描写继续产生""社会小讽刺""流氓生活""整理和介绍的工程""翻印古书""今后的展望""几种文艺杂志"。在《本年度的死亡作家》中介绍了曾孟朴、方玮德。本辑附录了伍蠡甫的《一年来的中国文学界》、立波的《一九三五年中国文坛的回顾》、左衣梦的《一九三五年中国文艺界》、叶籁士的《一九三五年的中国语文运动》、路维嘉的《一九三五年之中国剧坛》。

在第二辑《廿四年度的中国文艺理论》中，作者选录了少问的《文艺作品底价值问题》、秦甫的《论文学批评之基准》、林语堂的《说本色之美》、苏汶的《作家的主观与社会的客观》、辛人的《艺术自由论》、任白戈的《农民文学的再提起》、张庚的《中国舞台剧的现阶段》、萍华的《中国影评运动的诸问题》、语堂的《今文八弊》、胡风的《林语堂论》、胡丰的《张天翼论》。

在第三辑《廿四年度的中国创作选集》中作者按照各类体裁选录了作品，其中对散文的分类太过琐碎。

7 月

南生的《中国话剧运动》发表

南生的《中国话剧运动》发表于 1936 年 7 月的《实报半月刊》第 14 期。

该文将中国话剧运动分为四个时期。1906 年到 1916 年，因剧本的缺乏，很少成绩，大众对之也很漠然。其后因为"五四"运动的反响，产生了戏剧运动的热狂的第二时期，但这一时期是完全基于民众的爱国心理，并非是由于艺术的爱好，所以这时期舞台的艺术并没有进步。新文化运动使中国话剧进入了第三时期，这时有许多的作家努力于剧本创作，他们的作品有优美的笔调，西洋的风格，但却不是中国大众所需要的。"现时"的国民革命运动使戏剧进入了第四时期。这时的特性便是戏曲大众化的试行了。在上海"五卅"惨案后，左翼的人们已经知道了以戏曲为宣传的工具。

该文然后介绍了剧本和剧场情况。对胡适的《终身大事》、丁西林的《被压迫者》、洪深的《五奎桥》、熊佛西定县农民戏剧试验进行了点评。他将田汉的戏剧分为两类：早期的作品为苏州夜话等，里面充满了诗意的对话及幻想；但缺少穿插，多平铺直叙。后期的作品转到社会问题上来，表现出了普遍的反帝气息。

与其他戏剧史书写不同的是，作者注意介绍了演员。并对中国旅行社予以很高评价：态度认真、能够经济独立，推广了话剧运动。

8 月

1. 霍衣仙的《最近二十年中国文学史纲》出版

霍衣仙的《最近二十年中国文学史纲》于 1936 年 8 月在广州北新书局出版。

从序之所写的《序言》和作者自己所写的《后记》可知，《最近二十年中国文学史纲》是霍衣仙在岭南大学附中任教之时编写的，这说明在广州的部分高中也已开始将中国古代文学史和中国现代文学史分开讲述了。

该著受王哲甫的影响较大，但是在述史情节上又与之不同。黄修已曾说，"这时王哲甫的书已出，霍著大多搬用王哲甫的材料、观点，好像王著的简缩本，已无'先'可言"①，这个判断是不错的。如果我们将两部书进行比较的话就会发现霍著在框架结构、标题章节上都与之雷同，王哲甫的著作还有翻译文学、儿童文学和整理国故等方面的详细介绍，霍衣仙的著作虽然没有，但是其在《后记》中则介绍了这些内容，很显然他在借鉴王著的框架模式。但是在述史情节上霍衣仙与王哲甫还是不同的，王哲甫的文学史大致以"五卅"运动为界将新文学运动分为前后两个时期，第二期的革命文学是前期文学的进化。而霍衣仙这里却分为三个时期，分别为"五四"到"五卅"，"五卅"前后，"九一

---

① 黄修已：《中国新文学史编纂史》（第二版），北京大学出版社 2007 年版，第 55 页。

八"到最近，这三个时期分别在第二编《最近二十年文坛鸟瞰》第四、五、六章中予以介绍。他认为第一个时期是"文学革命运动发生了，中国文学才正式进入一个新阶段，旧文学的束缚完全打破，新文学新的建设和创造的精神，才正式出现在这个时代"。而"五卅"惨案之后，著作人众多，书店杂志刊物都非常之多，"文学的中心迁移到上海，形成了空前的狂飙时代"。"五卅以后的文坛如果说是全盛时代，那么'九一八'以后的文坛就是变革（或蜕化）时代了"。这样，霍衣仙是按照发生发展、繁荣之后变革（或蜕化）的三部曲节奏进行书写，这是与王哲甫不同之处。

霍衣仙看到"最近"的文学是"变革（或蜕化）"时期有着自己的见解，对此他从三个方面进行了分析。其一，他认为这是由于当时的政治局势造成的，前一个时期文学得以繁荣，是因为国共合作北伐成功。之后国共分家，两党开始互相攻击，于是"国民党掌握得政权，要用政治力量来统一思想界，当时凡最左或'左倾'的一切刊物都在查禁之列，当然所谓'普罗''左翼'等集团大遭摧残，这是当时文学主潮到了全盛时代，终于昙花一现似地寿终正寝的主因"。其二，他认为这是当时的思想主潮所决定的。因为"政治统制下的思想界，既不许'左倾'，当然得右倾了，于是有所谓民族主义文学出现。这一派的文学理论既不健全，作品的意识形态又很混杂，我们有'九一八''一二八'那样重大的事件，本应当产生出伟大的民族文学来，但是当时所出的几本小册子，无疑地大大失败了。于是向来是中立的读者群，对于这种文学大都厌弃的，民族主义文学既不能代替普罗文学成为时代文学的主潮，于是文学界顿形一种徘徊无依的样子。'九一八'事变是国难当头，'一二八'惨案上海的文化界大受损失，于是文坛上活动的人不得不暂告停歇"。而当战事结束之后，文坛上又发生了种种争论，"表面看来是五花八门，光怪陆离，究其实是表示现时的文化界是走到了彷徨无路，对于文学的价值及以后应走的方向，要重新估价重新考虑了，于是已成过去的问题又死灰复燃，幽默小品始终是纤巧的，如今作了时代的主潮，我们不能不说是文学又到了消沉时代。看看现时文学界的议论分歧，到如今还没有一种具体的规定，不能不说是变革的蜕化时期"。其三，他从经济角度指出当时文学的生产和消费并不景气。因为经济破产，购买力锐减，书籍销路成问题，出版商为了降低版税，就多翻印古人旧书；小书店老板也不得不出很小的册子，而变相的鸳鸯蝴蝶派的插图刊物也摆上了书摊，所以说"这时文坛的凄凉光景可算到了极点"。霍衣仙从政治、思潮、经济三方面来论说"九一八"事变之后文坛走入衰落、蜕化很有道理，这种文学运动的分析方法也较为科学。特别他认为国民党所主张的民族文艺运动不能反映时代变动，不能成为推动文学主潮的形成还是很有见地的。尽管他认为当时的文学处于蜕化时期，但他还是认为新文学仍然有光明的前途，他对随着抗日战争而起的国难文学满怀希望，这也是他认为第三个时期同时也是"变革"期的原因所在。霍衣仙对当时新文学第三个时期的分析，正表明他的文学观有着唯物史观的味道，强调文学应反映时代的主潮，回答现实的迫切问题。

2. 贝茜的《香港新文坛的演进与展望》开始连载

1936 年 8 月 18 日至 9 月 15 日中国香港的《工商日报·文艺周刊》连载贝茜的《香港新文坛的演进与展望》。

该文在《绪言》中指明中国香港文学不尴不尬的情形就是新旧文学并行；在《一般情势》中指出中国香港文坛是纯然笼罩在残余的封建势力之下，中国香港文化是畸形地发展的，在客观环境的几重压迫中支持着命脉；在《出版和演进》中，贝茜以 1930 年为界将中国香港新文学的发展分为前期和近期，论析了 1927 年中国香港新文学兴起的缘由及前后两期代表性刊物杂志，《伴侣》《铁马》《岛上》《激流》《铁塔》等杂志，文艺社团"红社"都得以简略介绍。该文还谈到中国香港文学是建立在报章上的，因此中国香港文学史的书写只好以报章副刊为经，以独立的刊物为纬，这一独特的文学史叙述理念在后来被不少中国香港新文学史书写者所继承。

3. 美国人埃德加·斯诺的《活的中国》（*Living China*）出版

美国人埃德加·斯诺编写的《活的中国》（*Living China*）于 1936年 8 月由英国伦敦乔治·C. 哈拉普公司出版，他的妻子妮姆·威尔斯撰写了《现代中国文学运动》。

斯诺最为著名的出版物是 1937 年的《西行漫记》，该书记录了中国共产党从创建至 1930 年间的中国共产主义运动。《活的中国》是《西行漫记》的前奏，此时埃德加·斯诺还只有 23 岁，他主要和他的妻子妮姆·威尔斯合作编选，当时燕京大学学生杨刚和萧乾也参加了编译工作。笔者要论及的《活的中国》是陈琼芝、文洁若等辑录翻译的中文版。①

该书主体是中短篇小说选，包含两部分，第一部分是《鲁迅的小说》，收有鲁迅的七部短篇作品，以及斯诺对鲁迅的简介及他书写的《鲁迅印象记》，在中文版中还添加了鲁迅原来写的《英译本〈短篇小说选集〉自序》这篇文章，这个自序是为斯诺编选英译本鲁迅短篇小说集而作。斯诺在编选了鲁迅的几篇短篇小说之后，又编译了其他作家的短篇小说组成了《活的中国》，所以中文版就将其放置在一起。该书第二部分是《其他中国作家的小说》，计收入十四位作家的十七件作品。除了萧乾之外，该著还简介了每位作家生平和创作情况。附录了妮姆·威尔斯撰写的《现代中国文学运动》和《参考书目》。

该著命名为"活的中国"，这是由其选择的文学时代和编撰意图所决定的。现代中国在 20 世纪 30 年代还没有真正引起欧美国家汉学者的注意，在斯诺准备翻译这些小说之前，现代中国"革命时期的白话文学迄今译成英文的只是一鳞半爪"，所以斯诺要将现代中国的中短篇小说译成英文，使其受到西方文学、文化界的注意。这里"活的中国"的含义带有正在进行的、当下的现代中国文学而不是古老的、旧的传统中国文学的意思。从这个意义上来看，该书意味着海外汉学界逐步转型开始注意到了现代中国文学，这就难怪其出版之后伦敦《英国泰晤士报·文学评论副刊》评论称：我们能接触到的来自中国的书太稀少，因此，这部现代中国小说的译作具有历史性意义。此书的编者是生活在北京的美国记者斯诺先生，这就使它具有更加不同凡响的意义。斯诺先生为西方文明对世界上最古老的文化造成的深刻影响提供了强有力的解读，为文艺研究填补了这方面的空白，做出了卓著贡献。

该著名为"活的中国"体现在其介绍了现代中国文艺发展史，呈现了流动发展的文学运动，而不是僵死静止地平面化书写。这典型体现在

---

① 埃德加·斯诺：《活的中国》，陈琼芝、文洁若译，湖南人民出版社 1983 年版。

妮姆·威尔斯撰写的《现代中国文学运动》之中。妮姆·威尔斯以1927 年为界将现代中国文艺运动一分为二,她认为前者是资产阶级领导的,后者是共产党领导的;前者是文艺复兴,后者是左翼革命文学,这种文学史分期与左翼文学家的文学史观基本上一致。妮姆·威尔斯简笔勾勒了现代中国文艺运动的标志性事件,如文学革命、创造社、文学研究会、"现代评论派"、左联等文艺团体。还介绍了鲁迅、郭沫若、徐志摩、冰心、丁玲、沈从文、张资平等重要作家,该文篇幅短小,但是一般文学史认为重要的作家在该文中都曾提及。重要的是该文根据社会、政治的形势来阐释新文学运动发展变迁的轨迹,常常寥寥几笔就展示了文学随着外在环境的变迁而变迁;并且在文学思潮变化的过程中呈现了一种敌我斗争的叙事模式,一方面是反动政府的镇压、迫害,另一方面是左翼文学人士坚持不懈的奋斗抗争。例如,该文写到了革命文学前后两个时期不同的写作风格,叙述了左翼文学在与国民党反动派进行斗争之际如何随着社会环境的变化而采取不同的斗争策略。在革命文学兴起之时,敌人控制不严,革命文学家多进行革命宣传;在敌人进行残酷镇压的时候,左翼文人改变了斗争策略,敌人的白色恐怖反而带来了左翼文学艺术成就的进步。很明显,这种文学史叙事基调都是站在左翼文学的立场上,而且多从双方斗争态势、此消彼长的演变出发。

除了描画出现代中国文学运动的发展梗概之外,妮姆·威尔斯还用接近三分之一的篇幅叙说了国外文学对现代中国文学的影响。她详细阐明了俄国、法国和英国三个国家对现代中国文学的影响力度依次递减,并指明了这种影响力度是由于中国的国情和政治运动的要求所决定的。妮姆·威尔斯还分析了具体外国作家对中国文学界的影响。

严格说来,我们很难知道《活的中国》中哪些具体的文学判断来自于斯诺夫妇本人,一方面是因为他们当时都还年轻,对现代中国文学的研究还不是很深入,他们有可能吸纳了其他学者的观点;另一方面是斯诺夫妇在编选这本选集和撰写后面的《现代中国文学运动》之时不止一次和鲁迅进行过面谈,特别是《现代中国文学运动》的写作与斯诺对鲁迅的一次长时间采访是分不开的。在这次采访中,鲁迅对中国新文学运动中的诸多问题都谈了他自己的看法,在某种程度上说,这部书的编选和《现代中国文学运动》的撰写是一次合作编写也不为过,因为我们看《鲁迅同斯诺谈话整理稿》① 中的大部分问题都在该书中有所体现。所以说该书的重大意义在于其较早向西方介绍"活的中国",同时斯诺"他看到了一个被鞭笞着的民族的伤痕血迹,但也看到这个民族倔强高贵的灵魂。通过新文艺创作中的形象和其中的精神世界,他一步步地认识到中国人民的伟大并成为我们革命事业的同情者"。② 仅此两点,就足够让该书多年之后仍然价值不菲!

10 月

1. 征农的《中国新文学运动概观》发表

征农的《中国新文学运动概观》被收录入论文集《野火集》中,于 1936 年 10 月在读者书房出版。该文主要从阶级论论述了"五四"运动的意义,发展的经过和前途,以及受到的种种限制。

作者认为:"五四"运动,显明地是新兴民族资产者的反帝反封建的运动。"五四"运动不是由新文化运动发动,应是新文化运动经过"五四"运动而展开。新文学运动一开始即暴露出许多根本的缺陷:第一,作为运动的领导者的上层智识分子,并没有坚决的自信心,只把这运动当作一种"尝试",这在许多先生当时的言论中,常常可以看到。第二,只具运动的形式而没有充实运动内容。他们不能给以新文化运动更重要的社会的目的意识。正因为这两个缺点,他们的一些知识分子遭遇到一定压力后就回到整理国故之中去了。另外一些中间分子则徘徊于"艺术之宫"中,陷入了玄想。如冰心、刘大白、汪静之、徐志摩等人。代表小有产者的则有创造社和提出了"为人生而艺术"的文学研究会,代表人物则有鲁迅和郭沫若。经过"二七""五卅"以至 1925—1927 年的大革命的浪潮,下层群众起来要求他们自己的文学,于是后期创造社就最早提出了革命文学的口号。最后,作者提到大众文艺运动才是真正完成"五四"文学运动,这要等到大众自己来完成。可见征农作为中共党员,是以完全的革命文学史观来审视"五四"运动及新

---

① 斯诺:《鲁迅同斯诺谈话整理稿》,安危译,《新文学史料》1987 年第 3 期。
② 萧乾:《斯诺与中国新文艺运动——本版代序》,见埃德加·斯诺:《活的中国》,陈琼芝、文洁若译,湖南人民出版社 1983 年版,第 2 页。

文化运动。

12 月

1. 徐懋庸的《文艺思潮小史》出版

徐懋庸的《文艺思潮小史》于 1936 年 12 月由上海生活书店出版，以后多次重版，这里依据的是 1946 年大连大众书店出版的版本。① 该著分为十章，前九章都是他摘取外国人的文艺思潮著作而编成的，主要来自弗理契的《欧洲文学发达史》和柯根的《世界文学史纲》，而第十章《中国文艺思潮的演变》则是徐懋庸自撰。

《中国文艺思潮的演变》叙述的是"五四"至 1936 年间的文艺思潮。徐懋庸仍用唯物史观来对这段文艺思潮进行考察，他指出"五四"之前的两三千年的文学都是封建文学，随着民族资本主义的兴起，政治上才有辛亥革命和"五四"运动，文化上则有文学革命。他强调了"五卅"运动的重要性，民族主义文艺运动和"第三种人"的文艺主张都被书写成反左的文艺运动，最新的文学思潮是国防文学，而当时的形势是"第一，是日本帝国主义的侵略加紧"；"第二，是民族革命展现的扩大"。他指出"在这种新形势之下，文艺界当然也克服了宗派主义，关门主义，共同以抗日救国为最大的目标，在这之下联合起来，进行斗争，建立国防文学"。他认识到国难以后的新文学成为一个重要阶段。接下来，徐懋庸引用鲁迅和郭沫若的文字解释了国防文学，得出结论："中国的大众，将通过民族革命的路而达到现世界最前进的国家所已实现的社会。"因此，中国的文艺将会发展到"一致的进步的现实主义的革命文学"。

徐懋庸引用了鲁迅和郭沫若关于国防文学的讨论，对于"两个口号"的论争他并不予以凸显，而只是将"国防文学"和"民族革命战争的大众文学"这两个口号予以融合，这是对"两个口号"论争的模糊处理。这表明他不想在读者面前暴露左翼阵营内部曾经出现重大分歧，发生过激烈争论。他想展示给读者左翼阵营是外敌当前、团结御侮的文学史形象。我们也可以说，他故意不提及"民族革命战争的大众文

---

① 徐懋庸：《文艺思潮小史》，大众书店 1946 年版。

学"这一口号，而是将这一口号的实际内涵挪移到"国防文学"中来，所以他在引用鲁迅原话之时进行了有意地裁剪和调和，遮掩了他在这次论争中扮演的角色。

2. 立波的《一九三六年小说创作的回顾》发表

立波即周立波，他的《一九三六年小说创作的回顾——丰饶的一年间》发表于 1936 年 12 月 25 日的上海《光明》半月刊第 2 卷第 2 号。该期以特辑的形式，发表了总结本年度小说、戏剧、诗歌、音乐创作收获的文章，除本文外，还有张庚作《一九三六年的戏剧——活时代的活记录》、杨骚作《一九三六年的诗歌——历史的呼声》、吕骥作《一九三六年的音乐——伟大而贫弱的歌声》。

或许因为有人批评过周立波对 1935 年的文学总结太过啰嗦、琐碎，所以其对 1936 年的小说总结就非常简练，只有两部分。在《这一年》中，周立波介绍了 1936 年的社会形势是"中国正在斗争中！""而我们的作家们都从自己的生活体验和独特的社会观察中，看到了它，而且把它有力反映出来，造成了一九三六年多方面的丰富的文学。""旧作家的质量的丰富，新作家数量的众多"是这年的一个特色。旧的作家像鲁迅、郭沫若、茅盾、巴金、张天翼、靳以、沈起予、沙汀、艾芜、夏衍、欧阳山、丽尼、齐同、屈轶、芦焚、蒋牧良、萧军等，都尽了他们最善的努力。特别沙汀的《在祠堂里》和夏衍的《包身工》具有重大的意义。"因为塞外的抗战，以及内地农村的破败和骚动"，象端木蕻良、荒煤、舒群、宋之的、罗烽、姚雪垠、王西彦、吴奚如、刘白羽等新生力量产生了新的收获。如端木蕻良的《遥远的风沙》《鹭鸶湖的忧郁》、荒煤的《长江上》、舒群的《没有祖国的孩子》、宋之的的《□□□纪念堂》、罗烽的《狱》等。这年发生了"国防文学"的空前盛大的论争，带来了国防题材巨大的优越性。这年的文学反映了全中国人民的生活的各种方面，作家不再狭小他的创作范围，他们更加认清现实。作家们"已经在离开浮游与肤浅的门路，已经开始透进人类灵魂的门户了。它不只是描写着苦难的表面的光景，它还能够摄住苦难所蒸发的时代的忧郁"。如荒煤的《长江上》、端木蕻良的《鹭鸶湖的忧郁》、沙汀和艾芜的作品、夏衍的《赛金花》、茅盾的《儿子去开会去了》。

但与此同时，也有作家呈现了"明朗，顽强，满怀着希望的欢喜"，如郭沫若的小说《痈》以及舒群、罗烽、姚雪垠的新出作家的小说。宋之的的作品既有欢乐，也有忧郁的阴影，如他的《粟花开的时候》和《□□□纪念堂》。这一部分主要是介绍1936年的社会形势、作家组成、内容题材、风格特色等。

在《对于几个最活跃的创作家的活动倾向的几点私见》中，周立波重点欣赏了几个最活跃作家的创作倾向：创造力最丰富的新作家是舒群，"他的人物很单纯，很直率，勇敢；有着独立的人格，据傲的心情"，"对于一切加于民族和自身的压迫，不能忍耐"；他的"风格很明朗，朴素，却缺少含蓄，并不深湛。他最注意情节，忽视习惯和心理的仔细描写，他的结构带着传奇式的色彩，常常把全篇的焦点，放置在最后"。他应该把主题抓得更紧，"减少一些和主题发展没有关系的关于女人的挑拨的描写"，也不要一味注重奇遇和巧合。周立波分析了他的《没有祖国的孩子》《已死的与未死的》《独身汉》《农村姑娘》《萧苓》《蒙古之夜》等作品。罗烽"没有舒群的锋芒，有时却比较的深刻。他描写的范围很广阔，火车站附近的人们和狱里的人们写得最真切"，他"常悲愤的描写敌人的残酷"，如他的《呼兰河边》《第七个坑》《到别墅去》《岔道夫李林》《特别勋章》，以及他和舒群合作的《过关》。宋之的"显露出他的稀有的进步"，如《□□□纪念堂》《一九三六年春在太原》《罂粟花开的时候》《踢儿会》都有不错的表现。《长江上》的作者荒煤，是这年"很有荣誉"的创作家，他的《弱者》和《泥坑》都很成功。写上海工人生活的作品，王西彦的《曙》比荒煤的《黑子》"更逼真一点"。端木蕻良有着出色的成就，《遥远的风砂》描写了察、绥一带收编土匪的队伍的行动，《鹭鹭湖的忧郁》"反映着东北小农的苦恼忧郁，和他们相互间的同情"，《爷爷为什么不吃高粱米粥》是"写东北下层平民亡国之后的苦难和情绪的"。

周立波对1936年小说的回顾涉及的新老作家众多，对典型作品予以了细致分析，也毫不客气地指出了他们的缺点，表现了一个批评家和文学史书写者应有的视野和职业精神。特别是他对东北作家群体予以了热情的观察，发现了他们的内心世界以及东北民众的苦难与哀愁，对东北作家所描绘的塞外风光及不屈的抗战精神致以了满心的赞美和敬意。

3. 张庚的《一九三六年的戏剧：活时代的活纪录》发表

张庚的《一九三六年的戏剧：活时代的活纪录》发表于 1936 年 12 月 25 日的上海《光明》半月刊第 2 卷第 2 号。

该文认为 1936 年的剧作比 1935 年实在得多，这与刊物的提倡与努力是分不开的。这一年出现了"集体创作"这一新的创作方式，可以克服个人做戏的许多缺点，实在是作家训练自己以及训练新作家的好方法。戏剧新形势的展开是凭依着救亡运动的，但救亡运动也把戏剧当作了武器，而帝国主义及其走狗们也常因此而禁止戏剧的演出。这一年戏剧界将视野放宽了，大家主要是以现实主义的原则进行创作，各种戏剧包含旧剧都被大家接受，认可它们为救亡工作的参与者。

4. 杨骚的《一九三六年的诗歌——历史的呼声》发表

杨骚的《一九三六年的诗歌——历史的呼声》发表于 1936 年 12 月 25 日上海《光明》半月刊第 2 卷第 2 号。

该文认为 1936 年是诗坛极丰收的一年，但只有少数的几本诗集可读，原因是大部分前进的诗人虽把握了现实，但表现的技巧还是太差。忽视现实的诗人，根本在玩"章句的魔术"。这两种毛病是诗坛永远在闹"丰灾"的最根本的原因。在"国防诗歌"的旗帜下，一些诗人以现实主义的、乐观的姿态出现，虽然幼稚，但是合着历史的节拍在前进。但是大家应该再刻苦一些，成为最优秀的语言的技师，想出最经济最确当的表现法，明白而具象地把应该让大家知道的观念和集体的情绪要求歌唱出来，同时不要走上"含蓄""晦涩""神涩"的绝路上去。

从杨骚的总结中，可以见出他的诗歌观念，他是用现实主义的诗歌标准要求当时的诗歌，而对象征派等诗歌进行了批评。他更看重诗歌反映现实、服务于现实的作用，这是中国诗歌会与中国左翼作家联盟的诗歌宗旨。

5. 周木斋的《一年来的中国文学论战略述》发表

周木斋的《一年来的中国文学论战略述》发表于 1936 年 12 月的《大众论坛》第 1 卷第 4 期。同期发表的类似论文还有《一年来之世界与中国：一年来世界政治动态》《一年来的中国经济》《一年来的世界经济动态》《一年来的中日外交总结算》《一年来的中国学生救国运动》《关于一年来的文艺论战》。该文介绍了 1936 年发生的三次论战。

第一次论战是围绕周文短篇小说《山坡上》发生的。争论的焦点在于编辑的删改是否得当，"盘肠大战"是否符合常情，《每周文学》是否策划了进攻专号。第二次论战是周扬与胡风围绕"典型"的论战。即从阿 Q 这一典型人物中如何看待典型的普遍性、特殊性和个性等。第三次论战是国防文学和民族革命战争的大众文学的论战。作者提及鲁迅、郭沫若、茅盾、周扬、胡风、徐懋庸等人在这次论战中的具体文章及观点所在。

周木斋在评论这三次论战之时，态度客观平和，重在介绍真实事件，他自己的态度并没有参与其中。

6. 孙雪韦的《关于一年来的文艺论战》发表

孙雪韦的《关于一年来的文艺论战》发表于 1936 年 12 月的《大众论坛》第 1 卷第 4 期。

作者认为这一年来的文艺论战，主要是"现阶段文学口号问题"，现在"论战"的问题虽没有完，而"论战"本身则已经完了。论战中长时间论争的中心目标是三个问题：一、"文艺联合战线"的号召问题；二、"文学口号"是否都是"写作口号"问题；三、写作自由的问题。在第一个问题上的公允的结论是鲁迅、茅盾主张的，反对郭沫若和周扬的主张，即不应该在联合作家的"号召"上附加任何文学的条件，"一切作家在国防的旗帜下联合起来，而不是在国防文学的旗帜下联合起来"。第二个问题就是"国防文学"和"民族革命战争的大众文学"两个口号谁是写作口号的问题，作者认为郭沫若、茅盾的观点比较辩证，即"国防文学"是"作家关系间的标识"，"民族革命战争的大众文学"是创作原则，但这一问题彼此混淆，最后没有解决。第三个问题是刘志信在中国香港提出来的，即创作要自由，不要去听那些理论家的指导原则，这又引起极大争论。作者认为这次论战已经结束，还因为大家认识到以下问题：第一，作家要学习，理论家更要学习，很多空头的理论家常识非常欠缺；第二，作家们都离开了"理论家""批评家"；第三，文学理论的前途应该是实际理论的学习和介绍，去做实际的工作。

该文主要是对"两个口号"的论战进行梳理，其思想立场是站立在鲁迅这一阵营的，但是他整体上觉得该次争论比较的无谓，并显露了理论界的空虚，从而使得作家们更看清理论家和批评家的"膨胀"。

本年

1. 赵家璧的《中国新文学大系（1917—1927）》全部出版

《中国新文学大系（1917—1927）》（简称《大系》）是 1935 年至 1936 年初由赵家璧主编，上海良友图书印刷公司出版发行的一套丛书，在 1936 年全部出版完毕。《中国新文学大系（1917—1927）》共有十卷，分为理论、作品、史料三部分，分别由当时有代表性的作家所主编，具体情形如下：胡适编《建设理论集》、郑振铎编《文学论争集》、茅盾编《小说一集》、鲁迅编《小说二集》、郑伯奇编《小说三集》、周作人编《散文一集》、郁达夫编《散文二集》、朱自清编《诗集》、洪深编《戏剧集》、阿英编《史料·索引集》。全卷前有蔡元培所写的《总序》，每卷主编都为自己所编的这一集写了《导言》，1940 年良友复兴图书公司将它们汇编在一起命名为《中国新文学大系导论集》出版，笔者这里依据的就是该版本。[①] 将《总序》和这些《导言》汇合起来，无形中具有文学史意味。

第一，蔡元培的《中国的新文学运动》。

蔡元培所撰《总序》名为《中国的新文学运动》，从宏观整体上论述了"五四"新文化运动的意义，为编写该文学大系提供了理由。他将"五四"新文化运动与西方的文艺复兴进行类比，将"五四"新文学运动的意义提升到民族国家文化振作的高度来评价，流露了他对新文学未来的寄望。为了说明中西文学文化的这种相似性，蔡元培对二者的历史进行了简单梳理，进一步来表明他的这种观点是有依据的。

在阐明"五四"新文化运动的意义和历史依据之后，蔡元培又解释了为什么改革思想"一定要牵涉到文学上"，"这因为文学是传导思想的工具"。他引用了钱玄同的观点来说明提倡白话文的用意，并继续用

---

① 蔡元培等著：《中国新文学大系导论集》，良友复兴图书公司 1940 年版。

西方的文艺复兴也是从语言变革开始的，来佐证中国文学革命从白话开始的正当性。

蔡元培表明中国进行文学革命与西方文艺复兴相比时间较短，但已在进行之中，有必要将已有的成绩进行总结，所以编撰整理《中国新文学大系》很有必要，这是在说明《大系》的编撰意图和意义。

第二，胡适的《新文学的建设理论》。

胡适所写导论名为《新文学的建设理论》，与其之前的《五十年来中国之文学》有相同之处，都在论述文学革命的发生史，他主要做了两点："第一是叙述并补充了文学革命的历史背景（音标文字运动的部分是补充的）。第二是简单的指出了文学革命的两个中心理论的含义，并且指出了这一次的文学革命的主要意义实在是文学工具的革命。"但此时的他已经在淡化陈独秀的功劳，更多强调自己的主角作用。例如在《五十年来中国之文学》中他还说如果没有陈独秀的革命精神，那他提出的文学革命还不会迅速成功，而在《导论》中则没有这些谦逊的言语，他更多在叙述自己如何"发明"了这一"革命"运动。温儒敏对此曾有精到评价，他认为胡适为《建设理论集》所作《导论》论及新文学的发生时，"较多强调'多元的、个别的、个人传记'的原因，大讲他个人在美国留学阶段对白话诗的讨论，以说明新文学运动的渊源，而相对淡化了文学革命所赖以发生的整个新文化运动背景，淡化了包括陈独秀在内的一代先驱共同营造的文化空间的整体性作用。这的确带有改写'荣誉权分配方案'的味道"。① 为什么会有这种变化呢？其实这与之前的周作人和郭沫若有关。

周作人在 1932 年 9 月出版《中国新文学的源流》中已经消损了胡适的文学史地位，让读者觉得胡适的文学观点并不新鲜，或是古已有之，或是值得商榷的。而胡适这里的《导论》就对周作人的批评进行了反批评，这表现在以下几方面：周作人引录袁中郎为江进之的《雪涛阁集》所作的序文，表明在那时袁中郎已经谈及文学的变迁观点，以此证明这比胡适"要高明得多"。胡适这里承认"文学随时代变迁"的观点在中国早已有之，最早倡导此说的是晚明的袁氏三兄弟，还有清朝的

---

① 温儒敏：《论〈中国新文学大系〉的学科史价值》，《文学评论》2001 年第 3 期。

袁枚赵翼等人，但他认为他们没有看出来文学最终的进化路线应该是向着白话变迁，当时的文坛主流只有吴敬梓、曹雪芹顺应了这种时代潮流，而看出这种文学潮流的只有他胡适。他依然坚持他的白话文学进化史的文学史观，这与周作人的循环论文学史观大不一样。他对这种历史观在当时的意义归纳到位，其中也有为后人所不理解的委屈与愤懑在其中。

针对胡适所说的"古文是死文字，白话是活的"，周作人认为"古文和白话并没有严格的界限，因此死活也难分"①，他从诗言志的角度来论证内容的变革方才导致白话文学盛行的必然②。而郭沫若也说"所以第一义是意识的革命，第二义才是形式的革命"③，这是从经济基础影响上层建筑的角度论说不同时代的社会意识，从而导致文学形式的变革，所以郭沫若指出："文言文不必便是不革命或反革命，白话不必便是革命。文言自身是有进化的，白话自身也是有进化的。"④ 胡适在此则说明自己与陈独秀并没有忽视内容，而且他攻击旧文学先形式后内容有着策略性思考，接着他指出利用这一新工具，向来旧文学的一切弊病，"也都可以用这一把斧头砍的干干净净"。他讥讽以郭沫若为代表的革命文学派提倡革命文学还是用的白话文学，却来嘲笑原来的文学革命，以忽视他胡适的文学史地位，他自然非常不满意。

郭沫若在《文学革命之回顾》中大谈陈独秀的贡献，将胡适在文学革命中的地位与作用归为一种附带性说明，认为这是一种运气使然，胡适只不过将本该陈独秀所应有的桂冠"巧取豪夺"后戴在自己头上了。或许正因为这样的文学史评价，使得胡适在《导论》中不断论及如何在海外"发明"了白话文学，他不得不再次详述自己的白话文学的历史进化论，"国语的文学，文学的国语"等有关文学革命的理论，自己的作用又如何重要，而陈独秀的功劳自然不是他要关注的重点。

郭沫若在《文学革命之回顾》还从阶级斗争和政治经济的立场说明

---

① 周作人：《中国新文学的源流》，上海书店影印 1988 年版，第 103 页—104 页。
② 同上书，第 105—112 页。
③ 麦克昂：《文学革命之回顾》，《文艺讲座》（第一册），冯乃超编，上海神州国光社 1930 年版，第 75 页。
④ 同上。

陈独秀、胡适等人所开展的文学革命是资产阶级反对封建阶级的革命。对此，胡适先评价陈独秀在《科学与人生观序》中的观点——从经济史观的立场上说明文学革命顺应时代的需要才获得成功——胡适认为这个原因的分析太单一，因为这"其中各有多元的，个别的，个人传记的原因，都不能用一个'最后之因'去解释说明的"。他分别从中国白话文学悠久的历史，全国地区"官话"的通行，海禁的开放与世界文化的接触等文化方面的原因进行分析，还从科举制度的废除、清朝帝室的颠覆等政治原因进行了解释。这之后他继续强调"白话文的局面，若没有'胡适之陈独秀一班人'，至少也得迟出现二三十年，这是我们可以自信的"，他再次列举自己在《逼上梁山》中的史料，以证明自己在文学革命上所起到的独特作用。由此他提出了自己的历史观："治历史的人，应该向这种传记材料里去寻求那多元的，个别的因素，而不应该走偷懒的路，妄想用一个'最后之因'来解释一切历史事实。"从表面上来看，胡适所针对的是陈独秀的文章而发感慨，实际上他是对以郭沫若为代表的革命文学倡导者对他的文学史地位重评的反击，因为在郭沫若[①]等人的文章中正是将文学革命运动视为资产阶级的生产方式与封建社会的生产方式进行斗争的一种工具和形式，这与晚清梁启超等人并没有分别，而这在胡适眼中正是"最后之因"，它不能解释同在资产阶级与封建阶级斗争之下，胡适与胡先骕，陈独秀与林琴南的不同。

第三，郑振铎的《五四以来文学上的论争》。

郑振铎的这篇《导论》名为"五四以来文学上的争论"，从标题上我们可知其主要是论及"五四"以来所有关于"文学"方面的争论，但我们发现他主要介绍了第一个十年中围绕文言与白话的争论，这就是三大争论：林纾与蔡元培、学衡派与胡适、章士钊为代表的"甲寅派"与鲁迅等人的争论，而其他方面的争论则很少涉及。这是因为：1934年5月6日，汪懋祖首先在《时代公论》上著文，力辟白话文之非，主张中小学学习文言文并读经；吴研因在1934年5月16日的《申报》上著文批驳汪懋祖的观点，之后胡适、柳诒征、容肇祖、任叔永、何鲁

---

① 麦克昂：《文学革命之回顾》，《文艺讲座》（第一册），冯乃超编，上海神州国光社1930年版。

成、余景陶等也加入论争，由此又开展了规模宏大的"文白之争"，这次争论从 5 月开始持续到 8 月才基本结束。① 郑振铎作为新文学的拥护者，看到文学革命已过去了近二十年，还没有取得决定性胜利，所以他再次号召"扎硬寨，打死战"就不足为奇，他所选择的关于"文白之争"的文章正是他不愿重说而又不得不再说的了。

郑振铎在《导论》中将这"伟大的十年"分为两个时期。"第一期是新文化运动和白话文运动"，"第二个时期是新文学的建设时代，也便是文学研究会和创造社的时代"。郑振铎将第一个十年再分为两个时期，是按照文学团体和文学创作来划分的，这与革命文学倡导者们以 1925 年的"五卅"运动为界限有着不同。

郑振铎的《导论》大致梳理了中国新文学在这十年中的发生发展以及所遭遇的重大事件，这种文学史书写在之前的叙述中早已成为定论，这里不再赘述。但在一些历史事实的细节方面他有着自己的补充，让一些历史得到了圆满解释。例如在书写初期的文学革命讨论时，郑振铎列举了曾毅、方宗岳、余元浚等人发表的折衷论。新文学史的书写一般都强调二元对立的新旧之间的"文白"之争，但是郑振铎为我们展现了在这二者之间还有折衷派，尽管他站在新文学的立场上嘲弄这些言论，但他还原了当时的历史原貌。又如在书写林纾反对文学革命的行动时，郑振铎强调了林纾当时写了两篇小说《荆生》与《妖梦》，这都是希望借助"外力"来压制这个新的运动。郑振铎也指出当时北京大学里也有一派守旧的学生出版了月刊《国故》，作拥护古典文学的运动，这就表明文学革命的讨论当时在北京大学内部还没有取得压倒性胜利，"新旧"之间几乎势均力敌。郑振铎接着书写了文学革命曾经处在夭折与否的边缘，在传统势力占据统治地位的社会中，其随时就会遭到执政当局的扼杀。但郑振铎接着书写道："林纾的热烈的反攻《新青年》同人们乃是一九一九的二三月间的事。而过了几月，便是'五四'运动发生的时候，安福系不久便坍了台，自然更没有力量来对于新文学运动实施压迫了。"最终"白话文运动的势力在这一年里突飞地发展着。反对者的口完全的沉寂下去了"。看到这里我们不禁为文学革命最终能够成功

① 罗玉明：《20 世纪 30 年代文言白话之争及其影响》，《安徽史学》2004 年第 5 期。

感到侥幸，历史的偶然性和必然性使得文学革命终究得以胜利。

第四，茅盾的《现代小说导论（一）》。

茅盾的《导论》对文学研究会的小说进行了统计，详尽介绍了文学研究会的成立及理论主张。针对创造社成员批评他们"包办"或"垄断"文坛，他进行了解释，而且他认为文学研究会的组织并不严密，最多大家认为"将文学当作高兴时的游戏或失意时的消遣的时候，现在已经过去了"，而一些代表性作家作品往往有共同的态度，那就是"文学应该反映社会的现象，表现并且讨论一些有关人生一般的问题"。他同样将第一个十年的文学分为两个时期，从1917至1921年的前五年，"总会觉得那时的创作界很寂寞似的。作者固然不多，发表的机关也寥寥可数，然而我们再看看那时期的后半的五年（1922年到1926年），那情形可就大不同了。从民国十一年起（1922年），一个普遍的全国的文学的活动开始来到！"可见茅盾是从创作成绩来对第一个十年进行文学史分期的，这与郑振铎从破坏与建设来区分还不一样，二者的时间界址也有细微区别，一个是1922年，一个大致是文学研究会创立起。

茅盾的文学史研究非常注重统计和调查。例如他列举了1922年至1925年全国各地设立的大量的新文学社团和创办的刊物，显示了当时新文学在全国逐渐普及开来，而且他指出这些新文学的参与者都是"青年学生以及职业界的青年知识分子"，这就从作家身份上说明了新文学开始之时的局限性。茅盾通过引用自己的文章《评四五六月的创作》中所分析的一百二十几篇小说得出结论："大多数创作家对于农村和城市劳动者的生活很疏远，对于全般的社会现象不注意，他们最感兴味还是恋爱，而且个人主义的享乐的倾向也很显然。"他认为大部分的恋爱小说主要存在两个最大的毛病："第一是几乎看不到全般的社会现象而只有个人生活的小小的一角，第二是观念化。"而这也几乎是第一个十年前半期的缺点，接着茅盾分析了当时存在这两大缺点的原因。这种不能反映广阔社会生活的现象在第一个十年的后半期有所好转，但是"'五卅'前夜主要的社会动态仍旧不能在文学里找见"。茅盾对第一个十年的文学成绩总结是实事求是的，得到的结论是这些作品涉及面太逼仄，技术也还幼稚，所以有观念化的毛病，而这与当时的作家和社会现实有密切关系，作家远远没有深入社会生活，所以他们不能创作出伟大的作品。这表明茅盾作为现实主义文学大家是以现实主义文学标准来衡量以现实主义为宗旨的文学研究会作家作品的。

茅盾分析了文学研究会重要的作家作品，也彰显了几个发表作品较早而后没有作品的作家。例如他介绍的利民、王思玷、朴园、李渺世、李开先这几个作家是其他文学史书写没有提及的。但是茅盾强调正是这几个作家在新文学前五年里，涉及的社会生活面比较广阔，跨过了学校生活和恋爱关系的题材，所以他们的作品值得大家注意。在重要作家作品中，茅盾重点介绍了以冰心、庐隐、孙俍工、叶绍钧、王统照、落华生等人为代表的"问题小说"，以徐玉诺、潘训、彭家煌、许杰为代表的"描写农村生活的作家"。这是较早将当时两种不同题材的小说予以分类书写，现在的文学史一般将其分为"问题小说"和"乡土小说"，而在鲁迅的《导论》中将有更明确的分析。茅盾对这些作家作品的分析在后来的文学史书写中成为重要的参考意见，这里不再赘述。

第五，鲁迅的《现代小说导论（二）》。

鲁迅在《导论》中首先对自己的文学史地位进行了客观评价：其一，他是较早写作白话小说的；其二，他的白话小说"表现的深切和格式的特别"，在内容和形式上都有不错的成绩，因此显示了文学革命的成绩；其三，他的小说借鉴了西洋小说的技术，又有自己的超越，而后技术更加纯熟，但是却不受重视了；其四，他的发表阵地主要是在《新青年》上。鲁迅的自我评价后来成了对他小说的权威解释。

鲁迅的这番自我评价与当时正在流行的创造社等人对他的批评是不同的，可以说这是他对郭沫若、钱杏邨等人的回应。在他们的眼中鲁迅所代表的阿Q时代已经"死去了"，他只是小资产阶级作家，他的创作历程大致为"呐喊""彷徨"，这都是小资产阶级反抗封建阶级的固有路径，只有后来鲁迅"转变"为"革命"的文学家，才重新跟上时代的步伐。所以在20世纪30年代的很多新文学史中都按照"呐喊""彷徨""转变"这三个时期来为鲁迅的文学历程进行分析，例如贺凯、霍衣仙等人的文学史就是这样。鲁迅对此显然不予认可，他根本没有从阶级立场上来进行自我分析，而是从白话小说的发端以及自己小说的内容和形式来着眼，在冷静分析之中他对自己的作品有着充分自信。

鲁迅的《导论》回忆了众多与他有关的文学小社团的建立、发展、分发与变迁。这样的文学社有弥洒社、莽原社、狂飙社、浅草社、未名社、沉钟社等。他对每个文学社团、作家作品的特征都能以简要的语言予以精确刻画，语言优美和谐，有如其杂文一样力透纸背，而显出所论作家作品的风格。

鲁迅在《导论》中还有一大贡献就是命名了第一个十年中的一个小说流派，即"乡土文学"。他说道："凡在北京用笔写出他的胸臆来的人们，无论他自称为用主观或客观，其实往往是乡土文学，从北京这方面说，则是侨寓文学的作者。但这又非如勃兰兑斯（G. Brandes）所说的'侨民文学'，侨寓的只是作者自己，却不是这作者所写的文章，因此也只见隐现着乡愁，很难有异域情调来开拓读者的心胸，或者炫耀他的眼界。"鲁迅这里所提出的"乡土文学"的命名、含义，以及与"侨民文学"的差异，都非常清楚明白。而这种"乡土文学"所涵盖的面其实不只鲁迅所说的这几个社团中所有，在前面茅盾所论述的文学研究会成员所创作的农村题材的小说中也同样有之，所以后来的文学史基本上就将它们合并为"乡土文学"加以书写。而"乡土文学"经过鲁迅的这一"发明"，俨然成为中国新文学源流久长的重要文学流派。

第六，郑伯奇的《现代小说导论（三）》。

郑伯奇的《导论》主要是对创造社的成立缘由、经过、理论主张和代表作家作品进行分析介绍。他借用美国心理学家史丹莱·霍尔的发生心理学的观点来说明文学史。他认为中国新文学的潮流是在反复西方已经过的种种文学潮流，这种反复的速度要远远超出西方自身曾有的那种速度。这是说中国新文学是对西方文学思潮的亦步亦趋，现在看来郑伯奇的观点中有着"西方中心主义"的因素，这也能部分说明当时中国新文学发展的实际情形。

郑伯奇详细论说了创造社的最初胎动及经历了种种波折而诞生，他主要引用的是郭沫若所写的《创造十年》中的回忆。他对创造社的理论主张进行书写时，强调创造社并没有"为艺术而艺术"的思想，他从国家民族的落后、个人情感的纠缠、国际文学思潮的变动等多方面来说明创造社为什么会倾向浪漫主义，具有很强的说服力。郑伯奇对创造社的四个代表作家郭沫若、郁达夫、成仿吾、张资平进行了重点分析。他认为郭沫若的小说有着两类："一类是寄托古人或异域的事情来抒发自己的情感的，可称寄托小说；（另）一类是自己身边的随笔式的小说，就是身边小说。""身边小说"这一文学史概念，常被后来一些文学史所借用。除了这四位作家之外，郑伯奇还介绍了陶晶孙、何畏、方光涛、张定璜、滕固、周全平、倪贻德、叶灵凤、白采、王以仁、洪为法、楼建南、敬隐渔、淦女士等作家及他们的作品。

这篇《导论》还将创造社不同时期所创办的刊物，以及在这些不同刊物上发表的作品进行介绍，可以说其是一篇创造社"简史"也不为过。

第七，周作人的《现代散文导论（上）》。

周作人的《导论》是将他原来发表过的文章予以摘选，然后就新散文进行了诠释，很多地方都是在重复他之前的观点，例如他重复了其在《中国新文学的源流》中的文学史观点，他对小品文进行的理论阐述和历史梳理则是新内容。

周作人解释了小品散文晚起的缘故，分析了晚起的小品文为什么成功得比较容易，他认为这与中国小品文的传统有关，"中国新散文的源流我看是公安派与英国的小品文两者所合成，而现在中国情形又似乎正是明季的样子，手拿不动竹竿的文人只好避难到艺术世界里去，这原是无足怪的"。周作人再次申明了他的文学观念，即文学无用论，并表示了他对革命文学的态度。他说道："我常想，文学即是不革命，能革命就不必需要文学及其他种种艺术或宗教，因为他已有了他的世界了。接着吻的嘴不要再唱歌，这理由正是一致，但是，假如征服了政治的世界而在别的方面还有不满，那么当然还有要到艺术世界里去的时候，拿破仑在军营中带着《少年维特的烦恼》可以算作一例。文学所以虽是不革命，却很有他的存在的权利与必要。"

周作人对中国新散文的前进方向进行了指引。虽然他欣赏晚明公安派的小品文，但是他并不认为我们应该去模仿，因为"新散文里的基调虽然仍是儒道二家的，这却经过西洋现代思想的陶镕浸润，自有一种新的色味，与以前的显有不同，即使在文章的外观上有相似的地方"。他认为"中国现在所受的外来影响是唯物的科学思想，他能够使中国固有的儒道思想切实地淘炼一番，如上文说过，以科学常识为本，加上明净的感情与清澈的理智，调合成功一种人生观，'以此为志，言志故佳，以此为道，载道亦复何碍'。论理，这应该是中国现文坛的普遍的情形，盖中国向无宗教思想的束缚，偏重现实的现世主义上加以唯物的科学思想，自当能和新旧而别有成就"。

第八，郁达夫的《现代散文导论（下）》。

郁达夫的《导论》共分六节，其中前四节都是讨论散文的诸多概念，依次为《散文这一个名字》《散文的外形》《散文的内容》《现代的散文》。他从古今中外的文学历史对散文这一体裁进行了辨析，而在《现代的散文》中叙说了现代散文的三个特征。第五节是《关于这一次的选集》，郁达夫论说了自己参加《大系》编选的经过，缘由以及选集的原则。

第六节是《妄评一二》，主要是郁达夫对他所选的作家作品进行的评价，这一内容历来为文学史书写者所看重。例如他认为"中国现代散文的成绩，以鲁迅周作人两人的为最丰富最伟大，我平时的偏嗜，亦以此二人的散文为最所溺爱"。郁达夫对鲁迅和周作人的散文评价有文体、风味、思想、为人、性格、政治趋向等多方面的细致比较，从而将二人的散文乃至整个文学成就及文学史地位进行了非常科学的裁断。郁达夫对冰心、林语堂、丰子恺、钟敬文、川岛、罗黑芷、朱大枬、叶永蓁、朱自清、王统照、许地山、郑振铎、叶绍钧、茅盾等的散文也进行了精要评点，文采斐然，精美可叹，不失为散文赏析之经典。

第九，洪深的《现代戏剧导论》。

洪深的《导论》在第一节阐释了"五四"运动爆发的国际国内政治经济形势，以说明"五四"时代是中国的资本势力和知识分子得以合作造成的。在第二节洪深从二者根本利益的一致来说明"五四"新文化运动与中国资本势力合作的原因。第三节是说资产阶级的意识、思想与情感需要与之相适应的工具，而过去的文言已不适应这种要求，于是文学革命得以诞生。第四节则重在说明"从梁启超时代到民国六年，从事'新戏剧'运动的，不是文人，而是旧的与新的戏子们"。这里他介绍了汪笑侬、夏月润、潘月樵、春柳社、文明戏等。这四节都是在说文学革命之前的政治、文化与戏剧情形，以此为新戏剧的出现铺写历史背景。

洪深在第五节开始写文学革命之时关于戏剧的理论探讨。他介绍了刘复在《我之文学改良观》中所阐发的戏剧改良观；钱玄同的极端反对旧戏的观点；周作人所注意到的旧戏内容的不堪；宋春舫所主张可以保存旧戏的观念；胡适教人去学西洋戏剧的方法写作白话剧，改良中国原有的戏剧；傅斯年也同意胡适的"戏剧是工具"的主张，并且提出了编制剧本的六个条件。洪深在第六节介绍民众戏剧社的成立及所创办的《戏剧》杂志。他认为他们的工作一方面在破坏，反对京派和魔术派旧戏和当时流行的文明戏。另一方面他们提出了建设的理论。而在民众戏剧社的实践方面，洪深介绍了当时王仲贤所导演的《华伦夫人之职业》和蒲伯英1922年在当时的北平创办了人艺戏剧专门学校。

洪深在第七节介绍的剧作家"不是从舞台而是从文学走向戏剧的，如田汉，郭沫若，成仿吾，叶绍钧等"，他认为他们与主要是从实践方面努力的汪仲贤陈大悲等人是不一样的。这就说明了当时戏剧逐渐从旧戏剧受人轻视的地位逐渐过渡到正式为人所重视的文学地位了。接着他讨论了这些文人的戏剧作品，探讨了他们反封建的思想内容。在第八节中洪深指出从事戏剧的人比从事其他文艺的人更加难一些，一方面是其他文艺写在纸上后就完成了所有工作，而戏剧还有更多的事情要去做，例如排演化妆、灯光道具、舞台设计等都需要他去完成；另一方面是写在纸上的东西可以永远流传，而戏剧是舞台艺术，是没有法子保留的。他还介绍了欧阳予倩和他自己两个戏剧者。最后洪深反复引用了他关于戏剧技术的理论主张，如剧本与小说编制的不同，如何"做戏"等。在第九节中，洪深对1924年后的戏剧史进行了简单书写。在第十节中，洪深指出："民国十五十六两年，是中国的戏剧运动'后退两步'的时候"，这时候的创作、理论及技术的讨论都没有进步，这里他分析了多方面的原因，简单介绍了处于幼稚期的国制电影的状况。

第十，朱自清的《现代诗歌导论》。

朱自清的《导论》分为两部分，第一部分是对第一个十年的诗歌史进行梳理，第二部分是介绍自己选诗的经过、原则。新诗史重在第一部分，我们来看其特征。

首先，朱自清说明了新诗所受到的国内外的影响。他指出清末夏曾佑、谭嗣同诸人的"诗界革命""对于民七的新诗运动，在观念上，不在方法上，却给予很大的影响"。这是中国自己的影响，"不过最大的

影响是外国的影响"，例如美国印象主义者对胡适的影响就很大。其次，
他将第一个十年来的诗坛分为自由诗派，格律诗派，象征诗派依次进行
书写。朱自清主要是按照诗歌的形式、内容、音节、韵调、诗歌所受外
国影响等方面着手，将诗歌分成这三派，注重了诗歌的本质与做法，很
能贴近诗歌艺术发展所要面临的诸多问题，体现出他自己作为一位诗人
对诗歌发展路向的思考。也正因为朱自清坚持了这种方式方法与立场视
角，所以他对格律诗派和象征诗派的艺术性进行了较高的评价，这两种
诗派在革命文学倡导者的眼中都是没落的资产阶级逃避现实所创作的诗
歌样式，属于被批判的诗歌潮流。而朱自清自己作为诗人，当时也是清
华的教授，他对这两种诗歌流派如此之高的评价，影响到后来的新文学
史写作。

　　总的来说，《中国新文学大系（1917—1927）》在当时工程浩大，
参与者都是当时著名的新文学作家，所以他们的《导论》和具体作品
的选择都影响了后来的新文学史书写，使得中国新文学史书写能够跳出
革命文学倡导者的重评模式，从而能将新文学史书写回归到理性、客观
与科学的轨道上来，这是其在中国新文学史学史中的重要意义。

2. 陈柱的《四十年来吾国之文学略谈》出版

　　陈柱著的《四十年来吾国之文学略谈》于 1936 年在交通大学出版
社出版。

　　该书系作者为交通大学（前身南洋公学）成立 40 周年纪念而作
（作者原系该校学生）。共五章，论述作家 60 余人次，其中多有当时新
文学史著中所没有提及的古文学作家作品，专述清光绪二十三年
（1897）至民国二十五年（1936）之间的古文、骈文、诗词，以及
书法。

1937 年

1 月

1. 赫戏的《一年来的中国文艺界》发表

　　赫戏的《一年来的中国文艺界》发表于 1937 年 1 月的《现代青
年》第 6 卷第 1/2 期。本文属于该期中"一年来的国内外情事特辑"之

一，该特辑还有同类文章多篇。

作者主要是回顾了 1936 年发生的"两个口号"论争，而其立场是拥护鲁迅和茅盾的。

2. 杨晋豪的《一年来的中国文艺运动》发表

杨晋豪的《一年来的中国文艺运动》发表于 1937 年 1 月的《中国学生》第 3 卷第 19、20、21、22 期合刊。与该文同期的总结性文章还有多篇，以及众多"一年来学生救亡运动"的相关照片。

该文包括《一九三六年中国文艺运动的特质》《关于文艺界统一战线的论战》《关于文艺之中心口号的论争》《关于文艺创作自由的论战》等小节。该文的内容后来在杨晋豪编写的 1937 年 6 月在北新书局出版的 1936 年《中国文艺年鉴》中收录，此处不赘。

3 月

云盈波的《中国新文学运动的透视》发表

云盈波的《中国新文学运动的透视》分两次发表于 1937 年 3 月的《中国公论》第 5、6 期。

该文在《总论》中以阶级论的文学史观讨论了"五四"新文学运动，认为其是资产阶级反对封建阶级的文化活动，是以民主与科学作为自己的理论武器。而当帝国主义再次卷土重来之际，资产阶级与小资产阶级知识分子开始妥协，买办色彩更为浓厚。而在 1927 年之后，资产阶级和无产阶级的对立开始形成。在《"五四"运动以后的文艺运动》中，作者介绍了文学研究会与创造社的文学活动，对郭沫若、郁达夫和鲁迅的文学活动及所代表的文学性质及文学主张进行了讨论，同时，介绍了早期创造社的革命活动及其文学的表现。这些内容在之前的阶级论文学史中都已探讨。《左翼文学运动》介绍了 1927 年至 1930 年的创造社、太阳社等一系列的左翼文学运动，创办的杂志、期刊以及所遭受到的打击；他认为 1930 年是左翼文学运动的最精华的时代，这一年度"左联"作家组织得以建立。在《中国文坛一九三○年中之摇动》中，作者介绍了左翼文艺刊物《拓荒者》《萌芽》《大众文艺》《南国月刊》；右翼的文艺期刊则有《小说月报》《新月》《现代文学》《金屋》

《真善美》《新文艺》《骆驼草》等，并介绍了张资平与沈从文的创作。左翼作家作品中则列举了郑伯奇、蒋光慈、杨邨人、钱杏邨、龚冰庐、洪灵菲、黄药眠、巴金、茅盾、黎锦明、潘汉年、周毓英等人的作品。他认为在 1930 年的后半年，因为环境的压迫，左翼期刊、出版社被禁止、作家被逮捕，左翼文学运动成为共产党的文学运动之一翼。《一九三〇年后的中国文坛》介绍了左翼文学被打压后，民族主义文学独占文坛，鼓吹精神文学，代表期刊有《前锋月刊》。对于文学在政党的统治之下，作者并不反对，但是他感觉民族主义没有也不能创作出作品，但是又在压制其他文学创作，这是不对的。

　　该文是作者在广州所写，其对左翼文学及文学期刊抱有支持态度，而对于民族主义文学则有所不满。

　　4 月

　　1. 张梦麟的《两年来之文艺》发表

　　张梦麟的《两年来之文艺》发表于 1937 年 4 月的《中国新论》第 3 卷第 4、5 合期。该期杂志为纪念创刊两周年，发表了很多同类型纪念文章。该文对“两年来”甚至一直以来的中国新文学的评价就是“差不多”，而这种“差不多”现象造成的原因在于作家的生活态度和世界观差不多，那就是“感伤主义”。这种感伤主义表现在四个方面：一、自以为是，自以为自己拥护的是正义，而不管其是否正义；自以为自己描写的是英雄，而不管其是否英雄。二、夸大的精神，将自己与自己所拥护的学说等同起来，借此抬高自己的身价。三、自欺，一面在安然地跳舞享乐，另一面在悲悯劳苦大众，而在两方面都觉得很对。四、浅薄的乐观，简单的善恶标准，认为事事都可以变成如他理想的样子。

　　该文并没有多少具体文学史书写，但是标题非常具有迷惑性，这类的文章还有不少。

　　2. 徐公美的《两年来之电影事业》发表

　　徐公美的《两年来之电影事业》发表于 1937 年 4 月的《中国新论》第 3 卷第 4、5 合期。

　　该文只介绍电影事业的动态，而不涉及具体电影作品。在《电影公司之动态》中，他介绍了几点：明星公司扩充第二厂；联华公司改组为华安；天一公司设立香港分厂；电通公司之停闭；民新公司之复活；新华公司之勃兴。在《电影人才之损失》中介绍了阮玲玉自杀、郑正秋谢世、聂耳海难、陆丽霞、马东武、龚维扬死去。《前进影评之没落》书写了之前的左翼影评在近两年开始没落。他抨击过去左翼影评的"公式化""攻击化"，"后来更高张（涨）了谩骂之风，不但放弃了他们自以为神圣的工作，反而专在私人生活上，互为意气，甚至有如村妇骂街似的"。在《国防电影之论战》中，作者攻击一些左翼剧本"内容苦涩，题材单调，思想偏激，情感淡薄"。而后国民党在上海开会后确定了电影的三原则，其中之一就是"发扬民族意识以完成国防电影之使命"，于是又有了关于"国防电影"的争论，以至有电影救国会的成立，但遭到解散。作者认为《狼山喋血记》和《壮志凌云》是国防电影"划时期的作品，虽则也有不少足以商榷的地方"。在《文艺电影之上演》中，作者认为两年来文艺电影有值得追忆的，如外国电影《复活》《仲夏夜之梦》《罗密欧与朱丽叶》《钦差大臣》等。《儿童电影之勃兴》介绍了上海规定每周日上午放映一部儿童电影，观看的儿童非常多。在《电影教育之建设》中，作者介绍政府成立了中国教育电影协会，开始了教育影片的设置和教育人才的培养。最后，作者号召中国电影迎头赶上，不可自卑，其拥有美好的未来。

徐公美从日本留学归来之后，都是在中学担任校长和国文教师，曾任江苏省财政厅主任秘书，后担任财政厅代厅长。正是因为这一身份，所以他是以政府立场来看待电影事业的，而对左翼电影进行了斥责。他主张国防电影，但是不能从审美的角度对电影艺术进行分析，所以只能从电影的外部因素来泛泛而谈。他从事过教育事业，所以对教育电影和儿童电影有密切关注。

3. 唐明的《长沙的剧运》发表

唐明的《长沙的剧运》发表于1937年4月的《光明》第2卷第9期。该文对长沙的剧运有所介绍，但有较多错误，后有章扬新对其予以纠正。

5 月

1. 丁玲的《文艺在苏区》发表

丁玲的《文艺在苏区》发表在 1937 年 5 月 11 日的《解放》第 1 卷 3 期。该文报道了苏区文艺的现状与历史。1933 年 5 月，丁玲被捕入狱。于 1936 年 11 月辗转到达中共中央所在地陕西保安，她是第一个到延安的文人。她倡议成立"中国文艺协会"，并任主席。1937 年 2 月，丁玲被任命为中国工农红军中央警卫团政治部副主任，同年 5 月发表这篇文章。由这篇文章可见她当时初到延安的欣喜之情，其对延安及其文艺的未来充满信心。

丁玲承认苏区的文艺"的确是比较的落后的部门角落。虽说无处不在创作着伟大的文学题材。然而优秀的杰作，确不多见，这一事实常常使外来的新客感到惊诧。《字林西报》便发出过美中不足的惊叹，然而说苏区是没有文艺，或不要文艺，都是非常错误的！"她认为苏区文艺的特点就是"大众化，普遍化，深入群众，虽不高深，却为大众所喜。这个表现在红军部队里各种报纸以及墙报上的，如《红星》《战士》《火线》《抗战》……这里都挤满着很多的有趣味的短篇和诗歌，使用了文学上描写的手法，画出了红军部队活生生的生活"。苏区文艺在风格上则体现出"活泼、轻快、雄壮的优点，最能作证明的，便是流行着比全中国都丰富的歌词，不只采用了江西、福建、四川、陕西……八九省的民间歌谣的形式，放进了适合的新的内容，如《送郎当红军》，《渡黄河歌》，这都是一些不朽的佳作。而且创作了新的雄伟的《第二次全苏大会》（堪比《马赛曲》《国际歌》）及《武装上前线》……这些歌曲跟着红军的队伍，四方的散播着，永远留在民间"。更让丁玲觉得是"奇迹"的是记长征的《二万五千里》一书的写稿、编辑、出版，是众多人克服重重困难的结果。丁玲强调了苏区非常浓厚的文艺氛围："文艺的兴趣被提高了，文艺的书籍也在有人抢着阅读，而且有了文艺协会的组织，在延安的会员就有几百，油印的小刊物（纯文艺的）总是供不应求，每日都可以接到索阅的函件。作为撰稿者的前方指战员，或是小村落上的剧团的演员们，拥挤的稿件，塞破了编辑者的皮包"。所以她坚信苏区文艺有着"辉煌的前途"。

2. 秋萤的《"满洲"新文学之发展》发表

秋萤即王秋萤，其 1937 年 5 月在《新青年》（沈阳）第 10、11、12 期发表《"满洲"新文学之发展》。该文对东北前十余年的新文学进行了梳理总结，将其划分萌芽期、拓展期、普洛文学与民族主义文学兴盛期、事变后复兴期。

秋萤认为东北现代文学的萌芽期应是 1918 年到 1928 年间。具体萌芽"应该在民国六年中国文学革命以后"，其"爬行的路线，可以说与中国新文学有极密切的联系"，"其动态多随中国新文学而左右"。此际的文学社团有启明学社、新东学会等，写作者则有王卓然、梅佛光、吴竹郁、朱焕阶、卞宗孟、王雪影、金小天、赵小蔓、宁恩承、王捷侠、郭御风、罗士清等。"在这些作者中当以王卓然的成绩为最好，梅佛光发表的文章为最多，此外诸人也各有相当的努力。'满洲'新文学经过了他们热烈的宣传与提倡之下，在沙漠般的园地里，已经有了嫩绿的萌芽。"东北现代文学的势力在"五四"运动后"渐渐扩大"，"古典华丽的文章变为平凡亲切，成为言语式的白话文"，"眩奇坚深转为直实易解"。但萌芽期的东北现代文学作品还只是形式上的转变，内容并没有"完全离开旧文学的圈子"，多半表现一些抽象的模糊的意识，"写出一点不甚坚实的观念，如对旧社会某些方面的攻击、青年们自身的解放等"，还"谈不到抓住时代"。

东北现代文学的拓展期应是 1928 年至 1931 年间。此时的东北现代文学"呈现了空前的盛况"，"由空虚的呐喊渐渐进展到了具体的实践"。在两个方面取得成绩：其一是文学报纸杂志众多。"在这时不但各新闻纸的副刊几乎完全刊登了新文学的作品，就是新文学的杂志也能广泛的走入了读者层，由旧式的读物中夺过来多数的读者。"《新民晚报》的《文学周刊》《新亚日报》与《平民日报》的副刊等以发表新文学作品为主，《东三省民报》的《文学周刊》则主要介绍外国文学思潮及文学理论。在期刊方面，当首推《小说新刊》《关外》《长虹》和《夜航》。《关外》更能代表"1928 年新文学的时代"，因为《关外》中的作品，"确能走向明朗健康的大道，他们知道文学的社会价值，并不是一部分人的消遣品，所以一些作者多半能忠实的表现了人生的真实"，他们"有的写当时军人政客们的蛮横，也有的写社会的黑暗与农村的萧条，或者对礼教的反抗"，"很少是为着消遣玩玩而提笔"。前者以尹寒月的《劫后》为代表；后者以白雪的《囚犯的情书》为代表。《关外》在文学批评与理论方面、新诗创作方面也有着自己独有的贡献。其二，此时发行出版了一些文学作品单行本，如夏孟刚的创作集《寂寞之友》、李忏侬的《灵魂》等。

普洛文学与民族主义文学兴盛期是在1929年至1931年"九一八"事变前。1929年上半年，"好久便潜伏在新文学作品中的两种意识，便突然显明的勃生起来。一种是以无产阶级的意识，鼓吹着阶级斗争的文学；一种是带着英雄主义的姿态，写着民族主义立场的文章。这两种思潮，在当日有力地支配了当时的文坛"。《关外》《红寥》《冰花》《翻飞》等期刊"揭出了无产阶级文学的旗帜"，"指示了文艺的唯一的大路——普洛文学"。但这些"以普洛文学自命的作品中，内容所表现的，并不是自己现社会中的形态，大多模仿了一些别人作品的皮毛，再改头换面的重现出来。而现实是现实，作品是作品，两者大相矛盾地存在着，绝对没有一点关系。虽然他们主张作品应是人生的写照，可是实际完全成了一种'架空艺术'，并不是实际的人生，不但谈不到时代的描写，更不是生活的反映，难得到读者的满意批评"，因为他们"有意地把内容染上了浓厚的宣传色彩"。秋萤认为此时东北文坛的"民族文学"，是"以民族主义的爱国思想，带着英雄主义的彩色而写的一些排外"的作品，倡导者宋树人"是一个国家主义者"，其出版旬刊《辽风劲草》，还有单行本创作集《樱花第一枝》，内容是"带有'血性'的'爱国文学"。秋萤认为该"作者的写作完全是与现实生活游离的，只是在神秘的冥想中造成了他自己的乌托邦"。由铁笔创作、长城书局出版的两本戏剧《××之一弹》和《韩光弟之死》被秋萤称赞不已。

秋萤认为"自1929年到1931年这三年中，文坛上虽被普洛与民族两种思潮有力的支配着，但是站在纯为文艺而文艺的立场，并不染上其他色彩的作品，确有大量的生产，而于单行本一方面更是多产的时期，这三年中，文坛上有所谓'兴隆气象'可以说达到了繁盛的顶点。如果没有'九一八'事变的爆发，可以说文艺的黄金时代已在不远。"这也体现在两个方面：其一，单行本出版发行众多。有赵鲜文的小说散文集《昭陵红叶》、凭汝的《风纹》、杨云楼编辑的《新潮汇刊》、长篇小说《初春之梦》(佚名)、林界融的散文诗集《鲜血》、王一叶的新诗集《锦瑟集》、冰痕女士的长诗《苦诉》、周缥渺的创作集《落寞之笔》、徐绮鹃编辑的《别梦依依》、张露微的新诗《情曲》等。秋萤认为王一叶的《锦瑟集》是最受好评、颇具影响的一部:"作者的诗很像郭沫若的风格,在诗中能融化旧的辞藻与新的名词,调子的强悍、才情的恒滋,处处表现出英雄的气度与奔放的热情。"其二,文学期刊与报纸的文学副刊得以兴盛,尽管多半"染着宣传的色彩"。田怀玉、纪鸿超编的《南风》、姜深、成骏编的《南郊》等是代表性期刊。秋萤看好的是"纯文艺性"和"没有什么主义作背景"的《呓语》;《新民晚报》的《今天》,在"当时与其他新闻纸副刊相较,确是一个杰出的刊物";《泰东日报》的《潮音》"是一个形式内容都完善的刊物";《国际协报》及《哈尔滨公报》的副刊,可以"时常找出几篇优秀作品来"。但是好景不长,"九一八"事变的发生,使"当时的社会一切都陷入停滞的状态里,各新闻纸与文化机关也暂时荒闲起来",除《"满洲"报》《盛京时报》外,"已经再没有副刊了","'满洲'的文坛是荒芜死寂了"。

事变后复兴期是指东北现代文学经过1931年"九一八"事变的摧毁并"沉寂之后","终于又有了一番新的活跃",这持续到1937年。复苏的主要标志是:第一,文学社团的涌现与社刊的出版。冷雾社、飘零社、白光社等先后组成,类似社团"不下百数以上"。各社团又"借新闻纸的一角地盘,自行刊了社刊",先后有《奉天民报》的《冷雾周刊》,《抚顺民报》的《飘零周刊》与《喇叭》,《民报》的《萝丝》与《平凡》,《泰东日报》的《响涛》与《开拓》,《营商日报》的《黑光》与《野火》,《大亚公报》的《曦虹》,《关东日报》的《白山》与《前哨》等。还有白光社自行出版《白光》半月刊等。第二,文学论争热烈地展开。这期间围绕冷雾社的新诗,"全满作家都卷入"了持续"一年的时光"的争论。梦园发表《论东北诗坛》一文,批评"冷雾"社诗人金音的诗歌"用一种畸形的变态写法,成为病态的象征化,然后将香艳的朦胧纱将写成的东西盖好,使人看不大清楚"。冷雾社诗人成雪竹对"冷雾"诗歌的创作进行了解释:"我们的诗是抒写情绪的,是把我们头脑中刹那间显示的灵感忠实的写出来。"前期论争"还带有点理论的探讨"，后期就流为"无理的谩骂了"。但这场论争使文人们认识到，私小团体的互相轻视而造成的"党同伐异的大混战"，"是不能推动文艺前进的"。于是，东北现代作家开始思考组建具有共同团结意义的集体组织。不久，漠北文学青年会成立，并发布《创立宣言》，在批评过去文艺社团"组织的病态"后，号召作家"虔诚于创作"，"客观的观察现实，主观的体贴现实，艺术的描写现实，合理的创造现实"；而"逃避现实、歪曲现实，是我们所忌的！"同时强调作家应时刻不忘自己的使命与责任。第三，出版了作家作品集。秋萤认为三郎夫妇合著的小说散文集《跋涉》出版后"在全'满'文坛上受到了潮水般的好评"。潘蕙畴的诗集《冷风》、今明的小说集《夜风》是稍逊于《跋涉》的佳作。①

王秋萤对东北文学的历史梳理，历史分期划分非常科学，成为后来东北现代文学史分期的重要参考。对文学社团、报纸杂志及作家作品的介绍翔实，对不同时期文学风格及发展进行了细致地分析，依据作品出版发行来评判文学的繁荣与凋敝直接客观。而其注重文学自身历史发展，强调文学的艺术价值，这既是其在沦陷区书写文学史的自我保护，也是其自身文学观的真实体现。该文在东北文学史写作中地位非常重要。

3. 余上沅的《中国戏剧运动》发表

余上沅《中国戏剧运动》发表于 1937 年 5 月的《文艺月刊》第 10 卷第 4、5 合期。

该文将三十年的中国戏剧运动分为不同阶段：清末的新剧是被利用作复兴民族，宣传革命，改良社会的工具的，这是第一阶段。第二阶段是民国成立以后流为"文明戏"。第三阶段是提高文明戏，参照西洋话剧，让它有一个艺术的标准。国难严重以后，戏剧者觉到复兴民族的责任，在努力上与以前自然不同，这是现阶段。"三十年来中国戏剧运动已经自己兜了一个小圈：从复兴民族到复兴民族；但是三十年前的复兴民族工作与目前的复兴民族工作是绝对不同的，其实从前只是一个政治

---

① 高翔：《〈新青年〉与东北现代文学批评》，《学习与探索》2010 年第 2 期。

革命,目前才真是受了外人的压迫,我们要一致御侮,一致防暗算,共图民族复兴"。

作者介绍中国戏剧运动历史的目的,是重提其复兴民族宣传革命的功能,最终是为号召大家努力工作,为复兴民族贡献力量。

4. 向培良的《略论最近剧运趋势》发表

向培良《略论最近剧运趋势》发表于 1937 年 5 月的《文艺月刊》第 10 卷第 4、5 合期。

向培良认为"最近"剧运的确取得很大进步,但是他觉得话剧与电影结合太过紧密,对其成长有所促进,但是也阻碍了戏剧的发展。上海的戏剧有了若干次较为可观的公演,布景灯光也有了进步,报纸的鼓吹更得发挥,只不过戏剧也就成为走入电影的敲门砖了。所以他认为电影和戏剧应该分开发展。另外,他介绍各地建设话剧剧场和礼堂等方面的消息,以说明话剧的设置场所有了巨大的改变。他批评上海的戏剧活动,最初是南国社,以后的艺术剧社及左翼剧团,都是以为内容高于一切,以为有好的意义即可以有好的戏剧。于是一切委之于剧本,而不复在表演上注意。又因为其所谓剧本也仅只注意到内容,于是戏剧上边空无所有了。戏剧上完整的形式却还不甚为人所注意。

向培良还是如之前一样,强调话剧自身的内容与形式,而不是单注意内容的革新。

5. 章扬新的《长沙的剧运》发表

章扬新的《长沙的剧运》发表于 1937 年 5 月的上海《光明》第 2 卷第 12 号"戏剧专号(特大号)"。本期有全国剧运总检阅一栏,除了该文之外,还有白克的《剧运在广西》、李淡虹的《太原的剧运》、芒的《漳州剧运的动态》、成心《天津剧运近况》、娜拉的《杭州的剧运》、蓝枫的《戏剧运动在武汉》、任天马的《肤施(延安)的话剧与活报》。这里只简短介绍有关长沙和漳州剧运的两篇文章。

该文主要是更正了 1937 年 4 月唐明发表在《光明》的《长沙的剧运》中的几个错误:反帝抗日的戏剧并不是无阻碍的搬上长沙舞台;"业余剧社"并没有产生过;《撤退赵家庄》和《我们的故乡》两剧都

是由现代剧社在长沙第一次演出；在长沙出版的剧刊只有现代剧社的
《现代戏剧》；中国旅行剧团在长沙的演出评价并不坏；白雪剧社并未
夭折，其是演文明戏的。

6. 芒的《几年来漳州剧运的动态》发表

芒即黄芒，他的《几年来漳州剧运的动态》发表于1937年5月的
上海《光明》第2卷第12号"戏剧专号（特大号）"。

该文介绍了漳州芗潮剧社、莺声社、龙中剧社、龙师剧社、毓南业
余剧团、银海剧社的筹建及演出经历。特别是芗潮剧社为漳州的话剧运
动开辟了新路。如其在1934年9月15—17日，在芗城黄金戏院演出辛
克莱的《贼》（胡大机导演）、田汉的《战友》（柯联魁导演）、山本有
三的《婴儿杀戮》（黄德洵导演）和左明的《酒楼小景》。演员有陈开
唏、陈孟娟、柯联魁、陈湘君、郑石麟等。此次公演"好像在漳州投下
了一颗巨大的炸弹"，引发各剧社纷纷成立。此后剧社到驻漳一五七师
部队礼堂演出《汉奸子孙》和《未完成的杰作》等剧目。柯联魁以
"天闻"为笔名与黄浪舟合写了一个方言话剧《人丹》，并以街头剧的
形式在漳州中山公园广场演出，使不少观众以假为真，在"打倒日本走
狗""抓汉奸"的口号声中，真的行动起来，人潮汇成狂涛，军警甚至
把盒子枪上了子弹。

本文对漳州剧运的介绍，显示了地方剧运的蓬勃开展。

6月

1. 林庚的《中国新文学史略》编写完毕

林庚的《中国新文学史略》大约在1937年6月编写完毕，这是林
庚在当时的北平师范大学授课的讲义。该书2017年由潘酉堂整理，在
商务印书馆出版。

全书逻辑主线比较分明，共分为五部分。《序言》阐述了为新文学
运动书写历史的重要性。《前奏曲》主要叙述晚清文学运动为文学革命
所进行的种种铺垫工作。严复、林纾、谭嗣同、梁启超等人的作用得到
了凸显。特别是专致力于文字改革的王照等人开展的言文一致，官话拼
音等白话运动得到了林庚的强调。《启蒙运动》主要写了"《新青年》

与文学革命""文学革命的展开""《新潮》与'五四'运动",重在介绍文学革命发动的过程,经历过的新旧之争,以及在新诗和戏剧等方面的争鸣。林庚认为:"假如没有新潮社,新文化的运动仍只是少数教授们辛苦的工作;假如没有'五四'运动,新文学运动也伸不进这个社会里去。这白话运动,这新文学运动,这新文化运动,这些一而二二而一的诸般发展,到此乃因为它日久的酝酿而结了它第一次的花果。"《新文学的独立》书写的是"五四"运动之后,文学开始独立成长起来的历程。他认为:"'五四'运动结束了启蒙运动,于是由一个混沌的开始遂分为各方面较精细发展。大约破坏总是差不多的,建设便不能不专司其事。于是老一辈的人退休,新一辈的人起来;而这运动胚胎中文字、文学、文化的三方面,乃都独自打起了旗帜。"按照作者的意思,就是启蒙运动是文字、文学、文化共同参与的集体行动,以对传统文化思想进行统一的攻击、破坏,当这一共同的敌人被打倒之后,三者开始独自行动,分别进行各自的生命运动。将 1921 年之后才视为新文学的独立发展或诞生,在之前的新文学史中都有,但是林庚的这一说法无疑具有新意。围绕新文学的独立,作者书写了文学社团文学研究会与创造社、学衡派、整理国故、文学翻译,《语丝》《晨报副刊》《甲寅周刊》《诗刊》,"五卅"惨案与创造社,最后写到"文学运动"在北京受到干预,北方的新文学运动受到打压,而新文学运动中心转移到上海。《文学与革命》则讨论的是以上海为中心的文学与革命的关系。通过这五个部分的介绍,会发现林庚对这段时期的新文学史书写展现了新文学史的前奏、启蒙运动的催生乃至新文学的独立,而后转向文学与革命,这是按照新文学史发生发展的历史线索进行叙述的,时间明晰,而内在的逻辑性包孕其中,非常简明而有条理。

该文学史重视文学的多重元素的共同作用,其以思潮、社团、杂志、文学现象为历史主线进行书写,重在文学运动史和思潮流派史的变迁,而对具体作品很少详尽阐释。即使是鲁迅的小说,作者也并没有点评多少。但是他认为老舍的小说"一时再版三版,在市场上几乎争购不到,亦可见其文字的魔力了"。他还注意到社会思潮对文学运动的影响。例如文学革命的成功与安福系的倒台有关,"五四"运动的爆发推动了文学革命,"五卅"惨案与"九一八"国难对文学运动转向都有很大关系。

　　林庚重视文学的自主性，对政治对文学的影响评价并不高，无论是革命文学还是民族主义文学。对散文、诗歌、京派与海派的解读很有独到之处。林庚认为："当初文学革命的意思，是要使文学本身从替古圣贤说话的'载道主义'下解放出来，使文学能够自由的独立起来，所以那可以说是一个解放运动。革命文学则是要使文学变为一种工具，要在一定的政策下写作文学的创作是集团的而没有个人的，故也就不承认创作上的自由。所以二者的发展乃是两个极端。"林庚也并不看好民族主义文学，他认为"他们的理论政策与左翼一般无二，只是左翼拥护无产阶级，他们拥护民族"。对于左右翼围绕"第三种人"的争论，林庚认为："其实这个论争正与上次是一样，一方面是主张'文艺必须如何'，（另）一方面则是'我有我的自由'。不过此次的态度似乎和缓些，当为文坛上一大进步。"从行文语气和笔调上来看，林庚是主张后一种观点的，但他对前一种观点并不格外排斥，他似乎觉得争论是不可避免的，只要态度"和缓"，火药味不要太浓就好。对于"两个口号"的论战，林庚认为这类争论在浪费精力，尽管有鲁迅参与其中，他也保持着自己的"批评"立场。

　　林庚始终强调文学创作的创新，他认为："新文学运动以来，无论诗、小说莫不以模仿西洋文学为出路，模仿当然不会是一条真正的出路。"这可以从他对作家作品的解读上可以看出。林庚认为："徐志摩是自我的表现，引诱得大家都朝他的路上走；闻一多是客观的研究，找出一条新诗建设的路来，然而他们二人却有一个共同的来源，那便是英国近代诗。梁实秋说他们是试验着用中文来创造外国诗的格律，这话正是十分扼要的。"他对戴望舒的诗歌评介很高："戴望舒的诗是以一种新的字面与新的形式而出现，在《新月》已成尾声的时候，正好带起了南方的诗坛。他的诗唯一的好处即能脱去陈腐的文字势力，这是从白话诗运动以来所未能脱去的，白话诗在以前的成绩只是把文言中的字换成白话，或把西洋诗中的字译成中文，但这些字骨子里都仍是一样，因为富有诗情的字都难免是以前诗中有过的。戴望舒却从一些新的事物中找诗情，于是耳目才真正焕然一新，而模仿的习惯才开始的脱去。""他诗的另一种影响即是用一种轻佻的语吻代替形式，本来新月派形式的尝试已经失败，诗坛上正缺少一种形式，他却利用另一种方法代替了文字的节奏。"可见作为诗人的林庚非常关注诗歌的语词及节奏，如何在这两方面展现一个诗人的创新，从而推动现代诗歌的前进是他最关心的问题。

林庚对散文的观点也很让人感觉慧眼巧思，他说："本来幽默是散文的开始，能懂得幽默才算懂得散文。散文是要叫人多懂一些道理，而幽默则是在发现人事中的漏点。漏点是一些小事，而小事往往正是训练智慧的机会，冠冕堂皇的大道理谁不知道，然而无用，能洞悉人间一切的缺欠，然后才是真懂得道理的人，幽默因此不是一件容易的事，而实是散文的一条大路。"虽然他赞扬《论语》的姿态是活泼的，气味是轻快的，但是他也认为"真正的幽默究竟是不易做到的，所以若干期后，便一变为《人间世》，再变为《宇宙风》，已不是专事幽默的小品文了"。他再次强调"本来创造方是真正的希望，模仿只是自绝生路而已，幽默一条路虽然摆在目前，然而大家只学些油腔滑调"还是会导致散文的衰落。

林庚认为"京派与海派原是旧剧中的话，应用到文学原不只是地域的区别。大约前者近于经院派，后者近于新闻派。经院派所以不免空气沉闷，新闻派所以不免流于趋时。而上海的流动性与其千变万化的四马路，北平的稳健性与古色古香的琉璃厂，乃成为此两地文坛性质的分野，在上海则大众语、罗马字、民间文学、国防文学已一幕一幕地演过去；在北平则还是莎士比亚、李白、杜甫。轻浮与没落似乎很可以彼此成了批评的对仗。"但是对于派别，林庚并不十分在意。他指出："京派与海派其实不过好事者大略作此分别，但亦未始非今日文坛之两轮，但文坛更重要的是中间的马，否则虽有两轮终无益也。"

2. 杨晋豪的1936年《中国文艺年鉴》出版

杨晋豪编写的1936年《中国文艺年鉴》于1937年6月在北新书局出版。该年鉴共分四辑。

第一辑《一九三六年中国文艺界的考察》考察了六个方面："动乱的世界更深的国难""新阶段中文艺运动的特质""巨浪一样文艺界的

活动""推进新运动的文艺的论争""创作活动的新的主潮""文艺界的最大的损失"。并附录有《一九三六年的回顾》《哀悼鲁迅先生特辑》《哀悼高尔基特辑》《重要文献一束》。在《动乱的世界更深的国难》中，作者指出这一世界上因为整个资本主义的危机而形成了两种对立的阵线："一是想要苟延资本主义的残喘，而加紧了对于殖民地的剥削，对于弱小民族的侵略，和对于社会主义国家的进攻的侵略阵线"；"（另）一是想要解脱侵略国家的威胁、压迫和占夺，以保持本国民族的自由、独立和主权、生命，而发动了反侵略战斗的和平阵线"。而"站于被侵略的弱小民族地位的中国，由于整个民族危机的深化，因此有了汉奸以外的全国民众，不分阶层党派，一致联合起来，反抗敌人侵略的民族革命的要求、呼声和实践"。正因为这样的国际国内形势，所以"新阶段中文艺运动的特质"是：一、将文艺活动当作民族革命、反对侵略压迫和剥削的抗战文艺；二、克服文艺界的宗派主义、关门主义和英雄主义，组成文艺上的联合战线；三、要文艺的创作与批评的动的现实主义的实践、参与现实、推动现实；四、要尽量地使现阶段的文艺深入和广布到大众中去，促进民众的觉醒，为争取抗战的胜利而奋斗。《巨浪一样文艺界的活动》中介绍了中国的上海、当时的北平、广州，日本的东京等地的文学期刊、文学团体在这一时期的活动。《推进新运动的文艺的论争》主要介绍了"关于文艺界统一战线的论战""关于文艺之中心口号的论争""关于文艺创作自由的论战""关于典型与个性的论战""枝枝叶叶的问题"。杨晋豪指出，前三次论战"其实只是一个论战——就是关于现阶段中国文艺运动的路线的论战"。《创作活动的新的主潮》主要写了九个方面："新现实主义的倾向""国防主题的把握""监狱生活的写实""报告文学的升华""集体创作的实践""大众化的行进""戏剧的高潮""诗歌的特盛""中篇小说和儿童文学"。《文艺界的最大的损失》分别介绍了鲁迅的传略、鲁迅著译编目，高尔基的小传、年谱、著作年表、中译高尔基作品编目。附录中的《一九三六年的回顾》包含立波的《小说创作》、杨骚的《历史的呼声》、张庚的《一九三六年的戏剧》、吕骥的《伟大而贫弱的歌声》；《哀悼鲁迅先生特辑》包含鲁迅的《死》、景宋的《最后的一天》、内山完造的《忆鲁迅先生》、知堂的《关于鲁迅》《关于鲁迅之二》、张一林的《鲁迅先生的生平》、欧阳凡海的《关于研究鲁迅先生的几个基本认识的商榷》、新认识社的《我们应该从鲁迅学些什么》;《哀悼高尔基特辑》包括孙雪苇的《哀悼伟大人类的子孙》、陈作夫的《悼高尔基》、李宗文的《高尔基的艺术和思想》、戈宝权的《高尔基的逝世与葬礼》;《重要文献一束》包括《中国文艺家协会组织缘起》《中国文艺界协会简章》《中国文艺家协会宣言》《中国文艺工作者宣言》《文艺界同人为团结御侮与言论自由宣言》《小说家座谈会第二次纪录》。

第二辑《一九三六年的文艺论争》中包含以下内容:《"国防文学"者的理论》有周扬的《现阶段的文学》《关于国防文学》;《"民族革命战争的大众文学"者的理论》有胡风的《人民大众向文学要求什么》、鲁迅的《答徐懋庸并关于抗 X 统一战线》;《反对"国防文学"者的理论》包含徐行的《我们现在需要什么文学》;《"创作自由"及其他问题的讨论》包含茅盾的《关于目前文学运动的几个问题》、任白戈的《关于国防文学的几个问题》。《最后的综论》则是郭沫若的《蒐苗的检阅》。

第三辑为《一九三六年度创作选辑》,分为小说、诗歌、报告文学、散文、戏剧五类。

第四辑为《一九三六年的文艺产品》包含《重要刊物概述》《重要单本简目》(包含合集、理论、史传、诗歌、小说、散文、戏剧)。

杨晋豪的《中国文艺年鉴》的编写重在资料的搜集与展示,具体论述精彩的并不多。

3. 雷铁鸣的《戏剧运动在陕北》发表

雷铁鸣的《戏剧运动在陕北》发表在 1937 年 6 月 28 日的《解放》第 1 卷 8 期。该文分为三部分,分别讲述了延安的演剧情形、存在的剧团以及陕北戏剧运动的特点。

作者在《(一)他们演了些什么戏呢?》介绍了"半年来"人民抗日剧团在延安的演剧情形,其受到了延安人民的热烈欢迎,达到了很好的宣传、教育目的。他们演出剧目有:《亡国恨》《秋阳》《放下你的鞭子》《死亡线上》《察东之夜》《蹂躏与反抗》《矿工》《撤退赵家庄》《李七嫂》《秘密》《阿 Q 正传》等。在《(二)人民抗日剧社领导下的剧团》中，作者介绍了"中央"剧团、平凡剧团、战号剧团、青年剧团、锄头剧团、西北剧团等的建立情况，演出剧目等。在《（三）他们的特点》中，作者分析了苏区戏剧运动的特点："第一，因为这些剧团都是在这全国最自由最民主的地区里，他们从来没有在'有损邦交'的名词之下而受到'禁演'的危险，不会受到解散的威胁；相反的他们得到鼓励和帮助，得到自由的发展"；"第二，这儿演的戏都很群众化，对白也很通俗易懂，每个剧都能深入群众，抓住了群众的心坎和脉搏，使群众得到深刻不忘的印象，使群众的紧张，悲哀，兴奋，愤懑和舞台上所演的融化在一片"；"第三，'中央'剧团是经常出发到各县区，各乡村，部队中去演剧，或者把自己学得的新剧和舞教给青年儿童，他们也同军队一般，固定地停息在一个地方不动的时间是很少的，所以他们都是随时随地练习，随时随地排演新剧"；"第四，并且他们随时随地组织剧团，跑到那儿就组织到那儿，如'西北剧团'与'锄头剧团'，以及红军中的许多剧团，都是在他们帮助或影响下建立的"。

4. 苏明的《西安的话剧运动》发表

苏明的《西安的话剧运动》发表于 1937 年 6 月的《国民》杂志第 1 卷第 9 期，属于《读者信箱》这一栏的文章。

与其他报告地方剧运成绩的文章不一样，该文主要是反映西安剧运的不发达，并分析其原因：第一，由于社会的不开明，不容许男女在一起演戏，所以自然不会有灿烂的前途；第二，每次演戏并无坚强的组织和具体的计划，并谋求不断地发展，所以演戏只是偶尔为之；第三，过去演剧只是上台背台词，而无舞台装置，化装，演技都不讲求，这影响了话剧的推广和壮大。第四，演员演戏带有浓厚的文明戏的影响，演员不知道技巧的重要以及如何提高。西安剧坛也有过黄金时代，在西安事变之后有个联合的大公演，但是之后又走入没落。其还简略提及西安的剧团和剧刊，并表示大家正在努力。

该文说明时间已经到了 20 世纪 30 年代末期，但西安的话剧仍然处于文明戏阶段，这应该是西部省份的共同状态。

第三章　敌我对抗的中国新文学史写作（1937—1949）

卢沟桥事变之后，中国对日本帝国主义的全面抗战正式打响。随着抗战的进程与局势的变化，中国抗战文学呈现了多地域分布的态势，文学中心由之前的北京、上海演变为多个中心独立存在，于是中国新文学史写作也出现各自描绘各自区域文学发展的情形。各个区域内存在不同的政治力量，它们会通过自己的新文学史写作来发声，以此表达自己的新文学史观，并以此展望其所期冀的未来。正是在地域多样、政治复杂的情形下，本时期的中国新文学史写作进入了多元期。

第一节　概述

一　多元期的中国新文学史写作及其特点

本时期的中国新文学史写作主要表现为四种：政策报告、总结论文、独立的中国新文学史著、附骥于中国文学史之中的新文学史写作。

政策报告主要体现在国共两党为了抗战取得全面胜利，分别对本党及全国抗战的文学文化提出政策指导，或以报告的形式总结过去，展望未来，布置工作。这些政策报告具有严肃性、政党性、涉及面广，指导性强。政策报告对本时期中国新文学史写作影响非常之大，大致有：毛泽东的《新民主主义论》和《在延安文艺座谈会上的讲话》、洛甫的《抗战以来中华民族的新文化运动与今后任务》、周恩来的《周恩来关于香港文艺运动情况向中央宣传部和文委的报告（一九四二年六月二十一日）》《南方局关于文化运动工作向中央的报告》、周扬的《从民族解放运动中来看新文学的发展》、张道藩的《我们所需要的文艺政策》《四年来之文化动向》、王集丛的《怎样建设三民主义文学》《三民主义文学论》、晋东南文化界第二次代表大会上的报告《抗战三年来的晋东南文化运动》、郭沫若的《四年来之文化抗战与抗战文化》和《为建设新中国的人民文艺而奋斗》、徐懋庸的《我对于华北敌后文艺工作的意见——在文协晋东南分会第二届会员大会上的讲演》、茅盾的《在反动派压迫下斗争和发展的革命文艺》、周扬的《新的人民的文艺》、傅钟的《关于部队的文艺工作》、张庚的《解放区的戏剧》、袁牧之的《关于解放区电影工作》、阳翰笙的《国统区进步的戏剧电影运动》、柯仲平的《把我们的文艺工作提高一步》、周文的《晋绥文艺工作概况简述》、刘芝明的《东北三年来文艺工作初步总结》、沙可夫的《华北农村戏剧运动和民间艺术改造工作》、张凌青的《山东文艺工作概况》、冯定的《抗战期间的文化宣教工作》等。可见，本时期国共两党的文化政策影响最大，三民主义文学与新民主主义文学是本时期两党的各自主张。两党之中又以中国共产党的政策报告为多，表现了其对文化文学工作的高度重视，也反映了其领导下的文艺活动的蓬勃开展。同时，也说明中国共产党的文艺工作的组织性非常强，能够通过政策报告的形式号召全党将党的文艺精神予以贯彻执行。这些政策报告一般都包含着国际国内形势分析，然后回顾过去，正视现状，展望未来，其中对过去成绩缺点的总结，就是中国新文学史写作的一种方式。特别是第一次"文代会"上的各种政策报告，更是对中国新文学运动史的一次大检阅，代表着 20 世纪 40 年代中国新文学史写作的最高成就。

总结论文在本时期数量最多，最具体，可以分为三类：年度总结、抗战文学总结和新文学总结，这三者的不同在于时间年限的不同：年度总结是对一年或更短时间的文艺情况总结，抗战文学总结是对抗战之后的文学进行回顾，新文学总结是对更长时段的新文学进行总结。

本时期的年度总结（也包含现状扫描）有：林焕平的《一年来文艺界的回顾》、浩之的《上海文化界近况》、老舍的《一年来之文艺》、简又文的《香港的文艺界》、陆丹林的《续谈香港》、楚天阔的《一九三九年北方文艺界论略》、于伶的《一年来的上海话剧运动》、常芝青的《一年来的晋西北新文化运动》、仇重的《暗夜棘路上的里程碑——

"孤岛"一年的杂文和散文》、刘念渠的《一九四零年剧作综谈》、田汉等的《一九四一年文艺运动的检讨》、楚天阔的《一九四〇年的北方文艺界》《一年来的北方文艺界》、席水林的《一年来诗工作表记》、叶的《新香港的文化活动》、潘公展的《一年来的文化运动》、何为的《一年来的中国文化检讨》、许杰的《半年来的东南文艺运动》、张道藩的《一年来之文化建设》、张秀中的《一年来本区文艺运动的回顾与前瞻》、林焕平的《一年来的文艺界》、林榆的《胜利一年来的戏剧运动》、夏衍的《一年来的文化》、华嘉的《向前跨进一步——一九四七年的香港文艺运动》、赵景深的《一年来的文艺界》、郭沫若的《一年来中国文艺运动及其趋向》、王坪的《上海文化界近况》、黄药眠的《香港文坛的现状》等。上一时期大部分年头都会对上一年文学进行总结,不仅总结的期刊多,而且同一期刊中刊载同类型文章,以反映一个年度各方面情况的文章多。但本时期的年度总结虽多,却没有上一时期那么系统,不是每年都有,同一期刊中同类型展示也不多,这是因为本年度抗战文学总结比较频繁。但也有例外,如在当时的北平沦陷区中就有李景慈以楚天阔的笔名,每年都发表华北文艺界的年度总结,为读者展示了沦陷区中作家们的艰辛工作。

抗战文学总结的文章有:周扬的《抗战时期的文学》、欧阳凡海的《抗战后的中国文艺运动及其现状》、郭沫若的《抗战一年来的文化动态》、潘梓年的《抗战一年来的文化运动》、茅盾的《八月的感想——抗战文艺一年的回顾》、谭庭裕的《怎样展开南洋文艺运动》、魏孟克的《抗战以来的中国文艺界》、周而复的《孤岛上的文化》、老舍的《抗战中的中国文艺》、周文的《成都抗战文艺运动鸟瞰》、凌云的《晋察冀边区文化工作的过去与现在》、艾思奇的《两年来延安的文艺运动》、小鹤的《两年来的中国戏剧运动》、吴蔷的《两年来新四军的戏剧工作》、罗荪的《抗战文艺运动鸟瞰》、田夫的《晋冀察边区的文化近态》、萧乾的《战时中国文艺》、郑伯奇的《略谈三年来的抗战文艺》、罗荪的《抗战三年来的创作活动》、胡风的《民族战争与我们——略论三年来文艺运动底情势》、老舍的《三年来的文艺运动》、冯延的《南海的一角》、田汉等的《从三年来的文艺作品看抗战胜利的前途》、萧天的《香港文艺纵横谈》、茅盾的《抗战期间中国文艺运动的发展》、以群的《抗战以来的中国报告文学》、卢冀野的《抗战以来之中国诗歌》、何洛的《四年来华北抗日根据地底文艺运动概观》、余上沅、何治安的《抗战四年来的剧本创作》、欧阳山的《抗战以来的中国小说（一九三七——一九四一）》、熊佛西的《战时戏剧》、鲁觉吾的《抗战四年来的戏剧运动》、王平陵的《抗战四年来的小说》、李伯钊的《敌后文艺运动概况》、叶澜的《文艺活动在延安》、艾青的《抗战以来的中国新诗》、郭沫若的《中国战时的文学与艺术》、林焕平的《五年来之文艺界动态》、叶知秋的《抗战文艺运动的五年》、王亚平的《伟大的五年间新诗》、欧阳凡海的《五年来的文艺理论》、以群的《关于小说的成果和动向》、纪萱的《剧作的一个备忘录》、张治中的《关于军中文化》、王平陵的《展望烽火中的文学园地》、刘念渠的《战时中国的演剧》、田仲济的《报告文学的产生及成长》、沙可夫的《晋察冀新文艺运动发展的道路》、岛田政雄的《现阶段中国文学的进路》、华纯、韩果、石丁的《晋绥剧运之前瞻》、许杰的《东南文坛与东南文艺运动》、范泉的《八年来的上海文艺工作者》、唐弢的《八年来的抗战文艺运动》、司马文侦的《文化汉奸罪恶史》、胶东文协的《胶东八年来文化运动的回顾》、茅盾的《八年来文艺工作的成果及倾向》、田进的《抗战八年来的戏剧创作》、刘念渠的《抗战期间重庆演剧述略》、王平陵的《八年来的中国文坛》、王平陵的《七年来的中国抗战文学》、剑尘的《八年来剧运的演进》、默林的《关于"抗战八年文艺检讨"——记一个文艺座谈会》、洪深的《抗战十年来中国的戏剧运动与教育》、阳翰笙的《略论国统区三年来的电影运动》、赵景深的《抗战八年间的上海文坛》、朱自清的《抗战与诗》、史荪的《现阶段的戏剧运动：四年来的中国话剧》等。抗战文学总结在本时期频仍，其主要是采取叠加的阶段史来进行，即根据抗战一年来、二年来、三年来等叠加的形式计算，这样一直坚持到抗战八年来，而不是单列某一年的文学成绩。这样的好处是让读者感受到抗战已经持续的时间，表现出全国人民抗战到底的决心和信心；同时，也方便作者在一个时段内观察抗战文学的发展趋向，有利于总结经验教训，实现未来更好的抗战。

　　新文学总结的文章有：傅东华的《十年来的中国文艺》、洪深的《十年来的中国戏剧》、李初梨的《十年来新文化运动的检讨》、谢六逸的《二十年来的中国文学》、茅盾的《中国新文学运动》、陆丹林的《香港的文艺界》、赵大同的《现代中国文学运动的回顾与前瞻》、普实克的《中国新文学》《中国新文学大系导论集》、岛田谨二的《台湾の文学的过现未》、柳存仁的《近十年来我国话剧运动的鸟瞰》、徐文滢的《民国以来的章回小说》、王秋萤的《"满洲"文艺史话》、黄得时的《晚近台湾文学运动史》、杨之华的《新文艺思潮的起源及其流变》《中国现代散文的派别及其流变》《中国现代的小说及其演变》《中国现代新诗的起源及其派别与流变》、陈佺的《民族文学运动》、黄得时的《台湾文学史序说》、陈叔渠的《文学革命运动之回顾》、刘念渠的《戏剧运动三十年》、吴瑛的《"满洲"女性文学的人与作品》、尾德坂司的《中国的新文学运动》、剑尘的《四十年来中国话剧的演变》、王秋萤的《"满洲国"新文学史料》、阎金锷的《初期话剧运动史话：话剧运动四十年（公元一八九九——一九三七）之一》、李辰冬的《五十年来的文艺思潮》、洪深的《五十年来的戏剧》、姚远的《东北十四年来的小说与小说人》、林里的《东北散文十四年的收获》、李文湘的《过去十四年的诗坛》、陶君的《东北童话十四年》、孟伯的《译文十四年小计》、孟语的《沦陷期的东北戏剧》、范泉的《论台湾文学》、陈因的《"满洲"作家论集》、林里的《东北女性文学十四年史》、老舍的《现代中国小说》、善秉仁（Joseph Schyns）的《文艺月旦》、甲集和赵友培的《功玉篇》、朱光潜的《现代中国文学》、王翊和康镈的《新诗三十年》、林曙光的《台湾的作家们》、罗伯特·白英编选的《中国当代诗选》、邵荃麟的《对于当前文艺运动的意见——检讨·批判·和今后的方向》、郭沫若的《斥反动文艺》、王诗琅的《台湾新文学运动史料》《台湾文艺作家协会及台湾艺术研究会》《台湾文化事业的回顾》《台湾的新文学问题》、善秉仁的《中国现代小说戏剧一千五百种》、史笃的《文艺运动的现状和趋势》等。本时期对新文学的长时段的总结出现得也较多，呈现三个特点。其一，关于前两个十年新文学史的写作成绩不一样。对第一个十年的新文学史的写作基本上已经固化，很难再有创新，本时期也多是人云亦云；对第二个十年的写作因为战争的爆发，很多资料还没有来得及整理，文学史写作并不详尽，至少相对于第一个十年的写作是逊色不少。其二，东北沦陷区曾经出现两次写作东北沦陷区文学史的小潮，为我们展示了东北沦陷区作家们身处异族殖民者统治下的文学表达。其三，中国台湾新文学史的写作在本时期也开始萌芽，其基本的文学史脉络得以呈现。

由于本时期抗战爆发，学校教育受到了严重影响，大学的中国新文学教学难以大面积推广实施，所以本时期独立的中国新文学史著、附骥于中国文学史之中的新文学史写作都不多，但也是本时期重要的两种类型。其中独立的中国新文学史著有：蒲风的《现代中国诗坛》、徐芝秀的《中国现代话剧评论》、李何林的《近二十年中国文艺思潮论》、周扬的《新文学运动史讲义提纲》、朱英诞的《新诗讲稿》、郑学稼的《由文学革命到革文学的命》、萧乾的《苦难时代的蚀刻》、李一鸣的《中国新文学史讲话》、任访秋的《中国现代文学史》、大内隆雄的《"满洲"文学二十年》、田禽的《中国戏剧运动（新中国戏剧简评）》、冯文炳的《谈新诗》、雪峰的《论民主革命的文艺运动》、文宝峰的《新文学运动史》、蓝海的《中国抗战文艺史》、雪苇的《论文学的工农兵方向——读〈在延安文艺座谈会上的讲话〉》等。独立的中国新文学史著写作因为战争而打断了其发展进程，本时期有特色的中国新文学史著是几位作家贡献的，如蒲风、朱英诞、萧乾、大内隆雄、冯文炳、雪峰等，因为他们都有着自己比较成熟的文学观，都参与了中国新文学史进程，所以他们的新文学史写作都有着自己独到的领悟。当然，周扬、李何林、蓝海的中国新文学史著也不可小觑，他们文学史著的更大影响是在中华人民共和国成立之后。

附骥于中国文学史之中的新文学史写作有：杨荫深的《中国文学史大纲》、苏雪林的《中国文学史略》、郭箴一的《中国小说史》、朱维之的《中国文艺思潮史略》、陈易园的《中国民族文学讲话》、田鸣岐的《历代文学小史》、蔡正华的《中国文艺思潮》、周贻白的《中国戏剧小史》、李岳南的《语体诗歌史话》、宋云彬的《中国文学史简编》、李耿的《民国革命文学大纲》、余锡森的《中国文学源流纂要》等。该类形式的中国新文学史写作在本时期成绩并不突出，主要原因应该是中国新文学史已经发展足够长的时间，作家作品较多，单单附骥在中国古代文学史中讲述，或者言之草草，或者语焉不详，很难达到理想的成就。更何况，这些撰写者多是古代文学史研究者，加上战争的影响，他们的时间精力有限，很难搜集齐全中国新文学史资料，所以出现人云亦云甚至抄袭的现象，就不足为怪。

因为本时期中国新文学发展地域众多，学界基本上也以地域划分进行新文学史研究，所以笔者也将这一时期的中国新文学史写作分为国统区、解放区、沦陷区几个地域来进行考察。由于这些区域的新文学发展本身就是描绘敌我斗争的生活，于是这些区域的新文学史写作都暗藏着敌我斗争的模式；又因为本时期敌我不同政治力量的存在，都会通过新文学史写作凸显出来，它们之间也构成了敌我对抗的冲突。所以，我们说本时期的中国新文学史写作的特点就是敌我对抗。

二　国统区的中国新文学史写作

1937 年 7 月 7 日，卢沟桥事变爆发，日本侵略军发动了全面侵华战争。7 月 8 日，中共中央通电全国，号召国共合作和全民族团结，建立民族统一战线，抵抗日本的侵略。在中国共产党的推动下，以国共合作为基础的抗日民族统一战线正式形成。但这毕竟是以国共两党为主的统一战线，这就导致此时国统区的中国新文学史写作有同也有异。

两党的"同"表现在两个方面。一、抗战期间只能维护而不能破坏这一统一战线，国统区的中国新文学史写作必须在抗日民族统一战线的基础上进行；二、认同'抗战建国'纲领。1938 年 3 月，国民党在武汉召开的临时全国代表大会上通过了《中国国民党抗战建国纲领》。纲领除前言外，分为总则、外交、军事、政治经济、民众运动、教育等七项三十二条。其总则有二，其一为"确定三民主义暨总理遗教为一般抗战行动及建国之最高准绳"。[1] 于是三民主义又成了统领全国人民"抗战建国"的最高准绳，获得全国人民及国共两党的认同[2]，这是两党文学史写作的共同原则，即坚持"抗战建国"的原则。这两个基本点相同之外，两党又有各自的文学史书写策略。

本时期国民党政权又提出了三民主义文艺政策。1940 年 12 月，国

---

[1]　彭明主编：《中国现代史资料选编》（第五辑），中国人民大学出版社 1989 年版，第 216 页。

[2]　张劲：《再论国民党〈抗战建国纲领〉》，《同济大学学报》（社会科学版）2015 年第 3 期。

民党政府设立"中央"文化运动委员会（简称"文运会"），隐然与左翼政治力量领导的"文化工作委员会"（简称"文工会"）相抗衡。1942年9月1日，"文运会"主办的《文艺先锋》在重庆创刊，创刊号上发表了"文运会"主任委员、国民党"中央"宣传部部长张道藩的《我们所需要的文艺政策》，倡导"六不""五要"：不专写社会的黑暗，不挑拨阶级的仇恨，不带悲观的色彩，不表现浪漫的情调，不写无意义的作品，不表现不正确的意识；要创造中国民族的文艺，要为最苦痛的民众写作，要站在民族的立场创作，要有理智的作品，要用现实的形式。其中"六不"基本上就是对之前的文学运动进行否定，因为之前存在，所以现在才不要。但是张道藩在当时国共两党正在团结合作抗日之时，不能公开指责，只能字里行间进行暗示。张道藩的这一政策指示使得当时国民党人士撰写的中国新文学史，不能回顾过去成绩，因为过去文学都被"六不"所否定，所以只能展望未来，这就导致他们的文学史写作或者非常空洞，或者没有逻辑。例如王集丛书写的《三民主义文学论》和《怎样建设三民主义文学》中对20世纪40年代之前的"五四"文学和革命文学都进行了批评，这就全部是历史否定。赵友培《功玉篇》将中国新文学史划分为五个时期，但标准混乱，不足以说服读者。李辰冬《五十年来的文艺思潮》从1894年孙中山《上李鸿章书》说起，但事实与主题不符。陈铨《民族文学运动》将"五四"运动以来的中国思想变化分为个人主义、社会主义、民族主义三个阶段，攻击前二者，而高扬后者，这没有考虑到民族主义本身的丰富性。王平陵《抗战四年来的小说》命题很大，实际上所分析小说代表性不够。郑学稼身处复旦大学教授，用三民主义文学史观撰写《由文学革命到革命文学的命》，则使得他丢掉了复旦大学的教职，这充分说明该种文学史观并不得人心。

　　但是国民党此时在中国新文学史写作方面也有自己的特色。其一，他们介绍了一些中国共产党很少书写的执政当局所从事的文化活动。如张治中的《关于军中文化》介绍了国民党政治部军中文化工作的推进，足以说明其在抗战期间发动民众与士兵的乏力。潘公展的《一年来的文化运动》书写了1941年有两大文化运动，即注重国际反侵略宣传和倡导科学化运动。这一年流散四方文化界人士被集中到内地、政府为安排文化界人士进行了各种努力。张道藩的《一年来之文化建设》认为1943 年有三件大事：中美、中英平等新约签订；蒋介石的《中国之命运》出版；《文化运动纲领》之公布。王平陵《展望烽火中的文学园地》清点了抗战中的文艺期刊，介绍了抗战中丛书的风行等。这些文学史内容在当时中国共产党书写的新文学史中是看不见的，而这些国民党人士的书写，则让我们了解了当时历史情形的另一面。其二，国民党也不指名批评中国共产党在解放区开展的文化宣传活动。潘公展的《一年来的文化运动》就批评一些被"割据"地区，出版物被当作传播"毒素"的舞台。王平陵的一些新文学史写作中则攻击某些作家光明面太少，黑暗面太多。其三，国民党利用所处有利政治地位，编写了大规模的纪念文集，其中包含有中国新文学史写作。例如编写了纪念国民党定都南京十年的《十年来的中国》；出版了纪念中国国民党建党五十周年的《五十年来的中国》，这都是带有政治意义的，都有中国新文学史写作包含其中。此外，他们按年度编写了关于抗战成绩的总结著作，如寸喟编著的《抗战建国第一年》、孙本文等编辑的《中国战时学术》、浙江省抗日自卫委员会战时教育文化事业委员会征编组编的《抗战一周年》、军委会政治部编的《抗战一年》《抗战二年》《抗战三年》《抗战四年》《抗战五年》等，这有利于宣传鼓舞抗战，使得全国人民对"抗战建国"所取得的成绩了然如心，增强抗战的信心。

在国统区的中国共产党此时的中国新文学史也在维护抗日统一战线，主要代表有郭沫若、茅盾、胡风等，他们团结了一些民主人士，如老舍、罗荪等人，三民主义原则和"抗战建国"的口号也会出现在他们的文章中。但他们主要是根据抗战进程来书写大量的抗战作家作品，分析抗战初期、中期及后期的文学特色、作家心态、文学样式、所存在问题、并提出解决问题的方式。对于中后期抗战文学作品中出现揭露黑暗的作品，这些文学史写作也没有明目张胆的将矛头指向国民党统治，而是强调这是为了抗战胜利所进行的理性思考，以促进胜利的到来。这时期的新文学史写作提到了大量抗战时期的经典之作，并对它们进行了分析解读，以说明抗战使得中国新文学作家作品在艺术上有了新的进步。但也不能否认，这样的文章太多，有些也了无新意。《抗战文艺》《中苏文化》以及中国共产党在国统区的刊物是他们刊登该类文章的主要阵地。冯雪峰编写的《论民主革命的文艺运动》也是按照统一战线的原则来书写,尽量团结大多数同志,这与解放区周扬的文学史写作方式是不一样的。本时期国统区会登载一些介绍解放区文艺运动的文章,也是在统一战线的原则下进行介绍,以便国统区人士了解解放区的文艺动态。总的来说,他们的新文学史写作对抗战文学的每一发展都予以了充分展示,相比国民党的中国新文学史写作,资料更为翔实,为后来研究抗战文学史提供了丰富材料。

抗战胜利后,解放战争开始,国民党的有关中国新文学史写作很少出现。这时共产党的新文学史写作出现较多,多是揭露物价上涨,批评统治者对文学创作和戏剧运动的遏制,痛斥当局逮捕、枪杀作家,逼迫作家或出走他乡,或心惊胆战、度日如年。

三　解放区的中国新文学史写作

本时期解放区的中国新文学史写作相对来说,比较单纯,基本上都是中国共产党人士对解放区文学文化运动的总结。其成绩主要体现在政策报告和各个根据地文化成绩的总结上。

解放区的中国新文学史写作首先在政策理论上有创新。毛泽东的《新民主主义论》以旧民主主义、新民主主义与社会主义三个不同的革命发展阶段,重新思考了晚清以来的革命活动,并确定了每一革命阶段中参与的阶级队伍,及革命的领导阶级。特别是其强调无产阶级领导了"五四"运动,是一最大理论突破,一改之前革命文学主张者认为其是资产阶级领导的定位。毛泽东的《在延安文艺座谈会上的讲话》则为新文学发展的道路、方针、评价标准等进行了重新部署。毛泽东的这两个文件为之后解放区撰写文学史,特别是为第一次"文代会"的诸多报告和专题发言指明了方向,确定了原则,乃至中华人民共和国成立之后的文学运动也是在这两个重要理论文件的指导下进行的。毛泽东的《新民主主义论》和《在延安文艺座谈会上的讲话》,在当时国统区也影响较大。大部分文学史家的书写中都可以寻找其片鳞半爪。这不仅是意识形态的影响和追随,更重要的或许是它相比国民党、三民主义文学及其他的新文学史述史更具有逻辑性和理论深度,也更能解释当时的现实和过去的历史,再加上其与中国新文学史写作历来的主流述史有着继承与创新的关系，这无疑为其能被广为接纳奠定了基础。而其他述史观点或者是半途出山，理论逻辑还不够完善，或者它们不能回答现实亟待解决的问题，欠缺历史的穿透力和理论支撑，最终不被大家所接纳就理所当然。周扬的《从民族解放运动中来看新文学的发展》是从民族解放的角度重新思考了中国新文学运动的发展，这是从统战角度出发，包含了更广泛的新文学作家作品，相比三民主义文艺政策及文学史观，更富有逻辑性。张闻天的《抗战以来中华民族的新文化运动与今后任务》一方面考虑到抗战中对三民主义文化方针予以坚持有其必要性，但另一方面已对其固有缺陷进行了分析，并指出社会主义文化才是中国共产党所努力的方向和所坚持的道路。上述三人的理论创新体现在文学史写作上，就是他们提供了新的文学史观，甚至规划了新的文学史分期，这样就对文学史写作进行了直接指导。

在抗战期间，解放区很少专门的中国新文学史写作，多是对各个解放区文学、文化工作的总结回顾，很少全国性的文学史写作，也没有全解放区的。除了信息掌握不方便、资料收集不齐全之外，恐怕也是因为在统一战线的基础上进行抗战，解放区文艺家对自己的角色定位所决定。当然，更重要的是，解放区的中国新文学史写作主要意图不是文学研究，而是以此进行工作总结，以便改进工作，更好的指导、推进解放区的文学文化工作。在抗战前期各个总结之中，都会发现作者虽然介绍了解放区的一些文艺成绩，但多不满意，强调缺点困难较多，并提出将来工作的建议。在学习并贯彻《在延安文艺座谈会上的讲话》之后，经过了系列整风，新的工作总结都会着意凸显前后两个不同时期解放区文艺的不同，以此展示其取得的巨大成就。从具体内容来看，解放区的这些工作报告，重在介绍文学运动、戏剧运动和文化措施是如何推广并普及的，他们对解放区经典之作的解读和分析并不多，就是赵树理的作品也没有将其格外重视。

中华人民共和国成立前夕，在召开的第一次"文代会"上，郭沫若、茅盾、周扬的发言是对中国新文学运动的总结，他们主要的述史原则和逻辑框架就是按照毛泽东的《新民主主义论》和《在延安文艺座谈会上的讲话》进行的。还有众多其他作家和文艺工作者的发言，或者是对不同领域的文艺工作的总结，或者是对自己文学之路的检查，或者是对未来文学道路的建议。总之，这次大会可视为中国新文学史的总结大会。

四　沦陷区的中国新文学史写作

本时期沦陷区情况比较复杂，就笔者搜集的资料，可以讨论东北沦陷区、华北沦陷区、华中沦陷区和中国台港的中国新文学史写作。

1. 东北沦陷区的中国新文学史写作

东北沦陷区的中国新文学史写作主要是对该区域的文学史写作，可以分为两类：一类是日系作家大内隆雄的《"满洲"文学二十年》写作，一类是被殖民者的文学史写作，主要是系列论文。

大内隆雄《"满洲"文学二十年》主要是对伪满洲的日籍作家的创作进行梳理，他认为初期的日系伪满洲文学应从1905年日俄战争开始算起，可以分为三个阶段：第一期是1905至1920年；第二期是1921年至1930年；第三期是1930年至1931年。他主要书写的是第二期和第三期的日系作家创作。他的文学史分期凸显了他潜意识中的殖民主义文学史观，这与当时伪满洲被殖民的中文作家的文学史写作是不一样的。

东北沦陷区被殖民者的中国新文学史写作除了散见于期刊报纸之外，还有两次"有组织"的新文学史写作。第一次是在"康德九年"发生，这一年因为是伪满洲国"建国十周年"，所以《盛京时报》的《文学版》就曾刊载过谷实的《"满洲"新文学年表》《"满洲"文艺书提要》、山丁的《十年来的小说界——"满洲"新文学大系小说上卷导言》、吴瑛的《"满洲"女性文坛》；《学艺》也曾刊载李文湘的《新诗十年》。这些文章虽没有庆祝的意图，但检阅十年伪满洲文艺成绩是其潜在之意，他们都表达了文学工作者在这十年中创作与生活的不易。这些文章都会采取与大内隆雄不一样的文学史分期，如谷实的《"满洲"新文学年表》分三个阶段记载伪满洲新文学：一是伪满洲国前的东北文学；二是"九一八"事变后的文学；三是所谓伪满洲文学。可见他们强调的是东北文学与伪满洲文学之间的过渡与发展，这既有政治局势演变的历史事件，也凸显了伪满洲文学与"五四"文学和当时中国文学的关系。二者虽说是文学史分期的不同，实际折射的是他们不同的民族认同和皈依。

　　第二次大规模出现是在抗战胜利之后，由《东北文学》杂志组织。其在第一卷第二、三、四期刊载了姚远的《东北十四年来的小说与小说人》、林里的《东北散文十四年的收获》、李文湘的《过去十四年的诗坛》、陶君的《东北童话十四年》、孟伯的《译文十四年小计》、孟语的《沦陷期的东北戏剧》、林里的《东北女性文学十四年史》等。这些文章展示东北沦陷区作家在被殖民时期的艰苦岁月，他们既受到敌人的残酷压迫，也在进行不屈的斗争，这是向祖国与人民表白他们并没有丧失民族气节，而且为抗战胜利贡献了力量。同时也表现了他们对未来东北文学发展充满了信心，希望自己能够参与其中，建设新的东北文学。当然他们也期望未来的政治领导者能理解他们在不得已情况下所做出的某些"妥协"行为，能对他们"宽大处理"。但事实的发展不以他们的意志为转移，东北解放后，他们大都离开了文艺岗位，解放区的文艺工作者接管了他们的工作，东北文学发生了新的转向。

　　2. 华北沦陷区的中国新文学史写作

　　李景慈是华北沦陷区时期坚持对华北沦陷区每年度的文艺状况进行总结的作家，其采用的笔名非常之多，有楚天阔、史荪、林榕等。他是辅仁大学毕业，在华北沦陷之时作为文学评论家非常活跃，1944年曾作为华北代表出席了第三次"大东亚文学者大会"。从李景慈的这些文学史文章的内容上看不出其有丧失民族气节的地方，相反，他随时激励沦陷区作家将自己的题材向更社会化的范围扩展，注意文学服务现实的能量。对于华北沦陷区主要在散文中取得成绩，戏剧偏少，小说技巧的生疏，他都不满意，而是鼓励作家认真努力。

　　华北沦陷区也有为日伪殖民者文学主张助威的文学史写作。如岛田政雄的《现阶段中国文学的进路》就批评当时的中国文学处在"过渡的昏迷和停滞中"，可以分为四派：一、抗战公式派，二、和平公式派，三、新第三种人派，四、新鸳鸯蝴蝶派。他倡导青年们应该和"日本打成一片，争取反对贪污，反对封建，反对帝国主义的民族运动"。也有何为曾在《一年来的中国文化检讨》中介绍了在伪满洲举行的"东亚操觚者大会"和在日本举行的东亚文学者大会。这都说明日本殖民者在华北沦陷区加强了文化层面的干预和渗透。

3. 华中沦陷区

华中沦陷区有"孤岛"文学的存在，所以上海沦陷之时，作家们能及时揭露日本占领上海后的种种文化情形。如王坪、周而复、唐弢、于伶等都介绍了"孤岛"文学的状况，赵景深、范泉等在抗战胜利后，也及时报道抗战八年来身处上海的作家们在殖民者的统治下，以笔为武器，向敌人展开英勇的斗争。赵景深还对上海光复后的文坛景象进行了报道，让读者了解到抗战胜利后，作家们的生活在逐渐恶化。

与此同时，华中沦陷区为汪伪政权进行摇旗呐喊的新文学史写作也不乏案例。如杨之华写的《新文艺思潮的起源及其流变》《中国现代散文的派别及其流变》《中国现代的小说及其演变》《中国现代新诗的起源及其派别与流变》，赵大同的《现代中国文学运动的回顾与前瞻》就隐藏着为汪伪政权提出的"和平文艺"进行论说的因素，具有欺骗性的是这些文章资料翔实，对中国新文学史作家作品和文学社团的分析还有不少新颖之处，这充分说明文化汉奸的毒害性非常之强。

4. 中国台港地区

本时期中国台湾的中国新文学史写作也有殖民者和被殖民者的斗争。日本学者岛田谨二的《台湾の文学的过现未》就试图忽略中国台湾本土的固有文学历史，将中国台湾文学的历史视为日本文学史的延长，这反映了他作为殖民者的身份和偏见。但这遭到他的学生黄得时的反对，其在《晚近台湾文学运动史》中就论述了1932年以来的中国台湾的文学运动和主要作家的创作活动，以此表明中国台湾的新文学有着自己的传统，而不是日本文学史所能涵盖的，其中体现了他抵制日本殖民，保存中华民族文化传统的意图。

抗战胜利后，王诗琅多次在中国台湾发表有关中国台湾文学史的文章，范泉也将目光集中到中国台湾文学，但由于资料有限，其文章引起过争论，但促进了中国大陆对中国台湾文学的理解。而林曙光的《台湾的作家们》在中国大陆刊载，则是中国台湾作家较早向中国大陆介绍中国台湾文学史的文章。面临着日本半世纪殖民统治的结束，中国台湾的学者心情复杂，一方面他们整理本地域的文学历史，以显示其与祖国大陆的血肉联系，以示不忘故国之心，另一方面他们也在担心自己在日据时期的文学行为和政治立场能否获得新政府的谅解，于是他们一再强调他们是历史的受害者，同时又是殖民统治的反抗者。正是在这种复杂况味之下，中国台湾的学者在20世纪40年代末书写了一些日据时期中国台湾新文学史，既有历史清理的用意，也有着向祖国人民显示成绩与赤子之心的情感蕴含。

中国香港的新文学史写作仍然是短片的文学史资料文章，时刻揭示中国香港文学在每一个历史转换中的变动和发展。如抗战时期中国香港文学的变动，南下中国香港作家的活动，以及殖民统治时期中国香港报纸杂志的出版情况等，都得以在《抗战文艺》中体现。而署名为叶的有关中国香港被日本帝国主义占领后的文化状况的通讯报道，体现了其被日本占据后所处形势的艰难。

在中华人民共和国成立前夕，大量的中国大陆作家在中国香港居住或停留，他们一方面介绍中国香港的文学发展，另一方面他们的新文学史写作具有全国性意义，成为新旧写作模式转换的重要节点。如郭沫若、邵荃麟等人在中国香港《大众文艺丛刊》上多次发表高度褒扬解放区文学，适度贬低国统区文学的文章；茅盾对国统区的文学成就的总结中，也反思了其根本性的缺陷；而史笃则认为解放区和国统区两支文艺队伍具有相同的革命意义和历史作用，在实际的文艺运动中二者彼此联系相互支持，未来双方应共同进步。这些文章既是为未来的中华人民共和国成立进行文学政治安排，也是对未来中华人民共和国文艺界的文学类型进行范型构想。

五　其他

20世纪30年代末至40年代，新文学课程设置在当时的大学和教育管理部门中日益引起学者、作家和官员的重视，但仍然存在阻力。1939年秋天，朱自清、罗常培拟订了大学中文系必修选修科目表，由当时的教育部公布，其中就有新文学课程被列入其中。西南联大开始长期正式设置新文学课程，如杨振声在1938—1939学年的下学期开设了"现代中国文学讨论及习作"；沈从文从1939年起开设"各体文习作（白话文）""创作实习"等。① 但是在大学内部学术机制中，新文学还是受到

① 张传敏：《民国时期的大学新文学课程研究》，人民出版社2010年版，第166页。

其他学科的歧视乃至抵制，其实质仍是文学革命以来新旧文学争斗的延续。所以在 1942 年 6 月，朱自清和魏建功在重庆参加教育部大一国文委员会会议，参与制定的"大学国文选目"竟然没有一篇新文学作品。① 初选目录中曾有鲁迅的两篇、徐志摩的一篇作品，最终全被删除。朱自清曾对此进行了辩解和说明：编选新文学作品"一则和现行的中国国文教材冲突；二则和现行大学国文教材也冲突。无论哪个大学都还不愿这样标新立异……编选会的选目要由教育部颁行，教育部处在政府的地位，得顾到各方面的意见。刚起头的新倾向，就希望它采取，似乎不易。这回选目里不见语体文，可以说也并非意外"。② 尽管西南联大放弃了自己原用的选了部分语体文的大一课本③，遵用部定课本，但是后来又编选了一本《西南联合大学大一国文习作参考文选》（后改名《语体文示范》），以此作为补充教材④。西南联大对新文学课程的热心推广与坚持离不开朱自清、杨振声的努力，也与当时西南联大有众多新文学作家担任教师是分不开的。这种努力与坚持为中华人民共和国成立之后新文学正式成为大学学科，文学史编写得以规模化生产奠定了基础。

　　本时期新文学史抄袭盗版依然存在，但情况比较复杂。如 1939 年郭箴一在商务印书馆出版的《中国小说史》就涉嫌抄袭，并以后多次重版。其在该书的《序言》中承认自己借鉴他人著作较多："在取材方面除根据鲁迅先生的《小说史略》外，尚参看其他书籍及各学者对于个别小说的意见和批评。"⑤ 其参考书目包含王哲甫的《中国新文学运

---

　　① 这个选目中包括周秦诗文十八篇、汉魏六朝文二十三篇、唐宋文十七篇、明清文两篇。参见陈觉玄《部颁"大学国文选目"平议》，《国文月刊》1943 年 10 月第 24 期。

　　② 朱自清：《论大学国文选目》，《朱自清全集》第 2 卷，朱乔森编，江苏教育出版社 1988 年版，第 18—22 页。

　　③ 选入教材的新文学包括文学理论、小说、散文、戏剧作品，其中有胡适的《文学改良刍议》、鲁迅的《示众》、徐志摩的《我所知道的康桥》、林徽因的《窗子以外》、丁西林的《压迫》等。

　　④ 这本《文选》，除收入原先的十一篇现代文学作品外，还增加了胡适的《建设的革命文学论》（节录）、鲁迅的《狂人日记》、徐志摩的《死城》（节选）、冰心的《往事》（节选）、宗白华的《论〈世说新语〉和晋人之美》、朱光潜的《文艺之道德》和《无言之美》、梁宗岱的《歌德与李白》和《诗·诗人之批评家》等。

　　⑤ 郭箴一：《中国小说史·序言》，中国社会科学出版社 2010 年版。

动史》、郑振铎的《中国文学史大纲》、鲁迅的《中国小说史略》、赵景深的《中国文学史新编》、谭正璧的《中国小说发达史》，以及《中国新文学大系》等，其新文学史书写借鉴王哲甫的《中国新文学运动史》就不少。该书出版不久就不断有人批评其抄袭①，当代学者齐裕焜也批评其"是当时篇幅最大的小说史著作。这部小说史由于曾多次翻印，因而影响较大，但这部著作并没有多大的学术意义，基本上是抄袭鲁迅和其他一些研究者如胡适、郑振铎等人的东西，全书并没有多少自己的创见"②。田鸣岐1943年的《历代文学小史》③基本上是对赵景深《中国文学小史》的翻版。不知道是真有田鸣岐此人，还是书店为了利益而假托此人进行文学史盗版，因为连文学史的《绪言》都非常雷同。考虑到该文学史是在东北沦陷区出版的，其以"历代文学小史"之名代替"中国文学小史"就有多重韵味：既在敌占区高扬中国文学的悠久历史，以示不忘中国之心；又不得不匿名隐藏，有意回避"中国"字眼。这样来看，所谓"抄袭"也并不重要了。

新文学史重要的经典作家作品的选择及阐释此时开始固化、分化。例如鲁迅、郭沫若、茅盾、巴金、老舍、曹禺在这时的文学史地位已经远远高于其他作家，这预示着他们后来会被书写为文学大家，这时期及之前的新文学史写作为确立他们的文学史地位进行了积淀。当然他们参与的系列政治活动，也得到了中国共产党的支持和礼遇，如为郭沫若、茅盾等作家举行规模盛大的祝寿活动，无疑如经典文学大师的加冕仪式。张爱玲、钱钟书的文学史地位在中华人民共和国成立后没有得到彰显，虽有一定的政治原因，但也不可忽略这与他们在这时及之前的新文学史书写中还没有获取大家的"公认"有关。在抗战结束之后，对文化汉奸的清理审判活动也使得部分作家丧失了他们在文学史著中的位置。他们的文学声名的再次显赫将更多来自新时期后海外中国新文学研

①　付祥喜：《20世纪前期中国文学史写作编年研究》，北京师范大学出版社2013年版，第508—509页。

②　齐裕焜：《中国古代小说史研究概述》，《长江大学学报》（社会科学版）2006年第6期。

③　田鸣岐：《历代文学小史》，惠迪吉书店1943年版。

究成果的引进，而这或许又与另外一种政治观念有关①，那是后话。

本时期如何重评"五四"文学又成为焦点，其几乎成为每一新颖文艺理论阐释新文学史时所面临的试金石。"两个口号"的论争如何评价成了左翼文学阵营的内部纠葛，左翼文学之外的学者则将其视为一种内斗。唯有冯雪峰在其新文学史中的解读更加辩证客观，但似乎没有成为大家的公认。由于牵扯面广，其终将会成为中国新文学史书写中的"公案"。本时期抗战文艺得到历史化，这为中国新文学史书写添加了新的内容。众多关于抗战文学发展的阶段划分以及代表性作家作品的分析，为后来的新文学史书写打下了基础。戏剧在本时期受到重视，戏剧史著作就有几部。这是因为抗战时期戏剧更有利于宣传，戏剧更能走向大众，获得大众的拥护，而戏剧运动本身也得以大发展。

欧美国家的中国新文学史写作因为几位传教士的努力在本时期取得了一定的收获，如善秉仁、文宝峰等人的著作就表现了他们的热忱和友好，从而开启了用宗教观点来整理介绍中国新文学史的路径。他们的著作价值更多在保存历史资料，向西方文学界传播中国新文学方面，而在具体文学价值的裁断上影响并不巨大。难能可贵的是中国作家萧乾、老舍在海外访问之时，面向欧美国家介绍了中国现代文学，这是中国新文学作家走向世界的声音，特别是让外国友人了解了中国人民在抗战时期的坚忍不屈。

第二节　编年

1937 年

7 月

1. 卢沟桥事变发生

1937 年 7 月 7 日，日军在北平附近挑起卢沟桥事变，中日战争全面爆发。

---

① 参见张军《台港及海外的中国现代文学史编撰研究》，中国社会科学出版社 2016年版。

2. 傅东华的《十年来的中国文艺》发表

傅东华的《十年来的中国文艺》在 1937 年 7 月商务印书馆出版的《十年来的中国》中面世。该书有上下两册，由中国文化建设协会编，书的扉页有陈立夫题写的书名，其还撰写了序言。陈立夫的序言，首先夸示了国民党自迁都南京之后，在政治上实现全国统一，在经济上获得成绩，在交通建设方面取得巨大进步；然后其介绍文化建设的重要性，"吾人试以民生史观之方法论，分析我国固有文化之本质，即可发现其根本特征之所在"："曰反个人主义，曰否认阶级分裂，而以共生共存之民生为人类历史进化之中心是也。"可见其主张的是三民主义文化观。而该书的"十年来"是指国民党 1927 年 8 月定都南京之后的十年。全书包含数十篇同类型文章，从不同方面展示了国民党十年来统治的成绩。傅东华的《十年来的中国文艺》主要叙述的是 1925 前后至 1937 年前后的文学态势，书写立场比较客观。"笔者深信自己不是一个作家，又不曾为着任何主义去加入任何论争的营阵，本人并无一点立场，所以自信以下的叙述尚能保持一种无偏袒也不抹杀的纯客观态度。"

在《一 北伐前后的革命文学》中，傅东华对早期革命文学发生的背景和理论起源进行了介绍，然后他通过分析成仿吾和郭沫若的理论主张后指出，他们"既认文学的本质与感情相终始，那便是一种浪漫主义的见解，所以当时创造社一派的革命文学理论，始终还是由它先天带来的浪漫主义的理论。这种理论和由这种理论产生的作品，在当时的一般青年当中确曾发生过很大的影响，其结果，是使得一般青年都戴上一幅浪漫主义的眼镜去看当时实际已发展到长江流域的国民革命，也怀着一幅浪漫主义的心情去期望国民革命。不但站在旁观地位的人是如此，就是亲身参加革命战争的人也是如此"。他指出谢冰莹的创作心态就是典型的浪漫主义。傅东华对革命文学的浪漫主义并不看好，他认为"一切沉醉在浪漫主义里的健儿健女，终于造不成'奥伏赫变'的奇观，而不免碰上了现实的坚壁。而有许多因这一下碰壁终于还碰不醒来，这才揭开了十年来中国文艺舞台的第二幕"。

在《二 清党运动与普罗文学》中，傅东华指出革命文学发展的原因、经过和成果。他指出国民党内部的清党，导致"武汉革命政府"

崩溃了，革命文学家们就"离开了实际的政治战线，便都跑到上海，企图藉文学的武器打下一些未来政治生命的基础，因而极度加强了文学的政治性和宗派主义，并取消了以前'革命文学'的名称，而从苏联搬来了'普罗列塔利亚文学'（即无产阶级文学）的名称以相号召"。然后他叙述了革命文学的发展过程，创造社、太阳社以及"左联"的活动。他对"左联"旗帜下的文学进行了分析，指出这派的文学是"分成了浪漫和写实两种倾向的"，具有浪漫倾向的是以蒋光慈为代表的革命诗歌和革命小说，这些诗歌充满着悲哀感伤的所谓"反帝的情绪"，而小说则一例是口号的、抒情的、"恋爱与革命"公式的作品，这种作品最容易打动青年们的心，轰动起来是最快，忘记起来也最快。这一派中的写实倾向的作品，则在题材上要求必须具有积极性。"积极性就是要暗示一条解决现实的路。解决现实的路就是'反抗'，就是'斗争'"，后来这种写法被自我检讨成"尾巴主义"或"公式主义"。

在《三 民族主义文艺的理论》中，傅东华对民族主义理论的提倡者、期刊、理论主张进行了分析。他认为民族主义文艺不能成功有许多原因，除开其成员都是名不见经传的，没有固定的作家队伍外，还有三个原因，即"民族主义文艺的客观环境还没有成熟""战斗的形势不利""本身就不很健全"。从傅东华对左翼文学和民族主义文艺运动的书写来看，他对这两个有着政治色彩的文学运动评价都不甚高，这表明了他客观中立的史学立场。

在《四 现实主义与超现实主义》中，傅东华赞扬了那些与政治意识保持距离的作家们，如坚持现实主义写作的巴金、鲁彦、张天翼和茅盾等人。他指出读者已经批准茅盾的作品够得上文艺水准，他的作品在左右夹攻之下还能够站稳脚跟，可见现实主义已经战胜了一切。他也表扬了包括徐志摩、闻一多、梁实秋、西滢、叶公超、余上沅、饶梦侃、凌淑华、胡适、沈从文等人的新月派，赞扬他们"真如一钩新月一般，孤冷凄清的出现于远隔尘嚣的天际"，但是傅东华也奉劝这些理论家和创作家们，"倘使早一点忘记他们那些外国教授的讲义，而多嗅嗅本国泥土的气息，也许给人家算起命来会得灵验些"。

在《五 国难后的两大潮流》中，傅东华指出，"十年来的中国文艺，可以拿民国二十至二十一年的民族浩劫划成平分的两半"，"'九一八'及'一二八'的之后，文艺的作者也曾有一时拿余痛未定的国难做题材"，"但这并不曾成为一个潮流。这五年来中国文坛实在构成潮流的则有两派：一派是反映现实或至少以现实特著现象做题材的小说，就是以前的现实主义的发展，又一派是远承晚明文学传统的小品文"。前一派他介绍了施蛰存等为代表的"现代派"和茅盾、丁玲、沈从文等人的现实主义写作，还重点介绍了自己所主编的《文学》纯文艺杂志，有很多左翼作家都在上面发表了处女作。傅东华称赞他们都是倾向于现实主义的，都以反映现实为任务。这说明傅东华对待左翼作家并不是一概排斥，他只是对于那些光有口号没有创作或者公式化创作带有反感，而对于那些属于左联但是忠于现实主义的作家却是倍加青睐。他批评了国难前后的时代潮流，"正是左翼文坛的信念企图支配一切的一个局面"；对于"第三种人"的要求，傅东华是认可的；对于鲁迅代表左联的答复，他并不满意，他认为"事实上，则当时的左翼文坛虽然自身也还受着压迫，却已经造成了一种实际的恐怖，不仅是未来的恐怖而已了"。他赞颂由周作人等死抱住文学不放的人所倡导的小品文，以及林语堂等人的幽默文学，他认为这才是一条康庄大道。可见，傅东华并不认可左联的文艺主张，他的立场倒是"死抱住文学不放"，这是站在纯文学立场上的，这或许与他也想做"第三种人"有关吧。

在《六　鲁迅逝世与西安事变之影响》中，傅东华书写了"两个口号"的论争，他对此并不热心，只是讥讽道："这是左联闭幕之前最热闹的一次内战，若不因鲁迅的逝世将它截断，说不定到现在还未休战的。而鲁迅的逝世，在十年来的中国文坛上当然发生了划时代的影响。"他书写了两次政治事件对文坛的影响，其一是绥远胜敌，其二是西安事变。"前者的影响是使得大家明白，爱国是人同此心，并不是某一派一系包办得了，因而也不容某一特殊派系垄断领导爱国的特权。后一事件则证明了大多数人都爱惜'现在'，都希望一个无限的'将来'建筑在'现在'的基础上，并不如少数人所想象的那样期待着'奥伏赫变'"。傅东华对"两个口号"的论争中争夺抗战文学领导权是不满的，对于西安事变的解读也体现了他自己维持现状的政治立场。

在《结论》中，傅东华认为通过这十年来的中国文学的考察，会发现三个大原则："文艺上的任何潮流，都由时代所造成，也须由时代来移转，故尽管可以而且应该让它自由的发展，自然的生灭"；"凡是有地位的成功的文艺作家，都全靠平时的修养，与任何主义任何党派丝毫无涉"；"因而凡当文艺潮流转变方向的关头，就只有'大人虎变'或'君子豹变'，而不容'小人革面'；而文艺的终极目的，也绝不是'奥伏赫变'，却是'黎民于变'"。这三个大原则应该是傅东华自己的文学观和文学史观的自白，他强调文学的自由发展，反对政治对文学的干预，而主张文学演进的渐进性，以促进民众民族得以和谐生存，而不是将文学作为工具去使用。这三大原则也正是他对这一时段文学史现象进行臧否的原则标准。

3. 洪深的《十年来的中国戏剧》发表

洪深的《十年来的中国戏剧》载于 1937 年 7 月由商务印书馆出版的《十年来的中国》。

洪深认为"十年来"的中国戏剧可以分为三个阶段："第一、对于人生的不平事作呼号；田汉的初期作品都是。"间有描写恋爱无出路的苦闷，和恋爱与革命的矛盾的，如胡云翼、刘大杰等的作品等。"第二、从攻击现存社会中的丑恶，渐渐转而攻击现存社会本身的丑恶"。如艺术剧社诸人的作品，洪深的《香稻米》、田汉的《洪水》等。"同时，对于一切人生的错误、虚伪、欺骗，也看到更加清楚，批评得更加深刻了"，如张道藩的《自救》、王文显的《委曲求全》、李健吾的作品、凌鹤的《高贵的人们》、阿英的《春风秋雨》等。"第三、抗敌与民族自救，从'九一八'之后到现在"。如田汉的《战友》《回春之曲》《黎明之前》两个集子中的作品，洪深的《走私》、李健吾的《老王和他的同志们》、尤竞的《汉奸的子孙》《撤退》《赵家庄》《夜光杯》、章泯的《我们的故乡》、凌鹤的《黑地狱》、张庚的《秋阳》等。

他认为文人写剧往往宜于读而不宜于演。如胡云翼的《酒后》《西泠桥畔》、刘大杰的《白蔷薇》《十年后》、孙本沂的《一条战线》、杨骚的《他的天使》、陈楚淮的《金丝笼》、孙郎工的《血弹》、罗海沙的《群迷》等。对于舞台十分熟悉的人，易写成"闹剧的倾向"。此时既能读又能演好的剧本有郑正秋的《贵人与犯人》、欧阳予倩的《买卖》《白姑娘》、曹禺的《雷雨》《日出》、熊佛西的《屠户》、袁牧之的

《一个女人和一条狗》、马彦祥、谷剑尘、胡春冰、何厌诸君的作品。

洪深认为最近一二年，有几种创作方法的尝试："集体创作""以历史映射时事""儿童剧的试写与试演""大众化或通俗化的实验"。"集体创作"的好处是："（一）材料丰富；（二）见解不致错误；（三）迅速地能写成一部灵敏地反映时代的作品。缺点是：（一）形象化往往不够；（二）细节无暇注意。""剧作家为什么要去取用历史的材料！无非是为了采用当前的事实有许多不便"，这样的作品有袁昌英的《孔雀东南飞》、王独清的《貂蝉》与《杨贵妃之死》、杨晦的《楚灵王》、王泊生的《岳飞》、陈白尘的《石达开之死》《金田村》、夏衍的《赛金花》《自由花》、宋之的的《武则天》等。写历史剧的流弊在于："（一）历史的事实与当前的事实，未必完全平行；所能激起的，至多是一种类似的情绪；但因其他不类似的地方太多，作家所企图说的话，未必能十分准确地说出；（二）历史的事实，因自有它的社会缘由与背景，容易引起作者所不预期的联想。"儿童剧的一向不被人重视，以前有周作人编译的《儿童剧集》、潘一尘的《儿童戏剧集》、胡敬熙的《儿童无言剧》、李罗梦与卢野马的《小学剧本集》、梁士杰的《儿童爱国剧本》。"但这些都是文人或教育者的作品，到今年才有剧作者去试写试演儿童剧，那就是许幸之的《最后一课》《古庙钟声》等了。"这类剧要写得通俗化，"通俗化所难者，不是去寻找那儿童或成人所熟知与欢迎的材料，而是要使得那儿童或成人观众，对于他们本不熟知与本不欢迎的材料，完全理解与表示欢迎。"对于"戏剧大众化的实验"，洪深认为只有河北定县熊佛西和他的几个同事在从事这种工作。

最后，作者对中国戏剧的未来，提出三个希望："（一）认清戏剧的组织社会（使观众对于某一社会问题发生一个情感的态度）的力量，而好好地使用它。""（二）消灭那可以减少或抵消新的戏剧的教育力量的一切戏剧！譬如评剧，除了极少数以小旦小丑为主的玩笑戏如《小上坟》《打花鼓》之类以外，哪一出戏不是违反三民主义的！内容不是帝皇，就是神仙；不是封建，就是迷信。非经彻底改善，不可再许其上演。""（三）戏剧有它的条件——以故事说明理论，藉'形象化'以激动观众的情绪。徒有口号议论，故为不足。但亦不必过于重视技巧，而致鼓励作者的'虚伪化了人生以获得闹剧效果'的倾向。有趣的剧本，不一定都是有益的。"

洪深对十年来的戏剧史书写,保持了他一向的风格,即重视剧本的演出效果,但也强调其内容有益,而不能迎合观众的低级趣味。所以他更重视从剧本内容来划分其历史发展进程。他自己的戏剧理论功底深厚,所以在讨论戏剧发展之时,往往渗透着他对戏剧理论的思考与洞察。

11 月

李初梨的《十年来新文化运动的检讨》发表

李初梨的《十年来新文化运动的检讨》发表在 1937 年 11 月 20 日的《解放》1 卷 24 期。

该文讨论的是 1927 年之后十年的新文化运动,他将这十年间分为三个阶段:第一,自 1927 年到"华北事变"为第一阶段;第二,自"华北事变"到抗战开始为第二阶段;第三,抗战后——即"目前"的新阶段。

他认为在第一阶段(1927 年—"华北事变"),"这是新文化运动承继着大革命的传统,使它继续向前发展的阶段"。成绩在于它坚决地执行一切反帝反封建的任务,同时,它更坚决地维护了中国苏维埃;它团结了一切进步的文化分子;培养了许多文化干部。缺点在于宗派主义或关门主义的存在;漠视了文化的特殊性;公式主义或教条主义。

第二阶段自"华北事变"到抗战开始。李初梨认为在"华北事变"以后,国际第七次代表大会的《决汉》到上海后,大家明白新形势下统一战线的重要性,开始转变,文学上提出"国防文学"的口号,在社会科学上提倡反日反汉奸的爱国主义与民主主义的思想,这是一个转变时期,也是今后文化运动的准备阶段。这一阶段的成绩在于广泛地散布了抗日民族统一战线的政策,扩大了反日反汉奸的文化;扩大了文化阵地;马列主义的具体化进步了。缺点在于宗派主义与关门主义仍然是主要的危险,特别是在"两个口号"的论争中表现比较明显;马列主义的具体化与通俗化仍然不够;缺乏有组织有计划的领导。

第三阶段是抗战以后。中国的文化形势是：一、失掉了上海、当时的北平两个全国最大的文化中心；二、一切文化，都陷于纷乱与停顿的状态；三、自由主义倾向的发展。当时的总任务是：一、继续并巩固文化上的统一战线；二、建立以民族解放、民权自由、民生幸福为内容的，革命的三民主义的文化；三、选择适当的地点、如武汉等地，建立新的文化中心；四、提高文化水平，使马列主义更具体化、中国化，同时更广泛地深入地进行通俗化、大众化的工作；五、肃清"左"的宗派主义、关门主义，与右的投降主义与自由主义倾向的主要危险斗争；六、健全并发展各种文化组织。

此时李初梨已经是延安新华社负责人，他对新文化运动自 1927 年后十年的文化运动的总结，是站在中国共产党及左翼文化的基础上的，其对每个时期左翼文学阵营的缺点分析是十分客观且科学的，体现了中国共产党对自身文化政策的严肃反思。而其提及的马列主义具体化、中国化应是中国共产党历史上较早提出这一问题的。

本年
1. 俄国学者阿列克谢耶夫（A. M. Alexeev）的《中国文学》出版
俄国学者阿列克谢耶夫 1926 年在巴黎法兰西科学院和吉摩博物馆进行了演讲，演讲稿中前五篇讲的是中国古典诗歌，而第六篇则谈到了中国当时的文学，简介了胡适文学改良的纲领及其诗集《尝试集》。1937 年这些演讲稿结集为《中国文学》出版。阿列克谢耶夫作为中国古典诗歌的研究专家对胡适的宣传式的文风以及借鉴西方理论对中国文学进行改造的方法不以为然，并予以批评。他认为胡适的白话诗主张及其诗歌创作是矛盾的，其《尝试集》中的内里还是古典诗歌的精神。

1938 年

1 月
1. 林焕平的《一年来文艺界的回顾》发表
林焕平的《一年来文艺界的回顾》发表于 1938 年的《民族解放》第 1 期。

作者认为1937年的文艺动态，大致可以分为前后二期："七七"卢沟桥事变以前为前期。这一期的主要特征和任务是：全国各党各派各种各样的文艺工作者集中在新提出的抗战文艺的口号底下，巩固民族统一战线。此时正是国内两大政党密商合作的时期，这敏感地反映在文艺上，其表现是一方面，各党、各派的各种各样文艺家在静观政治的迅速明朗化，另一方面，是坚持国防文学口号的人在国防文学的总口号底下，开始接近。卢沟桥事变后，全民族抗战开始了，表现在文艺上就是抗战文艺这一口号的提出，这个口号的主要任务就是：巩固民族统一战线，抗战到底，把日本帝国主义的海陆空军队逐出我国领土，收复一切失地。各派文学家生产了以抗战题材为主题的众多报告文学、剧本、诗歌，连包天笑等都没有例外。歌咏迅速普遍到全国，洪深领导演剧队走遍各个战区，去国十年的郭沫若也回国领导文艺和救亡运动。一切文艺家开始向抗战文艺这个统一的口号下集中。这期间产生两件惨痛的事情，即全国文化中心平津和上海相继沦陷，从来无法打破的文艺机构打破了，他们被逼迫着退到内地去了。这也是一个好现象，那就是文艺队伍终于实现了他们之前曾高喊的——回到乡间、回到农村，这不仅将为民族带来无限的利益，更将给文艺造出新路。

该文对1937年文艺界的报道，反映了当时在民族危机的这一年中，前后不同时期的文艺界动态，并从新文艺发展的阶段认识到文艺家退守内地的重要意义。

2. 浩之的《上海文化界近况》发表

浩之的《上海文化界近况》发表于1938年1月的《近代杂志》第1期。

《书局情形》中介绍了商务印书馆、中华书局、世界书局、大东书局、北新书局、开明书店、生活书店、上海杂志公司、中国图书杂志公司、五洲书报社、东方书局等四马路一带有名的书店情况，重在它们之前的主营方向、书店特色和"当下"的惨淡和衰落，还介绍了其他较小的书店，共有三十六家。并列举仅存的七家图书馆。

《报纸及杂志》中介绍了"日、晚、报"中的《新闻报》《时报》《文汇报》《大美晚报》《华美晚报》《大晚报》；《小型报》中介绍了

《社会日报》《晶报》《东方日报》《力报》《上海报》《译报》；《杂志刊物》介绍了《青年周报》《译丛》《隽味集》《孤岛》《一般》以及其他杂志等。《文化界人物》分为"在上海的"和"离上海的"进行列举，他认为前者多属于"保守派"，而后者多是左派作家，多参入过抗日活动。《附近事数则》则是介绍当时发生的一些作家的活动或遭遇，如一些作家遭到杀害、拘押、逃离、开始新的文学活动等。

　　该文介绍的上海沦陷后的文化界情形，有助于我们了解当时的上海文化界在日本侵略者进入后的状态。

3 月

蒲风的《现代中国诗坛》出版

　　蒲风的《现代中国诗坛》于 1938 年 3 月由广州诗歌出版社出版。

　　蒲风对新诗的历史进行了回顾，他对晚清的"诗界革命"进行了辩证分析，认为"诗界革命"对诗歌的贡献在于：冲破了旧诗范围、民族思想抬头、采用方言俗语、开始趋于写实的方面、打破了传统的旧格式神圣观念、西诗中译使人们对诗有新的概念。他也指出"诗界革命"有五大缺点，其中最大的是没有创造新形式。蒲风以重大政治事件作为诗歌史的分期界址，他认为"五四"运动之后的诗歌发展可分为四个时期：以胡适为代表的尝试期和以郭沫若代表的形成期〔1919—1925 年（上）〕，以蒋光慈、穆木天、王独清和冯乃超为代表的骤盛期或呐喊期〔1925（下）—1927 年〕，中落期则在 1928—1931 年间，复兴期在 1932—1937 年间。蒲风对当时的代表诗人诗社进行了分析，如中落期除提及太阳社外，还提到前哨社、汽笛诗社，评述了李无隅的《梅花》、程少怀的《流浪者之歌曲》、王文川的《江户流浪曲》、钟敬文的《海滨的二月》、赵景深的《荷花》等，他们很少为当时和后来的文学史所注意。他更重在诗歌内容的积极性和革命性，并以此进行诗歌史分期。所以徐志摩、戴望舒的诗歌受到了他的批评，而温流的诗歌以现实生活为基础，是诗歌大众化的实践者，充满了青春活力，受到了他的赞扬，这与他自己是中共党员有很大关系。

4月

周扬的《抗战时期的文学》发表

周扬的《抗战时期的文学》于 1938 年 4 月 1 日发表在《自由中国》创刊号。

该文描述了抗战爆发后文艺界的新动向：出版界暗淡，作家生活失去保障，战事使作家感到巨大的刺激兴奋，"抗日救亡的政论来代替作品，做一般的救亡的工作来代替文艺的活动"，"以抗战救亡的事实为题材的小形式的作品取得了最优越的几乎是独霸的地位。这是抗战时期文艺的一个重要特点……目前的作品差不多全部集中于反日的主题"，"比短篇小说更小的形式，散见在各报章刊物上的尽是战时随笔，前线通讯，报告文学，墙头小说，街头剧等等，这些作品都是急就章的，没有经过多少艺术上的斟酌，都具有一种宣传鼓动的性质……这类作品形式为目前的文学的潮流所趋，为抗战环境之所需要，为抗战文学的正当的发展方向。"

这是对抗战爆发初期的状况扫描，显示了文学创作在抗战之初的发展方向。

6月

1. 杨荫深的《中国文学史大纲》出版

杨荫深的《中国文学史大纲》于 1938 年 6 月由商务印书馆出版。初稿本待访，这里讨论的是 1947 年的版本[①]。

该著共有三十章，前二十九章都是书写的中国古代文学史，第三十章为《新文学运动的起来》，书写的是中国新文学史，其从诗歌、小说、戏剧、散文、整理与翻译五个方面对新文学进行介绍。这种体例与王哲甫的文学史著有些类似，而从其介绍的作家作品来看，也只是介绍第一个十年的作家作品，对第二个十年的新文学很少介绍。

杨荫深对诗歌的介绍是按照自由的解放派、格律派和象征派进行介绍的，这与朱自清在《大系》中的分类一致，他只介绍刘大白和徐志摩两位诗人。其在小说中的分类与众不同，他将小说家分为三派不同的

---

① 杨荫深：《中国文学史大纲》，商务印书馆 1947 年版。

作风：一派以鲁迅、叶绍钧为代表，他们取材是古老社会里的人物，用或讽刺或平述或幽默的笔调写出，这一派有王统照、鲁彦、许钦文、沈从文、老舍、黎锦明、冯文炳、王任叔等人。另一派以郭沫若、茅盾为代表，他们用的多是新的题材，写社会间的不平，富有热情，这一派有蒋光慈、巴金、丁玲、张天翼、钱杏邨、魏金枝等。再一派以郁达夫、张资平为主，他们的题材是人生的苦闷，男女间的恋爱，笔调是柔软的，不激烈，不狂呼，这一派有滕固、施蛰存、叶灵凤、金满成、罗西等。接着他就对这三派六个代表作家进行了分析。杨荫深没有从文学社团而是从文学风格、取材范围来进行作家作品分类，这与大部分文学史不一样。之前很少见到这样的文学史分类，也更见出其具有的独特性。在戏剧这一文体分类上，杨荫深介绍的是田汉、洪深与熊佛西。在散文中他重点介绍了周作人、冰心。在整理与翻译中，他介绍了梁启超、王国维、胡适、林纾、伍光建等人的学术成就和翻译业绩。

杨荫深对新文学史的书写成就并不突出，只涉及第一个十年的文学成就，而对作家作品的书写多重在生平简历和作品名录，较少审美性的文学解读和文学规律的探寻。

2. 欧阳凡海的《抗战后的中国文艺运动及其现状》发表

欧阳凡海的《抗战后的中国文艺运动及其现状》发表于1938年6月16日的《七月》第3集第4期。

欧阳凡海先回忆抗战爆发以来，文艺经历了短暂的彷徨，甚至有崩陷状态，竟大有岌岌不可终日的样子。这与书商的罢工、战争的挫折、文艺的报国无门、交通的阻隔等有关。但坚决地有意识地从事这条命脉之延续的是《七月》。它在当时表明三个事实："第一，'报国无门'的现象并没有消灭，作家并没有能够完全走上抗战的非文艺性的分野；第二，《七月》既然是个杂志就代表一部分作家，这些作家的态度反映在《七月》上，表明了他们孤军独战的精神，就是在最危急，一般的社会认识最混乱的时候，他们始终是确实认明了他们的任务与职责的，没有动摇文艺的立足点"；第三，最重要的是，他们没有"降低了文艺在国际与中国的全分野上战斗了几世纪才获得的宝贵的据点——战斗的现实主义"。于是，文艺显然已经在战争的总的动态中站稳它的战斗地位了。

欧阳凡海认为，在抗战开始的当时，中国新文艺运动对政治认识比较不充分，他们忘记了从矛盾与发展上去理解统一战线与抗战，而把这二者当作一种不可侵犯、不可批判的东西。于是战斗的现实主义，这个中国文艺的写作精神，便在这里遇到了很大的阻力，大有不敢举步向前之概了——丘东平怕被人冠以"汉奸文学"的帽子而不敢写韩复榘统治下的军事与政治黑暗，腐败，就是一个明显的例子。不过不久就能在批评上，利用那过去的教训，来阻止文学上的单纯的抗战情绪的抒发与浮面的鼓动了——如《抗战文艺》上姚雪垠的主题组织性与教育性的强调，和通俗读物编刊社的自我批判等。他们认为抗战故事几乎全为抗战情绪的鼓励，而经验教训甚少乃至没有反映到读物中来：第一是缺乏敌人国内危机的分析，与敌军政治工作的提倡。第二是缺乏民权主义与民生主义的宣传。欧阳凡海认为中国新文艺运动的发展，自开始到现在，只有在"五四"运动中一短段时间和1928年到"九一八"前后的一短段时间，有着集中的与正轨的形式向前演进，严格地说，"这两段时期都是很勉强的"，这与中国是一个半殖民地的国家有关。

该文认为，抗战以后，特别是文艺经过了短暂的混乱之后，终于回归到之前的战斗的现实主义的传统，而《七月》杂志在其中起到了桥梁作用，而且该文介绍了该杂志力图通过批评和创作推动中国新文学在抗战时期的发展。《七月》在1937年9月由胡风在上海创办，在抗战初期影响很大。当时自觉承担起民族救亡使命的作家们自发地向《七月》靠拢，《七月》作家群迅速崛起。但在之后的文学史书写中，都对其在特殊时间点的重要意义予以了忘却，这与胡风的文坛遭际有很大关系。而该文能重视这一点，一方面这是《七月》的勃兴时期，另一方面也因为作者欧阳凡海正是该派"基本撰稿人"和中坚力量，是胡风敏锐发现和着力栽培的对象。

7 月

1. 郭沫若的《抗战一年来的文化动态》发表

郭沫若的《抗战一年来的文化动态》发表于1938年7月8日的《武汉日报》。该著后来被收录于寸喟编著的《抗战建国第一年》中，于1938年8月由重庆七七书局出版。该著收军事、外交、财政、经济、教育、建设、文化、政治等类文章 34 篇。著者有陈诚、王宠惠、孔祥熙、马寅初、陈立夫、郭沫若、汪精卫、陈独秀等，书后附有《抗战一周年大事记》。

该文认为，在一年来的抗战中，中国文化工作者都先先后后，或多或少地显示出了他们为民族争生存，为世界谋和平，为人类之解放努力的姿态。抗战使得大家团结起来，各种文化集团有历史意义地成立起来了，如全国文艺界抗敌协会、全国戏剧电影界抗敌协会等。各种不能合作的人都合作起来了，去应付当前唯一的敌人——日本帝国主义。"八一三"的炮火，使得一些文艺刊物关闭了，但不久就恢复了，出现更多的是小册子，上海首先组织成立了文化界救亡协会，戏剧工作者组织了救亡演剧队，大家奔赴各地去作动员宣传工作。虽然敌人毁坏了我们很多文化机关、大学、文化馆等，但是由于文化工作者的努力，他们组建了更为坚固的堡垒。无数的刊物、电影走向了农村，歌咏音乐，街头剧和简单的舞台剧都在城乡普遍的发达起来，"文章下乡""文章入伍"的口号提出了，还有"战地文化服务处"的设立。最后，作者鼓励大家更加努力："新中国的文化在抗战中生长着，在抗战中繁荣着，在抗战胜利的一日，便是新文化建设成功的一天"。

2. 潘梓年的《抗战一年来的文化运动》发表

潘梓年的《抗战一年来的文化运动》发表于 1938 年 7 月的重庆《群众》第 2 卷第 5 期，也曾在 1938 年上海《华美》第 1 卷第 16 期刊载。

该文指出，自抗战爆发后，文化工作者迅速行动起来，形成了抗日民族统一战线。一年来的文化运动都是在这一抗日民族统一战线的基石上开展起来的，同时，也就以推动抗日民族统一战线的扩大与巩固为它自己的任务与基本特点。这一年文化运动具体表现有：第一，文化中心是转移了同时也散布开了；第二，通俗化运动是这一年中有了较前更进一步的开展；第三，和通俗化运动联系着的，是这一年来的文化运动，已由一般理论的探讨，逐渐转移到各种具体问题的力求解决上面来。而这一年文化运动的缺点在于：第一，推进文化运动的先决条件还嫌不够，人民言论、出版、结社集合的自由还大大的不够；第二，范围不够广泛，活动不够多样，形式还嫌软弱，内容还欠具体；今后要能建立普遍而周密的文化网与文化站。

《群众》周刊是 1937 年 12 月 11 日，在周恩来亲自指导下成立的。其是中国共产党在国民党统治区公开出版发行的中央机关刊物，潘梓年是此时《群众》周刊的负责人，所以他对这一年文化运动的检查体现了中国共产党的立场，要求人民拥有言论、出版、结社集合的自由。

8 月

茅盾的《八月的感想——抗战文艺一年的回顾》发表

茅盾的《八月的感想——抗战文艺一年的回顾》发表于 1938 年 8 月的《文艺阵地》第 1 卷第 9 期。

作者借与一位朋友的谈话提出文学创作要"写人"。他认为创作"还是应该把人当人——时代舞台的主角，而不要把他们当作材料"。正是以这一创作观点，当时，其对抗战一年来的文艺进行了分析。他认为，过去一年的前半期，"文坛上的主要倾向是着眼于一个个的壮烈的场面的描写"。大多数作品把抗战中的英勇壮烈的故事作为题材，意图说明时代的伟大——中国人民的决心与勇敢，认识与希望，对目前牺牲之忍受与对最后胜利之确信。就弄成了注重写"事"而不注重写"人"的现象。换句话说，"就是先有了固定的故事的框子，然后填进人物去，而中国人民的决心与勇敢，认识与希望，对目前牺牲之忍受与对最后胜利之确信等观念，则又分配填在人物身上"。这就是导致抗战文艺"差不多""不够深入"的根本原因。

作者发现"最近半年来"的几个趋势：首先，从"事"转到"人"。"新的典型，已经（虽然不多）在作家笔下出现"。如张天翼的《华威先生》中的"华威先生"，姚雪垠的《差半车麦秸》中的"差半车麦秸"，碧野的《北方的原野》中的"黑虎"与"柱儿"，碧野的《在获鹿》中的"红花的女英雄"、骆宾基的《一星期零一天》中的"小弟弟小杜"。其次，"青年作家对于隐伏在光明中的丑恶的研究和搜索"，这正表示了作家对于现实能够更深入去观察。最后，"作家间开始有选择有计划地描写壮烈事件中最典型的事件"。如集体创作的三幕剧《台儿庄》。

茅盾作为著名的现实主义文学大家，其对抗战第一年的回顾，既有历史趋势的总结，也有具体的写作指导。其对具体作家作品的分析批评，使得读者对于抽象的现实主义理论也有了深刻的把握。

9 月

1. 端木蕻良的《诗的战斗历程》发表

端木蕻良的《诗的战斗历程》发表于《文艺阵地》第 1 卷第 10 期。

该文阐述了自己的诗歌观，并对中国新诗的发生发展进行了评述，对"湖畔诗派"、徐志摩、郭沫若、蒋光慈、殷夫、艾青等诗人进行了评价。作者认为："在中国诗的形式（为了它的抒情作用和政治作用）做到了广泛的应用，赋、比、兴、刺、风、咏叹、感怀、哀诉、歌哭、题记、感铭、纪行、赞颂、口号——它存在了讽刺诗、叙事诗、朗诵诗、抒情诗的每个姿势。"他评价初期新诗，"不管是这个可珍贵的罗曼蒂克运动，表现在诗的领域里，到后来不知被什么样的一种《惠的风》带进了肉的氛围，而在徐志摩的《别拧我，痛!》的惨叫声中，结束了它的早期的命运"，"这时期徐志摩便担当了第一个诗人的任务，发挥着并不'民主'的爱欲，来抒写着低能情感"。他认为"五四"这一代，"诗的主要的斗争信条是反封建桎梏，反礼教束缚，而诗的形式和描写技术总是在尝试和追求之间徘徊着。而当小说的领域已在《狂人日记》的写出之后，奠定了它的写实主义的大路的时候，徐志摩却游离了觉醒的资产阶级的开明的任务，专门去做某种情欲的皈依者了。《我不知道风向什么方向吹!》他说得委婉而动听，但是他睡着了"，"这期间，歌颂'个人意志'的权利与价值的，是郭沫若；这个表现在《星空》那首诗上"。作者对新写实主义进行了论说，他认为"新的社会斗争要求武装的共同建筑在大众语言的广大基础的活的语言，用民众的习语来传达民众的感情"，"这期间，蒋光慈便是这样的一个出色的作家。殷夫，他们以殉教者的精神完成了他们的光辉的事业，但也就在刀锋下被割断了才能"。他认为"当前诗的营养已经到达可以哺育出完成的作品的地步"，而"这时期以优秀的作品，《大堰河——我的保姆》来开始，从人道主义的爱走到了阶级的爱的诗作家艾青，是显著地突出了一般作品的水准，他做到把情绪提炼了，凝固了，再揉合了的才能的匠人"。

端木蕻良的这篇论文，表现了他是以左翼的战斗精神对"五四"以来的代表诗人进行了评述，他对新写实主义和艾青的诗歌予以了很高的评价。

2. 谭庭裕的《怎样展开南洋文艺运动》发表

谭庭裕于 1938 年 9 月在《南洋周刊》第 9 期发表了《怎样展开南洋文艺运动》。该文被一些资料集抄录时，误为《抗战时期南洋文艺运动》。该文书写之时，中国正在讨论"在抗日民族革命高潮中为什么没有伟大的作品产生？"的问题，而南洋的文艺界也正在进行"南洋为什么没有伟大的作品产生？"的大检讨。而该文正是对这一问题的回应，所以其目的在于"检讨数年来的南洋'文运'的成绩和弱点；同时又可以从造成这弱点的因果里面，设法去纠正它，和克服它，以决定当前文艺运动的路线"。

该文回顾了南洋文艺运动在抗战中的表现。卢沟桥事变以后，"南洋的文艺运动，的确能够跟着中国民族自由解放的抗战，做其救亡工作，在各报的副刊上，常发现许多短小精悍的'诗歌''速写'和'报告'之类的报告文学，尤其是'救亡戏剧'来得更热烈，如《父与子》《在病室里》《为国牺牲》《怒涛》《罪犯》……等剧本的产生，这是抗战以来，南洋的文艺界的'伟大'收获。至于理论方面，也很能抓住问题的核心。像关于'马华救亡统一战线'的问题，各报都有文章讨论过，尤其是新出版的《南湖》半月刊，更有计划、有系统的发表讨论的，还有在《南洋商报》的'关于南洋的战时文学的研究'，《星洲日报》的'南洋为什么没有伟大的作品产生？'的检讨，《南星导报》的'在不违当地法律的条件之下究应怎样才能强化我们的救亡运动？'的研究，和各报的对文艺利用'旧形式'和'诗歌朗诵'……的注意，确是南洋文运很好的成绩"。

该文为我们展现了南洋文艺在抗战时的运动，呈现了中华民族血浓于水的民族情感，在文学史写作具有独到意义，这或许是其在多种文集中被收录的重要原因。

10 月

1. 魏孟克的《抗战以来的中国文艺界》发表

魏孟克的《抗战以来的中国文艺界》发表于 1938 年 10 月 15 日的《抗战文艺》第 2 卷第 6 期。

该文叙述了抗战一年多来的文艺状态，并对未来抗战文学发展提出建议。

该文在《作家们的动态》中介绍了北京、上海两个文学中心沦陷后，作家、学生们纷纷离开离散，开始各自的抗战文艺活动。直到南京沦陷后，全国文艺界抗敌协会的成立，才形成有组织的文艺活动。在《创作上的倾向》中，魏孟克认为中国的抗战文艺将很快完成其独具的特征。这种特征，根据其历史必然演进，应该是："第一，表现作者自身即是这战斗时代的战斗者，他自身的经历和感情，也就是这时代的经历和感情。这就是说，他自己的言语就是这时代的声音。然而这并不是整部的纪录时代的诗史，这种史诗大概产生在一个伟大时代结束之后。第二，具有敏锐泼辣的简短形式，它热烈而且勇敢，既如战鼓或喇叭，能鼓励同伴向前迈进，又像口琴或歌谱，使战士于疲劳之际获得欢喜和慰安。第三，虽是简短的形式，而描画又往往一嘴一鼻，然而也能显出概括的典型，并且还给我们看到那代表了这一个时代的民族英雄的真面目。"在《通俗文学的提出》中，魏孟克认为抗战文艺运用通俗文学要坚持一个原则："我们的利用，绝不是没有条件。不但要涤除其毒质，并且还要将优点蜕变，使它将来本身也就是一种新艺术。"在《大众作家的发现》中，魏孟克强调"假如我们对于大众不用什么高雅的言辞去吓唬，而时时给以适当的教导，则我想，真正的大众作家就一定会——使中国文艺界翻过崭新的一页来！在这紧张的抗战中出现了。"

2. 周而复的《孤岛上的文化》发表

周而复的《孤岛上的文化》发表在 1938 年 10 月 16 日的《文艺突击》创刊号上。

该文记载了上海被日本占领后，成为孤岛的文艺状况。"作为全国文化中心的上海，自'国军'退出以后，随着文化人大部分的离去，情势的直转急变，这文化中心的上海便空前地呈现出停滞和衰萎的状态。于是投机的文化商人便以色情的软性刊物来号召读者、麻醉读者。不过这只是一时的现象，不久也就消灭了。""敌人的进攻是多样多式的，文化这个部门当然是绝不会被遗忘的。'国军'退出不久，首先每家报馆便接到敌人要检查新闻的通知书；新闻如果被敌人一检查，除了歌颂'皇军'以外，那么只有'开天窗'了。倘若不被检查，那出路只有一条：停刊……除却原有外商办的晚报如《大美》《华美》以外，全上海的报纸几乎全都停刊了。只是以黄色新闻为其特色的《时报》和以商业利益为其最大前提的《新闻报》仍然苟延残喘地继续出刊，宁愿受敌人的检查而不以为羞耻。"但"聪明的读者是绝不会轻易受骗的。这两家报馆就受到它应有的悲惨命运：虽然订价极力地减低，销路却一天天地减少。买报的人一问，知道是这些报时，固然摇摇头；连报贩叫卖时也提不起劲来。而且每一个有天良的人也不情愿在这些报馆里工作，比如《新闻报》馆开会，议决受检查还是停刊时，郭步陶坚决反对出刊，未得到通过时便当场卷起行李走了"。

　　该文也对新闻、文学工作者反抗敌人的举动予以了报道，并列举了当时冒着危险出版的报纸杂志。"以外商为发行和编辑人的中国报纸陆续出版了：《文汇报》《导报》《译报》……原先外商所出的晚报也出了晨刊：《大美报》和《华美晨报》。消息和言论同过去的中国报纸一样，有时更偏激些。于是乎便成了敌人的眼中钉……那么报馆的态度怎样呢？是不屈不挠，消息比过去更正确，态度比过去更坚定。威胁既不可，利诱就来了。但'此路'也'不通'。最后只有禁止华界的人民阅读了。""旧的杂志虽然大半停刊了，但新的却不断地创刊，像《读物月刊》《华美周刊》《一般半月刊》《集纳周刊》《杂志》《上海妇女》《文艺周刊》等，这都是公开发卖的。《读物》是综合刊物，一般问题讨论的多，尤其是关于青年方面的，内容相当充实。可惜只出了一期便没有看见再出了。《华美周刊》是《华美晨报》发行的，销路最好，内容也极丰富；论评选辑常转载《新华日报》《大公报》的社评，编制和过去的《申报周刊》相仿佛。《一般半月刊》除译载各国文章外，经常登载关于抗战方面的论文……《集纳周刊》则全是论文，取稿来源是各国的书杂志，都是有关现在抗战和国际形势的，每期还译有一篇短小精彩的小说。编者是宜闲……《上海妇女》是《大公报》女记者蒋逸霄主编的，她的企图是想代替《妇女生活》这刊物的，实际也确是孤岛上唯一的妇女读物，编制和《妇女生活》差不多，最近刊载关露的长篇《新旧时代》。《文艺周刊》虽然编者欢迎外人投稿，实际全是转载武汉、香港各地所出版的文艺刊物上的作品，比如《战地》《七月》《文艺阵地》之类。销路也相当的好。"

该文对日本侵略者所出的报纸期刊进行了介绍，但也生动凸显了人们对其的抵制。"敌人也出了汉奸报（《新申报》）来强迫人民看、在租界上却不敢发卖，只有在静安寺路维也纳舞厅的篱笆里高高地做了一个广告牌，每天贴一张。读者来是来了，一看见新贴上去的，马上就给涂满泥浆。""汉奸出版杂志，如《大时代》，如《经世月刊》……读者除作者和编者外是没有第三人的。虽然表面上也说得相当堂皇，有些读者是会上当的，但报贩和书店伙计他们会告诉你：'这是汉奸杂志，不要买'。"该文还告诉了秘密发行的刊物，如《团结》《学生生活》，这些刊物的销路却比公开发卖来的广泛。

该文对上海书籍的出版也予以提及，他指出："上海所有的书店几乎停止了出版新书，连寻常摆在外面的救亡书籍也因环境关系不得不收起来。""生活书店在'国军'刚退出时还出个《孤岛闲书》。"《译报》"起初是四开的小报，完全译载外国报纸杂志文章。现在扩大篇幅，加添一大张刊新闻和副刊。所译载的文章，他们编了一个《译报丛书》，陆续印了：《现代国际妇女动态》《女战士丁玲》《西班牙战争》……""还有复社，这是留在上海的文化人所组织的，在孤岛上摆出堂堂的阵容：首先出版了斯诺的《西行漫记》……更值得大书特书的是印行《鲁迅全集》。"

该文以素描的形式勾勒了日本侵占上海后，上海孤岛的文化生态和文学概貌。

3. 老舍的《一年来之文艺》发表

老舍的《一年来之文艺》发表在1938年10月的《抗战一周年》中。该书由浙江省抗日自卫委员会战时教育文化事业委员会编，属于《抗战建国丛书》第五种。该书收蒋介石、汪精卫、周佛海、李宗仁、胡适、张治中、马寅初、宋美龄、老舍、陈诚等人文章三十二篇，介绍了抗战一年来各方面情况。

老舍对抗战文艺的风格、题材、文坛中心的转换、报告文学的优缺点等进行了介绍。他认为卢沟桥事变后的文艺"是紧跟着'九一八'及'一二八'后的呼号而更激壮切实的"。"自沪战一起，便成了文艺者分散的时期。这分散，使上海出版界的威权低降，而各地渐次有了自己的刊物——也许很小、很短命，可是在抗战文艺史上它们都是一些火花。"抗战文艺都成了"抗战的铁证，这些文字是真确的纪录，直爽简劲的报告文艺遂有大量的生产"。在诸多文体上，老舍认为"报告文艺几乎压下去了小说，因时间的缺乏，因事情的过于复杂，因生活的不安定，长篇巨制是不敢希望的"。但是报告文学缺乏系统的组织和集体的工作，所以都是东鳞西爪的，而没有记载"一线一军一地的抗战始末，作为神圣战争的生动确切的纪录"。他对报告文学的公式化进行了批评："它的词汇与风格渐渐成了套数与滥调，每个兵必是英武的同志，每一个枪弹都足以粉碎了帝国主义的侵略迷梦。煽惑容易走入夸张，往往就空洞，或不真确：恐怕倒需要一些好的小说来矫正这风气吧？"因为继续这下去，它将"不免与新闻文字同调了"。

老舍按照抗战的进程，介绍了抗战文化中心由上海、南京、上海的逐渐转移，并对抗战文艺的性质和要求进行了讨论。他强调："战士的英勇，与民众的诚笃，使文艺者真想用泪去洗他的足。文艺者，于是义不容辞，责无旁贷的须为士卒与民众写作，戏剧，诗歌，就都必不可免的成为宣传文艺。"现在，"文艺的工作就是宣传"，为了完成这一任务，"我们必须与军民打成一片"，必须"把文艺的力量与抗战的一切配备起来"。正因如此，通俗文艺与高雅文艺应该得到同等重视，二者"同心而分工，事繁而效广，这或者是我们必须走的途路！"

11 月

1. 谢六逸的《二十年来的中国文学》发表

谢六逸的《二十年来的中国文学》发表于 1938 年 11 月的《新大夏》月刊第 1 卷第 3 期。根据谢六逸在文尾的《附记》，该文是其五年前在学校讲授《中国文艺思潮》的讲稿之一，只叙述到 1930 年的文学史实,而"九一八"以迄"八一三",没有来得及完成。

谢六逸在介绍新文学之前,对清末的翻译小说予以提及,也论及陈独秀对谢无量旧体诗的称赞引起了胡适的不满,所以,白话文的提倡先是私人之间的讨论。然后,作者介绍胡适的"八不主义"和陈独秀的"三大主义","五四"运动推动了文学革命的成功,也论及林纾、学衡派的反对。谢六逸介绍了文学研究会与创造社各自的理论及相互的对立,但是他认为"至于在反封建的旧势力一点上,毋宁说两社的态度是一致的。所以后来两社的一部分作家都会参加实际的革命工作"。对革命文学介绍中,则有创造社、太阳社各自的理论主张和争论,对左翼作家联盟予以很高评价:"'左联'组成以后,以勤劳大众的思想和情绪为主要内容的新兴文学,随着中国新兴革命势力的高涨而日趋长成,反帝反封建的精神洋溢在他们的作品之中。""这时期的作品,如鲁迅的杂感文和茅盾(沈雁冰)的小说,都是新兴文学最大的成就。他们作品的成功,一方面固然是由于作者超越的才能和丰富的文学经验和生活经验;另一方面,也显然是由于思想的精进,有了进步的世界观,所以鲁迅的杂文更锋锐更准确;茅盾的《子夜》的思想与技巧能达到那么的优越。中国新兴文学的基础,实在是由他们二人建立起来的。"

作者对"二十年来的中国文学"的介绍,非常注重原文的引用及解说。从他的介绍来看,其对左翼文学是持支持拥护态度的,他认为左翼文学的基础主要在鲁迅的杂文和茅盾的《子夜》,这是眼光独到的。对于蒋光慈、郭沫若的作品,他则没有提及,更没有这么高的评价。

本年

1. 徐芝秀的《中国现代话剧评论》出版

徐芝秀的《中国现代话剧评论》没有印刷出版与发行者,也没有出版年月,约 6.6 万字。从文中引用了 1937 年 12 月 27 日《大公报》上的有关材料来看,笔者估计其在 1938 年出版,故放在此处予以介绍。

该书是一部书写"五四"以后二十年话剧发展的集子。全书共有两章,第一章属于总的历史纵线叙述,介绍了话剧发展的历程,第二章重在分析当时重要的戏剧作家。后面还附有《西林独幕剧》及《剧本汇刊》等参考书三十五种。

2. 苏雪林的《中国文学史略》印行

苏雪林于 1938 年在武汉大学印行《中国文学史略》。该文学史将中国文学设古代文学、汉魏六朝文学、唐宋文学、元明清及近代文学四篇，共三十讲，最后两讲为《西洋文化的输入与五四运动》和《现代文坛鸟瞰》，这仍是在中国文学史框架之中讲述中国现代文学。

《西洋文化的输入与五四运动》一讲，介绍了西洋文化的输入，带来中国文学在晚清的变化。其介绍了康有为、梁启超、黄遵宪、谭嗣同、林纾、严复、章士钊等人的古文革新运动，但这些革新都是将古文向应用的方向变化，还没有发生根本性的变化，而文字简化运动也得以说明。然后，苏雪林介绍了胡适、陈独秀的文学革命经过及主张。这章的书写逻辑是借用胡适的《五十年来中国之文学》，其也多次引用原文。苏雪林指出："新文化的最重要的精神有二，一曰科学的精神，表现于思想方面的是'求是'，于文学方面是'求真'，因其求真故极力提倡写实主义的文学"；"二曰民治的精神。表现于思想方面的是'人道主义'，文学方面是'人的文学'"。

《现代文坛鸟瞰》对 1919—1937 年的文学进行了鸟瞰。由于作者此前已编写《新文学研究》讲稿，很多新文学作家已经被研究，所以这里只是对自己曾有的讲稿予以系统的简化，予以串讲即可，很多表达都是之前的重复。她对新月派诗人诗作的总结就是：这派诗人作诗讲究诗的体制、"以纯粹的国语写诗"、实验写长诗等。

1939 年

3 月

周扬的《从民族解放运动中来看新文学的发展》发表

周扬的《从民族解放运动中来看新文学的发展》发表于 1939 年 3 月 16 日的《文艺战线》第 1 卷第 2 号。

该文认为"中国新文学从开始就和民族解放运动密切地联系着，这个联系贯彻了新文学的全部历史。一个国家的文学的特点是不能离开那个国家的民族的和社会的特点而表现的"。正是在这一总论点的指导下，周扬写下了这篇文章，即从民族解放的角度重新审视中国新文学。他将中国新文学分为三个不同的发展阶段，三次划时代意义的运动可做这三个阶段的界标。第一次是文学革命运动。这是新文学的开始。反对文言，宣告"古文"为死文学，提倡白话，鼓吹国民的写实的文学，是这个运动的基本内容。时间段为从"五四"前一两年到"五卅"前后的将近十年的时间。第二次是革命文学运动。革命文学的最早的呼声在"五卅"前后已经开始听到，而形成一个显著的运动却是在1927年大革命以后。它给"五四"以来文学上反帝反封建的任务的完成，找到了新的有力的依靠，克服了"五四"的不彻的性与软弱性。它赋予文学的已经不是关于一般"国民的"抽象的概念，而是工农劳苦大众的鲜明的立场了。第三次是华北事变以后文学上的统一战线运动。这个运动的目标，是在团结一切不同思想派别的作家于抗日民族统一战线的旗帜下，来共同从事于文学上的救亡的工作，把文学上反帝反封建的运动集中到反日反汉奸的总流。

　　周扬认为每一发展阶段的特点被规定于在每个具体的历史情势下中国社会内部各阶级力量相互关系的变化。在中国存在着两类的矛盾：一是整个中国社会与帝国主义的矛盾，二是中国社会内部的矛盾，主要的是半封建制度与人民大众的矛盾。这两类根本矛盾的存在决定了中国新文学的一贯的反帝反封建的性质。但是这两类矛盾的发展常常表现出不平衡的状态。正因为中国与帝国主义的矛盾是最主要的矛盾，所以中国一切解放运动在终极上都和反帝国主义的民族斗争有不可分离的关系，就是反封建制度的人民革命也是以打倒帝国主义为最终的目标。这就决定了中国新文学与民族解放运动的内在的深切的联系，而每次文学上的运动都与民族解放斗争呼应。

　　接着，周扬对不同时期文学运动中代表作家作品的民族思想的表现进行了分析——如谭嗣同、黄遵宪、梁启超、严复、林纾、马君武、苏曼殊、鲁迅、周作人、郭沫若、郁达夫、蒋光慈、茅盾、叶绍钧，以及《八月的乡村》《生死场》等。同时，周扬也指出不能把文学中的民族解放思想只限于作品的单纯的民族革命的倾向性或明显的反帝国主义的主题，因为这种思想往往不是直接表现出来的，而是采取一种反对压迫的一般的民主主义的内容。这样胡适、刘半农、周作人、徐志摩等作家的作品都具有了民族思想。周扬还分析了"九一八"以前，文学中的反帝主题为什么远不如反封建的多的原因。同时他指出在"九一八"，特别是华北事变以后，反帝文学的作品就大大地发展起来，那数量之多，不但足以补偿以前的短少，而且对整个新文学作了一个极大的加号。这是新的民族革命高潮在文学中的反映，同时也是文学上的民主主义的传统在新的现实基础上的继承与发扬。他认为华北事变以后，作品内容出现新的特征。即反帝的主题集中于反日的主题；爱国主义与国际主义的结合；工农大众的阶级立场与民族立场的一致。

最后，周扬总结道："表现神圣的抗战的各方面的真实，用民族民主革命的精神去教育读者，提高他们民族的自信心和自尊心，涤清一切民族失败主义悲观主义的毒菌，揭露一切阻碍民族觉悟与民主解放的愚顽保守的黑暗的要素，以最后地完成文学上的民族民主革命的任务，这就是刻在每个忠实的文艺工作者肩上的无可逃避的责任，和努力的目标"。

周扬的这篇文章在抗战爆发后，用民族解放的理论高度重新思考了中国新文学的发生发展，并以此重评新文学经典作家作品，显示了其宏大的理论思辨能力。而且其对民族解放思想的阐释，并不局限于作家作品反帝思想的表达，也包含那些民主主义思想的阐发，因为中国革命的主要目的在于反帝反封建，这二者本身就是密不可分的。周扬的表达充满了严谨的逻辑论证，而且相对于之前左翼文学的关门主义和宗派主义有着更开放的包容性，这有利于更广泛的抗日民族统一战线的建立。同时，周扬的这篇文章是对国民党所提出的"民族主义文学"主张的坚决回击，因为在他们的"民族主义文学"的批评与阐发中，对中国新文学的历史几乎是全盘否定，这使得他们的"民族主义文学"指导下的文学史写作空洞无物。

4 月

1. 老舍的《抗战中的中国文艺》发表

老舍的《抗战中的中国文艺》发表于 1939 年 4 月的《中苏文化》第 3 卷第 10 期。

老舍认为抗战的中国的文坛，已立在全民抗战的旗帜下，"尽责的掌起救亡图存的号筒"，"整部的文艺简直可以被称为一首战歌"。大家"都携起手来，组织了全国文艺界抗敌协会"，协会政策只有一个，"就是精诚团结，争取民族的胜利，会员们在极端困苦的生活中，去写作，去宣传"。在诗的方面，"力求激昂明显，能够朗诵"，"乡民小贩每每成为民族的英雄"。戏剧是必须表演的，"因而也就更合适于宣传"，都市里，乡村中，都有戏剧与演员的活动。报告文学更是天之骄子，"它真实，简单，生动有力"，"不但是报告着事实，也将民族之心打成一片"。长篇小说还未能出现，短篇小说因为简短方便，"就适应着需要而大量的产生"，"有许多是极好的作品，因为所写的都是作家真实经验"。文人还在利用民间原有的文艺形式，去制造一些新的东西，使识字的能读，不识字的能听。文艺的各种体裁都在街头应用着，都为抗战而服务；就是民歌的形式也没被遗弃。

作者用简短的语言描写了抗战初期中国文艺的概貌，老舍是注重抗战文艺宣传的。

2. 周文的《成都抗战文艺运动鸟瞰》发表

周文的《成都抗战文艺运动鸟瞰》在1939年4月10日的《抗战文艺》第4卷第1期发表。

周文首先叙述了抗战前成都文艺的冷清状态。当时旧文化还弥漫着全市，成千成万的青年反复着《经史百家杂钞》一类的书。文艺工作者只有教授和学生。职业的文艺工作者是站不住的，自然也生成不出。在教授方面，曾经出版过六期《前进》刊物；在学生方面，曾经创办过《春天》半月刊、《四川风景》等。在报纸方面，仅《华西日报副刊》是文艺的。"因为文艺见解上的不同，也有过一些小流派，这些小流派，完全是当时上海文艺界各种流派的反映。"

"七七"抗战爆发，"成都文艺作者协会"即以"金箭社"的名义出版了《金箭》月刊，在《四川风景》在二卷一期上也提出站上"抗战中的岗位"的主张。有些爱好文艺的中学生成立了"青年文艺研究会"，在《四川日报》上附出了一个周刊《青年文艺》。另有二十余学生则成立"火炬社"，出版了一个刊物《火炬》。有些妇女出版的《妇女呼声》也登载了一些女作者的文艺作品。当时在外省各大都市从事文艺的作者们，渐渐到成都来了，出版了几个刊物：《惊蛰》《群众》《战旗》。这时成都文坛有点热闹起来了。

南京陷落，因为"经济的缺乏，而销路不佳"，刊物多倒闭，剩下的文艺刊物就只是《华西日报副刊》，和登点文艺作品的《惊蛰》及其他刊物。后来将先前筹备的"成都文艺界抗敌协会"改筹"成都分会"后，一些爱好文艺的教授出版了《工作》半月刊，此后有《文艺后防》旬刊、《五月》月刊、《学生文艺》《雷雨》《蜂》周刊、《星芒报》三日刊。还有几种综合刊物也登载文艺作品：《战潮》《新新旬刊》《战时学生》。

在报纸方面，也渐感到文艺的重要，都纷纷辟了副刊。除已有的《华西日报副刊》外，还有《兴中日报》的《副刊》，《新民报》的《新民谈座》，《捷报》的《凯风》，《党军日报》的《血花》等。专登杂文的有：《新新新闻》的《七嘴八舌》，《四川日报》的《谈锋》，《时事新报》的《大地》，《国难三日刊》的《生存线》，《快报副刊》，《民声晚报副刊》等。他认为"这一个繁盛时期和抗战前比较起来，那发展是有着截然的差异的"，这"说明了这都是抗战给我们中华民族——单说四川的成都吧——开发了无限丰富的新生的力量。也就是加强抗战，争取最后胜利的保证之一"。

当时的文艺刊物，只有"中华文艺界抗敌协会成都分会"的会刊《笔阵》，在过去一年复刊的《四川风景》，还有当时快要出版的诗刊《诗歌》。通俗刊物《星芒报》停版后的后身《蜀话报》也停了，不过《新民报》仿照了《星芒》和《蜀话》，发行了同样小张的三日增刊，算是点缀着当时的沉寂。当时横在成都文艺工作者面前的两大问题是："质的提高，和量的推广"。"使文艺不光是在知识分子中兜圈子，而要真正深入民间，同时要把艺术水准推进到应有的高度。"

周文的《成都抗战文艺运动鸟瞰》发表在《抗战文艺》，有着向中华全国文艺界抗敌协会汇报工作，加强与其他地域文艺抗敌协会联系的功能，其细致描画了成都新文艺运动的发展历史，为成都地方文学史写作积累了经验。

3. 简又文的《香港的文艺界》发表

简又文在 1939 年 4 月 10 日的重庆《抗战文艺》第四卷第一期发表了《香港的文艺界》。

该文报告了中国香港文艺界抗战军兴前后的大致情形。重在介绍抗战之后大量作家南下中国香港，依托"大风社"积极活动，筹建全国文艺界抗敌协会香港分会的经过、组成人员，以及与"别有用心"之人所开展的两次取得胜利的论战。该文也凸显了南下中国香港作家各自为战"打散队"的战术，要求全国文艺界抗敌协会认识到中国香港这一区域的文艺组织工作的重要性，并及时提供指导和帮助。

5 月

1. 郭箴一的《中国小说史》出版

郭箴一的《中国小说史》于 1939 年 5 月由（长沙）商务印书馆出版。该书无论是古代部分还是现代部分，抄袭部分较多，齐裕焜曾指出："郭箴一的《中国小说史》出版于 1939 年，是当时篇幅最大的小说史著作。这部小说史由于曾多次翻印，因而影响较大，但这部著作并没有多大的学术意义，基本上是抄袭鲁迅和其他一些研究者如胡适、郑振铎等人的东西，全书并没有多少自己的创见。"① 这个判断没有冤屈郭箴一，其对中国新文学中小说史的书写，基本上抄袭王哲甫的《中国新文学运动史》。

2. 茅盾的《中国新文学运动》发表

茅盾于 1939 年上半年，应新疆妇女协会邀请作了题为《中国新文学运动》的演讲，这篇演讲后来发表于 1939 年 5 月 8 日《新疆日报》"女声"半月刊第十二期。后在 1983 年第 5 期《北方论丛》刊载。

该文描述了自"五四"至抗战前夕的新文学运动史。茅盾把这段历史分成三个时期，分别是："五四"到"五卅"，"五卅"到北伐，北伐以后到抗战以前。茅盾认为，第一个时期有四个特征：一是"由反封建到反帝"，二是"由文字改良到文学革命"，三是"写实主义的与浪漫

---

① 齐裕焜：《中国古代小说史研究概述》，《长江大学学报》2006 年第 6 期。

主义的创作方法之交错",四是"诗歌兴盛"。第二个时期也有四个特征:一是"反帝运动的高涨",二是"新文学阵容内部的分化",三是"写实主义占了优势",四是"小说渐兴盛,诗歌中落、戏剧仍旧"。第三时期有五个特征:一是"反帝反封建工作受了挫折","中国的民族解放的革命运动到了退潮,潜伏在地下活动";二是"革命文学内部的两条路线的斗争",革命文学必须与"标语口号"的创作论和"唯技巧主义"做斗争,然后才能走上正确发展的道路;三是"现实主义的胜利",四是"小说达到全盛时代,戏剧建立了,新诗歌运动发生了",五是"大众化问题的提出"。在文章的最后,茅盾总结道:"(一)文学的反帝反封建的任务之完成,必须展开与加强现实主义的创造方法;而要获得现实主义的创作方法,则作家的正确而前进的世界观人生观实为必要。(二)大众化——中国革命文学要完成其任务,须先解决大众化的问题。"

可见,茅盾仍然是以左翼现实主义的思路描述中国新文学运动的发展,特别是大众化及现实主义文学的发展是他始终关注的重心。他认为大众化在"抗战以来,将有广泛的实验的机会。到现在为止,无论在理论方面,实践方面都比从前进步多了"。

6 月

1. 朱维之的《中国文艺思潮史略》出版

朱维之的《中国文艺思潮史略》于 1939 年 6 月由合作出版社出版。这里讨论的是 1946 年的版本。① 后来朱维之将其改名为《中国文艺思潮史稿》,1988 年在南开大学出版社出版。

首先,该文学史对新文学思潮的源头进行了追溯。在第九章《写实主义(清以来)》中,朱维之写出了清代以来的写实主义的发生、发展,分别为四个小节:《科学精神和实践思潮》《清代小说的写实倾向》《古文和诗的写实倾向》《"五四"以来新文学的主潮》。从这样的小节安排来看,朱维之是从整个清代以来的文学思潮来看新文学思潮。他认为从清朝以来的科学精神一方面是由于明末王学反动的内因,另一方面

---

① 朱维之:《中国文艺思潮史略》,开明书店 1946 年版。

是西洋科学精神的输入，这既注重到中国写实精神的自发出现，也考虑到外国科学精神的输入。他谈到了利玛窦、艾儒略、汤若望、南怀仁等对中国实践哲学和学术方法的影响，这就将新文学的源流追溯至晚明及清代了。这个思路与周作人有异曲同工之妙，一个是强调写实主义的科学精神和实践哲学，二个是凸显言志派文学的发端。这样一来，我们就看见清朝本身就有浪漫主义文学思潮和写实主义思潮，而新文学是其写实主义思潮的发展。

其次，朱维之对二十多年的新文学思潮进行了概括。他认为："二十年来的文艺思潮，是相当紊乱的；但它的主潮却是写实主义。因为当'五四'运动时，初从旧思想，旧制度中求得解放，饥不择食的从西洋输进各种思想，各种主义来，一时形成混乱的现象；但从最初起，其中最雄大的主流，便已是写实的文学，后来又慢慢地齐起脚步来，走上新写实主义的大道。"这样他就将二十年的新文学思潮走向进行了提炼，即新文学思潮从写实主义走向新写实主义。朱维之认为新文学都是写实主义，这与梁实秋在《现代中国文学之浪漫的趋势》①中将"五四"新文学定性为"浪漫"趋向的文学、不合常态的文学是截然相反的，如果将二者进行比较，会发现各自的立论依据和观点阐释的不同。

最后，朱维之对一些具体文学流派阐明了它们的写实主义的精神。他指出："许多人说文学研究会的写实是很明显的，但初期的创造社却是很浪漫的。其实不然，它们虽曾倾倒于西洋浪漫作家，但他们的作风仍多写实的倾向。如张资平小说的技巧，完全是写实主义的技巧。成仿吾论新文学的使命……这完全是自然主义的态度。郭沫若的牧歌情趣，和郁达夫的被视为颓废派，确有浪漫的气味；但他们多取材于日常生活的实录，能正确地表现自己和时代。况且他们俩不久也改了作风，走上新写实主义的路了。"这里对创造社写实精神的阐释或许与许多文学史不一样，而这恰与当时创造社的自我认同有一定关系，他们也多次阐明自己的文学主张并不全是浪漫，他们与文学研究会的区别也并不是那样泾渭分明。

朱维之还指出："1925 年以后，各种思潮都受了检讨而扬弃了，除

---

① 梁实秋：《现代中国文学之浪漫的趋势》，《晨报副镌》1926 年 2 月 15 日。

了少数作家以外，大家都有新写实主义的倾向，步伐愈走愈齐……因为在这转换的大时代里，大家都不能不注目看一看现实的炼狱，而加以分析，解剖。但也有少数的浪漫作家，仍旧只躲在象牙塔里，而不愿多看几眼的。"这里的"新写实主义"应该就是革命文学运动。从这番话中也可看出朱维之主张新文学应该走向写实，关注现实，拥护革命文学，所以他对徐志摩的文学主张及创作实践并不赞同。他接着指出"其他逃避现实的诗人们，也渐渐消沉，或者转向现实方面来了，王独清便是个转向的好例"。对王独清的表扬对徐志摩的批评，正彰显了朱维之自己的文学理念，这也体现在他对新文学未来思潮的展望中："目下中国文坛的趋势，很明显的是以新写实主义为中心思潮，最近的将来也必继续这个主潮而发展，光明而灿烂的时期，不久便要到来了！"

2. 凌云的《晋察冀边区文化工作的过去与现在》发表

凌云的《晋察冀边区文化工作的过去与现在》发表在 1939 年 6 月的《西线》第 8 期。

该文报道了晋察冀边区的文化工作状况。在《边区文化的发展》中，作者介绍了 1938 年春天成立了"晋察冀边区文化工作者救亡协会"，但所起作用不大。最后将其改组为"晋察冀边区文化界抗日救国会"，"以团结文化界开展边区抗战文化运动为宗旨"，出版刊物《边区文化》，于是晋察冀边区文化工作获得迅猛发展。

在《一般的文化工作》中，凌云主要介绍晋察冀边区所开展的文化工作。《（一）文艺工作》介绍的工作有：提出了"现阶段"文艺创作口号，将"三民主义的现实主义，作为各党各派各阶层文艺作者创作的共同标帜"；发动了"晋察冀一周"的集体创作；开展了街头诗运动，诗歌刊物有《诗建设》《前卫诗刊》，单行本有《粮食》《街头诗》《五月的歌》《参加军队保卫麦收》《在太行山上》《五月的吼声》《给自卫军》《欢迎战区妇女儿童考察团》《战士万岁》《街头》《在晋察冀》等；边区的文艺团体有：由鲁萍负责的海燕社、邵子南负责的战地社、蓝矛负责的铁流文艺社、黄河负责的文艺前卫社、各县的文艺团体。

在《（二）戏剧工作》中作者介绍了"边区剧运的发展"。军区政治部成立了"抗敌剧社"，各军分区的剧团，有一分区战线剧团、二分区七月剧社、三分区冲锋剧社、四分区火线剧社。地方上有平山铁血剧社、唐县的大众剧团、五台的农民剧社、阜平的血花剧社等。《动员旧剧参战》则介绍了晋察冀改造旧剧及社团，积极宣传抗战的实例。还介绍了戏剧出版物有《通讯网》《边区剧运》；剧本活报的创作以及召开的边区戏剧座谈会。

在《（三）新闻工作》和《（四）歌咏、美术及其它》中介绍了晋察冀边区的报纸、通讯社、歌咏、出版等工作。

在全文最后，作者总结了边区文化工作的特点在于：群众性、战斗性、游击性。

7月

艾思奇的《两年来延安的文艺运动》发表

艾思奇的《两年来延安的文艺运动》发表在1939年7月16日的《群众》杂志第3卷第8、9期。

艾思奇先总的论说抗战文艺运动有两个中心任务："一，动员一切文化力量，推动全国人民参加抗战；二，建立中华民族自己的新文艺。如果没有中国民族自己的新文艺，就不能发出动员广大中国人民的力量。所以两个任务，又是分不开的。"然后他介绍延安是如何完成这两个中心任务的。就第一个任务来说，延安尽量动员了一切的文化力量。她的文艺力量有三个来源："（一）边区老百姓自己的文艺；（二）八路军过去的文艺工作传统；（三）全国各地来的新旧各派文艺人。"延安动员这些不同的文艺力量建立了许多文艺组织：鲁迅艺术学院、文化界救亡协会及下属的民众剧团，还有后方政治部的烽火剧团、教育厅的抗战剧团、抗大文艺工作团等。就第二个任务来说，延安建立中华民族文艺的努力，是向着这样的方向走的："内容是三民主义的，也即是革命民主主义的，而形式是民族的。"艾思奇这里将三民主义和革命民主主义视为同一，主要是因为该文发表在重庆的《群众》周刊上。《群众》周刊是中国共产党在国民党统治区合法的理论刊物，也是中共在战时重庆宣传解放区及马克思主义理论的舆论阵地。它在中共中央南方局的领导下，与《新华日报》并肩作战，为中共在重庆的舆论阵地的建设和话语权的拓展立下过赫赫功绩。① 为符合国民党的发行和出版政策，所以作者在文艺方针的说明上，凸显了三民主义。他认为两年来延安创作的剧本的内容，"一般都是反映抗战，反映抗战中所必要的民主，反映抗战中的生产运动，而形式方面是各种各样都尝试过，特别重要的是旧形式的运用和改造"。

最后，艾思奇报道了延安文艺运动的活动和文艺杂志。延安的文艺运动，没有关闭在自己的小圈子里来做，"它是先后派遣了战地服务团，文艺工作团，使文艺人能够到各战地及民众中去体验与实践"，对于华北以外的大后方，延安是编辑了两个文艺杂志，《文艺战线》和《文艺突击》。"为要具体地规定文艺界应该走的道路，延安曾进行过多次的文艺理论研究及创作的批评讨论。"

8 月

陆丹林的《续谈香港》发表

1939 年 8 月上海《宇宙风（乙刊）》第十一期发表了陆丹林的《续谈香港》，介绍了香港报纸杂志的出版制度、经营成本、检查制度、报纸类型、内容形式。

9 月

李何林的《近二十年中国文艺思潮论》出版

李何林的《近二十年中国文艺思潮论》于 1939 年 9 月由生活书店出版。该书版本众多，这里以 1981 年的陕西人民出版社的版本为准。②

首先，该著文学史分期及分期标准比较独到。李何林认为近二十年的中国社会、文化、思想以及文学的大变化，有"五四""五卅"和"九一八"三个划时代的日子作为界标，所以他按照这三个日子将 1919 至 1937 年差不多二十年间划分了三大段落，每个段落差不多有六七年的时间，都有着不同的社会背景，而文艺思想也有着显著转变，由此该书的内容就分为三编。这种分期标准融合了政治、文化、文学等多种因

① 张瑾：《抗战时期中国共产党在重庆的舆论话语权研究》，重庆出版社 2015 年版。
② 李何林：《近二十年中国文艺思潮论》，陕西人民出版社 1981 年版。

素，体现了李何林的唯物史观。除了上述三分法之外，李何林还从文艺思想的阶级性来进行文学史分期，他认为这二十年的文艺界是受两种主潮支配着的："即由 1917 年到 1927 年是资产阶级文艺思想较多和无产阶级文艺思想萌芽的时代；由 1928 年到 1937 年是无产阶级文艺思想发展的时代。每一时代又恰恰平均占有十年的时间。"而且他还具体将每个十年分为初、中、末三期。李何林按照文艺思想阶级性的发展来进行划分，明显可以看出之前的文学史分期对他的影响。这种文学史分期非常具体，也会让人感觉太过琐细，这是由他自身的政治立场和阶级归属所决定的，他重在梳理无产阶级文学思想在萌芽时期与资产阶级斗争，到最终成为文坛主要思潮的历史发展规律。

其次，该文学史资料丰富但不是排列资料，而是注重各个作家之间的思想碰撞。该书每编之中都有《绪论》，是对一时段的社会背景进行介绍。每编第一章是《概论》，是对每一时段的文艺思想界进行概述，接下来的章节就是书写出每时段的主要文学思潮主张，然后分别是各派代表性人物对这一文学思潮的回应。这种编排体例注意到各种观点之间的斗争、碰撞，并比较出他们的差异性和共同性，还对他们所讨论的话题追根溯源，清查出问题的起因，并对此问题发表自己的看法，文学史体例非常科学。

最后，李何林的文学史事实分析总体上是以"左联"作家的文学史结论为主，但也有着自己的倾向性。例如在对文学革命爆发原因的分析，以及对整理国故运动、新月派文艺主张、民族主义文学运动等评价上，李何林都是站在"左联"的文学立场上进行批评，他是将郭沫若、华生、钱杏邨、鲁迅、茅盾、瞿秋白等人的意见予以综合后加以书写。具体来讲是革命文学之前的论述是按照郭沫若、华生、和钱杏邨等创造社和太阳社的观点去进行论述，而革命文学本身及评价则是按照鲁迅、茅盾、瞿秋白、冯雪峰等人的论点进行裁断，这是当时很多新文学史书写的主流。在这些人之中，李何林最认同的应该是鲁迅和瞿秋白，他在该书前面专门凸显了这两个人的文学史和思想史地位，将二人的大幅照片予以印制，并命名为"现代中国两大文艺思想家"，可见他对这二人的推崇，所以该文学史对这二人的文艺观点多所引用，并予以赞同。

尽管李何林始终是以鲁迅和瞿秋白为精神领袖，但是在书写鲁迅深陷其中的"两个口号"的论争时，还是指出："在中国，'宗派主义'或者'小集团主义'是和'私人关系'分不开的；因此这一次口号之争的原因，学术地讲起来固然'宗派主义'从中作祟，但是私人间的'纠纷'或'芥蒂'也起着很大的作用。"① 他对这两个口号的各自内涵和意义也进行了清晰剖析。

10 月
小鹤的《两年来的中国戏剧运动》发表

小鹤的《两年来的中国戏剧运动》发表于 1939 年 10 月的《中行杂志》第 1 卷第 2 期。

该文主要是介绍卢沟桥事变后两年的戏剧运动，他认为这一时期戏剧运动的特点有：一、剧本的内容多以抗战为题材，用以唤醒民族自觉，巩固精神堡垒；二、凡演员或导演编剧及其他戏剧从业员，如不将本身献给国家而从事有意义的剧运，即无法置身于戏剧界；三、自抗战以来，演员、剧作者、导演及其他戏剧从业员的人数都激增了；四、街头剧和活报的出现是抗战以来的新产物；五、演出和舞台的技巧运用，都有极大进步；六、政府当局和各种文化公共团体，都认识剧运的重要，竭力提倡；七、民众对于戏剧的欣赏能力的水准都提高了，且还在提高中；八、一般人都改变了戏剧的传统观念，认识到它的教育与宣传价值。然后作者依次介绍了重庆、成都、香港、昆明大城市中规模比较宏大且成绩突出的戏剧机关和团体。列举了五十一个受欢迎的剧本。作者希望戏剧不要太千篇一律的公式化，应尽量贴近现实生活，争取在内容与形式上有更大的提高。

11 月
吴蔷的《两年来新四军的戏剧工作》发表

吴蔷的《两年来新四军的戏剧工作》发表在 1939 年 11 月 5 日的《抗敌》第 6 号。该文共分四部分。

《戏剧工作机构的建立》介绍了新四军的戏剧工作机构逐渐增多变

---

① 李何林：《近二十年中国文艺思潮论》，陕西人民出版社 1981 年版，第 513 页。

强。部队刚刚集中改编的时候，戏剧工作的唯一团体是军战地服务团的戏剧组。在 1938 年 8 月间，成立了戏剧编导委员会，分审查、编导、研究三组，后方所有的戏剧工作都通过这个组织机构去进行。直属队总俱乐部和教导队政治处也在这个时期建立了戏剧组和剧团。游击区内也建立起经常的工作，"团结"支队的服务队，"保"团的服务团，皆有了戏剧组；随着"坚决"支队自福建来的火线剧社出现，"英勇"支队的服务团也接着成立了戏剧组。各地民运工作也在这个时期常常用戏剧工作做开辟民运工作的先锋，民运组里把戏剧也作为工作的重要部分。1939 年，"二七"政治工作会议决议建立一个全军的剧社，作为开展全军戏剧运动，指导全军戏剧工作的主导机关。关于编剧、导演、演出、研究等部门工作都在这时候建立了基础，并且开展起来。它的范围包括各部队单位机关，社员达 300 人左右。新四军戏剧工作的组织机构，达到了相当的完善。

《剧本创作运动》介绍了新四军的剧本创作情况。抗战初期，新四军主要依赖于外面的剧本，常常是呈现着很多的、很严重的政治意识缺点，所取的题材十分狭隘，并且呈现千篇一律的公式化特点。新四军也曾编写自己实用的剧本，有《汉奸的下场》《送郎上前线》《挖马路》《军民合作》《反汉奸》等。后来，为了实现更好的宣传效果，新四军主要创作活报剧，几乎每次群众性的晚会上，都随时拟写着会议的中心内容演出活报剧来——如欢迎史沫特莱，三战区视察团，以及纪念护士导师南丁格尔；表现战斗的如著名的"新丰车站"夜袭，"范家岗"截击，"红兰埠"捉鬼子，以及"四摆渡战斗"，"活捉小日本朱永祥"等。再如"实现'抗战建国'纲领""巩固和扩大统一战线"等，也曾用默剧兼带象征的手法明确地表达给观众。话剧、歌剧方面的创作进入到取材于真实的抗战故事——如《母亲》《兄妹》《古城的怒吼》《金刚钻》《送郎上前线》《一条扁担》《春耕曲》等，默剧最普遍的是用于活报，配以音响的效果，有《救难杀敌》《一个皇军的新生》《杀退鬼子保家乡》等。

《舞台技术的演进》主要介绍新四军在舞台技术方面的发展。《戏剧游击战》介绍新四军戏剧演出的方式。新四军在打游击战，所以戏剧工作也在配合着军事行动的开展发挥它的战斗性。"一面在作战部队中附属着演剧团体，（另）一面还有后方的演剧团体到战地去作游击式演剧。"作者主要书写了他们开展戏剧游击战的方法、经验。两年来，新四军在戏剧工作上，演出至少有七八百次左右，剧本的创作总数有 200 多个，地区包括大江南北。

1940 年

1 月

1. 罗荪的《抗战文艺运动鸟瞰》发表

罗荪原名孔繁衍，他的《抗战文艺运动鸟瞰》发表在 1940 年 1 月 15 日《文学月报》第 1 卷第 1 期创刊特大号。该文通过八个小节对抗战文艺予以了概览。

在《史的发展》中，罗荪将二十年来的新文学运动分为三个阶段：一、文学革命的启蒙运动。它的主要内容是"反文言文，反华丽无实的贵族文学，提倡言之有物的平民文学，提倡语文合一的白话文，主张科学与民主运动，以反封建为主要内容"。二、革命文学运动。这是从"五卅"时代始，经过 1927 大革命的实际战斗生活培养，及其以后的十年间的第二个阶段。它的主要内容是"加强了五四以来的反封建反帝的任务，为新文学运动开拓了新的道路，确定了新兴文学的基础，而成为从文学革命到革命文学的一大转换点"。三、民族革命的现实主义文学运动。"这是自'九一八'开始，到华北事变更为具体化的直到目前的文学运动的新阶段。"接着作者指出抗战初期的文学活动具有三点情形：第一，文学活动与商业关系的割断；第二，抗战的烽火，迫使着作家在这一新的形势底下，接近了现实；第三，由于实际情势上的需要，十数年来作为中国新文化中心点的上海，开始了新的酝酿，新的变化。在实际行动上，表现了两种事实。一、回乡运动。二、参加战争。

在《集中和分布》中，罗荪对抗战时期作家的分布情况进行了概述。"在抗战的第一个阶段中，文艺活动的范围，还仅止于在几个主要的都市中，如武汉，广州，桂林，长沙，重庆等。"文艺出版物有《抗战文艺》《七月》《文艺月刊》《文艺哨岗》《文艺阵地》《战地》等。这时的文艺活动，是作家"突进了现实生活的密林中"，"用歌咏，演剧，演讲等等的宣传方式来教育着、觉醒着人民对于祖国的热爱，对于抗战的认识"；"也是作家在现实生活的密林中，同样有了受教育的作用，新的形势迫使着每一个作家不能游离了生活"。武汉沦陷后，"作为文艺部队的总指挥部的中华全国文艺界抗敌协会迁到重庆，而原来集中在粤汉的作家却并没有全部到重庆来，做了又一次的分布工作，这时候建立了许多个别的新的战斗单位，建立了个别地区的文化中心"。如金华、桂林、昆明、成都、延安、曲江、上海，以及在各个游击区，军事根据地都在完成着，建立着新的文化中心。这阶段出现了许多新的刊物——如《文艺战线》《文艺突击》《西线文艺》《笔阵》《文化岗位》以及晋东南的《文艺轻骑》，孤岛的地方的文艺活动重新蓬勃了起来。有计划的访问战地生活，参加战地工作，成为文艺活动的又一特点。

在《新的文学样式》中，罗荪介绍了抗战中出现的崭新的文学样式。报告文学，因为"最能适切的，迅速的，正确地反映了各个个别的现实事件，报告着每个角落里的真实现象"，成为抗战以来作家最主要的工具之一。但对于报告文学有着颇为不小的曲解，所以其"往往成为文学素材的堆栈，或者是某一事件的片断的纪录，甚而并无区别于一个新闻记者的通讯纪事。这是忽略了报告文学的文艺性的缘故"。其次是朗诵诗，其第一次在鲁迅纪念大会中出现，给予了武汉文艺界一个很好的印象。"接着，在许多广大的集会中，在广播电台中，在轮渡上，以及私人的聚会中都增添了朗诵节目。重庆、延安及其他各地也都响应着朗诵诗运动"。在演剧方面，有了街头剧和活报"这两种最能直接反映现实事件的新形式"。

罗荪还对抗战以来的文艺理论问题及存在缺陷进行了点评。在《公式主义》中，罗荪指出："公式化是作家廉价的发泄感情，或传达政治任务的结果，战争以来，由于政治任务底过于急迫，也由于作家自己底过于兴奋，不但延续，而且更加滋长了。"在清算公式主义的问题中，发生了"与抗战无关"的争论，作者对此进行了辩证批判。在《摄影主义》中，罗荪认为在抗战时期的作品中，特别是报告文学中，有着相当的摄影主义的数量。"主要的原因是作家对于现实主义的误解，过分的强调了纯客观主义的'还原'。"在《典型和主题》中，罗荪认为"表现在抗战文艺作品中的典型，容或还不够完整，不够细致，但是我们已然有了可以从这里继续发展开去的典型性格的雏形"。但"在我们的创作实践中，有了‘新的人民欺骗者，新的抗战官僚，新的发国难财的主战派，新的卖狗皮膏药的宣传家’”，“新的人民领导者”，“和过去完全不同的军人性格”。他列举了黄钢的《开麦拉之前的汪精卫》、黄药眠的《陈国瑞先生的一群》、老舍的《残雾》、张天翼的《华威先生》、姚雪垠的《差半车麦秸》、S·M的《从攻击到防御》、野蕻的《新垦地》、刘白羽的《五台山下》、荒煤的《只是一个人》、艾芜的《受难者》、碧野的《北方的原野》、齐同的《新生代》……在《理论与批评活动的贫乏》中，罗荪认为“抗战文艺创作实践落后于现实，则理论与批评活动却更远落后于创作实践。这是一个共同的感觉”，对此他分析了原因。在《关于民族形式的问题》中，他认为利用旧形式问题再被提起，但是由于认识的理解的不够，表现了如下的缺陷：“第一，有人在主观上否定那旧形式，但是因为它有着客观上的需要，即所谓为了宣传的必要，才不能不利用旧形式”，在这意识底下表现了，“一、民间艺术形式的滥用；二、代表着封建思想范畴的陈旧的语汇的沿用；三、过分呆板的填词式的利用。这不但不能加强了宣传教育任务，反而妨碍了，甚至是取得了相反的结果”。“第二，由于过分的迷惑于旧形式，或者说是过分的强调了旧形式，以至于变为无条件的投降了旧形式，甚至于完全否定五四以来新文艺运动的成果，同时把这一问题单纯地理解为技术的问题，以至于停止在旧文艺的阶段上。这是把进展着的文艺列车倒开回去的一种严重的错误。”“第三，因为有了上述两种的看法，而把新文艺和旧文艺看成绝对的不相结合的东西，这结果一方面是形成了文艺的分离运动，（另）一方面是阻碍了新阶段文艺运动的发展。”作者对这个问题提出了解决之道，并认为“它不但是中国民族旧文艺传统的继承和发扬的问题，同时也是结合着新文艺的成果和旧文艺的传统的问题。尤其必须是理解为文艺运动本身发展的一个新的阶段。这还有待于文艺工作者的研讨，和实践”。

罗荪的《抗战文艺运动鸟瞰》不仅关注到作家分布、作品生产，抗战形势发展与刊物创建，而且对抗战时期的文艺缺陷直言不讳，对文艺争论问题进行了辩证分析，显示了其扎实的史料搜集功夫和深厚的理论功底，奠定了抗战文艺史写作的基础。

2. 楚天阔的《一九三九年北方文艺界论略》发表

楚天阔即李景慈，他的《一九三九年北方文艺界论略》发表在1940 年 1 月的《中国公论》第 2 卷第 4 期。

在《慢慢抬了头》中，作者介绍了昔日京派文学的辉煌已经成为过去，因为大部分作家都已离开，北方的文艺出现了萧条冷落。但是北方文艺界当时的沦陷区还有一些年轻人在默默努力，而在一九三九年里，他们开始慢慢抬了头，这一年正是一个过渡期。在《是"派别"吗?》中，作者叙说了 1937 年下半年的沉寂，然后是 1938 年有了《新民报》的《天地明朗》，《晨报》的《副刊》，两个园地发表作品的都是新人。前者急于出风头，有把握整个华北文坛的野心，但是后者比前者水平要高一些，比较向纯文艺的方向发展，至少在散文方面有所贡献。后来《立言画刊》的《青春文艺》出版，是和前者同一趋向。作者对一些文艺副刊和纯文艺刊物进行点名之后，总结这时有两派杂志："一派是《天地明朗》延续而下至于《青春文艺》的'胡闹派'；另一派是各纯文艺刊物的'正统派'。"

在《各方面的成就》中，作者介绍事变后北方文艺界的作家多半是倾向于散文小品方面，如《朔风》《晨报副刊》。"因为事实上只容许作者着笔于这种文体，清淡，简短，容易写。"小品文中有几种不同倾向：第一类是知堂的小品文字，以《中国文艺》为代表；第二类是记述的小品文，有《晨报副刊》、新北京报的《新文艺》周刊、实报的《文学》、沙漠画报的《文艺》。因为篇幅简短，适合抒写记叙一点个人的感情的，"其最好者能使读者读完以后有极大回味"。第三类是论说的散文，这方面作品很少。而在小说、诗歌、戏剧方面，作者认为成绩都不大。在《居然有人敢出书》中，楚天阔介绍了两部作者自印的长篇小说出版，这在《处事奇术》风行的北方可算是奇迹。一部是李韵的《三年》，另一部是朱炳荪的《晦明》。这两部小说的作者都是女士，都是写的爱情故事，都是以喜剧结尾。"这两本小说都还可一读。因为她们对于爱情都是超脱世俗的看法。给以新的估价的。"在《又是"差不多"》中，楚天阔总结了当时的小说和散文书写的题材和抒发的感情都是"差不多"的同一。小说主要是写男欢女爱的爱情故事，而散文则重在离情别绪。他希望作家们能克服这种现象，表现自己的主张，实现文学的功用与力量。

在《一个总结》中,作家对北方文艺家提出了几点希望:第一,树立正确的文学观点,而不能回到文言使白话文学衰落,也不能炫耀才能而使作品晦涩不堪,而应由写实的文学转向人性的开掘。"辛克莱,高尔基,不适合于现代,然而柴霍夫却是永远可爱的。"第二,希望作家们加强文学技巧的尝试,很多作家描绘的景物和事实老是分离的,太多平铺直叙。第三,应加强文艺批评和杂文的产生。第四,应引进西洋文学,促进文学的发展。

楚天阔当时在北京沦陷区生活,他只能就文学谈文学,同时号召大家继续努力,锻炼好自己的写作本领。其论述中的小心翼翼及语气平和乃至怯弱也是可以为我们感知的,但其为我们绘出了华北沦陷区初期的文坛影像,很有历史意义。

2 月

1. 毛泽东的《新民主主义论》发表

毛泽东的《新民主主义的政治与新民主主义的文化》在 1940 年 2 月 15 日由延安出版的《中国文化》创刊号发表。20 日,该文在延安出版的《解放》第 98、99 期合刊登载,题目改为《新民主主义论》。这里依据的是 1991 年收录在《毛泽东选集》中的版本。①

毛泽东在该文中首先提出的问题就是"中国向何处去",他的回答就是"我们要建立一个新中国",这是他对中国的前途进行展望,从而确定一个新的历史发展模式的论述。即中国社会要经历旧民主主义、新民主主义、社会主义的社会进化层级,于是新文学史叙述得到一种新的文学史书写逻辑。具体来说就是梁启超等人进行的资产阶级革命是旧民主主义革命,而"现阶段"的革命是新民主主义革命,我们的目标则是建立中华人民共和国,那时候则是社会主义建设。这样三个阶段的历史叙述,成为后来特别是中华人民共和国成立之后历史叙述的主流模式,文学史叙述也基本上以这样的模式为主,那就是近代文学是旧民主主义文学,现代文学是新民主主义文学,当代文学是社会主义文学,这

---

① 毛泽东:《新民主主义论》,《毛泽东选集(第二卷)》,人民出版社 1991 年版。

三个阶段的社会性质与政治格局是逐层递进，而文学性质乃至文学成就也是逐步提高。

毛泽东在该文重新评判了"五四"文学，并对整个新文学新文化性质进行了新的判断。他认为"五四"运动及文学是无产阶级开始登上历史舞台，是无产阶级领导的。他对"五四"前后两种不同的文学、文化性质进行了区分：在"五四"以前，中国文化战线上的斗争，是资产阶级的新文化和封建阶级的旧文化的斗争。那时的所谓学校、新学、西学，基本上都是资产阶级代表们所需要的自然科学和资产阶级的社会政治学说（说基本上，是说那中间还夹杂了许多中国的封建余毒在内）。在"五四"以后，中国产生了完全崭新的文化生力军，这就是中国共产党人所领导的共产主义的文化思想，即共产主义的宇宙观和社会革命论。毛泽东对鲁迅的文学史、文化史及思想史的地位进行了高度评价。他认为鲁迅，就是这个文化新军的最伟大和最英勇的旗手，鲁迅成了无产阶级文化这一生力军的"民族英雄"。毛泽东还对整个新民主主义文化进行了阐释："所谓新民主主义的文化，就是人民大众反帝反封建的文化；在今日，就是抗日统一战线的文化。这种文化，只能由无产阶级的文化思想即共产主义思想去领导，任何别的阶级的文化思想都是不能领导了的。所谓新民主主义的文化，一句话，就是无产阶级领导的人民大众的反帝反封建的文化。"这样整个新文学史就是无产阶级领导的文学史了，这样的文学史性质与之前是不同的。

毛泽东在该文还确立了各个不同阶级在新旧民主主义中的地位、角色、作用。他认为文化革命是在观念形态上反映政治革命和经济革命，并为它们服务的。在中国，文化革命和政治革命同样，有一个统一战线。这种文化革命的统一战线，二十年来，可以分为四个时期。第一个时期是1919年到1921年的两年，第二个时期是1921年到1927年的六年，第三个时期是1927年到1937年的十年，第四个时期是1937年到"现在"的三年。在这四个不同时期中，不同阶级所代表的政治势力在不同政治运动中的表现，所发挥的作用，所代表的情绪，都将通过一定的文学形式表现出来，这既是毛泽东在这篇文章中所要论述的文学文化发展史，也被后来文学史所借鉴。例如毛泽东认为"'五四'运动，在其开始，是共产主义的知识分子、革命的小资产阶级知识分子和资产阶级知识分子（他们是当时运动中的右翼）三部分人的统一战线的革命运动。它的弱点，就在只限于知识分子，没有工人农民参加。但发展到六三运动时，就不但是知识分子，而且有广大的无产阶级、小资产阶级和资产阶级参加，成了全国范围的革命运动了。'五四'运动所进行的文化革命则是彻底地反对封建文化的运动，自有中国历史以来，还没有过这样伟大而彻底的文化革命。当时以反对旧道德提倡新道德、反对旧文学提倡新文学为文化革命的两大旗帜，立下了伟大的功劳。这个文化运动，当时还没有可能普及到工农群众中去。它提出了'平民文学'口号，但是当时的所谓'平民'，实际上还只能限于城市小资产阶级和资产阶级的知识分子，即所谓市民阶级的知识分子。'五四'运动是在思想上和干部上准备了1921年中国共产党的成立，又准备了五卅运动和北伐战争。当时的资产阶级知识分子，是'五四'运动的右翼，到了第二个时期，他们中间的大部分就和敌人妥协，站在反动方面了。"这种各个阶级力量强弱的变动及所体现的文学主张在后来中国共产党主导的文学史书写中就成为定论。

2. 陆丹林的《香港的文艺界》发表

1940年2月西安《黄河》创刊号发表了陆丹林的《香港的文艺界》，文中介绍了上海失陷后众多作家南下中国香港后两年内的中国香港文坛。其描绘了当时大量报纸杂志在中国香港复刊，而文艺团体则有"中华全国文艺界抗敌协会留港会员通讯处""中国文化协进会""中国青年新闻记者学会香港分会""中国教育电影协会香港分会"。并谈及中国香港当时分为外地和本地两派，两派很少来往，以及不同文学类型的作家和报纸杂志审查制度的实施情形。

3月

田夫的《晋冀察边区的文化近态》发表

田夫的《晋冀察边区的文化近态》发表在1940年3月26日的《新中华报》。

该文认为"晋冀察边区是一个模范的抗日根据地"，"配合着边区军事政治的发展的是边区的文化。它正是欣欣向荣地向着新的方向迈进中"。作者依次列举了边区出版的报纸、杂志、文化队及社团。边区出版的报纸，大大小小，铅印、油印、石印，总计不下二十多种，有《抗敌报》《救国报》《战斗报》《边政导报》《民族革命室》《抗敌三日刊》《工作通讯》《部队生活》《火线》等。巨型的杂志，有《新长城》《群众杂志》《边区文化》，还有《论文选集》《抗敌周报》。边区有数的几个剧团组织是乡村工作队（西战团）、抗敌剧社、冲锋剧社、火线剧社、七月剧社、前线剧社、民众剧团。"边区戏剧协会是由剧运工作人员组织而成，是领导与推动剧运的轴心。"军区成立两周年纪念时曾举行联合公演，戏剧《我们的乡村》《顽固分子的出路》是新创作的剧本，冲锋剧社的《救国公粮舞》《游击队舞》动作灵活，政治意义明显。诗歌运动则有街头文艺，壁上的短诗，诗歌小册子有《战地》《诗歌选》。此外，作者还介绍了美术、摄影轮回展览会、边区冬学运动等。

4 月

1. 洛甫的《抗战以来中华民族的新文化运动与今后任务》发表

洛甫即张闻天，其所撰《抗战以来中华民族的新文化运动与今后任务》发表在 1940 年 4 月 10 日《解放》第 103 期。该文系作者 1940 年 1 月 5 日在陕甘宁边区文化界救亡协会第一次代表大会上的报告大纲。该文共有十五节。

第一节《日寇灭亡中国的奴化活动与奴化政策》介绍了日本侵华的政治目的和奴化活动及政策。第二节为《抗战以来中华民族的新文化运动及其中心任务》，介绍了抗战以来中华民族的新文化运动的目的，"是要在文化上、思想意识上动员全国人民为"抗战建国"而奋斗，建立独立、自由、幸福的新中国，建立中华民族的新文化，以最后巩固新中国"。抗战开始后中华民族的新文化运动的开展表现在："抗日文化统一战线的成功及各种文化团体的建立"；"各党、各派、各阶级、各阶层文化人与青年知识分子的共同努力与牺牲奋斗"；"文化的走向前线，走向乡村，及文化同大众的结合；文化中有许多建设与创造"。接着张闻天按照抗战的第一阶段和相持阶段说明了新文化的不同表现。第三节强调"中华民族新文化的内容与性质"，在于它是"民族的""民主的""科学的""大众的"，这四个要求是有机的联系着的，因此它基本上是民主主义的。以马克思列宁主义的科学理论为指导的社会主义文化，在新文化运动中起着最彻底的一翼的作用。新文化今天只在个别因素上（如抗日的因素上）在全国占统治地位，但整个说来，它的力量还很薄弱，一切反对"抗战建国"的力量，正在从各方面向它进攻。但正像"抗战建国"是有前途的一样，新文化也是有前途的。第四节《中华民族的新文化与旧文化》指出："旧中国是一个半殖民地半封建的中国，因此在旧文化中占统治地位的文化也是半殖民地半封建的，换句话说，即是买办性的封建主义的文化。"第五节《中华民族的新文化与外国文化》指出："中国文化是世界文化的一部分，也同时受外国文化的影响。中华民族的新文化，决不应该闭关自守；相反的，它应该充分的吸收外国文化的优良成果，而成为世界文化中优秀的一部分。"第六节《中华民族新文化与三民主义》指出孙中山的三民主义，"是中华民族新文化的一个组成部分，而且应该在其中占有一个重要的地位"，"但在孙中山三民主义的思想体系内，不但存在着许多内部的矛盾，缺乏严正的科学性"，而且还有着不合于新文化要求的倾向。因此，"孙中山三民主义的政治主张与政治纲领，可以成为各党派、各阶级'抗战建国'统一战线的政治纲领，但他的思想体系，它的理论与方法"，存在着一些的弱点，"所以不能成为新文化运动的总的理论的与方法的基础。而且对于新文化运动的贡献也比较的少"。第七节《中华民族新文化与社会主义》指出："社会主义在民族民主的革命中不但有最彻底的、最革命的政治主张与政治纲领，而且它的思想体系，它的理论与方法，是最彻底的与最科学的。所以不但它的政治主张与政治纲领可以成为'抗战建国'的最好纲领，而且它的理论与方法也可以成为新文化运动的总的理论的与方法的基础。""但是社会主义丝毫也不想垄断新文化运动。相反的，正是它，能够深刻的了解到：建立中华民族新文化是全中国所有文化人与知识分子的共同任务。所以它要同一切愿意为新文化的胜利而斗争的各种派别的文化人与知识分子，进行各种各样的统一战线。它要在这种统一战线中发展新文化，同时也要在这种统一战线中发展它自己。"第八节《关于中华民族新文化与大众化问题》中认为："新文化必须是代表大众的利益、为大众的解放而斗争的武器"；"新文化要完成自己的任务，必须为大众所接受、所把握"。第九节

《关于中华民族新文化的形式问题》中认为："新文化的新内容应该有新形式。新文化的新内容正在创造中，新形式也在创造中"；"新文化可以而且应该利用能够表现新内容的一切中国旧文化的旧形式，但旧形式只有经过相当的改造，才能适当地表现新内容"。

第十节《中华民族新文化的历史发展》是从历史方面来考察中华民族新文化。张闻天将新文化运动的历史分为五个阶段。一、"戊戌政变前后的新文化运动，准备了辛亥革命"。"这是资产阶级所领导的民主主义的新文化运动。结果是，建立了反满清的统一战线，推翻了'满清'，但并未动摇帝国主义与封建势力"。二、"'五四'运动前后的新文化运动，准备了一九二五——二七年大革命"。"结果是，建立了反帝反封建的统一战线，取得了大革命中的许多胜利。但由于民族资产阶级的投降妥协，大革命遭受了失败"。三、大革命失败后的新文化运动（新社会科学运动、社会主义文艺运动等），准备并配合了十年的苏维埃的革命。在这一时期的新文化运动中，革命派与妥协派进行了各方面的思想斗争，结果革命派得到了胜利。马列主义者同托派、社会民主派、新生命派等进行了关于中国社会性质问题的斗争；左翼作家同"民族主义文学""第三种人文学"进行了关于文艺问题的斗争。结果是，建立了工农、小资产阶级的统一战线，在某些地区取得了苏维埃革命的胜利。但全国大部分地区内仍然是半殖民地半封建的统治。在苏维埃地区内，则创造了并发展了新民主主义的新文化的雏形。四、"'九一八'国难后的新文化运动，准备了'七七'的全国抗战"。结果是建立了抗日民族统一战线与"七七"抗战的发动及二年半来抗战的支持。在过去苏维埃区域内新民主主义文化则有了新的发展，并扩大了它在全国的影响。

第十一节是《中华民族新文化运动历史发展中的特征及其前途》；第十二节是《中华民族新文化运动当前的具体任务》；第十三节是《关于抗日文化统一战线，其特点与工作》；第十四节是《中国新文化运动的基本队伍——广大的青年知识分子（包括广大的青年学生）》；第十五节是《全力为争取抗战建国的彻底胜利而斗争》。

张闻天的这篇报告阐述了中国新文化的性质、特征、内容、形式等，其在新文学史写作上有借鉴意义的是其对中国新文化运动的历史分期。从分期来看，其从戊戌变法开始谈起，也是从阶级斗争和经济基础的角度来论述的，所以每个时段的领导阶级是谁，参与力量有哪些都得到细致分析，而每次新文化运动都是为下一次革命运动积蓄力量，将政治与文学文化的关联勾连得十分紧密。但是其对"五四"运动领导阶级的认定是与毛泽东不一样的，这更可见毛泽东《新民主主义论》的创新所在。而该文的新颖之处在于，描述了苏维埃政权的建立在整个中国新文化运动中的地位与意义，从而使得整个中国新文化运动发展变迁的方向、性质有了不同的论述，而这在之前是没有论及的。

5 月

1. 陈易园的《中国民族文学讲话》出版

陈易园即陈遵统，他所著的《中国民族文学讲话》于 1940 年 5 月在福州中国文化建设协会福建省分会出版。后来该书又以陈遵统之名在 1943 由建国出版社出版。

该书以民族文学为主题撰写文学史，辑录古今具有民族抗争精神、彰显民族气节的文章进行评述，鼓励国人斗志，增强民族自信心，以配合当时正在进行的抗战。陈仪为之题词"寻坠绪之茫茫，独旁搜而远绍"的用意或许就在于此。该书收录文章共三百五十三篇，略古详今、略和平之时详战乱之时，有着与当时中国现实相比照的寓意在其中。

该书每章都选用相当数量的作品予以讲述。其中第一章选录了十七篇，第二章选录了十六篇，第三章选录了二百五十篇，第四章选录了四十三篇，第五章选录了二十七篇。前四章选录的都是中国古代文学，而第五章选录的是：孙文的《祭明太祖文》《祭黄花岗七十二烈士文》《太平天国战史序》《吊刘道一》；章炳麟的《革命军序》；邹容的《革命军自序》《革命歌》；吴樾的《与妻诀别书》；陆皓东的《就义供词》；徐锡麟的《安庆起义布告》；秋瑾的《感时二首》《黄海舟中感怀二首》；林觉民的《与父老书》；方声洞的《赴义前别父书》；李晚的《赴义前别兄书》；吴禄贞的《戍边楼落成登临有感》；黎元洪的《致满政府书》；黄兴的《在楚同舰适生辰有感》；胡汉民的《游明十三陵》《抵海参崴途中遇大风二首》；宋教仁的《出亡道中口占》《哭铸三尽节黄岗》；蔡锷的《军次偶作二首》（选一）；廖仲恺的《禁锢中闻变有感四首》（选一）；谭廷闿的《哭子武四首》；蒋中正的《为新生活运动周年纪念告全国同胞文》《告全国国民书》。这些选篇以中国国民党领袖、要员及烈士的文章为主，文体新旧不限，主要是以缅怀烈士、鼓励后进、砥砺士气、张扬气节为主，显示了编著者激励民众抗战以迎来民族新生的愿望。该书 1943 年再版之时还附有《民族文学之研究方法》，可见其已被视为民族主义文学观的代表之作。

2. 赵大同的《现代中国文学运动的回顾与前瞻》发表

赵大同的《现代中国文学运动的回顾与前瞻》发表在《新东方》杂志 1940 年 5 月第一卷第五期。该文分为五部分。

《绪论》中论述了文学的重要性，以解释作者为什么要撰写该文。《清代文人对现代文学运动有何影响?》阐释了戊戌政变的政客们康南海、梁启超、谭嗣同、夏曾佑、黄遵宪等如何推动了晚清的文学维新，从而为"五四"文学革命提供了铺垫。《"五四"前后的文学运动》中介绍了胡适、陈独秀倡导的文学革命运动，以及代表作家作品。作者认为这些作家都没有"种下真实的根基"，"他们是变来变去，始终变不出浪漫主义的圈套"，所以这一世是"浪漫主义的猖狂期"。鲁迅是这一时期的领袖人物，赵大同将他的文学活动分为三个时期："呐喊时代""彷徨时代""消沉时代"。《由"新文艺运动"到"国防文学"》中他认为这一时期的文学"给染上了粉红色的毒素"，"这在现代中国文学运动史上，是一个致命的打击，是路线的错误"；"同时是中华民族斗史上的一大浩劫"。这里他激烈地抨击了革命文学运动的理论、翻译、创作，对蒋光慈、戴平万、华汉、冯乃超、龚冰庐、洪灵菲、钱杏邨、胡也频、柔石等进行了批判。后来左联的活动以及"中国文艺家协会"的成立以及"国防文学"的口号的倡议，都被赵大同视为受到第三国际操纵的举措，"对于中华民族的生存却是一罪大恶极的危害者!"

《现阶段的文学运动》中作者诬陷"七七"事件后，舶来的自由主义文学以及猖狂的普罗列塔利亚文学，都完全溃散了，一时整个文坛乃陷于沉寂"。但他认为这种沉寂不是死亡，而是在"酝酿一个新的生命，而此新生命的诞生，要以天津庸报于民国二十九年一月所召开的文艺座谈会为主流,此会中讨论的问题有'新文艺建设''中国文艺复兴'两个题目……这一会惊醒了无数昏睡的人,指出了过去文学运动的错误"。接着,他描述了这一运动之后文艺期刊的众多诞生,如"在上海的有南星,西风等,在华北的有中国文艺,学文,艺术与生活等",这些文艺"扫尽了过去那般的轻狂态度,这确是一良好情形,总之,这是新生命的开始"。接着他提出应如何实现"文艺复兴",而最重要的是实行"建设文学"。

可见,赵大同是一文化汉奸。因为1940年创办的《新东方》杂志是汪伪政权在南京的刊物,创刊号上有汪精卫、周佛海等汉奸的题词及图像,其主要为汪伪政权发声辩护。天津的《庸报》在20世纪20年代是中国华北地区有影响的大型日报,是当时天津仅次于《大公报》《益世报》的第3大报,发行近2万份。但1931年"九一八"事变后至1935年,日方步步紧逼平津。于是《庸报》全部盘售给日本在津的特务机关。1937年后天津沦陷,《庸报》为日本同盟通讯社接管,建立以日本人为主体的领导机构,对内宣布《庸报》为"北支派遣军机关报"。而其所召开的文艺座谈会实际上是文化殖民的重要步骤,但是赵大同却为之摇旗呐喊,其对鲁迅的"消沉时代"的命名,对左翼文学运动的污蔑,对抗战之后文学运动的沉寂等的描述都不符合历史事迹,用心险恶。

6月

1. 萧乾的《战时中国文艺》发表

萧乾的《战时中国文艺》发表在1940年6月15—16日重庆《大公报》上,该文由尹干翻译。1939年10月,萧乾抵伦敦,任伦敦大学东方学院讲师,兼《大公报》驻英特派记者,报道战时英伦状况。除了教书之外,他还积极参加伦敦笔会和国际笔会伦敦分会组织的活动,1940年4月他就中国现代文学发表《战时中国文艺》的演讲。

萧乾首先是从笔会会员老同胞时任中国驻美大使胡适博士谈起。介绍了他与友人发动的文学革命,他认为:"当代中国文艺的头十年,主要的是一种语言解放,目的在利用白话的体裁使文艺更加民主。动机本是教育的,而非艺术的。"其次的十年萧乾认为是"一个革命文学运动，本质上是一个意识正确的论争。提出了许多问题，但似乎并不比那古老的内容与形式的问题更切实，无论文艺是否应为内在的价值而存在，抑或用之为完成别的东西——政治的或社会的手段。普罗列塔利亚的作家们要求那更脆弱的灵魂们离开象牙塔，到十字街头一较短长"。他认为在这十年的开始，现代文坛"有了右翼和左翼的不可避免的分裂。左翼作家联盟组织于1930年。永远作为国民生活的一个真实的反映，其时正当中国两政党闹意见之时"。

对于现代中国文学的最特别的一点，萧乾认为是"它与一般社会运动的不可分的关系。逃避主义的文学从未被宽容。如我刚才所说，它作为一种教育改革的开始。其实可说是政治运动的一个副产品，一个意外的孩子。在这一新文学的全部简短的历史中，差不多每个自觉的作家都有所防御或攻击。我们攻击乡绅的重利盘剥、也攻击现代干涉艺术家的愚行。最重要的则是我们攻击我们的心性，满不在乎的性情，聊以自解的心理，以及劣等感的误解等"。他称赞鲁迅的《阿Q正传》"乃是我们中华民族的自我讽刺，大有镜子的作用"。现代文学的缺点在于都是记录的而非建筑的，都是迷人的，报道的。"它的缺点，我们天天都意识到，在于缺少深度，缺少文学的见识。"

萧乾从1931年日本侵略东北开始，说明中国政府及人民在尽最大的忍耐，而日本政府则步步紧逼。在战争爆发不久前，"我们开始接近西方和我们自己的文学遗产"，开始成系统的翻译世界名著，但被日本的大炮飞机所粉碎了。接着萧乾介绍了中国文坛的抵抗运动，成立文抗，作家上前线，王礼锡和丁玲的事迹被他热情赞誉。他提及当时的怪现象："有战争的血淋淋的材料的作家太被他们眼前的活动占据了，而幸而有充分时间听其使用的作家又往往没有同样深邃的智识。他们只能写写小品，坐下来写一部严肃的小说，在那些英勇的作家是不可能的。何况空袭又不允许他们。"接下来他略谈了几件中国战时文艺令人兴奋的事情：一、"最热心的宣传家也承认要人信服一个论点，要人记得一幅图画，必须给予自己的作品一个生动的生命，而且生命无想象决不能生动"；二、"战争将我们的文学恰恰传到内地，兵士、农人，和一般人都成了我们的读者。倘无战争，这大概要费一百年工夫"；三、"和许多人的预料相反，在外国的侵略下中国作家不是变得更加排外，而是变得更加大同"。如对现代科学有了新的估价；
也许悲剧天天发生，竟然没有悲剧作家；中国人对日本人的感情反映
在文学上，则是怜悯而非憎恨；四、"战争使讽刺文学更不流行"。

萧乾是京派文学的代表，加上其能身处伦敦远离战火，所以其对国
内左右翼之间的矛盾是处于中间立场，而其对中国现代文学的特征和缺
点分析也很到位，这与后来夏志清对现代文学的分析有相同之处。在该
演讲中，其对日本及希特勒的侵略行径进行了揭露和讽刺，并对未来中
国现代文学的成就及抗战的胜利充满了信心。

2. 捷克斯洛伐克雅罗斯拉夫·普实克的《中国新文学》开始连载

雅罗斯拉夫·普实克是捷克斯洛伐克最著名的汉学家，是布拉格汉
学派实际的奠基者。1932 年到 1934 年，普实克到中国游学两年，期间
他结交了很多中国新文学作家，并阅读了他们的作品，他曾书写《中国
新文学》一文。由于战争的原因，这篇文章直到 1940 年才在国民党当
时在柏林的刊物《新中国》第 39、40、41 期上连载。

这篇文章展示了 20 世纪 30 年代前期中国作家和学者的个人特征及
其创作成就。小说家鲁迅、茅盾、郭沫若、郁达夫、巴金、张资平、丁
玲和沈从文，现代诗人徐志摩和冰心，剧作家曹禺，散文家周作人和林
语堂，学者胡适和郑振铎等人的著作都被予以点评。普实克这时就已经
批评中国新文学的创作及批评过于注重文学的外部因素和社会功能，而
对文学自身艺术的创造却很少上心。普实克并不认为文学革命与晚清文
学是断裂的两段，他对晚清文学桐城派、林纾译作和晚清小说家进行了
研究，指出它们之间的连续性。

7 月

1. 郑伯奇的《略谈三年来的抗战文艺》发表

郑伯奇的《略谈三年来的抗战文艺》在 1940 年 7 月的《中苏文
化》"抗战三周年纪念特刊"上发表。

该文描绘了抗战以后，文学文化多元中心的形成，打破了从前集中
一隅的现象。"战前主要的文化中心城市，除掉号称'孤岛'的上海尚
跟抗战发生连系以外，其他如南京、北平、广州、青岛、济南、汉口等

都已不幸而陷落于敌手。新的文化中心在大后方以及后方各地发达起来了。甚至在偏远的边疆，接近火线的前方以及广大的游击区域以内，大大小小的许多新的文化中心正在形成和开展。"他发现"因为抗战军事的进步，在各部队中，文化，特别是文艺工作，也正在迅速地发展。这一切都证明了抗战中文化的进步和文艺的发达"。

作者对中日两国作家参与战争动员的情况进行了比较。"虽然在'七七'事变之前，敌邦文坛上已经有人高唱什么'日本主义'，来配合政治上法西斯的倾向，但这只是极少的少数人，而且都是政治运动文艺运动中的一些落伍分子。大多数的文艺工作者在日本军部的威逼利诱之下才被动员起来的。但是在日本军部刺刀之下跳舞的一些作家，不是文坛上二三流的角色，便是虚荣心极大的投机分子。如小林房雄、上田广、林芙美子、苇野火平都不过是这样的家伙而已。一群富有良心的老作家如幸田露伴（他是日本明治初期成名的老作家），如岛崎藤村，德田秋声和正宗白鸟（他们都是自然主义的大家），如志贺直哉（白桦派最后的大作家），如山本有三（日本人道主义的作家，同时也是日本唯一的剧作者）等，对于军部的动员，一直到现在，还取着沉默的怠工态度。这并不是这些富有文艺良心的作家便不爱国，实在是日本军部和财阀所发动的战争是非正义的侵略战争的缘故。"相对于日本作家的抵制和沉默，"中国的文艺动员完全由于文艺工作者的自己发动，从'九一八''一二八'两个严重的事变以后，中国的文艺工作者便自动地发动起来了。'国防文艺'的口号就是文艺动员的号召。在这个总的口号之下，文学戏剧电影木刻漫画歌曲都开始担负起了'抗日反汉奸'的任务。"这样的对比，显示了中国人民的战争是正义的抵抗侵略的战争，终将获取胜利，也说明"因为在'七七'事变以前，中国文艺工作者的动员已经完成了，所以'七七'事变一开始，中国文艺工作者便能够表现出一种整齐而迅速的动作"。

作者首先介绍的是各个剧团广泛参与的剧运。如《保卫卢沟桥》三幕剧的演出，上海剧团联谊社下属的业余实验剧团、中国旅行剧团、四十年代剧社、光明剧社等和中国剧作者协会发起的戏剧界救亡协会的组织。上海组织了十六支救亡演剧队，还有南京的中国戏剧学会所组织的救亡演剧队和丁玲的西北战地服务团。作者对他们的活动区域、领导人物、参与人员以及演出剧目进行了介绍。他高度赞扬了演剧队的工作"不仅帮助了抗战，并且推进了中国的戏剧运动。由于戏剧的实际参加了宣传和组织民众的工作，这使中国戏剧运动走上了一个新的阶段。从此戏剧不再是少数观众鉴赏的对象而确成了宣传和组织民众的武器。以前仅接受了西洋近代演剧传统的中国戏剧，至此便感觉到不足应付了。新的演出技术和新的写剧方法成了目前戏剧运动的严重课题。同时，非大众化的对白和欧化的表情，也在士兵和民众面前碰了壁。戏剧的中国化比其他艺术更为重要。而接受旧戏剧的优良传统的必要也似乎被一般人认识了。这都是戏剧参加了抗战实际工作以后的成果。"

郑伯奇按照抗战的进程论述了抗战剧本创作态度的几次变化，并评析了相应的剧作。"抗战初，为了宣传的需要，短剧和街头剧产生了不少。内容大概是描写我军民抗战的英勇，暴露敌寇的残暴，揭穿汉奸的丑态和刻画民众在敌寇暴行中所受的痛苦和悲惨。作者的心都被愤怒燃烧着。到了汉口时代，台儿庄、平型关诸役的战捷确定了民族胜利的信念，同时因为演剧队解散和改组，剧作者多集中汉口，写作环境比较部队生活安定一点，于是较长的剧本出现了。史诗式的《台儿庄》《八百壮士》等剧本便是这一时期产生的。而且，这时候，作者不仅歌颂我军的胜利，对抗战中的某些问题，有些人已经感觉到。如《飞将军》《壮丁》等便是含有问题的作品。最近，跟着战局的稳定，作者的态度是更安详了，作者观察是更周密而深刻了……一切有碍抗战的现象，一切抗战中不合理的现象，即使是细微的，也决不能逃出作者的锐利的观察眼。作者对于这些不好的现象渐次取了批判的态度……戏剧作品的内容也变得更复杂更深入而且也更接近现实更接触到了人生的各方面……戏剧的艺术价值也因此更提高了。"他评价老舍的《残雾》、曹禺的《蜕变》、陈白尘的《乱世男女》、阳翰笙的《塞上风云》、老舍和宋之的合著的《国家至上》、叶尼等的独幕剧、宋之的的《自卫队》、章泯的《战斗》、王震之的《流寇队长》、洪深的《包得行》、夏衍的《一年间》等都是优秀的作品。对于苦守"孤岛"的上海剧作家，郑伯奇认为于伶的《女子公寓》《花溅泪》《夜上海》诸作是"值得称道的"。

郑伯奇强调"上海的历史剧的确是很发达的"。他明白历史剧创作的用意，"在上海那样艰苦的环境之下，剧作者只能运用历史上的事实，唤起民众的爱国心，是值得同情而又值得钦佩的事"。他评价魏如晦的《碧血花》彰显了"作者的圆熟而又大众化的作风，应该是成功的最大原因"，他也提到大后方的历史剧也有流行的趋势。"顾一樵的《岳飞》，阳翰笙的《李秀成之死》，是这方面的开路先锋。"他由历史剧联想起在改良中的旧剧，认为田汉、欧阳予倩改良评剧的成绩应予注意。田汉的《江汉渔歌》"就故事的结构和写作的技巧来讲，在旧剧剧本中也可说是空前的"。

接着，郑伯奇谈到了抗战前二三年电影"曾经兴盛过一时"。可是当抗战开始的不久，电影事业呈出了呆滞的现象，"'八一三'的敌寇的炮火，摧毁了上海的无数的民族工业，同时也摧毁了新兴的电影事业。战局扩大以后，上海几家大影片公司先后无形地倒闭了。联华、明星、电通各厂抗战以后都不复存在了。现在上海存在的厂家似乎只有新华一家和香港的一些小公司"。抗战以后，"官方的电影厂却开始活跃起来了。'中央'电影摄影厂和中国电影制片厂摄制了许多贵重的战争纪录影片"。他认为《八百壮士》和《好丈夫》"都是富有艺术性的抗战影片"。

歌曲始终跟电影和戏剧保持着密切的关系，郑伯奇也予以重视。"已故聂耳所做的《义勇军进行曲》，如周钢鸣的《最后关头》等歌曲都真正是中华民族'再也不能忍受'而'被迫发出了最后的呼声'。""在抗战中，文艺中的任何一个部门都不能赶上歌曲所发生的影响那么普遍。"他提及的歌曲作者有已故的黄自、聂耳、张曙，还在活动的作曲者吕骥、贺绿汀、冼星海、刘雪厂、沙梅、周巍峙、盛家伦、麦新、任光等，制词则有田汉、施谊、安娥、塞克等。

新诗是在抗战中进步了，新诗的运动是在抗战中统一了，大家都"为了祖国的独立自由而歌唱"。郑伯奇举出艾青的《他死在第二次》、臧克家的《淮上吟》，以及穆木天、杨骚、袁勃、方殷、碧野、田间、覃子豪、戴望舒、雷石榆、柳倩、厂民等诗人。"朗诵诗和讽刺诗都是抗战前后发生的。"高兰、光未然、臧云远等是致力于朗诵诗的诗人。讽刺诗人任钧"是想用辛辣的笔致剔发出抗战中的丑恶面的，可是他所接触到的范围似乎还不够"。

郑伯奇注意到："在抗战以前，小说差不多占着支配的地位。'九一八'以后的新作家大都是小说家。抗战开始以来，小说比较戏剧诗歌却未免稍有逊色。最近小说家渐渐活动起来了。""有很多的小说家也跑到了战区，可是所写的只是报告性质的东西。他认为抗战初期成功的小说有张天翼的《华威先生》"，但"抗战以来长篇小说很少。最近，端木蕻良的《大江》、齐同的《新生代》、姚雪垠的《春暖花开时候》，相继发表；而萧红、欧阳山、黑丁等均从事长篇创作；这种现象怕就是小说复兴的预兆罢"。

郑伯奇认为"报告是一种崭新的文学体裁，抗战前已经开始流行，抗战以后，更显著地发达起来了"。他认为目前报告文学的缺点："第一，就是缺乏艺术性"；"其次是缺乏有系统的长篇写作"。"不过卞之琳，何其芳，沙汀等所描写的北战场的生活，的确是艺术芳香很强烈的优秀作品。这的确是抗战后最成功的报告文学"。

郑伯奇的这篇文章由一般倾向谈到部门的趋势，由戏剧谈到报告文学，评判了各种文体在抗战中获取的成果，勾勒了抗战文艺的大概轮廓，显示了其对抗战文艺的全面了解。该文洋溢着乐观积极的心情，表明了他对抗战必胜的信心，这是与沦陷区文学史家的最大不同。

2. 罗荪的《抗战三年来的创作活动》发表

罗荪的《抗战三年来的创作活动》发表在 1940 年 7 月的《中苏文化》"抗战三周年纪念特刊"上。

罗荪首先对中国抗战及抗战文学的任务予以了说明。他认为在抗战中，中国作家担负起"为民族解放的抗日战争而战斗"的任务。在这一战斗中间，"民族解放与民主革命便成为不可切离的战斗目标。因此，民族解放的抗日战争则必然地包含了两个项目：反帝反封建"。作者分析了抗战初期的文学创作活动及文学作品所具有的特征。"第一，由于改变着生活习惯的战争，以快速的步度，唤起着人们的集中的注意力。因之，大部分作家的笔的主要倾向便着眼于表面英勇壮烈的场面上；自然，附带的一个理由，便是由于几年来的积闷，一下子都要发泄在这令人鼓舞兴奋的抗战的壮烈故事上了。""第二，由于作家急于达成一个政治宣传的任务，来不及把这些战斗的生活现象加以熟悉，加以整理，加以构造。于是过分的把战场上的表面现象——英勇壮烈的故事加以

'复写'。"初期的文学作品"多半是属于小型的作品,类如短小的速写和报告",主要表现着:"一、作家对于刚刚接触的新的生活的最初的印象,比如写难民收容所,写战场,写走向内地对于陌生的旅行一些新的印象,写伤兵,等等。这之间有着一个相似的特征,就是热情,陌生,新鲜和兴奋。""二、由于一面要快速而强烈地执行着政治宣传的任务,一面在工作紧张的场合上写下自己所看见的现象,因之许多作品往往成为一件未加工的艺术品,一个个伟大的故事的轮廓或大纲。"

在总体介绍了中国抗战的性质及抗战文学的目标、特征后,罗荪开始按照各文体来书写抗战文学的成绩及缺陷。

他对报告文学的功能、兴盛原因进行了分析,并按照抗战进程介绍作家作品——有 S·M 的《从攻击到防御》、骆宾基的《东战场别动队》、东平的《第七连》、姚雪垠的《战地书简》、碧野的《北方的原野》、刘白羽的《游击中间》、立波的《晋冀察地区印象记》等,"反映在这里面的,大半是抗战第一阶段中初期的战斗映象"。这些报告文学"还遗留着一些缺陷":"有一些报告文学中,只尽了新闻报道的一面,而缺少了形象化的一面";"在某些心理上把报告看作小型的文学作品,看作是准备材料,训练笔法的'文艺初步'"。

作者分析了小说创作现状、薄弱原因及具体类型。小说创作在抗战的初期比较薄弱,其原因有二:其一便是小说家"对于这新来的生活感觉到陌生",需要时间对所写题材"深思熟虑""再三感觉";其二,"作家在初期过分地着重了英勇壮烈的事件,而忽略了在这英勇壮烈的事件中的人——典型"。三年来的抗战小说有三类:一、描写"'抗战建国'的英勇人物",如东平的《一个连长的战斗遭遇》、奚如的《萧连长》、雷加的《一支三八式》、姚雪垠的《差半车麦秸》、碧野的《在获鹿》等。二、展现"争取落后分子到抗战的阵营来",如艾芜的《受难者》《秋收》、荃麟的《英雄》、莎寨的《荞麦田里》、野蕻的《新垦地》、刘白羽的《播种篇》、周而复的《开荒篇》。这种类型中有美化事实,表现作者幻想的,如荆有麟的《第十三号分厂》《火焰的一天》及《我们在继续工作》等;也有通过文艺作品展现西部部分真实的,如徐盈的《黑货》《汉夷之间》《向西部》等。三、歌颂"断然消灭那些至死不悟的恶势力",如黄钢的《开麦拉之前的汪精卫》、黄药眠的《陈国瑞先生的一群》、老舍的《残雾》、张天翼的《华威先生》、周文的《救亡者》、陶雄的《伥》、张天翼的《新生》、黑丁的《痈》、台静农的《电报》等。

最后，作者对三年来的长篇小说创作进行了点评。“最近一年”来，“文艺协会的十万字小说的征求，已有了二十部左右的应征者”。“已经付印的”有了欧阳山的《战果》、碧野的《南怀花》、姚雪垠的《春暖花开时候》、奚如的《第一阶段》等，“已经出版的有了齐同的《新生代》”，“它可以说是抗战的一个楔子，是作为抗日运动的先锋队的一二九运动的一个横断面”。

罗荪的这篇文章对抗战时期的小说创作予以了细致分析，补充了之前在《抗战文艺运动鸟瞰》中所没有论述的部分。将他的这两篇文章结合在一起学习的话，就会对抗战文艺运动有非常全面的了解。

3. 胡风的《民族战争与我们》发表

胡风的《民族战争与我们——略论三年来文艺运动底情势》发表在1940年7月7日的《中苏文化》“抗战三周年纪念特刊”上。

胡风认为在战争之前，“焦躁着的作家并不能走进群众，他底战斗意志并不能和客观生活结合，并不能作为使客观生活发酵的母素”。当战争来了，文艺如何处置自己包含了两个问题：“一个是，作家应该怎样地参加生活，参加战争；另一个是，文艺应该有怎样的工作日程，为自己开拓什么道路”。抗战三年来文艺运动的所得在于：“第一，文艺活动开始了比战前更广泛地更深切地和现实生活即民众的结合”；“第二，既成作家走进了再教育自己的，一般地说是深刻的过程”；“第三，新的作家陆续地出现，成长了，但更重要的现实里面广泛地存在着产生新作家的，可能的基础”；“第四，战争底这种推动文艺的伟力。教育了作家，也就团结了作家”。由此可以得出结论：“现实主义取得了能够发展能够胜利的，绝对有利的基础”。

从胡风的文章中可见其“主观战斗精神”的文学观念，其在抗战中仍然重视的是作家精神的修炼。

4. 老舍的《三年来的文艺运动》发表

老舍的《三年来的文艺运动》发表在 1940 年 7 月 7 日的重庆《大公报》《"七七"纪念特刊》。

文章认为"三年来的文艺是该用红字标出来的'抗战文艺',在全部中华历史上,甚至世界史中,还没有与它相同的运动"。这是由"时代的伟大""战争的性质""新文艺的传统""社会的需要"决定的。抗战文艺"有她自己的面貌,与旧有的脸谱全不相同,"她是"清醒的""乐观的""直接的""行动的"。文章最后从"人事方面""文艺方面"总结了抗战文艺中的问题与不足。"由人事的这两方面——团体的、个人的——我们看出三年来的文艺运动中的人的问题是:一、团体的——怎样扩大文协的影响与怎样加强团结;二、个人的——怎样锻炼自己和怎样把文艺工作由个人的变为有组织的。""三年来所有的文艺问题始终是一个:怎样使文艺在抗战上更有力量。这问题里所包含的一切差不多都是实际的,因为抗战文艺,像前边所提到过的,是直接的——歌须能唱,戏须能演,小说须使大家看懂,诗须能看能朗诵。抗战文艺不是要藏之高阁,以待知音,而是墨一干即须拿到读者面前去。"因为问题是实际的,所以由一开头直到今天横在面前的老是那两座无情的石山:"看不懂"是一座,另一座是"宣传性"。"三年来所有文艺作品与文艺讨论都是要冲过这两重山去。不冲过去即无力量可言,因为读众的读书能力的低弱,与抗战宣传的急迫,是谁也不能否认的。"

老舍主要重视的还是宣传性,以及文艺队伍的团结问题。

5. 冯延的《南海的一角》发表

冯延于 1940 年 7 月 16 日在中国香港《文艺阵地》第五卷第一期发表了《南海的一角》。该文书写了抗战之后南下中国香港作家在中国香港创办的杂志和所从事的文艺活动,中华全国文艺界抗敌协会香港分会的成立经过、组织系统、主要成员、主要杂志及所开展的斗争等。

10 月

1.《中国新文学大系导论集》由上海良友复兴图书印刷公司出版

《中国新文学大系导论集》由上海良友复兴图书印刷公司出版。本书集《中国新文学大系（1917—1927）》十册中所载各篇导言而成，内计总序一篇，导言九篇，是第一个十年间中国新文学各部门综合的研究。其作者分别是蔡元培、胡适、郑振铎、茅盾、郑伯奇、鲁迅、周作人、郁达夫、洪深、朱自清。

2. 田汉等人的《从三年来的文艺作品看抗战胜利的前途》发表

田汉等人的《从三年来的文艺作品看抗战胜利的前途》发表在1940年10月10日《新蜀报》副刊《蜀道》第252期。1940年10月8日晚，《新蜀报》副刊《蜀道》举行座谈会，座谈会的题目是"从三年来的文艺作品看抗战胜利的前途"。出席者有田汉、黄芝冈、潘子农、沙雁、侍桁、陈晓南、陆晶清、戈宝权、罗荪、沙汀、陈纪滢、葛一虹、叶以群、华林、宋之的、沈西苓、金满城、周钦岳、萨空了、张志渊、张骏、姚篷子。主席是姚篷子。最后姚篷子总结了大家形成的一致意见：

大家都一致认为，在时间上，在武汉会战以前所写的可以称为抗战初期的作品，从武汉会战以至现在的作品是属于第二期。在抗战初期，作家都抱着一种天真的兴奋的情绪，歌唱胜利，憧憬光明，表现在作品中多半为英雄，和英雄的战斗故事。但是，跟着抗战跨入第二期，最初迎接神圣的抗日战争的浪漫的热情开始衰减，转入一种理性的持久战斗。正唯因为理性开始萌芽，方逐渐看清了抗战的胜利决不会廉价地获得的。所以，在初期抗战文艺中所表现的那种一味主观地、天真地歌颂胜利歌颂光明的倾向有了一个转变，而是批判地来描写光明、描写胜利，同时也暴露黑暗、讽刺腐败，扩大了作家的写作范围。但暴露黑暗是为了消灭黑暗，讽刺腐败是为了医治腐败，作家的根本观念依然是乐观的，积极的，作家的渴望光明，追求胜利的态度，和初期并没有改变。而且，实际上，正面描写光明、描写胜利的作品今天还是占据多数，这是因为抗日战争本身一天比一天更接近光明、更接近胜利的缘故。所以今天横在作家前面的问题不是应该描写光明或描写黑暗的争辩，而是如何更深入地去观察现实，把握现实，如何从光明和黑暗的交织中去正确的理解光明，理解黑暗。座谈会认为，已经有一些作家开始从热情的歌唱跨到理性的观察，这实在是一个不小的进步。

最后田汉补充了一点："就是三年来我们的文艺作家一面扩大了写作的范围——如老舍就是一个；一面更加专门化——如写游击战的故事，最初士兵同志看了觉得好笑，后来回头向士兵学习，就慢慢写得逼真了。又如近来有人提倡空军文学，专门描写空军，海军方面前几天也有人提议，是抗战三年来在文艺上的好现象。"

3. 晋东南文化界第二次代表大会上的报告《抗战三年来的晋东南文化运动》完成

1940 年 10 月，晋东南文化界第二次代表大会上《抗战三年来的晋东南文化运动》报告完成。据 1940 年 11 月 23 日《新华日报》（华北版）报道："晋东南文化教育救国总会于（1940 年）10 月 19 日鲁迅先生逝世纪念日召开第二次代表大会……第二日，因战争关系，原定报告晋东南文化教育工作总结，未能进行。"该报告共有三部分。

《敌后文化的初期动向》介绍了敌后文化的五个形态，分别是"农村的""战争动员的""统一战线的""面对敌人的奴化宣传作用博战的""走向新民主主义的道路的"。

《晋东南文化的发展特征与文总的建立》中将晋东南文化分为两个方面进行介绍：《甲　发展的两个阶段》依次介绍了第一阶段的特征——"抗战开始以后至 1939 年元旦拥蒋大会"："一、在战争中开展了文化工作，突破短视者'战争中没有文化'的谬说"；"二、在战争的文化，乃一矫过去农村文化的简陋（单纯学校教育部门），全面的、各部门的进行着（社会教育，文学、艺术），我们是主动的创造，并非敌攻我防"；"三、游击战争时期，文化自然也是游击的、不正规无系统的建设"。第二阶段的特征——"1939 年元旦拥蒋大会以至现在"："一、敌势减弱，我创造了根据地"；"二、此项工作，开始不久，规模尚未完全建立。但我们有深厚的根据与条件，有信心可达成功"；"三、学术研究之开始提倡"。

《乙　文总的成立及其工作方针》分别介绍了"文总"的建立和并诠释了"文总"工作方针："一、促成文化统一战线使本区文化人、知识分子团结起来，群策群力，以特殊武器贡献抗战"；"二、推动组织各文化团体，各级文化组织，以组织力量进行推动工作"；"三、对敌伪进行有计划有领导之宣传战"；"四、发展深入的大众文化运动，提高大众文化政治水平，推进识字运动，提倡义务教育，辅助政府实施文化教育政策"；"五、提倡理论研究"；"六、沟通敌后方与我后方之文化工作"。

《三年余我们的具体工作、收获与缺点》分别介绍了教育、文学美术、戏剧运动、新闻出版事业、文化统一战线的扩大等方面开展的具体工作，最后归纳"收获与缺点"。这里我们只注意其与文学艺术方面的工作，有："一、抗战初期，文学的力量多为人忽视……直到九路围攻以后，外来的，以及地方的文艺爱好者，才能用这种特殊的武器来战斗。二年以来，有了相当的成绩，可是创作量依然不大"；二，在文艺刊物方面，最初出版有《文化哨》《随校文艺》《文艺轻骑》，新华日报副刊《新地》《新华文艺》黄河日报副刊《燎原》《山地》、八路军总部的《战斗文艺》。文总成立后，有创作"晋东南之一日"及小丛书十种以上，各县地方报纸辟有文艺栏；"三、这些作品、在内容方面，都是现实的，抗战的，在形式上曾利用了旧形式与地方形式"；四、在文学上表现的缺点是：没有一个大型的文艺杂志，没有普遍发动文艺青年写作，没有工农通讯及通讯员之组织，大众化形式问题尚无深入的尝试。

戏剧运动有：一、戏剧运动开始，剧团的数量多而普遍，就某两个区的统计，就有二百多个，最早出现的有八路军火星剧团，接着为太行山剧团，但当时的剧团技术都很落后，组织不健全，剧本多抄袭，本身无创作。二、1939年2月，中华戏剧协会太行山分会成立，本区剧运达到了最高峰，技术上已相当提高，并开始尝试利用旧形式与地方形式，曾得到相当的成功。三、冀西太北有将近二百个左右的剧团，包括将近三千的演员。四、戏剧已和群众的生活发生了密切的关系，而不是单纯的宣传工具了。五、还存在着相当大的缺点：发展不平衡，不普遍；剧团组织不够健全；剧本公式化，艺术水准还过于低。

文化统一战线的扩大方面有：一、"文化军大体能在一致的目标下团结合作，文总曾付以相当的努力"。二、"建立了文协、剧协、青记、教联、中苏文化协会晋东南分会，而在这些团体之上，以文化界救国总会为联合领导机关"。三、"组织在本区成分相当复杂的文化人参加文化工作,推动各地的文化教育工作"。四、"对文化人与文化统一战线的特点认识不够,对进行工作的方式不灵活,存在一些这些缺点:思想上没有友谊的共鸣";"知识分子被轻视,甚至由于错误的工作方式,引起文化人知识分子畏惧或逃亡"。

最后,报告总结了"收获与缺点"。

该文为我们了解解放区的文化组织和文化工作有很大帮助,说明中国共产党在这方面已经非常具有组织性和系统性。其也客观指出,对于知识分子的工作方式还需要改进。

11 月

1. 萧天的《香港文艺纵横谈》发表

萧天于 1940 年 11 月在永安《现代文艺》第二卷第二期发表《香港文艺纵横谈》。其间叙说了至上海战事后南下中国香港的作家将当地的文艺推向发展,重在介绍中华全国文艺界抗敌协会香港分会的成立及内部工作,人事纠纷与人浮于事的工作现象,并列举了重要的文学期刊所开展的具体活动。

本年

周扬完成《新文学运动史讲义提纲》

1939 年 8 月,延安鲁迅艺术文学院开学,增设了文学系,设立了《中国文艺运动史》课程。从 1939 到 1940 年,由周扬讲授此课,他因此编写了《新文学运动史讲义提纲》,这只是讲课用的提纲并不曾发表。"文化大革命"中其被作为"黑材料"存入周扬的档案中。周扬得到平反之后,这份文献才被"发掘"整理出来,发表于 1986 年《文学评论》第 1、2 期。[1] 1939 年周扬在鲁艺开始讲授这门课时,毛泽东的《新民主主义论》还没有正式发表,但是毛泽东曾将草稿交给周扬看过,请他提意见,所以该讲稿中很多地方受到了毛泽东《新民主主义论》的影响,但其仍能反映周扬"本人的作为文学批评家的风格、批

---

[1] 周扬:《新文学运动史讲义提纲》,《文学评论》1986 年第 1 期。周扬:《新文学运动史讲义提纲》(续),《文学评论》1986 年第 2 期。

评观念和批评方法"。①

周扬的《新文学运动史讲义提纲》很多地方受到毛泽东的《新民主主义论》的影响,例如其对新文学的性质、新文学史分期,对新、旧民主主义革命的评价等方面即是。周扬的文学史分期与《新民主主义论》相同之处较多,他将毛泽东的政治经济的历史分期转化为文学史分期有着创新。他的文学史是从甲午之战开始书写,第一章《新文学运动之历史的准备(一八九四——一九一九)》的主要内容,重在叙述旧民主主义的新文化运动。他认为"五四以后,即新民主主义的新文化发生以后,新文学运动作为新文化运动的一翼,在其历史的发展中,又可分为四个时期。一九一九到一九二一,即'五四'运动到共产党成立,是新文学运动形成的时期"。周扬讲义的第二章就是《新文学运动的形成(一九一九——一九二一)》。周扬还认为:"一九二一到一九二七,即从共产党成立经'五卅'运动到北伐战争,是新文学运动内部分化的酝酿,革命文学的兴起的时期;一九二七到一九三六,即新的革命时期,是新文学运动内部分化过程完成,革命文学成为主流的时期;一九三六年到现在,即抗日战争时期,是新文学运动之力量的重新结合,文学上新民主主义提出的时期。"可见该文学史的整体规划应该是五个章节,但是周扬这份讲稿最终刊登出来的是已完成的《引言》、第一章、第二章,而"第三章只写成一部分"就没有刊登。从他已经说明的分期理由及各时间段的主要内容,以及已经刊登的这两章来看,周扬重视的是重大政治事件对文学运动的影响。而且其文学史内容应该是反映无产阶级先锋队领导着中国的革命运动不断发展,革命文学也随之发生发展逐渐壮大。他特别强调1919年"五四"运动的重要性,这与之前新文学史或者强调1917、1915或者1911这三个年头不一样,之前的时间节点是为了凸显新文学运动本身的开始或辛亥革命爆发,而这里是为了强调"五四"运动是无产阶级开始登上历史舞台。

该文的第一章《新文学运动之历史的准备(一八九四——一九一九)》从政治、经济、思想及文学的角度论及新文学发生之前的情态,为文学革命寻找原因,吸纳了之前唯物史观的学者们注意从经济基础、

---

① 周扬:《新文学运动史讲义提纲·编者按》,《文学评论》1986年第1期。

阶级斗争出发的理念，但也有着自己的见解。例如其对维新派们的思想、文学上的矛盾就解释得很到位，也彰显了维新派在当时勇往直前的英雄气概。从第一章的整个叙事逻辑来看，周扬是从维新派领导者自身的弱点和缺陷来谈他们不能完成历史所赋予的重任，例如他们不能彻底地反封建、没有无产阶级领导、不能最大限度的接近民众获取他们的支持等。这样的解释更加辩证，也更能完整多角度的解释维新运动的失败，而之后的文学革命与革命文学正是在他们的缺点上有所改进及加强，所以最终取得了胜利。这就力图从一个新的角度为"五四"运动爆发提供合法性。

周扬重新排列了新文学运动中经典人物的座次序列及历史作用。新文学运动的具体发生成为次要的东西，而鲁迅的呼声和李大钊引进共产主义成为文学史最重要的事件。他将鲁迅书写为新文化运动的预言者、先知者，以及时代的敏感者，他在众人都还沉迷旧思想之时就已经感受到新鲜的学术空气并呼吁众人去拥抱它。周扬用社会主义现实主义的标准来评价鲁迅的现实主义，这样鲁迅自始至终就具有社会主义现实主义的思想，最后成为具有共产主义意识的思想家和文学家了。周扬对李大钊的评价很高，这之前其很少在新文学史中出现。这可以看出周扬的这部讲义的目的之一，在于书写中国共产党所领导的新民主主义运动及其新文学运动的发生发展。在周扬笔下，陈独秀和胡适有功绩，但成了有缺陷的人物。周扬是以《新民主主义论》中的观点为标准来评判这二人的思想见解和政治主张，甚至对陈独秀进行了严厉批评，这是由陈独秀此时与党的关系所决定的。而对于他们在文学革命时期的文学创作和现实主义主张，他认为是不够优秀的。周扬也没有强调周作人首次提出"人的文学"这一内容主张的文学史意义，而是从理论上讨论人的解放所具有的意义。

1941 年

1 月

1. 于伶的《一年来的上海话剧运动》发表

于伶的《一年来的上海话剧运动》发表于 1941 年 1 月 1 日的《中美周刊》第 2 卷第 15 期。

在《一年并不容易》中，作者形象化地称 1940 年孤岛上海戏剧是在"螺蛳壳里做道场"，"干得多，说得少。想得多，谈得少。苦闷多，欢愉少"，是"近两年"来上海剧运的特点，而以 1940 年尤甚。《三百六十五天的演出》介绍了上海剧艺社、中国旅行剧社、绿宝剧场、新艺、大钟、征雁等剧团的演剧活动，还有评剧、儿童剧的演出等。《理论及其他》中介绍了"喜剧磨炼"和"难剧运动"的争论，方言剧的讨论，剧本《女人》的讨论、《剧场艺术》《剧场新闻》《小剧场》等杂志的创办。《前展与期望》则是希望 1941 年上海戏剧能在提高水准——深处发展与扩大范畴——普遍开去这两个方面取得成绩。但也存在两个危机：所谓"小康境遇"之幻灭破碎是其一，由职业化趋于流俗卑恶是其二。

该文展现了孤岛的戏剧运动虽然环境恶劣，但是大家仍在艰苦奋斗。

2. 常芝青的《一年来的晋西北新文化运动》发表

常芝青的《一年来的晋西北新文化运动》发表在 1941 年 1 月 4 日的《抗战日报》。

作者开篇就道明："晋西北新文化运动是随着晋西北抗日民主政权的建立而开展的，我们的抗日民主政权的建立已将近一年了，在这一年来，新民主主义的政治与文化底旗帜，从根据地的后方一直到敌占区，在广大群众间，很显明的飘扬着，这是晋西北二百万民众共同奋斗的标志，也是一切文化人实行战斗与团结的旗帜。"这说明，其总结的是晋西北政权建立后一年的新文化运动的成绩。

他们的成绩主要表现在：成立了晋西全体文化人及青年知识分子团结旗帜的"晋西文联"，各种文化团体晋西剧协分会、文协分会、记协分会、美协、音协、教协等也都相继成立了。文联出版了《文化导报》、成立国际通讯社晋西北分站、《中国青年》晋西版出版、建立广泛的"通讯网""文艺小组"和"读报会"；初步建立了吕梁印刷工厂、发行站、翻印了不少的各种重要的著作及杂志、出版了铅印的《抗战日报》《晋西大众报》、出版了《宪政运动》及《新晋西北》等小丛书；尚有不少的油印、石印的出版物，如《大众画报》《晋西歌声》；通讯集有战斗通讯、抗战通讯等；合并了几个剧团；正在筹备综合性的理论与艺术月刊，已开始了乡村群众剧团的组织工作、正在进行着冬学运动等。

他们的缺点表现在：首先，"晋西文化工作者还没有深刻了解并正确运用新民主主义的、革命的三民主义的、抗日民主的统一战线的文化战线的文化政策"。其次，"是一般的对于文化工作还存在着实利主义的观点，而文化工作者本身也受此影响，弄不清文化工作的范围，把文化团体同其他群众团体一样看待，要求他们担任一般的群众工作"，而忽视了他们写作的这一本职工作。再次，"没有以全力扩大与巩固抗日文化统一战线，争取青年知识分子，没有培养一些专门从事文化的组织工作的干部"。

从该文可见，他们在文艺政策方面还存在理解模糊的问题，成绩与缺点都不少。

3. 楚天阔的《一九四〇年的北方文艺界》发表

楚天阔即李景慈，他的《一九四〇年的北方文艺界》发表在 1941 年 1 月的《中国公论》第 4 卷第 4 期。

在《大环中突出的小环》中，楚天阔指出文艺不是超现实的东西，而是其所在现实生活的反映，而当时的中国分成了若干区域，所以不同区域有各异的文艺：第一，"内地"的文艺——这是以滇陕等地为中心的文艺活动。这些文艺皆带有宣传的意味。第二，中国香港的文艺——这是一个独立的"势力圈"，没有内地的那样"动"，比起上海又不同，有许多文人在那里活动。第三，"孤岛"的文艺——这是以上海为中心的文艺思潮。开始以历史剧本为著名，近来题材渐渐扩大。第四，京派的"和平文艺"——这以南京"国府还都"为主。第五，"北方"的文艺——这以北京为中心，它自己有特殊的发展，说起成就也极为可怜。第六，"满洲"的文艺——它和北方文艺发生联系，能够反映那里青年的动静，并不是软弱无力。楚天阔是以全国的形势来看待北方文艺的，实际上是他大中国的民族心态使然，所以他相信并希望，"将来也许再形成一个整个的大环，那么每个小环都要消失，然而却不该忽略了在造成大环时它们的功能"。

　　在《好热闹的开场》中，作者对1940年初期的"建设新文艺"的口号进行评估，认为这只是一个理论的倡导，非常热闹，但是因为文学创作实践很有难处，所以最后也就无声的结束。在《哪儿有问题呢？》中，作者指出理论界的落后沉寂原因在于没有人注意问题，也没有人提出问题，根本问题是大家都漠不关心现实，也是文艺慢慢衰落，甚至更逐渐退步的主要原因。在《据说这是主潮》中，楚天阔批评这一年根本没有一篇像样的东西出现，顶成功的只是几篇带有"田园风味"的散文。而散文兴盛的原因有两个：一是留在北京的周作人坚持以知堂老人的笔名发表读书随笔；二是散文本身可以无所不包，为创作者提供了较大的自由。而当时流行的"田园风味"的散文，受西洋散文影响较大，也没有脱掉中国旧诗词中的词句。所写的内容无非个人的悲欢离合，非常细腻。沿袭的是四年前李广田、何其芳等人的风格，有的内容不免空虚，然而技巧上均有相当的修炼，最有代表性的是《中国文艺》上发表的作品。在《有这样的意见》中，作者介绍了上海丁谛的《重振散文》的文章，该文章批评上述田园风味的散文太注重技巧和修辞，而应该简明，剔除旧人传统的一面，与口语接近，而不要太过迂回。北京作家对此有赞同也有反对，楚天阔则希望未来的散文更加多样。

　　楚天阔在《让人看不懂的新诗》中，批评1940年诗歌的失败，全是朝着意境的路子走去，而没有接近大众的新诗，所以让人看不懂。许多新诗实际上是旧诗词意境的再现，没有一点内容，他呼吁新诗要脱离旧诗词，换用现代汉语，并充实它的内容。在《都是这么短的小说》中，楚天阔批评这一年的小说成绩让人羞愧，很多小说只有五千字左右，类似随笔，而且多是恋爱小说。他对《中国公论》上几篇稍微像样的小说进行了点评。在《南盛北衰的戏剧》中介绍了北方的戏剧只有几个剧本发表，上演的机会并不多，而南方的剧运正是热火朝天之时。在《翻译了些什么？》中，楚天阔介绍当时的翻译质量并不高，多是重译，长篇名作的翻译很贫乏，也没有组织，不系统。有两个重视翻译的刊物分别是《法文研究》和《中德学志》。在《领路呢？跟着跑？》中，作者批评当时的文学批评都是跟着作品叫好，而不是领头前进，指引方向，督策创作。在《几本新书》中，楚天阔介绍了沙漠画报社出版的《沙漠丛书》，主要是偏重趣味的；还有辅仁文苑社出版的《文苑丛书》，二者的价值都不太高。

在《作者和刊物》中，楚天阔将北京沦陷后的作家分为三类：第一类是之前成名的作家，他们现在很少创作，只是偶尔在自己的刊物上发表文章；第二类是从前爱写作的青年，"现在"在不断地修养自己，埋头写作，发表作品于纯文艺刊物上；第三类是事变之后的年轻人，他们以稿费维持生活，成为近来风头正健的作家。纯文艺刊物则有《中国文艺》；画报有《沙漠画报》和《艺术与生活》两种，前者偏好散文，近来也连载小说，后者不太纯，比较综合。综合刊物设文艺的有《中国公论》值得关注。《是"象牙之塔"吗?》对北京高校的文艺刊物进行了检阅，其中有辅仁大学的《辅仁文苑》，燕京大学出版有《燕园集》《燕京文学》，这些刊物中的文学都具有"田园风味"。在《可怜的副刊》中，楚天阔回忆之前文艺副刊的繁盛，但是事变之后只有《新民报》的《太平地》，《晨报》《实报》《庸报》的文艺副刊都已衰落或停刊。《有展望吗?》中作者表达了对华北文艺界的失望，但是他觉得这失望不应该责怪作家，因为这有现实的力量限制，他对未来充满希望。

从楚天阔对北方文艺界的总结，不难看出北方文艺的衰落，而他内心充满着失望，他按照文学一般理论号召作家们贴近现实，不要创作太过田园的作品，而又不能就某类创作提出非常具体性的指导，每每只能浅尝辄止。因为他何尝不知很多的创作路向都是过高要求，因为北京处于沦陷的残忍现实是超过任何理论上的鼓动的。

4. 仇重的《暗夜棘路上的里程碑——"孤岛"一年的杂文和散文》发表

仇重即唐弢，他的《暗夜棘路上的里程碑——"孤岛"一年的杂文和散文》发表在 1941 年 1 月 20 日的《正言报》副刊《草原》。该文总结了孤岛文坛的杂文与散文创作。作者认为，孤岛的杂文创作园地有限，缺少一个可以作为中心的副刊或杂志，《世纪风》《鲁迅风》以及《大美报》的《浅草》逐渐停刊，直到《草原》诞生，才又稍稍恢复过来，但杂文的单行本并不萧索。周黎庵的《吴钩集》所谈的虽是前代的事物，却也时常关联到客观的现实，其《华发集》里的杂文，更为活泼，更为犀利。唐弢的《投影集》用杂文创造了许多典型。巴人的

《生活·思索与学习》《论鲁迅的杂文》笔调近于明快泼辣，截击进攻，游刃有余。周木斋的《消长集》以思辨见称，说理透彻，反复辩证，核心尽显。列车的《浪淘沙》颇近于木斋一路，不同则在于爱用短句，脱不了诗的习气。柯灵的《市楼独唱》里的杂文也多散文的成分，更趋于形象化。贯穿在这些作品中的，是一种高度的战斗精神。

仇重认为，许多在内地作家的散文在上海来出版"对苦闷的空气却尽了酵母的作用。它带来战斗的精神，它带来胜利的笑场"。靳以的《雾及其他》"告诉我们流离中的友情，告诉我们艰苦中的行旅，他怀念着北方和东方的城市"；庄瑞源的《贝壳》有着动人的声调和美丽的色彩，还有缪崇群的《夏虫集》唱着更多的"对于沙漠和自由的归思病"。真可算作"孤岛"生活的收获是王统照的"富于诗的想象"的《去来今》，以及陆蠡的"多耽深思，更饶于精湛的哲理的指示"的《囚绿记》。他们同样地唱着时代之歌，激发着人类的向上的自尊心。杂志上的散文较为零落，可注意的是报纸的副刊。康了斋用《夏侯杞》作篇名，在《草原》上断续发表了许多散文，其对人生观察极深，落笔精辟。写作散文的新人中，匡沙的作品婉约流利，而坦克的却较为深湛，有时转成曲折。

仇重对杂文的重视，其实就是强调其战斗作用，这表现了他在孤岛也不放弃自己作家的使命和责任。

3 月

刘念渠的《一九四零年剧作综谈》发表

刘念渠的《一九四零年剧作综谈》发表于 1941 年 3 月《文摘月报》创刊号。

该文认为在抗战以后两年多的时间里，戏剧创作存在概念化公式化的毛病，有着摄影主义和说教主义的倾向，但是在 1940 年，上述缺陷得到纠正，戏剧获取了坚实的收获。其原因有三：抗战现实加紧地教育了剧作家；抗战情势进入了稳定的持久阶段；抗战戏剧在实践中不断地争取进步的结果。这一年产生的优秀剧作有老舍和宋之的合著的《国家至上》、曹禺的《蜕变》、宋之的的《刑》、魏如晦的《碧血花》、蒋旂的《陈圆圆》。他们成功的原因在于创造出典型人物，并有了思想的深度，语言也更加生动活泼。围绕这三点，作者分析了上述话剧。

4 月
茅盾的《抗战期间中国文艺运动的发展》发表

茅盾的《抗战期间中国文艺运动的发展》在 1941 年 4 月 20 日《中苏文化》第八卷第 3、4 期合刊发表。

首先，茅盾介绍了抗战使得中国的文坛形势发生了根本性变化。"（一）抗战以前，文艺活动，主要在一二大都市里，现在却普遍于全国，除了上述的五六个重心点而外，自前线，战地以至后方农村，自华北的敌后抗日根据地以至大江南北大河南北广大沦陷地带的游击区，已有了无数的文艺据点，（二）抗战以前，文坛上新人的出现，可以屈指而数，到今天则不可胜数了，特别在敌后抗日根据地与游击区，新的青年的文艺战士一天一天在增加；最后（三），抗战以前，文艺的群众基础，主要的还是小市民知识分子（包括青年学生和学校出身的各种职员），现在则扩大到士兵农民和落后的工人分子了。"

其次，茅盾介绍了新形势下文艺干部的培养与教育。这实际上是两件事："第一是写作的练习，第二是他们的习作能有人加以指正和修正。"所以当时主要采用"文艺通讯员"的组织。对此，他介绍了"广东文学会"，即后来改名为全国文协的广州分会所采用的方式，而这样的还有长沙、延安、上海、中国香港。"而以延安的规模最大，人数最多，其次是上海，拥有通讯员在三百人左右。"还有各种各样的文艺团体，这大约可以分为两种："一是以服务于战地的作家为主体的，又一是以社会各阶层所产生的最年青文艺工作者为主体而仅有少数有经验的作家指导他们工作"。"这一类的文艺团体数目，多到不可胜计，仅晋东南一地，即有二三百个之多"。作者对这些文艺团体很高的评价："中国的前进的文艺的后备军，是在大量地产生了，培养了，这是中国抗战文艺运动中最光辉的一页，而且也是最主要的特征！"

最后，茅盾剖析了抗战文学的内容与形式。"内容问题，无疑的必须是抗战的现实。今天最迫切的要求解放，最勇敢地站在前线，忍受罕有的痛苦而支持抗战到底的，是人民大众，所以抗战的现实，不能不是中国人民大众的觉醒，怒吼，血淋淋的斗争的生活。这是一个中心轴，一切依此轴而旋转。"至于形式问题，由从前的"大众化"而更进一阶段，即所谓"民族形式"。"民族形式"的正解，"显然是指植根于现代中国人民大众生活，而为中国人民大众所熟悉所亲切的艺术形式，这里所谓熟悉，当然是指文艺作品的用语，句法，表现思想的形式，乃至其他的构成形象之音调，色彩等等而言，这里所谓亲切，应当指作品中的生活习惯，乡土色调，人物的声音笑貌动止等等而言，依这样说，则作我们文艺作品中向来不去净的欧化的用语句法等等，是必须淘汰的，又由于作者生活经验的欠缺而把农民装上知识分子的声音笑貌等等毛病，也必须克服的"。同时，他对"民族形式"争论中所受到的恶意的或无知的曲解进行了批评。

该文主要是从文学地域的分布、文艺干部、文艺团体和文学内容与形式来论述抗战文艺的发展，比过去单从作家作品来分析更为宏观。

5 月

1. 日本人岛田谨二的《台湾の文学的过现未》（《台湾文学的过去、现在和未来》）发表

日本人岛田谨二的《台湾の文学的过现未》（《台湾文学的过去、现在和未来》）在 1941 年 5 月的中国台湾的《文艺台湾》第 2 卷 2 号发表。①

该文试图借助法国殖民者在中南半岛的殖民文学的发展状况，为"外地文学"勾勒一般性的图景。岛田谨二将殖民地统治划分为三个时期：一、"军事的征服、未开地的探险时代"；二、"采究调查的组织化时代"；三、"物情平稳，移居民开始思图作物心两方面的开发，也就是所谓的'纯文学'产生的时代"，这三个不同的殖民时期又会产生不同的文学。岛田谨二的文学史思维实际上是忽略中国台湾本土的固有文学历史，单以日本殖民者的视角来划分中国台湾文学的历史，将其视为日本文学史的延长，这反映了他作为殖民者的身份和偏见，也反映了日本殖民者企图压制中国台湾文学的历史传统，以使其服从日本殖民的历

---

① 参见黄英哲主编《日治时期台湾文艺评论集杂志编》第 3 册，台湾文学馆筹备处 2006 年版，第 103 页。

史叙事。

2. 朱英诞的新诗讲稿完成

1940 年秋至 1941 年春，朱英诞在北京大学接替废名讲授新诗。其在废名（冯文炳）的讲义《谈新诗》基础上进行了添加，接续。1941 年 5 月朱英诞编定新诗讲稿，与废名的《谈新诗》一起构成了对抗战前的中国新诗史的完整叙述。陈均在 2008 年将这二人的讲义予以合并编订出版。[①]

朱英诞在废名讲义的基础上进行了两种工作：一是补充了废名的讲义，将废名没有评述过的早期白话诗予以增添，如刘大白的诗、陆志韦的《渡河》、文研会八人诗集《雪朝》、徐玉诺的《将来之花园》、后期创造社王独清的《Sonnet 五章》和冯乃超的《旅心》等，以及李金发的《微雨》、冯至的《昨日之歌》、沈从文的诗等。二是增补了 20 世纪三四十年代的废名没有介绍的诗歌类型。如《新月》的诗、废名及废名圈的诗，补充了戴望舒的《望舒草》《汉园集》、林庚的《春野与窗》以及《现代》杂志的诗。他们的讲义与朱自清编选的《中国新文学大系·诗集》中所选的诗人较多重合，意味着他们在编选讲义之时受到过朱自清的影响。废名曾在《谈新诗·〈草儿〉》一文中写道，"事隔多年之后，在《中国新文学大系·诗集》里读到康白情的新诗，于是往日的记忆又流动起来"；朱英诞在回忆录《梅花依旧——朱英诞自传》中提到自己编选讲义之时，同时编选了《新绿集》（中国现代诗二十年选集），他认为自己的这部诗歌选集"也许比朱自清先生的大系之部略少而精也未可知"。[②]

朱英诞与废名谈诗的风格是一致的，都是诗歌理论、诗歌史和诗人诗作评析的紧密结合。相比废名的只可意会不可言传，朱英诞对诗歌理论更加能说会写。例如他在只言片语中总结了早期白话诗的特点：还不能摆脱旧诗的气味，重于说理，诗的文字不好、幼稚，缺乏情思的体验，但都有苦吟的甘心等。他批评新诗所谓歌谣的倾向乃是一条死路，

---

① 废名、朱英诞：《新诗讲稿》，陈均编订，北京大学出版社 2008 年版。
② 同上书，第 400 页。

因为"歌谣是水土里发生的，它可以成功一种小史诗，代表民族的歌哭，歌哭却未必便是诗；歌谣的力量表面上看来很重大其实却小，诗正相反，表面上看是个人的小玩意儿，其实很大，诗是人类的歌哭，诗虽然也有水土之区别，种子却是属于乐园里"。他如《诗品》那样确定了新诗可以有几种，并可以此进行评品定级："一是不可多得的，属于精思独造，二是空气新鲜的，没有任何习气或惯性，三是诗人自己的影子，自由去抒情，不管别人的'是非'。"对于诗歌的晦涩，他进行了三种分类："诗的'本意'原即不易明白"，"诗人故意把诗意弄得不明白"，"诗人的表现力不足"。

朱英诞在讲述新诗之时更多重在自己的阅读感受，主观性很强，文本细读之处颇多，指摘点评不乏深刻之处，不愧是废名、林庚的得意门生。他认为："康白情还有点行云流水的样子，李金发只能够点点滴滴了……康白情的《草儿》是明白的如画如话，这可以补足初期新诗的一种缺欠，无天趣；李金发看起来很晦涩，正有如读李长吉的诗，便仿佛读今之译文的趣味，我们说他近于是晦涩的，不过这里的晦涩未免太简单了，它在文字上的尖新生硬，这也可以补足初期的别一种缺欠，不草率。李金发的诗于是只以其缺点成功了他的功劳。"朱英诞喜欢如传统诗评家那样要言不烦地提炼出诗人诗作风格，如他认为刘大白的诗是"新瓶装了旧酒"、陆志韦的诗是"新诗里的乐府"、王独清的诗"芬芳悱恻"、后期创造社的诗是"学人之诗"、冯至的诗是"诗人之诗"、沈从文的诗"清淡朴讷"、徐志摩的确有"灵奇的气息"、闻一多是"机械主义的诗人"等。

朱英诞同废名认为诗歌主要是情感的真实，重在自然，妙在诗歌的情绪与空气，新诗的最大形式只是分行，而不可强求音乐性和外在的形式，更不可去国外寻找诗歌的体裁。而这与新格律诗派的诗歌观念正是针锋相对的，所以，朱英诞也多次批评新月派："若说到我个人的好恶则新月诗几乎一首也不想选。我读新月派诗书真是抱着一片同情看下来的，有如哑子吃黄连之苦。"他认为闻一多只有《玄思》是安分率真的真诗，于赓虞的诗太俗，臧克家"只是一个造句的能手"，"他们的诗大都是如火神之跛足"，"新月派的诗人对于过去的只错认了西洋旧诗，故对于当代没有新诗的品性"。朱英诞对新月派如此差评，原因就在于他们诗歌观念的差异。

朱英诞和废名对冯至、卞之琳、林庚的诗歌有着共同的认可,对他们有着很高的评价,这与他们的诗歌观念相近、诗歌交往较多有关。有趣的是,相对于废名对自己的诗歌自视甚高,朱英诞则似乎旁观者清,但他是废名学生林庚的学生,虽与其关系亲密但小废名 12 岁,于是就说得很委婉俏皮:"废名先生在诗的一方面,与其说他是诗人,毋宁说他是诗的批评家,或欣赏家。一首并不十分高明的小诗,我往往听见他说得仿佛青山欲共高人语的样子,其实乃是加进了他自己的欣赏的能力,故他能常觉得新诗的成绩不在小说散文之下"。同时朱英诞也指出废名也不是如他人所评价的那样是隐士,而且也不高冷。朱英诞以知己的身份说出了废名的诗歌水准以及他与新诗的关系,并对他的为人性格予以了描绘,这无疑是中肯的。看来废名的诗歌在与他同时或之后的文学史著中不被重视确有原因。

6 月

1. 柳存仁的《近十年来我国话剧运动的鸟瞰》发表

柳存仁的《近十年来我国话剧运动的鸟瞰》发表于 1941 年 6 月的中国香港的《大风》第 92 期。这是柳存仁去中国香港访问时发表的。

该文在开头肯定了学校爱美剧推动了戏剧水平的提高,但是他们时间有限,所以真正能让戏剧繁荣昌盛的应该是剧团。而"民十五,尤其是民廿年至民廿六"以来,剧团多到不胜枚举,所以他对话剧运动的鸟瞰是从剧团开始的。接下来他依次介绍了重要的剧团:定县平教会戏剧组、南国社、中国旅行剧团、辛酉剧社、戏剧协社、艺术剧社、业余剧人协会等。柳存仁对每个剧团的组成和演出剧目、风格特色都有描述。他认为定县平教会戏剧组是真正将话剧推广到农村去的剧组,而"最脍炙人口而且也异常努力的职业剧团"是中国旅行剧团,他们坚持的时间最久,推动了各地话剧运动的开展。辛酉剧社演出的《文舅舅》"布景及演技均为观众所赞许,但,因剧本的内容空虚幻渺,不能不使一般人稍稍失望"。艺术剧社"首先提出'新兴戏剧运动'",他们"票值定得很低,使得工人也可以来看戏"。

从柳存仁的字里行间可以看出,他重视话剧观众的感受,强调戏剧走向民间，获得观众的支持，而对译本剧的演出，他也一再提及，很重视吸收外国戏剧的营养。

2. 史荪的《现阶段的戏剧运动：四年来的中国话剧》发表

史荪即李景慈，他的《现阶段的戏剧运动：四年来的中国话剧》分上下发表于《国民杂志》1941 年第 6、7 期。

《抬了头的狮子》论说了戏剧因为是综合性的艺术，所以一直落后于小说与诗歌，但是"近四五年"来因为曹禺的《雷雨》《日出》《原野》的发表及上演之后，戏剧终于抬起了头。他高度评价曹禺的作品是"有着'戏剧性'的：故事紧张，情节动人，而且里面更有深厚的含意，使读者理解了作者的主题"。《抬头的原因》分析戏剧获得兴盛的原因为：第一是有好的剧本了；第二是话剧渐被人重视；第三是宣传剧的效果。这三方面使得话剧向基层民众靠拢，获得了民众的支持。《又一个新出发点》指出 1937 年的"七七"事变，更进一步推动戏剧的发展。

在《先由剧本创作说起——上海》中，作者认为自"八一三"后，上海成为戏剧的中心，所以戏剧应该分为上海和内地两个地域来说。作者主要介绍了四类上海的戏剧：历史剧介绍了夏衍的《赛金花》、阿英的《春风秋雨》和《群莺乱飞》等；改编的外国剧本如《自由魂》《民族万岁》等；创作的剧本有于伶的《夜上海》、林柯的《次渊》等；翻译的剧本有《祖国》等。在《孤岛以外的剧本》中，作者指出与孤岛上海重视历史剧和外国剧不一样的是，内地全是街头剧、宣传剧，大量的描写现实的剧本。关于某一特殊事实的，有田汉的《卢沟桥》《新雁门关》、宋之的《旧关之战》等；关于一般的现实故事，有爱绥的《受难的》、刘念渠的《后方》等；简短的街头剧，有光未然的《街头剧创作集》等；多幕剧有吴祖光的《凤凰城》。在《一点统计》中，作者列举了不同作家对这时期戏剧的统计工作，有葛一虹的《创作编目》、唐绍华编的《一百种剧本说明》、舒畅编的《内地戏剧目》。算起来，在"三年半的日子里，有了五百种剧作的产生，这真是中国戏剧的曙光"，还有各家书店出版的戏剧丛书，如光明书店、国民书店等。在《理论书也不少》中，作者将中国理论书分为三个时期，而当时属于第三个时期。国内剧人编写的有舒湮的《演剧艺术讲话》、陈白尘的《戏剧创作讲话》、田禽的《怎样写剧》，翻译的则有泰洛夫的《新演剧论》、史达尼斯拉夫斯基的《演员自我修养》、法国的《演员艺术论》、史密士的《戏剧演出教程》。在《剧团》中，作者将剧团分为属于军事系统的、属于教育系统的、职业及业余剧团、学校剧团这四类进行列举。因为街头剧太多，作者在《演出》中只列举在剧院演出的剧目，吴祖光的《凤凰城》、唐纳的《中国万岁》、夏衍的《上海屋檐下》、老舍的《残雾》、杨村彬的《秦良玉》、洪深的《寄生草》。上海方面则介绍了上海剧团社和中国旅行剧团两大职业剧团，而后者在此时已经渐渐堕落乃至消散了。相对于南方戏剧的热闹，作者简略提及北方戏剧的沉闷，上演及创作剧目都很少。

在《新的问题——"低潮"》中，史苏分析了 1941 年之后，戏剧有走向低潮的趋势，无非是剧团、剧本、演员、组织等方面的原因。接着在《剧本荒》《演出问题》《关于演员》部分中，作者介绍了低潮的出现是因为剧本的质量不高，出现了千篇一律公式化；演出中剧团的组织、演剧的场所和舞台以及观众等出现了问题；而演员的意识和艺术修养等方面也存在问题。在《深入和提高》中，作者讨论了话剧如何深入群众，提高群众的话剧素养，以及话剧如何处理好和旧剧的关系问题。最后作者进行了总结。

史苏（即李景慈）身处北京沦陷区，对南方的戏剧却有深入了解，其从上海和内地两个地域来论及这一时期他们相异与相存的关系，掌握了这一特殊形势下戏剧的独特发展，显示了他资料的丰富。

7 月

1. 以群的《抗战以来的中国报告文学》发表

以群的《抗战以来的中国报告文学》发表在 1941 年 7 月的《中苏文化》第 9 卷第 1 期。1943 年以群编选了报告文学选集《战斗的素绘》，在重庆的作家书屋出版，以此文代序，有所改动。1983 年上海文艺出版社出版的《以群文艺论文集》中将其改名为《抗日战争时期的报告文学》。该文时间跨度从 1931 年"九一八"到 1941 年十年，涉及作家六七十名，作品百多篇，敌占区、国统区和解放区的作家作品都包含其中。全篇五个部分：

《中国报告文学简史》对中国报告文学的发生进行了历史考证。以群认为："报告文学是中国新文学当中的一个最年轻的兄弟，它的产生和发达，永远和中国民众的反日运动、抗日斗争密切地结合着。它是从民众反日、抗日运动的土壤上产生，吮吸着抗日斗争的乳浆而成长起来的。""在一九三一年的'九一八'以前，中国还没有报告文学。那时，即或有少数类似报告文学的作品，也未被称为报告文学，因为当时'报告文学'这一个名词还未被确立起来。接近报告文学的作品的较大量的产生，是在一九三一年的'九一八'，日本帝国主义侵占东北四省之后。""然而，报告文学正式在中国新文学中确定了地位，成为中国新文学的一分支，却还是一九三二年底'一二八'事件以后的事。"

在《抗战时期报告文学特殊发达的原因》中，以群讨论了报告文学发达的三个主要原因：首先，"作家的生活随着现实的激变而发生了剧烈的变化，他们感受着纷繁复杂的生活印象和经验，激起了炽热的热情"。这炽热的热情和丰富的生活印象，逼着他们选取报告文学这一最直截而单纯的形式，迅速而敏捷地记录出生活的事实！其次，"一般的青年文学读者群向来是民众运动中的一部分主要的力量，他们天天都期望着抗日战争的展开；抗日战争爆发以后，他们兴奋得象发狂一般，热烈地发动和参加了种种的救亡工作。然而，同时他们也并没有改变对于文学的爱好，他们只是热望能在文学作品当中很快地看到他们所关心的抗战事业的记录和反映。这种读者大众的热切的要求，直接影响了文艺刊物编者的编辑方针，间接也影响了作者的写作，其结果，也是促成报告文学的发展"。最后，"随着战争的蔓延和扩大，原来集中于上海等大都市的文化机关（书店、杂志社、印刷所等）逐渐疏散，迁入内地，一时出版条件感受到异常的困难，大型的杂志和书籍的出版都不能不暂时停顿，继之而起的是小型的杂志、报纸和小册子；在这些小型的出版物上不能容纳长篇的文艺作品，于是报告文学和短诗就成了这些出版物的文艺部分之中坚"。

在《抗战时期的报告文学反映了什么？》中，以群介绍了报告文学随着抗战的进行反映社会生活面的逐渐扩大，"近三年来的报告文学差不多勾出了抗战中的中国的一幅缩图"，"真实地反映出了变动中的中

国社会现实的各面"，"报告文学者对于现实的反映，随着四年来的抗
战现实的演变而在逐渐变动中；由于这种变动，也可以看出中国社会递
变的轨迹。"

以群在《四　抗战时期报告文学的动向》中分析了抗战以来报告文
学风格的变动："一、由平铺直叙到提要钩玄"；"二、由记录直接的经
验到表现综合的素材"；"三、由热情的歌颂到冷静的叙写"；"四、由
战斗的叙述到生活的描写"；"五、由以事件为中心到以人物为主体"。
在《五　报告文学所达到的成就》中，以群分析了抗战以来报告文学的
几种风格："一、以作品中的主人公的第一人称的叙述，来表现事件的
发展过程。""二、以作者在某一时期某一地区中所经历的事象为根据，
加以作者的主观的选择和整理，截出其中精粹的断片，而组织在一篇作
品里。""三、以作者所接触的事象为范围，由作者以自己的面貌出现，
描写那些事象，同时宣告自己对那些事象的感情和意见——爱或憎、喜
或恨、冷淡或热烈、同情或反对。""四、以作者所搜集和采访的素材
为基础，加以作者的选择和编辑，组成一篇有系统的故事，然后给以客
观的记录。"

该文是较早对报告文学进行历史梳理的专论。丁晓原认为："在以
群之前，胡风写有《论战争期的一个战斗的文艺形式》，对抗战初期的
报告文学作了专门的研究；其后蓝海在《中国抗战文艺史》中设专章
《长足进展的报告文学》，对抗战报告文学作了系统全面的评论。以群
的研究受到胡文的启示，但较其容量大、分量重；蓝海所著比以群所论
更为全面系统，但蓝文直接受到以群研究的影响，在他的专章中不少地
方直接引用了以群的研究成果。因此，我（指丁晓原）以为以群的
《抗日战争时期的报告文学》是同题研究中具有承上启下意义的重要
论文。"①

2. 卢冀野的《抗战以来之中国诗歌》发表

卢冀野的《抗战以来之中国诗歌》发表在 1941 年 7 月的《中苏文

---

① 丁晓原：《以群：作为报告文学理论家》，《西北师大学报（社会科学版）》2001 年
3 月。

化》第 9 卷第 1 期。

卢冀野认为，"近百年中国旧体诗的进步在技巧，而缺乏真生命"。但因抗战的关系，旧体诗已经"有新的内容，新的形式，也有新的生命"。

卢冀野首先介绍了战时的军人之诗。因为战时很少锻炼技巧的余裕，绝句诗更于流行。创作此类诗歌的老将军有萨镇冰、孔庚、林虎、许崇灏、姚琮、陈铭枢、程潜、邓宝珊、孙蔚如。青年将领如罗卓英的《黄山放歌》《鸡公山》《宜春登化成岩》《宜春台野望》，皆行军写实之作。黄杰的《南天门》《往事》《无端》等都写在作战的时候；张世希的《报国》"好比是誓词一般"。陈诚干用律诗写山中行军的情形，使读者有一种新鲜的感觉。青年空军陈禅心也是诗的爱好者。他们将战时生活反映到诗篇中，这许多诗都成了新鲜的记叙。诗人的诗，则有"抗战以来中国诗坛的典型"于右任的作品。在于右任的影响下，贾景德写成他的《韬园诗集》，战后他"大都写民间的动态"，"有些接近元好问作风的"。杨永浚的《病中杂诗》《秋思》《秋怀》"都是抗战以来罕有的好诗"；喜饶嘉措大师用西藏文字也常写诗；蒙古荣祥写了《雄山寺》《镇北台》诸诗，朴素而雄壮。还有太虚、果玲和融海几位法师，都写过抗战诗句。作者认为在这三年抗战中，中国的诗歌早已走上了民族主义的道路，这是中国诗歌的新生命。他选取了丘逢甲与吴芳吉两位诗作者作为大家的模范。

抗战开始后，写词的人较写古体诗近体诗的人少得多，有也是以苏东坡派的豪放词为主。作者介绍了自己用"庐前"的名字发表的词集《中兴鼓吹》，其在词一类算行销数目最多的。"中兴鼓吹体"的模拟者中成善楷最有成绩。还有几位老诗人，也已改变他们的作风。例如仇述庵、陈匪石、林庚白、王陆一、刘定权、曾缄、唐圭璋等，他们的作品中，都已充满了抗战的情绪。

曲体在战时便成为诗人最爱制作的一种体裁，比词体更繁盛。如于右任也是战后才开始作曲的一位。作者"为曲重新估价，认为它可以（算）作宣传文学的一种，无论是老幼男女，都可以唱起曲的歌声来"。此外还有邵力子、庐前、任泰、许崇灏制作曲，将曲应用到军歌制作的有潘朱君和彭卓午，隋立德。作者还提及毛泽东、董必武、曾琦的各种诗歌。

作者在编辑《民族诗坛》的过程中，还曾努力搜集一部分的谣。第一是青海省一带的"花儿"。第二是湖南西部和广西苗胞的谣，还有马鹤夫整理的《反七笔钩》，柯璜仿效民歌作的《抗战十谣》，还有《鼓子词》《金钱板》等各种的谣体。

作者按照诗、词、曲、谣四种体裁介绍了中国旧体诗词在抗战之后的发展，显示了抗战文学的丰富与复杂。而对旧体诗词这一类"旧"文学的书写，从"五四"之后，就一直丝缕不绝，卢冀野这篇文章正说明了这一点。他能对旧体诗词如此熟悉，与他自己的旧体诗词成就及爱好有关，而且他在抗战时期编辑《民族诗坛》这一旧体诗词刊物，也为他提供了近水楼台先得月的便利。

3. 何洛的《四年来华北抗日根据地底文艺运动概观》发表

1941年7月，何洛的《四年来华北抗日根据地底文艺运动概观》发表在《文化纵队》第2卷第1期。作者介绍了抗战以来的华北抗日根据地的创作、理论与运动状况。

第一是创作。诗歌方面何洛分析了何其芳的《夜歌》、天蓝的《哭奠》与《队长骑马去了》、柯仲平的《边区自卫军》《平汉路工人破坏大队》、田间的叙事长诗《亲爱的土地》和《铁的子弟兵》。还提及李雷的《控诉》、袁勃的《笔的故事》《小鸡》、韦平的《不要背弃人民》、童里的《大队人马来了》、邵子南的《故乡诗章》，对鲁藜、魏巍、徐明、曼晴、林采、蔡其矫、林冬萍、央轮只是点名，认为"他们都是很有前途的诗人"。报告文学则有沙汀的《贺龙将军印象记》、荒煤的《刘伯承将军印象记》、林火的《杨秀峰将军会见记》《陈锡联将军印象记》《吕振超将军印象记》，反映革命军人生活的有黄钢的《看见了八路军》、葛陵的《青菜及其他》、邓京的《五十九个殉难者》、康濯的《井径煤矿报告》、孙犁的《邢兰》、张自深的《寨主》，刘亚洛的反映工人生活的报告文学。小说有丁玲的《入伍》、刘白羽的《金融篇》、梁彦的《战士之家》、严文井的《一家人》、野蕻的《新垦地》、周而复的《开荒篇》、王林的《在平原上》、丁克辛的《丢掉了几万个脚板印》。剧作有王震之的《兄弟们拉起手来》《顺民》《叙灯》《流寇队长》《大金箍》《过节》、姚时晓的《今天》《棋局未终》《法举》、马健翎的《查路条》。晋察冀的剧作有两种特点:"(一)作品都反映当时当地的政治号召或斗争生活"。如《水灾》《丰收》《两年间》《我们的乡村》《模范公民》《三个游击队的故事》《两亲家》。"(二)小形式剧较受欢迎,如能配有音乐的更好"。相当成功的有崔嵬的《参加八路军》、林漫的《这样的教法》、玛金的《牛儿和金宝》。

第二是理论。何洛认为,自毛泽东和洛夫的《新民主主义论》及《抗战以来中华民族的新文化运动与今后任务》两文发表后,"我们才更明确地看清了自己底航线。四年来华北抗日民主根据地底文艺始终是沿着这一航线前进的"。此外,还有茅盾的《旧形式·民族形式·民间形式》《谈水浒》、艾思奇的《论中国的特殊性》、周扬的《对形式利用在文学上一个看法》。翻译苏联的文艺理论有沙可夫的《列宁与文学》《批评底任务》、萧三的《高尔基的社会主义的美学观》。张庚的《歌剧中国化》《旧剧现代化》,胡蛮的《鲁迅对中国民族文化与民族艺术之意见》,和中国文艺的《复兴期的美术》等,"也对于中国民族艺术的认识和发展颇有帮助"。边区文艺理论的讨论有:1939年初,围绕海燕社提出的"三民主义的现实主义"问题召开的座谈会;同年5月、6月间,文教会召开边区戏剧座谈会,交换利用旧形式问题的意见;1941年5月间文、音、美、剧各协会及文化俱乐部发起了民族形式座谈会;同年还发生过才能和天才之有无问题,利用旧形式反映歌舞等问题的争论。

第三是运动。"(一)街头诗运动,被推广到整个晋察冀了。集子就有田间的《战士万岁》、徐雨的《在太行山上》、邵子南的《文化的民众》、曼晴的《街头》、魏巍与邵子南,钱丹辉等的《力量》、力军的《在晋察冀》、邵子南与方冰、周巍峙、谷扬的《选举》、魏巍的《可不沾》、史轮的《持久战歌》"。"(二)朗诵诗盛行一时,李雷和柯仲平尽力最多。""(三)墙头小说,做的还不很够,丁克辛的《检讨会上》是成果之一。""(四)小故事,有《青菜》《真主》《子弹壳》等"。

抗日民主模范根据地的文艺运动具有这样几种特点:"(一)现实之反映的广阔";"(二)作品的乐观性、刚健性、斗争性,群众性";"(三)普及与提高并重";"(四)理论与实践的一致"。缺点在于:

"（一）反映现实的不够深刻"；"（二）不平衡的发展"。

该文介绍了许多作家作品，但都是点名罗列成绩，很少见到何洛对具体作家作品进行审美分析，这在解放区文艺工作中比较普遍，原因就在于他们是在进行工作总结，而不是在写作专业化文学史。

4. 余上沅、何治安的《抗战四年来的剧本创作》发表

余上沅、何治安的《抗战四年来的剧本创作》发表于 1941 年 7 月的《文艺月刊》第 11 卷 7 月号。

余上沅、何治安认为，"第一年代的剧创作，一改以往的作风，大家都认为实用重于艺术"。但是也存在"为实用而实用"的口号，毫不顾到艺术性的存在与否。剧本创作的主题方面多"以为打汉奸杀鬼子就是唯一的好主题"："大概都是描写我国军民抗战得如何英勇；暴露敌人如何的残暴；揭穿汉奸们诡计与丑态；以及刻画人民在敌人铁蹄下所受的悲惨与痛苦。"故事的结构也比较单纯。然后是人物的刻画大多不能深刻，未免太典型，太类化，很少注意人性方面的描绘。"所使我们满意的，只有产量的丰富，形式的推广，以及作家的热情"。

余上沅、何治安认为，第二年代，许多剧作家参加过前线的实际工作，更认识了戏剧与抗战间的真实关联，他们知道"更重要更有力的是使戏剧能够切实的配合战争，是使戏剧能够促进政治文化的进步……战争不仅是枪炮战争，而是政治、文化、军事等方面的总竞赛。那些阻碍民族战争的恶现象，及一些不合理的战时现象，都应该积极地革除！同时敌人汉奸等的伎俩，只用表面的描写，是不足以使大家警惕与认识，必须更深刻入微，更真切细腻地描写，才能收得正确的效果"。如陈白尘的《魔窟》、顾一樵的《古城烽火》以及《反正》《台儿庄》《八百壮士》《壮丁》《飞将军》《米》《干不了也得干》《乱世男女》《黑字二十八》可以作为第二年代的代表作品。还有关于过去的抗战史实的描写，如吴祖光的《凤凰城》、杨村彬的《秦良玉》等，夏衍的《一年间》"用白描的手法，现实的态度，给抗战剧创造出一种特殊的风格，也可以说给抗战剧另创出一条新的出路"。第二年代的剧本创作的总效果，"是打破了艺术与宣传二元论的错误观点。从这些创作中看出，艺术与宣传是一件东西，决不能替它分解开来。艺术成功的作品，不但不

会损伤些微的宣传力量，反而更加强地发挥宣传的效能"。至于旧剧的改良问题，从实验之中却得到了初步的解决。如田汉的《杀富》《土桥之战》、欧阳予倩的《梁红玉》等都是旧剧改良的完满的结果。

余上沅、何治安认为，第三年代，剧作者的观察更加锐利了。对坏现象，所取批评的态度更加严格了，作品的内容也更深入更丰富了，剧作在质的方面较前两年更加优秀了。如曹禺的《蜕变》"无疑的是抗战剧中罕有的杰作"。再如老舍的《残雾》、宋之的的《国家至上》等。它们所描绘的不仅是典型事件，而剧中的人物也是有血有肉的典型人物。历史剧被大家非常重视。如顾一樵的《岳飞》、郭沫若的《戚继光》、魏如晦的《碧血花》、吴祖光的《正气歌》等历史剧，都含有积极抗战的重大意义。

余上沅、何治安认为，"最近一年"来，剧本创作的产量，比较前三年都要少。主要是因为敌人用惨无人道的手段轰炸我们后方各地，尤其是大都会，剧作者们生活不能安定，写作的环境没有以前那么优良。书局的印刷比较困难，上演的团体不能常常演出，以致剧本的产量一天一天地稀少。但他们"现在"更积极、更努力地创作。在前方的剧作家仍然去正面地描写抗战，他们的对象是前线民众和士兵，产生的作品，都是前线现实的故事，如《麒麟寨》《牛头岭》等。军民合作成为写作的中心，也产生了一些描写间谍活动的作品，如《绯色网》等。后方作者描写正面抗战的怠工，有《鞭》与《刑》等剧本的产生。还有儿童歌剧《乐园进行曲》、歌剧《秋子》、抗战史剧《张自忠》《范筑先》等剧的创作。

作者对抗战的进程，以及这一进程中剧作家的生存状态，以及他们对抗战的态度有非常具体的分析，对抗战四年的剧本创作有非常合理的分析，特别是注重到艺术与宣传的关系，很有说服力。

8 月

1. 欧阳山的《抗战以来的中国小说（一九三七—一九四一）》发表

欧阳山的《抗战以来的中国小说（一九三七—一九四一）》发表在1941 年 8 月 20 日的《中国文化》第 3 卷第 2、3 期。该文分为六个部分。

在《史的简短叙述》中，欧阳山先论述了中国社会的变迁史及中国新小说的发展史。他认为中国新小说发展的简史"在思想性上就是人民大众反帝反封建的文化斗争底过程，而在艺术性上它就是一个创造典型性格，完成民族形式，建立文学语言底过程"。这既注重了小说的思想内容，也考虑到它的语言、人物及形式等。按照这样的考虑，他将中国新小说的发展分为四个阶段，将每个时期的阶级斗争形式、代表作家及典型人物予以列举："第一阶段是从一九一九年的'五四'运动开始，到一九二一年为止的新小说底启蒙阶段"。前进的知识分子提出了文学革命的口号，鲁迅小说留下了光辉的典型性格如阿Q、孔乙己等。"第二阶段是从一九二一年到一九二七年，其中包括国共两党的合作，'五卅'运动，省港大罢工，北伐战争等等重大的历史事件"。小说仍然以反封建势力和反对帝国主义的作品做领导中心。郭沫若发表了许多小说，翻译文学有"维特""浮士德"典型形象。"第三阶段是从一九二七到一九三七，中国新小说经历了它底最艰苦，最有力，而又最深入的斗争"。人民大众反帝反封建的斗争转入了一个新的革命时期。茅盾发表了《蚀》《虹》《子夜》。"第四阶段就是从一九三七年的'七七'事变起一直到现在的抗日战争阶段。国共两党以及其他各党各派的统一战线组成了，抗日的战争开始了，中国人民大众和中国新小说家一道从漫漫的长夜走进了光辉的白昼"。这时全部小说家的笔尖所指向的目标只有一个——日本帝国主义者。

在《思想上几个显明的倾向》中，欧阳山按照作家的不同阶级属性，来分析他们的作品面貌。他认为，中国现在工人或农民出身的作家还没有成熟，所以"全部的小说家是由前进的知识分子（把握着科学的世界观的知识分子），小资产阶级和资产阶级的知识分子这三者组合而成的。在抗日民族统一战线中他们的目标虽然一致了，但是他们底思想却有着不同的特质"。没有完成思想转变的小资产阶级和资产阶级的知识分子，"把抗战事业描写成歪曲可笑；或悲观冷淡，或平平无奇，或衰弱无力，没有战斗意味也没有任何教育意味的那么一种必然'胜利'的事业，使读者对于民族革命战争在本质上是什么一种东西，民族革命战争的基本力量在那里，不能从那些小说中得到正确的理解"。前进的知识分子作家们坚持"把他们的艺术眼放在广大的人民大众，主要是工人和农民的现实生活上面，相信抗战的胜利就是人民大众底胜利，而且除开广大的人民大众，这胜利就不可能"。他们歌颂广大群众和士兵的进步与勇敢，揭露抗战机构的不健全，期待着它的改革与进步。

在《作家的生活及其风格》中，欧阳山分析了作品数量少的原因有三方面："第一是中国新文学运动底年轻和中国一般文化水准底低落，第二是作家们底生活过于贫穷与匆忙"，"另外一个更主要的原因则由于他们参加了实际的战斗工作"。即使这样，"富于才能的小说家仍然创作了艺术品质极其优美的作品"。但在某些个别的作品里面，还存在着严重的偏向和弱点，"除开主要地决定于思想上的倾向而外，还决定于对现实生活的观察底态度和一般的文化修养的深度"。"对于现实生活的观察不精，招致了对于革命斗争的游离，冷淡，无关心与无认识。""一般的文学修养不深，招致了技术的低落和语言底无教养。"

在《长篇小说》中，欧阳山指出，抗战以来的中国长篇小说对"人民大众底觉醒从来不曾被表现得像今天这么热烈，真实，像今天这么的达到了空前未有的阔度和深度"。首先提起的是杨朔的描写西北高原新民主主义政治的《帕米尔高原的流脉》，欧阳山也提及同一题材的短篇小说刘白羽的《五台山下》《四箱子弹的缘故》、雷加的《一支三八式》、以群的《一个人底成长》、莎塞的《荞麦田里》、周而复的《开荒篇》、力群的《野姑娘的故事》。接着作者分析了奚如的《第一阶段》、程造之的《地下》（第一部），齐同的《新生代》（第一部）以及欧阳山自己的长篇小说《战果》。

在《五　短篇小说》中，欧阳山分析了那些反映人民大众已经觉醒，和敌人搏斗着，也体现了他们智慧和仇恨的短篇小说，如碧野的《灯笼哨》、欧阳山的《愁城》、寒波的《盐区》《炸毁》、草明《诚实的小俘虏》《秦垒的老妇人》《受辱者》、东平的《一个连长的战斗遭遇》《忧郁的梅冷城》《火灾》《长夏城之战》《第七连》、张天翼的《新生》、罗锋的《横渡》、艾芜的《两个伤兵》、荒煤的《"支那"傻子》、魏伯与碧野合作的《五行山血曲》、端木蕻良的《螺蛳谷》。他也分析了那些客观的现实底暴露和讽刺的短篇小说，如丁玲的《入伍》、王平陵的《在收容所里》、黑丁的《口》、张天翼的《华威先生》、奚如的《萧连长》、沙汀的《防空——在"堪察加"的一角》、陶雄的《守秘密的人》、扬波的《最后一课》、萧英的《图文教员》、魏伯的《伟大的死者》。其中欧阳山对沙汀花费了较多笔墨，称赞他"是中国有名的讽刺短篇小说家……一贯地以讽刺风格，精炼的文字，描写四川这特殊背景里的社会人物和风土人情。他常常选择某些社会的侧面，较选择人物底心理侧面的时候为多"。在《六 其他成果》中，欧阳山对自己可能遗漏的许多新人和老人的佳作进行了解释和说明。

欧阳山的这篇文章，涉及小说家及作品众多，为我们了解战后四年的小说史有所帮助。其在分析介绍之时，已是明显地采用新民主主义文学文化观来进行小说史分析了，这与他当时的身份处境及思想认识有关。1940年7月，欧阳山由周恩来和沙汀介绍加入了中国共产党。1941年4月，在"皖南事变"后，党中央决定将在重庆的大批进步文化人士撤回延安。欧阳山在周恩来的安排下，4月到达延安，不久被分配到中央研究院文艺研究室当主任。他当时领导着40多个文艺工作者，学马列主义、整风文件，研究延安的文艺创作、文艺批评活动。毛泽东的《新民主主义论》已成为他的重要理论工具，所以他能据此将中国新小说史划分为四个阶段，并将每个阶段的代表依次确定为鲁迅、郭沫若、茅盾等左翼作家，这是具有创新性的小说史划分。

2. 张道藩的《四年来之文化动向》发表

张道藩的《四年来之文化动向》被录入在1941年8月13日军事委员会政治部编印的《抗战四年》。

张道藩认为，抗战期间的"文化事业可说就是'抗战建国'事业，文化运动也就是'抗战建国'运动的一环，与'抗战建国'不可分离"。中国文化的本质"比较是属于阴柔的，静美的，偏于消极的"，"可是抗战的炮火已将静的渐渐锻炼成动的，柔和的变成了刚劲，错综散漫又已集中统一"。他从文化界、文化领域与文化内容各方面反映于文化运动的征象来谈四年来之文化动向："抗战的号角警醒了各自为战的知识分子，往日一盘散沙的文化界人士在大时代的推动之下，一齐转变成为积极的负荷抗战的任务的文化战士，结合了各种文化团体，从事有组织的抗战活动，自发自动的在各人内心里交互奔流着对国家民族的挚爱与热情"；"较大规模或较专门的出版物虽然较少出现，小型和通俗的书刊却如雨后春笋似的风行一时，而且充满了新鲜的抗战内容"，文化领域"获得广阔而平均的扩张和发展"；文化内容得以提高与充实，即"学术理论从空虚到现实""思想意志上可以说是从分歧到集中""生活行动中可以说从矛盾到统一"。最后，张道藩强调了之后的文化运动方略："三民主义既为'抗战建国'最高指导方针，文化运动尤须配合政治军事，赶上现代化科学文明，所以'抗战建国'的文化运动必然是三民主义的文化运动。"

作者这里提倡并阐述的是三民主义文学原则，其对于具体作家作品很少涉及，他的大多数文章都是如此，显示出他对相关文学史料掌握得并不全面，因此内容空洞无物，文字也乏味枯燥。

3. 郭沫若的《四年来之文化抗战与抗战文化》发表

郭沫若的《四年来之文化抗战与抗战文化》被录入在1941年8月13日军事委员会政治部编印的《抗战四年》。

郭沫若认为抗战四年来我国的文化"是反侵略的文化，是正义与强暴搏斗的文化"。"四年来我国的文化运动，是'五四'以来我国反帝反封建的文化运动的发扬与光大，是我们'抗战建国'的一种主要斗争武器。""这武器在'七七'前完成了'七七'抗战意识动员的准备工作，抗战起后担负起在文化上，思想意识上，动员全国人民为'抗战建国'而奋斗的伟大任务。在抗战第一期，这武器主要是配合军事抗战，抗战入第二期后，便以配合政治抗战为主了。"然后他就具体按照这三个时期对抗战文化进行了总结。

他认为"七七"以前我国文化主要完成了以下任务：第一，在思想上，树立了相当牢固的科学基础，新哲学和社会科学运动达到了相当水准，一般人对事物的看法，已有了最基本的准则，这对于了解当时中日关系具有决定的作用。第二，在实践上，文化与当时要求抗战完全紧密的连接。第三，在大众文化运动方面，有了初步的工作，这对于促起全国人民觉醒，动员大家起来抗战这一任务上，尽了相当的宣传、教育的任务。第四，在民主的任务上也做了不少反封建，反独断的工作，在行动中并且锻炼了思想自由，对朋友的宽容，友好的批评等作风。

在《第一期抗战敌文化侵略与我文化抗战》中，郭沫若介绍了敌人的文化侵略对我国造成的文化毁灭，我文化抗战完成了以下任务：一、在思想上，严厉地打击了"投降"理论如"唯武器论""三月亡国论"等，提高了自己民族的自尊心与坚定了对抗战胜利的自信心。二、文化界各部门都直接动员起来，大部分文化工作者涌上了前线，文化运动得到了广泛的发展，普遍地提高了全国人民大众的文化水准与政治水准。三、各种杂志，小册子，通俗读物、小型报纸、壁报等大量出版，阐发了"抗战建国"必胜必成及其可能遇到的各种困难与障碍的理论，提高了一般人民对抗日战争的意义与任务的了解与认识。四、重要文化物的迁移珍藏。

在《第二期抗战敌文化侵略与我文化抗战》中，郭沫若详细介绍了敌人的政治进攻、政治诱降，对沦陷区同胞采取的奴化措施。我方开展的文化抗战与抗战文化则有：第一，在思想斗争上，先后展开"国民精神总动员"及"反汪锄奸"两大运动。第二，在学术上与一般文化水准上，于普及与深化同时向前发展，广大的干部群众，不仅要求有抗战知识，基本理论，而且进一步要求有更深刻的理论了。第三，文化工作者更进一步的分布到各战区、各后方城市，更加深入到敌后，深入到军队与农村。第四，军队政工机构更加普遍更加健全地建立起来。第五，对敌工作的普遍建立与猛进。第六，后方的文化机关纷纷设立，一些大学得以重建。

最后，郭沫若提出了"今后我国的文化运动发展的方向"之见解。

郭沫若是按照敌我斗争、侵略与反侵略的模式来书写四年来的抗战文化和文化抗战，他是将文化作为抗战的重要组成部分来论述的，这显示了他对中日两国文化总体战略的宏观思考。

4. 熊佛西的《战时戏剧》发表

熊佛西的《战时戏剧》被录入在1941年8月13日军事委员会政治部编印的《抗战四年》。

该文介绍了抗战初期，戏剧取得了蓬勃发展之情况。抗战初期的戏剧内容和演出。大多着重宣传：一、打倒日本强盗；二、铲除汉奸；三、表扬民族英雄；四、促进团结合作；五、劝服兵役；六、激励一般的抗战情绪。针对有人批评初期抗战戏剧太过浅薄，艺术性不高，熊佛西认为这不能脱离时代，抗战戏剧首要目的不是千古不朽，而应该像一颗子弹，达到宣传抗战的目的，以打击敌人；对于"公式化"的指责，熊佛西也指出，这种"公式化"的作品满足了初期抗战之时民众的接受心理，能够拥有很好的效果，而且"公式化"是宣传艺术的本质特征。熊佛西的这种解释说明他注重抗战戏剧的演出效果，当然，他并不是满足于此，而是提出号召：深入生活，主题、形式亟待更加多样；剧运应该以剧场为中心，应该建设众多剧场；理论批评应该加强；需要成立统一领导指挥的剧运机构。

作者对抗战戏剧"公式化"提出了不一样的理解，这也是从抗战角度出发的，显示了他对戏剧运动的真正了解。

5. 鲁觉吾的《抗战四年来的戏剧运动》发表

鲁觉吾的《抗战四年来的戏剧运动》发表在 1941 年 8 月 13 日军事委员会政治部编印的《抗战四年》。

该文将抗战四年来的戏剧运动以武汉撤退分为两个时期。抗战爆发后，戏剧运动迅速发展。戏剧内容纯粹是猛烈尖锐的抗战剧，对民众有异常强烈的刺激，在短时期就获得热烈的反应，宣传上收到空前的效果。形式上独幕剧多于多幕剧，演出方法简陋，街头剧、草台戏多于歌舞剧，剧人们虽苦犹乐，为抗战甘心情愿地付出。武汉会战之时，抗战戏剧达到了顶点。之后，随着武汉撤退，重要的剧团和剧人都向后方城市转移撤退。因为后方的安定，例如重庆的戏剧演出的方式就逐渐排场化，灯光布景都开始讲究；由于物价上涨，票价也上涨，导致戏剧与大众的联系没有之前紧密，许多小剧团已经生存不下去，唯有大财团支持的大剧团能够屹立不倒。由于观众的变化等原因，娱乐性的软性戏剧开始出现。而在抗战的前方，抗战戏剧仍在进行。另外，之前的暴露敌伪丑恶及口号式的抗战戏剧逐渐向问题性和建设性的题材转换，传奇性的历史题材也有了新的生命。最后，作者提及了抗战戏剧最大的变化是由之前的散漫无序，开始成为有组织的团体运动，当时的政治部有所属的抗敌剧团、教育部有演剧队、青年团有青年剧社，作者对青年剧社的组织机构进行了细致介绍。

鲁觉吾作为国民党要员，对当时重庆戏剧开始排场化以及问题性和建设性题材增多的观察，还是很有眼光的。

6. 王平陵的《抗战四年来的小说》发表

王平陵的《抗战四年来的小说》发表于 1941 年 8 月的《文艺月刊》第 11 卷第 8 期。

作者认为"抗战文学担负的是唤醒全国民众的任务，号召起世界民主国的任务"，但是由于欠缺理论的指导，很多小说家的创作还欠缺深刻，还只是反映他眼中所见到的现实的一角，还没有使作品中的意见形成时代的主流。作者从时代局势、批评家苛评、时间的沉淀、主题题材的选择等角度，解释了为什么在伟大的抗战时代没有产生伟大的作品。他根据自己所主编刊物编发过的两次小说专号，对四年来的题材进行了分类：描写"国军"英勇杀敌，反衬敌人胆小怕死的；反映兵役制度缺陷的；表现天真纯朴的农民经过思想转变，而自动入伍与敌人厮杀的；描写汉奸伪军押解善良妇女供敌人蹂躏的；描写大后方知识分子沉醉在纸醉金迷的奢靡生活的……王平陵评价这些小说大都公式化的千篇一律，类似于新闻报道或报告文学，而欠缺深刻的塑造，情节设计得不严密，社会的体验欠深入。之后，他为小说家如何克服这些缺点提出了建议。

王平陵在抗战时期所写这类文章，共有缺点就是具体文学作品涉猎太少，多是理论上的空谈。这显示了三民主义文学主张得不到发扬的重要原因，即其主要评论家远离了作家作品。

7. 李伯钊的《敌后文艺运动概况》发表

李伯钊的《敌后文艺运动概况》发表于 1941 年 8 月 20 日的《中国文化》第 3 卷第 2 期。

该文主要报告了敌后的文艺运动情况，分为三个部分，分别介绍敌后剧运、抗战文艺、敌后音乐。因为敌后的剧运开展得最为轰轰烈烈，所以该文对其介绍也非常详尽，包含剧团建设、开展农村剧运、联合大公演等，还有话剧、旧剧、活报、童戏、小型作品的创作，团结与改造民间艺人等。抗战文艺则分别介绍了报告文学、诗、小说、文学新形式、民间文艺等。报告文学中有荒煤的《陈赓将军印象记》、林火的

《陈锡联将军印象记》、孙健秋的文艺通讯，以及刘祖春的报告文学。诗的写作，"敌后有两员主将，一个是冀察晋的田间，另者为冀晋豫的岗夫"，另一位值得介绍的诗人，是王博习，其以善写长篇的抒情诗著名。小说有"旧形式新内容的长篇《遗毒记》"，是大革命时代狂飙社的老将高沐鸿所作，写短篇小说的作者，有蒋弼、林火、王博习等。

该文报道了敌后文艺运动的概貌，特别提及了重要作家作品，成绩多在宣传鼓动上，显示了敌后文艺教育群众组织群众方面取得了巨大成绩。

9 月

1. 徐懋庸的《我对于华北敌后文艺工作的意见》发表

1941 年 9 月 1 日，徐懋庸的《我对于华北敌后文艺工作的意见——在文协晋东南分会第二届会员大会上的讲演》发表在《华北文艺》第 5 期。该文分为四部分。

《抗战四年来华北敌后文艺界的收获与成绩》中列举的主要收获有：一、出现了两种优秀的作家："一是抗战以后经过改造的，（另）一是在华北敌后四年斗争中新出现的，在华北敌后的文艺界，是特等的财产"；二、"华北敌后的文艺界，在抗战四年来，的确是切切实实地为抗战服务，为政治服务的"；三、"四年来敌后的文艺工作是反映了敌后的斗争与生活的"；四、"在华北敌后各抗日根据地内，已经产生了数量上很多的作品，尤其是戏剧、报告、通讯为最多，诗歌也不少"；五、"作品质地，也一天一天地在提高"。

抗战四年来华北敌后文艺工作的特点主要有："在敌后，一切文艺活动、作家的产生，大多是自发的，自流的"；"文艺工作的进步，与根据地内党的工作、军队工作、政权工作、群众工作等各方面的进步是分不开的"；"部队是我们文艺工作的主要根据地……工厂农村比较落后的现象是不好的，今后应特别注意"；"敌后的文艺界在政治上精神上是一致的，都团结在新民主主义的旗帜下"。

华北敌后文艺界的缺点主要有：第一，"文艺团体还没有能够起组织与领导的作用"。第二，"理论批评工作的薄弱"。第三，"我们反映敌后的斗争与生活还不够积极，不够普遍，不够深刻，不够细致"。第四是"作家及初学写作者都存在着一些不正确的倾向，妨碍着进步"，如"大家不努力于基础的修养"；有着"急功近利主义"；"大半是公式主义"；"最近开始了形式主义的倾向（我说的只是萌芽）"。

最后作者谈了"今后文艺工作应注意的几个问题"。

2. 叶澜的《文艺活动在延安》发表

叶澜的《文艺活动在延安》发表在 1941 年 9 月 12 日《新华日报》。

该文主要报道了延安文艺运动在延安文抗分会的组织、主持下所开展的各项工作：延安文抗分会将许多爱好文艺的青年组织在八十五个文艺小组中，"共有六百六十七个组员，文艺小组的成立，普遍在包括了机关、学校、团体、工厂和部队等五十四个单位中，因之，文艺小组的组员就有了工人、战士、学生和公务员这些各样的人们"。"文抗为了更具体领导帮助各文艺小组的发展，曾设立了文艺小组工作委员会，它曾举行过十二次的巡回座谈会，作家们跑到各个文艺小组去，和组员们亲密的接触着。"经常举行的"文艺讲座""不仅是供给文艺小组的组员们去听讲，而且一切欢喜去听的人都可自由参加"。讲座已有过十五次，报告题目是：主题与典型、现实主义、创作法、诗歌研究、文艺运动史……同时，也曾举行过各种座谈会，谈了关于延安戏剧的演出、关于民族形式、关于音乐的诸问题等。1938 年四月间经延安抗战文艺工作团的发起，已经将六组文艺工作者带到前方去；延安文艺刊物曾有过《文艺战线》《文艺突击》《大众文艺》，"最近"则是由《大众文艺》改刊为《中国文艺》的册子第二期已付印，《解放日报》也特辟有文艺栏刊；许多全国知名的作家到延安来了，使延安的文艺活动更加激荡的活跃；文艺月会是延安文艺作家们共同组织起来的集会，他们创办的"星期文艺学园"给了任何人文艺学习的机会。延安文抗分会召开了第五届会员大会，检讨了过去的工作，通过会章，并且改选了理事；大会一致通过了建设全国文抗总会，并请政府明令规定 8 月 5 日鲁迅诞辰之日即为中国文艺节日；大会上一致通过了致苏联作家书。

该文是在重庆的《新华日报》宣传解放区延安的文艺活动，显示了延安生机勃勃的文化景象，强调了其群众性的文化活动，也彰显了专业性的文艺活动，将延安描绘为抗战时期另一文化中心。

12 月

1. 日本军队侵占中国香港

1941 年 12 月 8 日凌晨，日本侵略军主力向中国香港发起了猛烈进攻，九龙要塞被日军轻易攻占。18 日深夜，日军分别在北角、不莱玛、水牛湾完成了登陆。25 日，日军飞机及炮兵集中火力对仓库山峡、湾仔山峡、歌赋山、扯旗山、西高山的英军阵地狂轰滥炸，迫使英军放弃抵抗，港督杨慕琦向日军投降。26 日，日军举行了占领中国香港的入城式。

2. 徐文滢的《民国以来的章回小说》发表

徐文滢的《民国以来的章回小说》发表于 1941 年 12 月的《万象》第 1 年第 6 期。

该文认为新文学史不重视章回小说是很不公允的，因为"现在章回小说的潜势力不但仍然广大地存在着，且它握有的读者群确是真正的广大的群众。我们不能把它的势力估得太低"。作者认为民国以来的章回小说是继承着晚清小说的两种气味：社会人情的讽刺小说和恋爱小说，理想幻奥的神怪小说和侠义小说。前者的"蓝本"是《儒林外史》和《红楼梦》，后者的"描红格"是《封神榜》和《七侠五义》。除了这四种内容的化合物或混合物以外，似乎没有看见独创一格的另外的新鲜东西。然后他主要按照社会人情小说和武侠神怪小说对民国之后的小说进行梳理。

他认为李涵秋《广陵潮》走着略近于谴责小说的道路，"反映着清帝国溃亡的社会现象却很有力量，因此它写扬州光复前前后后，特别是革命党人的牺牲诸段，都相当动人"；写主人翁云麟的恋爱故事，"很有点像《红楼梦》的细腻，亦有一二段叫读者流泪的"。《留东外史》是介乎"谴责"和"黑幕"之间的一部"谩骂"小说，其中不无"提出了当时留学生的真实的形迹，很足供后来人物的警惕"。《歇浦潮》是"有趣味地描写着上海光复以后北伐以前这一时期中的各种社会层的形态"，"有许多阴险奸恶的人物以及犯罪由于'一转念'间的故事，很足令读者惊心动魄"。陈辟邪的《海外缤纷录》"用笔已多少受点新文艺的影响，同时由于富有海外异国的风味情绪，使这书虽大半是谩骂也仍然很可爱。这里很有许多动人的美丽的恋爱故事，分割下来应成为许多篇美丽的好短篇小说"。张恨水的《春明外史》"以北平人情世故为背景"，夸张的描写是竭力的被避免了的，真能找到一点社会的世故的气味。《金粉世家》被评为"民国红楼梦"，他写着世家子弟的庸俗、自私、放荡、奢华，和一个大家庭的树倒猢狲散而趋于崩溃，无一不是当前现实的题材；描写人物个性的细腻及布局的精密上显示出这是作者用了心血的精心杰构。作者对于大家庭内幕的熟悉和社会人物的口语之各合其分，使这书处理得很自然而真实。"这种种都是以大家庭为题材的许多新文艺作家们所还未能做到的好处"。

作者认为民国后同于《济公传》《西游记》之类的神怪小说是很少的，"几乎只见梦呓样的侠义小说的潮水"，他称这样的侠义小说为"神怪小说"，以示别于其他专述技击拳术的真正侠义小说。这类小说的开创者是不肖生，他最著名的《江湖奇侠传》几乎是妇孺皆知的，"这广大的势力和影响可以叫努力了二十余年的新文艺气沮"。"由于整个社会机构和民生的不安，使小百姓十分同情甚至于深信这种不平的梦境。他们需要侠士剑客，他们想把自己也变成侠士剑客。"摹仿《江湖奇侠传》的有天津作家的《蜀山剑侠》和《青城十九侠》。抒写拳术技击的真正侠义小说有不肖生的《近代侠义英雄传》，但受欢迎不及《江湖奇侠传》的广大，"说的梦呓却较少一点"。赵焕亭书中的特色，"不是描写武术和虎虎有生气的斗争场面，而是社会人情的风趣和对白的流利"，如《儿女英雄传》"很有陀斯它益夫斯基的作风"。还有《双剑奇侠传》《奇侠精忠传》《惊人奇侠传》《英雄走国记》，"都是超过《七侠五义》以上的好作品"。《英雄走国记》"笔法近于前人公案小说的说书语气"，成就超过前代一切这类作品以上。姚民哀的"党会小说""以说书的笔调写了不少江湖好汉的真实故事。这其实不是侠义，而是江湖秘闻了"，作品有《四海群龙记》《龙驹走血记》《江湖豪侠传》《山东响马》等，这是"真正的中国流氓社会的文化和'国粹'"。

最后，作者对"最近几年"章回小说的萧条表达了失望，当然他认为新文艺小说的观众也是萧索得很。"新文艺并没有把他的读者群推销得更广大"。他盼望作家们在谈到"文艺大众化""文艺通俗化"的时候，稍稍注意章回小说有没有优秀的作品？以及这一种真正通俗的形式是不是有继续被运用或者改良地被运用的可能性？

徐文滢的这篇文章表明，在 20 世纪 40 年代，通俗小说再次有着建构自己文学史的意图。在对通俗小说进行分析之时，作者采取的是新文学观念，注重小说品格的高雅和内容形式的革新，并发现张恨水的《金粉世家》已经融会了新旧小说的技能，成就已不是一般新文学所能企及。作者始终紧扣着这些通俗文学所拥有的巨大影响力和读者群，来质疑新文学作家及批评家对其无视的傲慢，并促使大家反思，这种文学样式不应该受到漠视。这种态度已经从之前与新文学对抗的姿态，转变为和解并期冀携手同进的心态。这既是抗战期间通俗文学所能拥有的号召力带给了他们自信，也是他们多年来不断学习改进文学观念及文学技巧后的进步。

1942 年

1 月

1. 郑学稼的《由文学革命到革文学的命》出版

郑学稼的《由文学革命到革文学的命》在 1941 年 11 月 12 日完成于距复旦大学十华里的井潭之草屋，1942 年 1 月由胜利出版社广东分社出版。该书实际上是多篇专题论文，共同建构了一段新文学史。

在《五四运动与文学革命》中，作者从中国的地理时空及朝代更替的角度，说明"五四"运动爆发的原因及经过，他指出：西方的文艺复兴与启蒙运动有着时间的间隔，而在中国这两者是结合在一起的；文学革命不仅是"五四"运动一支流，而且是完成该运动的一手段。接着他介绍胡适、陈独秀所提倡的文学语言的变革。他对周作人在 1920年演讲《新文学的要求》中谈到的——新文学的内容是"人的文学"，是"人生的艺术派"，人道主义是新文学者的信仰，人类的意志便是他的神——并不认可，因为时代的要求还未能达到这一要求。他认为"民族国家形成先后之文化运动，是毁灭封建的文化；按照文学史的记述，适应上述要求的文学是浪漫主义文学。文学一定要求走过这一阶段，才能有写实文学的发生。更谈不到'普罗文学'"。所以他认为推动新文学发展的正是站在"人生艺术派"对面的主张"为艺术而艺术"的浪漫主义大本营的前期创造社。

也正因郑学稼的这一观点，他没有介绍文学研究会的成绩，而重点讨论了创造社。在《创造社》中，郑学稼介绍了创造社的成立经过、与鲁迅的论战等，重在解释创造社抓住了青年的心：易卜生只告诉他们离家出走，而创造社则告诉他们出走以后怎么走，这就将青年读者从鸳鸯蝴蝶派中争取过来，从而完成了新文学的重要使命。然后其引用当事人的回忆讨论了创造社的分裂与发展的三个时期。郑学稼认为在第一个时期中，创造社没有产生伟大的作品。其原因，一方面是他们欠缺物质、权力的支持，另一方面是他们过早走向了"普罗文学"。

在《论郭沫若》中，郑学稼介绍了郭沫若走上文学道路的经过及缘由，评价了他诗歌、戏剧中的特点在于热情、自我与触动青年男女的心，认为其中《少年维特之烦恼》的翻译，更是中国浪漫主义文学独放异彩的珍珠；还分析了郭沫若受到"五卅"运动、十月革命、日本无产阶级运动、翻译河上肇著作等影响，而转为革命文学；介绍了郭沫若参加革命活动而后逃亡日本；在抗战爆发后又回到中国的情况。郑学稼对郭沫若将文学工作与革命工作两相结合持一种批评态度，他认为中国的社会政治并不需要阶级斗争来实现社会主义，其最重要的任务在于走过民族独立的阶段摆脱次殖民地的地位。

在《论张资平及郁达夫》中，郑学稼介绍了张资平的经历，认为张资平知道大众解放后的苦闷，而解决这一苦闷的唯一可得到的手段是性生活，而张资平利用这一社会弱点取得了成功；《苔莉》是张资平的最好小说，他教会了青年男女在走出家门后享受恋爱；而张资平的成功也有当时社会氛围太过沉闷，青年人找不到出路有关。郑学稼对张资平总的态度是批判的，认为其是创造社的侮辱者。郑学稼介绍了郁达夫与创造社的关系，他认为郁达夫的性格是文学家而不是政治家，用一句话形容郁达夫就是"浪漫与颓废：浪漫的性格，使他在文学的作品中充分发挥他的特征；再加上颓废的生活，他的创作便充满放荡生活之细腻的描写与美丽的文句"。而社会环境，特别是"五四"后人性的解放导致郁达夫的巨大影响及其作品被广大青年读者热烈接受，异国情调、失败者的忧郁也是郁达夫作品获取人心的重要因素。郑学稼并不认为郁达夫会真正"左倾"，他强调不能将郁达夫与张资平同等对待。郑学稼认为浪漫主义文学已经过去，但是写实文学还没有到来，只留下茅盾的"三部曲"成为最后的化石，"它像一道鸿沟，划分浪漫主义与政治性文学——如果不称之为'宣言'——的界限"。

在《矛盾及其三部曲》中，郑学稼结合大革命的胜利推进及国共合作失败、革命运动陷入困局的社会实践，以及茅盾的个人革命经历和内心变化，来分析他的"三部曲"反映了这一时代巨变中的青年及心态，由此成为一时杰作。他引用茅盾自己创作"三部曲"的回忆，来说明茅盾自始就不是社会主义道路的追随者，也正因如此，他受到了当时中共人士的批判。

郑学稼在《阿Q的死去和复活》中介绍了鲁迅的生平及创作，认为《孔乙己》内容与形式都很好，而《阿Q正传》也是杰作，但其不能吸引当时青年的兴趣。郑学稼批评鲁迅对重大政治事件不甚关注，却重视女师大事件，显示其短视，只有到"三一八"惨案后，其才有革命行为的表示。鲁迅后来终于有所觉醒之后，就要在创造社第三期的基础上扩大他的地盘。他介绍了鲁迅经过革命文学论争的思想论战后，也由此转向为革命文学论者。围绕这种转变，郑学稼想象了鲁迅许多的功利心和中国共产党对其的"威逼利诱"，鲁迅在他的笔下成了市侩主义者。对鲁迅的杂感受到读者的欢迎，郑学稼给予分析："第一，他像晋人的文笔，和表现的技巧，非白话文流行后缺乏文言训练者所能及；第二，他的反封建反腐化的精神，易于接近纯洁的青年。"郑学稼认为鲁迅之后再没有文学创作，而只有杂感，就不再是一个文学家了，而只是一个有着文学家身份的"政治革命者"。但是这之后，鲁迅却获取了巨大的声名，赢得了很多青年的拥戴，所以郑学稼认为这又是阿Q时代的归来。他批评鲁迅走向左翼文学后丧失了自己的判断力，而成为中国共产党及第三国际的代言人。

在《政治文学的代表》中，郑学稼首先提到了革命文学之后"左联"与"文总"的文化运动及中国共产党的活动能力，对"无历史眼光"的读者趋向左翼进行了分析，然后评价在这一背景之下茅盾创作的《子夜》。他认为《子夜》是"全部当日中共理论的小说化"，即"中国民族资产阶级在'帝国主义'与'封建势力'夹攻中，是没有出路的";地主阶级也要没落,促使其没落的一是受到公债巨头的压迫,二是农村的暴动;只有中国共产党才能救中国。郑学稼还探讨了茅盾由"三部曲"转向写作《子夜》这一"政治化"小说,是受到了中国共产党文艺批评家的批评、打击与拉拢。

在《由大众语到拉丁化》中,郑学稼根据当时中国共产党的为难处境,说明其理论与现实的"差距",这导致其在《子夜》后没有什么作品出现。然后他结合抗日战争的爆发导致国际国内局势的变化,说明中国共产党文艺政策的转变,出现了文学大众化和国防文学之争。他认为文学大众化及土语拉丁化运动则是死亡"普罗文学"之挽歌。因为取消本国文字正是国家民族灭亡的开始,而中国共产党文化人士的这一主张,正好革了文学的命。而完成文学革命的责任,以后将落在中华民族的民族主义者身上了。

在《写后语》中,郑学稼对该著的目的进行了总结,即文学革命之后的浪漫主义文学为新文学立了大功,其本应走向写实文学,但最终走向了革命文学的歧途,以至土语拉丁化运动,最终革了文学的命。本应为建立独立民族国家的力量却"浪费"在创造苏维埃了,在中国共产党"没落"之时,中国的文学应该重归正途。

通过以上章节的介绍,我们发现郑学稼是以国民党的政治立场来重新审视中国现代史和国共两党历史,并以此分析时代转变、读者心理和作家创作。这种文学研究方法与他早年参加过中国共产党,脱党后从事马列主义、联共党史、苏联史和日本问题研究有关。但有了敌视中国共产党的情绪在先,他的很多研究存在问题。他的文学史书写根本错误在于其僵化地从民族主义文学主张出发进行书写。他始终强调只有一个独立自主的民族国家的建立之后,才能真正实现文学革命的目的。而这一民族国家的建立,在他心目中自然是由国民党所领导,这正是20世纪40年代民族主义文学观为国民党政权服务的核心。所以他以西方浪漫主义之后才是写实文学为固定历史规律,来论证只有创造社代表的浪漫主义文学才符合历史潮流,而文学研究会及之后革命文学都是逆历史潮流而动,之后的土语拉丁化运动更是直接"革了文学的命",由此构成了本书"由文学革命到革文学的命"的述史逻辑。这无疑是机械的文学史观,也不吻合历史事实。因为文学研究会及鲁迅对新文学的历史功绩应该在创造社之前就已有之，但其有意无视，而将鲁迅放在了茅盾之后才去论述，这是严重扭曲事实。

在撰写本书之时，郑学稼正担任复旦大学经济学院教授。他于1941年2月16日完成《鲁迅正传》，该书在1942年3月1日由重庆胜利出版社出版。可见，对鲁迅的评价与歪曲是郑学稼此时的学术志向，主要是为了遏制复旦大学师生及社会上"左倾"思潮的发展。但他的反共、反鲁也为其招来了麻烦，因为此时他在复旦大学的同事，复旦大学教务长、《共产党宣言》的译者、鲁迅的老友陈望道，当年红色政权最高人民法院副院长张志让，还有左翼作家靳以、胡风，这些人均反对他，最终郑学稼不得不黯然离开复旦大学。① 中华人民共和国成立之后，郑学稼在中国台湾增补修订了《鲁迅正传》，成为著名的攻击鲁迅的"专家"。

2. 田汉等的《一九四一年文艺运动的检讨》发表

田汉等的《一九四一年文艺运动的检讨》发表在1942年1月15日的《文艺生活》第1卷第5期。1941年11月19日下午，田汉、荃麟、宋云彬、艾芜、孟超、伍禾、许之乔、胡危舟、魏曼青、吕复、序桑楚、雷蕾、杜宣、司马文森在桂林举行了"一九四一年文艺运动的检讨"座谈会。与会人员对1941年的文艺运动进行了总结。大家分别发言后，由雷蕾整理后发表。

大家一致认为"今年的文艺运动不如去年的来得蓬勃有生气。在去年，还有一些代表作品产生。文艺杂志，单行本均如雨后春笋一样的茁长着，可是到了今年则都纷纷停刊。作品在量方面减少，质方面贫乏，这并非由于群众对文艺的要求减低，而是有下列几个原因"：

一、"作家们在写作时，深感现实主义的困难，所受的限制太多"。二、"文化中心转移，大批文艺作家离开原有的文化据点"。三、"交通困难，影响到书籍杂志的流通"。四、"物价飞涨，生活日益艰难，作家的生活得不到保障。纷纷改行，写作时间自然受了剥削"。五、"文艺理论和批评贫乏、作家失却领导"。六、"受时局的影响"。七、"作

---

① 古远清：《"第四种人"郑学稼》，《鲁迅研究月刊》2005年第4期。

家生活逐渐的和现实脱节"。八、"市侩主义又在文艺运动中抬头"。九、"虽然整个文艺运动是低潮的，不过在低潮中也有发展，只是发展得不怎样平衡就是了"。比如：第一，"在本年度，杂文杂志和文章非常盛行，且均获有广大读者"；第二，长诗特别多；在内容和表现技巧上，且都有了进步；第三，翻译作品多；第四，戏剧界相当活跃，尤其是历史剧非常流行，在技术上且比以前进步；第五，文艺作品产量虽少，但是写长篇的人却比以前多。

3. 楚天阔的《一年来的北方文艺界》发表

楚天阔即李景慈，他的《一年来的北方文艺界》发表于1942《中国公论》第4期。

楚天阔对这一年华北文学进行了概说，认为过去很少真诚的文学，而这一年作家更为固定，少了很多游戏和消遣的态度；但文艺期刊仍然相当稀少，刊物寥若晨星。下半年成立的华北作家协会为以后作家的联合奠定了基础。纯文艺出版有《中国文艺》，东北过来的作家创办的《每月文园》《每周文苑》，辅仁大学的《辅仁文苑》，一些综合性刊物的文艺栏目，以及一些报纸的文艺副刊及单行本。他认为这一年有两件大事：一是华北作家协会的成立，出版了《华北作家月报》，二是华北作家作品得以向伪满洲和日本推介，他们的作品在这两个地域发表。他介绍了在《国民杂志》刊物上发生的与公孙燕有关的"色情文学"讨论、与张金寿有关的"章回小说"讨论。他分析了这一年成绩比较突出的小说家，如闻国新、程心粉、萧艾、高深、吴明世、梅娘、张秀亚等，并为他们小说题材向农村、市民生活扩展而感到高兴。楚天阔认为，戏剧无论在演出还是创作、翻译方面成绩都落后小说许多倍；诗歌的创作也不令人满意；散文方面成绩较好，小品文较多，作品比较成熟，有麦静、慕容慧文、林栖、闻青等，随笔也有不错的发展；杂文与批评的上乘之作比较稀缺；翻译多偏重日本的作品，对西洋作家作品的介绍也是从日文转译的，多是从伪满洲过来的翻译者从事该项工作，他们的翻译不系统，多短篇而少鸿篇巨制。在结论中，楚天阔认为当时已经有形成派别的开始，如伪满洲作家《文园》同人，武德报社的作家，《中国文艺》的作家都有小圈子的存在，他呼吁大家共同努力，而不必争"正统"。

通过楚天阔的介绍,我们发现华北文艺界在 1941 年取得了较好的成绩,比过去几年有了更大的进步,文坛更加热闹,交流也繁多起来。

3 月

萧乾的《苦难时代的蚀刻——现代中国文学鸟瞰》（*Etching of a Tormented Age：A Glimpse of Contemporary Chinese Literature*）**出版**

1942 年 3 月萧乾的《苦难时代的蚀刻——现代中国文学鸟瞰》（*Etching of a Tormented Age：A Glimpse of Contemporary Chinese Literature*）在国际笔会丛刊的帮助下,在英国乔治·艾伦与恩德公司出版;该书有瑞士苏黎世德译本 1947 年版,出版者为布尔—弗拉格社。1942 年 3 月 21 日英国《泰晤士报》文学副刊上刊载了无署名书评《评〈苦难时代的蚀刻——现代中国文学鸟瞰〉》,有左丹译文。[1] 此书内容有多种中译本,这里参考的是文洁若编的《龙须与蓝图:中国现代文学论集　英汉对照》,是外语教学与研究出版社 2014 年版,由傅光明中译。原版书的扉页有"献给爱·摩·福斯特和亚瑟·魏理"的字样,这应是感谢他们对该书的出版所做出的贡献。该书共有六个部分。

《永别了,老古玩店》介绍了中国文学革命爆发的原因及经过。萧乾从 1911 年开始谈起,认为"中华民国"使得"中国人的生活经历了一场也许是历史上独一无二的变革",而传统文言形式是民国以来的中国人所难以忍受。萧乾赞美新的文体"不仅更理性、明智,作为口语,它还更富于表现力,自然而发。民国人确实洋溢着感情,先不管美学及语言学上的考虑,光这一改革符合年轻中国人的要求事实本身,就足以证明它存在的合理性。"然后萧乾从国际国内的形势介绍了新文学革命的必然及主张、成功以及受到的林纾的反对。

在《作为改革者的小说家》中,萧乾道明中国小说家创作的目的:"惊险小说和纯幽默小说在现今的中国小说界完全没有地位。小说家们把纯粹为大众娱乐而写作当成一件丢脸的事。尽管这非常不利于技巧的运用,但可见我们的小说家是多么尽责啊!事实上,我们大部分小说家

---

[1]　参见《萧乾研究资料》,北京十月文艺出版社 1988 年版。

骨子里都是社会改革者。探求其创作动机，很明显是要努力改进一个腐败的社会……对国家弱点无情剖析、对个人权利勇敢维护正是中国现代作家的指导力量。"然后萧乾按照题材内容对小说家进行了分类："我们现今最大的文学收获无疑是小说，新旧写作的对照也是在小说中最为引人注目。""许多中国作家仍很自然地依恋着他们最熟悉的乡村某个地方"，他列举周文、沙汀和罗淑、芦焚、萧军及其前妻萧红、端木蕻良、吴组缃、鲁迅、沈从文、冰心的创作都有着自己家乡的投射。"也有一些作家有时以外国为背景，一方面因为可以增强作品的异国情调，像许地山笔下的印度、巴金笔下的法国、艾芜笔下的缅甸，以及靳以所描绘的哈尔滨的白俄聚居区；另一方面也因为他们曾长期旅居国外，像郭沫若在日本就住过很长时间。""在改革家庭体制的过渡期，两性之间的关系引起人们的强烈兴趣和争议"，这方面有郁达夫和张资平。"'家庭压迫'的问题没有完全解决，中国的读者从未对此失去兴趣。巴金小说的成功是最好的证明。""茅盾是第一个尝试写纪念碑式小说的作家，他的《幻灭》《动摇》《追求》三部曲描绘了灾难岁月里那场流血的革命。""描绘民国生活的阴暗面也是作家普遍关注的一个主题。叶绍钧形象地描写学校老师和中年人，张天翼笔下多是公务员和孩子们。"此类创作还有丁玲的《在黑暗中》和《母亲》。凌叔华、林徽因则是写了一些轻快的小说。萧乾非常欣赏文体家的沈从文，认为其最本质的特色是"他的写作世界完全是他自己的：士兵、内陆公务员、湘西农民和边界地区的部落成员。他用生花妙笔把这些人物丰富的对话、独特的生活及其悲剧故事活脱脱地展现出来。他就是在他们中间出生和成长的，他当过士兵，还当过税收员，踏遍了那里的每一寸土地。"

　　对于小说，萧乾有自己文学审美的阶段性分期："从1916年到1930年'左联'创建，任何形式的白话写作似乎都被接受了。而评判标准也似乎更重视语言而非艺术。在革命文学期间，左翼批评家们更关心的是意识形态……艺术被作为'技巧'轻易地摒弃。结果许多小说沦为干瘪的革命故事或某种政治信念的戏剧化演绎。"对于抗战之后的文学，萧乾认为："总的来说，战争对中国文学尤其小说称得上祸中得福。抗战前，中国作家身上大多存在着两种令人惋惜的症状：他们或者缺乏对现实生活的坚实基础，或者所用辞藻离人民太远。战事把作家赶到生活中去了。他们第一次闻到稻田里的香味，看到迷人的橘林，感受到农村形形色色有意思的生活。最重要的是他们跟人民——居住在远离沿海、完全不曾欧化过的人民，有了直接接触。此外，他们还经历着战争，目睹战争的残酷以及人们在战时所表现出的英勇。因此，我们可以寄厚望于战后的中国小说家。"

在《诗歌：在十字路口》中，萧乾认为新诗始终处于矛盾的"十字路口"："中国现代诗人显得非常烦躁不安，诗的'形式'是个永恒的难题。当诗人感到自己像是只夜莺时，他就希望摆脱任何拘束他的形式。然而当他意识到诗也像绘画一样，需要有个框框时，他同样强烈地希望回到这样一个框框。许多个人或流派发明并实验着如此多样的诗的形式，但到目前为止，并没得出什么结论。"他从胡适早期的白话诗谈到新月社徐志摩、闻一多、陈梦家和卞之琳。"郭沫若成为受欢迎的诗人。事实上，他被视为英雄。他所要反叛的不仅仅是影响自由精神表达的僵硬的形式。像鲁迅一样，他反叛的是象牙塔派的矫揉造作的时髦。当象牙被廉价的材料取代时，塔虽仍是塔，却已逐步失去大众的支持。然而，我禁不住想，抗日战争使'朗诵诗'如此受欢迎，真是二十年代郭沫若诗的复活。"李金发，是法国象征派的热心信徒，"他创造出一种新形式的诗，充满了异国情调的意象和久远的隐喻，并时常借用欧洲神话典故。自从白话写作以来，他是第一位尽其所能把白话和文言混在一起的作家。从长远来看，李金发的影响是有益的。他扩展了这种'无雕饰的语言'的词汇量。最触动读者的，是他的意象，这意象常是肉欲的"。

在《戏剧：扩音喇叭》中，萧乾认为，"从 1911 年辛亥革命以来，每逢国家危难关头，戏剧便被当作一件有效的武器。战争旷日持久，戏剧的功能是唤醒和激发民众"。早期文明戏社团"大多一方面希望新戏成功，（另）一方面又想让新戏充当思想解放运动的扩音喇叭。但这两个目的的结合多少有些拙劣"。后来文明戏失败，爱美剧盛行，戏剧学校建立，国剧运动开始。1926 年，北伐来到了长江边，戏剧再次成了扩音喇叭。1931 年日本入侵东北，极大地刺激了中国的戏剧活动。1937 年抗战爆发，戏剧很快成为宣传先锋，再次充当起扩音喇叭。萧乾高度评价曹禺的剧本创作"无疑达到了顶峰"，"1936 年发表并上演曹禺的《雷雨》，是中国戏剧史上的重大事件。严格地说，它是第一部多幕剧，有序幕和附加的尾声。但使它受到空前欢迎的，是这出不同寻常的悲剧所产生的戏剧力量……他是位极有责任感的戏剧家，他从欧洲戏剧汲取养分，而没有被欧化……在巧妙娴熟刻画人物性格这一点上，中国戏剧界没人能够超越他"。

在《散文：雕刀还是利剑》中，萧乾认为，"中国文学明显缺乏建筑美，也许应归罪于我们生活的大陆过于平坦，也许要怪禁欲主义的儒家学说。然而，散文完全是一种在一定程度上受道家滋润的个人主义的写作"。因此，"中国作家写起散文来，感觉完全舒松、畅快、闲适"。他将中国散文家分为两类：隐士和斗士。"隐士散文家把手中的笔用作雕刻家手中的雕刀，常常是以自我为中心和多愁善感的……内容上常是琐碎的个人回忆及人类怀乡病的抒情编织。""而对斗士散文家来说，一篇散文只是一个简单的媒介，是刺向近敌的利剑和掷向远敌的投枪。雕刀擅长精雕细刻，利剑的品格却是锋利尖锐。他们的散文，无论批评社会还是文学抒写，必定是嘲弄和讽刺。他们也写小品文，可一旦把散文当武器来用时，就一定要有目标。有趣的是，鲁迅和周作人兄弟俩正好是这两种类型写作的最好代表。"他对周作人在"苦雨斋"所写的文章进行了批评，"他像是一位古玩商，品鉴酒、茶和上好信笺的行家。当全民族对日本人侵略东北表现出极大愤慨的时候，他却在营造自己的一小块绿洲，陶醉在往事的芳香里。生活的意义对他来说就是搜集纪念品。他是那些被严酷的现实不幸驯服了的反叛者之一。对一个中年人，这或许是一种舒适的隐退，但它对中国青年的影响却是极其消极的"。对鲁迅的散文萧乾进行了高度赞扬，此外，他看重的是何其芳从《画梦录》到《还乡日记》再到《新的山西》的完全转变，这"是日本侵华对中国现代文学影响的深刻表征。这场战争使我们的作家精神变得坚强，同时还强化了他们与土地和人民的关系"。

在《翻译：永恒的时尚》中，萧乾指出："许多现代中国作家都是西方文学名家的赞美者、敬慕者，他们大多不懂外文，因此，从新文学运动一开始，翻译西方文学就是一项至关重要的工作。""除了英国文学自身的影响，英语在中国无可比拟的受欢迎程度也使其大受裨益。许多欧洲其他语种的文学名著，中国的翻译家不易得到，像易卜生和安徒生，就都是从英文本转译过来的。俄罗斯的小说在中国特别受欢迎，并对中国作家产生了深远影响，这其实不难理解。""一直到1932年，我们可以确切地说，大多数翻译都倾注了译者极大的热情，但目的性不强。"他具体介绍了胡适主编的《世界文学丛书》翻译与郑振铎主持的欧洲文学选本《世界文库》的翻译。

　　萧乾作为京派文学的作家，文学的艺术审美是其坚守和追求的目标，所以对京派作家评价比较细致，如沈从文、林徽因等。他对一些水平不高的革命文学评价并不高，但是对于郭沫若、茅盾却饱含敬意，这都是从他们作品的文学性出发的。其对各种文体发展历史的梳理，始终认为每种文体发展都有着两种观念的纠缠，核心即是社会意识和艺术意识的斗争，对此他辩证认为："社会意识高于艺术意识的学者创造了白话文学，唯美主义者则以多种方式使白话文学得到深化。"这样就将二者的关系予以了明辨。特别是萧乾身处伦敦，对日本侵略中国的行为义愤填膺，所以他能理解新文学如戏剧一再成为扩音喇叭的必然性，这也是该文学史写作始终认为抗战对于中国新文学来说是成长机遇的原因。

　　由于萧乾自己学习过英国文学，加上他当时身在伦敦，所以他始终能以中西文学比较的视野来评析中国新文学作家。如萧乾认为：茅盾与《上海风暴》的作者安德烈·马尔罗一样；林徽因像弗吉尼亚·吴尔夫一样钟爱实验小说的写作；严格的十四行似乎特别不适合中国诗人的口味；又一轮反叛的动力来自沃尔特·惠特曼和法国象征派诗人，前者是郭沫若，后者是李金发；在戴望舒、卞之琳、何其芳的诗作中，兼具了保罗·瓦莱里和 T. S. 艾略特的影响。传统的舞台艺术相当于歌剧和芭蕾的混合体；中国作家从易卜生这位挪威戏剧家身上学到了戏剧的最高使命在于揭露现行社会的弊端和荒谬；从丁西林愉快的讽刺剧可以看出 A. A. 米尔恩的影响；当曹禺就读清华大学时，学到了欧洲戏剧传统方面的丰富知识，从希腊悲剧到尤金·奥尼尔的抒情现实主义。梁遇春曾借用 J. K. 杰罗姆的《懒惰汉的懒惰想头》作为他一篇散文的题目，他的散文明显受了《伊利亚随笔集》的影响；李广田非常欣赏 W. H. 赫德森，并钟爱他那个"简单而个人的世界"；"散文诗"体的写作，则是屠格涅夫的影响；鲁迅也禁不住用散文诗的文体写了《野草》；波德莱尔的影响更把中国年轻一辈散文家引向精巧的迷宫。萧乾还对中国作家翻译改编的外国戏剧进行了细致分析，也介绍了中国作家被翻译成英文，如丁玲为中国农民写的一出街头独幕剧《重逢》，被译成英文，于1941年2月在泰戈尔创建的孟加拉国和平大学上演。

4 月
艾青的《抗战以来的中国新诗》发表

艾青在1942年4月10日《文艺阵地》第6卷第4期发表《抗战以来的中国新诗》。该文对抗战前期的中国新诗活动进行了全面总结，全文分8个专题。

在《中国新诗》中，艾青指出中国新诗的使命"是服役于中国革命的，即以民族解放与民主的要求作为内容的，革命文学的样式。所以，中国新诗是和中国革命的新文学一同开始她战斗的历程的"。中国新诗，一开始就承担了严重的使命："一、它必须摆脱中国旧诗之封建的形式和它的格律的羁绊；创造适合于表达新的意志新的愿望的形式，和不是均衡与静止，而是自由的富有高度扬抑的旋律。二、它必须和中国革命一起，并且依附于中国革命的发展，忠实地做中国革命的代言者。"在《创作》中，艾青指出很多诗人都在讴歌反抗暴虐、反抗兽性的战争。他特别分析了新月派诗人中卞之琳、曹葆华、何其芳等勇敢改变了自己生活和创作态度的诗人及其诗作。毕奂午、贾芝、李雷、田间、胡风、袁勃、戈茅、骆方、力扬、长虹、戴望舒、徐迟、施蛰存、方敬、吕亮耕、苏金伞、韩北屏、厂民、常任侠、锡金、孙钿、邹荻帆、邹绿芷、征军、老舍、臧克家、王亚平、柳倩、任钧、胡明树、柳木下、李育中、陈残云、蒲风、萧三、柯仲平、白曙、朱维基、石灵等诗人及诗作被予以简评。

在《诗集和诗刊》中，艾青指出，抗战的进行，导致出版的纸张欠缺，费用上涨，而且诗人物质生活非常艰难，但是"在短短的三年内，诗集和诗刊的出版额不但不因之减少反而比战前增加了。而大多数的诗集和诗刊是由诗人自费出版的"。接着他列举了系列诗人的诗集出版，以及一些诗刊的创办及主持人简况。报纸上的副刊、油印诗刊及油印诗也被艾青所注意。在《行动》中，艾青介绍了众多诗人在前线和后方参与的实际工作，强调"中国的诗人已和中国的政治的发展取得一致的步调，诗人已比关心自己的幸福更关心祖国的命运，诗人已为抗战，为反汉奸运动，为生产运动，为宪政运动……制作了许多诗篇；他们将一天比一天更密切地关心中国的政治，因为只有这样，才能使中国的新诗在中国革命的征程中，发挥它的教育大众和组织大众的力量"。

在《诗歌活动》中，作者介绍了诗歌晚会、诗歌朗诵会、座谈会、街头诗等，还提及明信片诗、诗标语、贺年片诗、慰劳诗、大众合唱诗等在抗战中应运而繁生的新形式。在《新人的生产》中，艾青介绍在抗战期间才引起普遍注意的"新人"及诗作，如庄涌、彭燕郊、鲁藜、天蓝、吕剑、袁水拍、刘火子、穆旦、周为、婴子、陈迩东、铁马、司徒红、李素石等。在《若干缺点》中，艾青批评了诗人们在创作上仍然存在大量缺点，认为诗歌理论批评也很落后，不能指导创作，诗人们的活动还欠缺统一组织、集体行动。在《狂飙的预兆》中，艾青认为诗歌在抗战中取得巨大成绩，得到更多人的喜爱和拥护，诗歌各种各样的形式层出不穷。尽管诗人的物质生活还很艰苦，但是他们"很坚强地扼守思想的堡垒，智慧的要塞！"

5 月

1. 毛泽东的《在延安文艺座谈会上的讲话》发表

《在延安文艺座谈会上的讲话》是毛泽东于 1942 年 5 月在延安举行的文艺座谈会上的讲话内容，包括 5 月 2 日所作《引言》和 5 月 23 日所作《结论》两部分。1943 年 10 月 19 日在延安《解放日报》正式发表。这里依据的是 1991 年收录在《毛泽东选集》中的版本。[①] 其对新文学史书写的影响在于：

毛泽东确立了文学的政治及社会标准。"文学问题的中心是一个为群众的问题和一个如何为群众的问题"，这成为新文学史书写中的重要文学标准和价值标杆。关于文艺批评，毛泽东要求的是"政治和艺术的统一，内容和形式的统一，革命的政治内容和尽可能完美的艺术形式的统一"。在如何为工农兵服务的问题上，毛泽东着重谈了普及和提高的关系。

---

① 毛泽东：《在延安文艺座谈会上的讲话》，《毛泽东选集（第三卷）》，人民出版社 1991 年版。

毛泽东确立了各具体作家作品、文学流派、社团组织的阶级属性和价值作用。他指出："像鲁迅所批评的梁实秋一类人，他们虽然在口头上提出什么文艺是超阶级的，但是他们在实际上是主张资产阶级的文艺，反对无产阶级的文艺。文艺是为帝国主义者的，周作人、张资平这批人就是这样，这叫作汉奸文艺。在我们，文艺不是为上述种种人，而是为人民的。我们曾说，现阶段的中国新文化，是无产阶级领导的人民大众的反帝反封建的文化。真正人民大众的东西，现在一定是无产阶级领导的。资产阶级领导的东西，不可能属于人民大众。新文化中的新文学新艺术，自然也是这样。"这里他对不同阶级的文学属性进行了具体区分，并列举了具体作家流派，这无疑是以后新文学史书写的重要参考资源。

2. 郭沫若的《中国战时的文学与艺术》发表

1942 年 5 月 27 日，郭沫若在中美文化协会发表演讲《中国战时的文学与艺术》。演讲稿最初发表于 1942 年 5 月 28、29 日重庆《新华日报》。

郭沫若在演讲词中对抗战以来中国文艺界作家面貌进行了概述，同时对文学中诗歌与戏剧的勃兴、小说的衰竭等现象进行了评介，并就这种现象与抗战之间的关系进行了分析。郭沫若认为：抗战使得中国文学的作家们由"文人相轻"转为"文人相爱"；抗战前的文艺多与现实生活脱节，"然而抗战的号角，却把全体的作家解放了，把大家吹送到了十字街头，吹送到了前线，吹送到了农村，吹送到了大后方的每一个角落，使他们接触了更广大的天地，得以吸收更丰腴而健全的营养。新的艺术到这时才生了根，旧的艺术到这时才恢复了它的气息，新旧的壁垒到这时也才逐渐的化除了"；抗战以来这"五年间的发展，抵得上抗战前的二十五年。这是反侵略战的进步性，与艺术本质的战斗性合拍的结果"。

3. 席水林的《一年来诗工作表记》发表

1942 年 5 月，席水林的《一年来诗工作表记》发表在《晋察冀文艺》第 1 卷第 5、6 期诗专号合刊。该文展现了 1941 年 7 月至 1942 年 7

月晋察冀的诗歌活动、出版物、烈士诗人。

在《一、诗的活动》中，作者介绍了晋察冀边区诗会的成立、冀中区文建会与边区各艺术团体举行艺术工作者座谈会，纪念街头诗运动三周年、"军民誓约创作运动"征稿、西北战地服务团的少年艺术队、各分区剧社、地方文救会写了大批街头诗、1942 年鲁迅文艺奖金委员会春季征稿及入选者。

在《二、诗的出版物》中，作者介绍了边区诗会的机关志《诗》创刊号，内有沙可夫的《代发刊词》、杨朔的《感想》及诗作十余首，并发表了诗会《致全国诗工作者书》。此外，冀中新世纪诗歌社创刊号《新世纪诗歌》；西北战地服务团、战地社编印的《诗建设诗选》；邵子南的长诗《会场上的诗章》；军民誓约运动文学创作之五《街头诗集》；边区文协主编的《晋察冀文艺》第一期；军民誓约运动文学创作之三《诗集》；《晋察冀文艺》第二期；《文艺轻骑》第六期的诗专号等纷纷出版。《晋察冀文艺》和《晋察冀艺术》所出儿童专号和特刊，有儿童所写街头诗；唐县文艺小组编的《文艺》、新望县文艺小组编的《绿芽》、四分区大线报的《大线丛书》第一期，诗稿很多。在全边区十三种文艺副刊上，经常载有诗稿。

在《三、诗的烈士碑》中介绍了诗人温沙在完县（今顺平县）反扫荡中牺牲、劳森害伤寒病逝于国际和平医院。

6 月

1. 周恩来撰写《周恩来关于香港文艺运动情况向中央宣传部和文委的报告（一九四二年六月二十一日）》

周恩来向中央宣传部和文委报告中国香港的文艺运动，具体报告为《周恩来关于香港文艺运动情况向中央宣传部和文委的报告（一九四二年六月二十一日）》。①

该报告认为新四军事件前，中国香港的文艺活动只限于很小的下层

---

① 南方局党史资料编辑小组：《周恩来关于香港文艺运动情况向中央宣传部和文委的报告（一九四二年六月二十一日）》，参见《南方局党史资料·文化工作》，重庆出版社 1990 年版，第 15—18 页。

活动，自渝大批文化人到港后，才有新的发展。其介绍了中国香港当时的文艺活动的组织、文艺团体及刊物、文艺活动工作情况、文艺工作的几个阶段、文艺争论、港当局对文艺活动的限制、港戏剧电影活动、港音乐活动及情况等。

2. 杨之华的《新文艺思潮的起源及其流变》发表

杨之华的《新文艺思潮的起源及其流变》发表在 1942 年 6 月 30 日的《东方文化》月刊创刊号上。该刊是汪伪以上海东方文化月刊社名义办的宣传"和平运动"的刊物，刊有部分文学译著与文艺评论。

作者写作该文的时候，搜集了不少史料，之后出版有《文坛史料》① 一书，所以资料比较丰富。该文按照年月的时间顺序依次介绍新文学思潮中的各种文学社团的兴起、成立、主张、创办刊物及变动发展，如新青年社、少年中国社、新潮社、文学研究会、创造社、太阳社、语丝社、未名社、狂飙社、现代评论社、新月派、左翼作家联盟等。20 世纪 20 年代的文坛恩怨在之前不少的文学史中都已描述清晰，杨之华不过是继续这类书写，但是他的创新在于对 20 世纪 30 年代的文坛斗争予以了还原。他指出，20 世纪 30 年代初都市文学的施蛰存、刘呐鸥等人的《现代》社与傅东华、郑振铎、鲁迅、茅盾的《文学》社之间有着竞争，而后又有林语堂、邵洵美、陶亢德的《论语》派，1934 年郑振铎又创办《文学季刊》社，陈望道等人为对抗林语堂创办了《太白》《新语林》。当时出现了"文学大众化"的诸多讨论，但最后只能是理论上提供了解决方案而结束。1935 年之后又发生了"两个口号"的论争，陈立夫借此策动中国文艺社提出"民族主义文学"口号。1937 年抗战爆发后，众多文艺期刊由集中于上海分流到内地，形式上变为小册子，内容上则是精要短小的作品。可见，杨之华善于描画社团门派之间的争斗与恩怨，如文学研究会与创造社、现代评论派与语丝社、现代派与文学社，论语派与太白等之间的冲突都被他描画出来。

杨之华此时已经跟随汪精卫投降日本帝国主义，所以他的这篇文章暴露了他为汪伪政权服务的目的。林蓬于 1940 年 2 月提出"和平文艺"

---

① 杨之华：《文坛史料》，上海中华日报社 1944 年版。

口号,意在为汪伪"和平运动"服务。此后两年间,《中华日报》《新中国报》《新申报》《国民新闻》《华文每日》《南华日报》等报纸参与了讨论。而该文在书写文艺思潮之时就有为汪伪政权"和平文艺"张目的目的。他有意歪曲中华全国文艺界抗敌协会的成立意图,认为这是郭沫若和老舍为"巩固其个人的地位计,乃联合各地作家,组织'文艺作家协会'",这将民族大义丑化成个人的争名夺利。接着他进一步贬低协会所取得的成绩:"为了'文人相轻'的本然特质,故虽有其'协会'之表,而却没有互相联系之实。而这时所产生出来的'抗战文学'也起了质的变化,由实质的变为空泛的滥调,其后更变为怀念家乡的'反战文学'了。总而言之,'抗战文艺'在中国近代文坛上的过程,正如'抗战'在中国政治上所有着的命运一样,一天天地在消沉下去了。"作者写作该文之时,正是抗战的战略相持阶段,他没有看清抗战最终将取得胜利的前途,而对日本帝国主义充满了幻想。

正因为这种幻想,所以他对汪伪政权及其代表的"和平文艺"进行了鼓吹。他认为汪伪政权的投降,"中国的国民革命运动又有了另一个新的出发",然后他回顾了汪伪的"和平运动"的发生与发展,而"和平文学"正是配合这一运动的需要而产生。"关于和平文学力量的出发点,乃始自香港的《南华日报》,而这一理论的建立则为上海的《中华日报》","至于作为'和平文学'的初期干部作家,计有穆时英,刘呐鸥,傅彦长,张资平,章克标,汪馥泉,丁丁,陈大悲等,其中最为努力的要算穆时英,《中华日报》后的《文艺周报》及《华风》等,即为穆时英所主持;此外兼主编《国民新闻》,于该报的《六艺版》上鼓吹'和平文学'",在对一些汉奸作家进行点名后,杨之华还论及"和平文学"的相关文学组织,如"中国作家联谊会"与"上海艺术学会"。

杨之华这里提及的《南华日报》和《中华日报》,正是汪精卫政治派系在20世纪30年代初先后创办的,主要宣传该派的政治主张。抗战开始后,《中华日报》曾一度停刊,1939年7月再次复刊,成为汪精卫汉奸政权的机关报。而杨之华本人曾担任《中华日报》主编,该报极力鼓吹汪精卫集团的"和平、反共、建国"的汉奸谬论,为汪伪政权的统治呐喊。他如此重视该报及其文学版是有原因的。杨之华的新文学思潮的书写,一方面显示其有着较扎实的文学史资料功底,但是另一方面则展露了他文化汉奸的实质，这体现了抗战时期文学史书写的复杂性。

7 月

1. 王集丛的《怎样建设三民主义文学》出版

王集丛的《怎样建设三民主义文学》于 1942 年 7 月在国民图书出版社出版。

王集丛对新文学作家作品及文学运动的历史进行了批评否定，以实现他对"三民主义"文艺理论体系的构建。他说，"在现代中国文学的发展中，值得注意的有两个批判运动：一是'五四'时代的批判运动，二是北伐以后'普罗文学'的批判运动。目前中国文学的情形，可说是由这两个运动发展来"；"五四文学革命批判的对象是贵族文学……但是因为当时的文学革命没有正确的中心思想领导，以致批判成为没有正确立场的批判，终于未将中国文学引上正确的发展途径。在另一方面，又因为盲目地搬运外国文学，反招来了个人主义与不合国情的外国的一些主义的发展……它们至今尚阻碍着中国文学与中国国家之前进"；"北伐以后的'普罗文学'运动……既不为国家民族，也不为文学，专为那扰乱社会破坏国力的'路线'摇旗呐喊……现在他们正忙于'新民主主义'的宣传。所谓批判工作，便是借着一些枝节问题来夸大现实的黑暗面……至于根本的思想问题，如何统一意志集中力量来'抗战建国'的问题，他们是尽力回避"。[①] 从上引可以看出，王集丛认为 20 世纪 40 年代之前的文学是从"五四"时代的批判运动和北伐以后"普罗文学"的批判运动发展而来的，抓住了新文学发展史的历史事实，但是其对这两种文学运动并不看好，进而他对这两种运动都进行了批评，这样的价值评判是因为他采取的和要推广的是三民主义文学及文学史标准。

2. 林焕平的《五年来之文艺界动态》发表

林焕平的《五年来之文艺界动态》发表于 1942 年 7 月的《时代中国》第 6 卷第 1 期。

---

① 王集丛：《怎样建设三民主义文学》，国民图书出版社 1942 年版，第 71—75 页。

作者认为抗战以后，才是真正的中国的"文艺复兴期"。这主要表现于作家与作家之间形成总的大团结；创作走向现实主义，题材范围更为广泛。

诗歌的表现最为活泼。诗人们都在"抗战建国"的大目标之下歌唱的。许多诗歌杂志出版了，如上海的《高射炮》、武汉的《时调》《七月》《诗时代》、长沙的《中国诗艺》、广州的《诗群众》《中国诗坛》、昆明的《战歌》、桂林的《诗》《诗创作》，及上海、香港的《顶点》等。许多诗集出版了，如郑振铎的《战号》、王统照的《横吹集》、臧克家的《从军行》、胡风的《为祖国而歌》、庄涌的《突围令》、艾青的《北方》《他死在第二次》《向太阳》、卞之琳的《慰劳信集》、柯仲平的《边区自卫军》《平汉路工人破坏大队的产生》、徐迟的《最强音》、老舍的《剑北篇》等。街头诗运动和诗朗诵运动，也空前地发展起来了。

抗战戏剧的发展，也大有比诗歌有过之无不及之势。抗战一开始，剧人就空前的团结起来，他们跑到东西南北宣传抗战。如洪深等领导的"上海救亡演剧队"，部队、政府机关、文化机关都有演剧团，还有农村的剧团、孩子剧团、老太婆剧团。广东和广西都建立了"省立艺术馆"，时常公演戏剧。近年来因电影器材的输入困难，大后方都市的演剧特别蓬勃，如重庆、桂林、昆明。抗战戏剧也扩展到南洋群岛，如金山和王莹领导的剧团到南洋演剧得到侨胞伟大的同情与拥护。剧本有上海剧协的《保卫卢沟桥》、王震之和崔嵬的《八百壮士》、阳翰笙的《塞上风云》、老舍和宋之的的《国家至上》、洪深的《包得行》、曹禺的《蜕变》、陈白尘的《魔窟》《乱世男女》《大地回春》、夏衍的《心防》、《一年间》、于伶的《夜上海》、宋之的的《刑》《鞭》、田汉的《秋声赋》、洪深等的《风雨归舟》、老舍的《面子问题》、曹禺的《北京人》等。历史剧本有魏如晦的《明末遗恨》、于伶的《大明英烈传》、唐纳的《陈圆圆》、杨林彬的《秦良玉》、吴祖光的《文天祥》、夏衍、胡春冰的《黄花岗》、郭沫若的《屈原》、阳翰笙的《天国春秋》、欧阳予倩的《忠王李秀成》等。

小说的成绩则较诗歌和戏剧为逊色，但是也有优秀的小说。短篇的如张天翼的《华威先生》、东平的《一个连长的战斗遭遇》、姚雪垠的

《差半车麦秸》、艾芜的《秋收》《纺车复活的时候》、沙汀的《在其香居茶馆里》《磁力》，长篇的如姚雪垠的《春暖花开的时候》、欧阳山的《战果》、程造之的《地下》等。

与小说有姻缘关系的报告文学，抗战后有飞跃的发展。作品较优的，有S·M的《闸北打了起来》《从攻击到防御》、东平的《第七连》、天虚的《火网里》、王西彦的《四只鸡蛋》、于逢的《溃退》、疑宋的《野店之夜》、骆宾基的《东战场的别动队》、碧野的《北方的原野》《太行山边》、曾白的《潜行草》、荆有麟的《在大炮厂里》《第十三号分厂》《火焰下的一天》，司马文森的《记尚仲衣教授》等。

理论批评活动也做过不少建设的工夫。先由利用旧形式的问题发展为文艺中国化。再由文艺中国化发展为民族形式的创造。艾思奇对于利用旧形式的问题，最初表示具体意见。在民族形式问题的讨论里，发生了一种偏向，就是向林冰的"民间形式为中心源泉论"，作者认为这有否定"五四"至今日的新文艺的嫌疑。

该文对五年的抗战文艺有了较全面的介绍。

8月

1. 叶知秋的《抗战文艺运动的五年》发表

叶知秋即罗荪，他的《抗战文艺运动的五年》发表于1942年8月20日的《学习生活》第3卷第3期。该文属于该刊《伟大五年间的抗战文艺：纪念特辑》，同期还有《五年来的文艺理论》《抗战文艺运动的五年》《剧作的一个备忘录》《关于小说的成果和动向》。

该文按照战争的形势将五年的文艺运动分为三个时期，第一期是从战争开始到武汉撤守，第二期是从1938年冬天到1940年冬天，第三期是从1941年到"目前"为止。第一期，是战争初期形势的狂热，表现于文艺运动上的，也就为这种蓬勃的狂热情绪所笼罩。这时期的作品多半表现了乐观情绪的英勇故事；理论批评的活动则较少，有的也偏重于抗战文艺理论的宣传方面。引起过争论的就是文艺与宣传的问题，但并没有解决，甚至是还原到旧形式的利用上去，在后来的民族形式问题时，将再起争论。这时文艺运动的中心首先集中在武汉，其次是广州，还有众多的战地和无数小据点。作家不仅是写作，而且还担负了演剧、宣传、歌咏和教育的工作，文艺的种子开始在部队中散播了。第二期，由于战争形势渐入相持阶段，文艺工作也渐入沉潜而深入的阶段。文艺在各个地域都有了充分的发展，不仅是大后方，而且在上海、香港等地都重新构筑了新的文艺基础。在 1940 年的一年间，抗战文艺运动达到了最蓬勃的一年，不但是各个大小的据点所出版的文艺杂志收到最多的数量，就是文艺出版的丛刊单行本也较多，特别是文艺理论与批评的蓬勃现象，可以说是抗战以来最盛的一年。理论讨论的中心是文艺的民族形式问题。文艺创作更加注重人物性格的刻画和描写，新的作家出现，他们从各个战斗生活部门成长起来，有生气勃勃的气象。第三期，由于长期战争带来的情绪上的滞着，文艺也有了反映。与第一个时期形成对比，这不是停止和退步，而是更加沉着深入的工作，抗战文艺有了更深一层的基础。对于五年来抗战文艺的缺点，作者认为严肃的批评还不够，对作家的帮助还有待努力，而且批评理论及创作都还存在教条主义和公式化现象。

2. 王亚平的《伟大的五年间新诗》发表

王亚平的《伟大的五年间新诗》发表于 1942 年 8 月 20 日的《学习生活》第 3 卷第 3 期。

该文认为抗战期间诗集单行本有百余种，诗刊有十余种，诗歌创作有五十万行以上。王亚平将抗战五年间的新诗分为三个阶段：从"七七"事变到武汉退守是第一个阶段，从武汉退守到 1941 年初期是第二个阶段，从 1941 年到 1942 年 7 月是第三个时期。作者按照这三个不同的发展介绍了不同时期的诗歌、诗人、诗集与诗刊。作者介绍了自己在《新诗辨草》中所阐释的诗歌理论：一、在创作上要纠正诗歌散文化、欧化，以及旧诗词气味的不良倾向。二、在创作上要求诗人有严肃的态度，正确地去把握主题（民主的内容），创造并建设新的风格与形式（民族形式）。三、建立正确的诗歌批评。四、研究并接受优秀的国内外的诗歌遗产。五、有计划地翻译并介绍国际诗人的名作。

3. 欧阳凡海的《五年来的文艺理论》发表

欧阳凡海的《五年来的文艺理论》发表于 1942 年 8 月 20 日的《学

习生活》第 3 卷第 3 期。

作者认为五年来,中国文艺各部门中最落后的部门就是理论。五年来的文艺理论,可以分作三个时期来看:从抗战到武汉失守是一个时期,从武汉失守到 1940 年底是一个时期,从 1941 年初到"现在"又是一个时期。其中第二个时期理论的发展最为蓬勃,成果也最好。

第一个时期文学还没有完全恢复存在的自觉。大家把文学大众化的问题重新提起,艺术与宣传的问题在战前是早已解决了的又被提起,围绕着文艺大众化这个问题,当时还展开了诗歌朗诵、小说朗读、旧剧改造等的理论上的建设。民族形式问题的讨论成为第二期文艺理论的主潮,一直继续到 1940 年之末。第一时期关于文艺大众化所讨论的,还脱不出应急的旧形式利用的狭隘思想,还没有从文艺创造本身去着眼,还落在战前的理论水准之后,第二时期的民族形式问题就全不是这样的了,它展开到文艺创造本身,展开到整个文艺传统的检讨。这时期文艺理论上的另一个特征,便是有了批评。批评了梁实秋之流的文艺与抗战无关论;嗣后又批评了施蛰存之流的弗罗伊特式的性爱的批评实践;在民族形式问题的讨论中,批评了向林冰的民间文艺中心源泉论,这些批评实践进行得都很严正。1941 年春,文艺理论的发展,进入了第三期。这一时期文艺活动,主要的是在创作方面,理论活动的表现,除了敌后及局部地区之外,直到"现在",比第一时期还浓重地被沉寂空气所笼罩着。

4. 以群的《关于小说的成果和动向》发表

以群的《关于小说的成果和动向》发表于 1942 年 8 月 20 日的《学习生活》第 3 卷第 3 期。

该文认为抗战初期,作家为新的情势所鼓舞,报告文学取得了繁荣,而小说相对来说比较冷清。自武汉退守后,作家狂热的心开始冷静,于是小说创作开始"复兴"。这表现在几个方面:第一,新作家的辈出。过去的杂志刊物没有十分之一的篇幅刊载新作家的作品,而"现在"他们占据了三分之一乃至二分之一的篇幅,他们来自全国各地、各个职业部门,所以反映的人间生活是那样的丰富,如:S·M、程造之、陈瘦竹、骆宾基、杨朔、雷加、黄钢、路翎、邢立斌……他们的作品虽

说不是伟大的，但却是活泼的，健康清新的生命。第二，有十年左右写
作历史的中坚作家，在抗战当中，鼓起数倍于此前的精神和勇气，参加
于生活的战斗中，他们的作品大都是蕴含着无限丰富的内容的。有丁
玲、张天翼、欧阳山、沙汀、艾芜、吴组缃、东平、荒煤、萧军、罗
烽、姚雪垠、刘白羽等。尤其不可忽视的是少数有了二十年左右的写作
历史的小说家如茅盾、老舍等，也为着艺术的创造，全身心投入艰苦的
奔波和劳役中。五年来的小说家创作，一方面，努力于深入的观察生
活，发掘生活的意义，不再如抗战初期那样滑在事实表面；另一方面，
小说家们在探索着从多面的、多样的生活中寻找出突出点来，以此作为
写作对象。最后，作者认为报告文学在小说复兴的过程中并没有衰落，
而是经历着与小说一样的变动发展。

5. 纪萱的《剧作的一个备忘录》发表

纪萱的《剧作的一个备忘录》发表于 1942 年 8 月 20 日的《学习生
活》第 3 卷第 3 期。

该文认为"五年间的剧作反映着五年以来的抗战历程"。抗战初期
产生的多短小的鼓动宣传的剧本，以号召人民起来参加战争为主题，展
现的是敌人的残暴、人民的奋起等，热情超过了理性，艺术性较为贫
弱，艺术形式多是活报和街头剧。新剧作家在这时大量出现，而大部分
旧作家也走出原来狭窄的生活范围，走向了更广阔的天地。于是他们的
创作与生活日益接近，使得这时期戏剧虽粗硬但充满可爱的活力。武汉
会战之后，戏剧由之前的讴歌战争转为对战争理性的分析，大家认识到
抗战是正义的，终将取得胜利，人民要争取它的胜利，力求进步是必需
的。现实中的光明部分固然需要加以阐扬，它的黑暗部分，也需要有勇
气揭发，然后才可以消除它，由此把一切力量组织起来，为了胜利而斗
争。表现在剧作上，描写一个旧机构的新生，便有了对于"旧"的无
情抨击，而对于"新"，则充满了幻想，对于兵役问题和粮食问题等都
有了同样的情形。此时，大型剧作也开始出现，因为战事稳定，大后方
的剧场运动得以持续，作家生活也得以安定，这些剧作也较为完整和洗
练了。而历史剧在"近来"取得兴盛，不外是借古讽今。

9 月

1. 张道藩的《我们所需要的文艺政策》发表

张道藩的《我们所需要的文艺政策》发表于 1942 年 9 月 1 日的《文艺先锋》创刊号。

该文倡导"六不""五要"：不专写社会黑暗的作品，不挑拨阶级仇恨的作品，充满不带悲观的色彩的作品，不表现浪漫的情调的作品，毫无无意义的作品，不表现不正确的意识；要创造中国民族的文艺，要为最苦痛的民众写作，要站在民族的立场创作，要有理智的作品，要用现实的形式。此外，张道藩还抨击了"五四"以来的写实主义、印象主义、唯美主义等新文艺思潮流派。

该文虽然没有对具体作家作品进行点名，但是其所说的"六不"就是对之前文学运动中的六种倾向进行批评：即那些专写社会黑暗的作品、挑拨阶级仇恨的作品、充满悲观的色彩的作品、表现浪漫的情调的作品、毫无意义的作品、表现不正确意识的作家作品都在其否定之列。如果我们对号入座的话，可见"五四"文学和革命文学以及其他作品都会在他的批评之中。这样一来，该文学政策就是打倒之前一大片作家作品的文学史叙事策略，这自然影响了三民主义文艺政策指导下的其他文学史写作。

2. 叶的《新香港的文化活动》发表

署名为叶的作者撰写了《新香港的文化活动》，作为"香港放送局特约放送稿"在 1942 年 9 月 1 日的中国香港《新东亚》第一卷第二期发表。

该文声称中国香港已经在日本"皇军"的掌握中，将扫除英国残余的文化遗毒，新香港文化不仅将保持中国固有的东方文化，而且要介绍日本的新文化，使它能在"大东亚共荣圈"内担负起中日文化交流总站的任务。该文介绍了日本侵略中国香港后的文化活动情况：合并限制报纸杂志，只留下四家中文日报、一家晚报，英文日文报纸各一家；文化团体成立了"东亚文化协会""华南电影协会""香港美术家协会"，冯平山图书馆即将开放；各学校逐步复课，日语教育得以逐步推行；成立了大同图书印务局。

该文有利于读者了解日本侵占中国香港后的文学文化历史。

10 月

1. 王秋萤的《"满洲"文艺史话》发表

1942 年王秋萤在《观光东亚》十月号发表《"满洲"文艺史话》。该文认为伪满洲文艺可以分为三个时期：第一个时期是"九一八"事变前东北旧政权时期的文艺；第二时期是伪满洲国建立后的文艺；第三时期为伪满洲文艺。然后作者就对这三个时期的文艺进行了叙说，并对代表性作家作品和文艺期刊进行了介绍。

在《东北文艺》中，他认为"初期的主要文艺思潮，概括起来就是对家庭压迫的反抗，以及对自由恋爱婚姻的憧憬。换言之，即对现实的反抗与对思想的美好憧憬"。1928 年的东北文学则有无产阶级文学和民族主义文学。但总的来说，这一时期的文学在"九一八"事变前是停滞不前而未取得任何较大发展。在《"建国"后的文艺》中，王秋萤列举了代表性的作家作品，介绍了《夜哨》《凤凰》等报纸杂志。作者认为《凤凰》之后，《淑女之友》《新青年》等"不但一洗文坛的贫乏之风，还取得了巨大的发展，作家方面也是人才辈出，一时之间异常活跃"。在《近年来的文艺》中，王秋萤介绍了《明明》期刊及古丁、疑迟、小松、袁犀、石军等作家，并认为这些作家"虽说写作风格各异，但此时却形成了一种共通的主要思潮，就是描写阴暗面，作品中充满了阴郁的气氛"。作者还介绍了《大同报》的"文艺专页"《艺文志》《文选》等期刊。

最后作者总结道："纵观'满洲'文艺的发展脉络，'建国'前的文艺在内容上充满了热情与力量，但作品却摆脱不了幼稚的标签。'建国'后的文艺只是一种浪漫的、个体的发展，作品也仍显稚嫩。直到最近的三、四年，'满洲'文艺才开始步入正轨，建立起坚实的地位。"

2. 黄得时的《晚近台湾文学运动史》发表

黄得时的《晚近台湾文学运动史》在 1942 年 10 月的日文版文学杂志《台湾文学》第二卷第四号（冬季号）刊出。

该文主要论述 1932 年以降的中国台湾的文学运动和主要作家的创作活动，分析了这一时期中国台湾文学崛起的四个主要原因："日本内地文坛的文艺复兴的刺激""中国新文学运动的影响""新闻媒体的勃兴""知识分子——流浪者对现实的逃避"。他主要介绍了留日台湾学生创办的文学杂志《"福尔摩莎"》、台湾文艺联盟机关刊物《台湾文艺》、日本侵华战争爆发后问世的日人西川满主编的《文艺台湾》和中国台湾作家张文环主编的《台湾文学》等文学杂志上刊登的作家作品。

该文是黄得时针对其老师岛田谨二的殖民文学史观进行的反驳，其强调了中国台湾的新文学有着自己的传统，而不是日本文学史所能涵盖的，这种文学史观的背后深藏着黄得时抵制日本殖民，保存中华民族文化传统的意图。

3. 张治中的《关于军中文化——"七七"五周年纪念日在陪都文化界国民月会讲词》发表

张治中的《关于军中文化——"七七"五周年纪念日在陪都文化界国民月会讲词》发表在 1942 年 10 月军事委员会政治部编印的《抗战五年》中。该著分图照题词、总裁训示、综论、军事、内政、国际外交、经济建设、教育文化、社会敌情、文学艺术等类。收短文三十五篇。介绍了 1941 年 7 月 7 日至 1942 年 7 月 7 日一年的抗战情况，作者均为各界知名人士。

该演讲介绍了当时的国民党政治部的军中文化工作的推进。第一是书刊，三年来编发了抗战小丛书，时事问题小册子等不下四五百种。但印发的数量很少。应该重加审定，择要翻印，装订成册，予以分发。第二是报纸，重庆《扫荡报》已经与《"中央日报"》联合出版，桂林有一个《扫荡报》，各战区有十一个《阵中日报》及五十个《扫荡简报》班，还有各部队各军校自行出版的报纸杂志计有两百多种。第三是电影，国民党政治部放映总队之下辖十一个放映队，在各战区巡回工作，但因为队数太少，而且片子经费都大成问题，所以不过在各战区的都市或高级司令部所在地应应场面而已。第四是戏剧，重庆有中国万岁剧团，有十个抗敌演剧宣传队在前方服务，大致每个战区配属一队。第五是歌咏，共有五个抗敌歌咏队，后并为一队，正在陪都服务。对于军中文化食量如此之少，张治中总结为几个原因，首先是经费欠缺，其次没有人材，最后是交通运输不便。

相信每位后来的读者，在看到张治中所介绍的国民党军队文化建设，都不由得叹息国民党军队战斗力低下是有原因的，而从张治中那认真算账以说明经费欠缺的态度，都不得不感叹他对军队基层的强大文化潜力的低估竟达如此地步，而中国共产党在那样贫瘠的根据地所能开展汹涌澎湃的工农兵文化运动，的确非常伟大。两相对照，历史的结局已然昭明。也难怪张治中后来到了延安会大开眼界，转而投身于中国共产党的队伍。

4. 潘公展的《一年来的文化运动》发表

潘公展的《一年来的文化运动》发表在1942年10月的国民党军事委员会政治部编印的《抗战五年》中。

在《一、前言》中，潘公展总的描述了国际国内形势，并认为1941年有两大文化运动，即注重国际反侵略宣传和倡导科学化运动。在《二、文化团体活动概况》中，作者介绍了国际宣传活动有：第一，"国际文化日"活动；第二，三月举行国民月会和"印度日"大会、"中印文化合作座谈会"；第三，举行"缅甸日"大会；第四，"联合国日"活动。国内宣传方面有：第一，国家总动员文化界宣传周的推行，举办了"革命史迹展览会"；第二，科学化运动也澎湃的开展着。在《三、出版物及其管理》中，作者介绍了出版物在极端恶劣的条件下仍取得了一些胜利，文艺作品暴露黑暗的作品少了，多了拓荒、生产的积极性的题材内容，但在一些被"割据"地区，出版物被当作传播"毒素"的舞台，所以国民党政府加大了审查力度。他也总结了缺点，如国民党政府缺乏中心的刊物，管理应加强等。《四、其它可喜现象》中，作者介绍了：第一，各地文运组织成立；第二，文化界人士集中到内地；第三，政府的爱护和扶植。其叙说了当时政府为安排文化界人士所进行的各种举措。在《五、结语》中，作者号召文化界人士在三民主义文化的旗帜下努力工作。

潘公展的这篇文章有利于我们从当时政府的角度了解一些历史事件，但其中的空泛和空洞，也反映了他们对具体文化事件的隔膜。

5. 王平陵的《展望烽火中的文学园地》发表

王平陵的《展望烽火中的文学园地》发表在1942年10月的军事委员会政治部编印的《抗战五年》中。

该文清点了抗战中的文艺期刊:在重庆,中国文艺社有十年历史的《文艺月刊》已经无疾而终;其余继续出版的则有全国文艺界抗敌协会主办的《抗战文艺》,"三青团"中央团部主办的《青年文艺》,青年写作指导会主办的《文学修养》;在成都,《笔阵》是成都文协分会的定期刊;在昆明,《文艺岗位》是昆明文协分会的定期刊;在桂林,除茅盾编辑的《文艺阵地》外,还有王鲁彦主编的《文艺杂志》,司马文森主编的《文艺生活》,胡危舟、阳太阳主编的《诗创作》,还有文献出版社发行的《文学译报》。"桂林在这一年来的文艺活动,实在比陪都还活跃。至于陪都文坛的衰落,倒并不是寄寓在陪都的作家,不及桂林多,恐怕生活和印刷条件的困难,是比较重要的原因。"

王平陵介绍了抗战中丛书出版的风行。在重庆就有上海杂志公司出版的《每月文库》、文林出版社发行的《文学丛书》、文艺奖助金保管委员会主编的《中国文艺丛书》。此外,互生书店、国民图书出版社、独立出版社、正中书局均有成套的文艺丛书先后出版。在桂林,有文献出版社主编的《野草丛书》及《文艺生活丛书》,今日出版社主编的《今日丛书》。在成都,还有若干丛书正在筹备。王平陵希望有些事实在下一年度的文学界尽量避免:"(一)不敢或不便正视现实,故意借托历史的题材,丑诋活着的人物,攻击从个人的观点上所认为的不满意的现状;(二)过去陈腐的作品,与抗建('抗战建国')绝无关系的作品,还在印刷条件非常困难的今天,逼着停搁或延迟了许多紧要书刊的出版,争先印行;(三)美其名是提高文艺的水准,并且讥刺一般把握现实的作品也是属于抗战八股之一类;其实,他们所写出的东西,尽都是以街头巷尾所发生的小事故,如失火,捉奸,偷盗,淫奔,等等,作为写作的主题,专供一般发国难财的暴发户,在茶余酒后聊以解嘲的作品。"

看来,王平陵既反对那种左翼的以历史讽喻现实的题材,也提议将那些无助于抗战的八卦小品予以剿灭,这与他自己是国民党的三民主义文艺运动的拥护者和执行者有关。

本年
《南方局关于文化运动工作向中央的报告》完成
1942 年春,中国共产党南方局向中央报告大后方的文化运动工作,名为《南方局关于文化运动工作向中央的报告》。[①] 报告将重庆的文化工作分为疏散时期、轰炸时期、雾季时期三个时期进行报告。内容涉及作家活动、出版工作、刊物办理、书局成立以及组织工作等。为我们展示了战时中共在南方的文化运动概貌。

1943 年

1 月

1. 何为的《一年来的中国文化检讨》发表

何为的《一年来的中国文化检讨》发表于 1943 年 1 月的《津津月刊》第 1 期。

该文声称中国一部分人盲目相信英美文化，受到其侵略而不自知，特别是"近二十年来，更受了共产主义的影响，中国文化益形纷乱没有中心"。然后作者吹嘘"自从'大东亚战争'以来，大东亚的解放已经获得了初步成功"，"我们要建设'东亚共荣圈'，我们必须以中日文化的沟通融洽为中心，扩而充之，在整个东亚文化的沟通和建设上，致最大的努力"。然后他回顾了这一年的两件"重大"的文化事件，一是 7 月中旬，在伪满洲举行了 1943 年"东亚操觚者大会"。"东亚各国代表，都派员参加。中国方面代表，均系大型报社实际工作的高级人员及新闻界权威人士"，"讨论在'大东亚战争'中操觚者所负的使命和努力的目标与进程，俾东亚各国本于共同决议，一体推行"。另一件是在 11 月初，"在日本举行东亚文学者大会，出席人员系东亚各国文学者，中国方面代表七人，均系中国文学界宿耆。大会讨论如何利用文学促进东亚文明的交流与复兴，并讨论推动文艺复兴问题"。

该文明显是在为日本殖民唱赞歌，其所刊载的刊物《津津月刊》由天津伪市公署宣传处编辑发行，是日伪天津政府的机关刊物，是当时日伪奴化宣传的重要舆论工具。[②] 但从历史展示的角度来看，其报告了当时日本殖民者的文化殖民措施，反映了当时历史状态。

---

① 南方局党史资料编辑小组：《南方局关于文化运动工作向中央的报告》，参见《南方局党史资料·文化工作》，重庆出版社 1990 年版，第 13—14 页。

② 曲扬：《日伪〈津津月刊〉的创办及其对华政治宣传》，《媒介秩序与媒介文明研讨会暨第二届新闻传播伦理与法制学术研讨会论文集》，2015 年 4 月 20 日。

2. 杨之华的《中国现代散文的派别及其流变》发表

杨之华的《中国现代散文的派别及其流变》在 1943 年 1 月的《中国与东亚》创刊号发表。

杨之华认为现代散文的发展"是随着时代的主潮而演变的",所以他也就根据时代的推进将现代散文分为四个时期:"第一个时期是由一九一五至一九一九,是散文的'萌芽期',第二个时期是由一九一九至一九二五,是散文的'成熟期',第三个时期是由一九二七到一九三六,为散文的'全盛期',第四个时期是由一九三六至现在,是散文的'衰退期'。"将现代散文分期之后,杨之华对每一时期的风格特色进行了分析。

第一个时期的散文始自《新青年》,最初的形式是"通讯"和"随感录",主要的作用是"一种反封建反帝的战斗的工具",鲁迅的《热风》"可认为是第一期的散文代表作"。第二个时期的散文开始和第一期一样,后来随着形势的发展,便分为两派:"一派仍然本着以往的精神,不顾一切地追随着时代共进,由反封建反帝的主潮更进而为积极的革命,针对一切恶势力以及军阀的压迫而斗争;另一派呢,因为受不起时代过高的浪潮和不愿做斗争的牺牲,而退落在时代的背后,寄其沉痛于悠闲,然而仍不失为讽刺时代的作品。前者仍以鲁迅为代表,后者则以周作人为代表。"第三个时期的散文仍分为两大派:"其一仍是急进派,其主潮也由反封建反帝更进而为破坏不良的制度而向建设新制度这条路上去,但为了言论封闭,说话多是弯弯曲曲,异常晦涩,其中仍以鲁迅为其代表;而另一派呢,也如第二期似的,受不了时代的浪花,而悄悄地退落到时代的背后去,其中以退出了'语丝'的林语堂为这一派的代表"。第四个时期的散文"已由寄沉痛于悠闲而转向到风花雪月和身边琐事去了,而且打起了它的地基。其间,虽仍有一部分的作家'死捧着鲁迅不放'而欲将鲁迅的散文(杂文)发展为'鲁迅风',但已为时势所不许,也为他们这一群后起者所力不能为,因此第四期的散文,只能沿着'京派大师'周作人和'幽默大师'林语堂二人所指示的路向而前进,但这已是'稿纸上的散步'了,唯其如此,所以中国现代的散文才走上了今日的道路"。

对每一个时期总体风格予以概述之后，杨之华接着对每一时期的代表散文家及散文作品进行了分析。杨之华如此评价周氏兄弟："在初期的作家中，能为后代的模范且领导着一般散文作家而各走一途的，只有周氏兄弟二人，而且都各自代表着一个主要而对立着的流派前进。前者是散文中的'杂感文'的领袖，后者则是散文中的'小品文'的鼻祖：'杂感'代表了艰苦的斗士，'小品'则代表了高逸的田园诗人。"他对鲁迅散文随着时代而变化的风格进行了分析，"鲁迅最初的散文，但已有着热烈的好恶和分明的爱憎了！这种风格是鲁迅最初和最后都有着的"。第二期中鲁迅的散文则是斗争的，"但已较初期为艰苦了，而且在文字上也十分晦涩和深沉了"，"譬喻多于事实，含蓄多于暴露，讽刺多于直说"，他的"《野草》可以作为这个时期这一派的散文的代表作"。鲁迅后期的散文质与量都有很大的进展，"近十多年来中国社会的演变及文学史料的踪迹"，都可在他的散文中，"一一寻找得出来"。

刘半农的散文热辣，其风格与鲁迅散文"同途而异向"，但也"草率"，"无谋"和"没有算清"。冰心的散文有着吸引力，"第一便是她文字的秀丽和轻倩，第二便是她那颗饱和了宗教感的'爱的哲学'的心"。叶圣陶的散文是"宁静而淡泊，颇有'苦行吟'的诗人的风趣"，而郑振铎的散文"则相当爽直而雄丽，略有小刃的余风"。郭沫若的散文有着"牧歌的情趣"，"这情趣是由诗人的气质而产生出来的"。"俞平伯的散文可说是旧调子新声，而朱自清则不然，倒是新调子新声。"茅盾初期散文的特色便是"散文诗，而且是屠格涅夫式的"。周作人的散文是"平和冲淡"。

对于幽默文学，杨之华进行了区分，他认为："由'讽刺'而出的'幽默'与由'深远之心境'及'慈悲的念头'所成的'幽默'却不大相同，这也是'幽默'在本质上的分野，前者仍然有着积极的精神，而后者则有了消极的倾向。"前者的代表是鲁迅，而后者的代表则为林语堂。杨之华接着说道，前者的幽默实不能长久，"因为既是不得已而'幽默'，但到了'幽默'也不能'幽默'的时候，它就会自然而然的又回复到'讽刺'的本身上去"，鲁迅就是其中的典型。而后者的幽默如林语堂那样发展，就会"摇身一变而为现代风的隐士了"。

杨之华还将《太白》刊物与《人间世》进行了比较："其一，《人间世》有消极的幽默，《太白》则以积极的'讽刺'对之；其二，《人间世》有'草木虫鱼'的小品，《太白》则以'科学小品'对之；其三，《人间世》有反映社会现象的'笑谈'，《太白》则又有同是反映社会现象的'速写'；其四，《人间世》有精通英美文学的能手来说晚明旧书，而《太白》也有精通英美文学的志士在谈版本……总而言之，《太白》和《人间世》两派自始至终都对立着，而且都各自发展着。"

杨之华这篇论述散文演变的文章，展现了他的学识和对散文历史资料的熟稔，其对阿英的《〈现代十六家小品〉序》有所借鉴，并在此基础上有所推动。从其对散文类型的价值评判上，其高看的是那些积极进取的、批判社会的以鲁迅为代表的散文类型，而对于那继承周作人风格的散文，并不十分认同。但是他对第四期杂文的批判则带有不鼓励的性质，所以就极力淡化其艺术成就；所以他认为第四期散文风格"已变成了'唐宋的颓衰'和'明末的颓放'两者的混合体，吟风弄月便是这个时期散文的特色，已绝无什么不平，愤慨，讽刺，攻击，幽默之类的成分存在了"。看到杨之华的担忧和对散文审美的期待，我们绝想不到这是一位跟随汪伪政权的投机分子，而这或许正是他本人人格分裂的一种体现吧。

2 月

1. 王集丛的《三民主义文学论》出版

王集丛的《三民主义文学论》1943 年 2 月由时代思潮社出版。

本书是王集丛阐释三民主义文学理论的书。其将"五四"以来新文学史的发展分为中国资产阶级文学阶段和中国无产阶级文学阶段，这两个阶段的划分在之前唯物论的新文学史书写中也早已有之。不同的是他对这两个阶段具体作家如鲁迅、郭沫若、茅盾等人的评价："鲁迅在'资产阶级文学'阶段还写了有名的《阿 Q 正传》，但在'无产阶级文学'阶段，他除了翻译些苏联文学外，便只是'南腔北调'地写了那些杂感文字，并没有什么创作。这位'中国新文学的圣人''中国高尔基'，似乎'资产阶级'的气味还要浓厚些。至于郭沫若，当时是在日本，也没有什么创作，只是译了几部辛克莱的小说。据说远非地道的'无产阶级文学'，颇有点改良的气味。茅盾呢？创作倒不少，但是他走的是'幻灭''动摇''追求'又'失望'的道路，曾被钱杏邨评为'立场错误'；后来产生的《子夜》，据郁达夫说，只是在'量'上颇伟大，可见质的方面还有问题。此外的'无产阶级作家'更用不着说了。这样的事实充分说明了'无产阶级文学'没有代表作品。在'左翼'阵营中，不是常常在着急产生不出伟大的作品吗？可见他们自己也承认这个事实。""'资产阶级文学'过去了，'无产阶级文学'的旗子也在抗战前夜收起来了。这两者在历史上均未留下足以代表它们的成绩，都只是一个名词的存在。中国现代所需要的文学，是适合国情的无阶级性的国民文学、大众文学、社会文学，即是民族文学、民权文学、民生文学，统一起来，便是三民主义文学。"① 如果曾是太阳社和后期创造社的成员看到以上王集丛对新文学运动以来的作家作品及文学思潮的分析评价，相信他们或者会哭笑不得或者会心领神会，因为他们对鲁迅、郭沫若和茅盾曾经的评价几乎与王集丛如出一辙，只不过王集丛这里将他们所倡导的"无产阶级文学"也一概予以否定，则是他们意想不到的。可见，王集丛检讨"过去新文学的各种思想，发现其不完善和错误，研究当前的文学思想，发现其缺少正确的原则。这是说明中国文学之发展，必要正确思想指导才有前途。此正确思想为何？依上所说，唯有三民主义"。②

3 月
张秀中的《一年来本区文艺运动的回顾与前瞻》发表

张秀中的《一年来本区文艺运动的回顾与前瞻》发表在 1943 年 3 月 15 日《华北文化》第 2 卷第 3 期。张秀中就是之前书写新诗史《中国新诗坛的昨日今日和明日》的草川未雨。1934 年初，张秀中担任北平市委宣传部长，五月被捕即被押解到南京，被关在陆军监狱，直到 1937 年国共第二次合作时，中国共产党要求国民党释放全体政治犯，才得出狱。张秀中获释后于 1940 年到太行山解放区，曾任《华北文艺》编委、中华全国文艺界抗敌协会晋东南分会理事。该文应是对太行山解放区文艺运动的回顾与前瞻，共有三部分。

---

① 王集丛：《三民主义文学论》，时代思潮社 1943 年版，第 22—23 页。
② 同上书，第 29 页。

在第一部分，张秀中主要回忆了 1942 年不佳的文艺运动成绩。"去年一年全边区没有真正称得上'运动'的文艺创作的空气，文艺工作远远地落在客观形势与政治要求的后面，远远地落在现实斗争的后面。如果从创作方面来看，质量是相当贫乏的……出现了新人与一些比较满意的优秀之作，但是创作活动的范围，还非常狭小……所反映的现实是非常不够，写群众斗争反映抗日政策执行后各阶层关系的变化的作品是很少的。内容一般化，题材单调几乎成为通病……表现的生活范围也颇为窄狭，常常在个人的小天地里兜圈子，虽然发动过一次创作竞赛，但还没有取够额数。虽然也发动过'太行一日'的征稿，但……收到的稿件不过三十篇左右，能用的也在《华北文化》上发表了……编了七期《华北文化》，每期只能容纳文艺作品二万字左右，编辑出版了蒋弼、王博习的纪念册《未完成的诗篇》《红五月教材》，每本约三万字，编辑出版了《诗风》约四万字左右，总共字数才有二十四万。""关于理论的建设和批评方面也是同样的薄弱……还没有建立有系统的比较完整的真正能够指导初学写作者创作的理论……尤其缺乏自由研究自由争论的活泼空气。""去年一年在文艺运动上最值得着重提出来的，就是本区的戏剧运动是比较最为活跃的……脱离生产的与半脱离生产的农村剧团就有一百七十多个，剧本的创作在一千个以上……其次，农村民歌童谣谚语的发展与普遍地在乡间流传，这也说明了群众性的文艺运动是在展开了。"

第二部分重在分析成绩不佳的原因。客观方面，战争的频繁与残酷、物质条件的艰难、印刷出版的限制、文艺园地的大大缩小、文艺工作者的牺牲与失踪、缺少严正而正确的理论批评、对初学写作者的扶植与培养不够，尤其是《华北文化》的《文章病院》的设立，对于写作却起了消极作用。主观方面，文协没有担负起促起文艺工作者深刻的自我反省与领导推动这一运动的责任；文艺运动没有和实际斗争密切结合，"我们只有大众化的总方针，缺乏实现方针的具体办法"。

第三部分对一九四三年的文艺运动提出要求，"应该更进一步地走到大众中间去，到农村，部队中去，展开通俗大众化的群众性的文艺运动，以启蒙教育大众，成为从思想上巩固群众组织，发动群众运动，贯彻民主精神与实质的有力武器之一"。

5 月

1. 杨之华的《中国现代的小说及其演变》发表

杨之华的《中国现代的小说及其演变》于 1943 年 5 月在《中华月报》发表。

该文共分七个小节，前六节都是介绍 1926 年之前的文学社团和小说创作，主要是文学研究会、创造社、浅草社、沉钟社等作家作品，这些在之前的新文学史写作中都提及，很难有新鲜见解。第七小节是简略评述 1827 年至 1937 年的小说，他认为这比第一个时期有更大的发展，茅盾、叶绍钧、郁达夫、丁玲、沈从文、穆时英、巴金、章靳以都有杰出的创作。他认为第二个十年可以分为三个阶段："其一是北伐后的'革命文学'时代，其二是'九一八'后的'大众文学'时代，其三是一九三五年至一九三七年的'国防文学'时代。再后就是'抗战文学'和'和平文学'的起伏的时代了，但这已经是第三个十年的开始。"此时他还在念念不忘"和平文学"时代。

2. 杨之华的《中国现代新诗的起源及其派别与流变》发表

杨之华的《中国现代新诗的起源及其派别与流变》于 1943 年 5 月在《东方文化》发表。后来杨之华将该文与之前论述新文学思潮、小说、散文的三篇文章一起编入《文艺论丛》① 结集出版。

杨之华将中国现代新诗进行了阶段划分，并对各自的代表诗人及诗派予以了确认。杨之华认为："中国现代的新诗，乃起自胡适等人的'尝试'，而成就于郭沫若、闻一多、徐志摩、朱湘等的'格律体'，继而全盛于李金发，其'象征派'的诗作，实开中国现代新诗的新纪元，同时亦为中国现代诗作的最高峰。往下便是中国现代诗坛没落的时候"。看来杨之华对象征诗派予以了很高的评价，认为其是中国现代诗坛的最高峰，承继李金发而提倡象征诗派的，"便是后期'创造社'的新诗人王独清，穆木天和冯乃超"，"能够真正承继李金发而把中国'象征派'作发展开去的，倒是后起的戴望舒和姚篷子，其中尤以戴望舒为最。戴

---

① 杨之华：《文艺论丛》，太平书局 1944 年版。

氏的诗较李氏的易懂，但其表现奥妙的手法，则仍不及李金发的高远"。

杨之华评论诗歌，能将诗歌理论与诗人创作特色联系起来论述，但关于新诗史的论述在他之前已经有很充实的评介，其很难超越。其对鲁迅新诗的评价很有意思，认为鲁迅"对于旧诗词虽然早已下过不少的工夫，而且作得很好，然而在他的新诗中，却没有一首是'放脚'的"，鲁迅所作的新诗，"都全然摆脱了旧诗词的镣铐，同时也可说已走上了中国新诗'欧化'的大道"。可见，杨之华对鲁迅的崇敬之情是始终如一的，无论是鲁迅的小说、诗歌、还是散文，都得到了他极高称颂。

6 月

陈因的《"满洲"作家论集》出版

陈因编的《"满洲"作家论集》1943 年 6 月由大连实业印书馆出版。该书是一部评论合集，分别论述山丁、小松、田琅、古丁、石军、吴瑛、金音等 16 位伪满洲时期的青年作家，并各附肖像。也可以将该书当作较早的东北作家论文学史，著者有孟素、陈因等二十三人。每位作家首先是配有一帧照片，并对其予以简介，然后是作家论或作品论。正如编者在《题记》中所说，其"对于'满洲'的文坛的概貌，总算是勾出了一个较清晰的轮廓吧！"由于该评论集评论者与所评论作家都非常多，笔者将选取典型的作家作品论予以介绍。

山丁在《乡土文艺与〈山丁花〉》中评价疑迟的《山丁花》是"一篇代表的乡土文艺作品"，并指出："'满洲'需要的是乡土文艺，乡土文艺是现实的"。他在《〈去故集〉的作者》中评价王秋萤的《飘零》"也许是他的宿命，是一切'满洲'作家的宿命。为了争取一点口食，不能不飘零各处。为了争取一点口食，不能不搜索枯肠"。"秋萤的小说多半是偶然的事件，而最大的缺点便是缺乏典型的创造。""秋萤的作品是刻画暗的。这暗是'明'的希求，是'明'的症候。我们的作家仿佛是一群送葬的歌手，倘能唤出新的，相信也会奏出健康的明朗的声调的。"

小松在《夷驰及其作品》中评价夷驰"不铺张，不渲染，常常是采用不华丽的题材，用无颜色的笔，把它涂绘在纸上，夷驰总是选择着自己所寻求的纯朴的故事，而剔除一切华丽的浪费。""夷驰的一支笔，刺穿了社会，流露出来的不是琼浆而是苦水。"

丹宁在《评〈奋飞〉》中认为古丁的《奋飞》写"作者周围诸人物的，占去了一半，因为'不太爱这些人物'，所以一旁又注目到农村了"。"在前一类里，作者直率地写出了他自己，他的友。"这类人物都非常颓废，但是写得很成功。后一类的作品中"完全是一幕幕的悲剧，许是今日的农村太过于悲惨。贫农的没落，地主的没落，男的沦为盗，女的沦为娼"，这不免陷入了一种公式。他总的特色是"有着一种幽默的笔调，然而幽默里含着愤懑。又有着一种憎恨的笔调，然而憎恨里含着爱惜。"

东方既白评价李乔的《生命线》是"他艺术升华的极端。其实这篇也够称'满洲'剧坛的一篇名作"。作者认为李乔能演能编剧本，给了他成功也给了他同等的失败。"因为他自己先确定了他的剧本是准演出的，不由着别人的审核而通过，自己总要任自己，这时便易被自己智力所照顾不及的地方所误。演过又没有严厉的剧评家的指摘，给他一个缺点的认识。所以他自己只知道那仅少的经验，会被这小圈子宥着的。"这种思想修养方面的缺乏表现在："他为着他的剧的招致观众，便根据浅薄的观众心理学与偶见的少数名作的效仿。他的剧本很有趣味化的一贯精神，抓住观众的紧张情绪的，不是剧的全幅意思的领悟，而是几个小技巧。"他对于《生命线》的评价正是建立在这种总体判断上的。

夷夫评价"石军是一位忧郁者，感伤者"，他的个人际遇"始终影响着他，因此他的作品始终没能脱掉感伤主义、个人主义以及浪漫主义的气氛，同时这位感受性颇大的作家，被局限在知识阶级生活的单调里，而妨碍了他的创作才能"。他的诗歌、散文小品都"没有担当起来更高的任务"，而只是"仅仅把文字堆砌起来作了情绪的游戏"。他的小说由描写"封建社会男女性关系及其对封建社会制度的反感"，而发展到对"农村破产的社会现象"，但是没有抓住更重要的问题。他的戏剧的"人物性格的描写是成功的"，但手法是"拙笨"的。他不适合写理论与批评文字，因为"他往往弄得观点错误"。

克莫评价袁犀的《泥沼》的这些作品，"甚至可以忘去了读者和作者，实因为处处的真实感，使我们相信着，甚至归顺了作者般的，我们也加入到他的作品的境界里去！"而其作品中给人物一个出走的结尾，则是"满洲"文坛独灿的明星。

吴郎在《论金音的诗》中,认为金音的诗歌内容主要包含"人生""爱""梦","从理想而到人生,梦与生活归结起来,他的思想是由热烈追求而停滞于梦境之中,是差不多代表近五年来'满洲'青年的心扉"。他的思想有着"自然主义的倾向,也有着新浪漫主义的彩色",这导致其在形式上,"就前者那种色彩来说,有很多状物写景、叙事小记之作,就后一种的色彩来说,有许多返于自然的呼声,有幻想的、情绪的、希望的、感伤的、奋斗的成分,都充分流露的含有着"。其在技巧上"很注意谨严而细密的,意境也深厚,笔致也淡远",但在风格上在韵调上,因为其不主张诗歌是必须吟咏的,便不太注意了。

陈因评论外文的《王干哥》在"利用着黑龙江的传说,作这诗的素材",引导了一条新路,而且"奠定诗魂",其主张诗歌是要吟的,所以在节奏与韵上有所成绩。他评论山丁的《季季草》是"用诗句画出了幅图画,或者像听到一篇故事"。"他把一件凶残化得缓和,而却珍惜着听故事人的流泪,使他们不往下流!而反而慰藉的欣喜!这,固不是山丁一个人的写作问题,是我们'满洲'文坛今日共同的一个课题。"

辛嘉在《关于古丁》中对古丁的创作轨迹进行了勾勒,其先是"肉搏"社会的杂文,其后他的态度开始"或浮或沉",1938年时开始抒发"独到的哲学"。近来则"掩起内心的苦痛,用幽默和讽刺,痛快他的老百姓的心","他从人生许多不同的角落里,掘发出人们的暧昧的可噱的心理"。辛嘉认为山丁的《山风》"至多只抵得一篇好作品的梗概",只抵得古丁《原野》中"描写大家庭的崩溃过程的那一小部分而已"。总的看《山风》前半部,"因为表现方法的散漫和组织能力的薄弱,即使题材怎样的好,还距离成功的艺术品很远";后半部则有了进步,"作者对于社会的观察,较前半部周详而深刻得多。同时文章的组织力和表现力,比较以前也到家的多了"。

金音在《关于成弦》中回忆了自己与成弦的文学交往、合作,与各自的文学发展及创作理念。二人开始的创作都"缺少生活多面的体认、分析、比较的结果,那时的文章在某些点上很易被人非难"。但是后来作者体验了更丰富艰难的生活,并从文史哲书籍去吸取营养,之后的创作与成弦有了距离，因为他"凝固于独我感情范围内"，感情的固执使他不能写出进步的文章。作者告诫成弦并与其共勉："'生活'会不断地给我们以生活，体认生活，开发我们的感觉，开发我们的生命，生命会有无限的珠宝"。全文充满了友情的关心与反省。

光，即秋萤，在《论刘爵青的创作》中认为刘爵青"完全是在做着直线的发展，并没有一点转变的企图。始终是带着小市民（小资产阶级）的态度，用一种观念论的看法，表现出他极端自我的意识，一种超现实的神秘怪诞的梦幻，极力逃避眼前的现实，他并不会表现出现阶段社会的嘴脸，自己孤立着不受人的活动所影响，所以作者的作品没有一篇能表现出社会中人生的高度"。"作者所表现的东西都是一种倾颓的废墟，他理解不到在这废墟里会萌芽出新的生活。"对于刘爵青的创作技巧，秋萤予以很高的评价，他希望刘爵青"打破那种天才的希求"，"快扯去那种悲观悒郁的面纱"。

孟素在《两极》中评论吴瑛"仅是偶然地经验或观察了这社会，仅是悬藉着活在温室里人的余暇而经验了或观察了这社会，因此取材的范围是狭小的，写出的常是生活之片段，并且常是不很必要的片段。对于主题的完成上又常是观念的"，并没有把这人生与整个社会体制联系起来。但"作者的观察是有着女性的特殊的敏锐和细致。在文字的处理上也是相当清丽和熟练。又作者之能控制着热情的奔放也是真实的。但这些是不能掩饰了她对于内容的失败"。孟素评价山丁在《山风》中的题材有两个特质："以小市镇为中心的社会的轮廓""被损害者的群像"。其创作的缺陷在于："虽然作者不曾先有了一个生硬的观念，然后去写故事，但作者对于那故事的发展，却常是不用故事的本身而是由着被赋予了的观念来完成的。"山丁"常用死来造成了故事的顶点，但那命运的完成，被放在复杂的现实下是不多见的"。"连作者自己，我们以为一个前进，一个新的力量的养成，与他作品里的人物，同样是必要的。"山丁作品的语言，"常是偏于书本子的"，这虽有利于表现观念或概念，但"在故事的结构、主题的发展，尤其是人物的创造上，在典型的完成上来说，其成就是不多的"。

韩护认为梅娘的《第二代》"奠定了自由主义的文学之在'满洲'文学存在的地位"。这部作品自由主义的笔路与特殊表现在：第一，

"磅礴着作者的热情与哀悯的情绪，去描绘了没有阶级的人们（大人与幼童）的苦难的生活的情形"。第二，"虽说如上的描绘是作者的企图，然而作者又有时调换了笔路，去描绘另一种阶级的生活中的段落的风景"。第三，"在第二个笔路的文学情绪之中，已经缺少第一种文学的固有的情绪，已转变为市民的生活的描绘了"。而且，《第二代》中的题材，"偏于捕捉了偶然的灵感的发生的地方为最多，这与自由主义的文学之注重与灵感、情绪，是共同相似的地方"。

我们会发现，这些评论具有某些共同的特点：一、多注重现实主义作品，也多是用现实主义文学观去评析作家作品。这与东北沦陷的现实是区分不开的。一方面批评家希望作家们能提升东北文学的水平，发展东北文学；另一方面，他们也希望东北的文学能揭露残酷的现实，表现出东北人民在酷烈的殖民统治下的不屈灵魂与抗争，这重担只有现实主义文学才能承担。所以，他们对爵青的现代主义文学评价不高，而是用现实主义主义文学的标准要求其舍弃自己的文学个性，向现实主义靠拢。二、从上述评论来看，东北作家及其作品中抑郁与光明、农村的溃败、乡土的热爱，是他们自认为所要努力的方向。这也与他们的现实处境分不开。三、作家、评论家的认真与专业。尽管在如此惨烈的生活处境下，这些作家、评论家并没有放松放弃自己对文学的标准和热爱，而是用一种专业的文学眼光去审视、评判那些呕心沥血之作，努力为提高东北文学献出自己的心和血。

7月

1. 陈佺的《民族文学运动》发表

陈佺的《民族文学运动》发表在1943年7月的《民族文学》第1卷第1期。

陈佺当时属于战国策派代表。他将"五四"运动以来的中国思想变化分为三个阶段，与之相应的新文学也被分为三个阶段："自从'五四'运动以来，中国的思想界经过三个显明的阶段：第一个阶段是个人主义，第二个阶段是社会主义，第三个阶段是民族主义。中国的新文学也随着这三个不同的阶段，表现出不同的色彩。"

"在第一个阶段间，中国思想界的领袖努力解放个人……产生的文学，大部分都模仿西洋。诗歌学美国的自由诗，戏剧尊崇易卜生的问题剧，一部分浪漫主义中间包含的感伤主义，弥漫于各种文体之间。个人主义，无疑的是这一个阶段的时代精神。一般的文学作品，所要表现的，都是个人问题；就是政治社会问题，也站在个人的立场来衡量一切。这一种思想文学，对于打破旧传统，贡献是很伟大的，但是对于建设新传统，它却是不切实的。因为新的社会新的国家，不能建筑在极端的个人主义之上。虽然说自由的国家社会应当是一群自由分子所结合，然而为着国家社会的自由，往往个人的自由就不得不加以限制，甚至于牺牲。在这种关头，真正的自由，应当求之内心，尽责任就是得自由，自由在我自己，而不在他人。只有这样讲自由，才没有极端个人主义的流弊。五四时代的文学，不能产生伟大的文学，因为它没有得着一个巩固不摇的基础。"这里陈佺对"五四"文学的反思是一般新文学史很少论及的，其从个人主义与民族国家的高度谈到二者各自不同的要求，并反思了自由与责任的关系，这无疑是因为他考虑到抗战期间再高调讨论个人主义至上是无益甚至有害于民族解放的。

"第二个阶段中间，社会主义成了思想界研究的对象。在第一个阶段，大家认为没有个人自由就没有社会自由；在第二个阶段，刚好翻过来了，大家认为没有社会自由根本就没有个人自由。社会怎样才可以自由呢？第一要政治平等，但是政治平等必须先要有经济平等。经济是一切问题的中心，社会主义是解决的方法。然而他们根本忘记，中国是一个半殖民地的国家，外来政治军事经济三方面的侵略，重重压迫，整个民族都失掉了自由。中国最迫切的问题，是怎样内部团结一致，对外求解放，而不是互相争斗，使全国四分五裂，给敌人长期侵略的机会。"可见，陈佺是从国民党的立场上来强调社会主义思想不切合当时的国情，他呼吁当时国共两党团结一致共同对外代表着一定民意。但是面对外来侵略，采取什么样的措施才能使得中国在政治军事和经济上迅速强大，从而使民族得以重生，这是他所没有考虑到的，这也正是当时国共两党的分歧所在。陈佺认为"在这一个阶段中间的文学，仍然是模仿外国。俄国的作家成了最时髦的作家，描写的对象，说来说去，永远离不了阶级斗争。对于一切外力的侵凌，政治社会的罪恶，都用社会主义的名词来解释，在这一个时期，全国的民族意识最薄弱了。一般所谓前进分子，已经把自己的祖国抛于九霄云外。他们的口号虽然叫得热烈，但是他们的思想，和第一阶段的思想同样地空幻不着边际。他们把全世界的人类，分成两种不同的阶级。但，实际上全世界的人类的基本分别，究竟还是中国人和外国人。中国人和中国人的利害关系，究竟远较中国人和外国人的关系密切。这个铁一般的事实，他们却没有看见。他们那种思想产生的文学，虽然可以号召一些青年，仍然不能使中华民族走向光明之路。因此它的价值也是一时的，不是永久的，是肤浅的，不是真实的，是部分的，不是全体的。"陈佺评价这一时期文学现状趋势是学习俄国符合实际，而他以人与人的国籍区分来掩盖人与人的经济、阶级差别则显得十分幼稚，因为历史经验告诉我们，腐朽的统治集团往往和外来的侵略者情同手足而联手剥削镇压本国的底层人民。

　　"到了第三个阶段，中国思想界不以个人为中心，不以阶级为中心，而以民族为中心。中华民族是一个整个的集团，这一个集团，不但要求生存，而且要求光荣的生存。在这一个大前提之下，个人主义社会主义，都要听它支配，凡是对民族光荣生存有利益的，就应当保存，有损害的，就应当消灭。我们可以不要个人自由，但是我们一定要民族自由：我们当然希望全世界的人类平等，但是我们先要求中国人和外国人平等。中国人自有中国人的骄傲，不能听人宰割，受人支配。"陈佺强调抗战时期是以民族为中心，也是认为当时面临的主要任务是民族抗战，所有的主义都要在这一旗帜下统一，以达到抗战胜利的目的。他认为"在这一个阶段中间，中华民族第一次养成极强烈的民族意识。他们第一次看清楚自己，中国的文学，从现在起，一定有一个伟大的将来。因为，我们已经说过了，只有强烈的民族意识，才能产生真正的民族文学"。最后陈佺提出了他的"民族文学"的主张，实际上是号召当时的文学创作应该以民族文学为中心。

　　从陈佺对新文学三个阶段的划分和阐释来看，他意在说明个人主义、社会主义都不利于国家民族的强大，只有到第三个时期民族主义的提出才能彻底使中华民族获得新生。这样的述史情节有着不少问题。例如"五四"时期的个人主义乃至戊戌变法时期的种种革新都有着追求民族强大和国家现代的最终目的，为什么说只有到抗战时期才有民族主义的提出呢？而在第二个阶段中的社会主义的提倡其实也有着民族解放的诉求，陈佺没有提及当时就有的三民主义政治主张，其本身就包含着民族、民权、民生三方面，怎么能说没有民族主义呢？可见，他将个人主义、社会主义和民族主义进行了单一性理解，而没有考虑到三者之间本身的联系性和复杂性。

2. 黄得时的《台湾文学史序说》发表

黄得时的《台湾文学史序说》发表于 1943 年 7 月的《台湾文学》第三卷第三号。该文章考察了中国台湾文学史的研究范围和对象，把中国台湾历史划分为"无所属时代""荷兰时代"（共三十八年，624—1661 年）、郑氏时代（共二十二年，1661—1683 年）、清领时代（共二百一十二年，1683—1895 年）和日据时代（1895 年至论文写作时间的 1942 年共四十九年）。这篇文章分析了可作为中国台湾文学史研究范畴和对象的五种情况。当时日本殖民者正在中国台湾进行"皇民化"或"皇民炼成运动"，黄得时强调中国台湾本土文学史的整体性，有着从文化上反抗殖民的意图。

8 月

陈叔渠的《文学革命运动之回顾》发表

陈叔渠的《文学革命运动之回顾》发表于 1943 年 8 月的《今文月刊》第 2 卷第 8 期。

该文介绍了文学革命之前王国维、梁启超、谭嗣同以及国语运动的作用，在这一背景和前提下才开始介绍胡适和陈独秀的文学革命运动，然后是林纾、学衡派和甲寅派的反对。此时对文学革命的发生史书写已经固定化了，其对前因后果的解释，以及客观事实的描述大致清晰。

11 月

1. 田鸣岐的《历代文学小史》出版

田鸣岐的《历代文学小史》于 1943 年 11 月在（奉天）惠迪吉书局出版。

该文学史基本上是对赵景深《中国文学小史》的翻版。不知道是真有田鸣岐此人，还是书店为了利益而假托此人进行文学史盗版，因为连文学史的"绪言"都是非常雷同。考虑到该文学史是在东北沦陷区出版，其以"历代文学小史"之名代替"中国文学小史"就有多重韵味：既在敌占区高扬中国文学的悠久历史，以示不忘中国之心，又不得不匿名隐藏，有意回避"中国"字眼。或许这就是该文学史"盗版"在当时所具有的文化意义。

2. 李一鸣的《中国新文学史讲话》出版

李一鸣的《中国新文学史讲话》于1943年11月在世界书局出版。该文学史框架体例比较清晰简约，全书共分九章。在具体文学史论述上，李一鸣多采取已成定论的文学史观点，但也有着自己的思考和整理，这表现在以下几个方面：

该书对各个文体发展的分类比较独特、科学。其将诗歌的发展分为三期，虽没有具体的时间界址，但概括了三个时期不同的风格；李一鸣将小说分为四派；将戏剧分成两派；将散文也分为两派。李一鸣对每种文体的分类都是依据作品自身的风格与内容，这尊重了文学作品自身的属性；这些分类都在借鉴他人的基础上有所创新，四种文体都能有着自己的分类，这样整个文学史的结构井然有序。

该书将现代文学中的经典作家都大致凸显。梁启超、王国维、林纾、陈独秀、胡适、鲁迅、郭沫若、茅盾、巴金、老舍、沈从文、周作人、丁玲、徐志摩、朱湘、闻一多、李金发、戴望舒、叶绍钧等新文学史中的经典作家全部涉及。

该文学史的文学赏析尽管会介绍政治社会背景，也强调文学应该更多走向大众，但其坚持的是中立客观的态度，力争从文学自身进行评价及研究。其对革命文学的介绍并不多，也没有以此为标准进行评判，对蒋光慈、郭沫若的作品分析并不高看其革命性，对新月派诗人的诗歌立场有所贬斥但是对其艺术性还是没有低估。对于林语堂、梁实秋等人的文学主张和实践也予以承认。这说明李一鸣还是从文学本身的角度进行文学史书写的。

1944 年

1 月
张道藩的《一年来之文化建设》发表

张道藩的《一年来之文化建设》发表于 1944 年 1 月的《文化先锋》第 3 卷第 4 期。

该文认为 1943 年这一年来的文化建设有三件大事,一是 1943 年 1 月 11 日,中美、中英平等新约签订,从此中国将近百年的不平等条约予以废除,中国人民将以自由平等的身份、心态迎来新的世界。二是 1943 年 3 月 10 日蒋介石的《中国之命运》出版,他认为这部书阐释了不平等条约的由来及革命的起源,并阐释了建国工作的重心,中国的命运与世界的前途。三是《文化运动纲领》之公布,其阐释了该纲领的意义、要领及建设民族文学的关键。

《文化先锋》为国民党"中央"文化运动委员会的文艺刊物,张道藩是国民党文化、文学政策的代言人,其在这篇文章从官方立场对 1943 年的重大文化事件进行了介绍,其叙述的历史事件在左翼文学史书写中是看不见的,这也就是该文的重要意义。

2. 林焕平的《一年来的文艺界》发表

林焕平的《一年来的文艺界》发表于 1944 年 1 月 12 日出版的《收获》新九号。

作者指出,1943 年出版界非常冷落,书刊杂志出版很少。不外三种原因:第一,物价高涨,提高了书刊出版的成本,减低了读者的购买力。第二,交通困难,运费太贵,阻滞了书刊的发行。第三,受到文化政策的限制和影响。

他认为,1943 年这一年来,创作萎缩了。人民热烈地向作家要求描写社会现实的伟大作品,作家们却有心无力。他们不得已地回到个人的幼年回忆,回到婚姻家庭悲剧里,回到慷慨悲壮的历史题材里。戏剧界很多作品不得上演,如老舍的《面子问题》、曹禺的《蜕变》、欧阳予倩的《忠王李秀成》。"前几年,演剧队遍布前后方,近年来已所存无几。重庆、昆明、桂林、曲江、成都,去年上演戏剧还盛极一时,今年已是寥寥可数了。虽偶有演出，但费用贵、剧本荒、通过难，已经使戏剧的园地有点儿沙漠黄昏之感了。"

这一年也产生了新作品。在小说方面，有茅盾的《霜叶红似二月花》、端木蕻良的《科尔沁旗草原》第二部、张天翼的童话《金鸭帝国》等。在戏剧方面，有郭沫若的《金凤剪玉衣》，夏衍的《复活》《水乡吟》，夏衍、宋之的、于伶等合编的《戏剧春秋》，于伶的《长夜行》《杏花春雨江南》等。但"真正积极肉搏当前的现实"的作品不多。林焕平也简介了音乐、木刻和漫画。

林焕平认为形式主义、象征主义、虚无主义、悲观主义的文艺作品，和观念主义的文艺评论，又产生出来。在诗歌创作上，许多人走了回头路，向艾略特去膜拜。在小说戏剧上，又有人陶醉于"曲线的感觉主义"了。"在评论上，则莫如精神文明与精神胜利论之时髦了，吃牛扒、火腿的中国化的洋绅士，和在大学里教书的洋化的中国绅士，做了这种高论的提倡者。"外国名著的翻译，有《战争与和平》《安娜·卡列尼娜》，杜斯托益夫斯基的《兄弟们》《白痴》，屠格列夫的《父与子》，萧霍洛夫的《静静的顿河》以及狄更斯的作品，都吸引了不少读者。翻译在1943年，"大概可以说是占着文坛的王座吧"。

林焕平的这篇文章反映了在抗战的后期，民众生活更加困难，同时国民党对文艺活动开始政策收紧，特别是对"剧运"的控制更加严厉，这带来了历史题材和翻译文学的兴盛。他也揭示一些作家还在麻醉自己，不顾民族危亡现实的现象。

2 月

1. 刘念渠的《战时中国的演剧》发表

刘念渠的《战时中国的演剧》发表于1944年2月的《戏剧时代》第1卷第3期。

该文依次论述了抗战时期"中国的演剧"，根据抗战的进行阶段来分析不同时段的"剧运"特点，并以此研讨中国戏剧的更新与自立。刘念渠不只是将目光集中在剧本、话剧之中，而是旁及导演、观众、旧剧、舞台设置、演员等多方面。全文包含"全民抗战与全民动员中的演剧""由都市到内地、全国戏剧工作者大团结""二元论倾向的蔓延与被克服""大后方据点的建立""旧形式运用与中国民族新演剧""建立现实主义的演剧体系""在艰苦中撑持、逆流、向职业化行进""再学习与新进步""剧作中反映的现实与历史""导演的成就""演员中的旧人与新人""舞台装置""无名的工作者""工作生活学习""迎接最后的胜利"等内容。

2. 刘念渠的《戏剧运动三十年》发表

刘念渠的《戏剧运动三十年》发表于 1944 年 2 月的《文艺先锋》第 4 卷第 2 期。

该文勾勒了话剧运动三十年的简略轮廓。其先叙述了中国传统戏剧在清朝时期的衰落。"中国传统戏剧的致命伤在于内容与现实脱节，被旧的内容所决定的形式已经凝固，又不能容纳新的内容，形式上的变革并不能起死回生"。然后其介绍文明戏的诞生和话剧的出现。其认为最先出现的春柳社的新剧（文明戏），"为稍后萌芽起来的中国电影培植了第一批从业员，让文明戏的编剧与演技的作风再在电影里面存留了若干时候"。但中国民族资本获得发展后，要求文化上的科学与民主，更要求它自己的戏剧。代替文明戏是由西洋移植的话剧，这是以翻译开始的。先有《鸣不平》《夜未央》和《威廉·退尔》等；到易卜生《娜拉》《国民之敌》的介绍才蔚为大观，胡适所写的剧本《终身大事》分明是这影响下的产物，宋春舫开始介绍与探讨演剧技术。

1918 到 1923 年之间，戏剧工作逐渐由文学转到实际。首先是对于中国传统戏剧（以皮黄为代表）展开了无情的批评。如胡适的《文学进化观念与戏剧改良》、傅斯年的《戏剧改良面面观》、欧阳予倩的《予之戏剧改良观》、张厚载的《新文学及中国旧戏》《我的中国旧戏观》、周作人的《论中国旧戏之应废》与郑振铎的《光明运动的开始》等。其次是话剧研究团体的成立。如北京实验剧社、新中华戏剧协社。复次是《戏剧》杂志的刊行。最后是北京人艺戏剧专科学校的创办。由于他们的耕耘，使稍后的"国立"艺术专门学校戏剧系和南国社有了较大发展的可能，北京和上海成为南北两个运动中心。

北伐革命（1925—1927 年）给予戏剧的影响是很显然的。广东戏剧研究所、血花剧社、国民剧场的出现，以及爱美的戏剧运动得到了发展的机会——它的基础是中专以上学校的学生和城市中的知识分子，如上海戏剧协社、辛酉剧社和复旦剧社等。

1930 年到 1931 年"九一八事变"之间，新兴戏剧运动的口号被提出了，如艺术剧社、上海学生剧团联合会与大道、曙星等剧社成立了上海剧团联合会，产生了大量的反映现实的剧本。国防戏剧运动，号召着每一个戏剧工作者为祖国之生存而努力。戏剧开始走出了室内，向农村、向工厂、向兵营发展着，获得了知识分子以外的观众。产生了知名的街头剧《放下你的鞭子》《怒吼吧，中国！》。政府有了进一步的戏剧设施，有戏剧学校的设立、"中央"文化事业计划委员会的戏剧研究会的成立、山东省立剧院、上海剧院等成立。

上海业余剧人协会的出现，标志着戏剧发展有所突破的时代，戏剧终于有了值得重视的成就。他们的剧目包括历史剧《武则天》《金田村》，以及外国名剧《娜拉》《大雷雨》《铸情》等。在剧本方面，有了《日出》《上海屋檐下》《以身作则》《夜光杯》《太平天国》诸作；在导演方面，有洪深、应云卫、章泯、贺孟斧与欧阳予倩等；在演技方面，陈大悲等的文明戏遗迹早看不见了，虽然有着西洋化与电影化的倾向，虽然有着个人主义的作风，却已经在舞台上创造着典型人物，杰出演员有袁牧之、赵丹、金山、王为一、叶露茜、白杨等；在舞台设计方面，进步更是显著。

刘念渠认为，六年半间的抗战戏剧运动可以分为三个阶段来叙述。第一个阶段是由上海退却到 1939 年约两年的期间。当时，全国的戏剧工作者无分新旧的团结起来了，话剧深入农村和前方，传统戏剧也在改进它的内容，以求吻合客观要求。第二个阶段是由 1939 年下半年到 1943 年春天。农村、前方和敌后的演剧继续活动着，大后方开始了建国文化设施，建立了工作据点，各地都有着职业化的剧团。编剧，导演、演技与装置设计，无不突破了抗战前夕由上海业余剧人协会所保持的水准。第三个阶段是从 1943 年夏初开始。政府对于戏剧的重视，有着消极的审查也有着积极的奖励；经济上的困难使戏剧不得不受更多的限制；因而有了节约的要求；市侩主义的抬头，投机者认为有利可图，粗制滥造，同时也有着对其的反抗。

刘念渠认为，三十年戏剧运动的传统精神有四点：之一"是现实主

义的倾向"；之二"是战斗的作风"；之三"是工作的团结"；之四"是
不断的争取进步"。

该文以短短五千字就将三十年的话剧发展历史予以了描述，其紧紧
抓住了每一重要的转折时期，注意到其与重大的社会政治事件密不可
分，也考虑到重要戏剧事件——如剧作家、剧团、剧作和导演，还有戏
剧设施和演员技巧。

4 月

田仲济的《报告文学的产生及成长》发表

田仲济的《报告文学的产生及成长》发表于 1944 年 4 月的《天下
文章》第 2 卷第 4 期。

该文是其后 1947 年 9 月由现代出版社出版的《中国抗战文艺史》
有关报告文学的一章。全文依次介绍了"报告的产生""在抗战中成为
大时代的宠儿"；在内容上主要是"战争的素描"和"敌人陷入了泥
淖"；在描写技巧上则是由事件到形象化，观察视域则由前线到后方，
且认为伟大作品的出现还有待"来日"更加努力的工作。作者按照抗
战的进程及发展，介绍报告文学的逐渐进步，并列举和分析了大量的报
告文学作家与作品。

5 月

1. 任访秋的《中国现代文学史》出版

任访秋的《中国现代文学史》（上卷）1944 年 5 月由河南南阳前锋
报社印行。初版本待访，这里参照的是 2013 年河南大学出版社出版的
《任访秋文集·现代文学研究》①　中的版本。

该文学史以进化论对文学革命和革命文学运动进行了叙述。任访秋
从晚清民初开始书写"中国现代文学史"，这里的"现代"与我们当下
的"现代"并不是同一概念，而是带有"近代"与"当代"的含义为
多。在第一编《文学革命运动的前夜》中，任访秋从政治、思想和文
学三方面来说明当时是一个动荡的时代，一个新的时代将从这一动荡时

---

① 任访秋：《任访秋文集·现代文学研究》，河南大学出版社 2013 年版。

代中产生，这采取的是进化论的述史逻辑，而其对几个派别思想的列举，是之前的新文学史很少书写的。

该文学史分期比较有特点。其在第三编《新文学之萌芽与成长》第一章《时期的划分》中将新文学发展史分为五个时期："初期试作的时代（民国六年至民国九年）""自然主义与浪漫主义的时代（民国十年至民国十四年）""自由主义与社会主义的时代（民国十五年至民国二十年）""写实主义、新写实主义与民族主义的时代（民国二十一年至民国二十五年）""抗战文艺的时代（民国二十六年至民国三十二年）"。这样的分期借鉴了之前的文学史分期，也有着政治事件的考虑，如"五卅"事件、大革命、"九一八"事变、"七七"事变等成为文学史划分的重要依据，在标题上则可看出他重视的是不同文学思潮的嬗替往复，而社会政治对文学思潮的影响他也依然强调。

该文学史对第一、二期的文学总结比较有特点。由于战火蔓延的影响，任访秋的这部文学史只书写了两个时期的文学历史，具体体现在第三编的第二、三章中。第二章中他讨论了诗歌、小说、戏剧、翻译的理论商讨、创作实践和"本期作品特色"，第三章也探讨了"时代背景""新文学会社的产生""创作"和"本期作品的特色"。最具他个人特点的应该是对这两个时期文学创作特色的总结。

2. 吴瑛的《"满洲"女性文学的人与作品》发表

吴瑛的《"满洲"女性文学的人与作品》发表在 1944 年 5 月的《青年文化》。该文共有七节，介绍了"满洲"女性作家及其作品。

吴瑛认为俏吟是"开拓'满洲'女性文艺的第一人"，她"曾以其女性的、犀利的观察来描出那现实，因此显现出一种有声有色的感触性"。与俏吟同时的知名女作者则是刘莉，她的"每篇小说，每篇散文，同样呼应着当时北满特有的创作氛围气，有着锐敏的丰硕的新的力量。有的厌烦大家庭崩溃的前夜，有的更深刻地注意社会、农村，而在作者本身，也在努力自己的新生"。梅娘的《小姐集》"虽然讴吟着新文学温暖的羽翼，发现自身的安乐的性格"，其《第二代》的出版表明其给予了"自由主义在'满洲'文学上以存在的地位"，其"对于没有阶级的人们，无论是大人或者是幼童的生活苦难之情形，多半磅礴着作者的热情与哀悯的情绪"。从但娣的作品《安荻和马华》及其他诗歌和散文来看，"世纪末的痼疾之意味，却含有在自由主义文学的视野之中了"，如果她"只限于其内心的悒忧不全部的净灭，她的暴乱和阶级是不会到来的"。杨絮的作品《落英集》"大都为少女的情绪和季节的感伤"。璇玲"那轻曼似烟的散文和妙笔如云的小品，都是以显示她文学上的天才，但始终脱却不了自我或身边的安乐，陶醉在温室里的范畴，纵令当时发表在文场上有一些波纹，但到了水面平静的时候，那点波纹便难以找寻了"。蓝苓的作品虽不习见，"但在文艺素材的处理上，不只止于严肃，且处处显示着有辽阔的前程的姿首"，她的"创作的态度和文学的手法、气息有些呼应着俏吟的地方"。乙卡（即田环）"从文的态度与其从文的旨趣，都是从沉着的地方入手……已较胜于文学做游戏观念的文学少女之作品"。冰壶能写出"最冲淡最轻曼的散文"，但她从事的职业和气质，使得"她已缺乏从各角度来观察人生的魄力，其作品只联系在温室的花园之内，对其前进的逆路，显然已埋却了过度的风沙"。作者还提及的当时的女性作家有：关心"满洲"女性文学的左蒂，以写教育小说而崛起的林潜，擅长小说和翻译的苦土、专门埋首写戏曲的君颐，还有"都踏上了冲淡的女人的静谧之路"的桐真、叶子、郁莹。

从吴瑛对作家作品的评价来看，她希望伪满洲女性作家的创作应该向俏吟学习，不要将眼光局限在自己的安乐窝，而应扩展至广阔的人生，态度应该认真沉着。

6 月
日本人尾德坂司的《中国的新文学运动》发表
日本人尾德坂司的《中国的新文学运动》经李云翻译，发表在1944 年 6 月 15 日的《求是月刊》第 1 卷第 4 号。

该文在论及胡适的时候，重在论述胡适用白话取代文言的合理性，并称颂其爱国精神，在具体史实的介绍上，重在参考胡适的《五十年来中国之文学》及他自我回忆新文学运动的文章。该文在讨论陈独秀之时，则联系当时国际国内的形势，说明中国所处于国贫民弱的境地，而不得不创办《新青年》以及开展迅猛的新文化运动。其将周作人的文化生活分为三个时期，第一时期至民国十年是翻译时代，第二时期至民国二十年是批评文章时代，其后乃为读书纪录之时期。他认为周作人以人道主义为中心，以人的文学作为他的天责。他强调鲁迅的文学是提倡中国人的思想改革运动，其文笔在于中国之复兴。最后，作者总结中国的新文学运动目的是在模仿学习西欧的现代制度，继承的是洋务运动与戊戌维新运动之精神，是反抗压迫、力求民族的富强。

该文重在论述胡适、陈独秀、周作人、鲁迅四人，联系他们的身世经历、思想观念以及文学创作，来解释他们对新文学文化运动所起到的独特作用，以此展现出中国新文学运动的不同角度，这种从根本上来论述中国的新文学运动的方式具有创新性。

7 月

1. 沙可夫的《晋察冀新文艺运动发展的道路——点滴经验教训的介绍》发表

沙可夫的《晋察冀新文艺运动发展的道路——点滴经验教训的介绍》发表于 1944 年 7 月 24 日的《解放日报》。作者通过晋察冀整风运动前后的文艺创作之比较，以证明"党的文艺政策与毛主席所指示的文艺为工农兵大众的方向是完全正确的；同时证明整风——思想改造——对于任何一个文艺工作者都是头等重要的问题"。

沙可夫指出："1939 年前后两三年间是晋察冀新文艺运动开始蓬勃发展起来的时期。这个时期的主要特点是乡村群众文艺运动的积极发动与文艺大众化工作的热烈推进。"当时联大文工团的"秧歌舞剧"，抗敌剧社的《霸王鞭》以及其他剧社与文艺工作者编写的通俗短小作品，如街头诗运动都很可观。但是由于"缺乏足够的群众观点，还没有坚定地站稳文艺为工农兵大众服务的立场，对这一运动的领导也就有了偏向，以至使已经开始'组织起来'的群众文艺运动与已经开始利用民间地方形式——'秧歌'等——的尝试工作不能很好'坚持下去'，使之不断发展"。以至在 1940 年冬至 1941 年秋这个短期间，许多文艺工作者与文艺团体对文艺大众化与开展群众文艺运动的工作似乎觉得"不够过瘾"或者"此路不通"，于是争先恐后大演其《巡按》《婚事》《雷雨》《日出》《复活》《大雷雨》《带枪的人》等名剧大戏。

　　他认为晋察冀几年来诗作产出是非常丰富的，"街头诗""标语诗"等简直"触目皆是"，长篇叙事诗与巨著抒情诗，也是层出不穷，在这些诗歌作品中，不能说没有优秀之件，但绝大部分是为读者所不懂和不喜欢的，实际上是一些只能给自己或自己趣味相投的文艺工作者、文化人、知识分子所欣赏、爱好、赞美的东西。秧歌发展得非常广泛，"在宣传教育与活跃乡村群众生活上起了很大的作用"，但对于如何改进其形式和内容，很多理论家并没有站在现有的、秧歌实际发展的基础上来讨论如何逐步改造它，"使它更向前提高与发展，更能为政治与群众服务"。

　　1942 年整风运动开始后，晋察冀边区文艺界"一方面继续为克服脱离群众、脱离实际的'演大戏'倾向而斗争，（另）一方面开始号召并组织文艺工作者积极参加对敌政治攻势，使文艺走上对敌斗争的最前线，面向游击区、接敌区广大群众，为瓦解与争取敌伪军，提高群众抗战情绪及其对胜利的信心而努力"。当时获得了很大的成绩，文艺工作者学会了以通俗的、适应当时和当地环境与对象的艺术作品在群众中演出，产生了不少优秀的比较大众化的作品：仅 1942 年就有《熬着吧》《王七》《弃暗投明》《打特务》《黑老虎》《王大炮回头》《张大嫂巧计救干部》《慰劳》《哈那寇》《来人》《玲子》等十多个较好的剧作。

　　1942 年 4 月北岳区党委召开了党的文艺工作者会议，接着边区文联举行了"二代"大会。这两个会议都着重指出："在边区文艺工作者中间相当普遍，相当严重地存在着艺术至上主义的倾向，也就是艺术工作者的自由主义、个人主义与一切三风不正的具体表现；同时提出号召文艺工作'下乡'与'入伍'，真正深入到群众中，到实际中，以改造文艺工作，改造文艺工作者。"

　　不久就有许多文艺工作者纷纷下了乡、老老实实地去参加各种实际工作。经过一二年的整风，晋察冀文艺工作有了不小的转变。文艺工作者开始实事求是地从事于新闻通讯写作了，剧作内容与形式上却更加丰富、活泼，也更能为群众所接受。产生了《把眼光放远点》《子弟兵与老百姓》《纺棉花》《王瑞堂》《儿女英雄》《团结就是力量》《十六条枪》等作品，还有西战团帮助阜平城厢剧团编排的一个大活报剧以及崔嵬编导的由火线剧社演出的《岳飞之死》，"前者是利用'秧歌舞'等民间形式的一个歌舞活报，后者是改造过了的一个评剧，都获得了相当大的成功"。

该文表现了晋察冀新文艺运动，取得了巨大的丰收。

2. 剑尘的《四十年来中国话剧的演变》发表

剑尘即谷剑尘，他的《四十年来中国话剧的演变》发表于1944年7月《新中华》复2卷第7期。

该文在论述"中国话剧的产生"时，先认为国内上海基督约翰书院里有话剧的萌芽，然后才介绍春柳社在日本的诞生及演出。《中国话剧演变》则论述了中国话剧由开始的西洋风味转向国粹性质的内容，前后经历了四个不同时期，即新戏时代—文明戏时代—爱美剧时代—话剧。作者对每个时期的主要特征及代表剧人、剧团进行了细致介绍，并分析了每个时期兴盛与衰亡的具体原因。"中国话剧的特质"在于由反封建主义到反帝国主义。这在不同时期又有不同表现：辛亥革命时期，话剧目的是摧毁封建制度，建立民主政治，话剧鼓吹并参与革命；"五四"运动时期，话剧剧本主要分为"改进社会组织""家庭革命""妇女解放"三类，有了研究戏剧的学校、机关与组织；北伐誓师时期，话剧宣传北伐是为了救国救命，其宣传走进了工厂、学校，使得北伐获取了民众支持；"七七"事变时期，话剧重在宣传抗战的意义及每个人应尽的责任，话剧运动获得了前所未有的成功。

该文虽然文字不多，但是对话剧发展演变的时段分析得非常透彻，特别是对不同时期的话剧特质及代表剧人剧作进行了精准辨析，有助于读者对此有清晰了解。

3. 日本人岛田政雄的《现阶段中国文学的进路》发表

日本人岛田政雄的《现阶段中国文学的进路》发表于1944年7月1日的《华文每日》第131号。

岛田政雄认为当时的中国文学是在"过渡的昏迷和停滞中"，可以分为四派：一、抗战公式派，二、和平公式派，三、新第三种人派，四、新鸳鸯蝴蝶派。在抗战公式派文学中，抗战至上的一个固定观念成为其进步的障碍了，"由'抗战'提高自己的'文学'，反而变成被

'抗战'支配的奴隶了。'命令'非在真实的上位不可。于是所有日本人，非描写为'鬼'不可。所有'抗战'的指导者，非称赞为'英雄'不可。于是民族戏画，便代替'民族典型'，通俗形式便代替'民族形式'，而变成支配的了"。而跟随汪伪政权的和平派文学，没有予以充分的时间，使其在暴风雨中锻炼成为新民族文学运动，便立即列入官僚文化阵营了，其不能夺取大众的支持，所以就不得不"官僚化"和"公式化"了。岛田政雄将上海的一些知识分子的骑墙主义文学者视为"新第三种人"派，这些人具有"中国文学必须为民族革命文学，民族文学与民族解放运动同时存在"的信念。这些人把自己的弱点转嫁于"环境的恶劣"，暂时从事演剧西欧古典文学和整理国故，而不从事创作。现在有以"发国难财"的有闲阶级为主顾的"新鸳鸯蝴蝶派"的文学，这些人早已不被视为通俗文学作家，而是"发国难财"的官僚，这就是这些人的"新"。岛田政雄认为新的"民族文学"将由打破"公式主义"开始。文学不可成为抗战发财或和平发财之贪官污吏和奸商的工具。"青年们的纯粹心理，实在燃烧着爱民众的热情。他们正确地把握着'五四'的传统，而将在亚洲解放战争的当中，将与日本打成一片争取反对贪污，反对封建，反对帝国主义的民族运动"，这才是负荷着民族将来重责的民族文学家。

《华文每日》原名为《华文大阪每日》，最初由大阪每日新闻社和东京日日新闻社联合编辑发行，1943年1月起由大阪每日新闻社独立编辑发行，并更名为《华文每日》。该杂志是在日本本土编印、专门针对中国沦陷区发行的华文刊物，内容大致分为政策宣传、文艺创作与文学评论，以实现日本对"大东亚共荣圈"各国文化层面的干预和渗透。很显然，岛田政雄的这篇文章是对当时存在的文艺进行批判，号召年青作家与日本侵略者合作，以建立新的"民族文学"而作的。

10 月

日本人大内隆雄的《"满洲"文学二十年》出版

日本人大内隆雄所著的《"满洲"文学二十年》于1944年10月由国民画报社出版。据作者在该书自序，其1921年迁至长春居住，在那里度过了二十四个年头，期间曾在它处短暂停留。本书的第一至第十章，曾在 1942 年 1 月至 10 月的《艺文》杂志上连载，编辑出书之时对原稿有所修改加工。第十一章以后是其于 1943 年 1 月、2 月间书写。该书部分由王汶石译为《东北文学 20 年》，于 1980 年 3 月刊于《东北现代文学史料》第一辑。2017 年该书由高静翻译，在北方文艺出版社出版，这里依照的是该版本。

该书将"满洲"文学分为"日系"和"满系"两种不同的创作类型。"日系"是指在伪满洲的日籍作家的创作，"满系"是指伪满洲的中国人的创作。而作者是日本作家，所以该书主要梳理的是在伪满洲时期的日籍作家创作，对满系作家的文学史介绍只在第十八章粗略提及。作者心目中的"日系"伪满洲文学史分为初期和"当下"不同时期。初期的日系伪满洲文学从 1905 年日俄战争开始算起，可以分为三个阶段：第一期是 1905 年至 1920 年；第二期是 1921 年至 1930 年；第三期是 1930 年至 1931 年。大内隆雄认为初期的"日系"伪满洲文学运动可以与日本文艺的发展相对照来研究，也就是说它们的文艺风格与日本同期的文艺风格几乎类同。在文学体裁方面，也无非短歌、俳句、川柳、诗歌等，文学内容不是多沉浸于对日本内地的回忆，就是模仿内地的作家而脱离现实。而 1931 年"九一八"事变之后的"日系"伪满洲文学，则被认为迈入了一个新的阶段。因为他们更关注伪满洲现实，力求有独有的不同于日本内地的伪满洲特色。作者的这种伪满洲的文学史分期与东北沦陷区作家的分期是不一样的，后者认为的伪满洲文学，就是伪满洲"建国"之后的文学。二者不同的文学史分期实际上包含的是殖民者和被殖民者之间不同的国族认同和身份自觉。

该书重在展现作者自己亲身参与的伪满洲各种日系作家的文学活动，包括杂志出版、作家介绍、作品发表、征文活动、文学奖励，以及社团活动等，全书回忆录的色彩较为浓厚，多重在事实介绍，很少作家作品分析评论。由于"日系"伪满洲作家报纸杂志都带有同人性质，初期多为誊写版，出版时间并不长，而开展的文学活动多沙龙性质，资料容易散佚，但该书对这些"日系"伪满洲作家的活动进行了较完整回忆，汇集了丰富的文学史实，为后来研究者提供了资料查询的路径，这是该著最大的贡献。

在该著的书写中，大内隆雄是站在日本帝国主义立场上，承认伪满洲国这种侵略行为的正当性的，所以他的文学史书写中确有希望伪满洲国文艺取得繁荣的热忱，但这实际上是一种殖民主义文学史观。他早期受到中日无产阶级文艺思想的影响，在大革命以后的国共两党的斗争中，他选择站在中国共产党一边。多次以左翼的观点评点中国的政治运动，曾遭遇两次被检举的经历。"九一八"事变及伪满"建国"以后，中日两国的民族矛盾异常激烈，取代阶级矛盾而成为主要矛盾。于是大内隆雄思想转变为殖民主义文化人，为日本侵略国策开始效力。[①] 他或许曾"真诚"认为，伪满洲国的"建立"能将落后的东北改造成为一个先进的现代化新国家，但他却忘记了即使这个理想能成为现实，也只是殖民主义者的"新国家"，而对于被殖民者来说，其实是一场浩劫。

11 月

1. 田禽的《中国戏剧运动（新中国戏剧简评）》出版

田禽的《中国戏剧运动（新中国戏剧简评）》于 1944 年 11 月由商务印书馆出版。

该书主要论述了"五四"以来的新剧，共有八章，其中五章曾在《东方杂志》上发表过。从每章标题可见，其对中国戏剧的介绍比较全面。田禽在《论中国的戏剧理论建设》中列举了从 1914 年到 1937 年出版的戏剧理论书籍、戏剧期刊、报纸和文艺刊物上的戏剧副刊、戏剧专号或特辑以及各种关于戏剧理论的丛书和专著。在《三十年来戏剧翻译之比较》中他介绍了中国学人从 1908 年到 1938 年所翻译的三百八十七册外国剧本，详细统计了历年翻译出版的数据、出版最多的出版社、原著作者的国别、被翻译最多的剧作家和翻译数量最多的译者等。这两篇文章为后来人研究戏剧理论和剧本翻译提供了充足的史料。在《中国剧作家概论》中，田禽介绍了侯曜、洪深、熊佛西、欧阳予倩、丁西林、田汉、夏衍、陈白尘、宋之的、曹禺、尤兢等剧作家。他特别强调"陈白尘、宋之的、夏衍、曹禺，诸剧作家都是战时剧坛的健将"，而这几人也恰好因为他们战时的创作业绩在这时的新文学史书写中取得了他们

---

① 单援朝：《大内隆雄的"满洲文学"实践——以大连时代的活动为中心》，《外国问题研究》2015 年第 1 期。

的地位。他认为曹禺的《雷雨》《日出》《原野》的写作技巧是细腻的，"细腻的有时会叫观众不耐烦，有时也近于卖弄"，他受易卜生的作品影响最大，"而在处理每一剧作的结局方面，那种以不了了之的手法尤为相似"，在他的作品中不易看出光明的指路。这是田禽在战时环境中对曹禺作品进行了不同于现在的解读。

田禽在《中国剧作家概论》中将中国话剧分为三个时期："假定从'五四'到'九一八'作为第一期（十二年），从'九一八'到'七七'作为第二期（六年），从'七七'起，以后就算第三期。就技巧方面讲，第一期赶不上第二期，而第二期又不如第三期。就量的方面讲，第一期较多于第二期，第三期的产量截至'目前'为止已超过了一二两期的总数。就意识方面讲，第二期的作品比第一期反封建的色彩更为浓厚，特别是反帝运动，到第三期反帝反封建的意识合流，明朗的强调了反抗我们的仇敌——日本帝国主义者。就剧中的地点（Place）来讲，不再局限于室内，单纯的写些 Setting room 式的戏剧，由于内容决定形式，因而击破了 Setting room 的公式，从此，我们可以在舞台上看到山川，原野，以及为民族争生存而战斗的前线。"这说明他对战时的戏剧运动非常认可，所以赞扬这时的戏剧运动达到了繁盛时期。

在《中国女剧作家论》中田禽介绍了一些著名的女剧作家，如袁昌英、白薇、濮舜卿、陆小曼、陈白冰、陈淑媛、苏绿漪、椰月、赵清阁、赵慧深、沈蔚德、安娥、丁玲。前面的几位女剧作家在之前的新文学史中都有提及，而后面的五位剧作家则很少涉及，因为她们主要活动于战时剧团，她们在后来的新文学史书写中也不再提及。读者会认为女剧作家只大量出现在"五四"时期，田禽的这篇文章则让我们看见了战时女剧作家也有靓丽的风采。在《中国战时戏剧创作之演变》中，田禽对抗战之时的戏剧创作进行了历史梳理，对抗战之时的戏剧运动进行了分期："以'七七'事变到武汉撤退为第一个时期，武汉撤退到太平洋战事爆发为第二个时期，太平洋战争以后为第三个时期。"并对这三个不同时期的剧作进行了分析。

2. 冯文炳的《谈新诗》出版

冯文炳别名废名，他的《谈新诗》于 1944 年 11 月在北平新民印书

馆出版。该书是冯文炳 1936 年在北京大学讲授新诗时的讲义，讲授自
胡适《尝试集》开始，至《沫若诗集》中断。1937 年底，冯文炳南归。
1944 年该讲义由黄雨整理，周作人作序出版。抗战后，作者重回北大，
续写四章，题为《十年诗草》《林庚同朱英诞的新诗》《十四行集》
《〈妆台〉及其他》。此四章作者生前未公开发表。1984 年，人民文学
出版社将前后两部分合并，删去初版本序跋和附录，增入作者 1934 年
所写《新诗问答》一文，出版了同名增删本。1998 年，辽宁教育出版
社参校此版本，恢复初版本序跋和附录，又收入部分作者 20 世纪 30 年
代所写关于诗的序跋、通信和随笔，易名为《论新诗及其他》，列入
"新世纪万有文库"出版。1940 年秋至 1941 年春，朱英诞在北京大学
讲授"新诗"，其在冯文炳的讲义《谈新诗》基础上进行添加、接续，
与冯文炳的《谈新诗》一起构成了对抗战前的中国新诗史的完整叙述。
陈均在 2008 年将冯文炳与朱英诞的讲义予以合并编订出版。① 冯文炳的
《谈新诗》主要有几个方面的内容：诗歌理论、诗歌史、诗人诗作
分析。

　　冯文炳的诗歌理论重在强调新诗的特质、新诗与旧诗的区别、新诗
的历史资源、新诗的发展道路等。他认为，新诗应该是自由诗，"如果
要做新诗，一定要这个诗是诗的内容，而写 这个诗的文字要用散文的
文字。已往的诗文学，无论旧诗也好，词也好，乃是散文的内容，而其
所用的文字是诗的文字"。针对胡适认为元白易懂的诗歌是白话新诗的
前例，冯文炳则认为温庭筠、李商隐难懂的一派更是当时白话新诗所应
发展的方向与根据。

　　冯文炳也在通过诗人诗作为例，表明究竟什么是新诗、新旧诗的区
别何在、发展方向在哪里。例如他非常重视诗歌的情绪，他评价胡适
《一颗星儿》写得好，是因为"这样的诗，都是作诗人一时忽然而来的
诗的情绪，因而把它写下来。这个诗的情绪非常之有凭据，作者自己拿
得稳稳的，读者在纸上也感得切切实实的。这样的诗在旧诗里头便没
有，旧诗不能把天上一颗星儿写下这许多的行句来。我前次说旧诗是情
生文，文生情的，好比关于天上的星儿，在一首旧诗里只是一株树上的

----

① 废名、朱英诞：《新诗讲稿》，陈均编订，北京大学出版社 2008 年版。

一枝一叶，它靠着枝枝叶叶合成一种空气"。又如他认为周作人的《小河》的意义就在于"其所表现的东西，完全在旧诗范围以外了"，而鲁迅的《他》"是他的新诗写得最美的一首，即是说这首《他》最是诗，其余几首便像短文，写得很峻绝罢了"。冯文炳对诗人诗作的具体赏析多重在自己的读诗感受，细致的诗歌分析中见出他自己的文学品味，他敢于表达自己对诗歌作品好坏的判断。例如冯文炳认为康白情"一旦发现了诗材料，他乃不知不觉的以旧小说描写笔墨来写他的新诗，好像本来有这种东西的可能，只是在那里压抑了好久，这时才得到发泄的自由了，于是他的几首新诗最成其为白话新诗，别人不能学他，他自己后来不能学他。他的诗表面上看是图画，其实是音乐，即是说是天籁"。

　　冯文炳对诗歌的解读前期多重在选诗抄录，然后常用"喜欢""真好""可爱""美丽"之类的简单口语来表达自己的感受，很少如现代学术研究那样具体分析诗歌的艺术成就，这更多来自中国传统的诗歌赏析方式，更多是带领学生、读者去诵读、涵泳诗歌的艺术，以此达到心领神会的妙悟。这类似于钟嵘的《诗品》，重在诗歌的阅读感受，但他善于运用古今中外诗歌的比较来探讨诗歌的优劣，并敢于一针见血地点评，正如他自己所自认的拥有"天下为公"的胸怀。例如在《林庚同朱英诞的新诗》中，他评价林庚的《沪之雨夜》："这种诗都是很不容易有的，要作者的境界高，局促于生活的人便不能望见南山，在上海街上忙着走路的人便听不见一曲似不关心的幽怨，若听见也不过是贩夫走卒听见楼上有人拉胡琴而已，诗人则是高山流水，林庚一定在北方看见过万里长城，故在上海的夜里听见孟姜女寻夫到长城的曲子憧憬于'孟姜女寻夫到长城了'。李白诗'黄鹤楼中吹玉笛，江城五月落梅花'，大约也是写实，但还不及林庚来得自然，来得气象万千。王之涣诗'羌笛何须怨杨柳，春风不度玉门关'，大约只是想象，故又不及林庚的新诗的沉着了。"冯文炳并不因为自己在谈新诗，就避嫌不谈自己的诗歌，相反，冯文炳对自己的诗歌很有自信。冯文炳说："让我说一句公平话，而且替中国的新诗作一个总评判，像郭沫若的《夕暮》是新诗的杰作，如果中国的新诗只准我选一首，我只好选它，因为它是天然的，是偶然的，是整个的不是零星的，比我的诗却又容易与人人接近，故我取它而不取我自己的诗。我的诗也因为是天然的，是偶然的，是整个的不是零星的，故又较卞之琳、林庚、冯至的任何诗为完全了。不过我还是喜欢他们的诗。这是天下为公的话。"可见，冯文炳自认为自己是新诗中的一流诗人了。

冯文炳没有专门书写新诗的发展路向，但从其对诗人诗作的阐释，可以看出他心目中的新诗发展线索。即早期白话诗有《尝试集》为代表，其有旧体诗的气息但更多是新诗的开始，这种类型的还有沈尹默、刘半农、鲁迅、周作人、康白情、湖畔社的新诗，这些诗歌最大的努力在挣脱旧诗的束缚，或者学习胡适或者模仿周作人。新诗的第二个时期则以冰心和郭沫若的诗歌为代表，他们不仅自由地采用旧诗词句，而且还杂用外国字母。"他们作诗已经离开了新旧诗斗争的阶级，他们自己的诗空气吹动起来了，他们简直有一个诗情的泛滥。"对于第三期新月派的格律诗，冯文炳并不认可。他认为："徐志摩那一派的人是虚张声势，在白话新诗发展的路上，他们走的是一条岔路，却因为他们自己大吹大擂，弄得像煞有介事似的，因而阻碍了别方面的生机，初期白话诗家的兴致似乎也受了打击了，这不能不说是一件寂寞的事。"他后来选取的诗歌基本上是 20 世纪 40 年代的现代诗，这大致将中国新诗史中的重要诗人予以介绍。

冯文炳与朱英诞的新诗论稿不仅谈诗歌理论、诗歌史和诗人诗作，而且以此进行选诗，剔选、评点新诗经典。从他们选取的诗人来看，他们更重在与京派文学有紧密关系的诗人诗派，而其他诗人诗作及诗派，则没有进入他们的视野。例如中国诗歌会成员的诗歌、七月诗派的诗歌以及当时解放区的诗歌等。这固然与当时资料搜集的不便有关，但更多的或许是诗歌观念的差异导致了他们的忽略。

3. 华纯、韩果、石丁的《晋绥剧运之前瞻》发表

华纯、韩果、石丁的《晋绥剧运之前瞻》发表在 1944 年 11 月 28 日的《抗战日报》上。该文由石丁执笔，共分三部分。

《新的黄金时代的开端》介绍了 1944 年晋绥剧运的成绩，他们认为这将是"新的黄金时代的开端"。"一年来，我们根据地人民的战争经验、经济生活，政治觉悟，都大大地提高了，基于此，在文化生活的欲求上也大大地提高了。"如李汝林写了《变工好》、几个民兵创作了

《围困蒲阁寨》、离石二区罗家坡村的剧团创作了《订农户生产计划》《改造二流子》《救济从晋西南阎锡山黑暗的统治下逃来的难民》《妇女纺织》《劳武结合》。党校四部业余剧团，在驻地村不断利用集市，向群众作及时的演出宣传，获得很大的成绩。

在《问题中的问题》中，作者认为"晋绥剧运现阶段，还存在着一个不应该存在的严重问题，那就是职业剧团，职业剧团工作者和广大群众还有着不短的距离，赶不上群众的需要，还落在这个时代的后面"。

在《秧歌下乡与乡下秧歌结合》中，作者批评"我们的秧歌也曾下了乡，我们的乡下也有秧歌，但是二者没有结合起来，各进行各的"，未来"一个急不容缓的任务，就是秧歌下乡与乡下秧歌结合起来"。

12 月

1. 王秋萤的《"满洲国"新文学史料》出版

王秋萤的《"满洲国"新文学史料》于 1944 年 12 月由（长春）开明书店出版。此书标注的印行时间为伪满洲国的"皇帝纪元"（"康德"十一年），该书出版受到"满洲"书籍配给株式会社资助。

本书共有三部分：第一部分是综括的总论，第二部分是伪满洲国下属各地方文艺的介绍，第三部分是附录，是伪满洲国一些刊物的发刊词。从章节安排来说，其是按照伪满洲国的地域进行的，先是总论伪满洲国文学的成绩，然后是对各个地方进行介绍。该书选入的文章及史料多曾在当时伪满洲国的报纸杂志上刊载过。如谷实的《"满洲"新文学年表》《"满洲"文艺书提要》、山丁的《十年来的小说界——"满洲"新文学大系小说上卷导言》、吴瑛的《"满洲"女性文坛》都载于"康德"九年《盛京时报》的《文学版》；李文湘的《新诗十年》原载"康德"九年一月二十日《学艺》。其他各文是断断续续刊载于此前不同年份。这说明在"康德"九年曾经出现过一些伪满洲国的文学史写作，原因是因为这一年是伪满洲国"建立"十周年，有必要对这十年文学进行总结。但值得注意的是，与当时轰轰烈烈进行的伪满洲"建国"十周年庆典不一致的是，他们的总结只是从文学进行，而没有庆祝之意，相反则是多次强调文艺遭受到困难，文学工作者的工作与生活环境的恶劣。这些文学史写作为了解东北沦陷区文坛的历史状况提供了帮助。

　　王秋萤的《叙言》叙说了出版本书的意图，他希望后来者能编写完整的伪满洲新文学史，所以其搜集了此前曾经发表过的有关伪满洲文学史写作的资料。

　　谷实的《"满洲"新文学年表》分三个阶段记载了伪满洲新文学年表：一是伪满洲国前的东北文学；二是"九一八"事变后的文学；三是所谓伪满洲文学。他从民国六年开始记载，阐释了东北新文学的萌生发展过程中的态势、文学刊物、作家、社团、杂志以及文坛争鸣。他认为，民国十七年这一年是东北新文学最繁荣期，同时形成两种思潮，"一是受国内普洛文学所影响，一是民族爱国文学"。

　　谷实的《"满洲"文艺书提要》简介了二十几部作品的内容、风格及作家创作特色。包含吴瑛的《两极》、小松的《无花的蔷薇》、山丁的《山风》、梅娘的《第二代》、古丁的《平沙》、秋萤的《去故集》、小松的《北归》、秋萤的《小工车》、袁犀的《泥沼》、山丁的《季季草》、疑迟的《风雪集》、金音的《塞外梦》、冷歌的《船厂》、石军的《沃土》、柯矩的《乡怀》、爵青的《欧阳家的人们》、克大的《燕》、小松的《人和人们》、秋萤的《河流的底层》。

　　山丁的《十年来的小说界——"满洲"新文学大系小说上卷导言》介绍了1932年至1941年几年间的小说情形。他认为："这些作家十之七八是由诗歌起业，中间经过散文的阶梯，而后踏入小说领地，所以有许多篇小说淤塞着浓厚的诗情，有许多篇小说几乎是散文的蜕变，确定某一个作者为小说家是很难的，他们是在多角的发展，勿论文学的任何部门，都有他们的足迹。"这些作家受到许多客观条件的限制，"最大的障碍便是文艺刊物的贫乏，作家们不得已只好偎依着新闻纸的副页，以文艺副刊为小说发表的温床，一直到纯文艺刊物产生"，他们仍然未曾离开那只温床，虽然当时报馆与杂志社也多没有给这些作家稿费。接着作者按照期刊报纸文学刊物的发起与没落为线索，介绍了部分作家作品。《夜哨》《凤凰月刊》《艺文志》《文丛》《文选》《作风》是其中的重点。

　　李文湘的《新诗十年》分为《前部》和《后部》两部分。《前部》重在讨论新诗的理论，《后部》简单列举了十年来出版的诗集。作者认为诗歌是伪满洲成绩最落后的体裁。

九日的《一九三三年里"满洲"文坛的"社"》介绍了1933年中伪满洲的十八个文学社团的社名、社员及发行的刊物。作者不满意有些社团规模太小，两三个人甚至只有一个人也称之为"社"。

摩西的《一年来"满洲"文坛的没落及史的观察》以哈尔滨、奉天、新京、大连、营口的文坛为例，说明伪满洲在1936年因为作家生活的困顿、出版业的消沉等而导致这一年文坛的没落，成绩的稀少。

坚矢的《今日的"满洲"文艺界》介绍了伪满洲建立之前的几次高潮，徐玉诺、穆木天、陈翔鹤、冯玉等为东北文学的发展所贡献了巨大力量。而伪满洲建立之后，其在文学创作、翻译出版上也有一定成绩，作者分文类介绍了作家作品，并对日文创作和日籍作家予以了提及。

吴瑛的《"满洲"女性文坛》介绍了伪满洲各位女性作家，重点分析了悄吟（即萧红）、梅娘及自己，作者视悄吟为"'满洲'女性文艺者的代表"。

该书的第二部是东北各地级市文艺的概述，有未名的《奉天的文坛》、牢罕的《哈尔滨文坛之一瞥》、也丽的《大连文艺界的今昔》、陈芜的《吉林文艺界》、韩护的《论营口文坛过去与现在》、陈因的《抚顺文艺的兴替》、治宇的《东满文艺振兴》、金音的《齐齐哈尔文事》。

2. 阎金锷的《初期话剧运动史话：话剧运动四十年（公元一八九九——一九三七）之一》发表

阎金锷《初期话剧运动史话：话剧运动四十年（公元一八九九——一九三七）之一》发表在1944年12月《文史杂志》第11、12期上。

在《资本帝国主义东侵给与中国戏剧的影响》中，作者论述了中国的国情与历史上同外国的国际关系，并认为一直到近代以来由于受到资本帝国主义的侵略，于是西方各种思想对中国戏剧形成了冲击，产生了两个最大的问题就是：旧剧改良和新剧建设，而该文主要谈新剧建设，即话剧运动的历史经验。

在《初期话剧的渊源》中，作者介绍了初期话剧文明戏的产生、特点。与一般人将1907年在日本的春柳社的演出视为文明戏的开始不同，作者认为 1899 年上海基督教约翰书院演出《官场丑史》之时就有了这种初期话剧的演出，此后并形成风气，这两种演出都开始"写实"和"废唱用白"，受到的影响却有东洋与西洋的差别，而在吸取的精神上有细微不同。所以作者认为话剧的发轫期应从 1899 年算起。然后作者分析了春柳社所受日本新派剧和浪人剧的影响，而又有新剧和文明戏之别。

在《初期话剧之派别及其嬗变》中，作者将初期话剧继续分为两派：一派是受日本影响的春柳社回国后不断开展活动，组织成春柳社、进化团，形成以任天知为代表的春柳派；另一派是受西洋影响的，也在不断开展活动，组成文友会、开明演剧会，形成以汪优游为代表的教会派。此后二者又形成各种各样的会社。

在《初期话剧运动之另一意义》中，作者称颂了初期话剧运动工作者担负了双重的使命，既是话剧运动的领导者，又是社会革命运动的急先锋。他一方面列举了国民党人孙中山、吴稚晖、张静江、谭延闿等人对话剧运动的支持，另一方面彰显了一些早期话剧运动者为革命而牺牲的英雄人物。

在《初期话剧运动中所遭遇的困难》中，作者介绍了反帝反封建的初期话剧，受到了清廷封建官僚的打压、遭遇帝国主义的欺辱、受到旧剧人士的排挤、自身内部的诸多矛盾等，以此反映初期话剧运动的曲折颠沛。

在《初期话剧运动总检讨》中，作者分析了辛亥革命之后，文明戏遭到了挫折，原因在于剧团是业余的，而不是职业的；剧人没有统一的思想意识，受到买办阶级和封建余孽思想的控制，没有民族意识和国家观念，只知迎合观众的低级趣味。但是作者还是总结了他们的历史功绩：第一，粉碎了旧剧的理论体系，为后来的话剧开辟了道路；第二，组织了独立的戏剧团体；第三，建立了专门的戏剧学校；第四，提倡女子演剧；第五，新剧界大团结，举行了联合公演。

该文对早期话剧的介绍采用史话的形式，借鉴了早期话剧参与者的回忆录等形式，使得其丰富活泼，具有趣味性。其对早期话剧的革命性和斗争精神予以了充分展现，改变了文明戏在其他话剧史中的负面形象。其是以国民党的立场书写的，因为国民革命的成功，早期话剧也立下了赫赫功绩。作者想从阶级论的角度分析文明戏的思想局限，但是他对此并不熟稔，而有生搬硬套之嫌。遗憾的是，该文计划写到1944年，实际上只写到"五四"运动前后，按照他的这一立场，后来应该难以着笔。

本年

1. 蔡正华的《中国文艺思潮》出版

蔡正华所撰《中国文艺思潮》于1944年在世界书局出版。

蔡正华从民族特性、宗教与哲学、自然界、恋爱、民族思想、非战、社会经济、新文学运动等角度比较全面地论述了中国文艺思潮面临的现状、解决办法等。这是一部较早的文艺思潮方面的力作，但其对新文学运动的叙述并不十分精彩，只是简单书写了新文学历史。笔者所见为中国香港南国出版社印行的，并不见其出版时期。

1945 年

5 月

1. 周贻白的《中国戏剧小史》出版

周贻白的《中国戏剧小史》于1945年5月由上海永祥印书馆出版。

该著第七章《文明戏与话剧》介绍了文明戏与话剧的发端和各种剧团剧社的成立、演出方式等，特别是区分了文明戏与话剧的不同：如剧本的完善与否、演剧主角的有无、故事情节是否集中，是否刻画鲜明生动的人物性格等。

在第八章《中国戏剧前途的展望》中，周贻白讨论了中国旧剧改良的原因，在于其服装、装扮不符合历史实际，其故事主题不能反映现实生活，而且很多观念是封建糟粕，所以旧剧需要改良，但不能光从布景、装置、机关等方面进行，应该更加有系统的全方位考虑。他认为当时的话剧已经出现了兴盛，但也有不好的苗头，如改编外国名著但粗制滥造，迎合观众以赢得票房等，这使得其有步入文明戏覆辙的风险。

2. 宋云彬的《中国文学史简编》出版

宋云彬于1934年在上海开明书店创办开明函授学校，他与夏丏尊、叶圣陶、陈望道合编《国文讲义》，宋云彬撰写了其中的《文学史话》，后来将其修改后，在 1945 年 5 月以《中国文学史简编》之名由文化供应社出版。该书对新文学的书写体现在第十一章和第十二章中。

该文学史非常重视翻译文学。第十一章《西洋文学的传来》中的《初期的翻译事业》介绍了严复的古文体翻译和其翻译理论；《西洋小说的翻译》介绍了林纾用古文体介绍西洋小说；《西洋诗歌戏剧的翻译》介绍了马君武、苏曼殊用中国旧诗体翻译西洋诗歌；还介绍了林纾将西洋剧本翻译成小说体，只有到李煜瀛翻译剧本的时候才完全用对话式。然后宋云彬讨论了西洋文学的翻译传入对中国社会及文学的影响，认为这改变了中国对外国人民及文学的偏见，增强了文学爱好者对西洋文学的研究兴趣。从这一章来看，宋云彬非常重视翻译文学在促进中国新文学诞生的重大意义，其考察了小说、诗歌、戏剧不同文类的翻译，以及所用语体的逐渐变化、逐渐认识出不同文类的区别。

该文学史将新文学经典作家予以点名。第十二章《文学革命与新文学的建设》中《文学革命的前夜》介绍了康有为、谭嗣同、梁启超、黄遵宪等人的文学革新，强调了他们为后来的文学革命所做的铺垫工作。《文学革命的起来》介绍了胡适、陈独秀的文学革命主张以及最后取得了成功。《初期的文学作品》介绍了胡适的《尝试集》、鲁迅的《呐喊》，×××等提倡的"小品散文"；这里他以×××来代替周作人，是他不齿其在抗战中的行为做派，这是周作人在新文学史中被予以负面化处理。《文学研究会与创造社》则介绍了当时两派虽然有现实主义与浪漫主义的不同，但这是表面上的对立，实质上二者有共同之处。《新文学与鲁迅》则凸显了鲁迅的小说与杂文的文学史地位，"因为鲁迅是建设新文学的成绩最辉煌的一个"。其他作品则提到了郭沫若的《女神》、郁达夫的《沉沦》、茅盾的《蚀》三部曲和《子夜》、叶绍钧的《倪焕之》、巴金的《家》、曹禺的《雷雨》。从他所提到的文学大家来看，除老舍外，他已经将后来的经典大家予以了确认，这说明新文学在 20 世纪 40 年代经典大家都已凸显，他们的代表作也得到了公认。最后宋云彬在这章介绍了"大众化与民族形式"。

宋云彬对新文学发展以来的文艺大众化问题进行了历史梳理。他指出"五四"的新文学运动提倡的是平民文学，那时的平民实际上是市民而不是工农大众，平民文学实际是市民文学，而不是大众自己的文学。那时的白话是士大夫的白话，不是大众自己的白话。经过 1925 年的"五卅"事件、1927 年的大革命，新文学运动改变了性质，领导者、主导理论、主力军都改变了，于是"文艺为大众"成为一致的目的，1930 年"文学大众化"的问题就得以提出。这一问题的提出是对"五四"以来新文学运动的进一步发展，但是由于文学工作者对大众生活的不够接近，大众文化自身水平的落后，导致这只是理论上的倡导，而在文学创作实践上，文学与大众仍有相当的距离。"抗战开始以后，革命形势一变，文艺工作者与人民大众的关系大有改进，新文学不仅简单地要求大众化，更进一步要求品质的提高，遂有'民族形式'问题的提出。"这里他将新文学大众化的三个发展阶段进行了历史的梳理，使得该小节成为一个独立的新文学大众化简史，这体现了他对中国文学大众化及民族化的期待。他还服膺 1938 年毛泽东在中国共产党的六届六中全会上所讲的那段话："洋八股必须废止，空洞抽象的调头必须少唱，教条主义必须休息，而代之以新鲜活泼的、为中国老百姓所喜闻乐见的中国作风和中国气派"，这也是他自己对新文学及其民族形式的观点，这说明他已经对毛泽东的文艺思想有所借鉴与吸取。

3. 李辰冬的《五十年来的文艺思潮》发表

　　李辰冬的《五十年来的文艺思潮》发表于 1945 年 5 月由胜利出版社出版的《五十年来的中国》。该书由潘公展主编，是为纪念中国国民党"建党"五十周年而作，从序言可知是从 1894 年杨衢云、孙中山等人在美国檀香山创立兴中会算起。与该书一起出版的还有《五十年来的世界》。该书有潘公展的《五十年来的中国与世界——代序》，共分上下编。上编是《国家建设之部》，包含《五十年来的国民革命》《五十年来的政治制度》《五十年来的外交情形》《五十年来的军事概况》《五十年来的经济建设》《五十年来的财政设施》《五十年来的教育方针》；下编是《学术思想之部》，包含《五十年来的哲学》《五十年来的科学》《五十年来的史学》《五十年来的地理学》《五十年来的社会学》《五十年来的政治思潮》《五十年来的经济思潮》《五十年来的文艺思潮》《五十年来的戏剧》。

该文论述五十年来的文艺思潮，从 1894 年孙中山《上李鸿章书》说起。其认为该文"一方面它表现了新中国的远景，他方面开中国革命文学的先河"。这种写法显然是为纪念国民党"建党"五十周年的，因为孙中山的这篇文字并没有革命思想，反而是衷心拥护清政府的。接下来作者介绍了在孙中山领导的国民革命中，出现的一系列革命文学，如陆皓东的就义供词、林觉民的诀妻书、方声洞赴义前别父书、邹容的《革命军》，他认为这些革命文学的共有特点就是"气盛"。作者对治近代文学史之人没有将这一革命文学思潮写进文学史进行了批评，特别是胡适的《五十年来中国之文学》对康有为、梁启超等人的古文革新都予以重视，竟然也没有书写这些革命文学则不可原谅。

在介绍完这一革命文学思潮之后，李辰冬介绍了文学革命运动、文学研究会、创造社、新月社、"左联"的创建及文学活动。他认为创造社提倡的是唯美主义，对郭沫若的文学观念进行了批评，并对之后革命文学的主张及创作进行了攻击；他讽刺左翼作家联盟拥护的是苏俄的文艺政策，"那我们的中国文艺思潮史里就用不着来讲了"。李辰冬认为，抗战使得中国文学在三民主义的原则下集中起来，为民族的胜利而奋斗，从此中国文学摆脱了模拟西洋的时代，而走向了创造之路。李辰冬摘引并阐释了张道藩的《我们所需要的文艺政策》，就三民主义的革命性进行了发挥，并强调抗战文学应该多注意积极的方面，而少消极的黑暗的方面。

很显然，李辰冬的这篇文字是为国民党政权服务的，其以三民主义文学作为最高原则，对张道藩的文艺政策予以了高度颂扬。这与他当时是"中央"文化运动委员张道藩的主任秘书，并主编民族主义文学的《文化先锋》《文艺先锋》这两大月刊有关。

4. 洪深的《五十年来的戏剧》发表

洪深的《五十年来的戏剧》发表于 1945 年 5 月由胜利出版社出版的《五十年来的中国》

洪深没有如李辰冬那样从兴中会的成立开始说起，而是认为 1898年戊戌政变前后是中国戏剧发生变革的开始。他将"五十年来的戏剧"分为七个时期来介绍：《清末旧戏》介绍的传统剧作家有李慈铭和吴梅，首倡白话戏曲的是梁启超，还有军国民等人。新戏曲的特征，第一是与现实生活紧密相关，戏与曲开始分家；第二是他们都把戏曲当作政治宣传的工具。改革戏曲的戏子则有汪笑侬、夏月润与潘月樵等人。《文明戏》介绍的是以曾孝谷、欧阳予倩为代表的春柳社，辛亥革命后文明戏达到繁荣，但在 1917 年到 1918 年出现了衰落，洪深分析了兴衰的原因。《五四以后的话剧》介绍了"五四"运动时期新文学家们的理论主张，还有民众戏剧社等的演出以及郭沫若、田汉等从文学走向戏剧的作家和他们创作的剧本。《国民革命以后》介绍了艺术剧社的成立，戏剧由为艺术而艺术转向为人生的艺术，即转向革命文学。大家认识到戏剧是人民意志的武器，戏剧运动不能和人民解放运动分开。于是戏剧从城市走向乡村，观众由小市民转向工、农、兵，大众化成为这时戏剧运动的口号。《国防戏剧》介绍的是全面抗战前期的戏剧活动，当时受到日本帝国主义的压力，大家在戏剧学校、剧院、理论的探索、艺术水平的提高等方面取得不少成就。《抗战戏剧》介绍了卢沟桥事变之后，戏剧成为抗战宣传的主力军，戏剧救亡演出队纷纷奔赴前线慰问演出，戏剧运动蓬勃开展。中华全国戏剧界抗敌协会得以成立，产生了很多宣传抗战的剧本，举办了戏剧节。《戏剧抗战的长期化》介绍的是战争相持阶段戏剧取得的成功，特别是以重庆为中心的大后方戏剧取得不少成绩，戏剧理论有了深入探讨，戏剧界中不良倾向受到清理，舞台布景、演员演技等都有很多提高，建立了现实主义的理论体系。

　　洪深的该篇文字主要是将五十年来戏剧的发展历程分为七个时段进行书写，条理分明，对每次变迁的前因后果有很强的解释。尽管其被收入国民党建党五十周年的文集中，但学术性较强，政治性并不浓厚。关于戏剧史的文章，洪深已有多篇，该篇重在介绍了国防戏剧之后的发展变迁，特别是抗战时期大后方的戏剧发展得以清晰展现。

6 月

李岳南的《语体诗歌史话》出版

　　李岳南的《语体诗歌史话》于 1945 年 6 月由成都拔提书店出版。当时只有 28 岁的李岳南，是诗焦点社的主持人之一，而该书正是诗焦点丛书之二。

　　该书所说的"语体诗歌",就是白话诗。其从"诗三百篇"说到"抗战以来的白话诗歌",这说明其是站在古今白话诗歌和民间文学立场上的,新旧之间的对立及抗争是他撰史的潜在线索,这跟随的是胡适的白话文学史观。第十四、十五章为"五四"后二十来年的诗史,我们对其进行介绍。

　　第十四章《文学革命后中国诗歌的大解放》介绍了文学革命的发生经过、主要观点和文学社团。在诗歌方面,李岳南对此前文学史曾提及的众多诗人诗集予以了点录,对短短一二十年新诗取得的成绩进行了称赞。他认为胡适是新诗先驱,"给中国新诗撒下了一把种子";郭沫若"以大刀阔斧的姿态,摒除一切的缚束,豪迈处似拜伦,似东坡","缠绵处,不亚于屈、宋和济慈";冰心的《春水》和《繁星》"笔调隽美轻快,如晶莹璧玉,一时仿之者甚多";徐志摩主持《新月》,其"才华很高感情丰富,所以创作了几首很不错的白话诗",但"有时字汇用的过分浓郁华丽,缺少洗练圆顺的美";闻一多"颇倾向规律,但不乏佳妙作品";梁实秋、饶孟侃、朱湘、于赓虞等"皆以欧化而著名";于赓虞的诗"充满了法国 魔鬼诗人的情调,有一股阴森之气,袭人骨髓"。

　　第十五章《抗战以来的白话诗歌——争取民族自由的号角》对1937 年后的中国新诗进行了速览,其认为这时的新诗"全都充满斑斑的血泪汗滴,和雄壮阔朗的风格了"。他强调臧克家、艾青的诗歌是值得首先提起的,对他们进行了赞美:臧克家作品的长处,"正是他性格的表现,永远是浓厚质朴,充满了一个北方人的豪爽洒脱和火热的友爱及人类爱的,在他近年来自己比较喜爱的《泥土的歌》里充分地流露了他对民间语言运用的熟稔和自然";艾青的诗歌"形式绝对求自由,诗里有一种清新活泼之感,比如《向太阳》《火把》……不过近年来的叙事诗《吴满有》是失败了,因为他以一个南方人运用北方土语,叫一个北方人看来,真有些那个呢"。武汉保卫战前夕陈纪滢、高兰的朗诵诗,老舍的《剑北篇》,柯仲平的《平汉路破坏大队》得到了作者的重视。作者也列举了诗社诗刊,显示了抗战期间诗人们的活跃,如胡风主持的《七月诗丛》,常任侠主持的中国诗艺社,姚奔、邹荻帆、曾卓、冀汸、绿原的《诗垦地》,胡危舟、阳太阳的《诗创作》,王亚平、臧云远主办的春草社,魏荒弩、邱晓崧主持的《诗文学》,蒂克、丽砂、李岳南主持的诗焦点社等。李岳南认为"卞之琳的《十年诗草》别具一格，可称上品"；他认为田间诗歌的好处也是坏处："他的诗，因为要增加力量，多半用短促的节奏，三四字占一行，用一种跳动的形式写出。所以有些读起来很紧张有力，但也有好些篇，情绪低落，那么念起来，便反增加了破碎欠贯通显达之感；好些地方，分行太随便，没按节奏，说到这里，我们觉得胡风先生似乎对他的鼓舞有余，而偏爱过度，略嫌姑息了吧?"李岳南对自己的诗歌《哀河北》有中肯的评价，认为其虽引起过诗坛的注意，但是自己并不满意，"因为里面还偶有一二句旧诗语调"，但是他表示自己已经放弃了那种作风，"今后的作品当更求朴素和平白些"。

8 月

日本宣布投降

1945 年 8 月 14 日正午，日本天皇向全国广播了接受《波茨坦公告》、实行无条件投降的诏书。15 日，日本政府正式宣布日本无条件投降。21 日，今井武夫飞抵芷江请降。9 月 2 日上午 9 时，在停泊于东京湾的美国战列舰密苏里号上举行向同盟国投降的签降仪式。日本新任外相重光葵代表日本天皇和政府、陆军参谋长梅津美治郎代表帝国大本营在投降书上签字。9 月 9 日上午，中国战区受降仪式在中国首都南京"中央"军校大礼堂举行。

1945 年 9 月 16 日，夏悫代表英国政府兼中国战区最高统帅，在中国香港督宪府举行受降仪式。在仪式上，日方代表陆军少将冈田梅吉与海军中将藤田类太郎在投降文件上签字；而中方则派出了潘华国少将监礼。

9 月

1. 许杰的《东南文坛与东南文艺运动》发表

许杰的《东南文坛与东南文艺运动》结集在 1945 年 9 月的战地图书出版社出版的《文艺批评与人生》中发表。

许杰坦言，东南的文坛，比起西南方面寂寞落后许多。就以东南的文艺运动而论，很显然的，东南没有一个大型的、由东南的文艺工作者与文艺爱好者所组成，而又是东南文艺运动的指导者和大本营式的文艺刊物。

许杰认为，东南的出版也似乎非常寥寥，主要是如下原因：第一，这里许多飘散各地的文艺副刊撰稿人大概都另有专业，各人都有自己的工作，除了几个编辑人之外，职业作家是几乎一个都没有。第二，随着报纸发行地域的限制，每一接近某一地域或居留某一地域的作者与读者，每每只能在就近的某一报纸上发表作品，或读到就近的报纸所发表的作品，因为他们没有机会接触东南各地出版报纸的全貌，所以他们的视野也就局限于某一区域的某一报纸上了。第三，寄留在东南各地的文艺工作者，没有一个广泛的联系，如全国文艺界抗敌协会的组织也没有。第四，没有一个有力的人出来号召，没有一个大型的文艺刊物，作为这个运动的中心，这也是不容易把大家结合起来的原因。

东南各报纸"着眼在文艺副刊，希望用文艺副刊来造成报纸的特性，抓取大量的读者，推销自己的报份"，这是东南文艺的主要阵地。在赣州有《正气日报》的《新地力》《青年报》的《青鸟》，在上饶有《前线日报》的《战地》。在福建方面，永安的《民主报》有《新语》，南平的《东南日报》有《笔垒》。在浙江方面，丽水的《浙江日报》有《江风》，《东南日报》的丽水版也有《笔垒》。在浙东方面，宁海的《宁波日报》有《波光》，天台的《青年日报》有《语林》。这些文艺副刊埋头苦干的每月总成绩，可能在一百万字以上，留存在东南的文艺工作者，文艺副刊的撰稿人，起码有二三百以上。

许杰认为，东南各报文艺副刊上所发表的稿子，成熟的作品与有力的译作，固也不少，但比较幼稚。所有的文艺副刊，散文与诗，几乎占到二分之一以上，至三分之二的数字，其余的三分之一，大概由杂文、论文、及小说所均分。因为是文艺副刊，并不是文艺杂志，副刊编者要"迎合一般读者的趣味与消遣"，与文艺副刊发刊的真意，根本没有什么关系。

许杰对东南各文艺副刊的编辑进行提议：第一，各报文艺副刊编辑人，大家先有一个联络，不要各自为政，如同对副刊的选稿态度问题，文艺增刊问题，及周末版这一类型的存在与取消问题等，都应该采取一致的态度。第二，副刊编辑人的联合，应该扩大到作者的联合与读者的联合，如果有什么人肯负责任，或者向全国文艺界抗敌后援会请求，在东南成立一个分会，那么对于西南的甚至于全国文坛的联络，刊物的寄送与交换，或是消息的传播，都应该方便得许多。第三，各报的文艺副刊，或者特别是文艺扩大版，可采取《十日谈》的形式发刊，刊后合订成册，再分寄各报，由各报门市部或派报处代售，影响力当大得许多。第四，如果有一个人，或是许多人，有此精力，把东南各报的文艺作品，每月选挑一次，那么在这一百万字的作品当中，至少当可以选出十万字或二三十万字的较好的作品来，也是一个很大的成绩，谁又能说东南文坛是荒落的呢?

2. 许杰的《半年来的东南文艺运动》发表

许杰的《半年来的东南文艺运动》结集在 1945 年 9 月的战地图书出版社出版的《文艺批评与人生》中发表。紧接上文《东南文坛与东南文艺运动》所提出的建议之后，东南文艺运动对其倡议予以响应，该文就是对半年来东南文艺做了的几件事进行检阅:

"第一，对于东南各报文艺副刊编者的联合问题，开始有所行动。《浙江日报》的《江风》，便曾以这一口号标题，写过了文章。永安《民主报·新语》的编者，赣州的《青年报·青鸟》编者洛汀，宁海《宁波日报·波光》编者吴莱，都赞成这建议。上犹《凯报》的《大地》，亦曾转载《江风》《东南各报文艺副刊编者大联合》，可知这问题还是在有力地酝酿着的。

第二，对于东南文艺工作者的团结问题，已经见之于行动。赣州方面已由洛汀、西彦、曹聚仁以及另外许多文艺工作者，在筹商成立东南文协分会的事。各报的副刊上也看到许多关于文艺工作者团结的文章，特别是《民主报》上。

第三，在大型的文艺刊物没有出现以前，许多报纸的副刊编者，已在计划着出版文艺专刊。《正气日报》的《新地》，已经出版了几期的文艺专刊;《浙江日报·文艺新村》重新复版;屯溪的《"中央日报"》出版了《文艺周刊》;丽水的《东南日报》要添出一个《东南文艺》;南平的《东南日报》与赣州的《青年报》时常在出版文艺扩大版。宁海的《宁海日报》的《前线文艺》，上饶《前线日报》的《文艺评介》，继续在出版着；上犹的《凯报》计划出版三个半月刊，为《新艺术》《艺文》与《文艺评论》。

第四，关于东南文艺运动的创作口号与文艺运动的中心任务，已经由许多同志提出来了。在创作的实践方面，关于文艺创作的各部门的检讨，也已经有许多人注意到。"

许杰上述两篇文章展现了抗战时期不为多数人所知的东南文艺运动的面貌，为后来学者研究东南文艺运动提供了珍贵的史料。

3. 范泉的《八年来的上海文艺工作者》发表

范泉的《八年来的上海文艺工作者》发表于 1945 年 9 月 1 日的《文艺春秋丛刊》之五《黎明》。

作者首先就声称，抗战八年来的上海文艺工作者"犯了爱国的罪，在敌伪宪警的监视、逮捕和严刑拷打下，过着屈辱、饥馑和流亡生活"。然后他将八年来的上海文艺工作者，划分成两种完全不同的典型："一种是坚贞卓绝、在苦难里不断磨炼自己的文艺工作者"。这样的作家有鲁迅夫人许广平女士以及朱维基、CS、郑振铎、王统照、唐弢、芦焚、楼适夷、李健吾、锡金、方君逸、孔另境、柯灵、魏于潜、司徒宗、夏丏尊、章锡琛、范泉等。这些人在这黑暗的世界里浪费了多少宝贵的生命和时间。然而他们没有丝毫的怨言，在他们的记忆里永远涂抹不掉的，乃是祖国的胜利和光明的憧憬。还有一种是为名利所诱、把国家民族作为出卖资本的文艺工作者。他们在政治的掩护下，把自己养育得脑满肠肥，过着一些奢侈淫逸的日子。作者没有具体点名这些作家。他号召"……清算文艺工作者的行为，乃是目前安定民族情感的紧要措施"，"我们应当，而且必须展开文艺的清除工作！"

4. 唐弢的《八年来的抗战文艺运动》完稿

唐弢的《八年来的抗战文艺运动》于 1945 年 9 月 5 日完稿。

该文以一种散文的形式书写了抗战八年来的文艺运动，其中最有特色的是其将抗战期间的文学地域进行了划分。他认为武汉失陷，政府内移，抗战文艺的活动也随着分散各地，因为文艺运动常常是以文人的集中地为中心的，这时候的流布大约可分成五大区域：第一个区域是大后方，以重庆和桂林为中心，包括成都、昆明、柳州、贵阳等地，这里依旧是全国的重心所在，文人荟萃，一切活动都承继着武汉时代的精神；又因为全国文艺界抗敌协会的存在，更成了抗战文艺运动的领导的核心。第二个区域是北方，以延安为中心，包括苏北、山东一带，这里是在八路军管辖下，聚集了一大群文化工作者，文艺内容通俗，却包含着高度的战斗精神，负起了抗战文艺中的启蒙的任务。第三个区域是东南战区，以金华、永安为中心，包括屯溪、丽水等地，因为福建产纸，最为上乘，由于这一物质条件的优越，这就出版了许多文艺书籍。第四个区域是香港，包括南洋各地，这里同样聚集了一群文化工作者，如茅盾、许地山、楼适夷等，有战后最主要的刊物《文艺阵地》《时代文学》和《笔谈》。第五个区域是上海，自从1937年11月12日国民党军队西撤，上海沦为"孤岛"，在当时尚还存在的租界上，依旧留居着一部分文艺工作者，由于环境的特殊，作者多以短小精悍的文章，向敌人及汉奸袭击，于是杂文便勃兴起来，先后有《世纪风》《鲁迅风》杂志、文艺刊物还有《奔流文艺丛刊》《新中国文艺丛刊》《文学集林》等，《鲁迅全集》的出版，是这一时期里值得大书特书的事情。

唐弢对抗战时期的文学地域进行了大致鸟瞰，后来的抗战文学研究也主要是沿着这几个区域分别研究，但是他忽略了东北和华北沦陷区的文学活动。

10 月

中国台湾举办日本受降典礼

1945年10月25日，"中华民国"政府在中国台湾台北中山堂举行中国台湾的对日本的受降典礼。

11 月

1. 司马文侦的《文化汉奸罪恶史》出版

司马文侦编《文化汉奸罪恶史》于1945年11月由上海曙光出版社出版。

在1945年8月14日日本政府正式宣布无条件投降之前一天，即8月13日，中华全国文艺界抗敌协会总会在重庆成立"附逆文化人调查委员会"，推选老舍、孙伏园、巴金、姚蓬子、夏衍、于伶、曹靖华、靳以、默林、叶以群、张骏祥、徐迟、邵荃麟、黄芝冈、徐蔚南、马彦祥、赵家璧、史东山等十八人为委员，负责调查"附逆文化人"。调查委员会于 8 月 22 召开首次会议，"决议处理附逆文化人办法如下：（一）公布姓名及其罪行；（二）拒绝其加入作家团体和其他文化团体；（三）将附逆文化人名单通知出版界，拒绝为其出版书刊；（四）凡学校、报馆、杂志社等等，一律拒绝其参加；（五）编印附逆文化人罪行录（姓名、著作、罪状），分发全国及海外文化团体；（六）要求政府逮捕公开审判"。与此同时，中华全国文艺界抗敌协会又发出《慰问上海文艺界书》，慰问沦陷时期"在敌人魔掌下坚贞不屈"的上海文艺界景宋（许广平）、郑振铎、夏丏尊、王统照、李健吾诸先生，信中再次强调"本会已设立机构，负调查文化汉奸之责，但因情形隔阂，进行不易，现特恳诸位先生分头调查并搜集证据"。①

正是在这样的历史背景下，曙光出版社出版了《文化汉奸罪恶史》。该书先有类似前言的《几句闲话》，接着是《三年来上海文化界怪现状》《"和平文化"的"大本营"》《沐猴而冠的大东亚文学者大会》等综述，然后揭露了柳雨生、陶亢德、周越然、汪馥泉、张资平等十七人投靠日伪充当文化汉奸的经过，但也将张爱玲和张资平、潘予且、苏青、谭正璧等作家列为"文化汉奸"，列数他们的"卖国行为""罪恶事例"。整部书并不是严格的学术著作，更多"八卦"色彩。

1946 年

1 月

1. 胶东文协的《胶东八年来文化运动的回顾》发表

1946 年 1 月 1 日胶东文协的《胶东八年来文化运动的回顾》发表在《胶东大众》复刊第 1 期。该文主要分为三部分。

《群众斗争中播种 在群众斗争中生根》以年度论说了胶东文化运动的播种与生根。"七七"事变爆发后，烟台、威海卫，有一部分青年知识分子组织了"河山话剧社"和"河山荣成分社"。"荣成分社"积

---

① 参见 1946 年 5 月《抗战文艺》第十卷第六期。

极面向农村，在文登、荣成、牟平一带进行广泛的救亡宣传。胶东的游击战争发动起来后，"河山话剧社"及其分社的大部分青年参加了山东人民抗日救国军第三军。1937 年秋到 1938 年春，蓬、黄、掖都有以进步知识分子为骨干的化装讲演团，抗战服务团、话剧团等组织，在各地分头进行抗战宣传工作。山东人民抗日救国第三军进入蓬、黄、掖以后，政治部组织了第一、第二、第三宣传队，共有 40 多人，以戏剧为主要形式，在城乡进行宣传与民运工作。相继成立了"国防剧团""人民剧团""抗战剧团""民众剧团""七二一剧团""P．L（蓬莱）剧团""胶东剧团"等 20 余个。刊物则有《海涛半月刊》《突击半月刊》，报纸是《大众报》《抗战日报》。1938 年的下半年，胶东文化界救亡协会在掖县马台石村正式成立。1939 年新年前后，在敌优我劣的形势下《海涛半月刊》停刊、《突击半月刊》改出油印本，剧团合编成为两个精悍剧团"国防剧团""鲁迅剧团"。1939 年胶东文协又出刊《文化防线》、胶东青联又成立"孩子剧团"。1940 年春文协改组，成立政治、历史、文艺、外国语文各种研究会。1941 年春，文协又主编《文艺短兵》，各部队机关都纷纷成立剧团。是年，举行文化界第一届代表大会，重选了文协领导机构，出刊《胶东大众》《大众画刊》。

《在群众斗争中生长　在群众斗争中结实》介绍的是胶东文艺的生长结实期。1942—1943 年，军队除有宣教机关经常掌握教育学习外，并在各连队设文化教员，加强俱乐部建设，农村则普遍设立俱乐部，尤其新年春节的戏剧秧歌活动，逐渐成为一个广泛的轰轰烈烈的群众的宣传运动了。1943 年文化工作会议以后，加强了组织机构（各海区各县设立文协），主编的刊物有《胶东大众》《胶东青年》《大众画刊》，并经常编印戏剧集，通俗读物，以前线剧团为主体成立文艺工作团，成立了评剧团。军队的《军人周报》合版为《前线报》。是年，发起了"五四"文学艺术创作大竞赛。1944 年春，文协召开扩大的文化座谈会，学习毛泽东《在延安文艺座谈会上的讲话》，并汇报各部门文化工作目前的概况，布置了配合大生产运动、对敌开展政治攻势的工作。是年，配合政府召开了两次规模较大的敌区文化人知识青年座谈会，组织文化服务团，创作剧本二十余出，通讯四十余篇。军区政治部《战士朋友》复刊，并创办《胶东画报》。胜利剧团编演《闯主进京》。

《在群众斗争中收获　在群众斗争中前进》介绍的是胶东文艺的收获前进期。1945 年举行胶东文化界第二届代表大会，胶东的农村俱乐部和剧团，能起作用的共有一万余处。农村的冬学及文艺活动（戏剧，音乐及秧歌），已成为轰轰烈烈的群众运动了。戏剧运动在新老解放区发展还不平衡，总的方面以东海区为最好（农村剧团，极普遍），西海区以北掖为最好（每村都有，且有十二个区中心剧团），北海以黄县为最好，东海以荣成牙前为最好。

该文为我们展现了胶东文艺的发展状况，这为后来研究胶东文艺史提供了宝贵材料。

2. 范泉的《论台湾文学》发表

范泉在 1946 年 1 月 1 日《新文学》创刊号发表《论台湾文学》。

范泉是中国大陆较早关注中国台湾新文学发展的学者，但他当时接触到的中国台湾新文学的作家作品并不多，所以他认为，抗战前的中国台湾文学"始终在它的草创时期"，"纯粹的台湾气派的文学，纯粹的具有台湾作风和台湾个性的台湾文学的产生，不是过去，也不是现在，而是在不久的将来"。他将中国台湾新文学历史进行了分期：第一时期是 1924 年到抗战胜利，其中第一阶段是 1924 年到 1937 年的"与中国文学共鸣阶段"，第二阶段是 1937 年到抗战胜利的"表现形式改造阶段"，而以第二个时期为建设期，第三个时期为完成期。他认为中国台湾文学已堂堂地进入了灿烂辉煌的建设期，这就是第二时期。第三期完成期则在未来，那时建设期的中国台湾文学会迅速地超越，用急切的步伐走过欧洲的文艺思潮所经历的各个阶段，而进入完成期，和中国大陆乃至世界文学并列。

范泉的这篇文章辗转流传被中国台湾作家所阅读，此后海峡两岸围绕中国台湾新文学的历史、性质及未来发表了许多文章，其中代表性的人物为杨云萍、王白渊、杨逵、赖明弘、欧阳明、廖汉臣。这些论文的主题思想并没有太大的差异。皆主张：第一，中国台湾文学"是中国文学的一环"；第二，中国台湾文学运动的"主流乃是台湾人自己的文学运动"；第三，中国台湾文学并没有屈服于日本统治及"表现形式"的变更，始终贯穿着民族精神；第四，中国台湾新文学运动起源于"五四"运动。但也有着分歧，即集中于"文学上的成就"、时代划分与"今后的方向"等几个方面。[①] 这是海峡两岸围绕中国台湾新文学进行的第一次友好的交流和争鸣，但这种融洽和谐不久就被中断。

3. 茅盾的《八年来文艺工作的成果及倾向》发表

茅盾于 1946 年 1 月 5 日在《文联》第一卷第一期发表《八年来文艺工作的成果及倾向》。

该文认为，在配合人民大众的政治要求上，八年抗战及今后文艺的任务是"对外求挣脱任何帝国主义加于我民族之政治的、经济的、军事的锁链，对内为争取民主"。接着茅盾将八年来的抗战文艺，以武汉撤退为分界点，分为两个阶段："显而易见，武汉撤退以后的文艺工作较之以前的，颇有不同。在这以前，由于环境较佳，文艺作品反映现实的自由多些，但缺点是热烈有余而深刻不够，尤其是仅仅呐喊抗战，未曾反映广大人民的民主要求，毛病极大。此一时期的优点是迅速而直接地反映现实，与抗战的迫切要求相配合。这一个优点，后来在大后方由于政治逆转而不可能继续发扬了，但在敌后解放区却能发扬光大，而且纠正了它的'未曾反映人民的民主要求'的毛病。不过，解放区的军事斗争的频繁艰苦，以及物质条件的困难，也大大限制了它的发展和成就，这也是毋庸讳言的。"

茅盾将武汉撤退以后大后方的文艺创作的三种主要倾向进行了分析："第一种：与其不痛不痒反映最小限度的现实，不如干脆不写，转而写些最有现实意味，足以借古讽今的历史题材。第二种：既然对于大后方和正面战场的现实没有写作的自由，那就写敌后游击区，写沦陷区，乃至'阴阳界'，既然不许暴露最有典型性的罪恶，那就只好写《小城风波》，写乡村土劣，写知识分子的苦闷脆弱。第三种：与第一种用心略同而意义则纯为守势的，则为介绍世界古典名著；这仿佛是：既然不是上阵厮杀的时候，姑且研习兵法，擦拭武器吧。"但是这三种

---

① ［日］横地刚：《范泉的台湾认识——上一世纪 40 年代后期台湾的文学状况》，陈映真、吴鲁鄂译，《复旦学报》（社会科学版）2004 年第 3 期。

倾向在大后方严苛的管制下，也不能有正常的发展。茅盾分析了这几种倾向中有害的表征。

茅盾总的认为："武汉撤退以前，我们的文艺作品歌颂了人民的英勇，但是没有喊出人民的民主要求，因而不能视为善尽任务；现在我们又可以说，武汉撤退以后的抗战文艺即使能够更多地暴露政治上社会上的黑暗（这是事实上没有做到的），但若不能充分反映人民大众的民主要求；则依然不能不被讥为回避现实与立场动摇。试虚心自问，八年来我们的作品有多少是反映了广大人民的民主要求？不幸是既少而又微弱。倘从这一点来看，我们即使说过去八年来的文艺工作主要毛病是右倾，大概也不算过分吧？""而造成此错误的所以然之故，就如上所述，一半是由于环境恶劣，一半亦由于主观努力的不足。"

茅盾的这篇文章可以说是对八年抗战时期大后方文艺的总结及批评，这种基调和论述在 1949 年全国第一次文代会上他所做的报告《在反动派压迫下斗争和发展的革命文艺——十年来国统区革命文艺运动报告提纲》中得到更进一步的发展。

4. 姚远的《东北十四年来的小说与小说人》发表

姚远的《东北十四年来的小说与小说人》发表于 1946 年 1 月的《东北文学》第一卷第二期。

姚远首先介绍的是沦陷时期东北文学的状况，即发表文学作品的报章、杂志、不定期刊物及出版的单行本。其中报章有：长春的《大同报》、辽宁的《盛京时报》、哈尔滨的《大北新报》《滨江日报》、大连的《泰东日报》《"满洲"报》、锦州的《辽西晨报》、吉林的《吉林日报》等，这些报章都开设过文艺专页。其中又以《大同报》《盛京时报》《大北新报》《"满洲"报》"比较火炽热烈，更以《大同报》《大北新报》所发表的新文学作品为最多"。杂志在"九一八"之前有《明明》《文选》《艺文志》《新青年》《作风》《学艺》；更有《斯民》《新"满洲"》《青少年指导者》《新家庭》《妇女杂志》《满文化月报》《健康"满洲"》等不重纯文艺创作的期刊。在"九一八"之后有《青年文化》《新潮》《麒麟》《电影画报》《勤奉良友》《民生》《朋友》《协和青年》。单行本的小说创作集则列举了古丁的《奋飞》《竹林》《平沙》

《新生》、小松的《蝙蝠》《无花的蔷薇》《人和人们》《北归》《野葡萄》《苦瓜集》、疑迟的《风雪集》《天云集》《同心结》、石军的《沃土》《新部落》《边城集》、金音的《牧场》《教群》、爵青的《欧阳家的人们》《归乡》、山丁的《山风》《乡愁》《绿色的谷》、韦长明的《荀》、方季良的《灯笼》、梅娘的《小姐集》《第二代》、袁犀的《泥沼》、秋萤的《去故集》《河流的底层》《小工车》、克大的《燕》、任情的《碗》、戈禾的《大凌河》、也丽的《花冢》、姜灵非的《新土地》、但娣的《安荻和马华》、柯矩的《乡怀》。

接着姚远对具体的报章、杂志的兴衰、风格及团结的作家进行了介绍。如他认为《大同报》时代，同时有哈尔滨的《大北新报》、辽宁的《盛京时报》，"它们都迈着同一的步伐，以地域的划分显然地造成了南部、中部、北部的一贯连锁。比较起 　前后十四年的中间这时期的性格，是象征着浪漫主义的建设情绪，而其作品多半是有着以乡土文艺为基点的写实主义"。

然后姚远对东北十四年沦陷期代表性的小说家及作品进行了重点分析。古丁的《山风》"都是以小市镇为中心的社会的轮廓的描写与被损害者的偶像为主题的"，而其《苦瓜集》则是在强烈地追求了纯美。爵青被誉为"鬼才"，常是"带些悲观与悒郁的成分去描写社会中不常见的奇事，所以作品的结构都很奇特"。疑迟的笔"刺穿了社会的各层级，贯通了社会的各角落，发掘了丑恶与黑暗，也发掘了美丽与光明，把荒原上的人们所交织成的平凡的故事，以强有力的笔锋，粗阔的线条，不但勾抹了轮廓，更意识地指示了伦理与道德，以及生活的途径"。金音"他是一个诗人，他有爱，也有梦，是惯于借教育生活的事实来表示他的爱，他的梦，他的灵魂与幻想"。"石军的作品多倾向于农民，他善于操用土语，给东北文学创出了独特的作风。"对其他作品作者也进行了简单介绍。

姚远对东北沦陷区小说的历史整理，是为了今后更好的发展，他相信"未来的工作正在等待着我们，我们的热，是向往这工作的，我们的灵魂，愿为这工作而献出的"，"我们所希冀的黎明已经到来了"！这表明了他对未来的热情希望。

5. 林里的《东北散文十四年的收获》发表

林里即李正中，他的《东北散文十四年的收获》发表于 1946 年 1 月的《东北文学》第一卷第二期，此时他任《东北文学》月刊主编。

该文认为"东北十四年来的文坛上，以数字来论收获的话，第一位的是小说，第二位的便是散文"。但是"东北十四年来的文坛上，开了许多花，而没有结成好果实的，首先便是散文"。原因是："第一，由于客观的，散文不为一般人所注视，这种结果反映到作者身上去，便减退了写下去的热情。""第二，不理解散文的初学写作者，他们以为散文不过成了写作的一个阶段。不过是走向小说去的一个桥梁。于是，浅尝辄止地把散文给忽略了。"

该文详细介绍了散文的单行本，有"东北散文界唯一的纯散文集子"的也丽的《黄花集》、杨絮的综合作品集《落英集》、但娣的综合作品集《安荻和马华》、辛嘉的随笔集《草梗集》、季风的遗著《杂感之感》、刘汉的杂文和随笔合集《诸相集》。

关于东北散文作家作者，该文重点介绍了未名、成弦、陈芜、韦长明、秦莽。"未名的散文，我们始终愿支付以最高的估价。特别是末期的《暗屋之书》以下《未名抄》《小花园》《梦中之酒》等篇，虽然已经为了死亡的焦灼而减缩了生之渴望，但在构想和笔力上，相信这已经是东北散文的最高峰，这十四年里实在是无过其右的了。"成弦的散文产量相当多，他的散文"是从诗里走出来的，在情绪上是火炽的，在格调上是流畅的。""陈芜的散文和诗是同样的，每每取材自远古的传说，而充满了古典的情绪，虽然在理解上给了读者以极大的障碍，但这也无妨作品的评价。"从韦长明的散文《江山》，"我们读出了作者的灵魂呼号和勇敢的预言"。"秦莽的散文在辞藻方面是颇讲求的，每一篇使读了之后仍想再读"。

对于比较有散文前途而在努力写作着的，林里提到了朱媞、南吕、凌文。朱媞的作品并不常见，但给读者印象深刻。南吕的散文是"极尽冲淡而复隽永的，讴歌自然，记述身边小故事，经作者的笔写记下来，便觉得有无限的情趣"。"凌文是一位多产的散文作者"，"在散文的造诣上，无疑的作者是私淑着何其芳"，对其"有极浓厚的模拟气氛"。

最后，作者认为东北的散文有一天会抬起头来的，"……我们相信一定会有伟大的作品产生"。

6. 李文湘的《过去十四年的诗坛》发表

李文湘本名李翅赓（1949 年后也曾用名李乃庚），他撰写的《过去十四年的诗坛》发表于 1946 年 1 月《东北文学》第一卷第二期。

该文对东北沦陷时期的诗人与文艺进行了性质上的辩护："诗人是天生的感情的保温者，感情能像火一样的燎燃的。与其说诗人的意识是批判的，是反抗的，毋宁说诗人的血液里流着批判和反抗的血球。东北——这曾经沦陷十四年的悲惨地带，在敌人重力压榨之下，曲尽心思，以求苟全，幸而人心没有死。外面上蒙上耻辱的皮色，肚子里却追逐着另一种境界。纵然被压缩成极小的僵蚕，而内心却蓄积了一种反作用：这恐怕是敌人认识最清楚的事。"他认为东北沦陷区文艺"自从关里关外隔绝之后：一方面藉着外国文字吸收世界的思潮，（另）一方面就不得不另立门户，独自走上所谓'满洲'的文艺的路子。为功为罪，跟谁说。不过呈现一种崭新的姿态，却是事实。"作者认为东北沦陷后，"文学之士，因得不到祖国的图书，便不得不由外国文字间接吸收。还好，虽然失掉祖国的温润，却得到世界思潮的滋养。可是这表现，在小说为显明，在诗颇隐晦"。

作者将东北诗的思潮，分为两个阶段。"所谓'东亚战争'是一个分水岭。以前，诗作里有的是颇含批判和反抗的力量，不过因政治力的压抑，只能升华而做近于隐晦的象征。以后，因战争日迫，敌人的致霸的野心渐渐动摇，不免谋确立思想的对策。民国卅年十二月末，第一次青年思想大检举，从事文艺者相继入狱。因此，文艺的思潮，局限于象征也不安稳，遂一时的潜伏起来，文坛顿成死寂之国。""差不多过了二年的光景，敌人又想利用文士使之作为宣传的喇叭。但是一部分人已成为惊弓之鸟，心脏衰弱到不敢执笔；（另）一部分人就勉强逢迎，以求苟全——真的文艺渐渐消隐。"这些消隐者尽管因为文学热情的怂恿动笔创作，但"这时候，任谁也不敢再做感情象征的作品，唯恐为人曲解。而一种新的追求因之发生。那就是吊古的历史兴味的诗的产生。至此，东北文艺作家，特别是诗人，他们的感情一再升华，避免现在的视线，而沉湎于回忆伤感、幽怨的情绪的圈子里。"可见，李文湘是结合东北殖民统治的现实及局势的发展，来论说沦陷区诗人的心态变化、创作动机与诗歌风格的，曾是局中人、过来人的苦楚与胆战心惊则溢于言表。他也无可讳言地承认，"不免有逢迎的作家的存在。不过前提是共同的，倘使他们的心没有昏蒙，也许他们会被饶恕"。在他的心目中，只要没有大节的亏损，即使曾有过逢迎举动的沦陷区作家，也是可以饶恕的。

作者认为东北沦陷时的诗歌理论很缺乏，"这也是因避开政治而不能率直言之，自然无用责难"。其将沦陷十四年的诗人诗集分为两个时期进行了简要评述："以'东亚战争'做分界，战前的作品比较醇真。诗集有成弦的《青色诗抄》，充满了青年的情爱，堆积了轻巧的辞藻，读之像一缕烟，把握不到什么。百灵的《未名集》，有许多清淡而跌宕的散文诗，是很有俳句意味的。小松的《木筏》，是美丽的感情，轻俏的辞藻的集结，比《青色诗抄》更散文化一些。金音的《塞外梦》，很有些掉书袋的哲理的气味；教训和魇语却是一个特征。山丁的《季季草》，包含许多热情的动听的故事，颇多小说家的笔法。冷歌的《船厂》，多半是追忆的感情的作品，无怪被评文家称之为回忆派；不过其中吊古诗《船厂》，则是一篇历史的追述。战后的作品，真的情感敛迹，搜集过去作品刊行的，也要附上一点反应战时彩色的标记，这也是很费苦心的。外文的《长吟集》，包含几首可以看得过去的长诗，在呼喊向长诗试足的时代，他就开始尝试了。韦长明的《七月》，热情很丰富，不过在词藻的锤炼上还欠功夫。"

作者特别对长诗成就予以了突出，他认为金音的《塞外梦》、山丁的《大凌河》、冷歌的《船厂》是特殊时代的产物，他们为安全起见，表面是在做"抚残砖踏短瓦，择苦井，览颓垣"等"很无聊的勾当"，但"倘如分析那少数的凭吊的诗句，不难找出来某种悒郁愤懑的情绪，与其说是无视现在，毋宁说是正因为深深认识了现在，而将其升华，旧瓶装入新酒，在凭吊之中，正含着幽怨和希望，这即是现实的对比！"

李文湘的诗歌史书写，评述精妙而且能贴近诗人的心境与政治的变迁，在某种程度上，他也是在为沦陷区诗人，甚至是对自己的创作——他就是创作《船厂》的冷歌——进行辩护，这应是当时沦陷区作家迎来解放之后的惊喜、忧虑与希望的体现。

7. 陶君的《东北童话十四年》发表

陶君的《东北童话十四年》发表于1946年1月的《东北文学》第一卷第二期。

陶君认为东北的童话成绩很差，"是一块处女地，过去虽然像彗星似的产生了些许童话作品，不能算是开垦，只是一种偶尔的尝试罢了"。其寥落的原因大致有：第一，"东北作家在日本铁蹄压迫下早已失掉了童心"；第二，"对于小说、诗、剧本等的迷恋"；第三，"非公式的否认童话在文学上的价值"；第四，"发表的机会较少"；第五，"读者也少"；第六，"在某一点上来说，童话不容易写得好"。此外，许多人对童话的误解，也是它的致命之伤。误解之一："以为童话是纯粹的说教式的东西。"误解之二："以为童话是荒诞不经的故事。"误解之三："以为童话和民间传说，特别是神话、寓言等并无分别。"

作者对东北沦陷时期出版的童话作品集进行了列举，有慈灯的《童话之夜》《月宫里的风波》、心羊的《三兄弟》、李蟾的《秃秃历险记》。翻译的则有杨絮译的《新天方夜谭》、共鸣译的《老鳄鱼的故事》、似琼译的《梦里的新娘》、××译的《风大哥》。在杂志方面，除了《"满洲"学童》常刊登童话以外，《新"满洲"》曾做过两次童话特辑，《麒麟》也曾做过一次。写童话最多的是慈灯，而真正的童话家则是胡琳。胡琳童话的特点是"能把握住童心，而不是'童话装的小说'"；与她描写风格迥异，一样能获得儿童爱读的是蔼人氏的童话作品，其"叙述上稍感平板朴直"；未名（姜灵非）的童话则"深刻而多含蓄，极富于讽刺力"，其"童话中语汇与辞藻的运用，也往往卓越不群"，他的童话"充满了悲愤"；李蟾的《秃秃历险记》经过检阅后遭到删改，但其是东北唯一的长篇童话，"仍旧不失为一部可读的童话，尤其因为它是长篇，所以能够把许多的故事连续起来，尽量的逞其空想的奇姿"，其"竭力避免繁杂的词句，利用重复的叙述，使描写趣味化"。作者还对未能发表的数十篇童话进行了列举。

最后，作者对如何在光复后提升童话的创作进行了建议。他认为："想要脱尽日本的余毒，想要排除所有奴化教育的残渣，那么，多多地写出一些童话来给儿童作为课外读物，是最直接的办法。"可见，通过对沦陷时期童话作品的历史梳理，其最终目的是为了尽快消除日本奴化殖民的影响，作者的良苦用心可见一斑。

8. 孟伯的《译文十四年小计》发表

孟伯的《译文十四年小计》发表于 1946 年 1 月《东北文学》第一卷第二期。

孟伯指出，十四年来东北文坛上翻译界的不振，一是"不为只顾埋头于创作的文学家所重视"；二是"帝国主义的文化侵略"。整个翻译界的情况是："当伪满建立初期，还能看到一些外国（日本不在内）诗歌以及短篇小说的译作，及至'东亚战争'勃发以来，日本便更加紧它的监视。除了德、意、日的法西斯集团的作品以外，即使有人翻译，也绝不能通过检阅官的锐眼，所以真正有志于翻译的人，也都不能再继续工作下去，日本的名著虽然也不少，但是在东北人的眼睛里，却闪着憎恶的光辉，终于翻译界至最近一二年来，便整个地沉落下去。"

作者只是大致列举了以单行本问世和散载于各杂志的文学翻译。十四年的译作，"大都是从日本转译"，"东抢一篇西拾一篇的毫无秩序"，而且很多译文"脱不掉日本气味，读起来很让人难受"。除日本外，"过去的翻译界，倾向于苏联的作品的人较多，譬如屠格涅夫的散文诗，至少能有十个人以上的译作，散载于各杂志和各报章上，可惜，终于没能出现单行本。此外高尔基、托尔斯泰等大家的作品也曾活跃一时，最使我们奇怪的是没曾出现过杜斯退益夫斯基的译作"。

作者也指出有人为了抓钱，而翻译《英美罪恶史》《日本两千六百年史》等替日本宣传神道与大和魂的作品，"当然其中有着不得已的实情在，至此我们可知道日本帝国主义侵略我国的残酷性了"。

孟伯对翻译情况的介绍，简短直接，通过翻译的对象、译文风格、翻译者的态度的说明，表现的是日本殖民者的残酷侵略。当然，他也同情某些不得已的权宜之计。

9. 田进的《抗战八年来的戏剧创作》发表

田进的《抗战八年来的戏剧创作——一个统计资料》发表于 1946

年 1 月 16 日的《新华日报》。

该文对抗战八年大后方（解放区除外）的戏剧创作进行了一个初步的统计。据作者统计，抗战八年来大后方多幕剧共约一百二十部。1941年春以前的剧作中：描写抗战中军民的奋斗者计十八种；描写敌后斗争及敌伪丑态者五种。描写后方及敌后不合理的现象者五种；描写抗战中之进步者五种；描写历史故事以冀激励人心者六种；描写与抗战无关之生活者三种。1941 年春以后的剧作中：描写抗战者三种；描写敌后战斗者十一种；描写太平洋战争后归向祖国者四种；描写大后方者二十三种；描写历史者二十六种；半历史性者二种；其他四种；根据外国作品改编者十种。在大体上，前期与后期相较是："（一）前期直接描写抗战者占百分之四十二。后期直接及间接描写抗战占百分之八。（二）前期描写后方方面有积极性者占百分之二十四弱。后期描写后方而不一定有积极性者占百分之二十七点五。（三）前期为历史及半历史性者占百分之三十三。（四）前期与抗战无关者占百分之七。后期与抗战无关者占百分之二十。这就是说，直接描写抗战的作品锐减，描写后方尤其是描写历史和与抗战无关之作骤增！"剧作者有三种写作态度：一种是坚守自己阵地，一种是自行撤退，还有一种是趁火打劫、浑水摸鱼式的"进军"。

2 月

1. 刘念渠的《抗战期间重庆演剧述略》发表

刘念渠的《抗战期间重庆演剧述略》发表于 1946 年 2 月的《戏剧与文学》第 1 卷第 2 期。

该文介绍了抗战期间重庆电影的发生与发展，以及其黄金时代。抗战第一年的活动中心在武汉，武汉撤退后，重庆成为大后方的中心，1938年第一个戏剧节公演《全民总动员》使得重庆的演剧得到了蓬勃发展。在重庆演剧的黄金时代中有四个官办剧团：中国万岁剧团、中电剧团、"中央"青年剧社、实验剧团。他们的优点是有固定的经费，待遇约如一般的党政军公务员水平，技术设备较为优越，人才较为集中。缺点是免不了等因奉此的麻烦，剧本选择的条件稍多，演员有收入，所以工作时断时续。民营的职业剧团先后有中革剧艺社、中国艺术剧社等，他们的

优点是工作较为自由，演戏次数多，工作人员便于学习与发展。缺点是
经常陷入困顿中，经济问题影响到艺术创造，有时不免赶工应场。业余
性的剧社还有怒吼剧社，还有一些剧团只有招牌，演戏临时特约演员与
职员，如中国胜利剧社、力行剧艺社、新生剧社、凯旋剧社。儿童演剧
团体则有孩子剧团、育才学校的戏剧组。当时集中于重庆的剧作家有阳
翰笙、夏衍、曹禺、陈白尘、宋之的、于伶、袁俊、杨村彬、吴祖光、
老舍、郭沫若、周彦等。作者还介绍了较多导演和知名演员，并列举了
当时上演的剧本。他认为当时剧本创作的一般特征：当然要力图反映现
实；从历史找题材，也不外将古比今的意思。创作方法，则从现实主义
出发。无论是整体还是个人都显示着"一种从不断的学习与改造中求得
的进步"，尤其是演技部门获得了最大的成绩。作者也介绍在抗战临近胜
利之时，戏剧运动受到了压制，娱乐捐和场地捐对戏剧艺术来说不堪重
负。

　　中国话剧在重庆时期迎来了黄金时代，该文应该是及时对当时的剧
团、剧作家、导演、演员及剧本等进行综合总结的文章，这为后来书写
这一时段的话剧史提供了参考。

2. 比利时传教士文宝峰的《新文学运动史》出版

　　比利时传教士文宝峰的《新文学运动史》于 1946 年 2 月由北平普
爱堂出版社出版法文版。

　　赵燕声在《现代中国文学研究书目》一文中认为，"西文的中国新
文学史，此书现在是唯一本。内容偏重社团史料，作家传记；叙事截止
于一九三三（年）、一九三四（年）左右。错误的地方很多"。① 该文章
节依次为：《一、桐城派对新文学的影响》《二、译文和最早的文言论
文》《三、新文体的开始和白话小说的意义》《四、最早的转型小
说——译作和原创作品》《五、新文学革命》《六、文学研究会》《七、
创造社》《八、新月社》《九、语丝社》《十、鲁迅：其人其作》《十
一、未名社》《十二、中国左翼作家联盟和新写实主义》《十三、民族
主义文学》《十四、自由运动大同盟》《十五、新戏剧》。从章节上看，

---

① 赵燕声：《现代中国文学研究书目》，1948 年《文潮》第五卷六期。

说明作者对新文学第一、二个十年文学有较详细的把握。遗憾的是此书没有被翻译成中文，不能具体了解其内容特色。

3. 孟语的《沦陷期的东北戏剧》发表

孟语的《沦陷期的东北戏剧》在 1946 年 2 月发表于《东北文学》第一卷第三期。

作者在《前言》说明了日本殖民者对东北戏剧的残酷压迫，"然而我们原谅这些在肚内唱着忍痛哀歌的爱剧的职业剧人！"因为他们"除了歌功颂德宣传敌策之外，还要以使演剧技术向上为理由，来演本格剧，并且还有的在剧中暗藏着'复兴祖国，重建中华'的穿插"。

该文本想通过剧本和作者来介绍，但实际上从剧团剧社的角度更让我们清晰。作者介绍了长春的大同剧团、银星新剧雅乐团、三友俱乐部、文艺话剧团、放送（播音）文艺协进会、剧本研究会、银青剧团、市同仁剧团、演剧研究会。沈阳的剧团则有协和剧团和国际剧团。哈尔滨有"剧团哈尔滨"、艺文剧团、驼铃剧团、哈尔滨放送（播音）话剧团。大连有大连放送剧团。还有各个县城都有的协和剧团，各个有电台的地方都有一两个播音剧团。他强调"东北的播音剧，的确太发达，太旺盛"。对于长春和沈阳的剧团，作者大致叙述了他们演出的别人的剧本和自身创作的剧本。对于在日本殖民统治下的演剧人员的努力和艰辛，其予以了充分展现，对于一些卖国行为则予以了痛斥。

3 月

林里的《东北女性文学十四年史》发表

林里的《东北女性文学十四年史》1946 年 3 月发表于《东北文学》第一卷第四期。

该文对东北沦陷区十四年的女性作家作品进行了点评。他评价东北女性文学"已经是冲起了一泓活流而也收获了丰腴的果实"，并列举了东北女性作家刊行的单行本和杂志上的特辑。作者认为"由《跋涉》到《两极》到《第二代》"是东北十四年女性文学"极具有意义的统系"，"这三册拓荒的作品集，奠定了它们的作者俏吟、吴瑛和梅娘的不动的地位和评价"。俏吟"为了夺取自身的光明的未来而对封建势力下的家庭抗衡，所以，在她的文字之中也用朴素的笔把光明捎给了读者"，她是"一颗东北女性文学界的巨星"。梅娘的《小姐集》的笔致是靡弱的，"她写下了自身的美丽的记忆和美丽的梦，她安排下了可爱的人群、可爱的故事，歌赞自然，书写自我"。梅娘的《第二代》"以孩子为主题的故事最多，而在梅娘的笔下把每个孩子又写的是那么真实和生动"；其后期的《鱼》《蚌》《蟹》的最大特色，"便是始终粘着于人生的生活实态"，艺术成就有所进步，"但其磅礴的写作的热情则远不及《第二代》之多了"。"吴瑛的作品的氛围显然是趋向于写实的，在她的笔下揭发了好多女性的问题，无论是愚蠢的乡村女人，或是自命为新女性的城市女人，她都对于她们的生活给予了一个彻透的内视，给予了一个毫没有遮掩的暴露"，她的处女创作集是《两极》。

在《几粒不为人注意的果实》中，林里评价了杨絮的《落英集》、但娣的《安荻和马华》、朱媞的《樱》；在《我们不能忘记这几个人》中，林里评价了璇玲、苦土、玲子、陈涭；在《她们是在精健的活跃着》中，林里评价了蓝苓、乙卡、君颐、冰壶、林潜、娄缉，并对乙梅、叶樱、桐桢、南昌、叶子、郁莹、北黛、石基、拜特进行了点名。

在《东北女性作者的前路》中，作者为东北女性作家提出两项问题，来作为前路的指标："第一，解除作者自身的生活的矛盾。""第二，要再充分发挥其坚韧的健全意识。"这两个问题解决好后，作者相信"东北女性文学界之中光辉的写作塔碑迟早是会建树起来的"。

4 月

王平陵的《八年来的中国文坛》发表

王平陵的《八年来的中国文坛》发表于 1946 年 4 月的《报报》第 2 卷第 4 期。

王平陵评价抗战之中的文学工作者（除少数没落的作家外）"无不为了民族的生死大战而效忠"。然后他按照国民党抗战的阶段依次书写。先介绍的是"九一八"事变后文艺界的创作活动。东北流亡作家萧军、萧红、罗烽、舒群、剑啸等人的作品得到了王平陵的列举，他还一再提及自己创作的小说与戏剧。其也描绘了淞沪会战之时，全国人民支持抗战，文学作品由此得以兴盛的情形。在"七七"事变前夕，京沪一带演出《夜光杯》《赛金花》《武则天》《黑地狱》《群莺乱飞》等作品，"或者借历史的旧事，讽刺政府对异族的叩头，或者暴露日寇的罪行，冀以奋激国民的公怒，迁怒忍辱负重的政府；或者绝不宽假地鞭策倾轧嫉忌、唯利是图的政局"，对此王平陵有清醒地认识。然后他书写了蒋介石的"庐山谈话"，于是，"全国的作家们为了中国的复兴而献身，多数的作家们看到国家有前途，一变其冷讥暗嘲的作风，而为热烈的歌颂与鼓励"。

接着王平陵书写了淞沪会战、武汉会战、台儿庄会战等战役之时，中国作家的活动；作家前线访问团、中华全国文艺界抗敌协会、"中央"文化运动委员会、中国文艺社等社团组织的建立及活动也得到了介绍；抗战后三年的文艺情况，期刊杂志、文艺丛书的出版他予以了简单提及；重庆在抗战末期物价飞涨、奸商发国难财的为非作歹导致作家生存困难，他毫不隐瞒。王平陵只能以国民党的立场，去论述每次正面战役的实施所带来的文艺运动的表现。他在这篇文章中介绍的作家作品比较少，这与当时大量的作家作品政治立场偏左，与国民党腐败政权在进行不屈不挠的斗争有关。但是他有着自己的良知，看出了抗战末期，作家们生活困难，统治者不得人心的事实。

5月

1. 王平陵的《七年来的中国抗战文学》发表

王平陵的《七年来的中国抗战文学》即此前介绍的《八年来的中国文坛》，登载在1946年5月由正中书局出版的《中国战时学术》。此书由"中央"文化运动委员会组织编写，收同类文章十二篇。

2. 剑尘的《八年来剧运的演进》发表

剑尘的《八年来剧运的演进》发表于1946年5月的《月刊》第1卷第5期。

该文在《跳出象牙塔》中，介绍了抗战爆发后，戏剧工作者跳出象牙塔，奔赴全国各地，走向大众，宣传抗战。《空前大团结》介绍了"剧运"人员团结一致，为了抗战胜利而奋斗，不再"同行相轻"；《一切为抗战》介绍了"剧运"人员为了抗战胜利，受尽千辛万苦，克服重重困难，甚至献出了自己的生命；《衣食在哪里》是说抗战胜利后，物价上涨，很多戏剧人员改行，戏剧人员没有固定工作，全国系统的戏剧建制还没有建立起来，大家感受到衣食无着的困难，呼吁国家给予重视和安排。作者书写了抗战之后从事戏剧的人员所遭受到的不公平待遇，显示出了抗战胜利之后国统区的混乱。

6 月

1. 默林的《关于"抗战八年文艺检讨"——记一个文艺座谈会》发表

默林的《关于"抗战八年文艺检讨"——记一个文艺座谈会》在《文艺复兴》1946 年 6 月 1 日第 1 卷第 5 期上发表。

这个座谈会是由文联社留渝工作人员邀请举行的，时间是 1946 年 4 月 22 日。地点在重庆中苏文化协会楼下的会议室。在重庆的作家差不多都出席了，计有郭沫若、田汉、曹靖华、阳翰笙、陈白尘、冯乃超、沈起予、臧克家、艾芜、杨晦、王亚平、戈茅、臧云远、柳倩，以及其他十几位爱好文艺的男女青年朋友。时间是从上午 9 点钟到下午 4 点多钟，中间有吃午饭时间。指定的"抗战八年文艺检讨"总题之下有两个问题要谈：（一）作家的主观和立场；（二）作品的内容和形式。上午大家分别就小说、诗歌、戏剧等进行历史回顾，下午是座谈讨论。默林将他们的发言予以了整理和提炼。

艾芜报告了八年来的小说。他谈的是在大后方农村所看到的现实，这其中有两种农民："第一种农民是被残酷的压迫着，在饥饿、贫困、痛苦的深渊里，听天由命的生活着。第二种农民是比较觉悟的，他们憧憬人民的武力，希望改变他们的生活……作家表现这两种现实，对于前者是暴露，但只有小的微弱的暴露，而没有大的强有力的暴露，自然这是由于检查制度太严厉的关系。对于后者，作家们也有反应，但非常隐晦，要仔细读才能看得出来。作品的成分上，前一种较多，后一种较少，但都是不够的。关于形式和语言方面，有许多作品是运用方言的，但是运用得不很正确，因为还有知识分子的语言。"

臧克家根据抗战的不同阶段报告了八年来的诗歌。在抗战初期，"全体作家可以说都是诗人……那时候大家都写诗，所有的杂志报纸副刊都大量的刊载诗篇。""但这时的作品表现，都是浮浅的，或者言不由衷的东西……自然解放区一带有很多是例外的……在形式上，有所谓散文化的诗。"抗战初期的朗诵诗是好的，但"后来变成了文化沙龙的点缀，不管什么集会都有朗诵诗，实在没有什么意思"。抗战艰苦时期，"诗人们的热情内潜，沉重起来，渐渐趋向个人的抒情，以及讽刺黑暗。其次有长诗的产生，企图写出'史诗'之类的东西。但似乎都失败了的，不管几千行或者长到一万行"。抗战最后时期，"由于政治黑暗，政治讽刺诗蓬勃起来，但真正好的讽刺诗却也不多"。"其形式多用民谣，因此很多政治讽刺诗，变成了小调和打油"。

阳翰笙将抗战八年来的戏剧作品分为三个时期。戏剧在初期"非常广泛地展开，无论前方后方农村兵营大小城市都有广泛而深入的戏剧活动……形式也有多种多样，从多幕剧独幕剧街头剧活报剧一直扩展到改良评剧"。抗战初期主要的主题是"全民总动员"，"坚持抗战，鼓吹上山打游击。其次是反汉奸，反妥协投降分子，鼓吹民族团结及各阶层团结"。第二个时期的戏剧作品对于现实"开始采取了批判的态度"，"皖南事变后，于是便大量的运用历史剧来批判现实，指出历史发展的必然道路。这个时期郭沫若先生写的几个历史剧就都含有这种意义"。此时审查制度非常严密起来，同时用加捐税，以及"统制剧场，收买游击演出等方法阻碍剧运"。于是第三时期，"有许多作者的作品的取材，便被迫着不得不逃向沦陷区，逃向阴阳界，甚至逃向天上，逃向幻想中的未来"。

2. 雪峰的《论民主革命的文艺运动》出版

雪峰即冯雪峰，他的《论民主革命的文艺运动》于 1946 年 6 月由作家书屋出版，1947 年、1949 年该著得以二三版，这里以第三版为讨论对象。[①]

该文学史是冯雪峰根据国统区这一特定时空的文化斗争现实所进行的新文学史书写。1943 年 10 月，毛泽东《在延安文艺座谈会上的讲话》正式发表后，在延安等抗日根据地引起普遍学习、实践的热潮。

---

① 雪峰：《论民主革命的文艺运动》，作家书屋 1949 年版。

1944 年 4 月，何其芳、刘白羽受中央委托去重庆，向大后方的进步文艺界人士传达延安文艺座谈会情况和《在延安文艺座谈会上的讲话》精神，考虑到当时国统区的斗争情况，座谈会大多是围绕如何在国统区扩大民主战线的主题进行。何其芳等人在报告会上宣讲延安整风的情况，强调作家的阶级性和思想改造这些根本原则问题，引起了胡风、冯雪峰等不少大后方文化人的反感。① 1945 年 1 月，了解以重庆为代表的大后方文艺情况长达七八个月的何其芳回到延安，向中宣部建议在大后方进步文化人士中间尽快开展整风，这是要求将大后方文艺政策与运动和解放区予以一致化的同步处理。听了何其芳的汇报后，周恩来与董必武指示在重庆主持南方局工作的王若飞进行大后方文化人整风，但是对整风的范围进行了限定，"只限于南方局文委及《新华日报》社两部门的同志"，而对党外文化人主要是"引导他们向国民党政府要求民主自由，同顽固分子作思想斗争，揭露国民党文化统治政策的罪恶，并引导其与青年接近，关心劳动人民生活，以便实际上参加和推动群众性的民主运动"，这也是很好的整风。否则，"抽象地争论世界观、人生观，甚至引起不必要的历史问题的争论，必致松懈对国民党内顽固派的斗争，招致内部的纠纷，这是很要慎重的"。延安文教大会对于大后方文化的意义，主要是"只能以其群众观点、实事求是、统一战线、民族化、大众化诸方面的影响，教育大后方的文化人，而不是以它的决议和内容来衡量他们的工作"。同时强调，"即使文委与《新华日报》社同志的整风，也得根据大后方的具体情况，引导大家加强团结，更加积极地进行对国民党的斗争"。②

　　1945 年底，根据中共中央决定，周恩来回到重庆进行进步文艺界整风，共举行了三次文艺座谈会。而在重庆进步文艺界以"过去和现在的检查及今后的工作"为题组织的几次"漫谈会"上，冯雪峰作了长篇发言。后来应《中原》等杂志的约稿，将发言修改为《论民主革命的文艺运动》，发表在 1945 年 11 月号的《中原》杂志上。冯雪峰的发

　　①　胡学常：《胡风事件的起源》，《百年潮》2004 年第 11 期。
　　②　周恩来：《关于大后方文化人整风问题的意见》，《南方局领导下的重庆抗战文艺运动》，中共重庆市委党委工作委员会编，重庆出版社 1989 年版。

言基本上是以周恩来的上述指示为中心，所以我们看见该著主要是从"群众观点、实事求是、统一战线、民族化、大众化"诸方面来论述民主革命的文艺运动。

从该书的章节标题中我们可见，冯雪峰的发言是在周恩来所指定的范围内对民主革命的文艺运动进行历史总结和现状分析。这与周扬在解放区以毛泽东的《新民主主义论》和《在延安文艺座谈会上的讲话》为指导进行新文学史书写是不一样的，这是因为他们当时各自所处的政治、文学环境不同，使得他们因面对的问题不同而采取了不同的斗争方式。实际上冯雪峰并没有另外的标新立异，其还是按照毛泽东思想和中国共产党的文艺政策进行书写。如第一节中他认为过去的经验包含民主主义的革命思想、思想斗争、统一战线、大众化、革命的现实主义，就吻合毛泽东的思想。

该书梳理的只是新文学史中的一部分，即民主革命的文艺运动史，这主要体现在第一节和第二节之中。他将整个新文学史看作是民主革命的文艺运动史，这与《新民主主义论》是一样的判断，他认为这是无产阶级"联合和领导着所有一般的民主思想的文艺"，既强调了"联合"又注重到"领导"，这是标准的统一战线的叙述，与《新民主主义论》中侧重于领导权是不一样的。

冯雪峰将这三十年的文学史分为四个时期：第一时期是 1918 年至 1924 年的"五四"时期，第二时期是以"五卅"运动开始的 1925 年至 1927 年的大革命，第三时期就是 1928 年开始至 1936 年之间的左翼无产阶级革命文学运动的时期，第四时期是从 1936 年人民抗日运动高涨到抗战及抗战结束的时期。

冯雪峰也谈到了毛泽东的《在延安文艺座谈会上的讲话》，但是他主要是从大众化这个角度来论述作家必须明白他为什么人而写作；他应该和工农兵一起工作、生活、学习，缩短与大众之间的距离；文艺普及是首要的，应该在普及中提高。而《在延安文艺座谈会上的讲话》中的其他观点这里都没有提及，这正与周恩来的指示相符。甚至他对鲁迅的作品分析也是从大众化角度进行解读的。

冯雪峰对一些文艺问题的看法注意到了文艺与政治的辩证关系，总结了之前的文艺工作的失误。他在第二节《什么是主要的错误》中谈到了过去民主革命的文艺运动发展所存在的问题与错误，这是较早对其进行经验总结的新文学史书写。他认为主要的错误有四种："左倾"机械论、思想上的右退状态、革命宿命论、客观主义。他还附谈了感性生活、热情及自然力的追求。他认为这些观点都是针对教条主义、机械论和客观主义等所造成的创作倾向所提出的，但是要纠正这些错误，"是要从社会的、阶级的、思想的根源上去着眼，不可忽视重要的根源；而深入的思想斗争和自我批评，更是不可少的过程"。他特别对以胡风为代表的文艺观点进行了辩证分析。从马克思主义文论的角度来看，冯雪峰对胡风的"向精神的突击"或"自然力的追求"等主观文艺论观点的辩证分析非常有力，目光敏锐，这也是较早对胡风文艺观点进行准确的历史定位。

7 月

1. 老舍的《现代中国小说》（英文）发表

老舍的《现代中国小说》（英文）于 1946 年 7 月发表在留美中国学生战时学术计划委员会出版的《学术建国丛刊》第 7 卷第 7 期。《学术建国丛刊》所载文章多是有关中国工业、农业、铁路运输、国家计划、教育、医学、化学等方向的。老舍的《现代中国小说》是这一刊物发表过的极少量关于中国文学的文章中的一篇。[1]《现代中国小说》从各方面情况看，很可能是老舍 20 世纪 40 年代抵达美国最初几个月某次公开讲演的讲稿。这里依据的是区鉷翻译的版本，发表在《中国现代文学研究丛刊》1986 年第 3 期。

老舍首先说明什么叫现代小说，以及它的历史渊源。他认为所谓"现代"中国小说，"是指用白话（即普通人的语言）写成的小说"。他是根据语言工具来区分现代小说的，并指出中国历来有两种语言：文言与白话。过去的文学作品，除极少数之外，都是用文言写的，能够直接阅读中国伟大的文学作品的只限于被称为"士"的人，普通人根本不可能掌握这门难懂的书面语。但是在早在唐、宋之时，就有白话小说出

---

[1] 王家声、区鉷：《从〈现代中国小说〉看老舍文艺观的发展》，《中国现代文学研究丛刊》1986 年第 3 期。

现，这样看来，白话小说并不是那么新。为了证明这个观点，在第一、
二、三部分，作者分别介绍了《三国演义》《水浒传》及明清小说。这
都是说中国白话小说有着自己优秀的传统。可见，老舍的白话文学观借
鉴的是胡适的白话文学史观念。同时他分析了晚清民初诸多条件，导致
白话文运动的发生。

　　第四部分是《西方的影响》。主要解释早期白话小说的内容或形式
都按照西方模式来创造，从根本上背离了公式化的死板的古典模式。首
先，"新小说不管直接地或间接地都不表现修身、齐家、治国的儒家思
想，也不因袭在传统小说中特别突出的神怪成分"。而是去反映国家面
临的急待解决的社会问题，甚至包括政治问题；也几乎无一例外地反映
人们在日常生活中遇到的问题以及由此引起的冲突，特别是当家庭束缚
个人时产生的冲突。

　　第五部分是《中国的文艺复兴》。老舍主要介绍白话的欧化。他指
出："第一次世界大战后至第二次世界大战前，现代中国作家开始使用
关系从句和副词修饰语，还按照欧化的语法造句。"这样做文气通顺多
了，思想也连贯多了。现代文学创作的另一新发展就是使用了一些意义
更为确切的新字，比如改变"他"字的偏旁以表示不同性别。还有就
是"新的欧洲语言中的词汇不断进入汉语的口语和书面语，从而使得状
物更加细致，遣词用字更加准确、贴切，这是以往从未做到过的"，也
改变了过去所用的文言文的句子结构。

　　第六部分是《欧洲作家的影响》。作者指出欧洲作家对当今一代学
生和作家影响很深，无论在创作的形式和内容方面都是如此。影响特别
大的是俄国作家，较突出的有托尔斯泰、契诃夫、陀斯妥耶夫斯基、高
尔基、屠格涅夫等，就中托尔斯泰的影响又居首位。现代中国小说深受
整个西方文学，特别是俄罗斯文学的叛逆力量的影响。其结果是，中国
现代作家选择题材的态度都相当严肃，所以西方的侦探小说除了福尔摩
斯探案之外，就没有译过其他同类的小说了。

　　第七部分是《现代中国作家的态度》。老舍强调当今思想深刻的中
国作家认为他的作品不是供人们消遣和娱乐的，而是"把自己的作品看
成是唤起人民对生活的各方面以及现代世界的各种问题进行严肃思考的
手段"。他认为"鲁迅在现代中国文学的地位，等于高尔基在俄国文学

的地位"，他的杂文将"中国如果要步入世界文明强国之林就必须改变的各个方面他都涉及了"。茅盾的小说"试图引起人们注意迫在眉睫的社会问题"。郭沫若是"鲁迅之后中国现代文学界最伟大的人物"。现代中国优秀作品"几乎无一例外都是反映今天中国人民，主要是中层、中下层和被压迫阶级的生活的，相当多的作品具有强烈的无产阶级感情"。"西方所谓真正的心理小说在中国没有多大发展"，"受过现代精神病学训练的中国医生遇到了中国以前未见过的行为精神病问题，这些问题在感情上引起了极深的反应，致使人们真的有病了"。

第八部分是《小说与第二次世界大战》。老舍介绍抗战时期，中国小说家"出现了丢开本世纪初以来创作上最突出的使用欧化语法结构的趋向，转而使用地道的普通民众的日常口语"，"来自中国各地和社会各界的男男女女所用的机智而富有活力的村言，俗语逐渐渗入作家所写的书中"。作家们纷纷采用广大民众所能理解的形式创作，"所有关于民主的说教都回避了，一切都是为了帮助人民认识到在中国进行的这场战争的意义以及同侵略者战斗，把他们赶出中国领土的必要性"，战争初期有许多这一类的活动，但到战争快结束时就少多了，因为当时的政府不提倡这类活动。

第九部分是《回到人民的语言》。老舍主要强调的是抗战时期，作家们深入基层，抛弃了欧化语言；作家们以普通人的语言创造一种新文学的运动，这种文学将是严肃的，反映的是普通老百姓经过长期的为了国家的生存而斗争的艰苦岁月之后重返家园开始新生活时的斗争，及其矛盾和深刻的变化。

在该文中，老舍紧紧抓住文学语言工具进行现代中国小说史书写，认为其经历了舍弃文言，采用白话，逐渐欧化，又抛弃欧化走向大众语言的过程。同时在小说内容上与作家态度上也进行了细致解读，特别是他强调抗战时期为了民族矛盾的解决而不再提及民主、现代小说关心中下层人民、注重的都是行为精神病问题，都是极具启发性的。通过萧乾、老舍在国外的文学史叙述，我们会发现中国作家在国外似乎更能对中国小说的弊端有切实的体会，而在国内之时他们往往不予明言。

2. 冯定的《抗战期间的文化宣教工作》发表

1946 年 3 月 18 日—4 月 26 日，中共华中分局和边区政府召开了华中宣传教育会议，确立了宣传教育工作为和平、民主服务的任务，提出了文化"走工农兵的方向"的方针。在此次会议上，冯定作了《抗战期间的文化宣教工作》的总结报告。后来该文发表在 1946 年 7 月的《江淮文化》创刊号。该杂志为华中宣教大会专号。在一些文集中该文稿为《抗战期间华中的文化宣教工作》，是因为该文只对华中的文化宣教工作进行总结。其分为六个部分。

《（一）发展》主要书写抗战期间文化工作的发展，其认为这是和解放区发展的规律分不开的。"华中解放区的开辟和发展，各地的主要基本形式，是先军事，次政权，次经济，次文化，而纵贯这四个阶段的，是党和群众运动的发展。""从人事来说，文化宣教工作先也是集中在部队的政治工作部门，他们主要的是激励士气，启发民心，并且瓦解敌人。""从工具来说，文化宣传工作往往先是报社和剧团，而其对象又至为广泛。""从形式来说，文化宣教工作开始时往往是苏区来的和都市来的相互错综和结合，这是因为部队是苏区来的而文化宣教干部多是都市来的缘故。"

《（二）成绩》中赞扬了抗战期间辉煌的文化宣教工作。在新闻方面：各地共有报纸三十余种；通讯社每个分区都已建立起来，全边区计有通讯员万余人。在学校方面：除党校抗大外，已在开办较正规的大学。中学计七十七所，二百八十七个学级，一万五千九百一十六个学生，一千八百零三个教职员；小学计八千六百八十八所，一万零一百九十二个学级，四十五万四千三百五十九个学生，一万三千八百个教员。此外还有各种大小的群众学习组织。在文艺美术方面：部队与地方建立起很有规模的文工团，绘画、木刻、音乐与摄影也产生过不少的作品，有各种文化戏剧团体，文艺作品也有不少比较成熟的剧本、诗歌、报告文学等。在书店方面：各分区也都在建立。部队的宣传部门与党委的宣传部门也做了不少的事。

《（三）功劳》中讨论了收获如此之大，首先要归功于党；其次要归功于部队；再次要归功于群众；最后要归功于其他部门。

《（四）欠缺》中列举了过去工作许多欠缺的地方：文化工作的方

向，华中各地对毛主席的总结，很少进行过有计划的有系统的讨论；工作往往自吹自唱，不懂也不愿走从群众中来至群众中去的群众路线；运用大众喜见乐闻的形式，成就也还不够；在宣传的主动性和教育的及时性上还做得不够。

《（五）检讨》是对过去缺陷发生的原因进行总结。作者认为：不应埋怨别人，尤其不应埋怨领导，不能怪罪战争的环境里，文化工作曾受了很大的限制；主要的还是检讨自己。"文化宣教工作的干部，绝大多数还是生长学习于都市里的青年知识分子，他们都不熟悉农村，也不习惯战争。别说过去没有工作经验的，就是有经验的，也都是适合于和平时代，都市环境，秘密条件，狭小范围的经验。所以一转入战时的解放区，常常会望洋兴叹。至于土生土长的知识分子，他们有实际的斗争经验，但政治上理论上都还不老练，尤其是文化修养较差，这就是我们专门站在这个岗位上而工作也不能熟练的历史原因。"冯定批评了大家在脑子里作祟的英雄思想、权位思想和名气思想。这三种思想对工作态度和作风发生了三种类型的不良影响：被动消极、以退为进、自大独尊。

《（六）总结》中号召全体同志继续努力。

10 月

林榆的《胜利一年来的戏剧运动》发表

林榆的《胜利一年来的戏剧运动》发表 1946 年 10 月《民潮》第 2 期。

该文报告了抗战胜利后的戏剧运动情况。在《八年辛苦一个梦想》中，作者介绍了于八年抗战中，演剧队为了抗战辗转颠沛，受尽了生活的折磨，而当政者竟然连衣食问题都不解决，政治部连演出费都不给。《上海剧运在奄奄一息中》介绍了抗战胜利后演剧人员回到上海演出，由于物价上涨，演出花费巨大，演员们依旧生活在困难之中。很多演出都在亏本，只有两个剧团在坚持。《戏剧春秋》《芳草天涯》在上海并不吃香，因为受过殖民奴化，观众的欣赏水平并不高。《升官图》连演三个月，是创纪录的最卖座话剧，也只赚了十万元，而当时一个人在上海生活每月至少要三十万元。《昙花一现的广州剧展》介绍了战后广州为庆祝胜利举办了剧展式演出，演出单位与剧目都较多，但后来大家都亏本了，从此剧运走向低落。学校学生的剧运开展起来，但又因为演剧的政治色彩而遭禁。当局对戏剧抽百分之五十的娱乐捐，这直接遏制了戏剧发展，因为他们还要缴纳百分之二三十的场地捐，剩下的百分之二三十的利润不能维持剧团的运转。《香港剧团前仆后继》介绍了中国香港建国剧艺社和中原剧艺社的剧运活动，他们虽然经济困难，但仍在坚持努力。中国歌舞剧艺社因为他们的歌唱水平是全国一流，故能长期上演歌舞和剧。《曾流过血的渝·昆·桂·柳·曲》介绍了这些大后方虽然因为抗战胜利走了许多人，但是抗战期间对这些地方的戏剧培养和教育并没有白费，他们的戏剧仍然在演出，收入还不错。"大后方的城市，经过了八年来，文化工作者和写剧工作者的播种，培植，文化的新芽已经茁长起来，虽在暴风雨的摧折下，它仍然在生长着。"《忍耐点，委屈点，我们一定胜利的》中，作者总结这一年来戏剧成绩惨淡的原因在于不民主的政治压制了剧本不敢写，写了也不能演出，一年来竟然没有新剧本。娱乐捐和场地捐是戏剧担负在身的两大枷锁。群众文化水平低，不能欣赏话剧艺术也是重要原因。他号召大家坚持努力，因为即将胜利。

该文发表在中国香港刊物《民潮》，所以其对抗战胜利后一年的剧运现实能够予以完全真实的展示，显示了抗战结束之后，为抗战胜利而奋斗八年的戏剧人员并没有享受到胜利后的幸福，反而更加悲催的惨况。

12 月
夏衍的《一年来的文化》发表

夏衍的《一年来的文化》发表于 1946 年 12 月 28 日的重庆《新华日报》与 1947 年 1 月 1 日中国香港《华商报》。

作者首先批判当局在 1946 年年初的"四项承诺"成为一纸空话。接下来他记载了这一年文化界所遭受到的浩劫：一年间，中国文化界最优秀的两名斗士李公朴、闻一多被枪杀；教育界的一位"近代的圣人"陶行知愤死；当局殴伤了人民代表教育界老前辈马叙伦、阎宝航，新闻记者高集、浦熙修；当局在西安绑架和枪伤了新闻界斗士李敷仁，在南通屠杀了大批的学生记者,在上海通缉了基督教教育家林汉达,在当时的北平逼走了司法界元老陈瑾昆。政府驱使暴徒捣毁了《新华日报》《民主报》,封闭了上海的《民主》《周报》《消息》周刊,"消灭"了广州的《华商报》分社和一切发卖进步书刊的书店。政府和国民党党部用了"劫收"的手段,强占了几乎全部的民营新闻事业、出版机关、剧场、电影院、摄影场。当局制作了遍及全国的一切文化部门民主人士的黑名单,检扣了所有的民主书刊的寄递和运送,阻碍剧本的上演,歌曲的演奏。这是一年来"坏政府"对中国文化的"贡献"和"成就"。最后,作者表示了"真真代表中国大多数人民之意愿,希望和热情的文化",将在无声的愤怒之中开始长成。

夏衍的这篇文章揭露了国民党反动派在1946年里对进步文化及其工作者的疯狂镇压。而夏衍能在当时仗义执笔,也显示出他的胆量,所以其不仅在内地刊载,也在中国香港登载,马来西亚槟榔屿的《现代周刊》在1947年也曾刊载。这充分说明该文具有强烈的战斗性。当时的《新华日报》是中国共产党在重庆主办的日报,也因为登载这些揭露、抵抗国民党反动派暴行的文章,在1947年2月28日起被勒令停刊。这说明国共两党之间的决战已经开始。

1947 年

6 月

法国人善秉仁(Joseph Schyns)的《文艺月旦》甲集出版

法国人善秉仁(Joseph Schyns)用法文编写的《说部甄评》被译成中文,名为《文艺月旦》甲集,1947年6月由北平的普爱堂出版。

该著署名为景明译,燕声补传。其分为三部分,首先是《序》,然后是善秉仁的《导言》,最后是赵燕声补充的书评和作家小传。我们这里以谢泳和蔡登山编选的《文艺月旦·甲集》①为讨论对象。其首先是谢泳的《"中国现代文学史稀见史料"前言》。在这个《前言》里,他介绍了《中国现代小说戏剧一千五百种》《文艺月旦·甲集》和文宝峰

---

①　善秉仁:《文艺月旦·甲集》,谢泳和蔡登山编选,中国台湾秀威资讯科技有限公司2011年版。

的《中国新文学运动史》的出版情况，然后阐明将其合并为《中国现代文学史稀见史料》予以出版的意义，这里我们不予论及。

《文艺月旦·甲集》的《序》没有注明是谁撰写，只写明"著者1947年3月19日于北京"，但介绍了该书的出版情形。序言说明此书原为法文本，名叫《说部甄评》，"现在"改名为《文艺月旦甲集》，"以后"还会有乙集等出版（未发现其出版——笔者注）。《序》介绍了天津《益世报》聂崇歧对该书的批评及编者对批评的回应。著者在《序》中阐明他们编辑此书的标准和目的是他们感于当时中国的文学界风气不正，为了中国青年的精神健康，提高中国人民的道德水准，免除不健康读物的毒害。这种理想也是他们作为神职人员的宗教伦理的体现。著者阐明了他们对中国的感情：他们生命中大部分时间都在中国生活，中国是他们的第二故乡，所以他们要为中国人民道德的进步略尽绵薄之力。

该著第二部分是《文艺月旦导言》，这已经注明是善秉仁1945年11月1日所写。该文开头陈说编书的目的在于免除读者因涉猎有害读物而被伤害，而且说明西文版多在内容的评价，而中文版在此基础上增加了文艺价值的说明，并增加了一些较著名作家的评传。然后依次论述的内容为：《一、小说的影响》论及小说的定义和小说的作用。《二、中国小说史简述》主要对中国小说的历史予以介绍，分为三个小节：《甲 旧小说》《乙 中国戏曲》《丙 中国新文学概观》。在《丙 中国新文学概观》中，善秉仁介绍了中国现代文学运动的历程、重要文学团体和代表性作家。在其对作家的臧否褒贬和作品艺术特色的分析中，我们可以看见其宗教伦理的文学评价标准。如他对一些有关政治内容的作品评价并不很高，不论是对共产党还是对国民党，他热情赞扬的并不多。即使是鲁迅，他在赞颂之时，也有所保留，文字也不多。他对那些社会效果明显不好的作家作品批评得比较严厉，如对张资平、鸳鸯蝴蝶派评价都不高。他偏爱柔婉风格的文学，对女性作家予以选择性的赞美：对信奉天主教的绿漪和张秀亚进行了凸显，冰心应是善秉仁最认同的作家，对于凌叔华、以翻译扬名的沈性仁和陈学昭等人，善秉仁也予以褒奖。在《三、现代中国小说的分析》中，善秉仁分《甲 新文学作家》和《乙 非文学作家》两部分介绍，这里他对革命文学进行了批评。在

《四、小说对公教青年的恶劣影响》中，善秉仁认为现代小说对公教青年的影响极大极为恶劣。既然现代小说有如此大的危害，所以善秉仁在《五、小说危害之补救办法，特论"小说检核"》中指出避免危害的方法，那就是要进行小说检核。他按照道德观点将书籍分为四大类进行检核：其一，是大家可读的书，标记为"众"；其二，是单纯应保留的书，标记为"限"；其三，是加倍应保留的书，标记为"特限"；其四，是应禁读的书，标记为"禁"。善秉仁由此交代了自己所检核的缘由、标准和希望更多人响应。

在《序》和《导论》之后才是真正的《文艺月旦甲集》，这又分《现代之部》《旧体之部》《译本之部》三个部分，总共包含有600部作品。最后附录了《作家小传》《著者索引》《书名索引》。《作家小传》为赵燕声所撰，多具有史料性价值；《著者索引》和《书名索引》是为了读者查找相应内容而设。在介绍书目之时，善秉仁都是先列举某部作品的书名，判定其为"众""限""特限""禁"四类中的哪一种，然后注明其册数、页数、出版年份、出版社名。这些之后是一个短短的内容简介，指明其归类的缘由。这部著作一个意想不到的好处是他搜集了大量的现代文学书籍名称，为后来者研究当时的创作提供了资料查找的方便。就其具体评述和分类来说，视野过于狭隘，例如他将郁达夫的作品都确定为"特限"，郭沫若的诗集也属于"特限"，曹禺的剧作《日出》《原野》《雷雨》《北京人》都属于"特限"，张恨水和张资平的作品属于"禁"的最多，属于"特限"的也不少。可见善秉仁的文艺批评主要还是从宗教伦理出发，这使得他对中国现代文学的欣赏太过保守，导致一些艺术价值较高的作品反而会被限制或禁止。

7 月

1. 王诗琅的《台湾新文学运动史料》发表

1947年7月2日，中国台湾《新生报》《文艺》九期发表了王诗琅的《台湾新文学运动史料》，该文针对当时有人认为中国台湾过去没有接受"五四"时代新文艺运动的影响而作。其将中国台湾的新文学运动分为三个时期：第一期是1924年的发轫到1932年的萌芽时期，第二期是从1932年到1936年的本格化时期，第三期是中文被禁后到光复为止的日文全盛时期。该文对这三个不同时期的报纸杂志、文学组织、作家作品、创作成就都进行了列举，以显示中国台湾新文学运动早已开展而且成绩斐然。

2. 赵友培发表《功玉篇》

赵友培曾任当时的重庆市立图书馆和民众教育馆馆长，国民党"中央"文化运动委员会委员，《文艺先锋》主编，他在1947年7月31日曾在《文艺先锋》第11卷第1期上发表《功玉篇》（与同学论中国近百年来文艺思潮）一文。该文以书信回复的形式对百年文艺思潮进行了简短梳理，他将从鸦片战争到抗战胜利的近百年的文艺思潮分为五个时期：

> 第一，因为鸦片战争，是中国历史转捩的关键：这以前，中国尚在闭关自守时代，一切思想学术乃至文艺，皆唯"古"是崇，唯"我"是大；这以后，欧西文化逐渐输入，始渐有"我不如人""旧不如新"的觉悟——这一阶段，可称为中国近代文艺的"蜕分期"。
>
> 第二，因为辛亥革命，是中国政体革新的纪元：这以前，中国尚在君主专制时代，文人大半以"制艺"为进取仕途的工具，无形中成为政治的附庸；这以后，文艺始取得自由发展的机会，得以鼓吹宣传，影响政治——这一阶段，可称为中国近代文艺的"转型期"。
>
> 第三，因为"五四"运动，是中国新文化创造的始基：这以前，中国国民及大多数文人的心目中，尚以文言为正宗，白话为辅从，以中学为体，西学为用；这以后，才深知必为根本的改革，始能适应时代的需要——这一阶段，可称为中国近代文艺的"革新期"。
>
> 第四，因为北伐成功，是中国建立统一政权的雏形：这以前，一切皆在动荡纷乱之中，当时侈谈"革命文艺"的人，未必革命，而真正从事革命的人，又大都投笔从戎，以枪带笔，自然无暇写作；这以后，政治虽渐上轨道，但因领导革命的中国国民党全力注

意"国计民生"的大计的设施，不遑建立正确的文艺理论，使与三民主义政治相配合，以致文艺被共产党利用为失败后政治斗争的武器，而有普罗文艺之蔓延——这一阶段，可称为中国近代文艺的"混乱期"。

第五，因为"七七"抗战，是中国洗刷百年耻辱的序曲：这以前，我们的国策是忍辱负重，故虽有民族文艺的提倡，并未能倾情吐露胸臆于万一；这以后多年被压迫的感情，如火山爆发，文坛顿放光彩；同时，随着抗战的发展，和基于"建国"的要求，而有三民主义文艺之提倡——这一阶段，可称为中国近代文艺的"建设期"①

从赵友培的时期划分来看，他在具体时间界址的选择上与大部分新文学史一样，注意到重大政治事件鸦片战争、辛亥革命、"五四"运动、北伐成功、"七七"抗战对文艺运动的影响，并以此将近百年文艺思潮分为五个时期；其从鸦片战争开始进行书写，考虑到晚清文学对新文学的重大影响；其采取从鸦片战争到抗战结束这一"近百年"的时间长度作为一个时间整体来审视中国近代文艺思潮，这在新文学史写作史上应该是较早的。

我们从这五个时期的划分中可以看出赵友培的叙事逻辑与之前不同：前三个时期命名为"蜕分期""转型期""革新期"，相信大多数新文学史家都会认同，在之前的新文学史书写中这也取得共识。但是将第四个时期命名为"混乱期"恐怕会引起大家的不满，因为这一时期正是革命文学盛行和左翼文学丰收时节，这表明了赵友培三民主义的文学主张和国民党的政治立场。也正因为这样，他将抗战时期命名为"建设期"，以此表明这一时期三民主义文艺开始提出，才是近代文学的"建设期"。这样的时代命名非常牵强附会而且逻辑混乱，本身就没有按照统一的标准进行。前三个时期是书写"新文学"从"旧文学"分离开来独立成长的过程，后两个时期则是说三民主义文学由"混乱"到"建设"，这样的两条线索不能陈述清楚事物先后发展的规律性和逻辑

---

① 赵友培：《功玉篇》，《文艺先锋》第 11 卷第 1 期，1947 年 7 月 31 日。

性。赵友培为什么用这种不合常理的时间概念来命名近百年近代文艺发展呢？这是因为他一方面要尽量与已有新文学史书写的历史分期与定论相契合，另一方面他又要考虑到三民主义文艺政策的述史原则，这样两相冲撞，导致他做出了名实不符的文学史分期及命名。

8 月

1. 朱光潜的《现代中国文学》发表

朱光潜的《现代中国文学》发表于《文学杂志》1947 年第二卷第8 期。该文是作者应张晓峰之约为《现代中国文化》书写的一章，字数在五千左右。作者自认为对近五十年的现代中国文学予以了概括，可以见出现代中国文学"变迁的大势"，故予以刊载。

作者认为近五十年中国经历了前所未有的大变动，其中有两件大事：第一件是"教育方式的改革——学校代替了科举，近代科学代替了古代经籍的垄断"；第二件是"政体的改革——民主政治代替了君主专制"。

朱光潜认为由古文学到新文学，"中间经过一个重要的过渡时期"，即梁启超、林纾、严复、章士钊等人的不"新"不"古"的新文言，所以，"白话文运动只是历史发展的当然的结果"。然后其叙述了胡适、陈独秀等文学革命的主张。他评述道："胡陈诸人当初站在白话文一方面说话，持论时或不免偏剧，例如把古文学一律诮为'死文学'，以为写的语文与说的语文必定全一致，而且一用白话文，文学就可以免去虚伪陈腐空疏之类毛病，这些见解在理论与事实的分析上诚不免粗疏；但是他们的基本主张是对的。""要论维新运动以来影响到中国文化的大事件，白话文运动恐怕不亚于民主政体的建立。"

作者对近五十年的文学运动进行了概括。他认为近五十年众多的门户、主义的对立，都只是昙花一现，"无用缕述"，但"其中有一个较广泛而剧烈的争执却不能不趁便一体。这就是左派与右派的对立"。他对此进行了详述："本来新文学运动的倡导人大半是自由主义者，在白话文的旗帜之下，大家自由写作，各自摸路，并无一种明显的门户意识。'左翼作家同盟'起来以后，不'入彀'的作者们于是尽被编入'右派'的队伍。左翼作家所号召的是无产阶级文学或普罗文学，要文学反映无产阶级的政治意识，使文学成为政治宣传的工具。因为无产阶级的政治意识在中国尚未成为事实，他们也只是有理论而无作品。不过他们的伎俩倒被政治色彩不同的人们窃取，近二三十年文学界许多宣传口号都是这种伎俩的应声。我们看见许多没有作品的'作家'和许多不沾文学气息的文学集会。"

接下来，朱光潜对新文学的诗歌、小说、戏剧、翻译进行了历史概括。他认为："早期新诗如胡适刘复诸人的作品只是白话文写的旧诗，解了包裹的小脚。继起的新月派诗人如徐志摩闻一多诸人大体模仿西方浪漫派作品，在内容与形式上洗练的工夫都不够。近来卞之琳穆旦诸人转了方向学法国象征派和英美近代派，用心最苦而不免偏于僻窄。冯至学德国近代派，融情于理，时有胜境，可惜孤掌难鸣。臧克家早年走中国民歌的朴直的路，近年来却未见有多大发展。新诗似尚未踏上康庄大道，旧形式破坏了，新形式还未成立。"小说的成绩似乎比新诗好，"鲁迅树了短篇讽刺的规模，沈从文芦焚沙汀诸人都从事于地方色彩的渲染，茅盾揭开都市工商业生活的病态，巴金发掘青年男女的理想和热情，这些人的作品至少有一部分在历史上会留下痕迹的。抗战以来继起的作者未免寥寥。"戏剧"距离理想还很远"，"早期剧本大半是'文明戏'，剧界先进如陈大悲余上沅熊佛西诸人都没有写成一部可留传的剧本。独幕剧至今还算丁西林的《一只马蜂》可看。改编剧本倒有很成功的，从洪深的《少奶奶的扇子》到李健吾的《阿史郎》……创作剧本最成功的要算曹禺，他的剧情曲折，对话生动，早已博得听众的好评，只是他模仿西方剧本的痕迹有时太显著，情节有时太繁复。抗战中戏剧最流行，但是用意多在宣传，情节多偏于侦探，杰作甚少。郭沫若写了几部历史剧，场面很热闹，有很生动的片段，可惜就整部看，在技巧上破绽甚多"。作者对于翻译很重视，但他"纵观翻译界"后发现，大家"努力很可观，而成就不算卓越。原因有两种。第一是从事于翻译的人不是西文了解力不够，就是中文表现力不够，如果以译文校原文，不免错误的十之五六，失去原文风味的十之八九。其次，翻译者无组织，无计划，各凭私人一时兴趣取舍，东打一拳，西踢一脚，以至选择不精，零乱无系统，结果我们对于西方文学不能有一个周全而正确的认识"。翻译虽然有不正确不周全之处，但作者指出其有很大影响：首先是文学体裁形式受到西方的影响较大；其次是中国作家对"人生世相的看法的改变"；最后是语文的演变。"西文的文法较严密，组织较繁复，弹性较大，适应情思曲折的力量较强。这些长处迟早必影响到中国语文。""我相信欧化对于中国语文是好的，它可以把西文的优点移植过来。文化的其他方面可以由交流而融会，语文当然不是例外。"

作者在最后部分提出中国新文学应该接续自己的传统性，而过去的新文学发展则忽略了中国固有的传统。他辩证地指出："中国文学接受西方的影响是势所必至，理有固然的。但是完全放弃中国固有的传统，历史会证明这是不聪明的。文学是全民族的生命的表现，而生命是逐渐生长的，必有历史的连续性。"

通过朱光潜对现代中国文学史的叙述，我们发现其继续坚持的是自由主义的立场。他对左翼文学将文坛作家区分为左右两派、非左即右的思维是持反对态度的；对于政治干预文学，文学沦为政治的宣传口号他不以为然；但是他对优秀左翼作家的作品非常欣赏，对郭沫若的历史剧、茅盾的小说也能予以文学性分析；他以开阔性的文化视野，主张中西文学文化的交流，坚持中华民族文学的传统，而又不排斥文学语言的欧化。这与他一直以来的自由主义文学立场是一致的——强调作品的文学性、独立性和审美性。而该文所刊的《文学杂志》本就是自由主义文学的阵地。其创刊于 1937 年 5 月 1 日，主编为朱光潜，编委主要为京派文学的代表，有胡适、杨振声、林徽因、冯至、沈从文、周作人、俞平伯、常风、朱光潜、朱自清等十人。日本侵华战争爆发不久，刊物被迫停刊。抗战胜利后，朱光潜重回北京，杂志于 1947 年 6 月 1 日，正式复刊。通过该文可见，复刊后的杂志并没有改变其趣味，仍是"京派文学"的主张与立场。但此时社会形势已经发生巨变，自由主义文学在左翼文学及其政治力量逐渐取得胜利之时，还没有改弦易辙或销声匿迹显得太不"明智"。但时代车轮会推动这一历史转换的到来，《文学杂志》最终在 1948 年 11 月再次停刊，"京派文学"在失去了这个重要的阵地后也逐渐风流云散，而该文可视为自由主义文学家对现代中国文学留下了最后一瞥。

9 月

蓝海的《中国抗战文艺史》出版

蓝海原名田仲济，他的《中国抗战文艺史》于 1947 年 9 月由现代出版社出版。该著为1945年至1946年间撰写，初稿本待访，这里我们讨论的是《田仲济文集》（第三卷）中所收录的版本。①

　　该文学史作为首部抗战文艺史体例完备，资料较全面。从章节体例来看，第一节是谈时代与作家的关系，这是紧扣当时抗战形势的；第二节是谈新文艺发展的路向，这是书写抗战文艺之前的文学发展态势，显示抗战文艺所从何来，以表明抗战文艺并不是无源之水，这说明蓝海是从整个新文学史的高度来谈抗战文艺；第三节对整个抗战文艺的历史发展进行梳理，这是具体介绍各文艺类别之前的概貌通览。以下各个小节则分别从通俗文艺与新型文艺、报告文学、小说、戏剧、诗歌、文艺理论等具体文类进行历史叙述，这就考虑到不同文类各自的不同表现。可见该文学史体例相当完备，涉及文类众多，也表明其资料全面。

　　该文学史资料性比较强，还表现在其介绍的作家作品非常之多。其不仅介绍了大后方的作家作品，也介绍了解放区的作家作品，但并没有凸显他们的地域区别和政治取向，只是就作家作品进行点名、分析。这说明作者并不愿将抗战文艺分成政治派别分明的两类，这是为了更好实现团结抗战的政治意图。其也介绍了沦陷区的作家作品，这种区域的凸显说明他注意到敌我之分，强调了这些作家在沦陷区中的不屈斗争。为了表明抗战文艺的丰富性，蓝海还较详细介绍了在华日籍反帝作家鹿地亘的报告文学作品《我们七个人》、戏剧《三兄弟》，这在后来的文学史中少有提到，因为其毕竟不是中国人。但这种不提及或许正忽略了抗战文艺本身的丰富性，这说明以国籍为文学史中的作家分类标准很多时候将会面对无法处理的史实。

　　该文学史对提及的众多作家作品也有重点分析，将这一时期的作家进行了经典化处理。例如对这时的诗歌他重点分析了艾青、臧克家；论及了卞之琳、曹葆华、何其芳；也提及一些重要的其他作家，这些作家作品经典在后来的文学史中也得以确认。其提及的文学组织、社团、报纸杂志众多，保留了原生态的抗战文艺史实。该文学史还展现了抗战文艺在不同文体、时间和空间的发展历史。蓝海根据战事的发展、政治局势的变化讨论了具体年份中抗战文艺的变化，以及文艺中心的不断转

---

　　① 田仲济：《田仲济文集》（第三卷），江苏文艺出版社2007年版。

换、文学主题内容和题材体裁的变换。从第四至第八节的小节标题可见
蓝海重视各文体在内容与形式上的细微变迁，从而揭示了这些文学样式
在不同时空中嬗替变更的规律。

　　该文学史受到毛泽东《在延安文艺座谈会上的讲话》的影响比较隐
晦。其讨论了抗战以来所进行的文艺理论的争论，这从第九节《文艺理
论的发展》所讨论的议题可见一斑："文艺在抗战中的作用""文学的
艺术性与宣传性""歌颂光明与暴露黑暗""提高与普及""中国化与民
族形式""世界观与创作方法""民主与文艺"。尽管这些问题的争论具
有历时性，但我们会发现这些问题也是毛泽东《在延安文艺座谈会上的
讲话》所要重视的，这样蓝海既介绍了抗战之时文艺理论的讨论，也间
接传播了毛泽东的文艺思想，其在文中也多次引用《在延安文艺座谈
会上的讲话》的原文，只不过没有予以明确彰显而已。这样做的妙处在于
其从另一个角度说明了毛泽东《在延安文艺座谈会上的讲话》的历史
意义，即它本身就是对新文学以来至少是抗战文艺以来诸多文艺争论的
一次总应答和大结论，其价值不应局限在解放区更应从整个中国及新文
学理论史的发展中去判定成就价值。

　　虽然蓝海对毛泽东的《在延安文艺座谈会上的讲话》予以了认同，
但是其在分析与这一文艺精神相符的文艺作品之时，对他们的艺术成就
却不认可。例如蓝海认为艾青的诗歌《吴满有》"确乎既通俗易懂，也
便于朗诵，在描绘农民生活方面也较过去一些标语口号诗为自然，但这
只可算为试验的作品，绝不能认为是新诗应走的方向的"。[①] 蓝海对于
赵树理的小说评价也不是很高，只是认为他代表的是一种方向，即"赵
树理方向！"而艾青的诗歌《吴满有》在他认为充其量是一种试验，连
方向都谈不上了。这说明他对于新文学的价值评判还是重视其艺术性，
而不是一味紧跟解放区的价值标准去裁断文学作品。

12 月
朱自清的《抗战与诗》发表
朱自清的《抗战与诗》写于 1941 年，发表在他于 1947 年 12 月由

---

① 田仲济：《田仲济文集》（第三卷），江苏文艺出版社 2007 年版，第 86 页。

作家书屋出版的《新诗杂话》中。

该文对抗战以来新诗的艺术风格的变化进行了梳理。他认为,抗战以来的新诗有几个趋势。

第一,就是散文化。"抗战以前新诗的发展可以说是从散文化逐渐走向纯诗化的路",抗战以来的诗又走到了散文化的路上。也是自然的。从新诗开始的时候起,"都在努力发现或创造新形式",以替代五七言和词曲那些旧形式。抗战以来的诗,注重明白晓畅,暂时偏向自由的形式,这是为了诉诸大众,为了诗的普及。如艾青、臧克家、卞之琳、何其芳的诗,都表示这种倾向。"这时代诗里的散文成分是有意为之,不像初期自由诗派的只是自然的趋势。而这时代的诗采用的散文成分比自由诗派的似乎规模还要大些。这也可以说是民间化的趋势。"朗诵诗的提倡更是诗的散文化的显著表现。但民间形式暗示了格律的需要,朗诵诗为了便于朗诵,也多少要格律。"所以散文化民间化同时还促进了格律的发展"。这正是所谓矛盾的发展。诗的民间化还有两个现象,就是复沓多、铺叙多。如柯仲平的《平汉铁路工人破坏大队的产生》、老舍的《剑北篇》。

第二,抗战以来新诗的另一个趋势是胜利的展望。但是直接描写前线描写战争的很少,一般大都从侧面着笔描写抗战。他们发现大众力量的强大,是我们"抗战建国"的基础。他们发现内地的广博和美丽,增强我们的爱国心和自信心。艾青的《火把》和《向太阳》可代表前者,臧克家的《东线归来》《淮上吟》,老舍的《剑北篇》可代表后者。

朱自清对抗战诗歌的书写,是从新诗史的角度来考察其在抗战之时的表现,于是发现了新诗的形式从之前的脱离旧体诗词格律走向散文化,再走向格律诗象征诗的格律,而在抗战中又走向了散文化,同时民间化的趋势又使得新诗兼顾到格律,这就注意到整个新诗的发展路向。

本年

英国人罗伯特·白英编选的《中国当代诗选》出版

英国人罗伯特·白英编选的《中国当代诗选》于1947年在英国伦敦劳特里奇出版社出版。白英是一位英国诗人、战地记者和报告文学作家,他于1941年12月来到中国,于1943年9月初来到昆明,后被西南联大聘为教授，教授英国文学，一直到 1946 年 8 月才离开中国。回到英国后，他于 1947 年出版了《当代中国诗选》一书。该书是白英在西南联大任教期间和该校师生合作编译的，翻译工作全部由中国学者完成。

1946 年闻一多遇害，所以《当代中国诗选》扉页上题词"纪念闻一多"。入选该书的诗人诗作数量如下（按原书顺序排列）：第一，徐志摩：8 首，共 10 页（不含简介的篇幅，下同），袁可嘉译。第二，闻一多：14 首，共 13 页，Ho Yung 译。第三，何其芳：8 首，共 7 页，Chiang Shao—yi 译。第四，冯至：15 首（均为十四行诗），共 9 页，Chu K'an 译。第五，卞之琳：16 首，共 9 页，卞之琳译。另外，诗后还附有卞之琳本人为其《距离的组织》《音尘》《鱼化石》《旧元夜遐思》《雨同我》五首诗歌做的注释（卞之琳本人所译），共 3 页余。第六，俞铭传：11 首，共 8 页，俞铭传译。第七，臧克家：12 首，共 8 页，Chang Tao 译。第八，艾青：8 首，共 22 页，Ho Chih-yuan 译。第九，田间：12 首，共 21 页，Chu Chun-I 译。此书最后附有闻一多评论田间的文章《时代的鼓手》，由 Chu Chun-I 翻译成英文。[①] 与文学史写作有关的是白英的《前言》，其已被翻译为中文[②]，我们这里对其予以介绍。

该《前言》重在讨论其所选诗人诗歌的特色，其对中国现代诗歌史的观点只是散见于其中，我们仔细整理，可以看见其大致的诗歌史观。

"1911 年革命之后，英语对中国诗歌的影响最早。胡适博士对勃朗宁的研究和徐志摩对济慈和华兹华斯的着迷都促使了这个新时期的到来。徐志摩有着拜伦式的俊美、对新事物的独到眼光、独特的魅力和高雅……在这场文艺复兴运动的诗歌中有一种感伤情绪；这些才华横溢的诗人居然拥有这种情绪，令世人感到惊讶。""冰心诗歌中有这种情绪，情有可原（她毕竟是女流之辈）；但徐乃剑桥大学皇家学院的毕业生，他诗歌中有感伤情绪，则无法让人谅解……哪怕徐志摩在表达对劳苦人

---

① 李章斌：《罗伯特·白英〈当代中国诗选〉的编撰与翻译》，《中国现代文学研究丛刊》2012 年第 3 期。

② 罗伯特·白英：《〈中国当代诗选〉前言》，侯静、贾小杨、姜婷月、赵林静译，《华文文学》2012 年第 5 期。

民的最大同情之时，他也依然远远脱离了芸芸众生。""闻一多展示出惊人的生命力。他有一种前所未有的坚韧和一种对野蛮进行嘲讽的才能……他一开始便是一个革命者，但在这之前已经完全成为一个学者。正是这种学者的性情使他极力主张形式；正是学者的苦楚和讽刺使他创作出《红烛》和《死水》。他不能像徐志摩那样浪漫悠游地吟唱。""他的作品颇具感染力，这源自他对劳苦大众无限的深切同情，正是这种中国文艺复兴运动早期的诗人们所欠缺的同情心使他颇受瞩目。"

作者认为早期诗集的标题常常和诗歌本身一样发人深省。徐志摩的《爱眉小札》《北望》（*Looking Northwards*）《猛虎集》《云游》"都表达了对过去的强烈不满和回忆"。闻一多的《红烛》和《死水》则"更加清楚地体现了作者从不切实际地接受到轻蔑地摒弃的感情变化。冰心的诗集《春水》值得一提"。"这些早期诗歌中有一种典雅，是战争时期诗歌中所没有的，但又是不可或缺的"。卞之琳"基于法国诗歌模式进行创作，使这种典雅深厚凝重、振聋发聩。冯至使用这种典雅开创了他的诗歌风格。何其芳凭借它发现了以前从未被关注的黑暗领域。艾青也不时地受到这些与他生活在完全不同世界的诗人们的魅力所影响。这种典雅随着战争的肇始而消失，但在消失之前闪烁出那古老光辉的最后一抹。自此，诗歌注定变成了实践者们最为担心的粗野之物：刀枪棍棒、滚木雷石、破碎的希望和对日本人无尽的仇恨"。

作者认为郭沫若是那个时代的非常之人。"他的诗风咄咄逼人，情感澎湃激昂，对读者提出的要求过高，以至于读者往往难以承受。他做诗是因为诗在他的骨子里，也因为他有自我戏剧化的强烈欲望。"新月社的成员否定"自我表现"，把艺术性奉为唯一的信仰。郭沫若却把自我表现放在了首位，"对其顶礼膜拜，对语言的纯粹性漠不关心。他的重点在于他想做什么，绝非他做了什么……他代表了一种创作的萌芽期，后来这种创作在艾青和田间——战争时期最具代表性的两位诗人身上开花结果"。

随着艾青的登场，中国新诗来到了一个岔路口。他的诗歌"展现了这个国家的强健和阳刚……他却是对中国诗歌进行至关重要外科手术的第一人。他把中国诗歌与过去的联系完全分割开来，并把它移植到沃土之中。这种诗歌描绘北方寥廓的天空下的土地，讲述这片土地上所发生的一切"。"令人备感奇怪而又振奋的是，艾青总能赋予他所描绘的事物以普遍性意义，艾青总是保持着雄辩滔滔的气势，艾青总会由桀骜不驯的北方荒野产生种种联想。"

作者认为田间的重要性在于开辟了一片截然不同的诗歌领域，"他将鼓声、心跳声和脉搏声升华到了前所未有的重要位置。单音节或双音节的汉语语言为诗人不换气地吟诵创造了前提。除了声带的震动，还使整个身体产生共鸣，如行云流水般，自然而然地发出声响。田间用汉语打造出的诗风独树一帜。""大部分田间诗歌中显而易见的品质除了那极其着意的朴素之外，还在于它赋予读者一种完全物质化的感官刺激。活着，他便欣喜；舞动，他便雀跃，尤其（因为他是诗人）因舞者在快乐时发出近乎于动物般的嘶吼而兴奋不已。"

作者认为发展传统主题诗歌的一些诗人，特别是卞之琳、冯至和何其芳的重要性不容忽视。"卞之琳从容不迫，以一种探究性的态度审视古老的学说。他对那种精微的技艺控制得如此之好，以至于我们很难看出他在东西方文化的刀锋上，能走得那么稳当。"透过卞之琳的眼睛我们"看到了中国那好似唐代画卷般的海、天、山、河，如此的清晰、深邃、绵延跌宕。他笔下的形象具体，人物生动，恰如国画中的画面和人物，这些人物仿佛在兀自滔滔长谈，旁若无人，心态随意而不乏庄严"。

作者认为"中国诗歌的当务之急是不该听任政治摆布，也不能只沉浸于对美的颂扬"。在艾青、田间、闻一多以及书中收录的其他诗人的作品中，有一个毋庸分析的平衡点，这告诫年轻人："中国诗歌无须循规蹈矩，追随汉朝。田间诗歌的爆炸性威力将在这里延续，与之共存的，是某些诗人更加具有爆炸性的沉默，他们下定决心要赓续中国古典的全部精华，那种沉默永存于世，而且日新月异。"

从白英的叙述中，他的心目中有一条大致的诗歌史线索及主题变迁。形式上从白话诗到格律诗徐志摩、闻一多与自由诗郭沫若，然后是艾青、田间、卞之琳、冯至、何其芳；从内容上由之前的与劳动人民疏离，到最后回归乡土及人民；在风格上由伤感、典雅到朴素的物质化；在资源借鉴上是从借鉴西方，到回归传统，将中西资源融会，走出自己的路。这与之前阿克顿的《现代中国诗选》中的诗歌史观念有类似之处，只不过白英所选诗人较少，增添了艾青和田间，而对林庚予以了忽略。

1948 年

1 月

1. 郭沫若演讲《一年来中国文艺运动及其趋向》

1948 年 1 月 3 日下午，郭沫若在中国香港参加一群已离校的中大师生在海边一幢洋房的四楼举行的新年团拜时，发表了关于《一年来中国的文艺运动及其倾向》的演讲。

同年 1 月 7 日的中国香港《华商报》报道，郭沫若作了名为《一年来中国文艺运动及其趋向》的演讲，其指出文艺方面像政治一样，一方面有为人民的文艺，另一方面有反人民的文艺。而应该消灭的反人民的文艺有四种：第一种是茶色文艺，搞这种文艺的一群人中，有萧乾、沈从文、易君左、徐仲年等。萧乾比易君左还坏。他们有钱有地盘，更有厚的脸皮。硬是要打击他们才行。第二种是黄色文艺，第三种是"无所谓的文艺"（指文艺上的"中间路线"），第四种是"通红的文艺"（指"托派的文艺"）。

2. 王坪的《上海文化界近况》发表

王坪的《上海文化界近况》发表于 1948 年 1 月的《群众文化》创刊号。

该文报道了上海的物价上涨，排字工人的工资比作家还高，众多刊物停刊。在政治上，国民党对文化的统治日严，戏剧电影的检查始终继续，图书和新闻的检查无形中控制很严。文萃、文华没有一家不受到检查通知。为了排挤进步文化，当局收买了黄色小报，中伤进步人士，很多文化界人士在上海不能立足，于是远走南洋各国、中国香港、缅甸、安南，有的回到老家。郭沫若译完了《浮士德》第二部；茅盾从苏联回来，在整理游记；田汉完成了《丽人行》，文化界人士为他举办五十大寿；洪深立遗嘱多次；阳翰笙鼓励大家坚持；欧阳予倩去中国台湾推行国语运动和戏剧教育；熊佛西成立戏剧学校；陈白尘的《升官图》上演，《天外飞来》脱稿；吴祖光的《嫦娥奔月》受到无理检查；郑振铎、许广平、周建人、柯灵发表有关时局的文章；还有金仲华、戈宝权、胡风、楼适夷、翦伯赞等人。总之，留在上海的文化界的人士都成了一种半地下状态，不能常住一个地方，否则要遭受国民党特务的迫害。因为收入的不正常，常常弄得很窘迫。

王坪的这篇简讯报告了临近解放之时，上海文化界人士的生活，为我们了解那一黎明前的黑暗很有帮助。

3 月

1. 邵荃麟的《对于当前文艺运动的意见——检讨·批判·和今后的方向》发表

邵荃麟的《对于当前文艺运动的意见——检讨·批判·和今后的方向》发表在中国香港 1948 年 3 月 1 日出版的《大众文艺丛刊》创刊号。

中国香港出版的《大众文艺丛刊》从 1948 年 3 月 1 日创刊发行，本刊由中共香港文委发起，生活书店出版，共有 6 辑。开始每两个月出版一辑，从第四辑开始每三个月出一辑，时间从 1948 年 3 月到 1949 年 3 月。六辑分别是《文艺的新方向》《人民与文艺》《论文艺统一战线》《论批评》《论主观主义》《新形势与文艺》。主要撰稿人有郭沫若、茅盾、丁玲、夏衍、邵荃麟、冯乃超、林默涵、乔冠华、胡绳、聂绀弩、吕荧等人。

每辑刊物都包含几篇文艺理论文章，以及作家作品批评论和选登解放区的小说、诗歌等。该刊名为"丛刊"，实际上是宣传毛泽东文艺思想的理论杂志，强调文艺的阶级性和斗争性，批判胡风文艺思想，以及其他被认为违背《在延安文艺座谈会上的讲话》精神的作品和作家（如沈从文、朱光潜、萧乾等）。

第一辑就有邵荃麟执笔的《对于当前文艺运动的意见——检讨·批判·和今后的方向》，其重点指出几种"反动的文艺思想倾向""应该列为我们直接打击的敌人"，朱光潜、梁实秋、沈从文、徐仲年、顾一樵、萧乾等受到批判。

2. 郭沫若的《斥反动文艺》发表

郭沫若的《斥反动文艺》发表在中国香港 1948 年 3 月 1 日出版的《大众文艺丛刊》创刊号。

郭沫若在此文中认为当时存在着"不利于人民解放战争的那种作品、倾向、提倡"的"反动文艺",具体有"红黄蓝白黑"五色俱全。其中沈从文属于"桃红色的红",高唱着"与抗战无关"论,喊出"反对作家从政",将解放战争谧之为"民族自杀悲剧";"黄色文艺"则是"标准的封建类型、色情、神怪、武侠、侦探,无所不备,迎合低级趣味,希图横财顺手";"蓝色文艺"则应该想到"著名的蓝衣社之蓝,国民党的党旗也是蓝色的",其中的代表有潘公展、张道藩、国民党"中央"监察委员的朱光潜;"白色文艺"则"是一批无色而其实杂色的货色","别种货色的反动作家,伪装成白色,固然是反动之尤,即无心的天真者流,自以为虽不革命,也不反革命,无党无派,不左不右,而正位乎其中,然而狡猾的反动派在全面动员'戡乱'之下对他们却乐得利用";"黑色文艺"则以《大公报》的萧乾为代表,"这是标准的买办型",其"钻在集御用之大成的《大公报》这个大反动堡垒里尽量发散其幽缈、微妙的毒素",起到麻醉读者的作用。邵荃麟、郭沫若这两篇文章对于中国现代文学史影响至深,一方面他们是中华人民共和国成立后最重要的文艺官员,掌控着中华人民共和国文艺政策的制定与诠释;另一方面也因为他们的文艺思想的确与上述被批判作家截然不同,道不同不相为谋。于是,从中华人民共和国成立一直到"文革"后的新时期初期,这些被批评的作家及其作品在新文学史中的地位或者是被忽略的或者是被否定批判的。

4 月

1. 赵景深的《抗战八年间的上海文坛》发表

赵景深的《抗战八年间的上海文坛》在 1948 年 4 月由上海书店出版社出版的《文坛忆旧》中发表。

作者首先将抗战八年的上海文坛分为三期。第一期,是"八一三"以后的第一年和第二年,充满了蓬蓬勃勃的气象,表现在文艺方面的都是激励军民忠勇抗战的作品。第二期,是"八一三"以后的第三、四、五年到太平洋战事爆发,"自从'国军'转进以后,文潮便低落了,但仍可挂上英美商的招牌在租界上大胆地刊行创作"。第三期,是从第六年到"现在"。"在太平洋战争爆发以后,租界也列入日本人的势力范围以内，从此允许说话的机会便减少，整个的上海文坛，好像浸入了漫漫长夜一样地沉寂了。"然后作者按照这三个时期分别介绍。

第一期，"八一三"以后，就有《救亡日报》一类的刊物出现。田汉、曹聚仁、冰莹等常在上面写文章，尤其是抗战各将领的访问记。于伶创作了很多的抗战文艺，《文学》改出小本，巴金主编《烽火》，出版散文集《控诉》。《国闻周报》刊载的名家文艺作品不少。郑振铎出版诗集《号声》，郭沫若也出版诗集《战声》。上海初期抗战诗歌的选集有《抗战颂》，田汉曾召开过戏剧座谈会，会谈了好几次。欧阳予倩改编了很多的旧剧，计有《梁红玉》《桃花扇》等。

第二期，在"八一三"以后的第三、四、五年，英美势力很大，上海作家可以挂起洋招牌，大胆地写作，但物价高涨，印刷成本昂贵，也都很紧缩。只有世界书局出版一部《文艺丛刊》，最活跃的报纸文学是《文汇报》上柯灵主编的副刊《世纪风》，后来由常写稿子的浙东作家六人，出版了一本《边鼓集》，又出版刊物《鲁迅风》。自太平洋战争爆发以后，敌人的势力浸进了租界，欧美人一律没有了自由，《正言》《中美》《大美》等报相率停刊，编辑人员被捕，有的文人跑到大后方去，也有的变节了。《边鼓集》的六位作家，仍能坚守岗位的只有柯灵和唐弢还在上海，王任叔离开了上海，周木斋病死，许景宋、朱维基二位首先被捕。

第三期，是从"八一三"以后第六年到"现在"，上海文坛非常的沉寂，有骨气的文人都搁笔辞稿，闭门杜客。当时闭门写书的大有人在。有的为了生活问题，大半都到开明书店当编辑去了，因为有一个时期开明书店在桂林的生意很好，可以尽量地维持一般文人的生活——他们预备编一部新的《辞源》；耿济之译了高尔基的《俄罗斯漫游记》，他还翻译杜思退益夫斯基的作品，也许有译全集的企图；朝鲜人张赫宙的《朝鲜之春》也由范泉译出来；郑振铎有编清人文选的计划。也有在邮局或银行工作的。也有开旧书店借以谋生的——例如耿济之和施蛰存。"最近"耿济之和王统照都已到北方去了；周予同要到中国台湾去了；施蛰存还在福建长汀厦门大学；伍光建悄然在上海去世；夏丏尊、潘公望、章锡琛、赵侣青、李希同、柯灵、李健吾、刘大杰、孔另境等都曾被捕。在话剧方面颇有进展，师陀写了《大马戏团》，他和柯灵又改编高尔基的《夜店》；在"剧本方面，因为限于环境，常只能做侧面文章用些神怪的故事，影射讽刺敌伪的凶暴与没落，不能作正面的描写"——作者列举了于伶的《女儿国》、顾仲彝的《八仙外传》、吴天的《家》、佐临与费穆、顾仲彝编导的《秋海棠》、姚克的《清宫怨》；话剧曾有一时之盛，但"现在"似乎到了话剧的衰落期，只有辣斐、卡尔登和丽华三家。作者与胡山源曾编过一个刊物，名叫《文林月刊》，还预备出《文艺丛书》，他还与庄一拂合编了一个《昆曲》刊物。"最后一两年"可看的好一点的文艺刊物，只有一种《万象》，还有《文艺春秋》，也是极纯正的文艺刊物。抗战胜利以后，许多作家都已经从后方回来，一向沉默的作家也已提起笔来，郑振铎正在《周报》连续发表《蛰居散记》，《大公报》发表《求书日录》，而中华全国文艺协会上海分会也已经成立了。

赵景深以亲身经历介绍了抗战八年的文艺活动，这应是较早对上海沦陷区文学史进行全面书写，其没有介绍敌伪的文艺活动，应是有意与他们划分界限。

2. 赵景深的《一年来的文艺界》发表

赵景深的《一年来的文艺界》在 1948 年 4 月的上海书店出版社出版的《文坛忆旧》中发表。该文是对一九四六年文艺界进行回顾。

《一　文艺作家的损失》悼念了夏丏尊和闻一多的逝世并叙说了他们的成绩。《二　文艺协会的工作》介绍了中华全国文艺协会总会从重庆搬至上海后几次会员大会的工作——具体操办了"文艺欣赏会""文人福利金""分会补助金""鲁迅逝世十周年纪念会""上海文联联谊会"等活动。还介绍了欢送会员出国事宜，如《三　老舍曹禺的出国》《四　冯玉祥氏的出国》《五　沈雁冰氏的出国》。《六　文艺刊物的刊行》介绍了范泉主编的《文艺春秋》、郑振铎和李健吾主编的《文艺复兴》、胡风主编的《希望》、孔另境主编的《新文学》、叶以群主编的《文联》、魏金枝主编的《文坛》等。《七　文艺著译的出版》介绍了《郭沫若文集》第一、二辑出版，曹未风翻译的《莎士比亚全集》，郑振铎的《蛰居散记》等书籍的出版。《八　历史话剧的流行》介绍了一年来演出的话剧，历史剧《清宫外史》《钗头凤》《草莽英雄》等历史剧非常流行。《九　报纸副刊的文艺》介绍了这一年值得一看的副刊，他认为《文汇报》的《笔会》最精彩，并介绍了多家副刊。《十　通俗文学的研究》介绍了他自己在主编一些通俗文学研究副刊时发现的好文章，以及相应的著作。

　　该文重在资料性，为读者清点了 1946 年的文坛大事，很少进行情绪化的攻击，而以平和的描述为主。

5 月

1. 雪苇的《论文学的工农兵方向——读〈在延安文艺座谈会上的讲话〉》出版

　　雪苇即刘雪苇，他的《论文学的工农兵方向——读〈在延安文艺座谈会上的讲话〉》于 1948 年 5 月在大连光华书店出版。自 1941 年 6 月起，刘雪苇在延安边区文协上办的"星期文艺学园"课上讲过《新文学运动史》课程。他写的《中国新文学史讲授提纲》曾呈毛泽东审读。这份提纲后来更名为《新文学的历史说明什么》，收入其著作《论文学的工农兵方向》。

　　这份提纲有着鲜明的政治目的。作者开宗明义指出："要明了《在延安文艺座谈会上的讲话》究竟解决了什么问题，在中国新文学的建设上作了如何贡献，它里面的观点具有何等的正确性，首先得从中国新文学的历史来加以考察"。换言之，作者的任务在于，用新文学的历史证明毛泽东《在延安文艺座谈会上的讲话》的正确性。提纲把新文学的历史划分为四个时期：从民国六年（1917 年）到民国九年（1920 年）是新文学的开创时期，民国十年（1921 年）至民国十六年（1927 年）为新文学的发展建设时期，民国十六年（1927 年）到民国二十六年（1937 年）为新文学发展史上第三个时期，抗战前五年为新文学发展的第四个时期。提纲主要考察各个时期的文学思想，作者认为，如何使文学之"为工农"的方向获得真实彻底的贯彻执行是中国新文学建设的最根本、最具有决定性的关键问题，如果说，二十五年来的新文学还没有完全成熟的话，就是由于这个问题还没有得到解决的缘故。而《在延安文艺座谈会上的讲话》，则在思想上彻底解决了这个问题。也正因为这样，其在书写中国新文学史之时，是用当时的毛泽东文艺思想去批判历史人物的思想主张，这样一来就没有尊重历史人物自身思想与行为在当时时代的合理性。

2. 王诗琅的《台湾文化事业的回顾》发表

王诗琅在 1948 年 5 月 20 日由中国台湾的《国民通讯社》创刊号发表《台湾文化事业的回顾》。该文强调了中国台湾的民族文化与祖国文化的紧密联系，并指出中国台湾在沦陷的半世纪中的文化史，不啻为中国台湾同胞反抗日本帝国主义统治的全部光荣的奋斗史。该文分为五个部分，依次介绍了日据中国台湾时的文学、音乐、美术、戏剧、报纸与出版物。

该文将中国台湾的新文学分为三个时期：萌芽时期，大概发端于1923 年，此时主要以中文写作为主；本格化时期，自 1931 年起，此时中日文写作并存；光复前的文学，自 1940 年起，此时的文学创作以日文为主。除重视文学语言变迁之外，该文还将三个不同时期中国台湾人和日本殖民者不同的报纸杂志和文学组织进行了介绍。

在戏剧这一部分中，该文还介绍了话剧、电影在中国台湾的兴起和发展，在报纸与出版物中也报道了中国台湾的报业与出版，而其所说日据时期中国台湾竟然没有一个规模较大历史较长的出版社的历史事实会让后来者唏嘘不已。

3. 王诗琅的《台湾的新文学问题》发表

1948 年 5 月 3 日《和平日报》上发表王诗琅的社论《台湾的新文学问题》。该文继续将中国台湾的新文学运动分为萌芽时期、本格化时期、光复前三个时期，介绍了重要作家作品、报纸杂志和文艺社团。他呼吁中国台湾作家在当时日文废除、恢复中文写作这一转换过渡时期，迅速振作起来开始新的文学创作，及时整理中国台湾过去的新文学作品。

10 月

1. 洪深的《抗战十年来中国的戏剧运动与教育》出版

洪深的《抗战十年来中国的戏剧运动与教育》于 1948 年 10 月由上

海中华书局出版。该书主体内容由洪深的八篇论文组成，大致叙述了抗战十年来的中国戏剧运动与民众宣传教育方面的历史和观点，相当于史论性的文章。其后附录了顾仲彝的《十年来的上海话剧运动》，其对上海抗战时期的话剧运动进行了历史梳理，更多重在青鸟剧社、上海艺术剧院、上海剧艺社、中法剧社、中国旅行剧团、天风剧团、上海艺术剧团、新艺剧团、国风剧团、苦干剧团与苦干戏剧修养学馆、上海艺光剧团、南国剧社、上海联艺剧团和同茂演剧社、中中剧团和中旅剧团、大中剧艺公司等剧团与公司的兴衰变迁。

2. 林曙光的《台湾的作家们》发表

林曙光的《台湾的作家们》发表于1948年10月的《文艺春秋》第7卷第4期。

该文篇首就指出，中国台湾的新文学运动在历史的演进过程中，一方面受到了日本帝国主义的压迫，另一方面也遇到了守旧分子的阻碍，但是在本质上，"它始终追求着五四以后的中国新文学的倾向，也可以说，它是发源于中国新文学运动主流的一个具有光荣的传统与灿烂的历史的支流"。然后该文就简要书写了中国台湾新文学的发生、重要的社团、刊物及不同时期代表作家。他强调"台湾的新文学运动，在发轫与进展的过程中，始终历经了艰难的棘路。所以台湾的作家们在沦陷时期的确是负着历史的十字架的一群受难者"。然后其重点介绍了中国台湾代表作家的生平、代表作及创作风格，有赖和、杨逵、龙瑛宗、吕赫若、张文环、吴浊流、王白渊、杨云萍。最后作者说明中国台湾作家正在经历重新学习国文的困难，他呼吁中国大陆文化界如果能对中国台湾的作家予以更多的支持，他们将会取得更大的成绩。

林曙光是中国台湾作家、评论家，其对中国台湾文学的历史非常了解，这篇文章是较早在中国大陆由中国台湾作家介绍中国台湾新文学史。这与《文艺春秋》的主编范泉对中国台湾文学的热爱与支持是分不开的。从该文的内容来看，其包含着浓厚的认同祖国、渴望理解与得到支持的多样情感。

本年

1. 余锡森的《中国文学源流纂要》出版

余锡森的《中国文学源流纂要》于 1948 年由广州培正中学出版。该著按照辞赋、诗歌、散文、小说、戏剧等体裁分类进行文学史叙述，大致以文体为纬，以朝代为经，叙述时间一直到 1947 年。其中新文学史的叙述就在各文体发展史之中。

在第六章《汉代以后散文的演变》中，书写了"新文体的兴起和中国语文的改革运动"。作者指出，晚清梁启超借用俗语与外国语法把文言作得平易畅达，为文学革命开辟了一条道路；鲁迅用以白话译《圣经》的方法来译外国小说，就开始了欧化语法的先河；之后翻译增多，而且多采用直译的方法，于是在文体上更加欧化了。这种欧化的文体有益于白话的表情达意，议论有条理富有逻辑，但是隔口语较远，受教育少的民众很难理解，又成了新的文言。于是，在 20 世纪 30 年代初，文坛又发生了文艺大众化运动，提倡方言文学与汉字拉丁化，但这因为抗日战争的爆发，而陷入了停滞。

第十一章《戏剧的产生及其发展》书写了"民国以后的戏剧运动"。在《文明戏》说明了其在上海诞生的原因，起初的倡导者、春柳社、文明戏的几大特点及其衰落。在《话剧》中其指出文明戏是话剧的前奏，然后按照年度介绍了与话剧有关的事项，如民众戏剧社、《戏剧月刊》、人艺戏剧专门学校、南国剧社以及田汉、熊佛西、郭沫若等，这一直介绍到抗战期间及结束，他认为话剧在当时受到电影影响而走向了低潮。电影《八千里路云和月》《一江春水向东流》被提及。《歌剧》中作者认为抗战前就有半歌剧（诗剧）的流行，如《南归》《古潭的声音》等，抗战时期则有《棠棣之花》《军民进行曲》《秋子》《红梅》《木兰从军》等纯歌剧。而"近来"的歌剧《白毛女》代表了一种新的方向，是将民间的歌曲加以西洋乐曲化的整理。其认为应该重视夏衍、宋之的与于伶合著的《戏剧春秋》，因为它是话剧运动的十分生动的血泪史。在《新戏剧运动中的几个重要人物》中，作者对田汉、洪深、熊佛西、欧阳予倩的生平、创作进行了介绍。他认为"田汉的剧作文艺气味极浓，是知识分子本色的作品。他是剧作家中产量最丰富的一个"；洪深则是一个"忠实的戏剧工作者"；熊佛西是个"为大众而写作的剧作家";欧阳予倩是个"从事实际戏剧工作的人,不是个剧作家"。很明显,作者没有对曹禺的创作高度重视是其最大的失误,但其对抗战时期的戏剧活动的了解是较为丰富的。

第十二章《小说的产生及其发展》书写了"民国以来的小说"。其对晚清以来的鸳鸯蝴蝶派的才子佳人的言情小说进行了正面评价,认为它们隐含着反礼教的意识,也受到过林纾小说的影响。接下来其对现代小说进行了简单列举,他认为现代小说已经有了很丰盛的收获,但是品种还需要改良。"例如用的多是知识分子所熟习的辞藻和语言,人物也多半是概念化,传奇化等等。近年来的作品,赵树理的《李有才板话》,《李家庄的变迁》等似显示了一个新的方向。"他认为从这个方向开端,更深入发展,"更丰富的收获是可以预期的"。可见,他对中共在解放区所树立的"赵树理方向"是认同的。

第十三章《中国文学的新生》则重在介绍新文学的思潮和运动简史,包含《晚清社会的改变和文学的革新》《"五四"以前的文学革命》《"五四"运动和白话文的盛行》《创造社和文学研究会的对立》《"革命文学"的提出和"左联"的成立》《从"九一八"到"八一三"》。

总的来说,该文学史对新文学史的书写新意不多,重在介绍历史,对作家作品的解读和文学史事件的逻辑解释并不占优势。其按照从古到今各文体的演变,将中国现代文学置放在中国文学史洪流之中予以鸟瞰,是一种编撰形式的创新。而其对解放区文艺运动及文艺政策持欢迎态度,代表了时代思潮的转向。

2. 法国人善秉仁（Joseph Schyns）的《中国现代小说戏剧一千五百种》出版

法国传教士善秉仁（Joseph Schyns）的英文版《中国现代小说戏剧一千五百种》由辅仁大学印刷。该书由三部分组成:第一部分是苏雪林写的《中国当代小说和戏剧》,简单清理了中国现代小说和戏剧的发展脉络,并进行了客观评价;第二部分是赵燕声写的《作者小传》;第三部分是善秉仁写的《中国现代小说戏剧一千五百种》,这主要是一个书目提要,作者从宗教价值观的角度对中国新文学作品进行了推介评价,如认为某书适合成年人或不适合任何人或者是坏书等,以达到保护青年、反对危险和有害阅读的目的。

3. 李耿的《民国革命文学大纲》出版

李耿的《民国革命文学大纲》于 1948 年由广西省立西江文理学院出版。

这本讲义采用作品论和社团流派论相结合的体例，介绍了鲁迅、郭沫若、茅盾、曹禺、叶圣陶、巴金、朱自清、张天翼、老舍、艾青、徐志摩、冯至、田汉、洪深、卞之琳、冰心、沈从文、新潮社、文学研究会、创造社、浅草—沉钟社、莽原社、晨报副刊和京报副刊等。

1949 年

3 月

史笃的《文艺运动的现状和趋势》发表

中国香港出版的《大众文艺丛刊》于 1949 年 3 月终刊，该刊共发行六辑，末辑为史笃等著的《新形势与文艺》，其中有史笃的《文艺运动的现状和趋势》。史笃原名刘健，笔名有蒋天佐。

他的《文艺运动的现状和趋势》对国统区解放区各自文艺工作的成绩和缺点进行了辩证分析。该文共有四节，依次为：《一 革命发展的不平衡和文艺发展的不平衡》《二 无产阶级思想领导的发展规律》《三 工农化的基本方向和照顾小资产阶级》《结语》。作者认为蒋管区和解放区的文艺运动目标是一致的，中国的革命发展经历了由城市而乡村又回到城市的道路，而革命文学的中心也经历了同样的发展曲线。这两个地区的文艺对"五四以来新文艺的优良传统都是被承继和发展着，两个文艺队伍同属于新民主主义文艺大旗之下，只是由于客观条件的不同，后起的解放区文艺运动成为主流走向前面了"。而"今天文艺运动的形势，主要的已经不是先前那样两支队伍，一则主导一则配合而共同作战的形势，却是两支队伍在新中国的天地汇合起来的形势了。中国革命文艺运动这就开始了重新以都市为中心的新阶段"。而"小资产阶级是革命的一个重要的同盟军，为他们的文艺是必要"，"它对整个革命利益所起的作用，是绝不能抹杀的"。"这一点相当重要。否则就会抹杀了过去以及现在站在革命立场上写给小资产阶级看的作品的作用与意义。就会抹杀新文艺运动以来的成就与革命的关系，即使这中间有许多是站在革命小资产阶级立场而写的，我们仍不能因此就否认它的作用与意义。"这里，史笃对于解放区和国统区两支文艺队伍相同的革命意义和历史作用进行了辩证分析，指出二者之间的不同只是因为他们各自所处的环境不同所面临的任务不同而采取的斗争策略不同，在实际的文艺运动中二者还彼此联系相互支持，未来双方将共同进步。

很显然，史笃的这一文艺观点更能团结这两支队伍，有利于书写此后的中国现代文学史，也有利于即将开始的中华人民共和国文学发展。当时的编辑或许也觉得该文有着不一样的思维方式，特意在《编后》中指出："史笃先生的《文艺运动的现状和趋势》一文，是他对于过去和今后文艺运动发展的看法，这些意见在本刊编委会讨论时有人对于其中论点认为尚值得商讨。编者以为这些问题不妨提到读者中间展开讨论，以求得意见的一致。"该辑署名编辑为"史笃等"，不论《编后》是否为史笃所撰写，但编者希望该文能引起读者的重视则是无疑的。但遗憾的是，他的声音在一片二元对立非此即彼的单一"合唱"中被淹没。

5 月

1. 周扬主持的《中国人民文艺丛书》开始出版

由周扬主持的《中国人民文艺丛书》，于 1948 年春夏在华北解放区河北省平山县由柯仲平、陈涌等编辑，康濯、赵树理、欧阳山等也曾先后参加选编工作。1949 年初北京解放后，曾作补充调整，在 5 月出版时，编辑者署为"中国人民文艺丛书社"。这套丛书选编解放区历年来，特别是 1942 年延安文艺座谈会以来，各种优秀的与较好的文艺作品二百余篇（部），由新华书店出版。编辑标准以每篇作品政治性与艺术性结合、内容与形式统一的程度来决定，特别重视被广大群众欢迎并对他们起了重大教育作用的作品。1950 年除将已出版者陆续订正以新的版式重印外，并新编选《火光在前》《战斗里成长》《漳河水》《赵巧儿》等，编辑者改为"中国人民文艺丛书编辑委员会"。

2. 黄药眠的《香港文坛的现状》发表

黄药眠在 1949 年 5 月 26 日《文艺报》第四期发表《香港文坛的现状》，指出当时香港文艺主要做了三方面的工作：一、掀起了文艺思想上的论争——如关于主观主义问题的论争，关于文艺与人民结合问题，关于抗战以来的文艺运动的估计，关于方言文学问题的讨论等；二、对方言文学的提倡；三、在普及文艺运动和青年文艺教育方面也做了不少工作。另外中国香港的儿童文学也取得不少成绩。

6月

阳翰笙的《略论国统区三年来的电影运动》发表

阳翰笙的《略论国统区三年来的电影运动》在 1949 年 6 月 2 日《文艺报》第五期发表。

阳翰笙认为，中国电影虽有将近三十年的历史，可是新的革命电影运动于"九一八"前后才开始。这时候，因为民族灾难与社会危机的日益加深，许多革命的作家和艺术工作者参加了这一部门的工作，因此革命电影有蓬勃展开，产生了很多主张抗战和反映社会现实的电影，如《渔光曲》《桃李劫》《三个摩登女性》《母性之光》《新女性》《逃亡》《青年进行曲》《自由神》《十字街头》《春蚕》《狂流》等。

在皖南事变以后，由于国民党消极抗战、积极反共的政策，对于进步电影从业员竭力压迫，对电影剧本施以严格检查和无理删改，"因此在抗战中期和抗战后期，大后方的中国电影几乎陷入停顿状态"。抗战胜利后，国民党的"接收大员"把上海所有的摄影场完全接收，弄得国内一家民营制片厂也没有。他们更用"检查""统制外汇""控制原料"等卑劣手段"以防止和打击进步电影工作者的活动，迫使进步的民营电影断了生机，没有活动余地"。"所以这段时期，在国民党统治区参加抗战的电影工作者感到最艰难，最苦闷，最彷徨。"

作者介绍了在电影中的对敌斗争。"第一，在这些民营据点建立起来后，首先是巩固这些据点。""第二，确定我们的总编导路线和制片方针在于站在人民的立场，暴露国民党反动统治的罪恶和在这种统治下广大人民所受的灾难和痛苦，并进一步暗示广大人民一条斗争的道路。"拍摄出了《八千里路云和月》《一江春水向东流》《忆江南》《松花江上》《万家灯火》《鸡鸣早看天》《祥林嫂》《夜店》《幸福狂想曲》《乘龙快婿》《恋爱之道》等二十余部片子。"第三,培养新的干部……在编剧、导演、演员和技术员各方面培养出好几十个新干部,给未来的新电影事业打下了初步基础。"

该文虽然只是略论"国统区三年来的电影运动",篇幅短小,实际上是在整个电影运动的历史框架下介绍了左翼电影运动的发展历史,并对重点影片予以了简评。

7 月

1. 中华全国文学艺术工作者代表大会召开

1949 年 7 月 2 日,中华全国文学艺术工作者代表大会召开。在开幕式上,朱德代表中国共产党中央、董必武代表华北局和华北人民政府、陆定一代表中共中央宣传部向大会致辞。周恩来向大会作了长篇政治报告。郭沫若的总报告是《为建设新中国的人民文艺而奋斗——在中华全国文学艺术工作者代表大会上的总报告》,茅盾的报告为《在反动派压迫下斗争和发展的革命文艺——十年来国统区革命文艺运动报告提纲》,周扬的报告为《新的人民的文艺——在全国文学艺术工作者代表大会上关于解放区文艺运动的报告》。大会期间,毛泽东主席亲临会场向代表们致意欢迎。

2. 郭沫若作《为建设新中国的人民文艺而奋斗》的报告

郭沫若在 1949 年 7 月中华全国文学艺术工作者代表大会做报告《为建设新中国的人民文艺而奋斗——在中华全国文学艺术工作者代表大会上的总报告》,后被收入《中华全国文学艺术工作者代表大会纪念文集》。①

该报告按照毛泽东《新民主义论》对"五四"以来的文艺运动进行性质上的确定:"'五四'运动以后的新文化已经不是过时的旧民主主义的文化,而是无产阶级领导的人民大众反帝反封建的新民主主义的文化;'五四'运动以后的新文艺已经不是过去的旧民主主义的文艺,

---

① 《中华全国文学艺术工作者代表大会纪念文集》,新华书店 1950 年版。

而是无产阶级领导的人民大众反帝反封建的新民主主义的文艺"。这与其1930年所作的《文学革命之回顾》中对中国新文学性质的判定已截然不同。

接着郭沫若简单回顾了新文学历史："三十年来的新文艺运动主要是统一战线的文艺运动。这个文艺运动在初期就是由具有初步共产主义思想的知识分子,小资产阶级知识分子和资产阶级知识分子所联合组成的统一战线。从'五四'运动到第一次大革命这一个时期内,破坏了封建主义的和半封建主义的旧文艺的统治,建立了以反帝反封建为内容的新文艺。从具有共产主义思想的作家和后来逐渐走向共产主义的革命的小资产阶级作家,产生了一些这个时期的代表作品。这些作品在知识分子中发生了普遍影响,在反帝反封建上起了很大的作用。第一次大革命失败以后,中国右翼资产阶级背叛了革命,中国革命进入了一个新的时期,在文艺方面,就产生了左翼文艺运动。左翼文艺运动是以无产阶级为领导的无产阶级知识分子和革命的小资产阶级知识分子的统一战线的文艺运动。这个运动以鲁迅为旗手,在反帝反封建反国民党反动派上作了许多英勇的斗争,影响了广大的小资产阶级知识分子和青年学生走向革命,并且锻炼出来了大批的革命文艺干部。总起来说,对中国革命有伟大的贡献。在这个运动中,有一部分文艺工作者,在统一战线问题上曾经采取狭隘的关门主义的错误观点。在抗日战争爆发前后,中国文艺界在抗日这个共同目标下组成了无产阶级为领导的广泛的统一战线。这个统一战线包含了无产阶级的文艺家,小资产阶级的文艺家,资产阶级的文艺家,以及其他一切爱国的新旧文艺人士。虽说在这个统一战线中,有一部分人在某些阶段上又忽略了统一战线内部的原则斗争和严肃批评,产生了右倾的偏向。但整个说来,抗日战争时期的新民主主义文艺运动是向前发展的,对抗日战争和民主运动是有相当的贡献的。在抗日战争的后期和人民解放战争的三年当中,在运动的主流方面,更有重要的发展和成绩。在国民党统治区,文学艺术工作者在百般压迫之下坚持了工作,一直到最后这支文艺军队并没有被打垮,而且产生了一些对国民党反动派做斗争的有强烈政治意义的作品,开始了若干在毛泽东文艺新方向的影响之下的和人民大众结合的努力。在解放区,由于客观条件的根本不同,由于在毛泽东思想的直接教育之下,由于许多文学艺术工作者的积极的学习和工作，从 1942 年延安文艺界座谈会以来，在理论上和实践上都解决了五四以来所未曾解决的问题，文学艺术开始做到真正和广大的人民群众结合，开始做到真正首先为工农兵服务，从内容到形式都起了极大的变化。这就是三十年来文艺统一战线的基本情况。这也就是三十年来文艺统一战线所获得的成绩和胜利的简略叙述。"

郭沫若的这番话所依据的正是毛泽东的文艺观点，其确定了新文学三十年的历史分期，几个不同阶段作家作品的不同阶级性质，所取得的成就和存在的缺点都已经一目了然，而抗战时期国统区和解放区不同的文学层级和水平高低都已经判定。这为后来的中国新文学史写作圈定了重要的文学史框架和价值评估，后来的文学史书写者们只需按图索骥完形填空即可。

3. 茅盾作《在反动派压迫下斗争和发展的革命文艺》报告

茅盾在 1949 年 7 月中华全国文学艺术工作者代表大会做报告《在反动派压迫下斗争和发展的革命文艺——十年来国统区革命文艺运动报告提纲》，后被收入《中华全国文学艺术工作者代表大会纪念文集》。

在《绪论："在种种不利条件下，我们打了胜仗！"》中，该报告将国统区文学运动分为四个时期，并对每个时期的文学主潮和风格特征进行了归纳，这为后来书写国统区文学历史提供了参考：第一个时期是从抗日战争开始到武汉陷落后一年半的时间（1937 年 7 月—1938 年底），全国文艺工作者都非常兴奋，立即组织了许多演剧队、抗宣队，到农村和部队中去，写出了许多短篇和小型的作品，如短篇小说、报告、活报、街头剧、报告剧、墙头诗、街头诗等。第二个时期是从武汉陷落后，经过皖南事变，直到抗战结束的前一年（1939—1944 年），进步的文艺运动所受到的迫害愈来愈严重。但"文艺工作者并没有因此而失去对抗日战争的胜利信心……国统区的文艺运动仍旧继续保持与巩固着广泛的统一战线，而对反动派进行了不屈不挠的战斗，小说、诗歌、戏剧等等部门，都曾出现了暴露反动统治，鼓舞人民革命情绪的作品"，如《屈原》的演出起了显著的政治作用。第三个时期是"从 1944 年下半年日本法西斯深入进攻湘桂诸省到胜利的前夜"，文艺界受到的压迫日益加烈，但在成都、昆明、桂林、重庆都发生了学生运动，"许多民主的集会通过文艺讲习会，文艺座谈会的方式而举行。在许多的群众运动中，群众自己创造了活报、漫画等等鼓动性强烈的作品，收得了巨大效果。有些作家投身到民主运动的前列，直接参与政治活动；在作品上，则除戏剧以外，短小精悍的政治讽刺诗与杂文又盛行起来，特别是漫画展览成了暴露反动派黑暗的斗争的武器"。第四个时期是"抗战结束以后，经过旧政协前后以至人民解放战争的这几年间"，这时国统区内的爱国民主运动中，莫不有文艺工作者的参加。特别值得提出的是电影艺术，竭尽可能制作了好些优秀的作品，而一部分到了香港的文艺工作者所起的影响不仅限于海外各地的华侨，而且到达国统区内的人民大众中间。总而言之，十年来国统区的进步的革命的文艺运动，是能够配合着各个时期的革命形势在思想斗争上起了积极作用的，最终打了胜仗。其基本的原因，"在于进步的文艺运动是和站在人民大众立场的人民革命运动的方向，完全一致的"。

在《创作方面的各种倾向》中，报告总体上肯定十年来国统区的文艺创作是有显著的成就的。如前所述，诗歌、戏剧、小说、漫画、木刻、歌咏、电影等都曾在十年来的不同时期中发挥了战斗的作用。打破"五四传统形式的限制而力求向民族形式与大众化的方向发展"，"正是国统区内的作家们所共同致力的方向"。接着他分析国统区文艺创作的主要缺点是让读者"惘然无所得"，带给了他们"低回感伤的情绪"。原因在于"作品不能反映出当时社会中的主要矛盾与主要斗争。这是国统区文艺创作中产生各种缺点的基本根源"。因为不能反映出社会中的主要矛盾和主要斗争，作品就发生了各种不同的倾向："在字里行间流露出一些黯淡无力的思想情绪"；"脱离了社会中的主要矛盾与主要斗争，主题的积极性就无所依附"；"认识世界的方法是经验主义的，他们的作品也多少流露着感伤的情绪"；创作"纯粹以趣味为中心的作品，显然是对小市民的趣味投降，而失去了以革命的精神去教育群众的基本立场"；创作抗战加恋爱的新式传奇，"作品自然不但庸俗而已，而且在客观上对于反动统治起了掩饰的作用"；"受着资本主义没落期的文艺思潮的影响，公然把颓废主义呈现在大众的面前，而且还要装出'纯文艺'的高贵的气派来骗取读者"。报告认为这种种有害的倾向客观上正是"进步文艺的敌人有意散播到我们的阵营中来的"；主观上则是因为"国统区的进步作家们大多数是小资产阶级知识分子；小资产阶级也属于被压迫阶级，所以有和劳动人民结合的可能，但另一方面，未经改造的小资产阶级知识分子在生活思想各方面和劳动人民是有距离的。小资产阶级的思想观点使他们在艺术上倾心于欧美资产阶级文艺的传统，小资产阶级的思想观点也妨碍了他们全面而深入地认识历史的现实。"

在《文艺思想理论的发展》中，报告先论述了文艺思想理论斗争和发展的概况。然后讨论了文艺大众化的问题、文艺政治性与艺术性问题、文艺中的"主观"问题（实际上就是关于作家立场、观点与态度的问题），并提及与战国策派论争、"民族形式"论争、"与抗战无关"论争、"主观论"论争等，这都成为后来中国新文学史书写的重要参考资源。

在《结语》中，报告指出："我们必须根据新的社会条件与社会需要而发扬我们过去成就中值得保存和发扬的部分，并且认真地克服我们的缺点，我们才能不断地向前进步，也才能负担起新的时代所加于我们的新的任务。"

该报告以毛泽东的《讲话》、解放区的文艺政策和文学创作来衡量国统区的文学历史，对国统区的文学成就评价显得较低，更多的是在检讨缺点，并对这些缺点进行解释。

4. 周扬作《新的人民的文艺》报告

周扬在1949年7月中华全国文学艺术工作者代表大会做报告《新的人民的文艺——在全国文学艺术工作者代表大会上关于解放区文艺运动的报告》，后被收入《中华全国文学艺术工作者代表大会纪念文集》。

在《伟大的开始》中，报告指出其是对"毛主席1942年在延安文艺座谈会讲话以来，最近七八年间解放区文艺的全部发展过程及其在各方面的成就和经验，作一简要而又概括的叙述"，这时的文艺"是真正新的人民的文艺"，其实现了"以鲁迅为首的一切进步的革命的文艺工作者"力求将"文艺与现实结合，与广大群众结合"，这是"一个伟大的开始"。"毛主席的《在延安文艺座谈会上的讲话》规定了新中国的文艺的方向，解放区文艺工作者自觉地坚决地实践了这个方向，并以自己的全部经验证明了这个方向的完全正确，深信除此之外再没有第二个方向了，如果有，那就是错误的方向。"

在《新的主题、新的人物、新的语言、形式》中，报告从这几个方面展示了解放区的文艺为什么是"是真正新的人民的文艺"。"民族的、阶级的斗争与劳动生产成为作品中压倒一切的主题，工农兵群众在作品中如在社会中一样取得了真正主人公的地位。知识分子一般的是作为整个人民解放事业中各方面的工作干部、作为与体力劳动者相结合的脑力劳动者被描写着。知识分子离开人民的斗争，沉溺于自己小圈子内的生活及个人情感的世界，这样的主题就显得渺小与没有意义了，在解放区的文艺作品中，就没有了地位。"很多作品反映了"中国人民解放军（抗战时期的八路军、新四军）所进行的战争，是中国历史上前所未有的真正人民的战争，它取得了人民的全力支持和他们在各方面斗争的配合。"如马烽与西戎的《吕梁英雄传》、赵树理的《李家庄的变迁》、袁静与孔厥的《新儿女英雄传》、邵子南的《地雷阵》、胡丹沸的《把眼光放远点》、马健翎的《血泪仇》《穷人恨》、柯仲平的《无敌民兵》、晋冀鲁豫文工团的《王克勤班》、战斗剧社的《女英雄刘胡兰》、洪林的《一支运粮队》、刘白羽的《无敌三勇士》《政治委员》、华山的《英雄的十月》、李文波的《袄袖上的血》、韩希梁的《飞兵在沂蒙山上》、战斗剧社的《九股山的英雄》，这些作品"直接反映了人民解放军战士的无比的英雄气概和对革命事业的无限忠心"。"反映农村斗争的最杰出的作品，也是解放区文艺的代表之作"，有赵树理的《李有才板话》《小二黑结婚》、王力的《晴天》、王希坚的《地覆天翻记》、丁玲《太阳照在桑乾河上》、立波的《暴风骤雨》、马加的《江山村十日》、李之华的《反翻把斗争》、贺敬之等的《白毛女》、阮章竞的《赤叶河》《圈套》、菡子的《纠纷》、孔厥的《一个女人翻身的故事》、洪林的《李秀兰》、康濯的《我的两家房东》。以劳动生产为主题的作品，有《兄妹开荒》《动员起来》、傅铎的《王秀鸾》、欧阳山的《高干大》、柳青的《种谷记》、草明的《原动力》、陈其通的《炮弹是怎样造成的》、鲁煤等的《红旗歌》及电影剧本《桥》。在历史题材方面，则有《王贵与李香香》《周子山》及高朗亭的《雷老婆》等。"解放区文艺作品的重要特色之一是它的语言做到了相当大众化的程度。""赵树理的特出的成功，一方面固然是得力于他对于农村的深刻了解，他了解农村的阶级关系、阶级斗争的复杂微妙，以及这些关系和斗争如何反映在干部身上，这就使他的作品具有了高度的思想价值，另一方面也是得力于他的语言，他的语言是真正从群众中来的，而又是经过加工、洗练的，那么平易自然，没有一点矫揉造作的痕迹。在他的作品中艺术性和思想性取得了较高的结合。""解放区文艺的另一个重要特点之一，就是和自己民族的、特别是民间的文艺传统保持了密切的血肉关系。""解放区的文艺，由于反映了工农兵群众的斗争，又采取了群众熟习的形式，对群众和干部产生了最大的动员作用与教育作用。"

随后，报告依次介绍了解放区的"工农兵群众的文艺活动"及"旧剧的改革"。然后提出号召，认为"现在"一切文艺工作者的主要任务就是："为提高作品的思想性、艺术性而奋斗，创造无愧于伟大的中国人民革命时代的作品！"为此，报告提出几个要求和工作原则："仍然普及第一，不要忘记农村"；"有计划有步骤地改革旧剧及一切封建旧文艺"；"建立科学的文艺批评，加强文艺工作的具体领导"。

周扬在报告中以一种新的文学史述史线索对解放区文艺进行了历史书写。他以"新的人民的文艺"对解放区文艺进行归纳，"人民"标志出解放区文艺形态的阶级属性，"新"则强调新的人民文艺与以往文学发生了根本性质的变化，划分出与一切非无产阶级的"旧"的文艺形态的界限。并且，周扬进一步阐释新的人民文艺的本质特点是"新的主题""新的人物""新的语言、形式"，这"四新"注重了文学本体意义上的主题、人物、语言、形式技巧这些范畴，实际上是解放区新型的政治、社会、文化关系在文学上的反映。这几方面的"新"以及周扬所列举的众多解放区的作家作品为后来书写解放区文学史提供了直接的内容安排和分析模式。值得强调的是周扬的报告副标题是"关于解放区文艺运动的报告"，实际内容应该是涵盖自有解放区以来的所有历史时段的文艺运动历史，但是他只报告1942年毛泽东《在延安文艺座谈会上的讲话》之后的文艺运动，因为只有这之后的文学才符合他的报告主标题"新的人民的文艺"。于是1942年成为一个重要的时间节点，暗示着1942年之前的文学应该是"旧"的"人民的文艺"，而1942年之后的文学才是"新"的"人民的文艺"，这种时间划分在后来的文学史写作中就得到体现。

　　郭沫若、茅盾、周扬的报告对中国新文学史写作影响巨大。它们都是为了总结过去、展望未来，提出未来全国文艺工作的原则和任务，其中无一例外地对新文学史进行了回顾，而这些回顾直接为后来的新文学史写作提供了指导和史料。

5. 傅钟作《关于部队的文艺工作》报告

　　傅钟在 1949 年 7 月中华全国文学艺术工作者代表大会作《关于部队的文艺工作——在中华全国文学艺术工作者代表大会上的报告》的报告。该报告后被收入《中华全国文学艺术工作者代表大会纪念文集》。

　　报告首先强调"人民解放军重视文艺工作"，中国人民解放军从建军开始就重视文艺工作。"远在工农红军时代的古田会议决议当中"，毛主席"就指示了很多为当时条件所能实现的文艺工作方法，规定要很艺术的编制士兵教育课本，要把革命故事、歌谣、图、报当作教材，要提倡打花鼓、演剧、游戏、出壁报等类活动，要把宣传队当作红军宣传工作的重要工具，把整理训练宣传队当作党要加紧努力的工作之一，把红军中的艺术股充实起来，出版石印，油印画报，要宣传队化装，宣传股组织和指导化装宣传，要士兵会里面建设俱乐部，另外还要各政治部负责征集并编制表现各种群众情绪的革命歌谣"。

　　报告回顾了部队文艺工作的"历史发展"。

　　在土地革命时期，红军的许多部队，都在行军作战时组织"鼓动棚"，平时各连队设置俱乐部，课外活动普遍活跃，唱歌子更活跃。在文艺方面，也出现了很多好的作品，有画报、戏剧、活报、舞蹈、歌曲等等形式。其中，中央苏区的《红星画报》、四方面军木刻工厂的出品，都是部队喜爱的读物。剧本如《打倒儿皇帝（蒋介石）》《不当亡国奴》《武装上前线》，长征中的《破草鞋》等，具有很大的鼓动性。歌曲好的更多，如《三大纪律八项注意》《中国人不打中国人》等。

　　在抗日时期，尤其在人民解放战争时期，部队文艺工作，"完全继承了红军时代的上述优良传统"，"已成为更广泛深入的群众性活动，广大指战员的文艺创作、欣赏、吸收与批判的能力大大发挥，部队文艺活动已经采用更多的形式。除了戏剧、音乐、美术、文学都在广泛地发展而外，还有了电影、摄影等活动"。

报告在《三个特点》中指出部队的文艺工作有三个显著的特点："第一，是党的坚强的领导，有组织地进行活动；第二，是完全从实际出发，服务于群众，服务于战争的需要；第三，是广大群众性的，是全军上下整体的活动。"报告在《关于部队文艺的继续发展和提高的问题》中指出，部队的文艺工作还不能满足部队的精神文化需用，以后将继续发展和提高。将努力坚持三点经验："党的领导""明确的阶级路线""部队是坚实的统一体"。

该报告对部队的文艺工作进行了历史总结，为后来进行军队文学史撰写提供了资料。

6. 张庚作《解放区的戏剧》专题发言

张庚在1949年7月中华全国文学艺术工作者代表大会作《解放区的戏剧——在全国文学艺术工作者代表大会上的发言》的专题发言。该发言后被收入《中华全国文学艺术工作者代表大会纪念文集》。

发言以毛泽东《在延安文艺座谈会上的讲话》为界，将解放区的戏剧分为两个不同的时期，分别进行了简要历史回顾。在十年内战时代的苏区就有戏剧活动，这乃是解放区戏剧的萌芽时期。"抗战开始以后，沪、宁、平、津、汉等各大城市中很多的戏剧工作者纷纷到了解放区，演出抗战的戏剧，虽然未能和广大的农村群众相结合，但无疑对于解放区的戏剧发展上起了很大的作用"。这时的戏剧的内容与形式，继承着抗战初期的流动演剧的传统，但也有些发展：比方创造了小调剧的形式，和开始接触到秧歌，延安上演的歌剧《农村曲》就是这时期的产物。但"戏剧的方向还是不明确的。一面在演小调剧，初步反映了一些群众生活，可是大多数的戏剧工作者却又不重视它。对于秧歌也是如此。因此，在1940年，从延安开始，各地有些剧团就先后演出了一些在生活内容上与农村隔阂的外国戏和反映都市生活的戏，如'日出'，'钦差大臣'等。上演这些戏的戏剧工作者们觉得，做了一个相当时期的普及工作了，现在应当从演出这些名剧来进行提高"。但同时，"却仍旧不断地创作并且演出了反映现实配合运动的戏剧"，如马健翎的《查路条》《十二把镰刀》、在晋察冀有《参加八路军》等。其他各解放区也都有这样的戏剧、杂耍、小唱等。

　　他强调在毛主席的《在延安文艺座谈会上的讲话》发表以后，澄清了文艺界的思想，在戏剧方面，也是如此。"新秧歌运动首先在延安出现就不是偶然的事"，其"之所以能够成功地发动和开展，除了思想上的准备之外，对于民间文艺的学习在事先有了一点基础，也是条件之一。首先，音乐工作者在整风之前已经搜集了很多陕北、晋西北的民歌，其次，在有些地方，如晋西北，对于民间秧歌舞学习和运用也已部分地开始。有了这些技术上的准备，新秧歌才得以顺利地产生和发展，《兄妹开荒》这样初期的作品才能在观众之前出现"。"新的秧歌和戏剧运动如此普遍的展开着，同时也就要求提高，群众也就迫切要求欣赏情节较复杂、表现问题较深刻、技术上较高一些的戏。"作者列举了《白毛女》《血泪仇》《王秀鸾》《周子山》《赤叶河》《把眼光放远点》《过关》《李国瑞》《反翻把斗争》《红旗歌》《民主青年进行曲》《炮弹是怎样造成的》……它们多半具有下面这些特点，或是其中的某几点："一，内容上，较一般作品反映现实为深刻，典型性较多，教育意义较大；二，在形式上或语言上吸收了民间文艺中的优良成分而又大胆发展和提高了它们；三，在导演、表演、音乐、舞蹈，以至装置、服装上，有一方面或几方面的创造；四，特别值得提起的是，这些作品和演出全是和当时的具体政治任务相结合，并且是结合得较好，而非脱离现实斗争的。这些作品，都是作者们深入群众生活，体会政策并在创作过程中吸取了群众意见，甚至与群众共同创作而产生出来的，这就是这些作品之所以比较成功的一个最基本的原因。"

　　在叙述完解放区戏剧运动发展概况后，张庚谈了有关解放区戏剧创造的两个理论问题。第一，是创作问题。首先，是"接触生活问题。是长期体验呢，还是赶紧动笔呢？这个问题在生活不熟悉的情况下特别尖锐。"其次，是创作方法问题。张庚提倡写真人真事，提倡集体创作，特别是和工农兵共同创作。第二，是学习民间，改造旧形式、创造新形式的问题。"新秧歌剧的创造，不怕广泛采取各种不同手法而怕不能正确的表现生活。""改造旧剧，是和创造新秧歌殊途同归的，其目的，也是要从此走向新形式，走向表现新的生活内容，或对旧时代的新的看法。"他也谈到旧剧改革的另一方面，即还得有示范性的剧团。

　　该发言通过解放区在毛泽东《在延安文艺座谈会上的讲话》发表前

后的成绩对比，以说明该文艺精神对现实文艺工作的重要意义。

7. 袁牧之作《关于解放区电影工作》专题发言

袁牧之在 1949 年 7 月中华全国文学艺术工作者代表大会作《关于解放区电影工作》的专题发言。该发言从五个方面对解放区电影工作进行了回顾，后被收入《中华全国文学艺术工作者代表大会纪念文集》。

在《抗战时期》中，"解放区开始有电影工作是在一九三八年秋季，在延安八路军总政治部领导下成立了电影团，下辖一个摄影队和一个放映队，当时技术人员很少，摄影队的六七个干部中才只有三个电影专门工作者"。1939 年 1 月，摄影队拍摄了第一部解放区的历史纪录片——《延安与八路军》；1940 年拍摄了《延安第一届参议会》《十月革命节》《边区工业展览会》《生产与战斗结合起来》等片。

在《"八一五"至东北及华北解放》中，袁牧之回忆了他们在抗战胜利以后，接管长春伪"满映"制片厂，组建东北电影制片厂、当时的北平电影制片厂的经过，并介绍几十个战地摄影队的工作情况，以及拍摄的故事片《桥》和纪录片《解放东北的最后战役》。

在《目前阶段》中，袁牧之介绍了对长春、当时的北平、南京、上海等地各敌伪制片厂的接管，成立了"中央"电影管理局。已有东北电影制片厂、当时的北平电影制片厂，即将成立上海电影制片厂；发行系统已成立东北影片经理公司、华北影片经理公司，上海方面亦即将成立华东影片经理公司，将在全国范围内建立发行机构与发行网。

在《主要的经验教训》中，袁牧之总结了三个主要的经验教训。依靠党的正确领导、基本上团结一致的干部条件、全体一致以民主集中的精神，"忍受了并克服了一切困难，坚持了并摸索了如何走向毛主席所指示的文艺方向，创造以工农兵为对象，为工农兵服务的电影"。

8. 阳翰笙作《国统区进步的戏剧电影运动》专题发言

阳翰笙在 1949 年 7 月中华全国文学艺术工作者代表大会上作《国统区进步的戏剧电影运动》的专题发言。该发言后被收入《中华全国文学艺术工作者代表大会纪念文集》。

阳翰笙首先归纳出国统区戏剧电影和解放区比较起来的特征："一、

国民党对于进步的戏剧电影，二十二年来都一贯地采取摧残压迫的反动政策，他们用尽种种残酷卑鄙的方法，随时给以打击，并企图把进步的戏剧电影运动加以扑灭"；"二、过去的这二十二年间——除了近三年被我人民解放军逐渐解放了的之外，中国所有的大城市都在国民党反动势力的统治之下，所以我们的活动虽然主观上是企图与工农大众接近的，但终因受了国民党的阻挠打击，被逼迫着不能不长期地停留在城市中工作"；"三、国民党反动派，既用尽种种方法在我们和劳动人民之间筑起了一道高墙，使我们无法进到他们中去，因而我们的运动在长期中就不得不以知识分子和城市中的小市民为活动的对象"。

然后他介绍不同时期的斗争经过和运动经验。"九一八"前后，戏剧工作者就以"相当尖锐的革命者姿态，企图通过戏剧这一艺术，深入到工厂和农村中去对工农群众施以革命教育"。当时在城乡所演出的剧目有《炭坑夫》《贼》《爱与死的角逐》《西线无战事》《工场夜景》《月亮上升》《乱钟》《到明天》《烽火》《暴风雨中的七个女性》等大小型的戏。"七七"对日战争前夜，主要的团体如业余实验剧社、四十年代社等就陆续演出了《回春之曲》《赛金花》《秋瑾》《武则天》《太平天国》《雷雨》《日出》《娜拉》《钦差大臣》《大雷雨》《罗密欧与朱丽叶》等。这一阶段剧运的特点：一、"有了过去的经验，在改变斗争的方式之下，竭力争取公开的存在，大规模的演出，除了采取了史剧的形式，借古鉴今用以作'历史的讽喻'外，也用世界的名著来反映国内的客观现实"。二、"从游击战式的业余演出进展到阵地战式的职业演出，这样一来赤手空拳作战的经济困难突破了，同时观众扩大了，影响也较广泛了。地域方面也不再局限在上海、北平、南京、杭州、汉口等地，有好些中小城市也都有了戏剧活动"。三、"从创作到演出，都较以前为成熟，艺术水平被提高了，舞台技术也进步了；优秀的剧作家相继出现，包括各方面的新人也大量地在产生出来。以后活跃在对日战争中的戏剧团队的许多干部，也在这时候培养了适当的基础"。

在电影方面，最初的主流"却是《火烧红莲寺》这一类神怪武侠、封建迷信等制作，次之则是鸳鸯蝴蝶、侦探、滑稽，和各种黄色的软性制作"。"九一八"和"一二八"的事件相继爆发后，电影工作者主要的课题，"对外是主张坚决地抗拒日寇的侵略，对内是暴露反动政府的媚外无能，与它所造成的农村破产、工人失业、和社会的种种黑暗"。在全体工作者的艰辛奋斗之下，就造成了中国电影事业上空前未有的辉煌的成就。出现了歌曲《渔光曲》《义勇军进行曲》《大路歌》《毕业歌》《新女性歌》等；进步的电影有《渔光曲》《桃李劫》《三个摩登女性》《母性之光》《狂欢之夜》《迷途的羔羊》《逃亡》《大路》《春蚕》《狂流》《小玲子》《自由神》《十字街头》《都市风光》《马路天使》《青年进行曲》等。

"七七"事变爆发以后，上海的戏剧工作者形成了空前的大联合，创作演出了《保卫卢沟桥》，编组了十二个救亡演剧队，"据抗战三周年的统计，连民间剧团计算在内，全国各战场的新演剧队伍，约有三万以上的戏剧兵之多"。在抗战的第一、二阶段中，有如下的显著收获：一、"新演剧走到了战地、农村和工厂"。二、抗战以来，关于新旧剧本的创新有过不少的成绩。独幕剧如《放下你的鞭子》《乱钟》《S·O·S》《汉奸的子孙》《三江好》《最后一计》《放下你的鞭子》《上前线》《火海中的孤军》《秋阳》等等。多幕剧有《保卫卢沟桥》《飞将军》《凤凰城》《黑地狱》《夜光杯》《塞上风云》《一年间》《中国万岁》和历史剧《忠王李秀成》《李秀成之死》等，旧剧有《新雁门关》《江汉渔歌》《梁红玉》《桃花扇》等。三、"演出形式的多样化，也是抗战初期演剧的特色"。四、"由于新演剧事业突飞猛进的发展，戏剧干部和编导技术人员等，也很快地增加和成长起来"。

在电影方面，大家先后用全力支持了"中制"和"中电"的制片工作。前后摄制了许多抗战电影，如《八百壮士》《保卫我们的土地》《风雪太行山》《湘北大捷》《中华儿女》《好丈夫》《火的洗礼》《长空万里》《塞上风云》《白云故乡》《东亚之光》《日本间谍》《民族万岁》《青年中国》和分集的《抗战特辑》等。赴香港的工作者和粤语电影工作者联合摄制了《孤岛天堂》《血溅宝山城》《小广东》《大义灭亲》《前程万里》《烽火故乡》《民族的吼声》等。

自皖南事件以后，剧作家和演员们为揭露国民党"消极抗战，积极反共"，演出了《雾重庆》《法西斯细菌》《棠棣之花》《北京人》《大地回春》《蜕变》《复活》《家》《金玉满堂》《万世师表》等；在旧政协时期，演出了《清明前后》《升官图》《草莽英雄》《山城夜曲》。上海沦陷前后所演出的有《明末遗恨》《花溅泪》《蜕变》《阿Q正传》《李秀成之死》《文天祥》等。

发言报告了自抗战胜利以来，反动派采取了各种严酷的反动措施，和进步剧作家所采取的对策和部署。

最后，发言总结了成就：一、表现在进步力量的成长与增长上；二、在过去的各个时期中，我们都能阻击和粉碎了国民党反动派的围剿；三、在艺术和技术上都有着相当的成就与发展；四、在运动上，戏剧电影是此仆彼起，轮番作战的。但也有着基本上的缺点：一、"在思想上，我们对马列主义——特别是对毛泽东的思想和方法的研究不深；或者就没有机会去研究，有的甚至还没有认识到这种研究的重要性"。二、"在生活上，由于客观环境的限制与主观努力的不够，我们的工作都没有太多的机会去接近广大的工农兵群众，因而使大家的生活经验都很狭窄，生活体验也就不够丰富，不够充实"。三、"在创作上，由于有上述的两大缺点，我们有些作品因此在思想性上便表现得很贫弱，在生活性上也就表现得很不充实"。四、"在艺术形式上，我们不善于运用为工农兵所喜闻乐见的形式"。

该发言是对中国电影史的充分总结，重要的导演、剧本、演员等都得到细致介绍，特别是贯穿了敌我斗争的文学史主线，被之后电影史的书写所借用。

9. 柯仲平作《把我们的文艺工作提高一步》专题发言

柯仲平在1949年7月的中华全国文学艺术工作者代表大会作《把我们的文艺工作提高一步》的专题发言。该发言后被收入《中华全国文学艺术工作者代表大会纪念文集》。该发言主要是针对陕甘宁边区文艺工作的回顾与总结。

第一部分主要是介绍学习一九四二年毛主席《在延安文艺座谈会上的讲话》后，大家提高了思想认识，文艺工作取得了很大成绩。出现了鲁艺大秧歌和《兄妹开荒》《白毛女》《血泪仇》《逼上梁山》《白求恩》《陈团长》《海上的遭遇》《平原上》等。小说较优秀的有《一个女人翻身的故事》《洋铁桶的故事》《李勇大摆地雷阵》《陕北游击队的故事》《高干大》及《种谷记》等。诗歌有《王贵与李香香》作代表。刘志仁的秧歌《跑红灯》、拓开科的练子嘴《闹官》、黄润的秧歌剧《减租》、杜芝栋的秧歌剧《反巫神》和汪庭有的诗等，韩起祥的《张玉兰参加选举会》《刘巧团圆》等。

第二部分主要是介绍日本投降后的文艺工作。此一时期，"文艺主要是为土改与战争服务，尤其为人民革命战争的胜利服务"。作品有韩起祥与他人合作的《时事传》、戏剧有《无敌民兵》。"剧作大致可分以下几类：有阶级教育意义的，约占百分之四十。《穷人恨》《刘胡兰》起了很大的作用；其次是《见面》《宣誓》等。加强军民团结的，约占百分之三十。《红布条》在战争初期起了很大作用；其次是《孙大伯的儿子》《皇甫庄》等。表扬战斗英雄模范的，约占百分之十。起了很大作用的是《刘四虎》；其次是《九股山的英雄们》《红土岗》《华阴桥》等。宣传一般时事政策的，约占百分之七，暴露敌人罪行的约占百分之十。发扬了批评、自我批评精神的，约占百分之三，这有《血的经验》等"。

第三部分是分析文艺工作存在的缺点：创作思想内容还远落在现实斗争需要的后面；在作品的形式种类上，也还有很落后的地方；文协在思想与组织领导上还不健全。

第四部分是论述今后的文艺工作如何提高。主要把以往的经验总结成为工农兵人民文艺运动开展的理论，使它成为提高的基础；防止教条主义的侵袭，学会使用毛主席指示的方针、原则来指导文艺运动。

10. 周文作《晋绥文艺工作概况简述》专题发言

周文在1949年7月中华全国文学艺术工作者代表大会作《晋绥文艺工作概况简述——西北代表团晋绥部分文艺工作发言》的专题发言。该发言后被收入《中华全国文学艺术工作者代表大会纪念文集》。该发言主要是反映从1940年晋绥解放区建立以来的文艺工作，并表明其工作成绩的取得，"是与坚决执行毛主席的文艺方针和文艺工作者的整风学习分不开的，而且是有决定意义的"。

在《整风前的文艺工作》中，周文指出，晋绥解放区开始创建时，关向应曾提出"建设敌后现实主义的文艺"，贺龙曾号召"为兵演戏"，文艺工作者即在指示和号召之下进行工作，"以戏剧活动为主，同时亦出版了文艺刊物和画报等，有着若干成绩，但由于晋绥文艺工作者多是新从城市来的知识分子，都很年轻，思想水准不高，对贺、关两同志的指示坚决执行，但体会不深、对革命政策的了解尚差，作品中多数是观点不明确，而且带有浓厚的小资产阶级味道的东西，有些同志的工作和作品则走了弯路甚至有的犯了错误"。一直到毛主席延安文艺座谈会的讲话传达到晋绥，文艺工作者才据以检讨和开始明确转变。以后的文艺工作才开始了较明显的贯穿了与战斗、生产、教育结合的文艺新精神。广场剧演出《逃难》等，七月、大众等剧社从表演小型秧歌剧、快板、歌唱表演等配合政治任务的宣传工作如《温家庄》《交城山》，新历史剧有《陆文龙》《千古恨》。

在《整风以来获得的成果》中，周文指出，晋绥解放区在1943年冬到1944年夏的整风学习中，对毛主席文艺座谈会讲话的学习才真正得到较深刻的体会，晋绥文艺有了新成就：首先是戏剧工作"表现了特出的活跃，内容都与当时的政治任务密切结合，反映群众生活也较为真切，形式上也有新的创造，受到农村广大群众的欢迎，起了推动工作的积极作用"。有《南京与重庆》《大家好》《王德锁减租》《闹对了》《甄家庄战斗》《大家办合作》《刘胡兰》等。在改造评剧与地方剧方面，有《嵩山星火》《廉颇和蔺相如》《红娘子》《千古恨》等。表演方法都能"力求思想性强，人物性格化，克服演旧剧的形式主义毛病"，"从导演和演员修养方面来看，处理与表演农民、士兵的生活、思想、感情、语言上，都有了与过去不同的新的东西"。在文学方面，有较完整的长篇通俗小说《吕梁英雄传》，短篇的有集成专册，其中以《第一次的收获》为较出色，但这还是少数。更重要的是群众性的各种小形式文艺作品的大量创作。还整理改编了民间故事，如《水推长城》《地主和长工》《天下第一家》等小册子。群众的文艺活动，也广泛的开展起来。周文还谈及音乐工作、美术工作等。

在《主要的经验教训》中，周文强调了"如何使自己思想意识改造的好，如何与工农兵结合的好的问题"，目前在晋绥文艺工作中存在的严重毛病则是"经验主义"。

11. 刘芝明作《东北三年来文艺工作初步总结》专题发言

刘芝明在 1949 年 7 月中华全国文学艺术工作者代表大会作《东北三年来文艺工作初步总结》的专题发言。该发言后被收入《中华全国文学艺术工作者代表大会纪念文集》。刘芝明主要谈了东北"三年来"有关文艺工作的十二个问题。他这里所说的东北"三年来"是指东北从 1945 年 8 月 15 日日本宣布投降之后的三年。

一、他对"八一五"前伪满时代的东北文艺进行了回顾。他认为这时期东北文艺是被奴化与封建文艺统治着的，可以说没有什么新文艺运动，"连一些带有民族倾向的文艺或小资产阶级进步的文艺，都被摧残，甚而就是封建文学中带有某些中国历史性或表示一点个性的传奇、演义都被湮灭。提倡大东亚文学，以日本文学为中心；提倡封建迷信，《三侠剑》《雍正剑侠图》、言情小说，这些流行得最广泛"。

二、刘芝明认为"八一五"后东北新文艺运动的第一个时期，是由"八一五"到 1946 年的"七七"决定，这时期主要是接收、接管殖民统治的文艺阵地。"大批文艺工作者到达了东北，主力是从延安来的，先来了东北文工一团，成立了东北书报社、二团以及鲁艺，其他从华中、山东来了一批，大都散在部队和散在各省"。这个时期文艺活动的特点，主要的还在城市里，在青年学生、知识分子中影响较大。文艺创作主要的是介绍关内老解放区的东西。这一时期文艺上的思想斗争，是启发人民的、阶级的、民族的觉悟，并同盲目的国民党统治才是正统的观念做斗争。

三、第二个时期则是从"七七"决定，一万二千名干部下乡，进行土地改革开始的。"土地改革则是使得东北文艺运动生根，是与广大群众尤其是农民结合的时期，也是东北文艺创作与群众要求结合的时期。"这时期创作很多，有周立波的《暴风骤雨》、马加的《江山村十日》、刘白羽的《无敌三勇士》《红旗》、华山的《家》《踏被辽河千里雪》《英雄的十月》《杨勇立功》。"1947 年春节是东北尤其是北满文艺运动第一个高潮，这个高潮是由于土改后农民翻身引起的。这个高潮的特点，即是广泛的开展新秧歌运动。"秧歌剧的创作，有《光荣灯》《姑嫂劳军》《李二小参军》《两个胡子》《农家乐》等。

四、第三个时期是从沈阳和全东北解放尤其二中全会以后而开始的。这是从以农村为重心转到以城市为重心的时期。在创作上有草明的《原动力》、李纳的《煤》、有工人剧本《取长补缺》、沙青的《工人进行曲》、教育部社教队的《立功》、知识分子和工人合作的《工会好》《穷汉岭》《一条皮带》《二毛立功》《北平号火车头》,电影《桥》,东总宣传队的《炮弹是怎样造成的》。

五、三年来东北文艺取得较大成就的原因:"首先,是东北的干部一般都在延安或在毛主席文艺座谈会讲话后,有了一般的文艺工作方针与做法,有了为工农兵的方向,有了向群众学习的作风";"其次,有东北党的领导,一般的是密切的结合着政治的任务,抓住关键";"再次,东北的土地改革和解放战争的胜利,对于开展文艺运动和推进创作有很大的作用,这两种胜利都是带有从根本上胜利的意义,这两种胜利就加速了群众思想成熟的过程,给予文艺运动和文艺创作(尤其是群众创作)的发展条件";"最后,东北交通便利,工业基础较好,有城市条件……对文艺是有很大作用"。

六、东北三年来文艺运动的主要缺点:"文艺工作的领导,不够统一集中,这种情况表现在思想上尤其是表现在组织上、干部使用上更为严重"。

七、东北群众文艺运动,较之关内老解放区还很差的,"因之东北职业作家和文艺团体还未与广大群众密切地联系起来。也就是说东北文艺运动还未深深地在群众(主要的是工农兵)中扎下根去"。八、"目前,在创作上,是迫切要求组织创作的领导。组织职业作家与培养群众作家就是组织创作的关键;对于创作的领导就是加强对作家的政治教育、思想教育,加强文艺批评。"九、关于创作方法与学习政策,学习马列主义的问题。十、文艺批评与鼓励问题。十一、业务与技术的学习问题。十二、关于东北今后文艺工作的重点问题。"东北今后文艺工作的重点是要为经济建设尤其是工业建设服务,但同时,又要顾到农村文艺运动与建设国防部队中的文艺运动。"

刘芝明对当时东北文艺的分期能紧扣东北解放的政治社会形势,并从文艺工作组织的诸方面讨论了当时文艺工作所应注意的问题,显示了他的理论水平和文艺官员的政治觉悟。当然他忽略了东北沦陷区文学的复杂性,则是历史的局限性所造成的。

12. 沙可夫作《华北农村戏剧运动和民间艺术改造工作》专题发言

沙可夫在 1949 年 7 月的中华全国文学艺术工作者代表大会作《华北农村戏剧运动和民间艺术改造工作——在中华全国文学艺术工作者代表大会上的讲话》的专题发言。该发言后被收入《中华全国文学艺术工作者代表大会纪念文集》。该发言主要介绍了华北农村戏剧运动和民间艺术改造工作，这里我们只了解其对华北农村戏剧运动的介绍。

沙可夫从四个方面介绍了华北农村戏剧运动。《一 萌芽时期》主要是从 1938 年八路军奔向华北抗日前线说起，按年度介绍到 1942 年，以此说明华北的农民在抗日战争中获得解放，减租减息，参军抗日的热潮涌起，同时华北的戏剧运动也随之兴起。《二 文艺座谈会后的新气象》则是介绍 1943 年后，文艺座谈会精神传达到华北根据地之后，农村戏剧运动获得繁荣。首先，是"规模的广大，太行、北岳、冀中等区较大的村子都有剧团，其他地区村剧团也不少"；其次，"农村戏剧活动的政治性特别强烈"；劳动人民表现出他们的创造天才。《三 翻身以后的农村剧运》中介绍了华北解放之后，农村剧运迎来了蓬勃发展。《四 今后的努力》总结了经验教训，并提出以后的努力方向。即要加强组织，艺术性要提高，发掘改造旧有民间文艺，要继续坚持"穷人乐"的基本精神。

13. 张凌青作《山东文艺工作概况》专题发言

张凌青在 1949 年 7 月的中华全国文学艺术工作者代表大会作《山东文艺工作概况》专题发言。该发言后被收入《中华全国文学艺术工作者代表大会纪念文集》，其分为三部分。

第一部分为《历史情况》。其将山东文艺工作分为两个时期。第一时期是 1938 年到 1942 年的"抗战文艺"时期。这一时期主要是以抗战的内容，宣传抗战。第二时期是 1943 年以来的"面向工农兵"时期。这一时期又分为两个阶段：1943 年至 1945 年，1946 年至 1948 年。

第二部分为《几个主要问题的检查》。其中《十年来的文艺创作》主要介绍了十年来的歌曲、剧作、通讯文学、美术等方面的创作成绩。《文艺普及运动》分别介绍了"部队文艺普及工作""农村文艺普及工作""工人文艺工作""旧艺人的改造"。

第三部分为《目前情况》。主要介绍解放军解放城市后的工作政策及成果。

14. 华嘉的《向前跨进一步——一九四七年的香港文艺运动》发表

华嘉在 1949 年 7 月中国香港人间书屋出版的《论方言文艺》中发表《向前跨进一步——一九四七年的香港文艺运动》。

该文认为 1947 年这一年文学创作是歉收的，但文艺运动却开始了正确的文艺思想，加强了自我思想教育，开展了群众性活动，培养了文艺新军，扩大了整个革命文艺运动的影响。

本年
王翊、康铸的《新诗三十年》出版

1949 年春，王翊、康铸编选的《新诗三十年》由中共香港文学研究社出版。两人为此书撰写了长篇《导言》。编者以朱自清的"诗是跟着时代的，又领着时代的"主张为立论依据，评述了新诗三十年的历史。导言分三个部分。第一部分评述了胡适、《诗》月刊作者群、李大钊、陈独秀、刘半农、沈尹默、刘大白、周氏兄弟、俞平伯、冰心、郭沫若、蒋光慈的诗。第二部分评述了新月社诗人如闻一多、徐志摩、饶孟侃、于赓虞、刘梦苇、朱湘、陈梦家，象征派的李金发，后期创造社的王独清、穆木天、冯乃超，以及冯至、孙大雨、卞之琳，现代派代表诗人戴望舒等人的诗歌。第三部分评述了左翼诗人殷夫，中国诗歌会诗人臧克家、艾青、田间、戴望舒、柯仲平、袁水拍、李季的诗歌。作者在评述中征引了鲁迅、瞿秋白、茅盾、任钧、臧克家、艾青、闻一多、朱自清、郭沫若、周而复等人的观点，其文学观念和评价标准倾向于左翼。作者认为，"五四"到现在已经三十周年了，新诗在逐步地发展，也逐步地尽了它在时代中应尽的职责。

结　语

本书将中华人民共和国成立之前的大部分中国新文学史写作进行了编年编排，其中包含中国现代文学史著和一些文学史论文，通过这种编排我们发现中国新文学史写作有以下问题值得思考。

一

与古代文学不同，现代文学是不断即时历史化又不断向前推进发展的文学，这也是现代文学的"现代性"所在。这种"现代性"与现代文学产生了与古代文学不同的文学生态有关。现代文学的传播媒介、传播途径、出版机制、报纸杂志等能满足、并需要其及时总结报道过去的文学历史，以满足文学市场的需要；文学史课程的开设，以及教师教授课程的需要直接推动了现代文学及其历史化的进程；文学史写作更是文学家与政治势力可以用来表达自己文学观及政治主张的有力工具，他们也非常热衷文学史写作。诸如此类的原因，现代文学在其不断发展的过程中，就不断被历史化；反之，这种不断历史化又不断推动现代文学的发展。

现代文学史写作的发展是一种层累叠加。现代文学史写作不是一蹴而就的，而是众多的写作层层叠叠的堆积而成。在文学史写作的开始，各位写作者都只能介绍自己所掌握到的信息、自己所感受到的作品风格、欣赏自己所钦佩的作家。后来的写作者会在之前写作者的基础上继续这种行为，或者添加，或者重复，或者纠正。随着大量文学史写作的刊载，更多的作家作品信息被介绍，作家作品更丰富的层面被揭示，文学史将会形成一定的共识。当然这种共识又会在新的文学史观或文学理论的视野中重构，而这仍然是在之前的文学史写作基础上的层累叠加。

　　这种层累叠加类似鱼的鳞片交错分布。这里所说文学史写作是在层累叠加，但并不意味着其只是简单的垒砌增厚，而是认为其是如鱼的鳞片一样错层分布，是在渐进式的层层铺排而累积，最终将鱼的肉体包裹。这里，鱼的肉体就是文学历史本身，而众多鳞片就类似文学史著或文学史论文。如果单单是垒砌墙体的话，就体现不出这种渐进性，也不能展示文学史写作中类似于鳞片与鱼的肉体的这种关系。

　　更重要的是，同时代的文学史写作成果的鳞片式层累叠加，可以横断面式展露一个时段的历史真相。因为同一时代中有不同立场、不同文学类型的文学史写作者，他们都通过自己的写作为自己的文学阵营或政治势力代言，同时有意或无意忽视他方乃至敌方的存在，这就造成他们文学史写作的偏颇。如果将他们的文学史写作成果都同时排列，恰好是当时文坛的真相展示。正如本书所做，我们就会看见在 20 世纪 40 年代中，不仅国共两党各自有着自己的文学史观，而且汪伪政权，伪满洲、中国台港都曾有殖民主义文学史叙事，与此同时，也有不屈的被殖民者在英勇斗争。这不仅仅是历史写作，也是当时的文学历史的真相。

　　如果将所有的中国新文学史写作按照历史性的编年编排，我们还会发现一个有意思的问题，那就是文学历史本身，犹如一个可以被众多释义者进行阐释的广义的文本，不同的读者在解读它、分析它，这些解读分析形成文字就成了文学史著或文学史论文。而将这些文学史著或文学史论文按照年月编排起来进行探究，会发现这就是从接受史的角度去考察无数的读者是如何"接受"理解这一文学历史本身的，而这一接受史的累积就反映了全部的历史，这正如有的学者用接受史来编写文学史一样。简言之，无数文学史写作的结果堆积在一起，正好是文学历史的接受史，也就反映了全部文学史真相。

　　这也正是笔者将文学史论文与文学史著作视为中国新文学史写作的重要原因，因为单独的文学史著达不到这个目标，很多文学史观和文学史实并没有在文学史著中得以体现，文学史著只是众多文学史观和文学史实中的冰山一角。因为文学史著主要是以教学为目的的，其要受到学科教育和学术机制的另外制约。

二

通过对1919—1949年的中国新文学史写作的考察，我们发现本时期参与中国新文学史写作最多的群体不是学者，而是作家。胡适、鲁迅、周作人、郭沫若、茅盾、老舍、沈从文、徐志摩、朱自清、废名、洪深、林庚、萧乾、苏雪林、郑振铎、张天翼、周立波、郁达夫、郑伯奇、卢冀野、钱基博、范烟桥、赵景深、冯雪峰、张闻天、端木蕻良、朱光潜、王平陵等人既是当时著名作家，同时也书写过文学史论文或文学史著作。而且在现代文学三十年中，最有影响的中国新文学史论文都是中国作家书写的，如第一个十年中，胡适的《五十年来中国之文学》；第二个十年中的《中国新文学大系》的《导言》；第三个十年中，第一次"文代会"中的诸多报告。为什么作家多关注文学史写作？

首先，因为作家是推动这一时期新文学发展的主力军。本时期作家与文艺批评家，往往同时兼任，专门的文艺批评家还不多。所以作家是文坛的主力军，他们时刻关注文坛状况予以及时报道，并通过总结成绩，正视现状，提出未来的发展策略。

其次，当时作家很少孤身一人在文坛活动，多是集团组织化抱团发展，这就造成文坛派别众多，作家们为了维护集团组织的利益，必须及时参战。而文学史写作正可以抬高自己，打击他人，作家也非常重视文学史总结。

又次，许多作家曾教授中国新文学史课程。上述作家之中，有很多因为教授中国新文学史著，他们不得不备课、写作讲义，他们的讲义修订之后就成为文学史著。如胡适、周作人、沈从文、朱自清、废名、朱英诞、林庚、苏雪林、卢冀野、钱基博、赵景深等人就曾因课堂教学而撰写过文学史著。可以发现，这些作家中又以京派作家为代表，胡适又起了非常重要的作用，他多次推荐新文学作家任教大学课堂。其实当时在大学任教的新文学家还很多，如徐志摩、刘大杰、杨振声、闻一多、梁实秋、汪静之、朱湘、吴组缃、施蛰存、许地山等人，但遗憾的是，他们或者没有任教中国新文学，或者任教过而没有流传下来相关的文学史讲义。

最后，政治权力鼓励作家进行文学史写作。政治权力重视文学文化政策，将文学文化视为启蒙大众、教育大众、宣传政策纲领的重要工具，也非常重视文学史写作。回到历史现场，我们会发现作家所拥有巨大的号召力，是其他文化人士所不具备的。当时电影受到放映设备的限制还不能遍及大江南北，音乐因为物质条件的要求不可能形成受众最广的流行音乐，传统戏曲又被新兴文化视为封建落后文化，这样影星、歌星、戏曲名角都没有作家的影响力巨大。特别是在受过新教育的学生中，作家的影响力是其他文艺家所不能比拟的。于是，每一政治权力都会寻找最能代表自己声音的作家，鼓励其参与这一抢夺文化领导权的战斗中去，文学史写作自然是其中有利武器。而中国共产党的领袖毛泽东更是亲自设计、构想了伟大的文化纲领及政策，以此对新文学文化的历史进程予以诠释，并展望未来社会主义文化文学方向，这正说明政治权力对文学文化史写作的重视。

作家撰写中国新文学史写作的利弊何在？

作家撰写中国新文学史的最大益处在于其个性化创新非常强。这与作家自身的职业有很大关系，作家如果没有创新，老是人云亦云，就不称其为作家。所以他们都能够寻找自己的发声内容与发言方式。这在作家撰写的中国新文学史著作中特别明显。即使是那些文学史论文，我们也很少看见作家在辗转因袭他人观点。尽管这样的论文写作非常容易流于公式化的陷阱之中，但这些作家们都能避免自己走入陈套滥调。这种个性化或者表现为他们的文学史语言非常流丽，有些甚至不妨可以当做散文去读。例如沈从文、朱英诞、林庚、苏雪林、萧乾、老舍等人的文字，会让人心旷神怡，而让人怀疑其真正的用意在于文学史的讲授，因为他们非常重视文学的领悟、也注意文学理论、文学史与文学创作的融汇。还有茅盾的文学史论文，几乎就是现实主义写作指导，但又有着细致的科学分析；郁达夫的散文分析则让读者看见他对周氏兄弟创作风格的全部透析；冯雪峰的理论文字不仅充满理论的逻辑，而且有着文学史线索的梳理。

当然有利也有弊。因为这些新文学作家毕竟不是长时间从事新文学史教学，也不是专门的新文学研究专家，有些甚至根本就不是为教学和学术而撰写，我们从教学及学术的角度去看，应该对其有清醒的认识。现代的教学或学术标准讲究的是科学标准，即求真的科学态度，这是科学主义思想在人文学科中的体现。按照这一标准，会发现这些新文学史写作的弊端就是系统性，知识化不够，他们重在表达自己的文学观、文化观、政治观，而没有考虑到学术共同体的研究意见。所以，这一时期中国新文学史写作受到当下学界最多表扬的是王哲甫、朱自清、蓝海、李何林等人编写的文学史著，而不是其他更有个性的中国新文学史写作。

接下来，我们就会发现问题，最受重视的并不是个性化最强的，文学史写作又不断要求创新，这似乎是让文学史写作走入了一个难以走出的迷宫。更严重的可能是很多文学史更多考虑学术界的"共识"，而在不断借鉴他人意见予以编写，但是却没有注释。这样的后果就是我们在进行文学史编撰史研究中，认为某种观点来自某位文学史写作者，实际上都是不可靠的。所以，我们应该学习的或许正是这些作家的新文学史写作，他们的言说方式正是我们未来所应努力的方向。

三

为什么在中华人民共和国成立之后中国新文学史得以学科化，并开始出现大量的中国新文学史著？有学者认为这是为新生政权进行合法性解释的重要步骤，这固然非常有道理，但是笔者通过对本时期中国新文学史写作的考察，发现问题可能更为复杂。

首先，这是新文学发展和新文学史课程的需要。从新文学发展的角度来看，每隔十年，都会出现大量的文学史论文对之前十年的新文学发展进行总结。这在第二个十年中表现非常明显，当时大量文章及文学史著对"五四"文学进行了全面的历史化工作，特别是《中国新文学大系》的编撰对"五四"文学进行了细致整理。第三个十年本应该对第二个十年的文学进行同样全面化的整理，但是因为战争的开始，这种工作虽有进行，但是并不彻底。中华人民共和国成立后，按照新文学自身发展需要，最应该整理的是第三个十年的文学整理，同时对之前完成得不彻底的文学史工作予以全部研究。这一整理在第一次"文代会"就已开始，中华人民共和国之后继续重视新文学史写作是其自身发展的惯性使然。

从新文学史课程设置来看，这也是水到渠成的结果。新文学史进入教育机制，在第二个十年已经开始，尽管当时受到学衡派为代表的学术力量的抵制；第三个十年中，古代文学势力对新文学仍有束缚，但是杨振声、朱自清等人在西南联大等高校持续进行努力，当时的国民党教育部已经在着手考虑该问题，一些相关步骤已经开始实施。中华人民共和国成立之后，茅盾等人在第一次"文代会"上呼吁中国新文学史学科设置问题，得到教育主管部门的认可，于是其走进大学课堂，成为正式学科。可以说这是不同时期不同新文学作家长期努力的结果，而不是一时兴起的建议或试验。

其次，恢复历史真实的需要。通过本书的文学史写作考察，我们发现在中华人民共和国成立之前，不仅有左翼、民主主义、自由主义、三民主义、保守派、守旧派等中国新文学史写作，还有敌伪的、日本殖民者的相关论文，地域涉及解放区、国统区与沦陷区。各种文学史写作集合在一起，对于普通青年学生，特别是沦陷区学生来说，很难辨清谁是谁非，很容易造成思想混乱。这实际上是不利于中国新文学发展和文学史写作的，所以这时有必要从学科的角度，建立科学的研究机制，树立起权威的文学史论述，以恢复历史真实，在新生中国建构统一的中国新文学史认识。

又次，这是统一文学思想、培养社会主义新人的需要。从解放区自身的新文学史写作来看，他们在毛泽东《在延安文艺座谈会上的讲话》指导之前，文艺工作虽有成绩，但还存在一些问题。在后来按照"讲话"精神进行整风及改造之后，文艺工作获得了巨大丰收。当时很多文学史写作中都展现了这种前后的巨大改变。中华人民共和国成立后，自然要将这种成功经验推向全国，大学教育更应开展这种文学思想的教育。所以新的文学思想的学习，社会主义新人的培养，都需要中国新文学史教学。而在中华人民共和国成立之初，开展众多有关文艺思想的批判，特别是对胡适的文学史观的批判，就是为了贯彻这种的新的文学思想所必须要进行的工作。

最后，也是最重要的工作，就是政权建构的需要。中国共产党由之前的解放区，最后发展到消灭国民党反动派，以至建立中华人民共和国。这个新政权需要向学生及全国民众解释中国共产党为什么能取得天下，并破除国民党才是国家正统的观念。从第一次"文代会"上刘芝明所作发言中可以了解，东北刚解放之时，面临的主要工作就是破除民众中旧有的正统观，重建新生政权的认同感。而从历史经验来看，国民党的政权建设中，就是因为缺少这一重要阵地，而导致其首先丧失了文化领导权，从而丧失了政治领导权的。所以中国新文学史学科化，是其政权建构的必然要求。

正因为以上考虑，1949 年中华人民共和国成立之后，中国新文学史成为教育体制中的重要学科，其将在学术建设上获得更大的收获。这也是我们再回首鸟瞰本时期中国新文学史写作的重要原因。

中国新文学史写作资料检索

一 文学史论文

二　附骥有中国新文学史的中国文学史著

三　中国新文学史著及作家作品论、选集

参考书目

钱理群：《返观与重构——文学史的研究与写作》，上海教育出版社 2000 年版。

朱德发、贾振勇：《评判与建构：现代中国文学史学》，山东大学出版社 2002 年版。

洪子诚：《问题与方法：中国当代文学史研究讲稿》，生活·读书·新知三联书店 2002 年版。

黄万华：《中国和海外 20 世纪汉语文学史论》，百花文艺出版社 2006 年版。

王泽龙：《反思与重构——中国现代文学史观综论》，新华出版社 2005 年版。

朱德发：《现代文学史书写的理论探索》，山东人民出版社 2010 年版。

陈国恩：《学科观点与文学史建构》，中国社会科学出版社 2012 年版。

张福贵：《文学史的命名与文学史观的反思》，北京大学出版社 2014 年版。

李宗刚：《中国现代文学史论》，山东人民出版社 2014 年版。

［日］饭田吉郎：《现代中国文学研究文献目录（1908—1945）》，汲古书院 1959 年版。

王瑶、樊骏、赵园等：《中国现代文学研究：历史与现状》，中国社会科学出版社 1989 年版。

陈玉堂：《中国文学史书目提要》，黄山书社 1986 年版。

［日］阿部幸夫、松井博光：《中国现代文学研究的深化与现状》，东方书店 1988 年版。

陈平原：《文学史》（第一、二、三辑），北京大学出版社 1993、1995、

1996 年版。

古远清：《台湾当代文学理论批评史》，武汉出版社 1994 年版。

王瑶：《中国文学研究现代化进程》，北京大学出版社 1998 年版。

陈平原：《文学史的形成与建构》，广西教育出版社 1999 年版。

冯光廉、谭桂林：《中国现代文学史研究概论》，南京大学出版社 1995
　年版。

黄修己：《中国新文学史编纂史》，北京大学出版社 1995 年版。

邓敏文：《中国多民族文学史论》，社会科学文献出版社 1995 年版。

许怀中：《中国现代文学史研究史论》，厦门大学出版社 1997 年版。

王宏志：《历史的偶然：从香港看中国现代文学史》，牛津大学出版社
　1997 年版。

［韩］金时俊：《中国现代文学史》，知识产业社 1992 年版。

吉平平、黄晓静：《中国文学史著版本概览》，辽宁大学出版社 1992
　年版。

黄文吉：《台湾出版中国文学史书目提要（1949—1994）》，万卷楼图书
　有限公司 1996 年版。

孙立川、王顺洪：《日本研究中国现当代文学论著索引 1919—1989》，
　北京大学出版社 1991 年版

［日］饭田吉郎：《现代中国文学研究文献目录（1908—1945）》（补
　遗），汲古书院 1991 年版。

徐瑞岳：《中国现代文学研究史纲》，江苏教育出版社 2001 年版。

陈平原：《中国文学研究现代化进程二编》，北京大学出版社 2002
　年版。

温儒敏：《文学史的视野》，人民文学出版社 2004 年版。

温儒敏、李宪瑜、贺桂梅、姜涛：《中国现当代文学学科概要》，北京
　大学出版社 2005 年版。

黄修己、刘卫国：《中国现代文学研究史》，广东人民出版社 2008
　年版。

刘卫国：《中国新文学研究史》，社会科学文献出版社 2015 年版。

朱晓进：《中国现代文学史研究的视阈》，人民文学出版社 2008 年版。

吴秀明：《中国现当代文学史与生态场》，中国社会科学出版社 2009

年版。

温儒敏、陈晓明：《现代文学新传统及其当代阐释》，北京大学出版社
　　2010 年版。

钱理群：《中国现代文学史论》，广西师范大学出版社 2011 年版。

陈平原：《作为学科的文学史》，北京大学出版社 2011 年版。

陈平原：《假如没有"文学史"……》，生活·读书·新知三联书店
　　2011 年版。

陈国球：《文学如何成为知识？：文学批评、文学研究与文学教育》，生
　　活·读书·新知三联书店 2013 年版。

於可训：《当代文学：建构与阐释》，武汉大学出版社 2005 年版。

杨匡汉：《中国当代文学》，辽宁教育出版社 2005 年版。

旷新年：《写在当代文学边上》，上海教育出版社 2005 年版。

李杨：《文学史写作中的现代性问题》，山西教育出版社 2006 年版。

程光炜：《文学讲稿："八十年代"作为方法》，北京大学出版社 2009
　　年版。

程光炜：《当代文学的"历史化"》，北京大学出版社 2011 年版。

杨义、江腊生：《中国当代文学研究（1949—2009）》，中国社会科学出
　　版社 2011 年版。

程光炜、杨庆祥：《文学史的潜力——人大课堂与八十年代文学》，文
　　化艺术出版社 2011 年版。

丁帆：《文学史与知识分子价值观》，人民文学出版社 2014 年版。

席扬：《中国当代文学的"历史叙述"和"典型现象"》，人民出版社
　　2015 年版。

任天石：《中国现代文学史学发展史》，江苏文艺出版社 2002 年版。

董乃斌、陈伯海：《中国文学史学史》，河北人民出版社 2003 年版。

陈国球：《文学史书写形态与文化政治》，北京大学出版社 2004 年版。

陈岸峰：《文学史的书写及其不满》，中华书局 2014 年版。

王春荣、吴玉杰：《文学史话语权威的确立与发展——"中国当代文学
　　史"史学研究》，辽宁人民出版社 2007 年版。

旷新年：《文学史视阈的转换》，北京大学出版社 2013 年版。

戴燕：《文学史的权力》，北京大学出版社 2002 年版。

胡希东：《民族·国家与文学史地理——1950—1980 中国当代文学史叙述形态》，人民出版社 2013 年版。

罗云峰：《现代中国文学史书写的历史建构——从清末至抗战前的一个历史考察》，法律出版社 2009 年版。

王瑜：《重审与重构：现代文学史观与中国现代文学史编写问题研究》，中国社会科学出版社 2014 年版。

张伟栋：《李泽厚与现代文学史的"重写"》，江西人民出版社 2012 年版。

张传敏：《民国时期的大学新文学课程研究》，人民出版社 2010 年版。

张军：《中国当代文学史叙述研究》，中国社会科学出版社 2012 年版。

张军：《现代中国文学整体化历史编撰研究》，中国社会科学出版社 2015 年版。

张军：《台港及海外的中国现代文学史编撰研究》，中国社会科学出版社 2016 年版。

刘江凯：《认同与"延异"——中国当代文学的海外接受》，北京大学出版社 2012 年版。

陈飞：《中国文学专史书目提要》，大象出版社 2004 年版。

付祥喜：《20 世纪前期中国文学史写作编年研究》，北京师范大学出版社 2013 年版。

楼适夷：《中国抗日战争时期大后方文学书系·第一编文学运动》，重庆出版社 1989 年版。

封世辉：《中国沦陷区文学大系·评论卷》，广西教育出版社 1998 年版。

胡采：《中国解放区文学书系 文学运动·理论编 2 卷》，重庆出版社 1992 年版。

陈国球：《香港文学大系一九一九——一九四九·评论卷一》，商务印书馆（香港）有限公司 2016 年版。

林曼叔：《香港文学大系一九一九——一九四九·评论卷二》，商务印书馆（香港）有限公司 2016 年版。

刘勇、李怡：《中国现代文学编年史》（1895—1949），文化艺术出版社 2017 年版。

《中国新文学大系（1919—1927）》，上海良友图书印刷公司 1935—1936
　年版。

《中国新文学大系（1927—1937）》，上海文艺出版社 1987 年版。

《中国新文学大系（1937—1949）》，上海文艺出版社 1990 年版。

林志浩：《中国新文艺大系：1937—1949 评论集》，中国文联出版社
　1998 年版。

吴俊、李今、刘晓丽、王彬彬：《中国现代文学期刊目录新编》，上海
　人民出版社 2010 年版。

后　记

在本书出版之前，笔者曾经研究过中国当代文学史写作、20 世纪中国文学史写作、台港及海外的中国现代文学史编撰，但都只是就文学史著谈文学史著。而该书除此之外，还将大量的文学史论文牵涉进来，心里很有些忐忑不安，因为这种做法并不常见。大量的文学史论文都是被之前中国新文学史学史研究者弃之不顾的。笔者这样做也是受到黄修己、刘卫国两位学者的《中国现代文学研究史》《中国新文学研究史》的启发。不同的是，他们是从文学研究史的角度讨论部分文学史论文，而笔者尽量将有关的文学史论文查找出来，从文学史写作的角度来将其与文学史著并列看待，并从中发现笔者所关注的问题。

由于笔者之前曾经撰写过《中国新文学史书的发生、层累及对话（1920—1949）》，那本书里主要是分类别探讨不同文学史立场的文学史著的编撰，重在"发生"与"对话"，实际上"层累"并没有解释清楚。之后又接触到相关资料，才发现遗漏了一些较重要的文学史著，包含有谭正璧、徐扬、沈从文、萧乾、林庚、废名、徐芳等人的新文学史写作，这几乎是不可原谅！但又没有办法，因为资料的收集总是在添加之中，不可能一下子全部齐备。于是本书在研究之时，将这些文学史著予以增添，并将其与较为重要的文学史论文一起予以编年排列，同时也能展现我之前没有实现的中国新文学史写作的"层累"。

中国新文学史写作史研究是一个冷僻的方向，据我所知，很多研究者的博士论文是这个方向，但后来都已转向。而本人坚持该项研究已有多年，成果实际非常寥寥，其根本原因还在于资料的搜集整理不易齐全。本书采取这种编年的方式进行资料的点评，也只是希望做一个基础工作。通过这次资料的查找，笔者也有了新的收获，对该类研究有了继续下去的信心。本人在研究过程中受到参考书目中所列举多位学者的启发，这里向他们及他们的研究致以敬意！

感谢潍坊学院传媒学院尹健民院长、文学与新闻传播学院张德升院长、郭顺敏书记、李红梅副院长、王恒升教授、刘家忠教授等院系领导多年来为我的研究工作提供的众多支持！

感谢郭鹏编辑为我的著作出版付出的心血，感谢他对我的高标准要求，我只能期待自己下一本书更好一点才能对得起他的耐心！

感谢我的妻子欧阳梦为我的科研工作所付出的众多艰辛！还要感谢我们已经就读高一的儿子，在他脚踝扭伤之际，我很少陪他，他没有埋怨而是更多理解！

张　军

2018 年 4 月 27 日